SCHERZ KRIMI

Agatha Christie

Dinner for Two

Zwei klassische Romane der »Queen of Crime« in einem Band

Die Katze im Taubenschlag · Morphium

SCHERZ

«Die Katze im Taubenschlag»
Einzig berechtigte Übertragung aus dem Englischen
von Dorothea Gotfurt
Titel des Originals: «The Cat Among the Pigeons»

«Morphium»
Einzig berechtigte Übertragung aus dem Englischen
Titel des Originals: «Sad Cypress»

Sonderausgabe 1998

Umschlaggestaltung: Adolf Bachmann
Umschlagbild: Martin Barraud/Tony Stone, München

Die Katze im Taubenschlag

Prolog

Es war der erste Tag nach den Osterferien im Internat Meadowbank. Die Strahlen der späten Nachmittagssonne fielen über den breiten, kiesbestreuten Weg, der zum Schulhaus führte. In der weitgeöffneten Haustür stand Miss Vansittart, für die der georgianische Stil des Hauses den idealen Rahmen abgab. Sie trug einen elegant geschnittenen Mantel mit einem passenden Rock und eine tadellos sitzende Frisur.

Es gab Eltern, die sich für Miss Bulstrode selbst hielten; sie ahnten nicht, daß sich die Schulleiterin in ihre Privatgemächer zurückzuziehen pflegte, in die nur wenige bevorzugte Besucher vorgelassen wurden.

Neben Miss Vansittart stand Miss Chadwick – nicht ganz so huldvoll, nicht ganz so vornehm, jedoch überaus freundlich und zuvorkommend. Sie wußte über alles Bescheid und schien mit dem Mädchenpensionat Meadowbank so eng verbunden zu sein, daß man sich die Schule ohne sie kaum vorstellen konnte. Tatsächlich war das Internat von Miss Chadwick und Miss Bulstrode gemeinsam gegründet worden.

Miss Chadwick trug einen Kneifer, war unmodern gekleidet, ging in gebückter Haltung, drückte sich oft etwas unklar aus und war eine geniale Mathematikerin.

Miss Vansittart begrüßte Eltern und Schülerinnen mit liebenswürdigen Worten und Gesten.

»Sehr erfreut, Ihre Bekanntschaft zu machen, Mrs. Arnold ... Wie war die Griechenlandreise, Lydia?«

»Jawohl, Lady Garnett, Miss Bulstrode hat Ihren Brief erhalten und die Kunstgeschichtsstunden arrangiert.«

»Wie geht es Ihnen, Mrs. Bird? ... Ich fürchte, Miss Bulstrode wird heute keine Zeit haben, die Angelegenheit mit Ihnen zu besprechen. Möchten Sie sich vielleicht inzwischen mit Miss Rowan unterhalten?«

»Wir haben Ihnen ein anderes Zimmer gegeben, Pamela. Sie sind jetzt im äußersten Flügel, gegenüber dem Apfelbaum ...«

»Ja, bisher war dieser Frühling nicht sehr schön, Lady Violet. Furchtbar schlechtes Wetter ... Ist das Ihr Jüngster? Wie heißt er? Hector? ... Du hast wirklich ein prachtvolles Flugzeug, Hector.«

»Très heureuse de vous voir, Madame . . . Je regrette, ce ne sera pas possible cet après-midi. Mademoiselle Bulstrode est tellement occupée.«
»Guten Tag, Professor. Haben Sie inzwischen wieder interessante Ausgrabungen gemacht?«

In einem kleinen Zimmer im ersten Stock saß Ann Shepland, Miss Bulstrodes Sekretärin, an der Schreibmaschine. Sie tippte schnell und ordentlich. Ann war eine gutaussehende junge Frau von 35; ihr glattes schwarzes Haar wirkte wie eine enganliegende Satinkappe. Wenn sie wollte, konnte sie charmant und reizvoll sein, aber das Leben hatte sie gelehrt, daß man mit Fleiß und Tüchtigkeit oft bessere Resultate erzielte und gleichzeitig peinliche Verwicklungen vermied. Im Augenblick konzentrierte sie sich darauf, die erstklassige Sekretärin der Leiterin einer berühmten Schule zu sein.
Hin und wieder, wenn sie ein neues Blatt einspannte, blickte sie aus dem Fenster, um die Neuankömmlinge zu betrachten.
»Phantastisch! Ich wußte gar nicht, daß es in England noch so viele hochherrschaftliche Chauffeure gibt«, sagte sie leise vor sich hin.
Sie mußte unwillkürlich lächeln, als ein majestätischer Rolls-Royce abfuhr und ein kleiner, altmodischer Austin vor dem Eingang hielt. Ein sehr nervöser Vater, gefolgt von einer bedeutend gelassener wirkenden Tochter, stieg aus dem Wagen. Er sah sich unsicher um, und sofort ging Miss Vansittart auf ihn zu, um ihn zu begrüßen.
»Major Hargreaves? Und das ist also Alison? Bitte treten Sie doch ein. Sie möchten sicherlich Alisons Zimmer sehen, nicht wahr?«
Ann grinste und begann wieder zu tippen.
»Gute alte Vansittart«, murmelte sie. »Sie hat der Bulstrode wahrhaftig alles abgeguckt. Sie benutzt sogar die gleichen Redewendungen.«
Jetzt fuhr ein geradezu unwahrscheinlich mächtiger Cadillac vor. Der zweifarbige Wagen war azurblau und himbeerfarben lackiert und so lang, daß er nur mit Mühe um die Ecke biegen konnte.
Er hielt hinter Major Hargreaves' altem Austin.
Der Chauffeur riß den Wagenschlag auf. Ein stattlicher, dunkelhäutiger bärtiger Mann, umhüllt von einem wallenden orientali-

schen Gewand, stieg aus; ihm folgten eine nach letztem Pariser Schick gekleidete Dame und ein schlankes, schwarzhaariges Mädchen.

Das muß die Prinzessin soundso sein, dachte Ann. Ich kann sie mir beim besten Willen nicht in einer Schuluniform vorstellen ...

Jetzt näherten sich Miss Vansittart und Miss Chadwick gleichzeitig den Besuchern.

Die werden ins Allerheiligste geführt, entschied Ann.

Dann überlegte sie sich, daß es wohl nicht schicklich sei, sich über eine so respektable Persönlichkeit wie diese Bulstrode lustig zu machen.

Nimm dich lieber zusammen und mach keine Tippfehler, ermahnte sie sich.

Aber im allgemeinen arbeitete Ann tadellos und konnte sich ihre Stellungen aussuchen. Sie war sowohl beim Direktor einer Ölgesellschaft wie bei Sir Mervyn Todhunter als Privatsekretärin tätig gewesen, außerdem bei zwei Ministern und bei einem hohen Beamten. Bisher hatte sie allerdings immer für Herren der Schöpfung gearbeitet und fragte sich nun, ob sie sich wohl an eine Umgebung gewöhnen würde, die ausschließlich aus Frauen bestand. Wie dem auch sei, es war einmal eine Abwechslung, und man konnte ja immer auf den treuen Dennis zurückgreifen! Dennis änderte sich nie; ob er aus Burma kam, von den Malaiischen Inseln oder aus irgendeinem anderen Teil der Welt, machte nicht den geringsten Unterschied. Er fragte sie jedesmal bei seiner Rückkehr, ob sie ihn nicht doch heiraten wolle. Der gute Dennis! Leider wäre es recht langweilig, mit ihm verheiratet zu sein, fand Ann.

In der unmittelbaren Zukunft mußte sie jedenfalls auf Herrengesellschaft verzichten, denn bis auf einen achtzigjährigen Gärtner gab es hier nur junge Mädchen und mehr oder weniger vertrocknete Lehrerinnen. Doch in diesem Augenblick erlebte Ann eine angenehme Überraschung. Als sie zum Fenster hinaussah, entdeckte sie einen jungen, gutaussehenden Mann – zweifellos auch ein Gärtner –, der die Hecke bei der Einfahrt stutzte. Er machte nicht den Eindruck eines Bauernburschen, aber heutzutage verdienten sich ja junge Leute aus den verschiedensten Kreisen et-

was zusätzlich. Allerdings schien er sich auf seine Arbeit zu verstehen, denn er beschnitt die Hecke schnell und geschickt. Wahrscheinlich war er eben doch ein gewöhnlicher Gärtner.
Eigentlich sieht er sehr nett und lustig aus, dachte Ann ...
Erfreulicherweise hatte sie nur noch einen Brief zu schreiben, danach würde sie einen Spaziergang durch den Garten machen ...

Miss Johnson, die Hausmutter, war damit beschäftigt, neuen Schülerinnen ihre Zimmer anzuweisen und die alten herzlich zu begrüßen. Sie freute sich, daß die Schule wieder begann, denn während der Ferien wußte sie nicht viel mit ihrer Zeit anzufangen. Sie hatte zwei verheiratete Schwestern, die sie abwechselnd besuchte und die sich begreiflicherweise mehr für ihre eigenen Familien interessierten als für das Leben und Treiben in Meadowbank. Miss Johnson dagegen, obgleich sie pflichtschuldigst an ihren Schwestern hing, interessierte sich ausschließlich für Meadowbank.
»Miss Johnson?«
»Ja, Pamela?«
»Ach, Miss Johnson, in meinem Koffer muß etwas ausgelaufen sein, ich glaube, es ist mein Haarwasser, und jetzt ist alles durchnäßt. Was soll ich nur tun?«
»Kein Anlaß zur Aufregung, Pamela. Ich komme schon!«

Mademoiselle Blanche, die neue Französischlehrerin, schlenderte über die Rasenfläche hinter dem breiten Kiesweg. Sie betrachtete wohlgefällig den kräftigen jungen Mann, der die Hecke stutzte.
Assez bien, dachte Mademoiselle Blanche.
Mademoiselle Blanche war ein dünnes, nicht sehr bemerkenswertes weibliches Wesen; sie selbst allerdings bemerkte alles.
Sie betrachtete die Prozession der eleganten Wagen, die vor dem Haus vorfuhren. Die meisten Schülerinnen von Meadowbank schienen schwerreiche Eltern zu haben – *formidable*! Miss Bulstrode mußte enorm verdienen!

Miss Rich, die Englisch und Erdkunde lehrte, ging mit schnellen Schritten auf das Haus zu. Hin und wieder stolperte sie, denn wie

gewöhnlich achtete sie nicht auf den Weg. Sie hatte ein häßliches, aber intelligentes Gesicht und trug einen unordentlichen Haarknoten.
»Wieder hier zu sein ... *hier*... es ist, als wären Jahre vergangen ...« Und mit diesen Worten fiel sie über einen Rechen; der Gärtner streckte seinen Arm aus und sagte: »Vorsicht, Miss!«
»Vielen Dank«, flüsterte Miss Eileen Rich, ohne aufzublicken.

Miss Rowan und Miss Blake, die beiden jungen Hilfslehrerinnen, gingen langsam auf die Turnhalle zu. Miss Rowan war schlank, dunkel und empfindsam, Miss Blake blond und mollig. Sie unterhielten sich angeregt über ihre Ferienabenteuer in Florenz – über die Bilder, die Skulpturen, die herrliche Landschaft sowie über die Aufmerksamkeiten von zwei jungen Italienern.
»Na, man kennt ja die Italiener«, meinte Miss Blake abfällig.
»Überhaupt nicht verklemmt«, erklärte Miss Rowan, die nicht nur Volkswirtschaft, sondern auch Psychologie studiert hatte. »Sie folgen ihren gesunden Instinkten, sie haben keine Komplexe.«
»Giuseppe war sehr beeindruckt, als er hörte, daß ich Lehrerin in Meadowbank bin«, sagte Miss Blake. »Er benahm sich daraufhin höchst respektvoll. Seine Kusine würde gern herkommen, aber Miss Bulstrode scheint im Augenblick nicht daran interessiert zu sein.«
»Meadowbank genießt allgemein großes Ansehen«, stellte Miss Rowan zufrieden fest. »Die neue Turnhalle macht wirklich einen guten Eindruck; ich hätte nicht geglaubt, daß sie rechtzeitig fertig sein würde.«
»Miss Bulstrode hat darauf bestanden«, erwiderte Miss Blake. Gleich darauf stieß sie ein erstauntes »Oh!« aus.
Die Tür der Turnhalle wurde mit einem Ruck aufgestoßen, und eine knochige, rothaarige junge Person kam heraus. Sie warf ihnen einen unfreundlichen Blick zu und ging schnell fort.
»Das muß die neue Turnlehrerin sein«, sagte Miss Blake kopfschüttelnd. »Wie ungeschliffen.«
»Scheint keine sehr sympathische neue Kollegin zu sein«, meinte Miss Rowan. »Schade, Miss Jones war so freundlich und umgänglich.«

»Warum hat sie uns eigentlich so wütend angesehen?« fragte Miss Blake gekränkt . . .

Die Fenster von Miss Bulstrodes Wohnzimmer gingen in zwei verschiedene Richtungen; von dem einen überblickte man die kiesbestreute Einfahrt und die dahinterliegende Rasenfläche, von dem anderen sah man auf eine Rhododendronhecke an der Rückseite des Hauses. Das Zimmer war eindrucksvoll, aber Miss Bulstrode selbst war noch eindrucksvoller. Sie war groß und wirkte sehr vornehm; ihre grauen humorvollen Augen paßten zu dem sorgfältig frisierten Haar und dem festen Mund. Der Erfolg der Schule beruhte ausschließlich auf der Persönlichkeit ihrer Leiterin. Das Internat war eine der teuersten Schulen in England, aber es lohnte sich, das hohe Schulgeld zu bezahlen. Die Eltern wußten, daß ihre Töchter in ihrem Sinn, und auch im Sinn von Miss Bulstrode, erzogen wurden – das Ergebnis war im allgemeinen mehr als zufriedenstellend.
Miss Bulstrode konnte es sich leisten, genügend Personal anzustellen, und die Lehrerinnen fanden Zeit, sich mit den individuellen Problemen und Begabungen ihrer Schülerinnen zu beschäftigen und gleichzeitig eine straffe Disziplin aufrechtzuerhalten. Disziplin ohne Zwang und Drill – das war Miss Bulstrodes Motto. Sie war der Ansicht, daß die Einhaltung gewisser Regeln jungen Menschen ein Gefühl der Sicherheit gab, während die übertriebene Disziplin des Kasernenhofs nur schaden konnte. Sie hatte die verschiedenartigsten Schülerinnen. Es gab unter ihnen viele Ausländerinnen, oft sogar ausländische Prinzessinnen. Die jungen Engländerinnen waren größtenteils reiche Mädchen aus guter Familie, die nicht nur in Kunst und Wissenschaften, sondern auch im Umgang mit ihren Mitmenschen ausgebildet wurden. Nach Verlassen der Schule mußten sie in der Lage sein, sich an jeder Unterhaltung mit der notwendigen Sachkenntnis zu beteiligen. Einige der jungen Mädchen legten Wert darauf, hart zu arbeiten, um sich auf die Examen vorzubereiten, die für ein Universitätsstudium erforderlich waren, während andere in den gewöhnlichen Mädchenschulen nicht recht vorangekommen waren. Aber Miss Bulstrode hatte gewisse Prinzipien; sie nahm keine geistig zurückgebliebenen oder schwer erziehbaren Mäd-

chen auf, und sie zog es vor, Schülerinnen zu haben, deren Eltern sie mochte. Wie jede Lehrerin legte sie natürlich Wert darauf, möglichst vielversprechende und intelligente Kinder zu erziehen. In Meadowbank gab es Schülerinnen jeden Alters, fast erwachsene junge Damen, die nur noch den letzten Schliff erhalten sollten, und eine Reihe von kleinen Mädchen, deren Eltern oft im Ausland lebten. Für diese Kinder besorgte Miss Bulstrode auf Wunsch auch einen geeigneten Ferienaufenthalt.
Über alle wichtigen Fragen hatte allein Miss Bulstrode zu entscheiden. Jetzt stand sie beim Kaminsims, während Mrs. Gerald Hope mit weinerlicher Stimme über ihre Tochter sprach. Miss Bulstrode hatte ihre Besucherin, in weiser Voraussicht, nicht aufgefordert, sich zu setzen.
»Henrietta ist ein sensibles Kind – hypersensibel, wie unser Hausarzt feststellte, und . . .«
Miss Bulstrode nickte zustimmend, obwohl sie am liebsten geantwortet hätte: Wissen Sie wirklich nicht, daß jede Mutter ihr Kind für besonders empfindsam hält? Statt dessen sagte sie:
»Machen Sie sich keine Sorgen, Mrs. Hope. Eine unserer Damen, Miss Rowan, ist voll ausgebildete Psychologin. Sie werden erstaunt sein, wie gut Henrietta sich unter ihrem Einfluß in kurzer Zeit entwickeln wird.«
»Davon bin ich überzeugt, Miss Bulstrode. Ich weiß, wie sehr sich die kleine Lambeth hier verändert hat – ganz erstaunlich. Nein, ich mache mir ja eigentlich keine Sorgen um Henrietta . . . übrigens möchten wir sie in sechs Wochen mit nach Südfrankreich nehmen . . .«
»Tut mir leid, das ist unmöglich«, erklärte Miss Bulstrode höflich, aber entschieden.
»Aber ich bitte Sie . . .« Ein ärgerliches Rot breitete sich über Mrs. Hopes törichtes Gesicht. »Darauf muß ich leider bestehen, schließlich handelt es sich um *mein* Kind.«
»Und um *meine* Schule«, entgegnete Miss Bulstrode.
»Ich habe das Recht, meine Tochter jederzeit aus der Schule zu nehmen. Wollen Sie das vielleicht bestreiten?«
»Durchaus nicht, aber in diesem Fall würde ich mich weigern, sie später wiederaufzunehmen.«
Mrs. Hopes Ärger drohte in einen Wutanfall auszuarten.

»Das geht mir denn doch zu weit! Ich bezahle ein enorm hohes Schulgeld, und dafür . . .«
»Sie bezahlen das bei uns übliche Schulgeld, weil Sie Wert darauf legen, Ihre Tochter zu uns zu schicken, nicht wahr?« unterbrach Miss Bulstrode sie. »Aber Sie müssen uns so nehmen, wie wir sind; Sie können uns ebensowenig ändern wie das bezaubernde Balenciaga-Modell, das Sie tragen. Es ist doch Balenciaga? Man findet nur wenige Frauen mit einem so sicheren Geschmack wie Sie, liebe Mrs. Hope.«
Miss Bulstrode reichte ihr huldvoll die Hand und geleitete sie zur Tür.
»Machen Sie sich bitte keine Sorgen um Henrietta – oh, hier ist sie ja!« Miss Bulstrode betrachtete Henrietta wohlwollend; sie war ein nettes, intelligentes, ausgeglichenes Mädchen, das eine bessere Mutter verdient hätte. »Bitte bringen Sie Henrietta Hope zu Miss Johnson, Margaret.«
Miss Bulstrode zog sich in ihr Wohnzimmer zurück und empfing kurz darauf weitere Besucher, mit denen sie französisch sprach.
»Selbstverständlich kann Ihre Nichte Tanzstunden nehmen, Exzellenz. Moderne Gesellschaftstänze und Sprachen gehören unbedingt zu einer umfassenden gesellschaftlichen Erziehung.«
Die Wolke teuren Parfüms, die ihren nächsten Besuchern voranschwebte, benahm Miss Bulstrode fast den Atem.
Sie scheint jeden Tag eine ganze Flasche zu verbrauchen, dachte Miss Bulstrode, während sie die elegante dunkelhäutige Frau begrüßte.
»Enchantée, Madame.«
Madame lächelte liebenswürdig.
Der orientalisch gekleidete Mann mit dem dunklen Vollbart verbeugte sich, ergriff Miss Bulstrodes Hand und sagte in ausgezeichnetem Englisch: »Ich habe die Ehre, Ihnen Prinzessin Shanda vorzustellen.«
Miss Bulstrode war über ihre neue Schülerin, die gerade aus einer Schweizer Schule kam, genau informiert, aber über deren Begleiter war sie sich nicht ganz im klaren. Sie hielt ihn keinesfalls für den Emir selbst, eher für einen Minister oder einen Diplomaten. Sie benutzte, wie stets im Zweifelsfall, den Titel Exzel-

lenz, während sie ihm versicherte, daß Prinzessin Shanda sich bestimmt bald in Meadowbank einleben und wohl fühlen werde.
Shanda lächelte höflich. Auch sie war elegant gekleidet und parfümiert. Miss Bulstrode wußte, daß sie fünfzehn Jahre alt war, aber sie wirkte älter und reifer, wie die meisten orientalischen Mädchen ihres Alters. Während Miss Bulstrode sich mit ihr über das bevorstehende Semester unterhielt, stellte sie erleichtert fest, daß Shanda fließend Englisch sprach, nicht verlegen kicherte und bessere Manieren hatte als die meisten ihrer englischen Altersgenossinnen. Es wäre keine schlechte Idee, europäische junge Mädchen in den Orient zu schicken, damit sie Höflichkeit und gutes Benehmen lernen, dachte die Schulvorsteherin.
Nachdem beiderseits Komplimente ausgetauscht worden waren, verließen die Besucher das Zimmer. Miss Bulstrode öffnete sofort die Fenster, um die betäubende Duftwolke hinauszulassen.
Als nächste erschienen Mrs. Upjohn und ihre Tochter Julia.
Mrs. Upjohn war eine sympathische Frau, Ende Dreißig, mit sandfarbenem Haar, Sommersprossen und einem unkleidsamen Hut. Sie war offensichtlich nicht daran gewöhnt, Hüte zu tragen, jedoch hielt sie für diese feierliche Gelegenheit eine Kopfbedekkung für angebracht.
Julia war kein besonders hübsches Kind. Auch sie hatte Sommersprossen, eine hohe intelligente Stirn und ein freundliches Gesicht.
Die Formalitäten waren schnell erledigt, und Margaret wurde beauftragt, Julia zu Miss Johnson zu bringen.
»Auf Wiedersehen, Mummy«, rief Julia unbeschwert. »Und sei recht vorsichtig, wenn du den Gasofen anzündest, jetzt, wo ich's nicht mehr machen kann – ja?«
Miss Bulstrode lächelte Mrs. Upjohn freundlich zu, forderte sie jedoch nicht auf, Platz zu nehmen. Wer weiß, dachte sie, vielleicht will mir selbst diese sympathische Mutter einer vernünftigen Tochter auseinandersetzen, daß ihr Kind unter nervösen Depressionen leidet und mit Samthandschuhen angefaßt werden muß. Daher fragte sie nur liebenswürdig:
»Wollten Sie sonst noch irgend etwas mit mir besprechen?«
»Nein, eigentlich nicht«, erwiderte Mrs. Upjohn freundlich. »Julia ist kein schwieriges Kind; sie ist gesund und intelligent – aber

wahrscheinlich hält jede Mutter die eigene Tochter für besonders begabt.«

»Mütter sind sehr verschieden«, erklärte die Schulleiterin düster.

»Jedenfalls bin ich überglücklich, daß Julia hier sein kann«, sagte Mrs. Upjohn. »Meine Tante wird für das Schulgeld aufkommen, denn ich selbst könnte es mir leider nicht leisten. Auch Julia ist ihrer Tante sehr dankbar und freut sich riesig auf die Schule.« Sie ging zum Fenster hinüber und blickte bewundernd auf den gepflegten Garten. »Ein herrlicher Garten! Sie haben bestimmt eine Menge guter Gärtner?«

»Das ist im Augenblick ein großes Problem. Bisher hatten wir drei sehr gute Gärtner, aber leider sind wir jetzt hauptsächlich auf Gelegenheitsarbeiter aus der Nachbarschaft angewiesen«, sagte Miss Bulstrode.

»Es scheint heutzutage überall schwer zu sein, gelernte Gärtner zu finden«, stellte Mrs. Upjohn fest. »Jeder behauptet, Gärtner zu sein, selbst wenn er davon keine Ahnung hat, nur weil er sich nebenbei eine Kleinigkeit verdienen möchte. Sogar unser Milchmann . . .« Sie unterbrach sich und sah interessiert aus dem Fenster, dann rief sie: »Nanu! Das ist aber sonderbar . . .«

Miss Bulstrode hätte diesem Ausruf mehr Beachtung schenken sollen, aber leider tat sie es nicht, da sie zufällig aus dem anderen Fenster schaute, von dem aus man die Rhododendronsträucher sehen konnte. Hier bot sich ihr ein höchst unwillkommener Anblick. Lady Veronica Carlton-Sandways, deren großer schwarzer Samthut schief auf ihrem zerzausten Haar saß, kam mit schwankenden Schritten auf das Schulhaus zu. Sie war offensichtlich schwer betrunken.

Lady Veronicas Hang zur Flasche war Miss Bulstrode nicht unbekannt. In nüchternem Zustand war sie eine reizende Frau und ihren Zwillingstöchtern eine gute Mutter – unglücklicherweise war sie eine Quartalssäuferin. Ihr Gatte, Major Carlton-Sandways, hatte sich damit abgefunden; seine Kusine, die bei ihnen lebte, ließ Lady Veronica im allgemeinen nicht aus den Augen. Beim Turnfest war Lady Veronica elegant gekleidet, völlig nüchtern, am Arm ihres Mannes und in Begleitung der Kusine in Meadowbank erschienen. Bei dieser Gelegenheit war sie allen anderen Müttern ein Vorbild an Tugend und Liebenswürdigkeit gewesen. Aber leider gelang es ihr gelegentlich, dem wachsamen Auge des Gatten zu entschlüpfen und sich heimlich zu betrinken. Im weinseligen Zustand verspürte sie dann das dringende Bedürfnis, ihre geliebten Töchter in die mütterlichen Arme zu schließen. Die Zwillinge waren am Vormittag mit der Bahn angekommen, und niemand hatte Lady Veronica erwartet.

Mrs. Upjohn redete noch immer, aber Miss Bulstrode hörte nicht zu. Sie erwog verschiedene Möglichkeiten, denn sie erkannte, daß sich Lady Veronica dem aufsässigen Stadium näherte. Aber plötzlich erschien der Retter in der Not in Gestalt von Miss Chadwick, die atemlos um die Ecke bog. Die treue Chaddy, dachte Miss Bulstrode, stets zuverlässig, stets zur Stelle, ob es sich um ein zerschürftes Knie handelt oder um eine betrunkene Mutter.

»So eine Gemeinheit«, lallte Lady Veronica mit lauter Stimme. »Hat versucht mich zu hindern ... wollte mich nicht herkommen lassen ... habe Edith an der Nase herumgeführt. Bin heimlich in die Garage gegangen ... hab den Wagen rausgeholt ... hab mir ins Fäustchen gelacht ... dumme Edith ... typische alte Jungfer ... wird nie einen Mann finden ... auf dem Weg Stunk mit der Polizei ... hat behauptet, ich sei nicht imstande, Wagen zu lenken ... lächerlich ... will Miss Bulstrode nur Bescheid sagen ... hole meine beiden Töchter ab ... sollen zu Hause bleiben ... Mutterliebe ... ist etwas ganz Wundervolles ... geht nichts über Mutterliebe ...«

»Sehr richtig, Lady Veronica«, erklärte Miss Chadwick. »Wir freuen uns, daß Sie hergekommen sind. Vor allen Dingen müssen Sie die neue Turnhalle sehen, die wird Ihnen bestimmt gefallen.«

Sie lenkte Lady Veronicas unsichere Schritte geschickt in die entgegengesetzte Richtung. Während sie sich vom Haus entfernte, sagte sie: »Ich nehme an, daß wir Ihre Töchter dort antreffen werden. So eine schöne Turnhalle, neue Schließfächer und ein Trokkenraum für Badeanzüge ...«

Die Stimmen verklangen.

Miss Bulstrode blieb aufmerksam am Fenster stehen. Einmal versuchte Lady Veronica sich freizumachen und zum Haus zurückzukehren, aber Miss Chadwick konnte es mit ihr aufnehmen. Schließlich verschwanden sie hinter der Rhododendronhecke, auf dem Weg zur entfernt und einsam gelegenen Turnhalle.

Miss Bulstrode stieß einen Seufzer der Erleichterung aus. Die brave zuverlässige Chaddy! Altmodisch, nicht sehr intelligent – abgesehen von ihrer Begabung für Mathematik –, aber immer zur Stelle, wenn sie gebraucht wurde.
Sie wandte sich schuldbewußt Mrs. Upjohn zu, die noch immer munter plauderte.
»... aber keine großen Heldentaten«, sagte sie. »Ich bin nicht im Fallschirm abgesprungen, und ich war kein Geheimkurier. So tapfer bin ich nicht. Es handelte sich meistens um ziemlich langweilige Büroarbeit, Eintragungen auf Landkarten und dergleichen. Aber manchmal war es doch ziemlich aufregend, wie ich eben schon sagte ... Wenn die Geheimagenten sich gegenseitig durch ganz Genf verfolgten ... Selbstverständlich kannte man sich vom Sehen, und oft traf man sich in derselben Bar. Ja, manchmal war es recht amüsant. Verheiratet war ich damals natürlich noch nicht ...«
Plötzlich unterbrach sie sich und sagte mit einem entschuldigenden Lächeln: »Bitte verzeihen Sie diesen Redefluß! Ich nehme zuviel von Ihrer kostbaren Zeit in Anspruch.«
Sie gab Miss Bulstrode die Hand, verabschiedete sich und ging.
Miss Bulstrode blieb einen Augenblick stirnrunzelnd stehen. Sie hatte das vage Gefühl, daß ihr irgend etwas Wichtiges entgangen war, aber sie wußte beim besten Willen nicht, was. Sie hatte auch keine Zeit, darüber nachzudenken, denn sie mußte noch mit vielen Eltern sprechen. Ihre Schule war berühmter und gesuchter denn je. Meadowbank stand auf seinem Höhepunkt.
Nichts wies darauf hin, daß innerhalb weniger Wochen in Meadowbank furchtbare Dinge geschehen würden und daß gewisse tragische Ereignisse bereits stattgefunden hatten ...

1

Etwa zwei Monate vor Beginn des Schuljahrs waren Dinge geschehen, die in Meadowbank unerwartete Rückwirkungen haben sollten.
Zwei junge Männer saßen rauchend im Palast zu Ramat und spra-

chen über die Zukunft. Der eine hatte einen glatten olivfarbenen Teint und große melancholische Augen. Es war Prinz Ali Yusuf, der Scheich von Ramat, einem kleinen, aber ungeheuer reichen Staat im Nahen Osten. Der andere junge Mann hatte sandfarbenes Haar und Sommersprossen; er besaß kein Privatvermögen und lebte von dem (allerdings sehr ansehnlichen) Gehalt, das Seine Hoheit, Prinz Ali, seinem Privatpiloten zahlte. Obwohl sie gesellschaftlich nicht auf derselben Stufe standen, benahmen sich beide unzeremoniell und natürlich. Sie hatten die gleiche englische Public School besucht und waren seit ihrer Schulzeit eng befreundet.

»Sie haben auf uns geschossen«, sagte Prinz Ali fast verwundert.

»Geschossen haben sie, das steht fest«, entgegnete Bob Rawlinson.

»Und sie haben auf uns gezielt – sie wollten uns abschießen!«

»Zweifellos! Die Schweine!«

Ali dachte einen Augenblick nach.

»Es hat wohl keinen Zweck mehr, es noch einmal zu versuchen?«

»Ich fürchte, daß wir diesmal nicht mit heiler Haut davonkommen würden. Wir haben zu lange gewartet, Ali, das ist das Unglück. Du hättest schon vor zwei Wochen gehen sollen – ich habe dich gewarnt.«

»Man läßt sein Land nicht gern im Stich – man möchte nicht einfach so fortlaufen«, erklärte der Herrscher von Ramat.

»Versteht sich. Aber denk daran, was Shakespeare über diejenigen gesagt hat, die ihr Leben retten, um später für ihr Vaterland kämpfen zu können.«

»Wenn man bedenkt, was man für dieses Land getan hat«, sagte der junge Prinz erregt. »Wir haben Schulen und Krankenhäuser gebaut, wir haben einen Gesundheitsdienst eingeführt, wir . . .«

Bob Rawlinson unterbrach die Aufzählung.

»Vielleicht könnte die Botschaft etwas unternehmen?«

Ein ärgerliches Rot stieg in Ali Yusufs Wangen.

»Was? Ich soll in eurer Botschaft Schutz suchen? Ausgeschlossen! Dann würden die Rebellen wahrscheinlich das Haus stürmen, denn diplomatische Immunität bedeutet diesem Gesindel nichts. Und abgesehen davon wäre gerade das für mich unmöglich, da man mir ja dauernd vorwirft, daß ich zu stark ›westlich orientiert‹ sei.« Er seufzte tief. »Mir ist das alles unbegreiflich, Bob . . .« Er war verwirrt und unsicher, und man hätte ihn in diesem Augenblick jünger als fünfundzwanzig Jahre geschätzt. »Mein Großvater war ein grausamer Herrscher, ein echter Tyrann. Er besaß Hunderte von Sklaven, die er schlimm behandelte. Im Krieg mit benachbarten Stämmen wurden die gefangenen Feinde unbarmherzig gefoltert und hingerichtet. Alle zitterten, wenn sein Name nur erwähnt wurde. Und doch ist er zur Legende geworden. Noch jetzt wird er bewundert und verehrt. Achmed Abdullah der Große! Und ich? Was habe ich getan? Ich habe Wohnhäuser, Schulen und Krankenhäuser gebaut, meinem Volk alle Wünsche erfüllt. Und was ist der Dank? Würden sie eine Schreckensherrschaft wie die meines Großvaters vorziehen?«

»Es sieht so aus – höchst unfair, aber was kann man tun?« erwiderte Bob Rawlinson.

»Aber warum, Bob? Warum?«

Bob Rawlinson seufzte. Es fiel ihm nicht leicht, seine Gefühle in Worten auszudrücken.

»Er – er hat es verstanden, sich in Szene zu setzen, er war – wie soll ich das nur erklären –, er war so dramatisch.«

Bob betrachtete seinen Freund Ali, der keineswegs dramatisch war. Ali war ein lieber, anständiger Kerl, ruhig und zuverlässig, und deshalb hatte Bob ihn gern. Ali haßte es aufzufallen, und brutale Gewalt ging ihm, wie den meisten Menschen in England, gegen den Strich. Leider schien man von einem orientalischen Herrscher ein Gemisch von Brutalität und Prunk zu erwarten.

»In einem demokratischen Staat . . .«, begann Ali.

»Demokratie!« Bob schwenkte verächtlich seine Pfeife. »Dieses Wort bedeutet heutzutage in jedem Land etwas anderes, aber niemals das, was die Griechen ursprünglich darunter verstanden haben. Falls sie dich wirklich absetzen wollen, wird sich irgendein aufgeblasener Frosch zum Staatsoberhaupt ernennen, alle umbringen, die es wagen, anderer Meinung zu sein als er, und von einer demokratischen Regierung sprechen. Wahrscheinlich wird es dem Volk sogar gefallen. Das Blut wird in Strömen fließen, und für Abwechslung und Aufregung wird gesorgt sein.«

»Aber wir sind doch keine Wilden! Wir sind zivilisierte Menschen!«

»Es gibt verschiedene Arten von Zivilisation«, entgegnete Bob zögernd. »Ich persönlich glaube, daß die meisten von uns im Grunde genommen noch Barbaren sind.«
»Vielleicht hast du recht«, erwiderte Ali düster.
»Gesunder Menschenverstand ist heute nicht mehr gefragt«, erklärte Bob. »Du weißt ja selbst, daß ich kein Geistesheroe bin, Ali, aber ich bin überzeugt davon, daß der Welt nichts fehlt außer ein bißchen Vernunft.« Er legte seine Pfeife hin und richtete sich auf. »Doch das alles ist jetzt unwichtig, im Moment kommt es nur darauf an, dich sicher aus dem Land zu schaffen. Kannst du dich wenigstens auf einige deiner Offiziere verlassen?«
Prinz Ali Yusuf schüttelte traurig den Kopf.
»Noch vor zwei Wochen hätte ich diese Frage bejahen können, aber heute – heute bin ich leider nicht mehr ganz so sicher.«
Bob nickte verständnisvoll.
»Tieftraurig – und in deinem Palast fühlt man sich auch höchst unbehaglich.«
»Spione gibt es in allen Palästen«, stellte Ali unbewegt fest. »Sie hören alles, sie wissen alles.«
»Selbst unten beim Flugzeugschuppen . . .«, Bob unterbrach sich. »Dem alten Achmed bleibt nichts verborgen, er muß einen sechsten Sinn haben. Er hatte neulich das Gefühl, daß irgend etwas nicht stimmte, ging zu deinem Flugzeug und hinderte einen Mechaniker, den wir bisher für vertrauenswürdig gehalten hatten, daran, den Motor zu beschädigen. Wie dem auch sei, wenn wir versuchen wollen, dich mit heiler Haut hier herauszuschmuggeln, müssen wir es sehr bald tun.«
»Ich weiß, ich weiß. Wenn ich bleibe, werden sie mich ermorden.« Er sprach ohne Zeichen von Erregung oder Panik, fast als handelte es sich um einen anderen.
»Ich muß dich warnen, Ali! Es besteht durchaus die Möglichkeit, daß wir es nicht schaffen. Du weißt, daß allein die nördliche Route in Frage kommt, weil wir nur dort vor Angriffen der Jagdflugzeuge sicher sind. Leider ist es um diese Jahreszeit sehr gefährlich, über die Berge zu fliegen . . .«
Ali sah seinen Freund traurig an.
»Ich dürfte es nicht zulassen, daß du dich in diese Gefahr begibst, Bob.«

»Zerbrich dir meinethalben nicht den Kopf, Ali. So hab ich's nicht gemeint. Ich bin ganz unwichtig, außerdem werde ich wahrscheinlich sowieso jung sterben, denn ich lasse mich immer auf die verrücktesten Abenteuer ein. Nein, ich denke im Moment nur an dich, und ich wage nicht, dich in der einen oder anderen Richtung zu beeinflussen. Wenn du dich nun doch auf einen Teil der Armee verlassen könntest . . .«
Ali schüttelte den Kopf, dann sagte er: »Ich hasse den Gedanken an Flucht, aber welchen Sinn hat es, sich zum Märtyrer zu machen und sich vom Pöbel in Stücke reißen zu lassen?« Nach einer kurzen Pause fuhr er fort: »Also gut. Versuchen wir unser Glück! Wann?«
Bob zuckte die Achseln.
»So bald wie möglich. Wir müssen dich unter irgendeinem Vorwand zum Flugplatz bringen . . . Vielleicht könnten wir behaupten, daß du den Bau der neuen Straße nach Al Jasar von der Luft aus besichtigen willst? Ich sorge dafür, daß die Maschine startklar ist, wenn du heute nachmittag in deinem Wagen zum Flugplatz kommst. Gepäck können wir natürlich nicht mitnehmen.«
»Das weiß ich, und ich will mich auch gar nicht belasten. Nur etwas möchte ich keinesfalls zurücklassen . . .«
Er lächelte geheimnisvoll und listig, und das Lächeln veränderte sein Gesicht. Er schien plötzlich ein anderer Mensch zu sein. Mit dem modernen jungen Mann, der in England zur Schule gegangen war, hatte er kaum noch Ähnlichkeit.
»Du bist mein bester Freund, Bob, dir werde ich kurz etwas zeigen.«
Er zog einen kleinen Wildlederbeutel unter seinem Hemd hervor.
»Was ist das?« fragte Bob erstaunt.
Ali öffnete den verschnürten Beutel und schüttete seinen Inhalt vorsichtig auf den Tisch.
Bob hielt einen Augenblick den Atem an, dann stieß er einen leisen, bewundernden Pfiff aus.
»Großer Gott! Sind die echt?«
»Natürlich sind sie echt«, erwiderte Ali belustigt. »Der größte Teil davon hat meinem Vater gehört. Er pflegte der Sammlung jedes Jahr neue Steine hinzuzufügen – ich tue das übrigens auch. Wir lassen die Edelsteine von Vertrauensmännern in vielen Städten

kaufen – in London, in Kalkutta, in Johannesburg. Es ist in meiner Familie Tradition, sich auf diese Weise auf einen Notfall vorzubereiten. Sie müssen etwa dreiviertel Millionen Pfund wert sein«, schloß er in sachlichem Ton.

»Dreiviertel Millionen?« Bob stieß einen weiteren Pfiff aus, dann ließ er die Edelsteine nachdenklich durch seine Finger gleiten. »Unwahrscheinlich! Wie ein Märchen aus Tausendundeiner Nacht. Ein merkwürdiges Gefühl, diese kostbaren Steine in der Hand zu haben.«

»Ja.« Ali nickte, und wieder trat der listige Ausdruck in seine Augen. »Und es ist noch viel merkwürdiger, daß der Besitz von wertvollen Steinen den Menschen verändert. Eine Spur von Blut, Gewalt und Mord folgt den Juwelen und ihren Eigentümern nur zu oft. Vor allem Frauen sind ganz verrückt nach Edelsteinen, und nicht nur um ihres Wertes willen. Sie wollen sich damit schmükken, beneidet und bewundert werden . . . nein, einer Frau würde ich die Steine niemals anvertrauen, aber bei dir sind sie sicher.«

»Bei mir?«

Bob starrte ihn entsetzt an.

»Ja, denn sie sollen meinen Widersachern unter gar keinen Umständen in die Hände fallen. Ich weiß nicht, wann der Aufstand gegen mich stattfinden wird. Vielleicht ist er schon für heute geplant, vielleicht werde ich den Flugplatz nicht mehr erreichen. Nimm meine Juwelen an dich, Bob, und versuche sie zu retten.«

»Aber ich weiß wirklich nicht . . . ich verstehe nicht. Was soll ich damit anfangen?«

»Du mußt versuchen, sie irgendwie aus dem Land zu schaffen.«

»Soll *ich* mir den Lederbeutel um den Hals binden?« fragte Bob unglücklich.

»Vielleicht. Aber wahrscheinlich wird dir noch ein sichererer Weg einfallen, sie nach Europa zu schicken.«

»Du irrst dich, Ali. Ich habe keine Ahnung, wie man so etwas anfängt.«

Ali lehnte sich gelassen in seinen Sessel zurück und lächelte amüsiert.

»Du hast einen hellen Kopf, und du bist ehrlich. Du hast auch oft gute Ideen, daran erinnere ich mich noch aus unserer Schulzeit . . . Ich werde dir Namen und Adresse eines mir bekannten

Juwelenhändlers geben, mit dem du dich in Verbindung setzen wirst, falls ich umkommen sollte. Schau nicht so unglücklich drein, Bob. Ich weiß, daß du dein Bestes tun wirst, um meine Wünsche zu erfüllen. Niemand wird dir Vorwürfe machen, wenn es dir wider Erwarten nicht gelingen sollte. Alles liegt in Allahs Hand, sein Wille wird geschehen.«
Bob schlug die Hände vors Gesicht.
»Das ist doch Irrsinn, Ali!«
»Durchaus nicht. Aber ich bin nun einmal Fatalist.«
»Dreiviertel Millionen Pfund, Ali! Glaubst du nicht, daß Steine von diesem Wert selbst einen grundanständigen Menschen in Versuchung führen können?«
Ali Yusuf sah seinen Freund liebevoll an.
»Sonderbarerweise habe ich diesbezüglich nicht die geringsten Sorgen«, sagte er.

2

Bob Rawlinson hörte den Widerhall seiner Schritte in den langen Marmorgängen des Palastes. Noch nie in seinem Leben hatte er sich so unglücklich gefühlt. Es war eine furchtbare Verantwortung, Juwelen von diesem Wert in der Hosentasche mit sich herumzutragen. Wahrscheinlich konnte ihm jeder seine innere Unruhe vom Gesicht ablesen ... Er wäre sehr erleichtert gewesen, hätte er geahnt, daß der Ausdruck seines sommersprossigen Gesichts so gutmütig und harmlos war wie immer.
Die Palastwachen präsentierten das Gewehr, als Bob das Schloß verließ. Er schlenderte, noch immer ziemlich verstört, die Hauptstraße von Ramat hinunter. Wohin sollte er gehen? An wen konnte er sich wenden? Was für Pläne sollte er schmieden? Er wußte es nicht, aber er mußte schnell einen Entschluß fassen, denn die Zeit war knapp.
Die Straße war, wie alle Geschäftsstraßen im Mittleren Osten, eine Mischung von Prunk und Elend. Die eleganten Neubauten und Banken ragten zum Himmel empor. In den Schaufenstern der kleinen, unmodernen Läden lagen minderwertige Plastikwa-

ren, bunte Kinderkleider, Allerweltsheilmittel und billige Zigarettenanzünder in unübersichtlichem Durcheinander. In einem winzigen Geschäft gab es alle Arten von Schweizer Uhren; allerdings mochte man allein durch die Menge der Uhren mißtrauisch werden und vor einem Kauf zurückschrecken.
Bob, der in seiner Verwirrung mit verschiedenen Leuten in der Tracht des Landes und mit ein oder zwei europäisch gekleideten Personen zusammenstieß, riß sich schließlich zusammen.
Er ging in ein Café und bestellte einen Tee mit Zitrone. Während er ihn langsam schlürfte, begann er allmählich ruhiger zu werden. Ihm gegenüber saß ein ältlicher Araber, der friedlich eine Bernsteinkette durch seine Finger gleiten ließ. Hinter ihm saßen zwei Männer, die Tricktrack spielten. Hier konnte man in Ruhe nachdenken.
Und er *mußte* nachdenken und einen Weg finden, die ihm anvertrauten Juwelen aus dem Lande zu schaffen. Er durfte keine Zeit verlieren, denn die Revolution konnte jeden Augenblick ausbrechen.
Ali war wirklich verrückt, ihm so mir nichts, dir nichts dreiviertel Millionen anzuvertrauen und sich darauf zu verlassen, daß Allah einen Ausweg finden würde. Für Bob waren diese Dinge nicht so einfach. Was sollte er nur mit den Juwelen machen?
Er dachte an die Fluggesellschaft – aber nein, das ging auch nicht; die würde sich bestimmt weigern, sich in Alis Privatangelegenheiten verwickeln zu lassen.
Er mußte eine Privatperson finden, die im Begriff war, das Land unauffällig und auf dem normalen Weg zu verlassen; am besten einen Geschäftsmann oder einen Touristen, jemanden, der nichts mit Politik zu tun hatte und dessen Gepäck nur flüchtig oder gar nicht durchsucht werden würde. Natürlich mußte man darauf gefaßt sein, auf dem Londoner Flughafen eine Sensation hervorzurufen. »Versuch, Juwelen im Wert von dreiviertel Millionen Pfund ins Land zu schmuggeln!« Und so weiter, und so weiter ... Nun, das mußte man eben in Kauf nehmen.
Ein gewöhnlicher Reisender, eine vertrauenswürdige Person. Aber natürlich! Wie hatte er das nur vergessen können. Bob faßte sich an den Kopf: Joan, seine Schwester Joan Sutcliffe. Joan hatte zwei Monate hier verbracht, weil der Arzt ihrer Tochter Jennifer

nach einer schweren Lungenentzündung einen Aufenthalt in einem trockenen, sonnigen Klima verordnet hatte. Sie wollten in drei oder vier Tagen auf dem Seeweg nach England zurückfahren. Joan war die ideale Person. Was hatte Ali über Frauen und Juwelen gesagt? Bob lächelte. Die brave Joan würde selbst über dem kostbarsten Schmuck nicht den Kopf verlieren. Sie stand mit beiden Beinen fest auf der Erde. Ja, auf Joan konnte man sich verlassen.

Nein, einen Augenblick ... konnte er sich wirklich auf Joan verlassen? Auf ihre Ehrlichkeit bestimmt, aber auf ihre Diskretion? Bob schüttelte bedauernd den Kopf. Joan würde darüber reden oder zumindest Andeutungen machen ... »Ich hab etwas sehr Wichtiges nach England zu bringen, aber ich darf nicht darüber sprechen, mit *keinem Menschen*. Sehr aufregend!«

Joan hatte es noch nie fertiggebracht, etwas für sich zu behalten, obwohl sie das energisch bestritt, wenn man es ihr ins Gesicht sagte. Joan durfte also nicht wissen, was sie mitnahm – das wäre am sichersten. Er würde die Steine in einen kleinen, ganz gewöhnlichen Pappkarton packen und ihr ein Märchen erzählen. Ein Geschenk? Eine Verpflichtung? Ein Auftrag? Es würde ihm schon etwas einfallen ...

Bob sah auf die Uhr und stand auf.

Es war höchste Zeit.

Trotz der Mittagshitze ging er mit schnellen, entschlossenen Schritten davon. Hier schien alles ruhig und normal zu sein. Nur im Palast war man sich des schwelenden Feuers bewußt, der flüsternden Spitzel, der heimtückischen Verräter. Alles hing von der Armee ab. Würde sie sich loyal verhalten? Wer war zuverlässig? Wer ein Rebell? Auf jeden Fall würde ein Staatsstreich versucht werden. Würde er erfolgreich sein oder nicht?

Bob betrat stirnrunzelnd das führende Hotel von Ramat. Es trug den großartigen Namen »Ritz Savoy« und hatte eine anspruchsvolle moderne Fassade. Es war vor drei Jahren mit großem Tamtam von einem schweizerischen Direktor, einem österreichischen Koch und einem italienischen *Maître d'hôtel* eröffnet worden. Alles schien wunderbar. Dann war als erster der Österreicher gegangen, gefolgt von dem Schweizer. Jetzt hatte auch der Italiener das Hotel verlassen. Die Karte war reichhaltig, aber das Essen

schlecht. Die Bedienung war unmöglich, und die Wasserversorgung funktionierte nicht mehr richtig.
Der Empfangschef, der Bob gut kannte, strahlte ihn an.
»Guten Morgen, Major. Wollten Sie Ihre Schwester besuchen? Sie ist mit der Kleinen rausgefahren – zu einem Picknick.«
»Ein Picknick?« Bob war außer sich – warum mußte sie gerade heute einen Ausflug machen ...
»Mit Mr. und Mrs. Hurst von der Ölgesellschaft«, erklärte der Empfangschef. Hier wußten alle über alles Bescheid ... »Sie sind zum Kalat-Diwa-Damm gefahren.«
Bob fluchte leise. Wer weiß, wann Joan zurückkommen würde.
»Ich möchte in ihr Zimmer gehen«, sagte er und bat um den Schlüssel, der ihm bereitwillig ausgehändigt wurde.
Er schloß die Tür auf und ging hinein. Das große Zweibettzimmer machte einen chaotischen Eindruck. Joan Sutcliffe war ein ziemlich unordentlicher Mensch. Auf einem Sessel lagen Golfschläger und auf dem Bett ein Tennisschläger. Über den Tisch waren Postkarten, Filme, Bücher und Reiseandenken verstreut, die größtenteils in Birmingham und in Japan hergestellt worden waren.
Bob sah sich um; sein Blick fiel auf Koffer und Reisetasche. Er stand vor einem Problem. Er würde Joan nicht mehr sprechen, bevor er mit Ali abflog, denn der Damm war weit vom Hotel entfernt. Er könnte ihr das Päckchen und einen Brief zurücklassen – aber nein, das war ganz unmöglich. Er wußte nur zu gut, daß man ihn beobachtete. Wahrscheinlich war man ihm vom Palast zum Café und vom Café zum Hotel gefolgt. Er hatte zwar niemanden gesehen, aber er wußte, daß die Rebellen geschickte Spitzel besaßen. Es war ganz in Ordnung, daß er seine Schwester in ihrem Hotel besuchte, aber wenn er ein Päckchen und einen Brief hinterließ, würde das Päckchen geöffnet und der Brief gelesen werden.
Zeit ... Zeit ... er hatte zuwenig Zeit!
Die kostbaren Juwelen brannten in seiner Hosentasche.
Er sah sich im Zimmer um ...
Dann grinste er und zog die kleine Werkzeugtasche heraus, die er immer bei sich trug. Unter den Sachen seiner Nichte Jennifer fand er etwas Plastilin, das er gut gebrauchen konnte.
Er arbeitete schnell und geschickt. Einmal blickte er mißtrauisch

zum offenen Fenster. Nein, das Zimmer hatte keinen Balkon. Niemand konnte ihn beobachten, seine Nerven mußten ihm einen Streich gespielt haben.
Er beendete seine Arbeit und nickte zufrieden. Er war ganz sicher, daß weder Joan noch sonst irgendwer etwas bemerken würde – bestimmt nicht Jennifer, die ein egozentrisches Kind war und sich nur für ihre eigenen Angelegenheiten interessierte.
Nachdem er die Überbleibsel seiner Tätigkeit vom Tisch gefegt und in seiner Tasche verstaut hatte, sah er sich nochmals zögernd um. Er erblickte Joans Schreibblock und starrte stirnrunzelnd auf den Bogen, der vor ihm lag. Er mußte ihr eine Botschaft hinterlassen, aber was konnte er schreiben? Nur Joan sollte den Inhalt seines Briefes verstehen, niemand sonst, dem das Schreiben in die Hände fiel, durfte wissen, um was es sich handelte . . . Leider war das ganz unmöglich. In den Kriminalromanen, die Bob in seiner Freizeit las, hinterließ man einfach Botschaften in einer Geheimschrift, die dann später erfolgreich entziffert wurde. Aber er hatte keine Ahnung, wie man so eine Geheimschrift erfand, außerdem besaß Joan zuwenig Phantasie, um eine Nachricht zu verstehen, die nicht klar und deutlich, versehen mit den nötigen Kommas und I-Punkten, auf dem Papier stand.
Plötzlich kam ihm die Erleuchtung. Er mußte die Sache ganz anders anfangen. Um die Aufmerksamkeit von Joan abzulenken, mußte er ihr einen völlig harmlosen Brief hinterlassen. Die eigentliche Botschaft würde er einer anderen Person geben, die sie Joan erst in England überbringen sollte. Er begann schnell zu schreiben:

> Liebe Joan, ich bin nur kurz vorbeigekommen, um Dich zu fragen, ob Du heute abend eine Runde Golf mit mir spielen willst. Nehme allerdings an, daß Du nach dem Ausflug zum Damm viel zu müde sein wirst. Wie wär's mit morgen? Ich treffe Dich um fünf im Club.
>
> Herzlichst Dein Bob.

Eine völlig belanglose Nachricht für die Schwester, die er vielleicht nie wiedersehen würde – aber je belangloser, desto besser! Joan durfte auf gar keinen Fall in diese gefährliche Sache verwik-

kelt werden, sie durfte nicht einmal ahnen, daß er selbst darin verwickelt war.
Joan konnte nicht heucheln, deshalb war sie nur dann sicher, wenn sie nichts wußte.
Der Brief erfüllte außerdem einen doppelten Zweck; denn es ging daraus hervor, daß Bob keine Reisepläne hatte.
Er blieb noch eine Minute nachdenklich sitzen, dann stand er auf, ging zum Telefon und verlangte die Nummer der englischen Botschaft. Gleich darauf wurde er mit seinem Freund Edmundson, dem dritten Sekretär, verbunden.
»John? Hier spricht Bob Rawlinson. Kannst du dich nach Büroschluß mit mir treffen? ... Geht es nicht etwas früher? ... Bitte, tu mir den Gefallen, es ist sehr wichtig, es handelt sich nämlich um ein Mädchen ...« Er räusperte sich verlegen. »Sie ist fabelhaft – das hat die Welt noch nicht gesehen! Aber leider ziemlich schwierig ...«
»Was du immer für Mädchengeschichten hast, Bob«, erwiderte Edmundson steif und leicht vorwurfsvoll. »Also, wenn's sein muß ... paßt es dir um zwei?«
Edmundson legte den Hörer auf, und gleich darauf hörte Bob noch ein leises Knacken in der Leitung ...
Gut – Edmundson hatte ihn sofort verstanden. Er und Bob benutzten oft einen Geheimcode, da in Ramat sämtliche Telefongespräche abgehört wurden. »Ein fabelhaftes Mädchen – das hat die Welt noch nicht gesehen«, bedeutete, daß es sich um etwas sehr Dringendes handelte. Er würde Edmundson um zwei Uhr vor der Bank treffen und in sein Auto steigen. Dort würde er ihm von dem Versteck erzählen und ihm sagen, daß Joan nichts davon wisse. Er würde Edmundson auch zu verstehen geben, daß seine Aufgabe von ausschlaggebender Bedeutung sein würde, falls ihm, Bob, etwas zustoßen sollte. Da Joan und Jennifer auf einem Frachtschiff zurückfuhren, würden sie erst in sechs Wochen in England sein. Bis dahin hätte die Revolution höchstwahrscheinlich stattgefunden. Entweder würde sie erfolgreich sein oder niedergeschlagen werden. Ali Yusuf würde in Europa sein ... Er mußte Edmundson das unbedingt Notwendige mitteilen, aber nicht mehr.
Bob blickte sich zum letzten Mal im Zimmer um. Es sah unverän-

dert unordentlich, friedlich und wohnlich aus. Nur sein harmloser Brief an Joan lag auf dem Schreibtisch.
Er ging aus dem Zimmer. Im Korridor begegnete ihm niemand.

Die Frau, die im Zimmer neben Joan Sutcliffe wohnte, verließ ihren Balkon. Sie hielt einen Spiegel in der Hand.
Sie war ursprünglich auf den Balkon gegangen, um ein einzelnes Haar besser sehen zu können, das auf ihrem Kinn wuchs. Sie zog es mit eine Pinzette heraus, dann studierte sie ihr Gesicht eingehend im hellen Sonnenlicht. In diesem Augenblick sah sie etwas im Nebenzimmer. Sie hielt ihren Spiegel in einem bestimmten Winkel, so daß sich der Spiegel des Kleiderschrankes im benachbarten Zimmer darin reflektierte. Und in diesem Spiegel beobachtete sie einen Mann, der etwas sehr Merkwürdiges tat.
Es war so merkwürdig und unerwartet, daß sie regungslos stehenblieb und ihn nicht mehr aus den Augen ließ. Er saß, mit dem Rücken zum Spiegel, am Tisch und konnte sie nicht sehen. Hätte er den Kopf umgewandt, würde er den Reflex ihres Spiegels im Schrankspiegel bemerkt haben, aber er war zu sehr in seine Arbeit vertieft, um sich umzublicken.
Einmal schaute er allerdings auf und wandte den Kopf zum Fenster. Da es dort nichts zu sehen gab, senkte er ihn wieder.
Die Frau beobachtete ihn, bis er seine Arbeit beendet hatte. Dann sah sie ihn einen Brief schreiben, den Bogen in einen Umschlag stecken und auf den Schreibtisch legen. Danach entfernte er sich aus ihrem Blickfeld, aber sie hörte seine Stimme am Telefon. Sie konnte nicht genau verstehen, was er sagte, jedoch klang seine Stimme fröhlich und unbeschwert. Gleich darauf hörte sie, wie die Tür geschlossen wurde.
Die Frau wartete ein paar Minuten, dann öffnete sie die Tür ihres Zimmers. Am anderen Ende des Korridors machte sich ein Araber mit einem Federbesen zu schaffen. Als er sie sah, verschwand er um die Ecke.
Die Frau ging rasch zur Tür des Nebenzimmers, die, wie sie erwartet hatte, verschlossen war. Es gelang ihr, die Tür mit Hilfe einer Haarnadel und eines Federmessers schnell und geschickt zu öffnen.
Sie betrat das Zimmer, machte die Tür hinter sich zu und ging so-

fort zum Schreibtisch. Der Briefumschlag war nur leicht zugeklebt und ließ sich mühelos öffnen. Sie las den Brief stirnrunzelnd. Der Inhalt war völlig belanglos.
Sie klebte den Umschlag wieder zu und legte ihn zurück auf den Schreibtisch. Dann ging sie in die gegenüberliegende Ecke. Dort blieb sie mit ausgestreckter Hand stehen, denn sie hörte Stimmen von der Terrasse unterm Fenster.
Sie erkannte die Stimme der Frau, die in diesem Zimmer wohnte. Es war eine entschlossene, selbstsichere Stimme.
Sie eilte zum Fenster.
Joan Sutcliffe und ihre Tochter Jennifer, ein blasses, aber kräftig gebautes fünfzehnjähriges Mädchen, standen mit einem großen, unglücklich aussehenden Engländer auf der Terrasse. Joan redete verärgert auf den jungen Konsularbeamten ein.
»Das ist doch einfach lächerlich! Hier ist alles ruhig und normal. Die Leute sind, wie immer, höflich und nett. Ich halte es für sinnlose Panikmache.«
»Auch wir hoffen, daß unsere Vorsicht sich als übertrieben erweisen wird, Mrs. Sutcliffe, aber die Verantwortung, die Seine Exzellenz. . .«
Mrs. Sutcliffe ließ ihn nicht weiterreden. Es interessierte sie nicht, ob sich der Botschafter für sie verantwortlich fühlte.
»Wir haben sehr viel Gepäck, und wir beabsichtigen, am kommenden Mittwoch auf einem Frachter nach England zu fahren. Der Arzt meint, daß die lange Seereise Jennifer guttun wird. Ich weigere mich entschieden, meine Pläne zu ändern. Warum sollten wir zurückfliegen? Wozu diese lächerliche Eile?«
Der unglückliche junge Mann erklärte, daß Mrs. Sutcliffe und ihre Tochter nur bis Aden zu fliegen brauchten; dort könnten sie noch immer das Schiff nehmen.
»Mit dem ganzen Gepäck?«
»Ja, dran haben wir natürlich gedacht. Unten steht bereits ein Wagen mit Gepäckanhänger. Wir können sofort alles aufladen.«
»Also gut.« Mrs. Sutcliffe kapitulierte. »Dann werden wir eben packen.«
»Und zwar sofort – wenn ich bitten darf.«
Die Frau in Mrs. Sutcliffes Zimmer ging schnell auf die Tür zu. Im Vorbeigehen las sie die Adresse auf einem der Kofferanhänger.

Sie verließ das Zimmer und öffnete ihre eigene Tür in dem Augenblick, als Mrs. Sutcliffe um die Ecke des Korridors bog.
Der Empfangschef folgte ihr auf dem Fuß.
»Ihr Bruder, der Pilot, war hier, Mrs. Sutcliffe. Er ist hinauf in Ihr Zimmer gegangen, aber ich glaube, daß er das Hotel schon wieder verlassen hat. Sie müssen ihn gerade verfehlt haben.«
»Wie schade«, erwiderte Mrs. Sutcliffe, dann wandte sie sich an Jennifer. »Wahrscheinlich ist Bob auch in unnötiger Panik. Ich selbst habe keine Anzeichen von Unruhe in den Straßen bemerkt . . . Die Tür ist nicht verschlossen – wie unzuverlässig das Personal hier ist!«
»Vielleicht hat Onkel Bob vergessen abzuschließen«, meinte Jennifer.
»Zu dumm, daß ich ihn nicht gesprochen habe . . . Ach, hier liegt ja ein Brief.«
Sie riß den Umschlag auf.
»Bob wenigstens ist nicht in Panik verfallen«, sagte sie triumphierend. »Er scheint völlig ahnungslos zu sein. Diese Diplomaten hören das Gras wachsen . . . Ich hasse es, in der größten Hitze zu packen. Das Zimmer ist wie ein Backofen. So, Jennifer, nimm deine Sachen aus dem Schrank und aus den Schubladen. Wir müssen jetzt alles schnell in die Koffer werfen. Später können wir dann wieder umpacken.«
»Ich habe noch nie eine Revolution erlebt«, stellte Jennifer nachdenklich fest.
»Hier wirst du bestimmt keine erleben«, entgegnete ihre Mutter ärgerlich. »Ich halte die ganze Aufregung für grundlos. Nichts wird geschehen.«
Jennifer zeigte sich enttäuscht.

3

Etwa sechs Wochen später klopfte ein junger Mann diskret an die Tür eines Zimmers in Bloomsbury, im Zentrum Londons.
Man bat ihn einzutreten.
In einem kleinen Zimmer saß ein korpulenter Mann mittleren Al-

ters zusammengesunken an einem Schreibtisch. Sein zerknitterter Anzug war vcn Zigarrenasche bestäubt. Die Fenster waren geschlossen, und die Luft war zum Ersticken.
»Sie wünschen?« fragte der Dicke gereizt. Seine Augen waren nur halb geöffnet. »Was ist denn jetzt schon wieder los?«
Es wurde behauptet, daß Colonel Pikeaway meistens im Begriff sei, einzuschlafen oder aufzuwachen. Außerdem wollte man wissen, daß er weder Pikeaway heiße noch Colonel sei. Aber die Leute reden viel, wenn der Tag lang ist ...
»Ein Mr. Edmundson vom Auswärtigen Amt möchte Sie sprechen, Colonel.«
»Edmundson?« Colonel Pikeaway blinzelte verschlafen. »War der nicht dritter Sekretär bei unserer Botschaft in Ramat, als die Revolution ausbrach?«
»Jawohl, Colonel.«
»Na, dann muß ich ihn wohl empfangen«, brummte Colonel Pikeaway mißmutig. Er setzte sich auf und klopfte die Asche von seinem Bauch.
Mr. Edmundson war jung, groß und blond. Er war sehr korrekt gekleidet und verfügte über entsprechende Manieren, obwohl seine ruhigen Züge eine gewisse Mißbilligung auszudrücken schienen.
»Colonel Pikeaway? Ich bin John Edmundson. Man hat mich zu Ihnen geschickt in der Annahme, daß Sie mich zu sprechen wünschen.«
»Tatsächlich? Wird wohl so sein«, entgegnete der Colonel. »Nehmen Sie Platz«, fügte er hinzu.
Seine Augen begannen wieder zuzufallen, aber bevor sie sich ganz schlossen, begann er zu sprechen.
»Sie waren während der Revolution in Ramat?«
»Ja – es war furchtbar.«
»Das kann ich mir vorstellen. Sie waren ein Freund von Bob Rawlinson, nicht wahr?«
»Ja, ich kenne ihn ziemlich gut.«
»Falsche Zeitform«, erklärte Pikeaway. »Er ist tot.«
»Ja, ich weiß, Colonel, aber ich war nicht ganz sicher ...« Er machte eine Pause.
»Hier brauchen Sie kein Blatt vor den Mund zu nehmen«, sagte

Colonel Pikeaway. »Wir sind über alles informiert – jedenfalls tun wir so. Rawlinson war der Pilot des Flugzeugs, in dem Ali Yusuf Ramat am Tag der Revolution verlassen hat. Seitdem ist das Flugzeug verschollen – mag an einem unzugänglichen Ort gelandet oder abgestürzt sein. Die Trümmer eines Zweisitzers wurden in den Arolez-Bergen entdeckt. Und zwei Leichen. Die Nachricht wird morgen an die Presse weitergegeben. Stimmt's?«

Edmundson nickte.

»Wir sind genau im Bilde, dazu sind wir schließlich da«, erklärte Pikeaway. »Das Flugzeug mag im Nebel an einem Berg zerschellt sein, aber wir glauben eher an Sabotage. Wahrscheinlich eine Zeitbombe. Wir warten noch auf einen ausführlichen Bericht. Man hat eine Belohnung für weitere Informationen ausgesetzt, aber die Nachrichten tröpfeln nur. Wir haben uns entschlossen, eine Reihe von Sachverständigen an den Unglücksort zu schicken. Allerdings hat man es unseren Leuten nicht leichtgemacht. Gesuche an die Behörden, Verhandlungen, Bestechungen, Trinkgelder in die ausgestreckten Hände – na, Sie wissen ja Bescheid.«

Er sah Edmundson forschend an.

»Eine traurige Angelegenheit«, sagte Edmundson. »Prinz Ali Yusuf wäre ein modernes Staatsoberhaupt mit demokratischen Prinzipien gewesen.«

»Genau deshalb haben sie den armen Kerl wahrscheinlich umgebracht«, erklärte Colonel Pikeaway. »Aber wir haben keine Zeit, uns über sein trauriges Schicksal zu unterhalten. Wir haben den Auftrag erhalten, gewisse Erkundigungen einzuziehen, und zwar von einer bestimmten Stelle, die das Vertrauen der Regierung Ihrer Majestät genießt.« Er sah Edmundson scharf an. »Wissen Sie, worum es sich handelt?«

»Ich habe etwas läuten hören«, erwiderte Edmundson zögernd.

»Vielleicht haben Sie gehört, daß man unter den Trümmern und in den Taschen der Leichen keinerlei Wertgegenstände gefunden hat. Man nimmt nicht an, daß die Bauern der Gegend etwas gestohlen haben, allerdings würde ich keinen Eid darauf leisten. Bauern können ebenso verschwiegen sein wie das Auswärtige Amt. Haben Sie sonst noch etwas gehört?«

»Nein.«

»Wissen Sie wirklich nicht, daß bestimmte Wertgegenstände vermißt werden? Weshalb hat man Sie eigentlich zu mir geschickt?«
»Um etwaige Fragen zu beantworten«, erwiderte Edmundson steif.
»Na also! Und wenn ich Fragen stelle, erwarte ich Antworten.«
»Das versteht sich.«
»Anscheinend nicht bei den Herren vom Diplomatischen Dienst«, bemerkte Colonel Pikeaway spitz. »Aber kommen wir zur Sache. Hat sich Bob Rawlinson mit Ihnen in Verbindung gesetzt, bevor er Ramat verließ? Natürlich ist uns bekannt, daß er der Vertraute des Prinzen Ali Yusuf war, und wir möchten wissen, ob er Ihnen irgend etwas gesagt hat.«
»Wie kommen Sie darauf, Colonel?«
Colonel Pikeaway sah ihn scharf an, dann kratzte er sich hinter dem Ohr.
»Wenn Sie darauf bestehen, sich in diplomatisches Schweigen zu hüllen, kann man nichts machen«, bemerkte er ärgerlich. »Aber meiner Ansicht nach übertreiben Sie etwas, lieber Edmundson. Wenn Sie jedoch weiter vorgeben, von nichts zu wissen, ist der Fall für mich erledigt.«
»Ich bin nicht ganz sicher, aber ich glaube, daß Bob die Absicht hatte, mir etwas Wichtiges mitzuteilen«, erklärte Edmundson nach einigem Zögern.
»Das bestätigt meine Vermutungen. Können Sie mir mehr darüber erzählen?«
»Leider nicht viel, Colonel. Bob und ich hatten eine einfache Geheimsprache, da wir wußten, daß alle Telefongespräche in Ramat abgehört wurden. Er war über die Vorgänge im Palast informiert, und ich konnte ihm manchmal wichtige Nachrichten von draußen übermitteln. Wenn wir von einem schönen Mädchen schwärmten und sagten: ›Das hat die Welt noch nicht gesehen‹, so bedeutete das, daß wir uns etwas Wichtiges mitzuteilen hatten. Am Tag, an dem die Revolte begann, rief Bob mich an und benutzte diese Phrase. Wir verabredeten uns vor der Handelsbank, in der Hauptstraße, aber wir konnten uns nicht mehr treffen, da kurz nach unserem Telefongespräch Unruhen ausbrachen und die Straße von der Polizei gesperrt wurde. Ich hatte

keine Möglichkeit mehr, mit Bob zu sprechen, der am gleichen Nachmittag mit Prinz Ali Yusuf das Land verließ.«

»Ich verstehe ... Wußten Sie, von wo aus er Sie angerufen hatte?« fragte Colonel Pikeaway.

»Nein, keine Ahnung.«

»Das ist ein Jammer.«

Der Colonel machte eine kurze Pause, dann fuhr er fort: »Kennen Sie übrigens Mrs. Sutcliffe?«

»Bob Rawlinsons Schwester? Ja, natürlich, allerdings nur flüchtig. Sie war mit ihrer Tochter in Ramat.«

»Bestand ein sehr enges Verhältnis zwischen Mrs. Sutcliffe und ihrem Bruder?«

Edmundson überlegte.

»Nein, eigentlich nicht. Bob war viel jünger, und sie spielte die ältere Schwester, wie sie im Buch steht. Außerdem mochte er seinen Schwager nicht, den er für einen hochnäsigen Burschen hielt.«

»Da hatte er nicht ganz unrecht; Sutcliffe ist einer unserer führenden Großindustriellen, arrogant und eingebildet ... Aber das gehört nicht zur Sache. Halten Sie es für wahrscheinlich, daß Rawlinson seiner Schwester ein Geheimnis anvertraut hat?«

»Schwer zu sagen, aber ich glaube es kaum.«

»Ich bin ganz Ihrer Meinung.« Pikeaway seufzte. »Übrigens befinden sich Mrs. Sutcliffe und ihre Tochter noch an Bord der ›Eastern Queen‹, die morgen in Tilbury landen soll.«

Er betrachtete den jungen Diplomaten nachdenklich, dann streckte er ihm plötzlich die Hand entgegen.

»Vielen Dank für Ihren Besuch.«

»Keine Ursache. Es tut mir leid, daß ich Ihnen nicht mehr Informationen geben konnte.«

John Edmundson ging, und der diskrete junge Mann trat wieder ins Zimmer.

»Eigentlich wollte ich ihn bitten, Mrs. Sutcliffe in Tilbury abzuholen, um ihr die traurige Nachricht zu überbringen, weil er ein Freund ihres Bruders war«, erklärte Colonel Pikeaway. »Inzwischen habe ich es mir jedoch anders überlegt. Er ist so entsetzlich steif und förmlich. Das hat man ihm beim Auswärtigen Amt beigebracht. Ich werde lieber Derek hinschicken ... aber als erstes muß ich etwas mit Ronnie besprechen. Bitten Sie ihn, sofort zu mir zu kommen.«

Colonel Pikeaway schien gerade wieder im Begriff zu sein einzuschlafen, als Ronnie ins Zimmer kam. Er war jung, groß und kräftig und machte einen vergnügten, etwas spitzbübischen Eindruck.

Pikeaway betrachtete ihn einen Augenblick, dann fragte er lächelnd: »Hätten Sie Lust, in ein Mädchenpensionat einzudringen?«

»In ein Mädchenpensionat?« wiederholte der junge Mann stirnrunzelnd. »Das wäre mal eine Abwechslung! Was geht in dieser Schule vor? Haben die Mädchen in der Chemiestunde heimlich Bomben fabriziert?«

»Sie sind auf der falschen Fährte, mein Lieber! Es handelt sich um ein sehr vornehmes Internat – um Meadowbank.«

»Ja, ist denn das die Möglichkeit?«

»Halten Sie Ihren vorlauten Mund und hören Sie zu. Prinzessin Shanda, die Kusine und einzige nahe Verwandte des verstorbenen Prinzen Ali Yusuf, kommt fürs nächste Schuljahr nach Meadowbank. Bisher ist sie in der Schweiz zur Schule gegangen.«

»Soll ich sie vielleicht entführen?«

»Unsinn! Versuchen Sie doch zur Abwechslung mal ernsthaft zu sein, Ronnie! Ich halte es für möglich, daß Shanda bald im Mittelpunkt des Interesses stehen wird, und ich möchte, daß Sie die Entwicklungen in Meadowbank aus unmittelbarer Nähe beobachten. Genauere Anweisungen kann ich Ihnen vorläufig nicht geben. Ich weiß nicht, was geschehen wird oder wer dort auftauchen mag. Sollten sich verdächtige Gestalten zeigen, bitte ich Sie, uns umgehend zu verständigen.«

Der junge Mann nickte.

»Unter welchem Vorwand soll ich mir Zutritt verschaffen? Vielleicht als Zeichenlehrer?«

»In Meadowbank gibt es nur Lehrerinnen . . . wie wäre es, wenn wir Sie zum Gärtner ernennen würden?«

»Zum Gärtner?«

»Warum nicht? Wenn ich mich nicht irre, verstehen Sie sogar etwas davon.«

»Allerdings. Ich habe in jungen Jahren eine Artikelserie über ›Freuden und Leiden des Gärtners‹ für die *Sunday Mail* geschrieben.«

»Das beweist noch nicht, daß Sie praktische Kenntnisse besitzen – und darauf kommt es hier an . . . in die Hände spucken, den Spaten fest anpacken, umgraben, düngen, rechen, jäten, tiefe Gräben für die Wicken ziehen, schwer arbeiten – können Sie das?«

»Natürlich, das habe ich von Jugend auf getan.«

»Das wollte ich nur hören, Ronnie, denn ich kannte Ihre Mutter und bin überzeugt, daß sie ihre Kinder zu praktischen Menschen erzogen hat. Gut, das wäre erledigt.«

»Wissen Sie, ob in dem Internat ein Gärtner *gebraucht* wird?«

»Es gibt kein englisches Landhaus, dessen Besitzer nicht verzweifelt nach Gärtnern sucht. Die Nachfrage ist viel größer als das Angebot. Nein, darüber brauchen Sie sich nicht den Kopf zu zerbrechen. Wir werden Ihnen erstklassige Zeugnisse mitgeben, und man wird Sie mit Begeisterung anstellen. Sie haben übrigens keine Zeit zu verlieren, da der Unterricht am 29. beginnt.«

»Ich soll also mit weit offenen Augen und gespitzten Ohren im Garten arbeiten . . .«

»Stimmt. Und vermeiden Sie möglichst, sich von einem temperamentvollen Teenager verführen zu lassen. Wir wollen nicht riskieren, daß Sie Ihre Stellung zu schnell wieder verlieren.«

Colonel Pikeaway nahm einen Bleistift und ein Notizbuch zur Hand.

»Wie wollen Sie sich nennen?«

»›Adam‹ wäre vielleicht nicht unangebracht.«

»Familienname?«

»Was halten Sie von ›Eden‹?«

»Lassen Sie die Witze . . . Sagen wir: ›Adam Goodman‹. Legen Sie mit Jenson alle notwendigen Einzelheiten im Hinblick auf Ihre Vergangenheit fest. Danach bewerben Sie sich unverzüglich um den Posten eines Gärtners.« Pikeaway sah auf die Uhr. »Ich muß unsere Unterredung jetzt abbrechen, denn ich möchte Mr. Robinson nicht warten lassen.«

Adam – um ihn bei seinem neuen Namen zu nennen – blieb an der Tür stehen.

»Sie erwarten Mr. Robinson?« fragte er neugierig.
»Das haben Sie doch gehört.« Auf dem Schreibtisch surrte eine Klingel. »Das ist er – pünktlich wie immer.«
Adam konnte seine Neugier nicht bezähmen.
»Wer ist dieser Robinson? Wie heißt er wirklich?«
»Er heißt Robinson, mehr kann ich Ihnen im Augenblick nicht sagen.«

Der Mann, der jetzt ins Zimmer trat, sah tatsächlich nicht wie ein Mr. Robinson aus. Viel eher hätte er Demetrius, Isaaksohn oder Perenna heißen können; er mochte ein Grieche, ein Jude, ein Spanier oder ein Südamerikaner sein – es war schwer, ihn herkunftsmäßig einzuordnen. Nur wie ein durchschnittlicher Engländer mit dem weitverbreiteten Namen Robinson wirkte er nicht.
Er war korpulent, elegant gekleidet, und sein Teint schien gelblich. Er hatte melancholische dunkle Augen, eine hohe Stirn, einen großzügigen Mund und übertrieben weiße Zähne. Seine gutgeformten Hände waren sorgfältig manikürt. Er sprach ein akzentfreies Englisch.
Colonel Pikeaway und Mr. Robinson begrüßten sich mit der Höflichkeit regierender Fürsten.
Nachdem sein Gast dankend eine Zigarre angenommen hatte, sagte der Colonel: »Wir sind Ihnen sehr dankbar, daß Sie sich bereit erklärt haben, uns zu helfen.«
Mr. Robinson machte mit sichtlichem Genuß ein paar Züge.
»Das ist doch selbstverständlich, lieber Pikeaway«, bemerkte er liebenswürdig. »Wie Sie wissen, komme ich viel herum und treffe die verschiedensten Leute. Merkwürdigerweise schenken sie mir oft ihr Vertrauen. Manchmal frage ich mich wirklich, warum.«
Colonel Pikeaway ging nicht weiter auf diese Bemerkung ein, sondern fragte ohne Umschweife: »Dann wissen Sie wohl auch, daß Prinz Ali Yusufs Flugzeug gefunden worden ist?«
»Vorigen Mittwoch«, erwiderte Mr. Robinson. »Schwieriger Flug, aber das Unglück war nicht die Schuld des Piloten. Die Maschine ist kurz vor dem Abflug beschädigt worden, und zwar von einem gewissen Achmed, einem Flugzeugmechaniker, den

Bob Rawlinson für äußerst zuverlässig hielt. Leider hat er sich geirrt. Achmed hat übrigens jetzt einen sehr einträglichen Posten unter dem neuen Regime.«

»Es war also tatsächlich ein Sabotageakt! Wir waren unserer Sache bisher noch nicht ganz sicher. Tragische Angelegenheit!«

»Der arme Prinz Ali war den Intrigen und der Korruption in Ramat nicht gewachsen. Wahrscheinlich war es ein Fehler, ihm eine englische Erziehung angedeihen zu lassen . . . Aber welchen Sinn hat es, über die Vergangenheit zu lamentieren? Ali Yusuf ist tot, und nichts ist so tot wie ein toter König. Wir, und auch Sie, Colonel, sind nun nur noch an Prinz Alis Hinterlassenschaft interessiert.«

»Worin besteht diese Hinterlassenschaft?«

Mr. Robinson zuckte die Achseln.

»Aus einem ansehnlichen Bankguthaben in Genf, einem kleinen Konto in London, ausgedehnten Besitzungen in seiner Heimat, die natürlich von den Rebellen beschlagnahmt wurden, und – aus einer persönlichen Kleinigkeit.«

»Einer Kleinigkeit?«

»Ich spreche nicht vom Wert des Gegenstandes, sondern von seinem äußeren Umfang. Es handelt sich um etwas, das man in der Tasche mit sich tragen kann.«

»Soviel ich weiß, hat man bei der Leiche nichts gefunden.«

»Nein, weil er dem jungen Rawlinson seine . . . seine Juwelen anvertraut hatte.«

»Wissen Sie das genau?« fragte Pikeaway erregt.

»Ganz genau weiß man es natürlich nicht«, erklärte Mr. Robinson fast entschuldigend. »Natürlich kann man nicht alle Palastgerüchte für bare Münze nehmen, aber in diesem Fall bin ich meiner Sache ziemlich sicher.«

»Aber auch bei Rawlinson wurde nichts gefunden.«

»Dann müssen sie auf eine andere Art aus dem Land geschmuggelt worden sein.«

»Auf welche Art? Haben Sie einen bestimmten Verdacht?«

»Nachdem Rawlinson die Juwelen erhalten hatte, verließ er den Palast und ging in ein Café in der Stadt. Dort soll er mit niemandem gesprochen oder sonstwie Kontakt aufgenommen haben. Dann begab er sich ins ›Ritz Savoy‹, wo seine Schwester wohnte. Er ging in ihr Zimmer hinauf und hielt sich dort etwa zwanzig Minuten

auf. Seine Schwester war nicht da. Nach Verlassen des Hotels ging Rawlinson zur Handelsbank, wo er sich einen Scheck auszahlen ließ. Als er das Bankgebäude verließ, hatte die Revolte bereits mit einem Aufstand der Studenten begonnen. Es verging einige Zeit, bis die Straße geräumt war. Danach machte Rawlinson sich auf den Weg zum Flugplatz, wo er die Maschine, im Beisein von Achmed, überprüfte.
Kurz darauf kam Ali Yusuf in seinem Auto auf dem Flugplatz an und erklärte, daß er den Bau des neuen Dammes von der Luft aus besichtigen wolle. Er und Rawlinson flogen ab und kehrten nicht mehr zurück.«
»Und zu welchem Schluß sind Sie gekommen?«
»Zum gleichen Schluß wie Sie, Colonel. Warum verbrachte Bob Rawlinson zwanzig Minuten im Zimmer seiner Schwester, wo er doch wußte, daß sie unterwegs war? Er schrieb ihr einen kurzen Brief; dazu brauchte er höchstens zwei Minuten. Was tat er in der übrigen Zeit?«
»Wollen Sie damit andeuten, daß er die Edelsteine im Gepäck seiner Schwester versteckt hat?«
»Es sieht so aus, nicht wahr? . . . Mrs. Sutcliffe und alle anderen Engländer wurden noch am selben Tag evakuiert. Sie wurde mit ihrer Tochter im Flugzeug nach Aden gebracht. Soviel ich weiß, kommt sie morgen in Tilbury an.«
Pikeaway nickte.
»Ich rate Ihnen, sie nicht aus den Augen zu lassen«, sagte Mr. Robinson.
»Darauf können Sie sich verlassen. Wir haben bereits alles arrangiert«, erwiderte der Colonel.
»Wenn sie die Juwelen hat, ist sie in großer Gefahr.«
Mr. Robinson schloß die Augen. »Ich hasse Gewalttaten.«
»Glauben Sie, daß es dazu kommen wird?«
»Gewisse Leute sind interessiert daran – gewisse unerwünschte Elemente – Sie verstehen?«
»Ich verstehe«, erwiderte Colonel Pikeaway finster.
»Das Ganze ist so verwirrend.« Wieder schüttelte Robinson traurig den Kopf.
»Sind Sie aus irgendeinem Grund persönlich interessiert?« fragte Pikeaway zurückhaltend.

»Ich bin Vertreter einer bestimmten Gruppe, die es sich zur Aufgabe gemacht hat, die Wahrheit herauszufinden«, erklärte Mr. Robinson in leicht vorwurfsvollem Ton. »Seine Hoheit hat einen Teil der Steine von meinem Syndikat erworben, und ich darf wohl sagen, daß wir sie Prinz Ali zu einem sehr günstigen Preis verkauft haben. Die von mir vertretenen Personen sind an der Auffindung der Juwelen interessiert, und ich bin sicher, daß wir da im Sinne des Verstorbenen handeln. Mehr kann ich im Augenblick nicht sagen. Diese Angelegenheit ist äußerst delikat.«
»Jedenfalls dienen Sie der gerechten Sache«, meinte Colonel Pikeaway lächelnd.
»Der gerechten Sache – zweifellos!« Er machte eine Pause. »Wissen Sie zufällig, wer die Nachbarn von Mrs. Sutcliffe im ›Ritz Savoy‹ in Ramat waren?«
»Einen Augenblick – ich glaube, ja. Im Zimmer links von Mrs. Sutcliffe wohnte, soviel ich weiß, eine gewisse Angelica de Toredo, eine spanische Tänzerin, die in einem Kabarett auftrat. Vielleicht war sie keine echte Spanierin und auch keine sehr gute Tänzerin – jedenfalls war sie beliebt bei den ›Kunden‹. Auf der anderen Seite soll eine Lehrerin gewohnt haben.«
Mr. Robinson nickte wohlwollend. »Es ist immer dasselbe. Ich komme her, um Ihnen etwas mitzuteilen, und dann stellt es sich heraus, daß Sie bereits Bescheid wissen.«
»Nein, nein. Nicht immer«, erwiderte Pikeaway liebenswürdig.
»Wir sind beide nicht schlecht informiert«, bemerkte Mr. Robinson.
Ihre Blicke trafen sich. Mr. Robinson stand auf und sagte: »Ich hoffe nur, daß wir gut genug informiert sind . . .«

4

»Ich weiß wirklich nicht, warum es immer regnet, wenn man nach England zurückkehrt«, sagte Mrs. Sutcliffe ärgerlich, während sie zum Hotelfenster hinausblickte. »Schrecklich deprimierend!«
»Ich finde es herrlich, wieder zu Hause zu sein«, erwiderte Jennifer. »Es ist so schön, die Leute auf der Straße Englisch sprechen

zu hören, und ich freue mich schon auf einen wirklich guten Tee mit Butterbrot, Marmelade und richtigem Kuchen.«

»Ich wünschte, du wärst nicht so ein Gewohnheitstier«, seufzte Mrs. Sutcliffe. »Welchen Sinn hat es, mit dir zum Persischen Golf zu fahren, wenn du am liebsten zu Hause bleibst?«

»Das hab ich nicht gesagt. Ich verreise ganz gern für ein bis zwei Monate, aber in England gefällt es mir dann doch immer am besten.«

»So, und jetzt geh mir bitte mal aus dem Weg, Kind. Ich muß mich davon überzeugen, daß sie das ganze Gepäck nach oben gebracht haben. Heutzutage kann man sich auf niemanden verlassen. Vor dem Krieg war das alles ganz anders, damals gab's noch ehrliche Menschen. Wenn ich am Hafen nicht so aufgepaßt hätte, wäre dieser Mann bestimmt mit meiner grünen Tasche abgezogen. Ein anderer Kerl schien ebenfalls ein Auge auf unser Gepäck geworfen zu haben – ich sah ihn übrigens später noch einmal im Zug. Diese Gepäckdiebe kommen zum Landungssteg, weil sie damit rechnen, daß die Leute nervös sind, vielleicht seekrank waren und deshalb nicht auf ihre Koffer achten.«

»Das bildest du dir ein, Mum. Du hältst alle Leute für unehrlich.«

»Die meisten sind es leider auch«, behauptete Mrs. Sutcliffe.

»Nicht in England«, berichtigte die patriotische Jennifer.

»Du hast keine Ahnung, Kind! Das ist es ja gerade – Ausländern traut man nicht über den Weg, aber in England fühlt man sich sicher, und das machen sich die Gauner zunutze. So, nun will ich mal nachzählen. Da steht der große grüne Handkoffer, der schwarze, die beiden kleinen braunen und die Reißverschlußtasche; hier sind die Golfschläger, die Stofftasche, das Lederköfferchen und die Tennisschläger ... Aber wo ist die grüne Tasche? Ach, hier! Der große Metallkoffer, den wir in Ramat gekauft haben, steht in der Ecke. Ja, scheint alles da zu sein, alle vierzehn Gepäckstücke.«

»Gibt es bald Tee?« erkundigte sich Jennifer.

»Tee? Es ist doch erst drei Uhr.«

»Ich bin entsetzlich hungrig.«

»Also gut, geh runter und bestell dir deinen Tee. Ich muß mich unbedingt erst ein bißchen ausruhen; dann werde ich nur die Sachen auspacken, die wir heute abend brauchen. Zu dumm, daß

dein Vater uns nicht abholen konnte. Warum mußte er gerade heute zu einer Generalversammlung nach Newcastle? Schließlich hat er uns drei Monate nicht gesehen . . . Es ist dir doch nicht unangenehm, allein in die Hotelhalle zu gehen, Kind?«
»Unangenehm? Warum denn? Ich bin doch kein kleines Kind mehr. Kann ich etwas englisches Geld haben?«
Ihre Mutter gab ihr einen Zehnshillingschein, und Jennifer rauschte mit gekränkter Miene ab.
Das Telefon neben dem Bett läutete. Mrs. Sutcliffe ging hinüber und nahm den Hörer ab.
»Hallo? Ja, hier spricht Mrs. Sutcliffe . . .«
In diesem Moment wurde an die Tür geklopft. Mrs. Sutcliffe entschuldigte sich, legte den Hörer auf den Nachttisch und ging zur Tür.
Draußen stand ein junger Mann im blauen Overall, der eine Werkzeugtasche bei sich hatte.
»Ich bin der Elektriker, hier soll etwas nicht in Ordnung sein«, erklärte er kurz und bündig.
»So? Dann kommen Sie bitte herein.«
Der Elektriker folgte ihr ins Zimmer.
»Wo ist das Bad?« fragte er.
»Nebenan. Sie müssen durch das andere Schlafzimmer gehen.«
Sie ging wieder zum Nachttisch und nahm den Hörer in die Hand.
»Entschuldigen Sie bitte . . . was sagten Sie?«
»Ich heiße Derek O'Connor. Darf ich vielleicht zu Ihnen hinaufkommen, Mrs. Sutcliffe? Es handelt sich um Ihren Bruder.«
»Um Bob? Haben Sie etwas von ihm gehört?«
»Ja – leider ja.«
»Oh! . . . Oh, ich verstehe. Bitte kommen Sie herauf. Mein Zimmer ist im dritten Stock, Nummer 310.«
Sie sank auf ihr Bett. Sie wußte bereits, welche Nachricht sie erwartete.
Kurz darauf klopfte es, und ein junger Mann trat ein, der ihr mitfühlend die Hand schüttelte.
»Kommen Sie vom Auswärtigen Amt?«
»Ja, ich bin Derek O'Connor. Mein Chef hat mich gebeten, Ihnen mitzuteilen, daß . . .«
». . . daß er tot ist?«

»Ja. Es tut mir sehr leid, daß ich Ihnen die traurige Nachricht überbringen muß, Mrs. Sutcliffe. Ihr Bruder hat mit Prinz Ali Yusuf Ramat verlassen, und das Flugzeug ist in den Bergen abgestürzt.«
»Warum hat man mich nicht eher benachrichtigt? Warum ist mir kein Telegramm aufs Schiff geschickt worden?«
»Weil wir bis vor kurzem selbst nichts Genaues wußten. Es war uns lediglich bekannt, daß das Flugzeug vermißt wurde, und wir hatten die Hoffnung noch nicht aufgegeben. Erst jetzt sind die Trümmer gefunden worden. Vielleicht ist es Ihnen ein Trost zu wissen, daß Ihr Bruder innerhalb weniger Sekunden tot gewesen sein muß.«
»Ist der Prinz auch umgekommen?«
»Ja.«
»Ich bin nicht einmal erstaunt«, sagte Mrs. Sutcliffe. Ihre Stimme zitterte etwas, aber sonst hatte sie sich völlig in der Gewalt. »Ich fürchtete immer, daß Bob jung sterben würde. Er war zu waghalsig; immer bereit, neue Flugzeuge und neue Tricks auszuprobieren. Ich habe ihn in den letzten vier Jahren kaum gesehen ... Henry hat auch prophezeit, daß er eines Tages abstürzen würde.« Es schien ihr eine gewisse Befriedigung zu geben, daß sich die Voraussage ihres Gatten bewahrheitet hatte. Eine Träne rollte über ihre Wange, und sie suchte nach einem Taschentuch.
»Es ist ein schwerer Schock«, flüsterte sie.
»Ich spreche Ihnen mein herzlichstes Beileid aus, Mrs. Sutcliffe.«
»Bob konnte natürlich nichts anderes tun, er war schließlich der Privatpilot des Prinzen«, fuhr Mrs. Sutcliffe mit erstickter Stimme fort. »Er durfte ihn nicht im Stich lassen ... Er war ein ausgezeichneter Pilot, es war bestimmt nicht seine Schuld, daß sie gegen einen Berg geflogen sind.«
»Bestimmt nicht«, pflichtete O'Connor bei. »Ihr Bruder konnte auf das Wetter keine Rücksicht nehmen, denn der Prinz war seines Lebens in Ramat nicht mehr sicher. Er mußte den gefährlichen Flug um jeden Preis wagen, und leider endete er tragisch.«
Mrs. Sutcliffe nickte.
»Ich muß Sie noch etwas frgen ... Hat Ihr Bruder Ihnen irgend etwas anvertraut, bevor Sie Ramat verließen?«
»Ob er mir etwas anvertraut hat? Ich weiß wirklich nicht, was Sie meinen.«

»Hat er Ihnen ein kleines Päckchen übergeben und Sie gebeten, es jemandem in England auszuhändigen?«
Sie schüttelte erstaunt den Kopf.
»Wie kommen Sie denn darauf?«
»Es handelt sich um einen sehr wichtigen Gegenstand, und da Ihr Bruder am Tag der Revolution in Ihrem Hotel war . . .«
»Ja, er wollte mich besuchen, aber ich war nicht da; er hinterließ mir eine Nachricht – völlig uninteressant. Er erkundigte sich, ob ich am nächsten Tag mit ihm Golf spielen wollte. Er scheint keine Ahnung gehabt zu haben, daß er noch am gleichen Tag mit Prinz Ali das Land verlassen mußte.«
»War das alles? Haben Sie den Brief aufbewahrt, Mrs. Sutcliffe?«
»Aber nein. Er war viel zu unwichtig. Ich habe den Bogen sofort zerrissen und weggeworfen. Warum hätte ich ihn aufheben sollen?«
»Weil er vielleicht noch eine versteckte Botschaft enthielt – möglicherweise mit unsichtbarer Tinte geschrieben.«
»Mit unsichtbarer Tinte!« wiederholte Mrs. Sutcliffe verächtlich. »So etwas geschieht doch nur in Kriminalromanen.«
»Da muß ich Ihnen leider widersprechen«, entgegnete O'Connor entschuldigend.
»Unsinn! Bob hat bestimmt niemals unsichtbare Tinte benutzt. Warum sollte er? Er war ein lieber, vernünftiger Junge, der mit beiden Beinen fest auf der Erde stand.« Wieder begannen die Tränen über ihr Gesicht zu rollen. »Wo ist denn nur meine Handtasche? Ich brauche unbedingt ein Taschentuch. Vielleicht hab ich sie im anderen Zimmer gelassen.«
»Ich hole sie Ihnen«, sagte O'Connor.
Er ging durch die Verbindungstür und blieb erstaunt stehen, als ein junger Mann im blauen Overall, der über einen Koffer gebeugt dastand, verlegen aufblickte.
»Ich bin der Elektriker, die Leitung war defekt«, erklärte der junge Mann eilig.
O'Connor drückte auf einen Schalter.
»Scheint doch alles in bester Ordnung zu sein«, meinte er liebenswürdig.
»Dann haben die mir wohl eine falsche Nummer gegeben«, entgegnete der Elektriker.

Er nahm seine Werkzeugtasche und verließ rasch das Zimmer.
O'Connor runzelte die Stirn, nahm die Handtasche vom Frisiertisch und gab sie Mrs. Sutcliffe.
»Entschuldigen Sie einen Moment«, sagte er und nahm den Hörer ab.
»Hier Zimmer 310. Haben Sie eben einen Elektriker hierhergeschickt? . . . Ja, ich warte . . . Nein? Dachte ich mir's doch . . . Ja, das Licht ist in Ordnung, vielen Dank.«
Er legte den Hörer auf.
»Unten wissen sie nichts von einem Elektriker.«
»Was wollte der Mann hier? War es ein Dieb?«
»Möglich.«
Mrs. Sutcliffe prüfte aufgeregt den Inhalt ihrer Handtasche. »Aus meiner Tasche hat er nichts genommen – auch kein Geld.«
»Sind Sie *ganz* sicher, daß Ihr Bruder Ihnen nichts mitgegeben hat? Hat er Sie nicht gebeten, etwas in einen Ihrer Koffer zu packen?«
»Ganz bestimmt nicht«, erwiderte Mrs. Sutcliffe.
»Hat er sich vielleicht an Ihre Tochter gewandt? Sie haben doch eine Tochter?«
»Ja, sie trinkt unten Tee.«
»Könnte es sein, daß Ihr Bruder ihr etwas mitgegeben hat?«
»Ausgeschlossen.«
»Es besteht auch noch die Möglichkeit, daß er etwas in Ihrem Gepäck versteckt hat, als er allein in Ihrem Hotelzimmer war.«
»Aber warum sollte er? Das ist eine völlig absurde Idee.«
»Nein, es ist nicht so absurd, wie Sie annehmen. Es wäre denkbar, daß Prinz Ali Ihren Bruder beauftragt hat, etwas für ihn aufzubewahren. Vielleicht glaubte Ihr Bruder, daß dieser Gegenstand bei Ihnen sicherer wäre als bei ihm.«
»Klingt höchst unwahrscheinlich.«
»Würden Sie mir gestatten, Ihr Gepäck zu durchsuchen?«
»Wie? Das *ganze* Gepäck?« fragte Mrs. Sutcliffe entsetzt.
»Ich weiß, daß es eine Zumutung ist«, erklärte O'Connor. »Aber es könnte von größter Wichtigkeit sein. Ich würde Ihnen dann gern wieder beim Einpacken helfen«, fuhr O'Connor liebenswürdig fort. »Meine Mutter, der ich oft helfe, hält mich für einen sehr guten Packer.«

Der junge O'Connor besaß viel Charme – das hatte Colonel Pikeaway richtig eingeschätzt –, dem Mrs. Sutcliffe jetzt seufzend erlag.
»Also gut«, sagte sie, »wenn Sie es für unbedingt nötig halten . . .«
»Es könnte von außerordentlicher Wichtigkeit sein«, wiederholte O'Connor. Er sah sich um und bat mit einem reizenden Lächeln: »Können wir gleich anfangen?«
Als Jennifer eine Dreiviertelstunde später vom Tee zurückkam, blickte sie sich erstaunt im Zimmer um.
»Was ist denn hier los, Mum?«
»Wir haben alles ausgepackt, und jetzt packen wir wieder ein«, erwiderte Mrs. Sutcliffe verärgert. »Das ist Mr. O'Connor, und das ist meine Tochter Jennifer.«
»Aber warum denn?«
»Frag nicht so viel . . . Man nimmt anscheinend an, daß Onkel Bob etwas in meinem Gepäck versteckt hat. Dir hat er doch wohl nichts gegeben, Jennifer?«
»Nein. Wie kommst du nur darauf? Hast du meine Sachen auch ausgepackt?«
»Wir haben alles ausgepackt«, erklärte O'Connor freundlich, »aber wir haben nichts gefunden. Jetzt packen wir alles wieder in die Koffer. Möchten Sie nicht eine Tasse Tee oder vielleicht einen Kognak trinken, Mrs. Sutcliffe?«
»Einen starken Tee, bitte.«
»Ich habe furchtbar viel gegessen, Mum. Butterbrote und Marmelade und Kuchen und Sandwiches. Es war himmlisch.«
O'Connor ging zum Telefon und bestellte den Tee, dann half er Mrs. Sutcliffe weiter beim Packen.
Er packte so ordentlich und geschickt, daß sie ihre Bewunderung nicht verhehlen konnte.
»Ihre Mutter hat recht, Sie sind wirklich sehr tüchtig.«
O'Connor lächelte.
Seine Mutter war schon lange tot, und das Packen hatte er von Colonel Pikeaway gelernt.
»Nun noch etwas, Mrs. Sutcliffe – ich möchte Sie bitten, sehr, sehr vorsichtig zu sein.«
»Vorsichtig? Inwiefern?«
»Die Folgen einer Revolution sind oft unabsehbar und erstrecken

sich weit über den Schauplatz des Aufstandes hinaus«, erwiderte er etwas vage. »Bleiben Sie länger in London?«
»Nein, morgen holt uns mein Mann mit dem Wagen ab, und wir fahren aufs Land.«
»Das ist gut. Aber ich bitte Sie noch einmal dringend, vorsichtig zu sein. Falls sich irgend etwas ereignen sollte, das Ihnen merkwürdig erscheint, müssen Sie umgehend 999 wählen.«
»Au fein, ich wollte schon immer mal bei der Polizei anrufen«, erklärte Jennifer begeistert.
»Sei nicht so albern, Jennifer«, wies ihre Mutter sie zurecht.

Auszug aus einer Regionalzeitung:

> Gestern wurde in die Villa von Mr. Henry Sutcliffe eingebrochen. Der Dieb war in das Schlafzimmer von Mrs. Sutcliffe eingedrungen, als die Familie dem Sonntagsgottesdienst in der Dorfkirche beiwohnte. Das Küchenpersonal, das das Mittagessen vorbereitete, hatte nichts gehört. Der Mann wurde von der Polizei verhaftet, als er sich aus dem Haus schlich. Er muß gestört worden sein, denn er machte sich davon, ohne etwas gestohlen zu haben; er hinterließ nur eine wüste Unordnung in Mrs. Sutcliffes Zimmer.
> Er sagte aus, er heiße Andrew Ball, und behauptete, keine feste Adresse zu haben. Er sei arbeitslos und habe Geld gesucht. Mrs. Sutcliffes Schmuck wird im Tresor einer Bank aufbewahrt, mit Ausnahme einiger weniger Stücke, die sie täglich trägt.

»Ich habe dich immer wieder darum gebeten, das Schloß der Gartentür reparieren zu lassen«, kommentierte Mr. Sutcliffe das Ereignis im Kreise der Familie.
»Du scheinst vergessen zu haben, daß ich drei Monate im Ausland war, Henry«, erwiderte Mrs. Sutcliffe. »Außerdem habe ich neulich erst gelesen, daß es Einbrechern immer gelingt, in ein Haus einzudringen, wenn sie es sich vorgenommen haben.«
Nach einem weiteren Blick in die Zeitung fügte sie versonnen hinzu: »Wie großartig das klingt: ›Küchenpersonal.‹ Dabei handelt es sich nur um die taube alte Mrs. Ellis, die sich kaum mehr

auf den Beinen halten kann, und die kleine, zurückgebliebene Bardwell, die am Sonntag in der Küche hilft.«

»Ich begreife nur nicht, wie die Polizei wissen konnte, daß bei uns eingebrochen worden ist, und schnell genug zur Stelle sein konnte, um den Einbrecher festzunehmen«, meinte Jennifer nachdenklich.

»Seltsam, daß er nichts gestohlen hat«, erklärte ihre Mutter.

»Bist du ganz sicher, Joan?« fragte ihr Gatte.

Mrs. Sutcliffe stieß einen ungeduldigen Seufzer aus.

»Ich bin so gut wie sicher, aber es war eine Unordnung in meinem Zimmer, wie du sie dir kaum vorstellen kannst. Alle Schubladen waren ausgeräumt, nichts lag mehr am richtigen Platz. Wie gesagt, ich *glaube*, daß nichts fehlt, außer meinem besten rosa Seidenschal.«

»Den hatte ich mir auf dem Schiff geborgt . . . bitte sei nicht böse, Mum. Ich vergaß es dir zu sagen. Und dann hat ihn – hat ihn der Wind ins Meer geweht.«

»Wie oft habe ich dich schon gebeten, nicht an meine Sachen zu gehen, ohne mich vorher zu fragen, Jennifer!«

»Kann ich noch etwas Pudding kriegen?« bat Jennifer, um die Unterhaltung schnell auf ein anderes Thema zu lenken.

»Du hast doch schon zwei Portionen gegessen . . . also gut. Ich hoffe nur, daß deine Gier in der neuen Schule nicht unangenehm auffällt. Vergiß nicht, daß Meadowbank keine gewöhnliche Schule ist.«

»Ich bin gar nicht so wild auf Meadowbank«, bemerkte Jennifer. »Ich kenne ein Mädchen, dessen Kusine dort war und es gräßlich fand. Sie sollen nur darüber gesprochen haben, wie man graziös in einen Rolls-Royce steigt und wie man sich benimmt, wenn man bei der Königin zum Lunch eingeladen ist.«

»Red keinen Unsinn, Jennifer«, mahnte Mrs. Sutcliffe. »Du weißt gar nicht, wie gut du es hast. Miss Bulstrode nimmt nicht jedes junge Mädchen in ihre Schule auf. Du verdankst das nur der Stellung deines Vaters und dem Einfluß von Tante Rosamund, daß du nach Meadowbank kommst. Wenn du, wider Erwarten, je die Ehre haben solltest, von der Königin zum Lunch eingeladen zu werden, kann es dir nur nützen zu wissen, wie du dich dann zu benehmen hast.«

Nachdem Andrew Ball, der keine feste Adresse besaß, wegen Einbruchs zu drei Monaten Gefängnis verurteilt worden war, stand Derek O'Connor, der bescheiden im Hintergrund des Gerichtssaales gesessen hatte, auf, um ein Gespräch nach London anzumelden.

»Man hat absolut nichts bei dem Burschen gefunden«, erklärte Derek am Telefon.

»Wer ist es? Kennen wir ihn?«

»Er gehört, glaube ich, zur Gecko-Bande. Ein eher kleines Licht, aber sehr gründlich, wie man mir sagte.«

»Und er hat sich verurteilen lassen, ohne mit der Wimper zu zukken?« fragte Colonel Pikeaway grinsend am anderen Ende der Leitung.

»Ja, wie ein Lamm. Er spielte die Rolle des arroganten Schnösels aus gutem Hause, der irgendwie auf die schiefe Bahn geraten ist. Niemand wäre auf den Gedanken gekommen, ihn mit einer internationalen Organisation in Zusammenhang zu bringen. Und darin liegt sein Wert.«

»Aber er hat nichts gefunden«, stellte Colonel Pikeaway nachdenklich fest. »Auch *Sie* haben nichts gefunden. Es sieht so aus, als hätten wir uns geirrt, und Rawlinson hat gar nichts im Gepäck seiner Schwester versteckt.«

»Andere Leute scheinen auf dasselbe Pferd gesetzt zu haben.«

»Das ist schon richtig, aber vielleicht wollte man uns absichtlich auf eine falsche Spur lenken.«

»Mag sein. Gibt es noch andere Möglichkeiten?« fragte O'Connor.

»Natürlich – viele. Der gesuchte Gegenstand mag noch in Ramat sein, vielleicht wird er irgendwo im ›Ritz Savoy‹ versteckt. Oder Rawlinson hat ihn vor dem Abflug jemandem übergeben, vielleicht auf dem Flugplatz ... Oder er war doch im Besitz von Mrs. Sutcliffe, ohne daß sie davon wußte. Es ist sogar möglich, daß sie ihn ahnungslos ins Meer geworfen hat ... Vielleicht wäre das für alle Beteiligten die beste Lösung«, fügte er nachdenklich hinzu.

»Aber es handelt sich doch um enorme Werte, Colonel!«

»Auch das Leben eines Menschen ist eine Menge wert«, sagte Colonel Pikeaway.

5

Julia Upjohn an ihre Mutter:

Liebe Mummy,
ich habe mich schon gut eingelebt, und es gefällt mir hier. Ich habe mich mit einem Mädchen angefreundet, das auch erst in diesem Jahr hergekommen ist; es heißt Jennifer. Wir sind beide wild auf Tennis, und sie spielt ziemlich gut. Ihr Aufschlag ist fabelhaft, wenn er kommt, aber sie haut oft daneben – angeblich, weil ihr Tennisschläger verbogen ist, und zwar von der furchtbaren Hitze im Persischen Golf. Sie war dort, als diese Revolution ausbrach, aber es soll nicht sehr interessant gewesen sein. Sie hat so gut wie nichts gesehen.
Miss Bulstrode ist sehr nett, manchmal kann sie allerdings auch furchtbar streng sein. Aber die Neuen behandelt sie meistens ganz gut. Ihr Spitzname ist »Der Bulle«, oder einfach kurz »Bully«. Englische Literatur haben wir bei Miss Rich; sie ist großartig. Sie hat ein merkwürdiges Gesicht, eigentlich gar nicht schön, aber wenn sie uns Shakespeare vorliest, verändert es sich völlig. Sie ist sehr dramatisch. Neulich sprach sie über Jago, und sie erklärte uns, wie furchtbar die Qualen der Eifersucht seien und wie man leide, bis man halb wahnsinnig werde und dem Menschen, den man liebt, weh tun möchte. Uns allen wurde es ganz sonderbar, bis auf Jennifer, die sich durch nichts aus der Ruhe bringen läßt. Außerdem haben wir auch Erdkunde bei Miss Rich, und obwohl ich Erdkunde sonst langweilig finde, macht es mir bei Miss Rich richtig Spaß.
Kunstgeschichte haben wir bei Miss Laurie. Sie kommt zweimal in der Woche her, und manchmal fährt sie mit uns nach London, um Galerien zu besuchen. Französisch haben wir bei Mademoiselle Blanche, die nicht sehr gut mit uns auskommt. Sie wird niemals wütend, sondern zeigt sich höchstens gelangweilt. Sie sagt dann: *»Enfin, vous m'ennuiez, mes enfants!«*
Unsere Turnlehrerin, Miss Springer, ist scheußlich. Sie hat rotes Haar und einen unangenehmen Körpergeruch, besonders wenn ihr heiß ist. Dann gibt's noch Miss Chadwick,

Chaddy genannt, die die Schule mitgegründet hat. Sie gibt Mathematik und ist streng, aber ganz nett.
Ach ja, und dann gibt's noch Miss Vansittart, bei der wir Deutsch und Geschichte haben. Sie erinnert mich an Miss Bulstrode, aber sie ist nicht halb so interessant.
Ausländerinnen haben wir hier haufenweise: zwei Italienerinnen, mehrere Deutsche, eine sehr lustige Schwedin (eine Prinzessin oder so was) und ein Mädchen, das halb türkisch und halb persisch ist. Sie behauptet, daß sie mit Prinz Ali Yusuf verlobt war, der im Flugzeug abgestürzt ist. Jennifer sagt, es sei nicht wahr, Shanda glaube das nur, weil er ein Vetter zweiten Grades war und weil Vettern und Kusinen in Persien oft heiraten. Ali Yusuf soll in Wirklichkeit eine andere geliebt haben. Jennifer weiß eine ganze Menge, aber meistens behält sie es für sich.
Du wirst nun wohl bald Deine Reise antreten, nicht wahr? Vergiß nicht wieder Deinen Paß, Mummy, und den kleinen Verbandkasten!

Gruß und Kuß, Julia.

Jennifer Sutcliffe an ihre Mutter:

Liebe Mum,
es ist gar nicht so schlimm hier. Mir gefällt es besser, als ich erwartet hatte. Das Wetter ist schön. Wir sollen einen Aufsatz über den Charakterunterschied zwischen Desdemona und Julia schreiben. Mir fällt leider nicht viel ein. Könnte ich einen neuen Tennisschläger bekommen? Ich weiß, daß meiner erst im Herbst neu bespannt worden ist, aber irgendwas stimmt nicht mit ihm. Vielleicht ist er verbogen. Ich möchte ganz gern Griechisch lernen. Darf ich? Ich liebe Sprachen. Nächste Woche fahren wir nach London, um das Ballett *Schwanensee* zu besuchen. Das Essen ist sehr gut. Gestern gab es Huhn, und zum Tee bekommen wir selbstgebackenen Kuchen.
Mehr fällt mir im Augenblick nicht ein. Ist bei Euch wieder mal eingebrochen worden?

Deine Dich liebende Tochter Jennifer.

Margaret Gore-West, eine der älteren Schülerinnen, an ihre Mutter:

Liebe Mummy,
ich kann Dir nicht viel Neues berichten. Ich fange jetzt bei Miss Vansittart mit Deutschstunden an. Einem Gerücht zufolge wird sich Miss Bulstrode zur Ruhe setzen. Miss Vansittart soll ihre Nachfolgerin werden. Aber das wird schon seit über einem Jahr behauptet, und ich glaube nicht recht daran. Ich erkundigte mich bei Miss Chadwick danach, und sie fuhr mir über den Mund und sagte, ich sollte diesen Klatsch nicht für bare Münze nehmen. Am Dienstag haben wir *Schwanensee* gesehen. Es war ein Traum!
Prinzessin Ingrid ist süß, blond und blauäugig – aber sie trägt eine Zahnspange. Die beiden neuen Deutschen sprechen sehr gut Englisch.
Miss Rich, die während des letzten Schuljahrs nicht hier war, ist zurückgekommen. Unsere neue Turnlehrerin, Miss Springer, ist allgemein ziemlich unbeliebt, aber sie gibt großartigen Tennisunterricht. Eine von den Neuen, Jennifer Sutcliffe, spielt ausgezeichnet, obwohl ihre Rückhand noch etwas schwach ist. Sie hat sich sehr mit einer anderen Neuen angefreundet, die Julia Upjohn heißt. Die beiden sind unzertrennlich.
Bitte vergiß nicht, daß am 19. das Turnfest stattfindet und daß Du versprochen hast, am 20. mit mir auszugehen!
Grüße und Küsse von Deiner Margaret.

Ann Shapland an Dennis Rathbone:

Lieber Dennis,
ich bekomme erst am Ende der dritten Woche des neuen Schuljahrs Urlaub, aber dann würde ich gern einen Abend mit Dir verbringen. Es wird entweder ein Sonnabend oder ein Sonntag sein. Ich sage Dir noch rechtzeitig Bescheid. Es macht mir Spaß, in einer Schule zu arbeiten, aber ich bin heilfroh, daß ich keine Lehrerin bin. Allein die Vorstellung macht mich ganz krank.
Auf bald, Ann.

Miss Johnson an ihre Schwester:

Liebe Edith,
hier ist alles wie gewöhnlich. Das Sommerhalbjahr ist immer besonders angenehm. Der Garten sieht wunderschön aus, und wir haben einen starken jungen Hilfsgärtner, der den alten Briggs nach Kräften unterstützt.
Miss Bulstrode hat bisher nicht wieder erwähnt, daß sie die Leitung der Schule aufgeben will, und ich hoffe sehr, daß sie es sich anders überlegt hat. Miss Vansittart wäre bestimmt kein gleichwertiger Ersatz.
Ich würde, falls sie Schulvorsteherin werden sollte, meinen Posten höchstwahrscheinlich aufgeben.
Herzliche Grüße an Dich und die Kinder, ebenfalls an Oliver und Kate.

Viele Grüße, Elsbeth.

Mademoiselle Angèle Blanche an René Dupont:

Postlagernd, Bordeaux

Lieber René,
ich kann nicht behaupten, daß ich mich hier amüsiere. Die Mädchen wissen sich nicht zu benehmen und erweisen mir nicht den gebührenden Respekt.
Ich halte es jedoch für besser, mich nicht bei Miss Bulstrode zu beschweren; sie ist mit Vorsicht zu genießen! Bisher habe ich nichts Interessantes zu vermelden.

Mouche.

Miss Vansittart an eine Freundin:

Liebe Gloria,
das Sommersemester hat ohne Zwischenfälle begonnen. Die neuen Schülerinnen sind recht nett. Die Ausländerinnen haben sich gut eingewöhnt. Unsere kleine Prinzessin – die orientalische, nicht die skandinavische – ist etwas indolent, aber das kann man wohl kaum anders erwarten. Sie hat jedoch sehr gute Manieren.

Miss Springer, die neue Turnlehrerin, ist *kein* Erfolg. Die Mädchen können sie nicht leiden, weil sie grob und unhöflich ist. Meadowbank ist schließlich keine gewöhnliche Schule, und wir legen nicht so viel Wert auf Freiübungen. Außerdem ist Miss Springer neugierig und stellt zu viele persönliche Fragen. Sie scheint aus keinem guten Haus zu stammen. Mademoiselle Blanche ist sehr liebenswürdig, aber als Lehrerin ist sie mit Mademoiselle Depuy, ihrer Vorgängerin, nicht zu vergleichen. Am ersten Schultag wäre es beinahe zu einem peinlichen Zwischenfall gekommen. Lady Veronica Carlton-Sandways erschien plötzlich – in völlig betrunkenem Zustand!! Wer weiß, was sich ereignet hätte, wenn Miss Chadwick sie nicht im letzten Augenblick entdeckt und diskret fortgeführt hätte. Dabei sind die Zwillinge so reizende Mädchen.
Miss Bulstrode hat sich bisher bezüglich *ihrer* Zukunftspläne noch nicht geäußert; trotzdem habe ich das Gefühl, daß sie ihre Entschlüsse gefaßt hat. Meadowbank hat sich wirklich zu einer ausgezeichneten Schule entwickelt, und ich werde die Traditionen unseres Internats zu wahren wissen.
Bitte grüße Marjorie, wenn Du sie siehst.

Herzlichst, Deine Eleanor.

Brief an Colonel Pikeaway. Auf dem üblichen Weg befördert.

Ein gefährlicher Posten! Ich bin der einzige kräftige junge Mann unter etwa hundertneunzig weiblichen Wesen. Ihre Hoheit kam in großem Stil hier an. Der Großmogul, in orientalische Gewänder gehüllt, entstieg einem riesigen Cadillac, gefolgt von seiner hocheleganten Gattin, die ein Pariser Modell trug. Auch die Prinzessin war nach der letzten Mode gekleidet. Als sie am nächsten Tag ihre Schuluniform trug, hätte ich sie fast nicht wiedererkannt. Es wird nicht schwer sein, freundschaftliche Beziehungen zu ihr aufzunehmen. Den ersten Schritt hat sie bereits selbst getan.
Als sie sich mit einem süßen unschuldigen Lächeln nach den verschiedenen Blumennamen erkundigte, tauchte ein rothaariger sommersprossiger Drache auf und befahl ihr mit knarrender Stimme, die Unterhaltung sofort zu beenden. Aber sie

wollte nicht. Ich dachte immer, daß Orientalinnen, die mit einem Schleier vor dem Gesicht aufgewachsen sind, besonders züchtig und bescheiden sind. Diese Kleine muß während ihres Aufenthalts in der Schweiz einige Erfahrungen gesammelt haben . . .

Miss Springer, besagter Drache, kam etwas später noch einmal zurück, um mich zur Ordnung zu rufen. Es sei dem Personal streng untersagt, mit den Schülerinnen zu sprechen! »Entschuldigen Sie bitte, Miss. Die junge Dame hat sich doch nur nach den Fuchsien erkundigt. Die kennt man da, wo sie herkommt, nicht«, sagte ich harmlos. Der Drache beruhigte sich schnell und wurde schließlich ganz freundlich. Bei Miss Bulstrodes Sekretärin hatte ich dagegen weniger Glück – ein ziemlich hochnäsiges Ding in gutgeschnittenem, sportlich-elegantem Kostüm. Die französische Lehrerin ist viel zugänglicher. Sieht aus wie eine kleine graue Maus – ist aber keine. Dann habe ich noch drei lustige Teenager kennengelernt – Pamela, Lois und Mary. Die Nachnamen sind mir nicht bekannt, aber sie machen einen ziemlich aristokratischen Eindruck. Miss Chadwick, eine aufmerksame alte Eule, läßt mich nicht aus den Augen.

Der alte Briggs, mein Boss, spricht hauptsächlich von den guten alten Zeiten, als hier fünf Gärtner beschäftigt waren. Er beklagt sich über alles und alle, mit Ausnahme von Miss Bulstrode, vor der er gewaltigen Respekt hat – ich übrigens auch. Sie hat bisher nur einige liebenswürdige Worte mit mir gewechselt, aber ich hatte das Gefühl, daß sie mich durchschaut. Bisher hat sich noch nichts Unheimliches ereignet, aber man darf die Hoffnung nicht aufgeben . . .

6

Im Aufenthaltsraum der Lehrerinnen wurde angeregt geplaudert – über Auslandsreisen, Theater, Kunstausstellungen, Ferienerlebnisse. Auch Fotografien wurden herumgereicht, irgend jemand zeigte sogar farbige Dias.

Bald wurde die Unterhaltung unpersönlicher. Die neue Turnhalle wurde kritisiert und bewundert. Man gab zu, daß der Entwurf des Baus im Prinzip gut sei, aber fast alle machten gewisse Verbesserungsvorschläge.
Dann sprach man kurz über die neuen Schülerinnen, über die im allgemeinen ein günstiges Urteil gefällt wurde.
Die beiden neuen Lehrerinnen wurden höflich in die Unterhaltung einbezogen. War Mademoiselle Blanche schon einmal in England gewesen? Aus welchem Teil Frankreichs stammte sie?
Mademoiselle Blanche antwortete ziemlich zurückhaltend.
Miss Springer war da viel zugänglicher.
Sie sprach laut und angeregt, fast als hielte sie einen Vortrag. Thema: Die außergewöhnliche Miss Springer. Ungeheuer beliebt bei ihren früheren Kolleginnen, geschätzt von den Lehrerinnen der verschiedenen Schulen, die ihren Rat stets dankbar annahmen. Feinfühlig war Miss Springer allerdings nicht, und die Ungeduld ihrer Zuhörer entging ihr völlig.
Miss Johnson unterbrach ihren Redestrom mit der Frage: »Und sind Ihre Ratschläge immer in Ihrem Sinn befolgt worden?«
»Mit Undankbarkeit muß man immer rechnen«, erwiderte Miss Springer, und ihre Stimme wurde noch etwas lauter. »Leider sind zu viele Menschen feige und weigern sich, den Tatsachen ins Auge zu blicken. Ich bin da ganz anders. Ich gehe schnurstracks auf mein Ziel zu. Ich habe eine gute Nase, und es ist mir schon mehrmals gelungen, einen Skandal zu wittern und dann auch aufzudecken.« Sie lachte laut und herzlich. »Meiner Ansicht nach muß das Leben eines Lehrers ein offenes Buch sein. Man findet schnell heraus, wer etwas zu verbergen hat. Sie wären erstaunt, wenn ich Ihnen erzählen würde, was ich alles entdeckt habe – Dinge, auf die kein anderer gekommen wäre.«
»Das macht Ihnen wohl Spaß, ja?« erkundigte sich Mademoiselle Blanche.
»Keineswegs, aber ich halte es für meine Pflicht. Wird leider nicht immer anerkannt. Aus diesem Grund habe ich meinen letzten Posten unter Protest aufgegeben.«
Sie sah sich triumphierend im Kreise um.
»Hoffe, daß niemand hier etwas zu verbergen hat«, sagte sie mit einem fröhlichen Lachen.

Niemand reagierte auf diesen Scherz, aber das fiel Miss Springer gar nicht auf.

»Kann ich Sie einen Augenblick sprechen, Miss Bulstrode?«
Miss Bulstrode legte den Federhalter hin und blickte in das erhitzte Gesicht der Hausmutter.
»Ja, Miss Johnson?«
»Es handelt sich um Shanda – um die Ägypterin, oder was immer sie sein mag.«
»Ja.«
»Sie trägt ... ich meine ... sie trägt so sonderbare Wäsche.«
Miss Bulstrode zog erstaunt die Augenbrauen in die Höhe.
»Ich spreche hauptsächlich von ihrem Büstenhalter.«
»Inwiefern ist ihr Büstenhalter sonderbar, Miss Johnson?«
»Es ist eben kein gewöhnliches Kleidungsstück. Er hält die Brust nicht zusammen, sondern ... sondern schiebt sie, sozusagen, ganz unnötigerweise in die Höhe.«
Miss Bulstrode verbiß sich das Lachen, wie so oft bei einer Unterhaltung mit Miss Johnson.
»Tatsächlich? Gut, ich werde ihn mir ansehen. Gehen wir zu Shanda.«
Während Miss Johnson das anstößige Kleidungsstück in die Höhe hielt und Shanda interessiert danebenstand, entwickelte sich eine ernsthafte Debatte.
»Das Ding besteht hauptsächlich aus Draht und Fischbein«, stellte Miss Johnson mißbilligend fest.
Jetzt verteidigte Shanda ihren Büstenhalter erregt und energisch.
»Mein Busen ist nicht sehr groß – nicht stark genug. Ich sehe nicht aus wie eine Frau!«
»Damit können Sie getrost noch ein Weilchen warten«, versetzte Miss Johnson. »Sie sind doch erst fünfzehn Jahre alt.«
»Mit fünfzehn *ist* man eine Frau! Seh ich nicht aus wie eine Frau?«
Sie sah Miss Bulstrode hilfesuchend an.
Miss Bulstrode nickte mit ernstem Gesicht.
»Aber mein Busen ist dürftig – leider –, und ich muß eben ein bißchen nachhelfen, verstehen Sie?«
»Natürlich verstehe ich das«, erwiderte Miss Bulstrode, »aber Sie sind hier in einer englischen Schule, und die meisten englischen

Mädchen sind mit fünfzehn Jahren noch keine erwachsenen Frauen. Ich lege Wert darauf, daß sich meine Schülerinnen diskret und ihrem Alter entsprechend kleiden. Ich würde vorschlagen, daß Sie Ihren Büstenhalter nur tragen, wenn Sie nach London fahren oder auf eine Gesellschaft gehen, aber nicht in der Schule. Wir treiben viel Sport und müssen uns zu diesem Zweck leicht und praktisch anziehen. Der Körper darf auf keinen Fall eingeschnürt werden.«

»Mir ist das alles zuviel – das Rennen und Springen«, klagte Shanda. »Am schlimmsten sind diese Freiübungen, und ich mag Miss Springer nicht. ›Schneller, schneller! Nicht nachlassen!‹ sagt sie immer. Und ich werde so leicht müde.«

»Das genügt, Shanda«, sagte Miss Bulstrode streng. »Ihre Familie hat Sie nach Meadowbank geschickt, damit Sie die englische Lebensweise kennenlernen. Die Freiübungen und der Sport können Ihnen nur guttun. Sie werden einen besseren Teint bekommen, und Ihr Busen wird sich entwickeln.«

Nachdem sie Shanda entlassen hatte, wandte sie sich lächelnd an die noch immer erregte Miss Johnson.

»In gewisser Weise hat sie natürlich recht. Sie ist voll entwickelt, und man könnte sie leicht für eine Zwanzigjährige halten . . . und so fühlt sie sich eben auch. Man kann Shanda wirklich nicht mit einem jungen Mädchen wie Julia Upjohn vergleichen; obwohl Julia ihr geistig weit überlegen ist, ist sie körperlich eben noch ein Kind.«

»Ich wünschte, sie wären alle wie Julia Upjohn«, erklärte Miss Johnson.

»Ich nicht. Es wäre langweilig, nur Mädchen dieser Art in der Schule zu haben«, erwiderte Miss Bulstrode.

Langweilig, dachte sie, als sie zu den Aufsatzkorrekturen zurückkehrte. Dieses Wort tauchte in letzter Zeit immer wieder auf: *langweilig* . . .

Aber ihre Schule war alles andere als langweilig, ihr Leben war immer anregend und fesselnd gewesen – selbst jetzt, wo ihr Entschluß feststand, wollte sie eigentlich nicht gehen.

Ihr Gesundheitszustand war ausgezeichnet, fast so gut wie damals, als sie, mit Hilfe der getreuen Chaddy, eines Bankiers, dessen Vertrauen sie glänzend gerechtfertigt hatte, und einer Handvoll Kinder die Schule gegründet hatte. Obwohl Chaddys Examensnoten besser waren als ihre eigenen, war sie die treibende Kraft gewesen. Sie hatte die Schule mit Phantasie und weiser Voraussicht zu einem Internat gemacht, das mittlerweile nicht nur in England, sondern in ganz Europa bekannt und berühmt war. Sie war immer bereit gewesen, Experimente zu machen, während Chaddy sich an die althergebrachten Erziehungsmethoden hielt. Vor allem aber war Chaddy immer dann zur Stelle gewesen, wenn sie wirklich gebraucht wurde, wie zum Beispiel neulich, als sie die betrunkene Lady Veronica rechtzeitig in Sicherheit brachte. Chaddys Treue und Gleichmut waren die Grundfesten von Meadowbank.

Die Schule war auch finanziell ein Erfolg. Wenn Miss Bulstrode und Chaddy sich jetzt von der aktiven Arbeit zurückzögen, würden sie den Rest ihres Lebens sorgenfrei verbringen können. Miss Bulstrode fragte sich, ob Chaddy wohl den Wunsch hatte, sich ebenfalls ins Privatleben zurückzuziehen – wahrscheinlich nicht. Die Schule war ihr Zuhause, und sie würde auch Miss Bulstrodes Nachfolgerin treu und zuverlässig zur Seite stehen.

Miss Bulstrode war fest entschlossen, eine Nachfolgerin zu finden, mit der sie die Schule zunächst gemeinsam leiten könnte. Sobald sich die andere eingearbeitet hätte, würde sie sich zur Ruhe setzen. Es war wichtig im Leben, den richtigen Zeitpunkt zum Abtreten zu erkennen. Man mußte gehen, bevor die Kräfte erlahmten.

Nachdem Miss Bulstrode alle Aufsätze durchgesehen hatte, stellte sie fest, daß die kleine Upjohn begabt und originell war. Jennifer Sutcliffe war völlig phantasielos, zeigte aber gesunden Menschenverstand. Mary Vyse, die Klassenerste, besaß ein ausgezeichnetes Gedächtnis – aber was für ein langweiliges Mädchen! Langweilig – da war das Wort schon wieder. Vergessen wir's, dachte Miss Bulstrode und klingelte ihrer Sekretärin. Sie begann Briefe zu diktieren:

»Sehr geehrte Lady Valence, Jane hatte eine leichte Ohrenentzündung. Ich lege den ausführlichen Bericht des Arztes bei . . .« usw.

»Sehr geehrter Baron von Eisinger, selbstverständlich werden wir Hedwig gestatten, in die Oper zu gehen, um die Hellstern als Isolde zu hören . . .« usw.

Eine Stunde verging im Handumdrehen. Miss Bulstrode machte kaum eine Pause. Ann Shaplands Bleistift flog nur so über den Stenogrammblock.
Eine ausgezeichnete Sekretärin, dachte Miss Bulstrode, besser als ihre Vorgängerin, Vera Lorrimer, die ihren Posten von einem Tag auf den anderen aufgegeben hatte. Angeblich wegen eines Nervenzusammenbruchs, aber in Wirklichkeit handelte es sich natürlich um einen Mann ...
»So, das wär's«, sagte Miss Bulstrode, nachdem sie den letzten Satz diktiert hatte. Sie atmete erleichtert auf. »Nichts ist langweiliger, als an Eltern zu schreiben.« Sie warf Ann einen wohlwollenden Blick zu. »Warum sind Sie eigentlich Sekretärin geworden?«
»Schwer zu sagen. Vielleicht, weil ich keine ausgesprochene Begabung für irgend etwas habe.«
»Finden Sie die Arbeit nicht ziemlich monoton?«
»Ich habe bisher immer das Glück gehabt, interessante Stellungen zu finden. Ich war ein Jahr bei Sir Mervyn Todhunter, dem Archäologen, und danach bei Sir Andrew Peters, dem Direktor von Shell. Dann war ich eine Zeitlang die Sekretärin der Schauspielerin Monica Lord, und das war eine äußerst hektische Zeit.« Sie lächelte.
»Unbeständig, wie die meisten jungen Menschen heutzutage«, stellte Miss Bulstrode kopfschüttelnd fest.
»Ich kann schon deshalb nie lange in einer Stellung bleiben, weil meine Mutter leidend ist. Oft verschlimmert sich ihr Zustand plötzlich, und dann muß ich zu ihr und den Haushalt machen. Allerdings muß ich gestehen, daß ich auch sonst wenig Ausdauer habe. Wenn ich zu lange den gleichen Posten innehabe, beginne ich mich zu langweilen.«
»Langweilen ...«, murmelte Miss Bulstrode, »man kommt von diesem Wort nicht los.«
Ann blickte erstaunt auf.
»Es ist nichts, gar nichts, nur daß ein bestimmtes Wort immer wiederauftaucht ... Wären Sie gern Lehrerin geworden?«
»Um keinen Preis«, erwiderte Ann ehrlich.
»Warum?«
»Weil ich es furchtbar langweilig finde – ach, entschuldigen Sie –« Sie unterbrach sich verwirrt.

»Lehren ist durchaus nicht langweilig«, erklärte Miss Bulstrode lebhaft. »Es gibt nichts Anregenderes, als Lehrerin zu sein. Ich werde meinen Beruf sehr vermissen, wenn ich mich zur Ruhe setze.«

Ann sah sie erstaunt an.

»Sie denken doch nicht daran, sich ins Privatleben zurückzuziehen?« fragte sie.

»Noch nicht, aber bestimmt in ein bis zwei Jahren.«

»Aber warum?«

»Ich habe die besten Jahre meines Lebens der Schule gewidmet, aber man kann nicht unbegrenzt sein Bestes geben.«

»Wird die Schule weiterbestehen?«

»Selbstverständlich. Ich habe eine ausgezeichnete Nachfolgerin.«

»Miss Vansittart?«

»Sie kommen also automatisch zu diesem Schluß? Interessant . . .«

»Nein, ich selbst habe über dieses Problem nicht nachgedacht, ich habe nur verschiedene Unterhaltungen mitgehört. Aber ich nehme an, daß sie die Schule in Ihrem Sinn weiterführen wird. Sie sieht gut aus und besitzt Autorität; beides ist wichtig, nicht wahr?«

»Allerdings. Ja, ich bin überzeugt, daß Eleanor Vansittart die richtige Person ist.«

Ann nahm ihre Schreibsachen und verließ das Zimmer.

Will ich das wirklich? fragte sich Miss Bulstrode. Will ich, daß die Schule in meinem Sinn weitergeführt wird? Denn das würde Eleanor *bestimmt* tun. Keine neuen Ideen, keine Experimente. Aber ich selbst habe anders angefangen. Frisch gewagt ist halb gewonnen – das war mein Prinzip. Selbst wenn es verschiedenen Leuten gegen den Strich ging, weigerte ich mich, die Regeln anderer Schulen einfach zu übernehmen. Und erwarte ich nicht ebendiese Einstellung von meiner Nachfolgerin? Suche ich nicht einen Menschen, der neues Leben in die Schule bringt, eine dynamische Persönlichkeit, jemanden wie . . . wie Eileen Rich?

Aber Eileen war zu jung und unerfahren, obwohl sie eine ausgezeichnete Lehrerin mit modernen Ideen war. Sie würde niemals langweilig sein – lächerlich –, schon wieder dieses Wort. Außerdem war Eleanor Vansittart nicht langweilig . . .

Als Miss Chadwick ins Zimmer kam, blickte sie auf.
»O Chaddy! Wie ich mich freue, dich zu sehen.«
»Warum? Was ist geschehen?« fragte Miss Chadwick erstaunt.
»Nichts ist geschehen, ich weiß nur nicht, was ich tun soll.«
»Das kommt nicht oft vor bei dir, Honoria.«
»Nein, aber – sprechen wir von etwas anderem. Geht in der Schule alles seinen gewohnten Gang?«
»Im großen und ganzen – ja«, erwiderte Miss Chadwick zögernd.
»Das klang nicht sehr überzeugend, Chaddy. Bitte, versuch nicht, mir etwas zu verbergen. Was ist los?«
»Wirklich nichts weiter, Honoria . . .« Miss Chadwick runzelte besorgt die Stirn; sie sah aus wie ein verstörter Spaniel. »Ich habe nur so ein Gefühl . . . es ist nichts Greifbares. Die neuen Schülerinnen machen einen guten Eindruck, aber Mademoiselle Blanche kann ich nicht leiden, sie ist verschlagen. Aber Geneviève Depuy mochte ich ebensowenig.«
Miss Bulstrode maß dieser Kritik keine Bedeutung bei. Chaddy behauptete immer, daß die französischen Lehrerinnen verschlagen seien.
»Eine gute Lehrerin ist sie nicht. Seltsamerweise, denn sie hat glänzende Zeugnisse«, sagte Miss Bulstrode.
»Franzosen sind meistens schlechte Lehrer. Sie wissen die Disziplin nicht aufrechtzuerhalten«, erklärte Miss Chadwick kategorisch. »Auch von Miss Springer bin ich nicht begeistert. Sie neigt zu Übertreibungen.«
»Sie versteht ihren Beruf.«
»Das gebe ich zu.«
»Es dauert immer einige Zeit, bis man sich an die neuen Kräfte gewöhnt hat«, meinte Miss Bulstrode.
»Das ist nur zu wahr«, stimmte Miss Chadwick sofort zu. »Wahrscheinlich ist das alles . . . Der neue Gärtner ist übrigens sehr jung, ganz erstaunlich jung. Man ist heutzutage nur noch an alte Gärtner gewöhnt. Ein Jammer, daß er so gut aussieht. Wir müssen unsere Augen offenhalten.«
Beide Damen nickten zustimmend. Sie wußten nur zu gut, welches Unheil ein gutaussehender junger Mann im Herzen eines heranwachsenden Mädchens anrichten kann.

7

»Ganz ordentlich, mein Junge, ganz ordentlich«, brummte der alte Briggs.

Er war sehr zufrieden mit seinem neuen Assistenten, der eben ein Stück Land umgegraben hatte, doch wollte er ihn nicht zu sehr loben, denn er wußte aus Erfahrung, daß ein Übermaß von Anerkennung nur schaden konnte.

»Nehmen Sie sich Zeit. Immer mit der Ruhe«, fuhr er fort. »Wir werden jetzt ein paar schöne Astern anpflanzen. *Sie* macht sich zwar nichts aus Astern, aber das ist mir einerlei. Frauen haben so ihre Launen; am besten, man kümmert sich gar nicht drum. Am Ende merkt sie doch nicht, was man gepflanzt hat. Na ja, vielleicht doch. *Sie* ist eine Ausnahme, *sie* bemerkt vieles. Wundert mich, daß sie noch Zeit hat, sich um den Garten zu kümmern – hat doch wirklich genug zu tun.«

Adam wußte natürlich, daß Miss Bulstrode jene »Sie« war.

»Mit wem haben Sie sich da vorhin unterhalten?« fragte Briggs mißtrauisch. »Sie wissen schon, als Sie die Bambusstücke aus der Laube holten.«

»Nur mit einer von den jungen Damen«, erwiderte Adam.

»War wohl eine von den beiden Italienerinnen, was? Seien Sie nur vorsichtig mit denen. Ich weiß Bescheid, ich kenn die Italienerinnen noch aus dem Krieg. Wollte, mich hätte damals jemand gewarnt. Dann wäre ich vorsichtiger gewesen.«

»War ja ganz harmlos«, erklärte Adam gekränkt. »Die hat mir nur guten Tag gesagt und mich nach ein paar Blumennamen gefragt.«

»Vorsicht ist trotzdem geboten«, mahnte Briggs. »*Sie* will nicht, daß unsereiner mit den jungen Damen spricht.«

»Ich hab ja nichts Unrechtes getan.«

»Behaupte ich ja auch gar nicht, mein Junge. Ich sag nur, Sie sollen sich in acht nehmen. Kann ja nicht gutgehen, wenn ein ganzer Haufen von jungen Mädchen in 'ner Schule lebt, wo's nicht mal einen Zeichenlehrer gibt. Achtung! Da kommt die Alte. Wer weiß, was die jetzt wieder will.«

Miss Bulstrode näherte sich mit schnellen Schritten.

»Guten Morgen, Briggs«, sagte sie. »Guten Morgen . . . ah . . .«

»Adam, Miss Bulstrode.«

»Sie scheinen dieses Beet sehr gut umgegraben zu haben, Adam ... Der Drahtzaun des hinteren Tennisplatzes ist beschädigt, Briggs. Bitte bringen Sie ihn gleich in Ordnung.«
»Jawohl, Miss Bulstrode. Wird gemacht.«
»Was pflanzen Sie in dieses Beet, Briggs?«
»Ich wollte eigentlich ...«
»Keine Astern«, befahl Miss Bulstrode, ohne ihm Zeit zu einer Erklärung zu lassen.
»Pflanzen Sie bitte Dahlien.«
Miss Bulstrode ging, und Briggs begann sofort zu schimpfen.
»Kommt nur her, um einen rumzukommandieren; ohne Sinn und Verstand. Nehmen Sie sich bloß in acht – vor den Italienerinnen, meine ich.«
»Wenn ich ihr nicht gefalle, braucht sie's nur zu sagen«, erklärte Adam. »Gibt genug andere Stellungen.«
Adam trug weiter einen gekränkten Ausdruck zur Schau, während er sich wieder an die Arbeit machte.
Miss Bulstrode ging über den Pfad, der zum Schulgebäude führte. Ihre Stirn war leicht gerunzelt.
Miss Vansittart kam aus der entgegengesetzten Richtung.
»Ein sehr heißer Nachmittag«, stellte Miss Vansittart fest.
»Ja, heiß und drückend.« Wieder runzelte Miss Bulstrode die Stirn. »Ist dir der junge Gärtner aufgefallen, Eleanor?«
»Nein, nicht besonders.«
»Ich finde ihn ein wenig sonderbar, nicht der übliche Typ«, bemerkte Miss Bulstrode nachdenklich.
»Vielleicht ein Student aus Oxford, der sich etwas dazuverdienen will.«
»Möglich. Jedenfalls sieht er gut aus, und die Mädchen haben das natürlich auch schon bemerkt.«
»Das alte Problem.«
Miss Bulstrode lächelte.
»Ja, das Problem, Freiheit und Disziplin unter einen Hut zu bringen, das meinst du doch?«
»Ja.«
»Wir schaffen es schon«, sagte Miss Bulstrode zuversichtlich.
»Davon bin ich überzeugt. Bisher hat es in Meadowbank doch noch nie einen Skandal gegeben, nicht wahr?«

»Ein- oder zweimal aber beinahe«, erwiderte Miss Bulstrode lachend. »In einer Schule ist immer für Abwechslung gesorgt. Hast du dich hier jemals gelangweilt, Eleanor?«
»Bestimmt nicht. Ich finde meine Arbeit äußerst anregend und befriedigend«, erklärte Miss Vansittart. »Du darfst auf deinen Erfolg stolz sein, Honoria.«
»Ja, es ist mir gelungen, Meadowbank zu einer wirklich guten Schule zu machen, obwohl man niemals ganz das erreicht, was man sich erträumt hat«, erwiderte Miss Bulstrode nachdenklich. Dann fragte sie plötzlich: »Was würdest du tun, wenn *du* Leiterin dieser Schule wärest, Eleanor? Würdest du viele Veränderungen vornehmen? Bitte, beantworte mir diese Frage ganz offen. Es interessiert mich sehr, deine Ansichten zu erfahren.«
»Ich glaube nicht, daß ich irgend etwas ändern würde«, erwiderte Eleanor Vansittart. »Ich finde die Atmosphäre und die ganze Organisation der Schule großartig.«
Miss Bulstrode schwieg einen Augenblick. Ob sie das nur gesagt hat, um mir nach dem Munde zu reden? fragte sie sich. Was weiß man voneinander? Was weiß man selbst von Menschen, denen man jahrelang nahegestanden hat? Das kann nicht ihr Ernst sein, denn jeder kreative Mensch *sehnt* sich danach, seine eigenen Ideen in die Tat umzusetzen. Wahrscheinlich hat sie das nur aus Taktgefühl gesagt . . . und Takt *ist* ungeheuer wichtig. Den Eltern, den Schülerinnen, den Kolleginnen gegenüber muß man Takt beweisen. Eleanor war zweifellos sehr taktvoll.
»Gewisse Veränderungen sind unvermeidlich«, sagte sie schließlich. »Die Zeiten ändern sich und mit ihnen die Lebensbedingungen ganz allgemein.«
»Das muß man natürlich in Betracht ziehen«, entgegnete Miss Vansittart. »Man muß mit der Zeit gehen. Aber es ist und bleibt *deine* Schule, Honoria. Deine Ideen und Traditionen müssen unbedingt weiterbestehen. Ich denke, Tradition ist wichtig. Du nicht auch?«
Miss Bulstrode antwortete nicht. Jetzt durfte sie auf keinen Fall etwas Voreiliges sagen. Das Angebot einer Partnerschaft lag in der Luft. Die wohlerzogene Miss Vansittart tat, als sei sie sich dieser Tatsache nicht bewußt, obwohl sie ihr nicht unbekannt sein konnte. Miss Bulstrode dagegen wußte nicht, was sie davon ab-

hielt, sich festzulegen. Wahrscheinlich war ihr der Gedanke, das Zepter aus der Hand zu geben, eben unerträglich. Und doch – wer wäre geeigneter, ihre Nachfolgerin zu werden, als die treue, zuverlässige Eleanor? Natürlich war auch die brave Chaddy die Zuverlässigkeit in Person, aber als Leiterin einer großen Schule konnte man sie sich beim besten Willen nicht vorstellen. Was will ich *wirklich*? fragte sich Miss Bulstrode. Warum bin ich, zum ersten Mal in meinem Leben, nicht fähig, einen Entschluß zu fassen?

In der Ferne läutete eine Glocke.

»Meine Deutschstunde, ich muß gehen«, sagte Miss Vansittart.

Sie näherte sich dem Schulgebäude mit raschen, aber gemessenen Schritten. Miss Bulstrode, die ihr etwas langsamer folgte, stieß fast mit Eileen Rich zusammen, die aus der entgegengesetzten Richtung auf sie zueilte.

»Entschuldigen Sie bitte, Miss Bulstrode. Ich habe Sie nicht gesehen.« Wie immer hingen unordentliche Haarsträhnen aus ihrem Knoten, der sich jeden Augenblick aufzulösen drohte. Miss Bulstrode bemerkte wieder einmal, daß ihr Gesicht zwar häßlich, aber intelligent, lebendig und interessant war.

»Haben Sie eine Stunde zu geben?« fragte Miss Bulstrode nachdenklich.

»Ja, Englisch.«

»Das Unterrichten macht Ihnen Freude, nicht wahr?«

»Sehr. Ich kann mir nichts Faszinierenderes vorstellen als den Beruf einer Lehrerin.«

»Warum?«

Eileen Rich runzelte die Stirn und fuhr sich mit der Hand durch das Haar. »Ist das nicht merkwürdig? Darüber habe ich noch nie nachgedacht. Warum ist man gern Lehrerin? Weil es einem ein Gefühl der Wichtigkeit gibt? Nein, nein . . . ganz so schlimm ist es denn doch nicht. Vielleicht könnte man es mit dem Angeln vergleichen. Man weiß nie im voraus, was für einen Fang man machen, was man dem Meer entlocken wird. Nichts ist aufregender, als auf einen Funken Talent zu stoßen und ihn anzufachen. Allerdings gelingt das nicht allzuoft.«

Miss Bulstrode nickte zustimmend. Sie hatte sich nicht geirrt. Miss Rich besaß Originalität und konnte logisch denken.

»Ich nehme an, daß Sie eines Tages selbst eine Schule leiten werden«, bemerkte sie.
»Es ist mein sehnlichster Wunsch«, erwiderte Eileen Rich.
»Sicher haben Sie schon bestimmte Ideen über die Leitung einer Schule, nicht wahr?«
»Jeder hat da wohl so seine Ideen, und manche davon lassen sich nicht verwirklichen«, erwiderte Eileen Rich. »Einige mögen sich sogar in der Praxis als grundfalsch erweisen – trotzdem muß man das Risiko eingehen und Experimente wagen. Leider muß jeder seine eigenen Erfahrungen sammeln, das scheint unvermeidlich zu sein.«
»Welche Änderungen würden Sie vorschlagen, wenn Sie eine Schule wie Meadowbank leiten müßten?« fragte Miss Bulstrode unvermittelt.
»Das . . . das ist schwer zu sagen«, erwiderte Miss Rich verwirrt.
»Genieren Sie sich nicht, Miss Rich. Heraus mit der Sprache!«
»Man hat immer den Wunsch, seine eigenen Ideen in die Tat umzusetzen. Sie mögen falsch oder richtig sein – man muß sie ausprobieren.«
»Sie glauben, daß es sich lohnt, etwas zu riskieren?«
»Ja. Lohnt sich das nicht immer?« fragte Eileen Rich. »Wenn man von einer Idee wirklich überzeugt ist, muß man den Mut haben, sie zu verwirklichen.«
»Wie ich sehe, scheuen Sie sich nicht davor, ein gefährliches Leben zu führen«, sagte Miss Bulstrode gedehnt.
»Ich habe, glaube ich, immer ein gefährliches Leben geführt.« Ein Schatten huschte über das Gesicht der jungen Lehrerin. »Ich muß gehen, meine Schülerinnen warten auf mich.«
Sie eilte fort.
Miss Bulstrode blickte ihr nach. Sie stand noch immer in Gedanken verloren da, als Miss Chadwick hastig auf sie zukam.
»Ach, hier bist du! Wir haben überall nach dir gesucht. Professor Anderson hat gerade angerufen. Er möchte wissen, ob Meroe übers Wochenende nach Hause kommen darf, obwohl er sich darüber im klaren ist, daß das bei Schuljahrsanfang im allgemeinen nicht gestattet ist, aber er muß ganz plötzlich nach Auckland fahren.« Miss Bulstrode hörte nur mit halbem Ohr zu. Sie hat nicht genug Erfahrung, dachte sie, das ist das Risiko.

»Wohin muß er fahren?« fragte sie zerstreut.
»Nach Auckland in Neuseeland«, wiederholte Miss Chadwick leicht erstaunt, »und ich habe versprochen, ihn wieder anzurufen, sowie ich mit dir gesprochen habe.«
»Sag ihm, daß wir in diesem Fall natürlich eine Ausnahme machen, Chaddy.«
Miss Chadwick warf einen prüfenden Blick auf Miss Bulstrode.
»Du siehst besorgt aus, Honoria.«
»Findest du, Chaddy? Ja, vielleicht hast du recht. Ich kann mich nicht entschließen ... und ... und das beunruhigt mich. Ich weiß, was ich tun möchte, aber es wäre unfair, die Leitung der Schule einem Menschen anzuvertrauen, der nicht genügend Erfahrung besitzt.«
»Ich wünschte, du würdest die ganze Idee aufgeben. Dein Platz ist hier. Ohne dich ist Meadowbank unvorstellbar, Honoria.«
»Auch dir bedeutet Meadowbank sehr viel, nicht wahr, Chaddy?«
»In ganz England gibt es keine Schule wie Meadowbank«, erklärte Miss Chadwick pathetisch. »Wir beide dürfen stolz sein auf die Schule, die wir gemeinsam gegründet haben.«
Miss Bulstrode legte liebevoll den Arm um die Schulter ihrer alten Freundin. »Das dürfen wir wirklich, Chaddy. Du bist und bleibst mein Trost und meine Stütze. Niemand kennt die Schule so gut wie du, niemand liebt sie so sehr wie du und ich.«
Miss Chadwick errötete beglückt. Es kam nicht oft vor, daß Honoria Bulstrode ihre übliche Zurückhaltung aufgab.

»Ich kann mit diesem Ding nicht mehr spielen. Ganz unmöglich!« Jennifer warf ihren Tennisschläger verzweifelt auf den Boden.
»Stell dich nicht so an, Jennifer.«
»Ich stell mich nicht an, Julia.« Jennifer hob den Schläger wieder auf und ließ ihn durch die Luft sausen. »Das Gleichgewicht ist gestört; ich weiß wirklich nicht, was ich machen soll.«
»Er ist jedenfalls viel besser als meiner. Mein Schläger ist wie ein Schwamm. Hör dir das mal an!« Sie klimperte über die zu lose gespannten Saiten. »Wir wollten ihn eigentlich neu bespannen lassen, aber Mummy hat es vergessen.«
»Mir ist er immer noch lieber als meiner«, erklärte Jennifer, während sie Julias Schläger prüfte. »Wollen wir tauschen?«

»Soll mir recht sein.«
Beide Mädchen lösten die Klebestreifen, auf denen ihre Namen standen, vom Griff ihrer Schläger und befestigten sie auf dem Schläger der anderen.
»Rücktausch ausgeschlossen«, warnte Julia. »Es wird dir also nichts nützen, dich über meinen alten Schwamm zu beschweren.«

Adam pfiff vergnügt vor sich hin, während er den Drahtzaun reparierte, der den Tennisplatz umgab. Plötzlich öffnete sich die Tür der Turnhalle, und Mademoiselle Blanche, die französische Lehrerin, blickte heraus. Beim Anblick von Adam nahm ihr spitzes Mausgesicht einen erstaunten Ausdruck an. Sie zögerte einen Augenblick, bevor sie wieder in die Turnhalle zurückging.
Was mag die im Schilde führen? fragte sich Adam. Er wäre nicht darauf gekommen, sich diese Frage zu stellen, wenn Mademoiselle nicht ein so schuldbewußtes Gesicht gemacht hätte. Gleich darauf kam sie aus der Turnhalle heraus und machte die Tür hinter sich zu.
»Wie ich sehe, reparieren Sie den Zaun?«
»Jawohl«, erwiderte Adam lakonisch.
»Was für prachtvolle Tennisplätze Sie hier haben, und so ein herrliches Schwimmbad! Oh, *le sport*! In England geht nichts über *le sport*, hab ich nicht recht?«
»Kann schon sein, Miss.«
»Spielen Sie selbst auch Tennis?« Sie musterte ihn wohlwollend und mit einer gewissen Herausforderung im Blick. Adams Mißtrauen wuchs. Er fand, daß Mademoiselle Blanche eigentlich nicht der Typ der französischen Lehrerin sei, die man in Meadowbank erwartete.
»Nein, ich spiele nicht Tennis«, log er. »Dazu hat unsereiner keine Zeit.«
»Vielleicht spielen Sie Kricket?«
»Als Junge habe ich Kricket gespielt, das tun ja die meisten.«
»Bisher konnte ich mich hier noch nicht richtig umsehen«, erklärte Angèle Blanche. »Aber heute ist so ein schöner Tag, da wollte ich mir die Turnhalle näher anschauen. Ich muß meinen Freunden in Frankreich darüber berichten; meine Freunde haben auch ein Internat, Sie verstehen?«

Adam nickte zerstreut. Wieso gab sie so ausführliche Erklärungen ab? Es sah fast so aus, als wollte Mademoiselle Blanche ihre Anwesenheit in der Turnhalle rechtfertigen. Aber weshalb? Es war ihr gutes Recht, sich den Park und die Nebengebäude der Schule anzusehen. Bestimmt war es unnötig, sich beim Gärtner dafür zu entschuldigen. Was hatte die junge Französin in der Turnhalle zu suchen?

Er betrachtete Mademoiselle Blanche nachdenklich. Es wäre vielleicht ganz gut, etwas mehr über sie zu erfahren. Deshalb begann er seine Taktik vorsichtig und geschickt zu ändern. Er blieb noch immer respektvoll, aber seine Blicke sagten deutlich, daß er sie für eine reizvolle Frau hielt.

»Finden Sie es nicht manchmal etwas langweilig, in einer Mädchenschule zu arbeiten und zu leben, Miss?«

»Sehr amüsant finde ich es nicht.«

»Aber Sie haben doch gelegentlich frei, nicht wahr?« fragte Adam. Es entstand eine kurze Pause, in der sie anscheinend mit sich zu Rate ging. Dann schien sie mit leichtem Bedauern zu dem Schluß zu kommen, daß da wohl nichts zu machen war . . .

»Ja, ich habe recht viel Freizeit«, erwiderte sie. »Die Arbeitsbedingungen sind ausgezeichnet.« Sie nickte herablassend. »Guten Morgen.«

Adam sah ihr nach. Er war jetzt fest davon überzeugt, daß sie aus einem ganz bestimmten Grund in die Turnhalle gegangen war.

Er wartete, bis sie um eine Ecke verschwunden war, dann ließ er seine Arbeit im Stich und betrat die Turnhalle. Obwohl dort alles in schönster Ordnung zu sein schien, hatte Adam nach wie vor das Gefühl, daß Mademoiselle Blanche etwas im Schilde führte.

Als er wieder herauskam, stieß er auf Ann Shapland.

»Wissen Sie, wo Miss Bulstrode ist?« fragte sie.

»Ich glaube, sie ist ins Haus zurückgegangen, Miss. Vorhin hat sie mit Briggs gesprochen.«

Ann runzelte die Stirn.

»Was hatten Sie in der Turnhalle zu suchen?«

Adam war unangenehm berührt. Mißtrauische Person, dachte er. Er sagte in leicht gekränktem Ton: »Ich wollte sie mir mal ansehen. Ist das vielleicht verboten?«

»Wenn Sie nichts Besseres zu tun haben . . .«

»Ich bin sowieso gleich fertig. Ich hab nur noch ein paar Nägel in den Zaun vom Tennisplatz zu schlagen.« Er wandte sich um und betrachtete die Turnhalle. »Nagelneu, nicht wahr? Muß eine Menge gekostet haben. Für die jungen Damen hier tut's nur das Beste, was?«
»Sie zahlen auch dafür«, bemerkte Ann trocken.
Er verspürte den ihm unbegreiflichen Wunsch, diese Frau zu kränken, zu verletzen.
Sie war so kühl und überlegen. Es würde ihm wirklich Spaß machen, sie in Wut zu bringen.
Aber diesen Gefallen tat Ann ihm nicht. Sie sagte nur: »Beenden Sie lieber Ihre Arbeit«, und ging zurück in Richtung Schulhaus. Auf halbem Weg verlangsamte sie ihren Schritt und wandte sich um. Adam war mit dem Zaun beschäftigt. Sie blickte kopfschüttelnd von ihm zur Turnhalle.

8

Sergeant Green hatte Nachtdienst auf der Polizeistation von St. Cyprian. Gerade als er laut und herzhaft gähnte, schrillte das Telefon; er nahm den Hörer ab. Kurz darauf begann er mit völlig veränderter Miene eifrig Notizen zu machen.
»Ja? Meadowbank? Ja . . . und der Name? Bitte buchstabieren Sie: S-P-R-I-N-G-E-R. Jawohl, Springer . . . Bitte sorgen Sie dafür, daß niemand etwas berührt . . . Unsere Beamten kommen so schnell wie möglich zu Ihnen.«
Er setzte sofort alle Hebel in Bewegung.
»Meadowbank? Ist das nicht ein Mädchenpensionat?« fragte Kommissar Kelsey. »Wer ist denn dort ermordet worden?«
»Die Turnlehrerin.«
»Tod einer Turnlehrerin«, sagte Kelsey nachdenklich. »Klingt wie der Titel eines Kriminalromans.«
»Wer mag sie wohl um die Ecke gebracht haben?« fragte der Sergeant. »Ich kann's mir wirklich nicht vorstellen.«
»Selbst Turnlehrerinnen mögen ein Liebesleben haben«, bemerkte Kommissar Kelsey. »Wo soll die Leiche gefunden worden sein?«

»In der Turnhalle.«
»Also Mord in der Turnhalle ... sagten Sie, sie wurde erschossen?«
»Ja.«
»Hat man den Revolver gefunden?«
»Nein.«
»Interessanter Fall«, bemerkte Kommissar Kelsey und machte sich mit seinem Gefolge auf den Weg zum Tatort.

Aus der offenen Haustür von Meadowbank fiel ein breiter Lichtstrahl in den Garten. Miss Bulstrode begrüßte Kommissar Kelsey. Wie die meisten Leute in der Gegend kannte er sie vom Sehen. Selbst in diesem Augenblick der Unsicherheit und Verwirrung war Miss Bulstrode Herrin der Situation und ihrer Untergebenen.
»Kommissar Kelsey«, stellte er sich mit einer Verbeugung vor.
»Was wünschen Sie zuerst zu tun, Kommissar? Wollen Sie in die Turnhalle gehen oder zuerst nähere Einzelheiten hören?«
»Ich habe den Polizeiarzt mitgebracht. Würden Sie ihn und zwei meiner Leute bitte an den Tatort führen lassen, während Sie mir alle nötigen Informationen geben?«
»Selbstverständlich. Bitte kommen Sie mit in mein Wohnzimmer. Miss Rowan, zeigen Sie dem Arzt und den Polizisten den Weg zur Turnhalle.« Sie fügte freundlich hinzu: »Eine meiner Angestellten ist dort, um dafür zu sorgen, daß nichts berührt wird.«
»Ausgezeichnet – vielen Dank.«
Kelsey folgte Miss Bulstrode in ihr Wohnzimmer.
»Wer hat die Leiche gefunden?«
»Miss Johnson, die Hausmutter. Eins der Mädchen hatte Ohrenschmerzen, und Miss Johnson war aufgestanden, um es zu behandeln. Dabei fiel ihr auf, daß die Vorhänge nicht richtig zugezogen waren. Sie ging zum Fenster und sah Licht in der Turnhalle, was ihr seltsam vorkam, da es ein Uhr nachts war.«
»Sehr richtig. Wo ist Miss Johnson jetzt?« fragte Kelsey.
»Hier. Möchten Sie sie sehen?«
»Etwas später. Bitte fahren Sie fort, Miss Bulstrode.«
»Miss Johnson weckte Miss Chadwick, eine unserer Lehrerinnen, und sie beschlossen, zur Turnhalle rüberzugehen und zu schauen, was los ist. Als sie das Haus durch eine Seitentür verlie-

ßen, hörten sie einen Schuß. Daraufhin liefen sie, so schnell sie konnten, zur Turnhalle. Bei ihrer Ankunft . . .«

»Vielen Dank, Miss Bulstrode«, unterbrach der Kommissar. »Wenn es Ihnen recht ist, möchte ich den weiteren Verlauf der Dinge von Miss Johnson selbst erfahren. Können Sie mir nur noch etwas über die Ermordete mitteilen?«

»Sie heißt Grace Springer.«

»War sie lange bei Ihnen angestellt?«

»Nein, sie ist erst vor einigen Wochen zu uns gekommen. Unsere frühere Turnlehrerin ist nach Australien gegangen.«

»Was wußten Sie von Miss Springer?«

»Sie hatte hervorragende Zeugnisse.«

»Sie war Ihnen vorher nicht persönlich bekannt?«

»Nein.«

»Haben Sie eine Ahnung, wie es zu dieser Tragödie gekommen ist? War sie unglücklich? Vielleicht eine Liebesgeschichte?«

Miss Bulstrode schüttelte den Kopf.

»Nicht daß ich wüßte – außerdem halte ich das auch für unwahrscheinlich. Sie war nicht der Typ . . .«

»Sie würden staunen«, bemerkte Kommissar Kelsey ironisch.

»Soll ich jetzt Miss Johnson kommen lassen?«

»Ja, bitte. Nachdem ich mit ihr gesprochen habe, werde ich dann zur Turnhalle gehen.«

»Sie ist erst in diesem Jahr gebaut worden«, erklärte Miss Bulstrode. »Das Gebäude befindet sich neben dem Schwimmbad, es gibt dort darum auch einen Trockenraum für die Badeanzüge – und einen Raum, in dem Tennis- und Hockeyschläger aufbewahrt werden; die Tennisplätze liegen gleich gegenüber.«

»Hatte Miss Springer einen besonderen Grund, sich nachts in der Turnhalle aufzuhalten?«

»Nein, bestimmt nicht.«

»Gut. Dann werde ich jetzt mit Miss Johnson reden.«

Miss Bulstrode verließ das Zimmer, das sie kurz darauf, von Miss Johnson gefolgt, wieder betrat. Nachdem sie die Leiche entdeckt hatte, war Miss Johnson ein großes Glas Kognak eingeflößt worden, dessen Wirkung sich jetzt in einer ungewöhnlichen Geschwätzigkeit zeigte.

»Das ist Kommissar Kelsey«, sagte Miss Bulstrode. »Sie müssen

versuchen, sich zusammenzunehmen, Elsbeth, und ihm genau erzählen, was sich ereignet hat.«
»Furchtbar, furcht-bar«, jammerte Miss Johnson. »So etwas habe ich noch nie erlebt. Noch nie! Ich kann es noch immer kaum fassen. Entsetzlich! Und ausgerechnet Miss Springer!«
Kommissar Kelsey war ein aufmerksamer Zuhörer und ein guter Beobachter.
»Mir scheint, daß Sie es als besonders seltsam empfinden, daß gerade Miss Springer ermordet worden ist, nicht wahr?«
»Allerdings. Sie war so . . . so forsch und entschlossen. Eine Frau, die es gewiß mit einem Einbrecher aufnehmen konnte, die sich nicht fürchtete.«
»Einbrecher? Gibt es in der Turnhalle irgend etwas, das einen Einbrecher reizen könnte?« fragte Kelsey.
»Eigentlich nicht. Höchstens Badeanzüge und ein paar Sportgeräte.«
»Kaum anzunehmen, daß deshalb jemand einbrechen würde«, meinte Kelsey. »Ist die Tür gewaltsam geöffnet worden?«
»Das weiß ich leider nicht. Als wir ankamen, stand die Tür offen, und dann . . .«
»Sie ist nicht gewaltsam geöffnet worden«, erklärte Miss Bulstrode.
»Sie wurde also aufgeschlossen«, stellte der Kommissar fest.
»War Miss Springer beliebt?« fragte er mit einem prüfenden Blick auf Miss Johnson.
»Das ist schwer zu sagen . . . ich meine . . . sie ist doch tot, und . . .«
»Mit anderen Worten: Sie konnten sie nicht leiden«, schloß Kelsey, ohne Miss Johnsons Gefühle zu schonen.
»Ich glaube nicht, daß sie sich besonderer Beliebtheit erfreute«, sagte Miss Johnson. »Sie war eigenwillig und nicht besonders höflich, aber sie nahm ihre Arbeit ernst und war sehr tüchtig, nicht wahr, Miss Bulstrode?«
»Stimmt«, erwiderte Miss Bulstrode.
Der Kommissar kehrte zum Hauptthema zurück.
»So, und jetzt erzählen Sie uns genau, was sich ereignet hat, Miss Johnson«, bat er.
»Jane, eine unserer Schülerinnen, wachte mit Ohrenschmerzen

auf und kam zu mir. Nachdem ich sie verarztet hatte, brachte ich sie wieder ins Bett. Ich sah, daß die Vorhänge flatterten, und hielt es unter den besonderen Umständen für besser, die Fenster zu schließen. Sonst schlafen die Mädchen natürlich bei offenen Fenstern. Mit den Ausländerinnen haben wir da manchmal Schwierigkeiten, aber ich bestehe immer darauf . . .«

»Das gehört nicht zur Sache«, unterbrach Miss Bulstrode den Redefluß. »Kommissar Kelsey interessiert sich nicht für die hygienischen Regeln unserer Schule.«

»Natürlich nicht«, erwiderte Miss Johnson. »Ich bitte um Entschuldigung. – Ich ging, wie gesagt, zum Fenster, und als ich es zumachen wollte, sah ich zu meinem Erstaunen ein Licht in der Turnhalle, das sich hin und her zu bewegen schien.«

»Es war also nicht das normale elektrische Licht, sondern Sie glauben, den flackernden Schein einer Taschenlampe gesehen zu haben?«

»Ja, das muß es wohl gewesen sein. Ich konnte mir nicht vorstellen, wer sich um diese Zeit in der Turnhalle aufhalten mochte. An Einbrecher habe ich natürlich nicht gedacht.«

»An was haben Sie denn gedacht?« fragte Kelsey.

Miss Johnson sah Miss Bulstrode scheu von der Seite an.

»Nun . . . ich habe eigentlich . . . ich glaube, ich habe an nichts Besonderes gedacht . . .«

Wieder wurde sie von Miss Bulstrode unterbrochen.

»Wahrscheinlich glaubte Miss Johnson, daß eine unserer Schülerinnen ein Stelldichein mit einem jungen Mann hatte. Habe ich recht, Elsbeth?«

Miss Johnson stockte der Atem.

»Allerdings hielt ich das tatsächlich für möglich . . . ich . . . dachte an eine der jungen Italienerinnen. Ausländerinnen sind ja bekanntlich oft frühreif – ganz anders als die englischen jungen Mädchen.«

»Seien Sie nicht so borniert, Elsbeth! Sie wissen ganz genau, daß wir in dieser Beziehung auch schon mit Engländerinnen Schwierigkeiten hatten. Warum sollten Sie nicht daran denken? Auch ich wäre an Ihrer Stelle auf diese Idee gekommen«, sagte Miss Bulstrode.

»Fahren Sie fort«, bat Kommissar Kelsey.

»Ich hielt es für richtig, Miss Chadwick zu wecken und sie zu bitten, mit mir zu kommen«, fuhr Miss Johnson fort.
»Warum gerade Miss Chadwick?«
»Ich wollte Miss Bulstrode nicht stören, und wir wenden uns immer an Miss Chadwick, wenn Miss Bulstrode nicht da ist«, erklärte Miss Johnson. »Sie ist schon sehr lange hier und hat viel Erfahrung. Sie meinte, wir müßten unverzüglich hinuntergehen. Wir warfen nur einen Mantel über und verließen das Haus durch eine Seitentür. In diesem Augenblick hörten wir einen Schuß aus der Richtung der Turnhalle. Wir liefen, so schnell wir konnten, über den Gartenweg. Dummerweise hatten wir vergessen, eine Taschenlampe mitzunehmen, und wir stolperten ein paarmal in der Dunkelheit. Als wir ankamen, stand die Tür weit offen. Wir knipsten das Licht an . . .«
Kelsey unterbrach sie.
»Es war jetzt also ganz dunkel. Sie bemerkten auch keine Taschenlampe oder irgendein anderes Licht?« fragte er.
»Nein. Es war stockdunkel. Wir knipsten das Licht an, und da lag sie . . . sie war . . .«
»Das genügt, mehr brauchen Sie mir nicht zu erzählen«, unterbrach Kelsey freundlich. »Ich gehe jetzt zur Turnhalle rüber und werde mich selbst an Ort und Stelle über alles informieren. Ist Ihnen jemand auf dem Weg begegnet?«
»Nein.«
»Sie hörten auch niemanden fortlaufen?«
»Nein, wir haben nichts gehört.«
Kelsey wandte sich an Miss Bulstrode.
»Hat sonst noch jemand im Haus den Schuß gehört?«
Sie schüttelte den Kopf.
»Meines Wissens nicht. Die Turnhalle liegt ziemlich weit vom Haus entfernt.«
»Ich danke Ihnen«, sagte Kommissar Kelsey. »Nun möchte ich zur Turnhalle gehen.«
»Ich begleite Sie«, erklärte Miss Bulstrode.
»Soll ich auch mitkommen?« fragte Miss Johnson. »Wenn Sie es für nötig halten, tue ich es natürlich. Man soll sich nicht vor seiner Pflicht drücken, und man muß den Tatsachen ins Auge sehen . . .«

»Vielen Dank, aber ich halte Ihre Anwesenheit im Augenblick nicht für erforderlich«, entgegnete Kelsey.
»Eine furchtbare Tragödie, und gerade weil ich Miss Springer nicht leiden konnte, empfinde ich sie als besonders quälend«, jammerte Miss Johnson. »Erst gestern stritten wir uns im Lehrerinnenzimmer. Ich war der Ansicht, daß zuviel Sport den zarteren Mädchen schaden könnte. Sie behauptete das Gegenteil und sagte, daß strammes Turnen und Freiübungen neue Menschen aus ihnen machen würden. Und dann sagte ich, sie sollte sich nur nicht einbilden, alles besser zu wissen, ich selbst hätte bestimmt mehr Erfahrung als sie. Aber jetzt wünschte ich von ganzem Herzen, es nicht gesagt zu haben. Ich mache mir die entsetzlichsten Vorwürfe.«
Miss Bulstrode führte Miss Johnson zum Sofa.
»So, und jetzt setzen Sie sich ganz ruhig hierhin, meine Liebe«, befahl sie. »Machen Sie sich keine Vorwürfe. Wir alle haben gelegentlich Meinungsverschiedenheiten; ohne sie wäre das Leben recht langweilig.« Miss Johnson nahm kopfschüttelnd auf dem Sofa Platz. Dann gähnte sie herzhaft. Miss Bulstrode folgte dem Kommissar in die Vorhalle.
»Ich habe ihr ziemlich viel Kognak gegeben«, erklärte sie entschuldigend. »Deshalb ist sie jetzt wohl so geschwätzig. Hoffentlich fanden Sie ihren Bericht nicht zu verworren.«
»Durchaus nicht«, sagte Kelsey. »Sie hat alles sehr gut beschrieben.«
Miss Bulstrode führte ihn zur Seitentür.
»Sind Miss Johnson und Miss Chadwick durch diese Tür hinausgegangen?« fragte er.
»Ja. Wie Sie sehen, führt diese Tür direkt auf den Weg mit den Rhododendronbüschen und zur Turnhalle.«
Der Kommissar hatte eine starke Taschenlampe, und er und Miss Bulstrode gingen mit schnellen Schritten auf das Gebäude zu, das jetzt hell erleuchtet war.
»Schöner Bau«, meinte Kelsey anerkennend.
»Hat auch eine Stange Geld gekostet – aber wir können's uns leisten«, erwiderte Miss Bulstrode.
Sie betraten einen ziemlich großen Raum. Die Schließfächer trugen die Namen der einzelnen Schülerinnen. Am Ende des Rau-

mes befand sich ein Ständer für Tennis- und Hockeyschläger. Die Seitentür führte zu den Dusch- und Umkleidekabinen. Kelsey blieb einen Augenblick am Eingang stehen. Zwei seiner Leute waren bereits an der Arbeit. Der Fotograf hatte soeben die notwendigen Aufnahmen gemacht; ein anderer Mann, der nach Fingerabdrücken suchte, blickte auf und sagte: »Sie können ruhig reinkommen, Kommissar. Wir haben nur noch in dieser Ecke zu tun.«
Kelsey ging bis zur Mitte des Raumes. Dort kniete der Polizeiarzt neben der Leiche. Als Kelsey sich näherte, blickte er auf.
»Sie ist aus einer Entfernung von gut einem Meter erschossen worden«, sagte er. »Herzschuß. Sie muß sofort tot gewesen sein.«
»Wann?«
»Ungefähr vor einer Stunde.«
Kelsey nickte. Dann näherte er sich einer großen, grauhaarigen Frau, die mit dem grimmigen Gesicht eines Wachhundes an der Wand lehnte. Etwa fünfundfünfzig, dachte er, intelligente Stirn, eigensinniger Mund, bestimmt nicht hysterisch. Eine Frau, die man im täglichen Leben vielleicht leicht übersieht, auf die man sich in kritischen Zeiten aber verlassen konnte.
»Miss Chadwick?« fragte er.
»Ja.«
»Sie haben zusammen mit Miss Johnson die Leiche gefunden, nicht wahr?«
»Ja. Als wir kamen, war Miss Springer bereits tot.«
»Um welche Zeit war das?«
»Als Miss Johnson mich weckte, sah ich auf die Uhr. Es war zehn Minuten vor eins.«
Kelsey nickte. Das stimmte mit Miss Johnsons Aussage überein. Er betrachtete die Tote nachdenklich. Ihr brandrotes Haar war kurz geschnitten. Ihr Gesicht war mit Sommersprossen übersät, sie hatte ein kräftiges Kinn und einen sehnigen, durchtrainierten Körper. Sie trug einen Tweedrock, einen schweren, dunklen Pullover, flache Schuhe, jedoch keine Strümpfe.
»Ist die Waffe gefunden worden?«
Einer der Polizeibeamten schüttelte den Kopf.
»Nein.«
»Und die Taschenlampe?«

»Liegt dort in der Ecke.«
»Fingerabdrücke?«
»Ja, die der Toten.«
»Also ist sie mit einer Taschenlampe hergekommen«, sagte Kelsey nachdenklich. »Aber warum?« Er richtete diese Frage zum Teil an sich selbst und seine Leute, zum Teil an Miss Bulstrode und an Miss Chadwick. Schließlich fragte er die letztere noch mal ausdrücklich: »Was denken Sie?«
Miss Chadwick schüttelte den Kopf.
»Ich habe keine Ahnung. Sie mag hier etwas vergessen haben. Allerdings kann ich mir in diesem Fall nicht vorstellen, warum sie es mitten in der Nacht holen wollte.«
»Es sei denn, daß es sich um etwas sehr Wichtiges handelte«, meinte Kelsey.
Er blickte sich um. Nichts schien berührt worden zu sein, mit Ausnahme des Schlägerständers, der von der Wand abgerückt worden war. Auf dem Boden lagen mehrere Tennisschläger.
»Es ist durchaus möglich, daß auch sie, ebenso wie Miss Johnson, hier ein Licht bemerkt hat und nach dem Rechten sehen wollte. Das scheint mir sogar am wahrscheinlichsten zu sein.«
»Das glaube ich auch«, entgegnete Kelsey. »Ich frage mich nur, ob sie wirklich allein in die Turnhalle gegangen wäre.«
»Ja«, sagte Miss Chadwick ohne Zögern.
»Aber Miss Johnson hat Sie geweckt und Sie gebeten, mitzukommen.«
»Sehr richtig, und ich hätte ebenfalls eine meiner Kolleginnen geweckt, wenn ich das Licht zuerst gesehen hätte«, erwiderte Miss Chadwick. »Miss Springer war da anders. Sie besaß enormes Selbstvertrauen – sie hätte es sogar vorgezogen, sich einem Eindringling allein entgegenzustellen.«
»Noch eine Frage: War die Seitentür, durch die Sie und Miss Johnson das Haus verließen, offen?«
»Ja.«
»Vielleicht hatte Miss Springer die Tür aufgeschlossen?«
»Das scheint die logische Schlußfolgerung zu sein«, erwiderte Miss Chadwick.
»Wir nehmen also an, daß Miss Springer Licht in der Turnhalle sah, daß sie hierherkam, um nach dem Rechten zu sehen, und daß

sie dabei von dem Eindringling entdeckt und erschossen worden ist.«
Er drehte sich mit einer brüsken Bewegung um und richtete die folgende Frage an Miss Bulstrode, die regungslos im Türrahmen stand.
»Erscheint Ihnen das ebenfalls als wahrscheinlich?«
»Keineswegs«, erwiderte Miss Bulstrode. »Der erste Teil Ihrer Annahme leuchtet mir ein. Ich kann mir vorstellen, daß Miss Springer in die Turnhalle kam, weil sie ein verdächtiges Licht bemerkt hatte. Dagegen verstehe ich nicht, warum die Person, die von ihr gestört wurde, sie erschossen haben soll. Warum ist sie nicht einfach fortgelaufen? Warum sollte irgend jemand sich nachts hier, mit einem Revolver bewaffnet, einschleichen? Lächerlich – einfach lächerlich! Hier ist nichts Wertvolles zu finden, bestimmt nichts, wofür man einen Mord riskieren würde.«
»Halten Sie es für wahrscheinlicher, daß Miss Springer hier ein Rendezvous gestört hat?«
»Diese Erklärung liegt auf der Hand«, sagte Miss Bulstrode. »Aber warum wurde sie ermordet? Ich halte es für ausgeschlossen, daß meine Schülerinnen oder deren Verehrer Revolver mit sich herumtragen.«
Kelsey war derselben Meinung.
»Auch ich glaube kaum, daß die jungen Freunde Ihrer Schülerinnen Schußwaffen besitzen. Es besteht jedoch die Möglichkeit, daß Miss Springer hier mit einem Mann verabredet war . . .«
Miss Chadwick begann plötzlich zu kichern.
»Ausgeschlossen! Miss Springer hatte bestimmt kein nächtliches Rendezvous.«
»Ich dachte nicht an eine amouröse Verabredung«, bemerkte der Kommissar trocken. »Ich bin der Ansicht, daß es sich um einen geplanten Mord handelt. Jemand, der beabsichtigte, Miss Springer zu töten, hatte sich, lediglich zu diesem Zweck, hier mit ihr verabredet.«

9

Brief von Jennifer Sutcliffe an ihre Mutter:

> Liebe Mummy,
> hier ist gestern nacht jemand ermordet worden. Miss Springer, unsere Turnlehrerin – mitten in der Nacht! Die Polizei war schon da, und heute vormittag werden wir alle verhört.
> Miss Chadwick hat uns verboten, darüber zu sprechen, aber Dir wollte ich es doch schnell sagen.
> Herzliche Grüße, Deine Jennifer.

Ein Mord in einer so bekannten Schule wie Meadowbank erregte natürlich die Aufmerksamkeit des Polizeichefs. Während die üblichen Untersuchungen stattfanden, war Miss Bulstrode nicht müßig gewesen. Sie hatte sich mit einem Zeitungsbesitzer und mit dem Innenminister in Verbindung gesetzt, beide persönliche Freunde von ihr. Mit Hilfe dieser einflußreichen Leute war es ihr gelungen, Schlagzeilen über den Fall in den Zeitungen zu vermeiden. In der Turnhalle war eine Turnlehrerin erschossen worden. Es stand noch nicht fest, ob es sich um einen Unglücksfall oder um einen Mord handelte. Das war alles.

Ann Shapland mußte Briefe an alle Eltern schreiben, denn Miss Bulstrode verließ sich nicht auf die Verschwiegenheit ihrer Schülerinnen. Sie hielt es für angebracht, mehr oder weniger blutrünstige Schilderungen der Ereignisse durch einen kühlen, sachlichen Bericht ihrerseits zu ergänzen.

Am späteren Nachmittag hatte die Schulleiterin eine Unterredung mit Stone, dem Polizeichef, und Kommissar Kelsey. Es lag auch im Interesse der Polizei, sensationelle Zeitungsberichte zu verhindern, um die Erkundigungen möglichst ungestört fortsetzen zu können.

»Sie tun mir aufrichtig leid, Miss Bulstrode«, sagte der Polizeichef. »Diese Angelegenheit muß nicht nur ein schwerer persönlicher Schock gewesen sein, sondern mag auch dem Ruf Ihrer Schule schaden.«

»Ein Mord schadet dem Ruf einer Schule unweigerlich«, erwiderte Miss Bulstrode. »Aber es ist sinnlos, sich darüber den Kopf zu zerbrechen. Wir haben schon manchem Sturm standgehalten, auch diesen werden wir überleben. Ich hoffe nur, daß die Sache möglichst schnell aufgeklärt wird.«

»Ich wüßte nicht, warum uns das nicht gelingen sollte, meinen Sie nicht auch, Kelsey?«

»Es wäre natürlich besonders wichtig, etwas mehr über die Vergangenheit der Ermordeten zu erfahren«, erwiderte Kelsey nachdenklich.

»Glauben Sie wirklich?« fragte Miss Bulstrode trocken.

»Sie mag Feinde gehabt haben«, mutmaßte Kelsey.

Miss Bulstrode schwieg.

»Glauben Sie, daß die Schule in direktem Zusammenhang mit dem Fall steht?« fragte der Polizeichef.

»Kommissar Kelsey ist davon überzeugt, er versucht nur, meine Gefühle nicht zu verletzen«, erwiderte Miss Bulstrode.

»Ja, das Verbrechen ist auf irgendeine Weise mit Meadowbank verknüpft«, bestätigte Kelsey langsam. »Es stand Miss Springer frei, sich mit ihren Freunden an jedem beliebigen Ort außerhalb der Schule zu treffen. Warum sollte sie, mitten in der Nacht, gerade die Turnhalle als Treffpunkt wählen?«

»Gestatten Sie, daß wir die Schule und alle Nebengebäude durchsuchen, Miss Bulstrode?« fragte Stone.

»Selbstverständlich. Ich nehme an, daß Sie hoffen, die Mordwaffe zu finden.«

»Ja. Es muß ein kleiner Revolver gewesen sein – eine ausländische Marke.«

»Eine ausländische Marke«, wiederholte Miss Bulstrode nachdenklich.

»Wissen Sie, ob eine Ihrer Schülerinnen, eine der Lehrerinnen oder der Angestellten einen Revolver besitzt?«

»Mir ist nichts bekannt«, erklärte Miss Bulstrode. »Ich halte es für ausgeschlossen, daß die Schülerinnen Waffen haben. Die Koffer werden bei ihrer Ankunft vom Personal ausgepackt, und das Vorhandensein eines Revolvers wäre mir umgehend gemeldet worden. Aber ich habe selbstverständlich nichts gegen eine Hausdurchsuchung einzuwenden. Das Grundstück ist, wie ich bemerkt habe, bereits von Ihren Leuten durchgekämmt worden.«

Kelsey nickte.

»So ist es. Außerdem möchte ich die Lehrerinnen und auch das Personal einzeln verhören. Vielleicht erinnert sich jemand an eine Bemerkung, die Miss Springer gemacht haben mag und die uns weiterhelfen könnte. Vielleicht ist jemandem etwas Ungewöhnliches in ihrem Benehmen aufgefallen ... das bezieht sich natürlich auch auf die Schülerinnen.«

»Ich hatte vor, nach der Abendandacht eine kurze Ansprache zu halten«, sagte Miss Bulstrode. »Ich wollte die Schülerinnen bitten, zu mir zu kommen, falls sie sich an irgend etwas erinnern, das mit Miss Springers Tod in Zusammenhang stehen könnte.«

»Eine ausgezeichnete Idee«, lobte der Polizeichef.

»Dabei dürfen Sie natürlich nicht vergessen, daß viele junge Mädchen dazu neigen, sich aufzuspielen, belanglose Vorfälle aufzubauschen oder sie gar zu erfinden. Aber ich nehme an, daß Ihnen diese Art von Wichtigtuerei nicht unbekannt ist.«

»Durchaus nicht«, erwiderte Kelsey lächelnd. »Dürfte ich Sie jetzt um die Namen der Lehrerinnen und des Personals bitten?«

»Ich habe sämtliche Schließfächer in der Turnhalle durchsucht, Kommissar.«

»Haben Sie etwas gefunden?«

»Nichts von Interesse.«

»Waren alle Fächer unverschlossen?«

»Ja. Man kann sie jedoch abschließen. In jeder Fachtür steckt ein Schlüssel.«

Kelsey starrte nachdenklich auf den Boden. Die Tennis- und Hokkeyschläger waren inzwischen wieder ordentlich im Ständer verstaut worden.

»So, ich gehe jetzt ins Haus, um das Personal und die Lehrerinnen zu verhören«, erklärte er.

»Halten Sie es für möglich, daß der Mord von jemandem begangen wurde, der im Pensionat lebt?«

»Möglich wär's«, erwiderte Kelsey. »Nur Miss Chadwick, Miss Johnson und Jane, das Mädchen mit den Ohrenschmerzen, haben ein Alibi. Alle anderen lagen angeblich in ihren Betten, aber niemand ist imstande, es zu beweisen.

Die Schülerinnen schlafen, ebenso wie die Lehrerinnen und die Dienstboten, in Einzelzimmern. Theoretisch hätte jede von ihnen ausgehen und Miss Springer in der Turnhalle treffen können. Nach vollbrachter Tat konnte die Betreffende sich durch die Büsche zurückschleichen, das Schulhaus durch den Seiteneingang betreten und bereits wieder im Bett liegen, als der Alarm gegeben wurde. Meine größte Schwierigkeit besteht darin, ein Motiv für den Mord zu entdecken. Wenn hier nicht irgend etwas vorgeht, wovon wir nichts wissen, *fehlt* das Motiv.«

Er verließ die Turnhalle und ging langsam zum Haus. Obwohl es schon spät war, arbeitete der alte Briggs noch im Garten. Er richtete sich auf, als der Kommissar vorbeikam.

»Noch immer fleißig?« fragte Kelsey.

»Unsereiner ist ja nicht wie die jungen Leute, die um Punkt fünf den Spaten fallen lassen. Ein Gärtner muß sich nach dem Wetter richten, nicht nach der Uhr. Gibt genug Tage, an denen man nichts im Garten machen kann, dafür muß man eben manchmal früh um sieben anfangen und abends um acht aufhören. Was verstehen die jungen Leute schon davon! Ich bin sehr stolz auf meinen Garten!«

»Dazu haben Sie auch allen Grund«, entgegnete Kelsey. »Heutzutage sieht man nicht viele Gärten, die so gepflegt sind wie dieser.«

»Heutzutage, heutzutage ...«, seufzte Briggs. »Aber ich hab Glück gehabt, habe endlich mal einen kräftigen jungen Hilfsgärtner gefunden – außerdem zwei Jungen, aber die taugen nicht viel. Wollen nicht arbeiten, gehen lieber in die Fabrik, wollen sich die Hände nicht mit Gartenerde und Kompost schmutzig machen. Na ja, da hab ich wirklich mal Glück gehabt, daß dieser junge Mann daherkam und bei mir arbeiten wollte.«

»Kürzlich?« fragte der Kommissar.

»Ja. Als das Schuljahr anfing. Adam heißt er. Adam Goodman.«

»Ich habe ihn, glaube ich, noch nicht gesehen.«

»Hat sich heute den Tag freigeben lassen«, erklärte Briggs. »Mir war's recht. Konnte ja doch nicht viel machen, von wegen Ihren Polizisten. Sind ja den ganzen Tag lang über das Grundstück getrampelt.«

»Man hätte mich über seine Anwesenheit informieren sollen«, erklärte Kelsey gereizt.

»Wie meinen Sie das?« fragte Briggs.

»Er steht nicht auf der Liste der Leute, die hier angestellt sind«, erklärte der Kommissar.

»Ach so. Na, da werden Sie ihn eben morgen sehen«, meinte der Gärtner. »Viel erzählen wird der Ihnen wohl nicht.«
»Man kann nie wissen«, sagte der Kommissar.
Ein kräftiger junger Mann, der seine Dienste erst kürzlich angeboten hatte . . . Kelsey glaubte zum ersten Mal auf etwas gestoßen zu sein, das von Interesse sein könnte.

Nach Ende der Abendandacht, als die Schülerinnen im Begriff waren, die Aula zu verlassen, hob Miss Bulstrode Aufmerksamkeit heischend die Hand.
»Ich habe Ihnen noch etwas zu sagen. Wie Sie wissen, ist Miss Springer gestern nacht in der Turnhalle erschossen worden. Wenn jemand von Ihnen während der letzten Woche irgend etwas Sonderbares gehört oder gesehen hat, das im Zusammenhang mit Miss Springers Tod stehen könnte, so bitte ich Sie, es mir mitzuteilen. Ich werde den Abend über in meinem Wohnzimmer sein.«
»Ich wünschte, wir wüßten etwas«, seufzte Julia Upjohn, während die Mädchen die Aula verließen. »Aber leider haben wir keine blasse Ahnung, nicht wahr, Jennifer?«
»Keinen Schimmer«, bestätigte Jennifer.
»Miss Springer war so schrecklich uninteressant«, stellte Julia fest. »Eigentlich viel zu uninteressant, um auf geheimnisvolle Weise ums Leben zu kommen.«
»Wieso geheimnisvoll?« fragte Jennifer. »Es war ganz einfach ein Einbrecher.«
»Der unsere Tennisschläger stehlen wollte?« fragte Julia sarkastisch.
»Vielleicht ist sie einem Erpresser in die Hände gefallen«, meinte eine der anderen Schülerinnen.
»Aus welchem Grund?« fragte Jennifer.
Niemand konnte sich vorstellen, weshalb jemand Miss Springer erpreßt haben sollte.

Kommissar Kelsey begann sein Verhör mit Miss Vansittart. Eine gutaussehende Frau, dachte er. Etwas über vierzig, groß, gute Figur, gepflegtes graues Haar. Sie besitzt Haltung und Würde und ist von ihrer Wichtigkeit überzeugt, dachte er. Sie erinnerte ihn sogar ein wenig an Miss Bulstrode, obwohl diese zweifellos die

stärkere Persönlichkeit war. Miss Vansittart würde, im Gegensatz zu Miss Bulstrode, niemals etwas Unerwartetes tun.
Er stellte ihr die üblichen Fragen und erhielt nichtssagende Antworten. Miss Vansittart hatte nichts gesehen, nichts gehört und nichts bemerkt. Miss Springer war ihrer Ansicht nach eine ausgezeichnete Turnlehrerin gewesen. Sie war vielleicht nicht sehr zuvorkommend, nicht sehr liebenswürdig, aber das spielte beim Sport keine so große Rolle. Es war sogar, in gewisser Weise, ein Vorteil, denn junge Mädchen neigten nun einmal dazu, nette junge Lehrerinnen anzuschwärmen. Miss Vansittart bevorzugte eigentlich eher herbere Typen. Da sie nichts von Bedeutung auszusagen hatte, durfte sie rasch wieder gehen.
»Nichts Böses sehen, nichts Böses hören, nichts Böses denken, wie die drei Affen«, bemerkte Sergeant Percy Bond, der Kommissar Kelsey bei seiner Arbeit half. »Diese Lehrerinnen sind alle gleich. Ich kann sie nicht ausstehen, seit ich ein kleiner Junge war. Unsere Lehrerin war ein richtiges Scheusal, so was vergißt man nicht.«
Die nächste Lehrerin war Eileen Rich. Häßlich wie die Nacht, war Kelseys erste Reaktion, trotzdem fand er sie nicht ohne Charme. Er stellte die üblichen Fragen, aber ihre Antworten waren etwas origineller, als er erwartet hatte. Nachdem auch sie aussagte, sie habe nichts Ungewöhnliches über Miss Springer gehört, fragte er: »Glauben Sie, daß Miss Springer persönliche Feinde hatte?«
»Ausgeschlossen«, erwiderte Eileen Rich schnell. »Das war ja ihre Tragödie. Niemand liebte sie, und niemand haßte sie.«
»Wie kommen Sie darauf, Miss Rich?«
»Ich bin sicher, daß niemand ein Interesse daran hatte, sie zu vernichten. Was immer sie tat und sagte, war oberflächlich, unbedeutend. Sie verstand es, die Leute zu verärgern, aber es handelte sich immer um Kleinigkeiten. Ich bin davon überzeugt, daß sie nicht um ihrer selbst willen ermordet worden ist, wenn Sie verstehen, was ich meine?«
»Nicht genau, Miss Rich.«
»Wenn sie Kassiererin in einer Bank gewesen wäre, auf die ein Überfall stattfand, würde sie nicht erschossen worden sein, weil sie Grace Springer war, sondern weil sie an der Kasse saß. Niemand war an ihr *persönlich* interessiert. Ich glaube, daß sie das

fühlte und deshalb so unleidlich war. Sie hatte an allen etwas auszusetzen und wußte jedem etwas Böses nachzusagen.«

»Hat sie sich in die Privatangelegenheiten anderer gemischt?«

»Nicht daß ich wüßte«, erwiderte Eileen Rich nachdenklich. »Sie hat niemandem nachspioniert, aber wenn sie auf etwas stieß, das sie nicht verstand, gab sie keine Ruhe, bis sie der Sache auf den Grund gegangen war.«

»Aha.« Kelsey machte eine kurze Pause, dann fragte er: »Sie selbst mochten sie nicht, Miss Rich, nicht wahr?«

»Ich habe mir ihretwegen nicht den Kopf zerbrochen. Sie war ja nur die Turnlehrerin. Wie überheblich das klingt! Und doch hatte sie selbst diese Einstellung. Sie bemühte sich, ihren Posten gewissenhaft auszufüllen, aber das war auch alles. Sie war nicht enthusiastisch, sie besaß keinen Ehrgeiz, sie hatte keine Freude an ihrem Beruf.«

Kelsey betrachtete sie neugierig. Eine eigenartige Person, dachte er.

»Sie scheinen Ihre eigenen Ideen über die Dinge zu haben, Miss Rich.«

»Ja, das mag stimmen.«

»Seit wann sind Sie in Meadowbank?«

»Seit gut anderthalb Jahren.«

»Hat sich während dieser Zeit etwas Ungewöhnliches ereignet?«

»Nein. Bis zu Beginn dieses Schuljahrs war alles in bester Ordnung.«

»Und was ist dann geschehen – abgesehen von dem Mord natürlich?« fragte Kelsey scharf. »Sie wollten doch andeuten, daß sich etwas verändert hat, nicht wahr?«

»Eigentlich nicht ...« Sie unterbrach sich. »Oder vielleicht doch ... obwohl alles so unklar ist, verschwommen ...«

»Fahren Sie fort!«

»Miss Bulstrode scheint seit einiger Zeit nicht sehr glücklich zu sein«, sagte Eileen langsam. »Außer mir ist es, glaube ich, keinem aufgefallen ... sie ist auch nicht die einzige, die unglücklich ist ... Aber das meinen Sie wohl nicht. Sie wollten wissen, ob ... ob sich die Atmosphäre verändert hat, nicht wahr?«

»Ja – irgend etwas in dieser Richtung«, bestätigte Kelsey.

»Irgend etwas ist *bestimmt* nicht, wie es sein soll«, sagte Eileen

Rich. »Es ist, als wäre unter uns ein Mensch, der nicht zu uns gehört. Eine Katze im Taubenschlag ... wir sind die Tauben, wir alle, und die Katze ist unter uns, aber wir wissen nicht, *wer* die Katze ist.«
»Das bringt uns leider nicht viel weiter«, meinte Kelsey skeptisch.
»Nein, natürlich nicht. Es klingt idiotisch, das weiß ich selbst. Ich wollte nur sagen, daß irgend etwas nicht stimmt, aber ich weiß nicht, was es ist. Ich kann meinen Finger nicht darauflegen.«
»Denken Sie an eine bestimmte Person?«
»Nein, das sagte ich doch schon. Nur ... nur irgend jemand hier gibt mir ein Gefühl der Unsicherheit. Nicht wenn ich sie ansehe, aber wenn sie mich ansieht. Entschuldigen Sie, das klingt schrecklich verworren und unlogisch. Es ist eben nur so ein Gefühl, und Sie brauchen keine Gefühle, sondern Beweise.«
»Allerdings, aber es mag etwas dran sein«, erklärte Kelsey. »Bitte sagen Sie mir Bescheid, wenn sich Ihre Gefühle zu einem bestimmten Verdacht verdichten sollten.«
Sie nickte.
»Selbstverständlich. Ich weiß, wie ernst die Lage ist. Der Mörder mag bereits am anderen Ende der Welt sein oder sich noch hier in der Schule aufhalten. In diesem Fall muß auch die Waffe noch hier sein ... eine furchtbare Vorstellung, nicht wahr?«
Sie verließ das Zimmer mit einem höflichen Kopfnicken.
»Komplett verrückt«, stellte Sergeant Bond fest.
»Nein, ich halte sie keineswegs für verrückt«, widersprach Kelsey. »Sie scheint zu den Leuten zu gehören, die, wie man so sagt, einen sechsten Sinn haben, die fühlen, daß eine Katze im Zimmer ist, bevor sie sie gesehen haben. In Afrika wäre sie wahrscheinlich eine Medizinfrau geworden.«
»Die hören das Gras wachsen und riechen das Böse, nicht wahr?« fragte der Sergeant.
»Stimmt«, bestätigte Kelsey. »Und ich habe die Absicht, genau dasselbe zu tun. Da uns bisher niemand konkrete Beweise geliefert hat, bleibt mir nichts anderes übrig, als so lange herumzuschnüffeln, bis ich was gefunden habe. Bitte rufen Sie jetzt die Französin herein.«

10

Mademoiselle Angèle Blanche war etwa fünfunddreißig Jahre alt. Sie war ungeschminkt, ihr dunkelbraunes Haar war ordentlich, aber unkleidsam frisiert, und sie trug ein strenggeschnittenes Jakkenkleid.

Es war, wie sie sagte, ihr erstes Schuljahr in Meadowbank, und sie war nicht sicher, ob sie noch für ein weiteres dableiben wollte.

»Ich liebe es nicht, zu sein in einer Schule, wo Morde passieren«, erklärte sie.

Außerdem hielt sie es für einen Fehler, daß es im ganzen Haus keine Alarmanlage gab.

»Ich glaube kaum, daß ein Einbrecher in dieser Schule Wertgegenstände vorfinden würde. Nein, ein Einbruch würde sich von seinem Standpunkt aus nicht lohnen«, meinte Kelsey.

Mademoiselle Blanche zuckte die Achseln.

»Ich bin nicht so sicher. Diese Mädchen hier – manche von ihnen haben sehr reichen Vater. Vielleicht sie besitzen Gegenstände von viel Wert. Vielleicht weiß ein Dieb darüber Bescheid, er kommt her und denkt: Hier man kann leicht stehlen.«

»Aber die Wertgegenstände der jungen Mädchen wären bestimmt nicht in der Turnhalle zu finden.«

»Wieso wissen Sie?« fragte Mademoiselle. »Sie haben Schließfächer dort, die jungen Mädchen, nicht wahr?«

»Die Schließfächer sind nur für Sportutensilien bestimmt.«

»Mag sein, ja. Aber man kann verstecken vieles in einem Turnschuh oder es wickeln in alten Pullover oder Schal.«

»Was zum Beispiel, Mademoiselle Blanche?«

Diese Frage wußte Mademoiselle Blanche nicht zu beantworten.

»Selbst die großzügigsten Väter würden es ihren Töchtern nicht gestatten, Brillantarmbänder mit in die Schule zu nehmen«, fuhr Kommissar Kelsey fort.

»Wer weiß? Vielleicht einen anderen Wertgegenstand – einen Skarabäus zum Beispiel –, etwas, wofür ein Sammler würde geben viel Geld. Von einem Mädchen der Vater ist Archäologe.«

Kelsey lächelte.

»Ich halte das für ziemlich unwahrscheinlich, Mademoiselle Blanche.«

»War ja nur so eine Idee«, meinte sie achselzuckend.
»Haben Sie auch an anderen englischen Schulen Französisch unterrichtet, Mademoiselle Blanche?«
»In Nordengland – vor einiger Zeit. Hauptsächlich ich habe gelehrt in Frankreich und in Schweiz. Auch in Deutschland. Ich war gekommen nach England, um zu verbessern mein Englisch. Ich habe hier eine Freundin. Sie wurde krank ganz plötzlich, und sie schickte mich zu Miss Bulstrode; die war froh, so schnell zu finden einen Ersatz. Aber es gefällt mir nicht sehr gut. Wie ich schon habe gesagt, ich werde wohl nicht lange hierbleiben.«
»Warum gefällt es Ihnen hier eigentlich nicht?« hakte Kelsey nach.
»Ich mag nicht Schulen, wo geschossen wird«, sagte Mademoiselle Blanche. »Und die Kinder haben keinen Respekt.«
»Kinder sind es doch eigentlich nicht mehr.«
»Manche haben Benehmen wie kleine Babys, manche sind wie Damen von fünfundzwanzig. Es gibt hier alle Arten. Sie haben zu viel Freiheit. Ich ziehe vor eine Schule mit Disziplin.«
»Kannten Sie Miss Springer gut?«
»So gut wie gar nicht. Sie hatte schlechte Manieren, und ich versuchte zu sprechen mit ihr möglichst wenig. Sie war Haut und Knochen und Sommersprossen und hatte eine laute, häßliche Stimme. Sie war wie Karikatur von Engländerin. Zu mir sie war oft unhöflich, und das mag ich nicht.«
»Bei welcher Gelegenheit war sie unhöflich zu Ihnen?«
»Als ich einmal wollte besichtigen die Turnhalle. Das mochte sie nicht – sie tat, als wäre es *ihre* Turnhalle. Aber es ist schönes neues Gebäude, und ich sehe mich einmal darin um, und da kommt Miss Springer und sagt: ›Was wollen Sie hier? Sie haben nichts zu suchen hier!‹ Hat sie gedacht, ich bin Schülerin?« fragte Mademoiselle empört.
»Das war wirklich sehr ungezogen«, stimmte Kelsey beruhigend zu.
»Sehr schlechte Manieren, eine unmögliche Person! Und dann ruft sie: ›Gehn Sie nicht fort mit dem Schlüssel in Ihrer Hand.‹ Ich war sehr ärgerlich. Wie ich die Tür aufmache, der Schlüssel fällt heraus. Ich bücke mich und hebe ihn auf, und ich vergesse

ihn zurückzutun, weil die mich hat beleidigt. Und dann schreit sie mir noch nach, ob ich wollte stehlen den Schlüssel. *Ihr* Schlüssel und *ihre* Turnhalle!«

»Sonderbar, daß sie die Turnhalle als ihr Privateigentum zu betrachten schien ...« Kommissar Kelsey versuchte vorsichtig seine Fühler weiter auszustrecken. »Vielleicht hatte sie dort etwas versteckt und fürchtete, daß es jemand finden könnte?«

»Was soll sie haben versteckt? Liebesbriefe vielleicht?« Mademoiselle Angèle lachte verächtlich. »Der hat bestimmt niemand geschrieben einen Liebesbrief ... Die anderen Lehrerinnen sind wenigstens höflich. Miss Chadwick ist altmodisch – wie sagt man? – umständlich. Miss Vansittart ist sehr nett und sympathisch – *grande dame*. Miss Rich mag sein etwas verrückt, aber freundlich. Und die jüngeren Lehrerinnen sind ganz nett.«

Nach einigen weiteren unwichtigen Fragen wurde Mademoiselle Blanche entlassen.

»Überempfindlich, wie alle Franzosen«, bemerkte Bond.

»Aber nicht uninteressant«, erwiderte Kelsey. »Miss Springer mochte es also nicht, wenn andere sich in *ihrer* Turnhalle umsahen. Aber *warum*?«

»Vielleicht glaubte sie, daß die Französin ihr nachspionierte«, sagte Bond.

»Aber weshalb? Das würde ihr doch nur dann etwas ausgemacht haben, wenn sie wirklich etwas zu verbergen hatte ... Wen haben wir sonst noch zu verhören?« fügte Kelsey hinzu.

»Miss Blake und Miss Rowan, die beiden jungen Lehrerinnen, und Miss Bulstrodes Sekretärin.«

Miss Blake war jung und ernst. Sie hatte ein rundes, gutmütiges Gesicht. Ihre Fächer waren Physik und Naturkunde. Viel zu sagen hatte sie nicht. Sie hatte mit Miss Springer kaum Kontakt gehabt und auch keine Ahnung, was zu ihrer Ermordung geführt haben mochte.

Miss Rowan hatte ihre eigenen Ansichten über den Fall, wie es sich für eine Psychologin gehörte. Sie hielt es für sehr wahrscheinlich, daß Miss Springer Selbstmord verübt hatte.

Kommissar Kelsey hob die Augenbrauen.

»Warum sollte sie? War sie besonders unglücklich?«

»Sie war aggressiv«, behauptete Miss Rowan und sah Kelsey

durch ihre dicken Brillengläser aufmerksam an. »Sehr aggressiv, und das halte ich für einen äußerst wichtigen Faktor. Es war ein unbewußter Versuch, ihr Minderwertigkeitsgefühl zu verbergen.«
»Nach allem, was ich bisher gehört habe, war sie sehr von ihrer eigenen Wichtigkeit überzeugt«, meinte Kelsey.
»*Zu* sehr«, erklärte Miss Rowan bedeutungsvoll. »Verschiedene Dinge, die sie sagte, bestätigen meine Vermutung.«
»Zum Beispiel?«
»Sie machte gewisse Anspielungen; sie sagte, es gäbe Leute, die nicht das wären, was sie zu sein schienen. Sie erwähnte, daß sie in der Schule, an der sie vorher angestellt war, jemanden ›entlarvt‹ hätte. Allerdings habe die Leiterin etwas gegen sie gehabt und sich deshalb geweigert, Miss Springers Enthüllungen ernst zu nehmen. Auch einige der Lehrerinnen sollen gegen sie gewesen sein. Wissen Sie, was das bedeutet, Kommissar?« Miss Rowan beugte sich so erregt vor, daß sie fast vom Stuhl fiel. Eine glatte dunkle Haarsträhne hing ihr ins Gesicht. »Die ersten Anzeichen von Verfolgungswahn.«
Kommissar Kelsey räumte höflich ein, daß Miss Rowan in vielen Punkten recht haben mochte. Jedoch könne er ihre Theorie eines Selbstmordes nur dann teilen, wenn sie ihm erklärte, wie Miss Springer es fertiggebracht habe, sich aus einer Entfernung von gut einem Meter zu erschießen. Auch das Verschwinden der Mordwaffe bedürfe einer Erklärung.
Miss Rowan stellte beleidigt fest, daß das Vorurteil der Polizei gegen psychologische Methoden ja nur zu bekannt sei.
Dann räumte sie das Feld für Ann Shapland.
»Nun, Miss Shapland, was können Sie uns zu dieser Angelegenheit mitteilen?« fragte Kommissar Kelsey mit einem wohlgefälligen Blick auf die gepflegte, adrette Sekretärin.
»Leider nicht das geringste. Ich habe mein eigenes Wohnzimmer und sehe die Lehrerinnen nur selten. Das Ganze erscheint mir noch immer einfach unglaublich.«
»Unglaublich? Inwiefern?«
»Weil ich mir nicht vorstellen kann, wer ein Interesse daran haben konnte, Miss Springer zu erschießen. Nehmen wir an, sie hätte einen Einbrecher überrascht – aber warum eigentlich sollte

jemand auf den Gedanken kommen, in die Turnhalle einzubrechen?«
»Vielleicht ein paar Dorfjungen, die es auf irgendwelche Sportgeräte abgesehen hatten oder sich auch nur einen Jux machen wollten.«
»In diesem Fall hätte Miss Springer einfach gesagt: ›Was wollt ihr denn hier? Macht, daß ihr wegkommt!‹ Und sicher hätten die Jungen so schnell wie möglich das Weite gesucht.«
»Ist Ihnen jemals aufgefallen, daß Miss Springer eine besondere Einstellung zur Turnhalle hatte?«
»Eine besondere Einstellung?« fragte Ann Shapland erstaunt.
»Hielt sie sie sozusagen für ihr Privateigentum? Paßte es ihr nicht, daß andere hineingingen?«
Ann schüttelte den Kopf.
»Mir ist nichts Derartiges aufgefallen; allerdings bin ich selbst nur zweimal dort gewesen, als Miss Bulstrode mich beauftragte, bestimmten Schülerinnen etwas auszurichten.«
»Wußten Sie nicht, daß Miss Springer einmal sehr ärgerlich wurde, als Mademoiselle Blanche dort war?«
»Nein, das wußte ich nicht ... oder doch ... ich hörte irgendwann mal, daß Mademoiselle Blanche sich über Miss Springer beklagte. Allerdings ist sie so leicht beleidigt, daß das niemand sehr ernst nimmt. Auch über die Zeichenlehrerin soll sie sich neulich beschwert haben. Vielleicht hat sie zuviel freie Zeit. Sie gibt nur Französisch.« Ann Shapland zögerte, bevor sie hinzufügte: »Ich halte sie für ziemlich neugierig.«
»Glauben Sie, daß sie in den Schließfächern herumgestöbert hat?«
»Möglich wär's, daß sie sich damit die Zeit vertreiben wollte«, erwiderte Ann.
»Hatte Miss Springer selbst ebenfalls ein Schließfach?«
»Ja, natürlich.«
»Wenn Miss Springer Mademoiselle Blanche dabei ertappt hätte, wie diese in ihrem eigenen Fach herumkramte, wäre sie natürlich mit Recht ärgerlich gewesen.«
»Allerdings.«
»Ist Ihnen etwas über Miss Springers Privatleben bekannt?«
»Ich glaube nicht, daß irgend jemand darüber Bescheid weiß. Ich frage mich, ob sie überhaupt eins hatte.«

»Haben Sie mir sonst nichts zu sagen? Irgend etwas, das mit der Turnhalle in Verbindung stehen könnte?«

Ann zögerte.

»Ich weiß nicht, ob das von Bedeutung ist«, sagte sie schließlich. »Neulich sah ich den jungen Gärtner aus der Turnhalle kommen, und der hatte dort bestimmt nichts zu suchen. Wahrscheinlich wollte er sich nur vor der Arbeit drücken – er war gerade damit beschäftigt, den Drahtzaun bei den Tennisplätzen zu reparieren. Aber das ist wohl ganz unwichtig.«

»Immerhin haben Sie sich daran erinnert«, meinte Kelsey. »Warum wohl?«

»Vielleicht nur deshalb, weil er eine so trotzige Miene zur Schau trug«, erwiderte Ann stirnrunzelnd. »Außerdem bemerkte er in verächtlichem Ton, daß für die verwöhnten Schülerinnen hier wohl ein Haufen Geld ausgegeben werde.«

»Ach so«, meinte Kelsey, »diese Einstellung . . . ich verstehe.«

Ann nickte. »Aber bestimmt ist das alles völlig belanglos«, schloß sie.

»Höchstwahrscheinlich. Immerhin werde ich mir eine Notiz machen.«

»Ringel-, Ringelreihen. Immer im Kreis herum«, seufzte Sergeant Bond, als Ann Shapland gegangen war. »Hoffentlich erfahren wir wenigstens von den Dienstboten etwas Neues.«

Aber auch die Dienstboten hatten wenig zu berichten.

»Mich brauchen Sie gar nicht erst zu fragen, junger Mann«, sagte Mrs. Gibbons, die Köchin. »Erstens kann ich Sie sowieso nicht verstehen, denn ich bin schwerhörig, und zweitens weiß ich von nichts. Ich habe gestern nacht besonders fest geschlafen, und von der ganzen Aufregung hab ich nichts gemerkt. Hat sich auch keiner die Mühe genommen, mich zu wecken und mir Bescheid zu sagen«, fügte sie gekränkt hinzu. »Ich hab's erst heute früh erfahren.«

Kelsey brüllte ihr einige Fragen ins Ohr und bekam einige nichtssagende Antworten.

Dann wurde sie entlassen.

Die meisten Hausangestellten waren nur tagsüber in Meadowbank. Das einzige Dienstmädchen, das im Haus lebte, wußte ebensowenig auszusagen wie die Köchin, obwohl sie wenigstens

imstande war, die Fragen zu verstehen. Sie wußte nichts, niemand hatte ihr etwas gesagt; Miss Springer sei eine unfreundliche Person gewesen; die Turnhalle habe sie niemals betreten und einen Revolver noch nie im Leben gesehen.
Dieses ergebnislose Verhör wurde durch das Erscheinen von Miss Bulstrode unterbrochen.
»Eine meiner Schülerinnen wünscht mit Ihnen zu sprechen, Kommissar«, sagte sie.
»Wirklich? Weiß sie etwas?« fragte Kelsey interessiert.
»Das möchte ich bezweifeln«, erklärte Miss Bulstrode. »Aber das wird sich ja gleich herausstellen. Es handelt sich um eine Ausländerin, um Prinzessin Shanda, die Nichte des Emirs Ibrahim. Sie neigt dazu, sich etwas wichtig zu nehmen.«
Kelsey nickte verständnisvoll. Miss Bulstrode verließ das Zimmer, und ein zartes, mittelgroßes, dunkelhaariges Mädchen trat ein.
»Sind Sie die Polizei?« fragte sie mit einem schüchternen Aufschlag ihrer mandelförmigen Augen.
»Ja, wir sind die Polizei«, erwiderte Kelsey lächelnd. »Bitte nehmen Sie doch Platz, und erzählen Sie uns, was Sie von Miss Springer wissen.«
»Ja, ich werde alles erzählen.«
Sie setzte sich, beugte sich vor und sagte in dramatischem Flüsterton: »Diese Schule wird bewacht, und zwar von Leuten, die sich nicht zeigen – aber sie sind da!«
Sie nickte bedeutungsvoll.
Kommissar Kelsey begann zu verstehen, was Miss Bulstrode gemeint hatte. Dieses junge Mädchen liebte es, sich in Szene zu setzen. »Warum sollte diese Schule bewacht werden?«
»*Meinetwegen!* Sie wollten mich entführen.«
Das hatte Kelsey allerdings nicht erwartet. Er fragte erstaunt: »Zu welchem Zweck?«
»Um meine Familie zu erpressen, um viel Lösegeld zu bekommen«, erwiderte Shanda prompt.
»Das wäre vielleicht nicht ganz unmöglich«, gab Kelsey zögernd zu. »Aber was hat das mit Miss Springers Tod zu tun?«
»Sie muß etwas herausgefunden haben«, sagte Shanda. »Vielleicht hat sie mit ihnen gesprochen, vielleicht hat sie ihnen ge-

droht. Oder sie haben ihr Geld versprochen, wenn sie schweigen würde, und das hat sie geglaubt. So geht sie also zur Turnhalle, weil sie ihr dort das Geld geben wollten, und da haben sie sie dann erschossen.«
»Ich glaube nicht, daß Miss Springer Bestechungsgelder angenommen hätte.«
»Nein? Denken Sie, es sei ein Spaß, Lehrerin zu sein – Turnlehrerin?« fragte Shanda ärgerlich. »Glauben Sie nicht, es wäre angenehmer, Geld zu haben, zu reisen, zu tun, wozu man Lust hat? Überhaupt, jemand wie Miss Springer, die nicht schön ist und die kein Mann ansieht? Glauben Sie nicht, daß ihr Geld vielleicht mehr bedeutete als anderen Menschen?«
»Schwer zu sagen«, meinte Kelsey, der bisher nicht darüber nachgedacht hatte. »Ist das Ihre eigene Idee, oder hat Miss Springer mit Ihnen darüber gesprochen?«
»Miss Springer hat nie etwas anderes zu mir gesagt als ›Arme heben‹, ›Knie beugen‹ und ›Nicht schlappmachen‹«, erklärte Shanda verächtlich.
»Ich verstehe ... Und glauben Sie nicht, daß der Plan, Sie zu entführen, nur in Ihrer Phantasie besteht?«
»Sie haben *nichts* verstanden«, erwiderte Shanda entrüstet. »Prinz Ali Yusuf von Ramat war mein Vetter. Er ist auf der Flucht, nach Ausbruch der Revolution, ums Leben gekommen. Es war beschlossene Sache, daß ich ihn heiraten sollte. Daran sehen Sie, daß ich eine wichtige Person bin, sehr wichtig. Möglich, daß es die Kommunisten auf mich abgesehen haben, und vielleicht wollten sie mich nicht nur entführen, sondern auch ermorden.«
»Das scheint mir recht unwahrscheinlich«, meinte Kelsey.
»Unwahrscheinlich? Sie glauben, solche Dinge geschehen nicht? Und ich sage Ihnen, die Kommunisten sind schlecht! Das weiß doch jeder. Und vielleicht glauben sie, ich wüßte, wo die Juwelen sind.«
»Welche Juwelen?«
»Mein Vetter besaß Juwelen, mein Vater auch. Für den Notfall, Sie verstehen?«
Kelsey verstand offensichtlich nicht.
»Aber was hat das mit Ihnen zu tun – oder mit Miss Springer?«
»Ich sagte Ihnen doch, sie glauben, ich wüßte, wo die Juwelen

sind. Sie wollen mich gefangennehmen und zum Sprechen zwingen.«
»*Wissen* Sie es denn?«
»Nein, woher sollte ich? Sie sind während der Revolution verschwunden. Vielleicht von den bösen Kommunisten gestohlen, vielleicht auch nicht.«
»Wem gehören sie?«
»Mein Vetter ist tot, jetzt gehören sie mir. Kein anderer Mann ist am Leben. Seine Tante, meine Mutter, ist tot. Er würde sie mir gegeben haben, denn ich hätte ihn geheiratet.«
»War das so abgemacht?«
»Natürlich, er war doch mein Vetter.«
»Und Sie hätten die Juwelen nach der Hochzeit bekommen?«
»Nein. Er hätte mir neuen Schmuck gekauft. Von Cartier. Diese Juwelen wären weiter für den Notfall aufbewahrt worden.«
Während Kelsey über dieses orientalische Versicherungssystem nachdachte, fuhr Shanda lebhaft fort: »Ich denke mir das so: Jemand hat die Juwelen aus dem Land geschafft, aus Ramat. Vielleicht ein guter Mensch, vielleicht ein böser. Der gute Mensch würde sie mir bringen, und ich würde ihm eine hohe Belohnung geben. Der schlechte Mensch würde sie behalten und verkaufen. Oder er würde zu mir kommen und sagen: ›Was bekomme ich, wenn ich die Juwelen zurückgebe?‹ Wenn ich ihm genug verspreche, bringt er sie, sonst nicht.«
»Aber bisher hat sich noch niemand bei Ihnen gemeldet, nicht wahr?«
»Nein«, gab Shanda zu.
Kommissar Kelsey hatte nicht die Absicht, noch mehr Zeit mit Shanda zu verschwenden.
»Ich glaube, Sie haben eine etwa zu lebhafte Phantasie«, bemerkte er abschließend.
Shanda warf ihm einen wütenden Blick zu.
Er stand auf und öffnete die Tür.
»Märchen aus Tausendundeiner Nacht. Entführungen und Juwelen von unschätzbarem Wert«, sagte er lachend. »Was werden wir noch zu hören bekommen?«

11

Als Kommissar Kelsey zur Polizei zurückkehrte, sagte der Sergeant vom Dienst: »Adam Goodman wartet schon auf Sie, Kommissar.«

»Adam Goodman? Ach ja, der Gärtner.«

Der junge Mann war respektvoll aufgestanden. Er war groß, schlank und dunkel. Seine abgetragenen Manchesterhosen waren fleckig, und er trug ein leuchtendblaues, offenes Hemd.

»Sie wollten mich sprechen«, sagte er.

Seine Stimme war rauh und etwas herausfordernd. Er machte, wie so viele junge Menschen heutzutage, einen trotzigen Eindruck.

»Bitte kommen Sie in mein Zimmer«, erwiderte Kelsey kurz.

»Ich weiß nichts über diesen Mord«, verkündete Adam Goodman mürrisch. »Ich will nichts damit zu tun haben, ich habe gestern nacht in meinem Bett gelegen und geschlafen.«

Kelsey nickte unverbindlich.

Er setzte sich an seinen Schreibtisch und bot dem jungen Mann einen Stuhl an. Ein junger Kriminalbeamter war den beiden unauffällig gefolgt und setzte sich jetzt in eine Ecke.

»Also: Sie sind Adam Goodman, von Beruf Gärtner«, begann Kelsey.

»Einen Augenblick. Darf ich Sie bitten, sich zuerst etwas anzusehen.«

Adams Benehmen hatte sich plötzlich geändert; sein Ton war weder trotzig noch herausfordernd. Er nahm etwas aus seiner Tasche und reichte es Kelsey.

Der Kommissar hob die Augenbrauen ein wenig, während er es betrachtete. Dann blickte er auf.

»Ich brauche Sie im Augenblick nicht, Barber«, sagte er.

Der diskrete junge Kriminalbeamte ging hinaus, bemüht, sein Erstaunen zu verbergen.

»Sehr interessant«, erklärte Kelsey, während er Adam freundlich anlächelte. »Aber ich möchte nur wissen, was Sie in . . .«

»Was ich in einer Mädchenschule zu suchen habe«, unterbrach ihn der junge Mann. Er bemühte sich, in ehrerbietigem Ton zu sprechen, aber er konnte ein belustigtes Grinsen beim besten Willen nicht unterdrücken. »Ich gebe zu, daß mir zum ersten Mal

eine Aufgabe dieser Art übertragen worden ist. Sehe ich nicht wie ein Gärtner aus?«
»Sie sind zu jung. In unserer Gegend begegnet man im allgemeinen nur uralten Gärtnern. Verstehen Sie etwas von Gartenbau?«
»Allerdings. Meine Mutter ist eine begeisterte Gärtnerin. Sie hat dafür gesorgt, daß ich diese Kunst ebenfalls erlernte.«
»Und aus welchem Grund hat man Sie nach Meadowbank geschickt? Was geht dort vor?«
»Das möchten wir auch gern wissen. Ich fungiere hauptsächlich als Wachhund – jedenfalls war das so bis gestern. Inzwischen ist die Turnlehrerin ermordet worden, und das war bestimmt nicht im Stundenplan vorgesehen.«
»Leider ereignen sich oft unvorhergesehene Dinge«, seufzte Kelsey. »Das weiß ich aus bitterer Erfahrung. Ich muß allerdings zugeben, daß dieser Mord ganz besonders abwegig erscheint. Welches sind die wahren Hintergründe?«
Adam erzählte ihm, was er wußte. Kelsey hörte aufmerksam zu.
»Ich habe der kleinen Prinzessin unrecht getan«, bemerkte er schließlich. »Aber Sie werden verstehen, daß ich diese Geschichte für zu phantastisch hielt. Juwelen im Wert von einer halben oder gar einer ganzen Million Pfund? Wer ist der rechtmäßige Eigentümer?«
»Diese Frage ist nicht ganz leicht zu beantworten. Die Entscheidung darüber wird man mehreren internationalen Anwälten überlassen müssen – und selbst die werden wahrscheinlich verschiedener Meinung sein. Vor drei Monaten gehörten sie dem Prinzen Ali Yusuf von Ramat. Aber jetzt? Wenn sie noch in Ramat wären, würden sie der neuen Regierung gehören, obwohl der Prinz in seinem Testament wohl anderweitige Verfügungen getroffen hat. In diesem Fall würde alles davon abhängen, wo sein Letzter Wille erfüllt wird und ob sich die Rechtsgültigkeit des Testaments beweisen läßt. Sie mögen seiner Familie gehören. In der Praxis sieht die Sache jedoch anders aus. Wenn Sie oder ich die Juwelen auf der Straße finden würden, könnten wir sie einfach in die Tasche stecken und behaupten, sie gehörten uns. Ich bezweifle, ob es einen legalen Weg gäbe, sie uns wieder abzunehmen. Man könnte es natürlich versuchen, aber das internationale Recht ist unglaublich verworren.«

»Sie glauben also, daß der Finder sie getrost behalten darf?« fragte Kelsey. Er schüttelte mißbilligend den Kopf. »Das ist kein sehr erfreulicher Zustand.«

»Nein, erfreulich ist es nicht«, bestätigte Adam. »Es ist uns bekannt, daß mehrere Parteien an den Steinchen interessiert sind, die leider vor nichts zurückschrecken würden. Es hat sich nämlich herumgesprochen, daß die Juwelen, kurz vor Ausbruch der Revolte, aus dem Land geschmuggelt worden seien. Das mag stimmen oder nicht. Man weiß auch nicht, auf welche Weise, man hört die verschiedensten Versionen.«

»Aber was hat das mit Meadowbank zu tun? Hängt es mit dem kleinen persischen Unschuldsengel zusammen, mit Prinzessin Shanda?«

»Ja, denn sie ist die Kusine von Ali Yusuf. Es ist möglich, daß gewisse Leute versuchen, sich mit ihr in Verbindung zu setzen. Uns sind in der Nähe der Schule einige fragwürdige Gestalten aufgefallen, zum Beispiel eine Mrs. Kolinsky, die im Grand Hotel wohnt. Sie gehört einer recht prominenten internationalen Schieberbande an. Nach außen hin handelt es sich um eine Gruppe ehrbarer Geschäftsleute, die es jedoch verstehen, sich gewisse wertvolle Informationen zu verschaffen. Einem Gerücht zufolge soll sich auch eine Tänzerin in der Gegend aufhalten, die in einem Kabarett in Ramat aufgetreten ist. Wir wissen nicht einmal, wie sie aussieht, nur, daß sie im Dienst einer ausländischen Regierung steht. Alles weist auf Meadowbank hin, und nun die Ermordung der Turnlehrerin . . .«

Kelsey nickte nachdenklich.

»Irre Situation.« Er zögerte, dann fuhr er fort: »Wenn man so etwas im Kino sieht, findet man es übertrieben, an den Haaren herbeigezogen – und doch geschieht es.«

»Geheimagenten, Spione, Mörder und Erpresser gibt es leider nicht nur auf der Leinwand«, stimmte Adam zu.

»Aber in Meadowbank? In der berühmten Schule von Miss Bulstrode?«

»Ich gebe zu – es klingt fast wie Majestätsbeleidigung«, bestätigte Adam.

»Was hat sich *Ihrer* Meinung nach gestern nacht ereignet?« fragte Kelsey nach einer kurzen Pause.

Adam erwiderte nach einiger Überlegung: »Die Springer war mitten in der Nacht in der Turnhalle. Warum? Es ist sinnlos, nach dem Täter zu suchen, bevor wir nicht wissen, *warum* sie in der Turnhalle war. Nehmen wir an, daß sie, trotz ihres einwandfreien, höchst gesunden Lebenswandels schlecht schlief, zufällig aus dem Fenster sah und ein Licht in der Turnhalle bemerkte. Sie konnte es doch von ihrem Fenster aus sehen?«
Kelsey nickte.
»Da sie eine furchtlose Person war, ging sie sofort hinunter, um festzustellen, was da los ist. Sie störte jemanden – aber wobei? Wir wissen es nicht, wir wissen nur, daß der Eindringling sie erschossen hat. Aber man schießt nur, wenn man sich in einer verzweifelten Lage befindet oder wenn es sich um eine Angelegenheit von immenser Bedeutung handelt.«
Wieder nickte Kelsey zustimmend.
»Gut. Die erste Möglichkeit wäre also, daß die unschuldige Springer erschossen wurde, während sie tapfer ihre Pflicht erfüllte. Aber es gibt noch eine andere Möglichkeit. Miss Springer, die wegen ihrer sportlichen Fähigkeiten dafür besonders geeignet erscheint, wird vom Kopf einer Bande nach Meadowbank geschickt ... Sie wartet auf eine geeignete Nacht, dann schleicht sie heimlich zur Turnhalle – warum, wissen wir nicht. Jemand folgt ihr ... oder wartet auf sie ... jemand, der einen Revolver bei sich hat und entschlossen ist, ihn auch zu benutzen ... Aber wieder und wieder: *Warum?* Zum Teufel noch mal, was kann man in einer Turnhalle verstecken?«
»Ich kann Ihnen versichern, daß dort nichts versteckt war«, erklärte Kelsey. »Wir haben alles sozusagen mit dem Staubkamm durchgekämmt, sowohl die Schließfächer der Schülerinnen wie das Fach von Miss Springer. Wir haben nichts gefunden als Sportutensilien. In dieser nagelneuen Turnhalle waren ganz bestimmt keine Juwelen verborgen.«
»Der Mörder konnte sie natürlich bereits an sich genommen haben, als Ihre Leute die Durchsuchung begannen«, meinte Adam. »Wir dürfen auch die Möglichkeit nicht außer acht lassen, daß Miss Springer, oder sonst jemand, in der Turnhalle ein Rendezvous hatte. Sie eignet sich recht gut dazu. Nehmen wir also an, daß Miss Springer dort ein Stelldichein hatte und daß ein Streit

entstand, in dessen Verlauf sie erschossen wurde. Eine weitere Variante: Miss Springer bemerkte, daß jemand das Haus verließ, sie folgte dieser Person und entdeckte etwas, das sie nicht hören oder sehen durfte.«
»Ich kannte sie nicht, aber den Berichten der anderen nach zu urteilen, muß sie eine ziemlich neugierige Person gewesen sein«, sagte Kelsey.
»Wahrscheinlich ist ihre Neugier sogar der Schlüssel zu den Ereignissen in der Turnhalle«, erklärte Adam.
»Wenn es wirklich ein Rendezvous war, dann . . .« Kelsey machte eine bedeutungsvolle Pause.
Adam nickte zustimmend. »Dann muß es in der Schule eine Person geben, der wir unsere ungeteilte Aufmerksamkeit zuwenden müssen. Eine Katze im Taubenschlag!«
»Katze im Taubenschlag? Wer hat das heute schon einmal gesagt?« Kelsey überlegte. »Ja, natürlich. Es war Miss Rich, eine der Lehrerinnen.« Nach einer weiteren Pause fuhr er fort: »Drei Damen sind erst zu Beginn dieses Schuljahrs nach Meadowbank gekommen: die Sekretärin Shapland, Mademoiselle Blanche und Miss Springer, die tot ist und nicht mehr in Frage kommt. Wenn sich eine Katze unter den Tauben befindet, müßte es eine dieser beiden sein.« Er sah Adam an. »Was halten Sie davon?«
»Ich habe Mademoiselle Blanche neulich dabei überrascht, wie sie aus der Turnhalle kam«, sagte Adam nach kurzem Zögern. »Sie machte ein schuldbewußtes Gesicht, als wäre sie auf frischer Tat ertappt worden. Dennoch würde ich eher die Sekretärin verdächtigen. Miss Shapland ist kalt und berechnend, außerdem sehr intelligent. Ich an Ihrer Stelle würde mal ihre Vergangenheit einer gründlichen Prüfung unterziehen . . . Was gibt's denn da zu lachen?«
Kelsey grinste übers ganze Gesicht.
»Miss Shapland hält *Sie* für ein verdächtiges Individuum. Sie hat Sie dabei ertappt, wie *Sie* aus der Turnhalle kamen, und fand, daß Sie einen schuldbewußten Eindruck machten!«
»Tatsächlich? So eine Unverschämtheit!« brauste Adam auf.
Kommissar Kelsey wurde wieder ernst.
»Meadowbank spielt in dieser Gegend eine große Rolle«, sagte er. »Es ist eine hervorragende Schule, und Miss Bulstrode ist ein be-

sonders feiner Mensch. Wir müssen diese Sache so schnell wie möglich aufklären, um dem guten Namen der Schule und ihrer Leiterin nicht unnötig zu schaden.« Er sah Adam nachdenklich an. »Ich bin der Ansicht, daß wir Miss Bulstrode mitteilen müssen, wer Sie sind. Sie wird den Mund halten, darauf können Sie sich verlassen.«

Adam stimmte ihm nach kurzem Zögern zu.

»Ja, unter diesen Umständen wird es sich kaum vermeiden lassen«, sagte er.

12

Miss Bulstrode unterschied sich durch eine besondere Eigenschaft vorteilhaft von den meisten Frauen. Sie konnte zuhören.

Sie hörte Kommissar Kelsey und Adam schweigend zu, ohne auch nur mit der Wimper zu zucken. Schließlich sagte sie ein einziges Wort: »Bemerkenswert!«

Sie sind selbst bemerkenswert, dachte Adam, aber er sprach es nicht aus.

Miss Bulstrode kam, wie gewöhnlich, ohne Umschweife zur Sache.

»Und was kann ich nun tun, um Ihnen zu helfen?« fragte sie.

Kommissar Kelsey räusperte sich.

»Wir hielten es für richtig, Sie im Interesse der Schule über alles zu informieren«, sagte er.

Miss Bulstrode nickte.

»Selbstverständlich muß ich zuerst an die Schule denken«, erwiderte sie. »Ich bin für die Sicherheit meiner Schülerinnen und meiner Angestellten verantwortlich. Ich möchte hinzufügen, daß es sowohl für mich persönlich wie auch für die Schule wünschenswert ist, daß der Mord in der Öffentlichkeit möglichst wenig Aufsehen erregt. Das mag egoistisch klingen, aber ich denke wirklich nur an das Wohl der mir anvertrauten jungen Menschen. Es sei denn, daß Sie Bekanntmachungen im großen Stil für notwendig halten . . . sind sie notwendig, Kommissar?«

»Nein. Im Gegenteil. Je weniger über diesen Fall geschrieben und gesprochen wird, desto besser«, erklärte Kelsey. »Die Leichenschau wird vertagt werden. Wir lassen durchblicken, daß wir den Mord für das Werk jugendlicher Einbrecher halten, die zwar im allgemeinen nur mit Messern bewaffnet sind, aber diesmal unglücklicherweise im Besitz einer Schußwaffe waren. Miss Springer hat sie überrascht und wurde erschossen. Dabei würde ich es belassen. Inzwischen können wir unsere Nachforschungen ungestört fortführen. Ich hoffe, die Presse wird uns keinen Strich durch die Rechnung machen. Meadowbank ist eine berühmte Schule. Ein Mord in Meadowbank wird die Öffentlichkeit natürlich interessieren.«

»Ich hoffe, das verhindern zu können«, sagte Miss Bulstrode sofort. »Ich habe gute Beziehungen – zu Presse, Regierung und Kirche.« Mit einem Blick auf Adam fuhr sie fort: »Sie sind doch einverstanden?«

»Selbstverständlich. Auch wir legen Wert darauf, in Ruhe arbeiten zu können«, erwiderte er.

»Bleiben Sie weiter unser Gärtner?« erkundigte sich Miss Bulstrode.

»Wenn Sie nichts dagegen haben, ja. Es ist die einzige Möglichkeit, die Ereignisse aus unmittelbarer Nähe zu verfolgen.«

Miss Bulstrode runzelte die Stirn.

»Ich hoffe, daß Sie nicht noch mehr Morde erwarten?«

»Nein, nein.«

»Das wäre fürchterlich. Keine Schule könnte zwei Morde in einem Schuljahr überleben.«

Sie wandte sich an Kelsey.

»Haben Ihre Leute die Durchsuchung der Turnhalle beendet? Ich wäre froh, wenn wir sie bald wieder benutzen könnten.«

»Ja, alles erledigt und in bester Ordnung. Gefunden haben wir nichts, was in irgendeinem Zusammenhang mit dem Mord stehen könnte.«

»Auch nicht in den Schließfächern der Schülerinnen?«

Kommissar Kelsey lächelte.

»Nichts von Bedeutung, nur ... nur ein französisches Buch mit Illustrationen, *Candide*. Eine kostbare Ausgabe.«

»Aha, da hat sie es also versteckt. Es war doch in Gisèle d'Aubrays Fach, nicht wahr?«

Kelseys Respekt vor Miss Bulstrode wuchs.
»Ihnen entgeht wirklich nichts«, sagte er.
»*Candide* ist ein klassisches Werk, dessen Lektüre ihr nichts schaden wird«, bemerkte Miss Bulstrode. »Gewisse pornographische Bücher konfisziere ich natürlich ... Aber nun möchte ich auf meine erste Frage zurückkommen: Was kann ich tun, um Ihnen zu helfen?«
»Im Augenblick gar nichts. Ich möchte nur noch eines wissen: Waren Sie eigentlich seit Beginn dieses Schuljahres über irgend etwas beunruhigt? Über einen Vorfall oder über eine Person?«
Miss Bulstrode überlegte einen Augenblick, dann sagte sie langsam: »Auf diese Frage kann ich nur mit einem ganz offenen ›Ich weiß es nicht‹ antworten.«
»Sie *waren* also über irgend etwas beunruhigt?« fragte Adam sofort.
»Der Fall liegt nicht so einfach, wie Sie denken. Ich hatte einmal das Gefühl, daß mir etwas entgangen sei ... ich werde es Ihnen beschreiben.«
Sie erzählte kurz von ihrem Gespräch mit Mrs. Upjohn, in dessen Verlauf sie zufällig aus dem Fenster geblickt hatte und die völlig betrunkene Lady Veronica auf das Schulhaus hatte zukommen sehen.
»Darf ich das noch einmal zusammenfassen, Miss Bulstrode«, sagte Adam. »Mrs. Upjohn sah zum anderen Fenster hinaus, von dem aus man die Einfahrt überblickt, und glaubte jemanden zu erkennen. Diese Tatsache ist an sich nicht erstaunlich; warum sollte sie unter den vielen Eltern und Töchtern, die an diesem Tag vorfuhren, nicht ein bekanntes Gesicht entdeckt haben? Aber Sie sind unbedingt der Meinung, daß Mrs. Upjohn *sehr erstaunt* war, gerade dieser Person in Meadowbank zu begegnen. Stimmt das?«
»Ja, diesen Eindruck hatte ich.«
»Und Ihre Aufmerksamkeit war durch das unerwartete Erscheinen von Lady Veronica abgelenkt worden, die Sie durch das andere Fenster beobachteten, nicht wahr?«
Miss Bulstrode nickte.
»Inzwischen plauderte Mrs. Upjohn über dieses und jenes. Sie hörten nur mit halbem Ohr zu, als sie Ihnen erzählte, daß sie

während des Krieges – vor ihrer Heirat – für den Nachrichtendienst tätig war.«

»Ja.«

»Vielleicht erkannte sie jemanden, mit dem sie während des Krieges zu tun hatte, das wäre möglich«, sagte Adam nachdenklich.

»Ich bin dafür, daß wir uns unverzüglich mit Mrs. Upjohn in Verbindung setzen«, erklärte Kelsey. »Haben Sie ihre Adresse, Miss Bulstrode?«

»Selbstverständlich, aber ich glaube, sie ist momentan im Ausland. Einen Augenblick.«

Sie drückte zweimal auf die Schreibtischklingel, dann stand sie ungeduldig auf, öffnete die Tür und bat eine zufällig vorbeikommende Schülerin, Julia Upjohn zu ihr zu schicken.

»Ich werde lieber verschwinden, bevor Julia kommt«, meinte Adam. »Ich bin schließlich nur gerufen worden, weil mich der Kommissar verhören wollte. Da er nichts von mir erfuhr, befahl er mir, mich aus dem Staub zu machen.«

»Sehr richtig! Machen Sie sich sofort aus dem Staub, und vergessen Sie nicht, daß das Auge des Gesetzes auf Ihnen ruht«, sagte Kelsey mit einem breiten Grinsen.

Im Hinausgehen fragte Adam Miss Bulstrode: »Darf ich meine Stellung als Gärtner ungebührlicherweise dazu benutzen, mich bei Ihren Leuten lieb Kind zu machen?«

»Bei wem zum Beispiel?«

»Bei Mademoiselle Blanche vielleicht.«

»Glauben Sie, daß Mademoiselle Blanche . . .«

»Ich glaube, daß sie sich hier langweilt«, erwiderte Adam.

»Mag sein . . . Mit wem wollen Sie sich sonst noch anfreunden?«

»Ich werde mich nach allen Richtungen umsehen«, erwiderte Adam heiter. »Falls Sie entdecken sollten, daß einige Ihrer Schülerinnen eine heimliche Verabredung im Garten haben, bitte ich Sie zu bedenken, daß ich kein Windhund bin, sondern ein ehrlicher Spürhund.«

»Glauben Sie wirklich, daß die Mädchen etwas wissen?« fragte Miss Bulstrode.

»Manche wissen etwas, selbst wenn sie nicht wissen, daß sie etwas wissen.«

»Mag sein.«

Es wurde an die Tür geklopft, und Miss Bulstrode rief: »Herein!«
Julia Upjohn kam atemlos ins Zimmer.
»Sie können gehen, Goodman. Ich will Sie nicht länger von Ihrer Arbeit abhalten«, knurrte Kelsey.
»Ich kann Ihnen weiß Gott nicht mehr sagen, als daß ich von nichts eine Ahnung habe«, brummte Adam und stapfte hinaus.
»Bitte, entschuldigen Sie, daß ich so außer Atem bin, Miss Bulstrode«, sagte Julia. »Ich bin den ganzen Weg vom Tennisplatz zum Haus gerannt.«
»Das macht nichts, Julia. Ich wollte Sie nur fragen, wo ich Ihre Mutter erreichen kann.«
»Mutter ist im Ausland. Ich kann Ihnen aber die Adresse von meiner Tante Isabel geben.«
»Die habe ich, aber ich muß mich unbedingt mit Ihrer Mutter persönlich in Verbindung setzen.«
»Das wird schwer sein. Mutter ist auf einer Autobusreise nach Anatolien.«
»Im *Autobus* nach Anatolien?« fragte Miss Bulstrode erstaunt.
Julia nickte.
»So etwas macht ihr großen Spaß, außerdem ist es billig«, erklärte sie. »Sehr komfortabel wohl nicht, aber das macht Mummy nichts aus. Sie sollte in etwa drei Wochen in Van ankommen.«
»Aha. Eine Frage, Julia: Hat Ihre Mutter hier am ersten Tag des Schuljahrs Bekannte getroffen, die sie während des Krieges kennengelernt hatte?«
»Nicht daß ich wüßte, Miss Bulstrode. Mir hat sie jedenfalls nichts davon gesagt.«
»Ihre Mutter war doch beim Nachrichtendienst, nicht wahr?«
»Ja, und es muß ihr viel Freude gemacht haben. Dabei scheint sie nichts besonders Aufregendes unternommen zu haben. Sie hat niemals etwas in die Luft gesprengt, ist nie geschnappt worden und war nie in Lebensgefahr. Sie war, glaube ich, in der Schweiz stationiert – oder war es Portugal?« Julia fügte entschuldigend hinzu: »Mich langweilen diese Kriegsgeschichten, und ich höre nicht immer richtig zu.«
»Das wäre alles, Julia. Sie können gehen.« Julia verließ das Zim-

mer, und Miss Bulstrode fügte hinzu: »Soll man das für möglich halten – im Autobus nach Anatolien! Und für Julia scheint das die natürlichste Sache von der Welt zu sein . . .«

Jennifer verließ den Tennisplatz in nicht allzu rosiger Laune. Sie war ärgerlich, weil sie beim Servieren mehrmals einen Doppelfehler gemacht hatte. Mit diesem Tennisschläger konnte man eben nicht viel anfangen, obwohl ihre Rückhand in letzter Zeit besser geworden war. Ein Jammer, daß Miss Springer tot war – so eine gute Sportlehrerin! Jennifer nahm das Tennisspiel sehr ernst. Es gehörte zu den wenigen Dingen, über die sie sich Gedanken machte.

»Entschuldigen Sie . . .«

Jennifer zuckte zusammen. Eine elegante goldblonde Dame stand wenige Schritte von ihr entfernt auf dem Gartenweg. Sie hatte ein flaches längliches Paket in der Hand. Jennifer fragte sich, warum sie die Frau nicht schon längst gesehen hatte. Es kam ihr nicht in den Sinn, daß sie sich hinter den Rhododendronsträuchern versteckt gehalten haben mußte und eben erst hervorgetreten war. Nein, auf eine solche Idee wäre Jennifer nie gekommen.

»Entschuldigen Sie, können Sie mir vielleicht sagen, wo ich Miss Jennifer Sutcliffe finden kann?« fragte die Dame mit leicht amerikanischem Akzent.

»Ich bin Jennifer Sutcliffe«, erwiderte sie erstaunt.

»Das ist aber wirklich ein sonderbarer Zufall! Soll man es denn für möglich halten, daß man unter Hunderten von jungen Mädchen gerade auf das eine stößt, das man sucht?«

»Ja, es ist wirklich ein eigenartiger Zufall«, entgegnete Jennifer gleichgültig.

»Gestern war ich auf einer Cocktailparty und erwähnte zufällig, daß ich heute Freunde in dieser Gegend besuchen wollte. Ihre Tante, oder war es Ihre Großmutter? – den Namen habe ich leider vergessen, denn ich habe ein entsetzlich schlechtes Gedächtnis – bat mich, Ihnen den neuen Tennisschläger zu bringen, um den Sie gebeten hatten.«

»Wirklich? Das ist ja eine tolle Überraschung«, erklärte Jennifer strahlend. »Das muß meine Patentante Gina gewesen sein, Mrs. Campbell. Tante Rosamund war's bestimmt nicht. Die schenkt mir nur einmal im Jahr was – Weihnachten, und zwar ganze zehn Shilling, das ist alles.«

»Ja, jetzt erinnere ich mich wieder an den Namen – Mrs. Campbell«, sagte die Dame.

Sie gab Jennifer das Paket, das diese sofort auspackte.

»Der ist ja fabelhaft!« rief sie begeistert und wog den neuen Tennisschläger sachkundig in der Hand. »Nichts habe ich mir so sehr gewünscht wie einen neuen Tennisschläger. Kein Mensch kann mit einem schlechten Schläger wirklich gut spielen.«

»Das glaube ich gern.«

»Vielen Dank – es war schrecklich nett von Ihnen, mir das Paket zu bringen.«

»Gern geschehen«, entgegnete die Dame. »Übrigens bat mich Ihre Tante, den alten Tennisschläger zurückzubringen. Sie will ihn neu bespannen lassen.«

»Das alte Ding? Lohnt sich doch kaum«, erwiderte Jennifer zerstreut und gab ihn ihr. Sie war noch immer damit beschäftigt, den neuen Schläger in der Hand zu wiegen und von allen Seiten bewundernd zu betrachten.

Die Dame sah auf ihre Uhr.

»Ach, du liebe Zeit! Es ist schon viel später, als ich dachte«, sagte sie. »Ich muß leider weg.«

»Soll ich Ihnen vielleicht ein Taxi besorgen? Ich könnte telefonieren . . .«

»Nein, vielen Dank. Mein Wagen steht vor dem Tor. Ich hab ihn dort stehenlassen, weil ich so ungern auf schmalen Wegen wende. Auf Wiedersehen, Jennifer. Ich hoffe, Sie werden an Ihrem neuen Tennisschläger viel Freude haben.«

Sie ging schnell auf das Parktor zu. Jennifer rief ihr noch einmal nach: »Tausend Dank. Auf Wiedersehen.« Dann machte sie sich auf die Suche nach Julia.

»Sieh mal, was ich habe!«

Sie ließ den Schläger mit einer dramatischen Geste durch die Luft sausen.

»Donnerwetter! Woher kommt der denn?« fragte Julia.

»Hat mir meine Patentante geschickt. Sie ist furchtbar reich. Mum hat ihr wahrscheinlich erzählt, daß ich mich über meinen alten Schläger beklagt habe.«

In diesem Augenblick kam Shanda vorbei, der Jennifer ebenfalls stolz den neuen Schläger vorführte.
»Was hältst du davon, Shanda?« fragte sie.
»Muß sehr teuer gewesen sein«, erwiderte Shanda mit dem nötigen Respekt. »Ich wollte, ich könnte so gut Tennis spielen wie du.«
»Du läufst immer in den Ball.«
»Ich kann das nie so richtig berechnen«, erklärte Shanda bedauernd. »Jedenfalls muß ich mir in London elegante Tennisshorts machen lassen, bevor ich wieder nach Hause fahre. Oder vielleicht besser ein Tenniskleid – oder beides.«
»Shanda denkt nur an Klamotten«, meinte Julia verächtlich, während die beiden Freundinnen weitergingen. »Glaubst du, daß wir auch mal so werden?«
»Ich fürchte, ja«, erwiderte Jennifer düster.
Sie betraten die Turnhalle, die mittlerweile von der Polizei freigegeben worden war. Jennifer befestige ihren Tennisschläger sorgfältig im Spanner.
»Ist er nicht prachtvoll?« fragte sie glücklich.
»Was hast du eigentlich mit deinem alten gemacht?«
»Den hat die Dame mitgenommen, weil Tante Gina sie darum gebeten hatte. Er soll neu bespannt werden.«
»Ach so . . .«
Julia runzelte nachdenklich die Stirn.
»Was wollte Bully denn von dir?« erkundigte sich Jennifer.
»Nur Mummys Adresse, aber die konnte ich ihr nicht geben, weil sie gerade mit einem Autobus durch die Türkei gondelt . . . Mir fällt gerade etwas ein, Jennifer. Dein Schläger mußte doch gar nicht neu bespannt werden.«
»Doch, Julia. Er war so weich wie ein Schwamm.«
»Das weiß ich, aber eigentlich ist es *mein* Schläger. Wir haben doch getauscht, erinnerst du dich? *Dein* Schläger, den ich jetzt habe, war ja während der Ferien frisch bespannt worden. Das hast du mir neulich selbst gesagt.«
»Ja, das stimmt.« Jennifer sah etwas erstaunt drein. »Wahrscheinlich hat diese Frau – ich hätte mich nach ihrem Namen erkundigen sollen – es bemerkt. Das ist des Rätsels Lösung.«
»Aber du hast doch gesagt, daß deine Tante Gina sie darum gebe-

ten hat, und warum ist *die* auf den Gedanken gekommen, einen neu bespannten Schläger noch mal reparieren zu lassen?«
»Ach, was weiß ich«, sagte Jennifer ungeduldig. »Außerdem ist es doch völlig egal.«
»Vielleicht ist es egal«, erwiderte Julia nachdenklich. »Aber merkwürdig ist es doch, Jennifer. Neue Lampen für alte – Aladin im Wunderland.«
Jennifer kicherte.
»Ist das nicht eine komische Idee? Ich streiche über meinen alten Tennisschläger – nein, über deinen –, und ein guter Geist erscheint! Was würdest du dir wünschen, wenn ein guter Geist aus der Erde steigen würde, Julia?«
»Ich? Ich habe tausend Wünsche: ein Tonbandgerät, einen Schäferhund – nein, lieber eine dänische Dogge; dann ein schwarzes Seidensatin-Abendkleid und ... und hunderttausend Pfund ... und du, was möchtest du gern haben?«
»Ich? Gar nichts. Ich bin restlos glücklich mit diesem wunderbaren Tennisschläger«, sagte Jennifer.

13

Drei Wochen nach Schuljahrsbeginn durften die Schülerinnen ihre Eltern am Wochenende besuchen. Daher war es am Sonntag in Meadowbank sehr ruhig, und zum Mittagessen erschienen nur zwanzig Mädchen. Auch einige Lehrerinnen waren fortgefahren, die erst Sonntag abend oder Montag früh zurückkommen würden.
Miss Bulstrode, die im allgemeinen während der Unterrichtszeit die Schule nicht verließ, hatte ausnahmsweise die Einladung der Herzogin von Welsham angenommen, das Wochenende auf Schloß Welsington zu verbringen. Sie hatte aus einem ganz bestimmten Grund zugesagt. Mr. Henry Banks, der Vorsitzende des Aufsichtsrats von Meadowbank, wurde ebenfalls auf Schloß Welsington erwartet. Die Schule war seinerzeit mit der finanziellen Unterstützung von Mr. Banks gegründet worden, und die Einladung der Herzogin klang fast wie ein Befehl, bei Hofe zu er-

scheinen. Selbstverständlich ließ sich Miss Bulstrode nur dann Befehle erteilen, wenn sie ihr in den Kram paßten. Sie unterschätzte den Einfluß der Herzogin nicht, außerdem legte sie Wert darauf, mit ihr und mit Mr. Banks sowohl die tragischen Ereignisse in Meadowbank als auch ihre persönlichen Probleme zu besprechen.

Dank Miss Bulstrodes guten Beziehungen war der Mord in der Presse taktvoll behandelt worden – mehr wie ein Unglücksfall als wie ein Verbrechen. Es wurde angedeutet – aber nicht klar ausgesprochen –, daß Jugendliche in der Turnhalle von Miss Springer überrascht worden waren. In der darauffolgenden Panik sei sie erschossen worden. Die Polizei sei den Burschen bereits auf der Spur, schrieben die Zeitungen.

Es war Miss Bulstrode bekannt, daß die Herzogin und Henry Banks sie von ihrem Entschluß, sich bald zur Ruhe zu setzen, abbringen wollten. Sie hielt den Augenblick für gekommen, mit ihnen über Miss Vansittart zu sprechen und ihnen klarzumachen, daß Eleanor eine in jeder Beziehung würdige Nachfolgerin abgeben würde.

Am Sonnabend morgen, nachdem Miss Bulstrode den letzten Brief diktiert hatte, klingelte das Telefon. Ann Shapland nahm das Gespräch an.

»Der Emir Ibrahim ist im ›Claridge‹ angekommen, Miss Bulstrode«, sagte sie. »Er möchte morgen mit Shanda ausgehen.«

Miss Bulstrode nahm ihr den Hörer aus der Hand, um selbst mit dem Adjutanten des Emirs zu sprechen. Sie sagte, Shanda werde ab halb zwölf am Sonntag bereit sein; abends um acht müßte sie nach Meadowbank zurückkehren.

Dann legte sie den Hörer auf und erklärte: »Ich wünschte, diese orientalischen Potentaten würden einem nicht immer im letzten Augenblick Bescheid sagen. Shanda sollte morgen mit Gisèle d'Aubray ausgehen. Das müssen wir nun wieder umändern. Sind noch irgendwelche Briefe zu schreiben?«

»Nein, Miss Bulstrode.«

»Dann kann ich also mit gutem Gewissen fortfahren. Wenn Sie die Briefe getippt haben, können Sie sich das Wochenende ebenfalls freinehmen. Ich brauche Sie nicht vor Montag mittag.«

»Vielen Dank, Miss Bulstrode.«

»Viel Vergnügen, Miss Shapland.«
»Das bestimmt«, sagte Ann.
»Ein junger Mann?«
»Ja, allerdings.« Ann errötete. »Aber nichts Ernstes.«
»Sehr bedauerlich. Wenn Sie die Absicht haben zu heiraten, verschieben Sie es nicht zu lange.«
»Ich treffe nur einen alten Freund. Nichts Aufregendes.«
»Die große Leidenschaft ist oft nicht die beste Basis für eine gute Ehe«, warnte Miss Bulstrode. »Bitte schicken Sie mir jetzt Miss Chadwick.« Miss Chadwick kam geschäftig herein.
»Der Emir Ibrahim will morgen mit Shanda ausgehen, Chaddy. Falls er sie selbst abholen sollte, sag ihm bitte, daß sie gute Fortschritte macht.«
»Sehr aufgeweckt ist sie nicht«, erwiderte Miss Chadwick zögernd.
»Ja, geistig ist sie noch ziemlich unreif«, gab Miss Bulstrode zu. »Aber in gewisser Beziehung ist sie weit über ihre Jahre hinaus entwickelt. Man hat manchmal das Gefühl, mit einer Zwanzigjährigen zu reden – wahrscheinlich, weil sie schon soviel herumgekommen ist. Sie hat in Paris, Teheran, Istanbul und wer weiß wo noch gelebt. Wir in England legen Wert darauf, junge Menschen so lange wie möglich als Kinder zu betrachten. Aber wahrscheinlich ist das ein Fehler.«
»Ich bin da nicht ganz deiner Meinung«, erwiderte Miss Chadwick kopfschüttelnd. »So, jetzt werde ich Shanda über die Pläne ihres Onkels informieren. Ich wünsche dir ein angenehmes Wochenende. Vergiß mal alles, und mach dir keine Sorgen um die Schule.«
»Bestimmt nicht«, erwiderte Miss Bulstrode. »Ich betrachte es als eine gute Gelegenheit, Eleanor Vansittart die Verantwortung zu übertragen und zu sehen, ob sie der Aufgabe gewachsen ist. Ich bin jedenfalls überzeugt, daß alles gutgehen wird – schließlich bist du ja auch noch da.«

Shanda sah erstaunt und nicht sehr erfreut aus, als Miss Chadwick ihr von der Ankunft ihres Onkels in London erzählte.
»Aber ich wollte doch morgen mit Gisèle d'Aubray und ihrer Mutter ausgehen, Miss Chadwick«, sagte sie enttäuscht. »Mein

Onkel ist gar nicht amüsant. Er grunzt so beim Essen, und es ist alles sehr langweilig.«
»So dürfen Sie nicht über Ihren Onkel sprechen, Shanda. Wie ich höre, ist er nur für eine Woche in England. Natürlich möchte er Sie sehen.«
Shandas mürrisches Gesicht klärte sich plötzlich auf.
»Vielleicht hat er eine neue Heirat für mich arrangiert. Das wäre wunderbar.«
»Mag sein, aber vorläufig sind Sie noch viel zu jung zum Heiraten. Zuerst müssen Sie noch eine Menge lernen und Ihre Bildung vervollständigen.«
»Bildung ist langweilig«, erklärte Shanda.

Der Sonntag war ein klarer, schöner Tag. Miss Shapland war am Sonnabend, kurz nach Miss Bulstrode, fortgefahren. Miss Johnson, Miss Rich und Miss Blake verließen die Schule am Sonntag morgen.
Miss Vansittart, Miss Chadwick, Miss Rowan und Mademoiselle Blanche waren zurückgeblieben.
»Ich hoffe, die Mädchen werden zu Hause nicht zu viel über den Tod der armen Miss Springer reden«, seufzte Miss Chadwick.
»Hoffen wir, daß der ganze Vorfall bald in Vergessenheit geraten wird«, entgegnete Miss Vansittart und fügte hinzu: »Falls irgendwelche Eltern *mich* ausfragen wollen, werde ich mich höflich, aber entschieden weigern, den Fall zu diskutieren.«
Gegen halb zwölf begannen die Autos vorzufahren. Miss Vansittart stand lächelnd, würdig und huldvoll in der Vorhalle. Sie begrüßte die Mütter mit einigen liebenswürdigen Worten, die sich auf deren Sprößlinge bezogen. Allen unangenehmen Fragen über den Mord wich sie höflich und geschickt aus.
»Grauenhaft, ganz grauenhaft«, sagte sie. »Sie werden verstehen, daß wir den Fall, mit Rücksicht auf die Mädchen, hier nicht weiter erwähnen.«
Julia und Jennifer preßten ihre Nasen gegen ein Fenster und beobachteten das Kommen und Gehen der verschiedenen Besucher.
»Tante Isabel hätte wirklich mit mir ausgehen können«, beklagte sich Julia.

»Meine Mutter holt mich nächsten Sonntag ab, weil Daddy heute wichtigen Geschäftsbesuch hat«, erklärte Jennifer.
»Sieh mal, da kommt Shanda. Die hat sich aber mächtig rausgeputzt«, sagte Julia. »Ein Glück, daß Miss Johnson ihre Stöckelschuhe nicht gesehen hat!«
Ein livrierter Chauffeur öffnete die Tür eines riesigen Cadillacs. Shanda kletterte hinein, und das Auto fuhr ab.
»Ich habe Mum geschrieben, daß ich nächste Woche eine Freundin mitbringen möchte. Du hast doch Lust mitzukommen?« fragte Jennifer.
»Schrecklich gern. Vielen Dank«, erwiderte Julia. »Sieh nur, wie huldvoll sich Miss Vansittart gibt. Ich könnte mich kranklachen. Sie gibt sich solche Mühe, Miss Bulstrode nachzuahmen. Leider wirkt es nur wie eine Parodie.«
»Guck mal, da ist Pams Mutter mit den beiden kleinen Jungen. Ob die wirklich alle in dem winzigen Morris Platz haben?«
»Sie machen einen Ausflug. Sieh mal die beiden großen Picknickkörbe.«
»Was hast du heute nachmittag vor?« fragte Jennifer. »Ich brauche nicht nach Hause zu schreiben, weil ich Mum ja nächste Woche sehe.«
»Du bist faul, Jennifer.«
»Ich weiß nie, was ich schreiben soll.«
»Mir fällt immer furchtbar viel ein«, erklärte Julia. »Leider hat es für mich wenig Sinn zu schreiben, weil Mummy in einem Autobus durch Anatolien gondelt.«
»Hat sie dir keine Adresse hinterlassen?« fragte Jennifer.
»Doch, eine ganze Latte von Konsulaten. Das erste in Istanbul, dann Ankara und dann irgendein komischer Name, den ich vergessen habe.« Nach kurzer Pause fügte sie nachdenklich hinzu: »Ich möchte nur wissen, warum Bully sich unbedingt mit Mummy in Verbindung setzen wollte.«
»Bestimmt nicht deinetwegen. Du hast doch nichts ausgefressen, Julia – oder?«
»Nicht daß ich wüßte«, erwiderte Julia. »Vielleicht wollte sie ihr über die Springer schreiben.«
»Glaube ich kaum«, meinte Jennifer. »Wahrscheinlich ist sie heilfroh, daß wenigstens eine Mutter nichts von dem Mord weiß.«

»Warum? Glaubst du, daß unsere Mütter fürchten, man könnte ihre Töchter ermorden?«
»Ganz so schlimm wird's wohl nicht sein«, entgegnete Jennifer. »Aber meine Mutter hat sich mächtig aufgeregt über die ganze Sache.«
»Ich hab den Verdacht, daß man uns nur die Hälfte erzählt hat«, äußerte Julia.
»Wie kommst du darauf?«
»Schwer zu sagen, aber es geschehen so sonderbare Dinge. Zum Beispiel die Geschichte mit deinem neuen Tennisschläger.«
»Ja, wirklich, ich wollte dir nämlich gerade erzählen, daß ich mich bei Tante Gina bedankt habe. Daraufhin hat sie mir geschrieben, sie freue sich, daß ich nun einen neuen Tennisschläger hätte, aber *sie* habe ihn mir nicht geschickt.«
»Ich fand das Ganze von Anfang an höchst mysteriös«, verkündete Julia triumphierend. »Und dann ist doch auch bei euch zu Hause eingebrochen worden, nicht wahr?«
»Ja, aber gestohlen haben sie nichts.«
»Dadurch wird die Sache nur noch interessanter«, stellte Julia fest. »Ich vermute, daß bald ein zweiter Mord stattfinden wird«, fügte sie düster hinzu.
»Wie kommst du denn nur darauf, Julia?«
»In den meisten Kriminalromanen passiert ein zweiter Mord«, erwiderte Julia. »Ich habe das Gefühl, daß du dich sehr vorsehen mußt, Jennifer, wenn du dem Mörder nicht zum Opfer fallen willst.«
»Ich? Warum sollte jemand ein Interesse daran haben, mich zu ermorden?« fragte Jennifer verblüfft.
»Weil du irgendwie in den Fall verwickelt bist«, erklärte Julia. »Wir müssen nächsten Sonntag versuchen, deine Mutter auszuhorchen, Jennifer. Vielleicht hat ihr jemand in Ramat Geheimpapiere übergeben ...«
»Was für Geheimpapiere?«
»Ach, woher soll ich das wissen«, entgegnete Julia ungeduldig. »Geheimpläne, oder eine Formel für neue Kernwaffen. Es gibt tausend Möglichkeiten.«
Jennifer schüttelte den Kopf.

Miss Vansittart und Miss Chadwick saßen zusammen im Wohnzimmer, als Miss Rowan hereinkam und fragte:
»Wo ist Shanda? Ich kann sie nirgends finden. Der Wagen des Emirs ist eben angekommen, um sie abzuholen.«
Chaddy blickte erstaunt auf.
»Das muß ein Irrtum sein. Der Wagen des Emirs hat Shanda bereits vor einer Dreiviertelstunde hier abgeholt. Ich habe sie selbst einsteigen und abfahren sehen.«
Eleanor Vansittart zuckte die Achseln.
»Wahrscheinlich sind versehentlich zwei Autos bestellt worden«, meinte sie.
Sie ging hinaus und sprach mit dem Chauffeur.
»Ich verstehe das nicht«, sagte der Fahrer. »Man hat mir gesagt, ich soll die junge Dame aus Meadowbank abholen und nach London bringen.«
»Dann muß es sich um ein Mißverständnis handeln«, erklärte Miss Vansittart.
»Schon möglich«, erwiderte der Fahrer. »In unserer Firma hat sich bestimmt niemand geirrt, aber bei diesen orientalischen Herren, die mit einem ganzen Stab von Leuten reisen, werden manchmal Anweisungen doppelt gegeben. So wird's wohl gewesen sein.«
Mit diesen Worten wendete er den großen Wagen geschickt und fuhr davon.
Miss Vansittart sah ihm einen Augenblick unsicher nach, dann kam sie zum Schluß, daß kein Grund zur Besorgnis vorlag, und sie begann, sich auf einen friedlichen Nachmittag zu freuen.
Nach dem Mittagessen schrieben die wenigen zurückgebliebenen Schülerinnen Briefe, gingen im Garten spazieren, spielten Tennis oder schwammen.
Miss Vansittart setzte sich unter die schattenspendende Zeder, um Briefe zu schreiben. Miss Chadwick blieb im Haus, und als um halb fünf das Telefon läutete, ging sie an den Apparat.
»Meadowbank?« fragte eine kultivierte junge Männerstimme. »Kann ich bitte mit Miss Bulstrode sprechen?«
»Miss Bulstrode ist nicht da. Hier spricht Miss Chadwick.«
»Ich rufe im Auftrag von Emir Ibrahim aus dem ›Claridge‹ an. Es handelt sich um seine Nichte . . .«
»Um Shanda?«

»Ja. Der Emir ist erstaunt und ärgerlich, weil man ihm nicht Bescheid gesagt hat.«
»Bescheid? Worüber?«
»Daß seine Nichte nicht kommen kann.«
»Was soll das heißen? Ist Shanda noch nicht angekommen?«
»Nein, aber wenn ich Sie richtig verstehe, hat sie Meadowbank verlassen.«
»Allerdings. Das Auto hat sie um halb zwölf hier abgeholt.«
»Das verstehe ich nicht. Dann müßte sie doch längst hier sein . . .«
»Hoffentlich hatte sie keinen Unfall«, sagte Miss Chadwick besorgt.
»Man sollte nicht immer gleich an das Schlimmste denken«, erwiderte der junge Mann beruhigend. »Wir oder Sie wären längst benachrichtigt worden, wenn sie einen Unfall gehabt hätte. Machen Sie sich keine Sorgen.«
Aber Miss Chadwick machte sich Sorgen.
»Ich kann das einfach nicht verstehen«, sagte sie.
»Wäre es möglich . . .«
Der junge Mann zögerte.
»Ja?« fragte Miss Chadwick.
»Ich habe nicht die Absicht, es dem Emir gegenüber zu erwähnen, aber halten Sie es – im Vertrauen gesagt – für möglich, daß ein junger Mann dahintersteckt?«
»Das ist völlig ausgeschlossen«, erwiderte Miss Chadwick würdevoll.
Aber war es wirklich ausgeschlossen? Was wußte man schon von den jungen Mädchen?
Sie legte den Hörer auf und begab sich, fast widerwillig, auf die Suche nach Miss Vansittart. Es war nicht anzunehmen, daß Miss Vansittart die Lage besser beurteilen konnte als sie, aber Miss Chadwick hielt es für ihre Pflicht, sie um Rat zu fragen.
»Das zweite Auto . . .«, sagte Miss Vansittart.
Sie sahen sich wortlos an. Schließlich fragte Chaddy zögernd: »Müßten wir nicht die Polizei verständigen?«
»Nein, bestimmt nicht die *Polizei*«, erwiderte Miss Vansittart verstört.
»Shanda fürchtete, daß jemand sie entführen wollte«, entgegnete Chaddy.

»Entführung? Unsinn!« erwiderte Miss Vansittart scharf. »Miss Bulstrode hat mir für die Zeit ihrer Abwesenheit die Verantwortung für die Schule übertragen. Ich habe nicht die Absicht, diese Angelegenheit der Polizei zu melden und neue Schwierigkeiten heraufzubeschwören.«
Miss Chadwick betrachtete sie mißbilligend. Sie hielt Eleanor Vansittarts Entschluß für kurzsichtig und töricht. Sie ging zurück ins Haus und rief im Schloß Welsington an. Unglücklicherweise war niemand zu Hause.

14

Miss Chadwick warf sich ruhelos von einer Seite auf die andere. Sie zählte Lämmer, sie sagte lange Gedichte auf – alles umsonst. Sie konnte nicht einschlafen.
Als Shanda um zehn Uhr immer noch nicht zurückgekehrt war und sie auch keine Nachricht von ihr erhalten hatte, beschloß Miss Chadwick, Kommissar Kelsey anzurufen. Zu ihrer Erleichterung schien er die Sache nicht allzu tragisch zu nehmen. Er bat sie, sich nicht zu beunruhigen und alles Weitere ihm zu überlassen. Er wollte zunächst feststellen, ob Shanda einen Autounfall gehabt hatte; wenn nicht, würde er sich mit London in Verbindung setzen. Er hielt es auch für möglich, daß das junge Mädchen ihnen einen Streich gespielt hatte. Jedenfalls gab er Miss Chadwick den Rat, in der Schule möglichst wenig darüber verlauten zu lassen und nur anzudeuten, daß Shanda die Nacht bei ihrem Onkel verbracht habe.
»Miss Bulstrode will bestimmt vermeiden, daß diese Sache an die Öffentlichkeit dringt«, erklärte Kelsey. »Ich halte eine Entführung für höchst unwahrscheinlich. Bitte machen Sie sich keine Sorgen, Miss Chadwick. Sie können alles Weitere getrost uns überlassen.«
Aber Miss Chadwick machte sich Sorgen.
Während sie sich schlaflos im Bett wälzte, wanderten ihre Gedanken von der Möglichkeit einer Entführung wieder zum Mord. Mord in Meadowbank. Grauenhaft! Unvorstellbar! *Meadowbank.*

Miss Chadwick liebte die Schule vielleicht noch mehr als Miss Bulstrode, wenn auch auf eine andere Art. Die Gründung des Internats war ein ungeheurer Entschluß gewesen, der Tatkraft und Mut erfordert hatte. Sie besaßen nicht viel Kapital, und sie riskierten alles. Wie leicht hätte der Versuch mißlingen können. Miss Bulstrode hatte Freude am Abenteuer, aber Miss Chadwick war immer dafür gewesen, den sicheren Weg zu wählen. Miss Bulstrode hatte jedoch ihre Vorstellungen verwirklicht, ohne die finanzielle Sicherheit in Betracht zu ziehen, und am Ende damit recht behalten. Niemand war glücklicher als Chaddy, daß Meadowbank sich zu einer der berühmtesten englischen Schulen entwickelt hatte. Sie genoß Frieden und Wohlstand wie ein Kätzchen die wärmenden Sonnenstrahlen.
Sie war außer sich gewesen, als Miss Bulstrode davon zu sprechen begann, daß sie sich zur Ruhe setzen wollte. Gerade jetzt – auf dem Höhepunkt des Erfolges? Sie hielt es für eine Verrücktheit. Miss Bulstrode hatte von Reisen gesprochen; man müßte doch die Schönheiten der Welt kennenlernen, sagte sie. Aber für Miss Chadwick gab es nichts Schöneres als Meadowbank – ihr geliebtes Meadowbank. Und jetzt ... Mord ... Mord im Paradies! Unvorstellbar.
Die arme Miss Springer. Natürlich war es nicht ihre Schuld, und doch, obwohl es ganz unlogisch war, machte Chaddy ihr heimlich Vorwürfe. Ihr bedeuteten die Traditionen von Meadowbank nichts. Sie war eine taktlose Person, die den Mord irgendwie herausgefordert haben mußte. Miss Chadwick wälzte sich auf die andere Seite und nahm sich vor, an etwas anderes zu denken. Es gelang ihr nicht, und sie beschloß, aufzustehen und zwei Aspirin zu nehmen. Wie spät war es eigentlich? Sie knipste das Licht an und sah auf die Uhr. Es war Viertel vor eins. Genau die Zeit, um die Miss Springer ... nein, nein, sie *durfte* nicht weitergrübeln ... Aber es war auch zu dumm gewesen von Miss Springer, ganz allein rauszugehen, ohne jemanden zu wekken ...
Miss Chadwick stand auf und ging zum Waschbecken. Sie nahm zwei Aspirin mit einem Schluck Wasser. Auf dem Rückweg zog sie den Vorhang ein wenig zur Seite und starrte in die Nacht hinaus. Sie tat es fast unbewußt, um ganz sicher zu sein,

daß nie wieder mitten in der Nacht in der Turnhalle ein Licht zu sehen sein würde . . .
Aber es *war* ein Licht zu sehen.
Innerhalb einer Minute war Chaddy bereit. Sie zog ein Paar feste Schuhe an, warf einen Mantel über die Schultern, ergriff eine starke Taschenlampe und lief im Sturmschritt die Treppe hinunter. Obgleich sie es Miss Springer zum Vorwurf gemacht hatte, allein durch den dunklen Garten zur Turnhalle gelaufen zu sein, tat sie jetzt das gleiche, ohne weiter darüber nachzudenken. Sie mußte um jeden Preis herausfinden, wer der Eindringling war. Bevor sie das Haus durch die Seitentür verließ, ergriff sie eine Waffe – vielleicht keine sehr gute, aber immerhin eine Art Waffe –, dann lief sie atemlos über den Gartenpfad zur Turnhalle. Erst als sie sich der Tür näherte, bemühte sie sich, leise aufzutreten. Die Tür stand einen Spalt offen. Sie stieß sie ganz auf und blickte hinein . . .

Etwa um die Zeit, als Miss Chadwick ihre Aspirin einnahm, saß Ann Shapland in einem eleganten schwarzen Kleid im »Nid Sauvage« und aß Hühnerfrikassee. Sie lächelte dem ihr gegenübersitzenden jungen Mann freundlich zu. Der gute Dennis ändert sich nie, dachte Ann, und deshalb werde ich ihn auch nicht heiraten. Schade, denn eigentlich ist er sehr nett.
»Wie gefällt dir die neue Stellung?« fragte Dennis.
»Gar nicht schlecht.«
»Mir scheint es nicht ganz das Richtige für dich zu sein.«
Ann lachte. »Schwer zu sagen, was das Richtige für mich ist. Jedenfalls liebe ich die Abwechslung, Dennis.«
»Ich habe nie verstanden, warum du deine Stellung bei Sir Mervyn Todhunter aufgegeben hast.«
»Hauptsächlich wegen Sir Mervyn. Seine Frau fand, er schenke mir zu viel Beachtung. Es ist mein Prinzip, die Gattinnen meiner Arbeitgeber niemals zu verärgern. Diese Weiber können gefährlich werden . . . Warum wunderst du dich eigentlich über meine augenblickliche Stellung?«
»Weil du nicht in eine Schule paßt.«
»Nun, ich möchte um nichts auf der Welt Lehrerin sein – zeit meines Lebens ausschließlich auf die Gesellschaft von Frauen ange-

wiesen sein! Aber es macht mir Freude, dort als Privatsekretärin der Schulleiterin zu arbeiten. Meadwobank ist immerhin eine führende Schule, und Miss Bulstrode ist ein außergewöhnlicher Mensch. Ihren scharfen stahlgrauen Augen bleibt nichts verborgen – unmöglich, Geheimnisse vor ihr zu haben. Sie ist streng, aber gerecht.«

»Ich wünschte, du könntest dich entschließen, deinen Beruf aufzugeben und Hausfrau zu werden, Ann«, sagte Dennis.

»Du bist zu lieb, Dennis«, erwiderte Ann leichthin.

»Wir würden uns gut verstehen«, drängte er.

»Ja, ich weiß. Aber ich möchte noch ein wenig warten. Außerdem muß ich an meine Mutter denken ...«

»Du bist zu gut, Ann. Wie oft hast du schon, ohne zu zögern, einen guten Posten aufgegeben, wenn deine Mutter Hilfe brauchte! Aber es gibt heutzutage Heime, in denen solche – solche Leute gut aufgehoben sind – ich spreche nicht etwa von Irrenanstalten, sondern ...«

»Ich weiß Bescheid«, unterbrach ihn Ann. »Privatkliniken, die ein Vermögen kosten.«

»Nicht unbedingt. Es gibt Heime für Kassenpatienten ...«

»Vielleicht wird es sich am Ende nicht vermeiden lassen«, erwiderte Ann bitter. »Aber vorläufig geht es noch so. Ich habe eine nette ältere Haushälterin gefunden, die bei Mutter lebt und im allgemeinen sehr gut mit ihr fertig wird. Nur im Notfall muß ich natürlich zur Stelle sein.«

»Willst du damit sagen, daß sie ... daß sie gelegentlich ...«

»... Tobsuchtsanfälle bekommt? Du hast eine zu lebhafte Phantasie, Dennis. Nein, Mutter ist ganz ungefährlich, nur manchmal etwas verwirrt. Sie vergißt, wo sie ist und wer sie ist. Sie macht plötzlich lange Spaziergänge oder steigt in einen Zug oder in einen Autobus, und ... und das ist eben alles ziemlich kompliziert. Aber trotz allem ist Mutter ganz glücklich und zufrieden. Sie hat sogar einen gewissen Sinn für Situationskomik, wenn sie plötzlich an einem wildfremden Ort ankommt und keine Ahnung hat, wo sie ist und warum sie da ist.«

»Ich habe bisher leider keine Gelegenheit gehabt, sie kennenzulernen«, bemerkte Dennis.

»Darauf lege ich auch keinen Wert«, erwiderte Ann. »Ich will meine Mutter wenigstens vor dem Mitleid und der Neugierde ihrer Mitmenschen bewahren.«

»Es ist nicht Neugierde, Ann.«

»Ich weiß – nur Mitleid«, entgegnete Ann seufzend. »Aber im übrigen irrst du dich, wenn du glaubst, daß ich mir etwas daraus mache, gelegentlich meine Stellung aufzugeben, um nach Hause zu eilen. Ich möchte mich nicht zu sehr an einen bestimmten Chef oder an eine bestimmte Umgebung gewöhnen. Ich weiß, daß ich eine erstklassige Sekretärin bin und jederzeit einen guten Job finden kann. Es macht mir Spaß, neue Menschen kennenzulernen, und jetzt finde ich es hochinteressant, das Leben in einem der berühmtesten englischen Internate zu studieren. Ich will etwa anderthalb Jahre dortbleiben.«

»Du wehrst dich dagegen, irgendwo Wurzeln zu schlagen, nicht wahr, Ann?«

»Sieht so aus«, erwiderte Ann nachdenklich. »Ich muß wohl ein geborener Beobachter sein.«

»Du bist so unabhängig«, sagte Dennis bedrückt. »Du scheust vor jeder festeren Bindung zurück.«

»Das wird sich eines Tages ändern«, versicherte Ann.

»Hoffen wir's. Jedenfalls glaube ich nicht, daß du es auch nur ein Jahr dort aushalten wirst. Die vielen Weiber werden dir auf die Nerven fallen.«

»Der Gärtner ist ein gutaussehender junger Mann«, sagte Ann. Sie lachte, als sie Dennis' Gesicht sah. »Schau nicht so unglücklich drein, ich versuche doch nur, dich eifersüchtig zu machen!«

»Wie erklärst du dir den Mord an der Turnlehrerin?«

»Das Ganze ist mir ein Rätsel, Dennis«, antwortete Ann ernst. »Sie war schlicht, sportlich und ungeschminkt – die brave einfache Turnlehrerin, wie sie im Buche steht. Die Sache muß geheimnisvolle Hintergründe haben, die bisher noch nicht an den Tag gekommen sind.«

»Paß nur auf, daß du nicht in die Sache verwickelt wirst, Ann«, warnte Dennis besorgt.

»Das ist leichter gesagt als getan. Bisher hat sich mir noch keine Möglichkeit geboten, mein Talent als Privatdetektiv zu zeigen – vielleicht wäre ich gar nicht so unbegabt . . .«

»Vorsicht, Ann!«

»Ich habe nicht die Absicht, gefährlichen Verbrechern nachzuspüren. Ich habe nur einige logische Schlußfolgerungen gezogen. Warum und wer und weshalb? Ich habe bereits eine interessante Entdeckung gemacht, die allerdings nicht in das Gesamtbild zu passen scheint«, bemerkte Ann nachdenklich. »Vielleicht wird noch ein Mord geschehen, und danach wird man möglicherweise klarer sehen . . .«

Genau in diesem Augenblick stieß Miss Chadwick die Tür der Turnhalle auf.

15

Kommissar Kelsey betrat das Zimmer mit grimmigem Gesicht.
»Kommen Sie mit, es ist ein zweiter Mord geschehen.«
»In Meadowbank?« fragte Adam entsetzt.
»Ja.«
Adam folgte ihm aus dem Zimmer, in dem sie gemütlich zusammengesessen und ein Glas Bier getrunken hatten, als Kelsey ans Telefon gerufen worden war.
»Wer ist es?« fragte Adam auf der Treppe.
»Wieder eine Lehrerin – Miss Vansittart.«
»Wo?«
»In der Turnhalle.«
»Schon wieder? Was suchen die nur alle in dieser Turnhalle?« überlegte Adam.
»Diesmal möchte ich *Sie* bitten, die Turnhalle zu durchsuchen. Vielleicht sind Ihre Methoden erfolgreicher als unsere«, sagte der Kommissar.
Er und Adam stiegen ins Auto.
»Der Doktor wird wahrscheinlich schon dort sein, sagte Kelsey.
Es ist wie ein böser Traum, dachte Kelsey, als er die hellerleuchtete Turnhalle betrat. Wieder lag eine Leiche auf dem Fußboden, wieder kniete der Polizeiarzt daneben, wieder stand er schließlich auf und sagte: »Sie muß vor einer halben Stunde, höchstens vor vierzig Minuten ermordet worden sein.«

»Wer hat sie gefunden?«
»Miss Chadwick«, erwiderte einer der Beamten.
»Das ist doch die alte Lehrerin, nicht wahr?«
»Ja. Sie sah ein Licht, kam her, fand die Leiche und rannte ins Haus zurück. Dort bekam sie einen hysterischen Anfall. Miss Johnson, die Hausmutter, hat uns angerufen.«
»Wie ist sie getötet worden?« fragte Kelsey. »Wieder erschossen?«
Der Doktor schüttelte den Kopf.
»Nein. Durch einen Schlag auf den Hinterkopf. Wahrscheinlich mit einem Gummiknüppel oder mit einem Sandsack.«
In der Nähe der Tür lag ein Golfschläger – das einzige Sportgerät, das nicht fein säuberlich am richtigen Ort verstaut worden war.
»Oder vielleicht mit diesem Golfschläger?« fragte Kelsey.
»Unmöglich. Sie hat überhaupt keine Wunde«, erwiderte der Arzt. »Es muß ein Gummiknüppel oder etwas Ähnliches gewesen sein.«
»Profis?«
»Wahrscheinlich, ja. Jedenfalls wollte der Täter keinen Lärm machen. Er hat sich ihr von hinten genähert und ihr dann einen Schlag auf den Hinterkopf versetzt. Sie ist vornübergefallen und muß sofort tot gewesen sein.«
»Was tat sie, als der Mörder sich ihr näherte?«
»Ich nehme an, daß sie vor diesem Schließfach gekniet hat«, erklärte der Arzt.
Der Kommissar betrachtete das Namensschild auf dem Schließfach. »Shanda – das ist doch die orientalische Prinzessin!« er wandte sich zu Adam. »Einen Augenblick – wurde die nicht heute abend als vermißt gemeldet?«
Adam nickte.
»Stimmt, Kommissar«, bestätigte der Sergeant.
»Noch keine Nachrichten über ihren Verbleib?«
»Keine, Kommissar. Sämtliche Polizeistationen sowie Scotland Yard sind benachrichtigt worden.«
»Eine sehr einfache Art von Entführung«, bemerkte Adam. »Kein Kampf, keine Schreie. Man braucht nur zu wissen, daß das Mädchen darauf wartet, von einem Auto abgeholt zu werden. Dann schickt man schnell einen anderen Wagen, samt respektablem

Chauffeur; natürlich wird die junge Dame nichtsahnend in den Wagen steigen, der zuerst da ist.«
»Hat man irgendwo einen verlassenen Wagen gefunden?«
»Nein, Kommissar.«
»Sieht fast wie eine politische Verwicklung aus«, meinte Kelsey.
»Ich halte es allerdings für ausgeschlossen, daß sie die Prinzessin außer Landes bringen können.«
»Wer hätte Interesse daran, das Mädchen zu entführen?« rief der Doktor.
»Keinen Schimmer«, erwiderte Kelsey verstimmt. »Sie hat mir gesagt, daß sie eine Entführung fürchtet, und ich muß zu meiner Schande gestehen, daß ich ihre Aussage für bloße Wichtigtuerei hielt.«
»Das glaubte ich auch«, bemerkte Adam.
»Leider wissen wir viel zuwenig, wir stehen vor einem Rätsel.« Kelsey blickte sich um. »Ich kann hier im Augenblick weiter nichts tun. Bitte suchen Sie, wie üblich, nach Fingerabdrücken, und machen Sie die notwendigen Aufnahmen. Ich gehe jetzt ins Haus.«
Dort empfing ihn Miss Johnson. Obwohl sie erschüttert war, bewahrte sie äußerlich die Ruhe.
»Grauenhaft! Zwei unserer Lehrerinnen ermordet«, stöhnte sie.
»Die arme Miss Chadwick ist in einem furchtbaren Zustand.«
»Ich möchte sie so bald wie möglich sehen.«
»Der Arzt hat ihr eine Spritze gegeben, und sie ist jetzt viel ruhiger«, berichtete Miss Johnson. »Soll ich Sie zu ihr führen?«
»Einen Augenblick. Zuerst möchte ich Sie bitten, mir zu erzählen, wann und wo Sie Miss Vansittart zuletzt gesehen haben.«
»Ich war den Tag über fort und habe sie heute gar nicht gesehen«, erwiderte Miss Johnson. »Ich bin erst kurz vor elf zurückgekommen und sofort ins Bett gegangen.«
»Sie haben nicht zufällig noch einen Blick auf die Turnhalle geworfen?«
»Nein. Das kam mir überhaupt nicht in den Sinn. Ich war heute bei meiner Schwester, die ich lange nicht mehr gesehen hatte, und meine Gedanken waren noch bei meiner Familie. Ich badete, ging ins Bett, las noch ein wenig, drehte das Licht aus und schlief ein.

Als ich aufwachte, stand Miss Chadwick bleich und zitternd vor meinem Bett.«
»War Miss Vansittart tagsüber auch fort?«
»Nein, sie hat Miss Bulstrode in der Schule vertreten.«
»Welche anderen Lehrerinnen waren noch hier?«
Miss Johnson überlegte einen Augenblick: »Miss Vansittart, Miss Chadwick, Mademoiselle Blanche und Miss Rowan.«
»Ich danke Ihnen, Miss Johnson. Können wir jetzt zu Miss Chadwick gehen?«
Miss Chadwick saß in ihrem Zimmer in einem Lehnstuhl. Obwohl die Nacht warm war, lag eine Decke über ihren Knien, und ein elektrischer Ofen war eingeschaltet. Sie starrte Kommissar Kelsey verzweifelt an.
»Ist sie tot? *Wirklich* tot? Besteht noch eine Hoffnung . . .«
Kelsey schüttelte den Kopf.
»Es ist so entsetzlich, und Miss Bulstrode ist fort.« Miss Chadwick begann zu schluchzen. Tränen rollten über ihre fahlen Wangen.
»Das ist das Ende von Meadowbank . . . ich kann es nicht ertragen . . . ich kann's nicht ertragen.«
Kelsey setzte sich neben sie.
»Ja, es muß ein furchtbarer Schock für Sie gewesen sein«, sagte er mitfühlend. »Aber sie müssen tapfer sein, Miss Chadwick. Bitte erzählen Sie mir alles, was Sie wissen. Wenn wir den Täter schnell finden, ersparen wir uns viel Aufregung, und die Zeitungen werden sich nicht so eingehend mit der Angelegenheit beschäftigen.«
»Ja, ja, ich verstehe. Ich – ich bin früh zu Bett gegangen, aber ich konnte nicht einschlafen, weil ich mir Sorgen machte.«
»Sorgen um die Schule?«
»Ja, um Shanda . . . und dann, dann dachte ich an Miss Springer und was die Eltern unserer Schülerinnen tun würden . . . ich . . . ich fürchtete, daß sie uns die jungen Mädchen im nächsten Jahr nicht wieder herschicken würden. Und die arme Miss Bulstrode! Ach, es ist ja so traurig.«
»Ja, ich weiß. Also – Sie machten sich Sorgen und konnten nicht schlafen – und dann?«
»Dann – dann bin ich aufgestanden und habe zwei Aspirin genommen, und dann ging ich zum Fenster und zog den Vorhang

zur Seite ... warum, weiß ich selbst nicht ... und dann ... dann sah ich ein Licht in der Turnhalle.«

»Was für ein Licht?«

»Ein flackerndes Licht, wie ... wie von einer Taschenlampe. Es war genau wie das Licht, das Miss Johnson und ich schon einmal bemerkt hatten – vielleicht war es etwas schwächer.«

»Ja, und dann?«

»Ich war fest entschlossen, diesmal herauszufinden, wer dort sein Unwesen treibt«, sagte Miss Chadwick mit klarer Stimme. »Ich zog mir schnell Schuhe und einen Mantel an und lief aus dem Haus.«

»Sie dachten nicht daran, jemanden zu wecken und mitzunehmen?«

»Nein. Ich wollte nur so schnell wie möglich dort sein, damit ich die Person noch in der Turnhalle antreffen würde. Ich rannte bis zur Tür, aber die letzten Schritte ging ich auf Zehenspitzen, um die Person nicht zu warnen. Die Tür war angelehnt, ich öffnete sie vorsichtig einen Spalt und ... da lag sie ... sie war auf ihr Gesicht gefallen, *tot* ...«

Sie begann erneut zu zittern.

»Bitte beruhigen Sie sich, Miss Chadwick. Übrigens lag ein Golfschläger neben der Tür. Haben Sie ihn mitgenommen, oder war es Miss Vansittart?«

»Ein Golfschläger?« wiederholte Miss Chadwick zerstreut. »Ich weiß wirklich nicht ... warten Sie ... ich glaube doch, daß ich ihn im Vorbeigehen aus der Vorhalle mitgenommen habe ... wahrscheinlich, um mich zu verteidigen. Als ich Eleanor sah, muß ich den Schläger hingeworfen haben. Ja, und dann lief ich zurück zum Haus und zu Miss Johnson und ... ich kann's nicht ertragen ... das ist das Ende von Meadowbank!«

Miss Chadwicks Stimme schrillte hysterisch. Miss Johnson ging schnell auf sie zu.

»Es ist zu viel für sie. Zwei Morde zu entdecken ...«, erklärte Miss Johnson. »Noch mehr Fragen wollen Sie ihr doch hoffentlich nicht stellen, Kommissar?«

Kelsey schüttelte den Kopf.

Beim Hinuntergehen bemerkte er mehrere Sandsäcke und Eimer, die noch aus der Kriegszeit stammen mochten. Vielleicht handelt es sich doch nicht um einen Profi mit Gummiknüppel, dachte er peinlich berührt. Jemand im Haus, jemand, der das Knallen eines Schusses nicht zum zweiten Mal riskieren wollte oder sich der Mordwaffe bereits entledigt hatte, mochte Miss Vansittart mit einem Sandsack erschlagen haben – möglicherweise hatte er ihn nach vollbrachter Tat sogar wieder ordentlich an seinen Platz zurückgestellt.

16

Allen Gewalten zum Trotz sich erhalten, dachte Adam.

Niemals hatte er eine Frau mehr bewundert als Miss Bulstrode, die ihm kühl und ruhig gegenübersaß, während ihr Lebenswerk in Trümmer fiel.

Hin und wieder klingelte das Telefon, und eine weitere erregte Mutter verlangte, daß ihre Tochter sofort nach Hause geschickt werde.

Schließlich faßte Miss Bulstrode einen Entschluß. Sie bat die Polizisten, sie einen Augenblick zu entschuldigen, dann ließ sie Miss Shapland kommen und diktierte ihr ein kurzes Rundschreiben. Die Schule werde bis zu den großen Ferien geschlossen, jedoch stehe es den Eltern frei, ihre Töchter weiter in Meadowbank zu lassen, falls sie selbst keine Zeit für sie haben sollten. Miss Bulstrode persönlich werde sich um das Wohlergehen der Kinder kümmern.

»Haben Sie die Liste mit den Adressen und Telefonnummern der Eltern?«

»Ja, Miss Bulstrode.«

»Dann bitte ich Sie, zuerst zu telefonieren und dann das Rundschreiben zu vervielfältigen und abzuschicken.«

»Ja, Miss Bulstrode.«

Ann ging bis zur Tür. Dort blieb sie plötzlich stehen und drehte sich um. Sie errötete, während sie in sichtlicher Erregung sagte:

»Verzeihen Sie, Miss Bulstrode. Es geht mich ja eigentlich nichts an, aber ist es nicht ein Jammer – ich meine –, ist es nicht verfrüht? Wenn sie den ersten Schrecken überwunden haben, werden es

sich die meisten Eltern wieder anders überlegen und es vorziehen, ihre Töchter weiter in Ihre Schule gehen zu lassen.«
Miss Bulstrode sah sie scharf an.
»Sie glauben, daß ich mich zu rasch geschlagen gebe?«
»Ehrlich gesagt – ja.«
»Sie sind eine Kämpfertatur, mein Kind, und das ist gut so. Aber Sie irren sich. Auch ich strecke die Waffen nicht. Ich verlasse mich ganz einfach auf meine Menschenkenntnis. Wenn man den Eltern nahelegt, ihre Töchter aus der Schule zu nehmen, wenn man sie fast dazu zwingt, werden sie weniger geneigt sein, es wirklich zu tun. Sie werden sich entweder Gründe ausdenken, weshalb sie sie nicht zu Hause haben können, oder sie schlimmstenfalls nach den Ferien zurückschicken ... falls wir überhaupt wieder öffnen«, fügte sie bitter hinzu.
Sie sah Kommissar Kelsey an.
»Das hängt natürlich von Ihnen ab«, sagte sie. »Finden Sie eine Erklärung für die Morde, finden Sie den Täter, dann können wir die Schule auch jetzt noch retten.«
»Wir tun unser Bestes«, versicherte Kelsey unglücklich.
Ann Shapland verließ das Zimmer.
»Ein tüchtiges, zuverlässiges Mädchen«, stellte Miss Bulstrode fest, bevor sie zum Angriff überging. »Haben Sie gar keine Ahnung, wer die beiden Lehrerinnen in der Turnhalle ermordet hat? Es ist höchste Zeit, daß Sie der Sache auf den Grund kommen! Dazu noch diese Entführungsgeschichte, wegen der ich mir selbst die schwersten Vorwürfe mache. Die arme Shanda befürchtete ja, entführt zu werden, und ich habe ihr nicht geglaubt. Ich hielt es für Wichtigtuerei. Jetzt ist es zu spät. Sie muß jedenfalls gewarnt worden sein – aber wann und von wem?« Miss Bulstrode unterbrach sich einen Augenblick, dann fragte sie: »Sie haben wohl inzwischen noch nichts Neues erfahren, Kommissar?«
»Leider nicht. Aber ich glaube, Sie brauchen sich deshalb keine allzugroßen Sorgen zu machen. Scotland Yard ist über den Fall unterrichtet, und Shanda sollte innerhalb von vierundzwanzig Stunden gefunden werden. Glücklicherweise ist England eine Insel. Alle Häfen und Flugplätze sind alarmiert worden. Außerdem sucht die Polizei in sämtlichen Distrikten nach ihr. Es ist

nicht schwer, jemanden zu entführen, aber es ist ein Problem, jemanden versteckt zu halten. Wir werden sie bestimmt finden.«
»Ich hoffe nur, Sie werden sie lebendig auffinden«, sagte Miss Bulstrode ernst. »Wir scheinen es mit jemandem zu tun zu haben, dem das menschliche Leben nicht heilig ist.«
»Es wäre unnötig gewesen, Shanda zu entführen, wenn man sie um die Ecke bringen wollte. Das hätte man hier einfacher haben können«, meinte Adam.
Als Miss Bulstrode ihn ärgerlich ansah, wurde ihm bewußt, daß seine Äußerung nicht besonders taktvoll gewesen war.
Das Telefon läutete. Miss Bulstrode nahm den Hörer ab.
»Es ist für Sie, Kommissar.«
Adam und Miss Bulstrode beobachteten ihn, während er ein paar Notizen machte und einige lakonische Antworten gab.
»Ich verstehe«, sagte er. »Alderton Priors in Wallshire . . . Jawohl, ganz wie Sie wünschen.«
Er legte den Hörer auf und verharrte einen Augenblick in nachdenklichem Schweigen. Dann blickte er auf.
»Seine Exzellenz hat eine Aufforderung erhalten, Lösegeld zu hinterlegen. Der Brief ist mit einer neuen Corona getippt worden. Poststempel: Portsmouth. Wetten, daß sie uns damit auf eine falsche Fährte hetzen wollen.«
»Wo und wieviel?« fragte Adam.
»Bei der Wegkreuzung, zwei Meilen nördlich von Alderton Priors. Dort ist nichts als Moor und Heide. Ein Briefumschlag, der zwanzigtausend Pfund enthalten soll, muß heute, spätestens bis zwei Uhr nachts, in der Telefonzelle des Automobilklubs hinterlegt werden.«
Adam schüttelte den Kopf.
»Klingt nicht nach Profis.«
»Was werden Sie tun?« fragte Miss Bulstrode.
»Die Entscheidung darüber hängt nicht von mir allein ab«, erwiderte Kelsey ernst. »Aber wir haben so unsere Methoden.«
»Hoffen wir das Beste«, seufzte Miss Bulstrode.
»Wird schon klappen«, meinte Adam beruhigend.
»Und was soll ich tun?« fragte Miss Bulstrode plötzlich. »Kann ich meinen Lehrerinnen und meinem Personal trauen oder nicht?« Kommissar Kelsey zögerte. »Ich muß Sie unbedingt um

eine Antwort auf meine Frage bitten«, fuhr Miss Bulstrode fort. »Haben Sie keine Angst, daß ich mich verraten werde, wenn Sie mir sagen, wer *nicht* als einwandfrei befunden worden ist.«

»Ich bin davon überzeugt, daß ich mich auf Sie verlassen kann«, erwiderte Kelsey. »Vorläufig sieht es jedoch nicht so aus, als befinde sich die Person, die wir suchen, unter Ihren Angestellten. Wir haben uns besonders mit den Damen beschäftigt, die erst seit Beginn des Schuljahres in Meadowbank tätig sind, nämlich mit Miss Springer, mit Mademoiselle Blanche und mit Miss Ann Shapland. Miss Shaplands Vergangenheit ist einwandfrei. Sie ist die Tochter eines pensionierten Generals, sie hat alle von ihr erwähnten Posten tatsächlich innegehabt, und ihre Arbeitgeber sind bereit, das zu bezeugen. Außerdem hat sie ein Alibi für gestern nacht. Als Miss Vansittart ermordet wurde, war Miss Shapland mit einem Mr. Dennis Rathbone in einem Nachtklub. Mademoiselle Blanches Angaben sind ebenfalls überprüft und für korrekt befunden worden. Sie war Lehrerin an einer Schule in Nordengland, und sie hat an zwei deutschen Schulen Französisch gegeben. Ihre Zeugnisse sind ausgezeichnet. Auch über ihren Lebenswandel in Frankreich erhielten wir nur günstige Auskünfte. Dagegen sind die Berichte über Miss Springer nicht ganz so zufriedenstellend. Sie hat ihre Ausbildung an dem von ihr angegebenen Ort genossen, aber zwischen ihren verschiedenen Posten liegen längere Zeiträume, über die wir nichts Genaues wissen ... Da sie jedoch ermordet worden ist, scheint das für unsere Nachforschungen keine große Rolle zu spielen«, fügte Kelsey hinzu.

»Auch ich bin der Meinung, daß Miss Springer und Miss Vansittart als Verdächtige *hors de combat* sind«, bestätigte Miss Bulstrode trocken. »Kommen wir zur Sache! Steht Mademoiselle Blanche trotz ihrer einwandfreien Vergangenheit weiterhin unter Verdacht, nur weil sie noch lebt?«

»Die Möglichkeit, daß sie beide Morde begangen hat, besteht. Sie war gestern nacht in der Schule. Sie behauptet, früh schlafen gegangen zu sein und nichts gehört zu haben, bis Alarm geschlagen wurde. Wir können das Gegenteil nicht beweisen, wir haben aber auch nichts gegen sie in der Hand. Wir wissen nur, daß Miss Chadwick sie als eine hinterhältige Person betrachtet.«

»Miss Chadwick findet alle Französinnen hinterhältig«, entgeg-

nete Miss Bulstrode ungeduldig. »Das beweist gar nichts . . . Was halten *Sie* von ihr, Adam?«
»Sie steckt ihre Nase in Dinge, die sie nichts angehen«, erwiderte Adam. »Es mag lediglich angeborene Neugierde sein, es kann aber auch einen tieferen Sinn haben – ich weiß es nicht. Sie sieht nicht aus wie eine Mörderin, aber das bedeutet nicht viel.«
»Das ist ja das Unglück«, jammerte Kelsey. »Da ist ein Mensch, der zwei Morde auf dem Gewissen hat, aber man kann sich kaum vorstellen, daß es einer der Angestellten ist. Miss Johnson war bei ihrer Schwester in Limeston – außerdem ist sie schon sieben Jahre hier. Miss Chadwick ist von Anfang an bei Ihnen gewesen. Beide können sowieso nichts mit Miss Springers Tod zu tun haben. Miss Rich ist seit über einem Jahr in Meadowbank; gestern nacht war sie in einem Hotel, das zwanzig Meilen von hier entfernt ist. Miss Blake war bei Freunden in Littleport, Miss Rowan ist seit Jahren bei Ihnen und hat einen einwandfreien Ruf. Auch unter Ihren Dienstboten vermute ich keinen Mörder . . .«
Miss Bulstrode nickte zustimmend.
»Ich bin ganz Ihrer Meinung.« Sie machte eine Pause und fixierte Adam. »Es sieht ganz so aus, als seien *Sie* der Täter.«
Adam öffnete erstaunt den Mund.
»An Ort und Stelle«, fuhr sie fort. »Kann kommen und gehen, wann er will, hat einen legitimen Grund für seine Anwesenheit . . . Obwohl Sie gute Referenzen haben, könnten Sie durchaus ein abgefeimter Schurke sein.«
Adam hatte sich inzwischen von seinem Schrecken erholt.
»Alle Achtung, Miss Bulstrode«, sagte er bewundernd. »Sie denken wirklich an alles!«

»Um Gottes willen!« rief Mrs. Sutcliffe. »Henry!«
Sie saß ihrem Gatten am Frühstückstisch gegenüber und hatte eben einen Blick in die Morgenzeitung geworfen.
Mr. Sutcliffe, vertieft in den Börsenkurier, antwortete nicht.
»Henry!«
Der schrille Ton ließ ihn aufhorchen.
»Was ist denn los, Joan?«
»Was los ist? Ein zweiter Mord in Meadowbank! In Jennifers Schule!«

»Was? Zeig mal her!«
Mr. Sutcliffe riß seiner Frau die Zeitung aus der Hand.
»Miss Eleanor Vansittart ... Turnhalle ... wo auch die Turnlehrerin gefunden wurde ... hm ...«
»Ich kann es kaum glauben«, jammerte Mrs. Sutcliffe. »Meadowbank! Diese vornehme Schule! Kinder aus bestem Hause, sogar Prinzessinnen ...«
Mr. Sutcliffe knüllte die Zeitung zusammen und warf sie ärgerlich auf den Tisch.
»Da gibt es nur eins – du fährst sofort nach Meadowbank und holst Jennifer nach Hause«, sagte er.
»Du meinst, wir sollen sie von der Schule nehmen und nicht wieder zurückschicken?«
»Ja, unbedingt.«
»Ist das nicht etwas zu drastisch? Nachdem Rosamund sich so bemüht hat, Jennifer in Meadowbank unterzubringen?«
»Du wirst nicht die einzige sein, die ihre Tochter von der Schule nimmt, Joan. In diesem hochvornehmen Internat wird es bald reichlich Platz für neue Schülerinnen geben.«
»Glaubst du wirklich, Henry?«
»Zweifellos. Jennifer darf nicht einen Tag länger dortbleiben.«
»Du hast wohl recht. Was sollen wir nun mit ihr anfangen?«
»Schick sie auf eine Schule in unserer Nähe – nicht wieder in ein teures Internat. In den weniger vornehmen Schulen geschehen wenigstens keine Morde.«
»Doch, ich hab neulich erst von einem Jungen gelesen, der in einer Volksschule den Zeichenlehrer erschossen hat. Entsinnst du dich nicht, Henry?«
»Barbarische Zustände«, brummte Mr. Sutcliffe kopfschüttelnd.
Er warf seine Serviette auf den Tisch und verließ ärgerlich das Zimmer.

Adam war allein in der Turnhalle. Er durchsuchte schnell und geschickt den Inhalt der Schließfächer. Es war zwar nicht anzunehmen, daß er etwas finden würde, nachdem die Polizei erfolglos gewesen war – aber man konnte nie wissen. Wie Kelsey ganz richtig sagte, jede Abteilung hatte so ihre eigenen Methoden.
Warum fanden in dieser schönen, neuerbauten Turnhalle so

furchtbare Verbrechen statt? Wo war der Zusammenhang? Wonach sollte er suchen? Es war kaum anzunehmen, daß er auf einen versteckten Schatz stoßen würde. Hier gab es weder Geheimfächer noch doppelte Böden. In den Schließfächern befanden sich höchstens die harmlosen Geheimnisse von Schulmädchen: Fotografien von Filmstars, ein Päckchen Zigaretten, vielleicht auch ein verbotener Roman. Er kehrte noch einmal zu Shandas Fach zurück. Während sie sich über dieses Fach gebeugt hatte, war Miss Vansittart getötet worden. Was hatte sie dort zu finden gehofft? Hatte sie es gefunden? Hatte der Mörder es der Hand der Toten entrungen, und war es ihm gelungen, die Turnhalle rechtzeitig zu verlassen – bevor Miss Chadwick ihn entdecken konnte?
In diesem Fall konnte er sich die Mühe sparen weiterzusuchen ...
Plötzlich hörte er von draußen Schritte. Als Julia Upjohn im Türrahmen erschien, stand er bereits in der Mitte des Raumes und zündete sich eine Zigarette an.
»Was wollen Sie denn?« fragte Adam.
»Eigentlich nur meinen Tennisschläger holen«, erwiderte Julia zögernd.
»Dagegen wird wohl niemand was haben«, brummte Adam. »Der Sergeant hat mich gebeten hierzubleiben, während er etwas vom Polizeirevier holt«, schwindelte er.
»Sie sollen wohl aufpassen, ob er wieder zurückkommt?«
»Wer?«
»Der Mörder natürlich. Die kehren doch immer an den Tatort zurück, nicht wahr? Es läßt ihnen keine Ruhe, es ist ein innerer Zwang.«
»Schon möglich«, erwiderte Adam gleichgültig. Er blickte auf die lange Reihe von Tennisschlägern, die in ihren Spannern auf einem Regal lagen. »Welcher ist Ihrer?« fragte er.
»Der da – ganz am Ende der Reihe. Unsere Namen stehen darauf«, erklärte Julia und wies auf das Schildchen »Upjohn«, während Adam ihr den Schläger reichte.
»Ziemlich abgenutzt, muß aber mal ein guter Schläger gewesen sein«, bemerkte Adam.
»Kann ich Jennifer Sutcliffes Schläger auch haben?« fragte Julia.
»Nagelneu«, stellte Adam fest, während er ihr den Tennisschläger gab.

»Den hat Jennifer erst neulich von ihrer Tante bekommen – so ein Glück!« Julia sah sich nachdenklich um. »Glauben Sie nicht auch, daß er zurückkommen wird?« fragte sie schließlich.
»Ach, Sie sprechen noch immer von dem Mörder«, erwiderte Adam, nachdem er sie einen Augenblick erstaunt angesehen hatte. »Nein, ich glaube nicht. Wäre zu riskant ... es sei denn, er hat hier etwas vergessen.«
»Meinen Sie etwas, das der Polizei einen Anhaltspunkt geben könnte?«
Adam nickte.
»Ich wünschte, ich könnte einen Anhaltspunkt finden«, fuhr Julia seufzend fort. »Hat die Polizei etwas entdeckt?«
»Mir würden sie das bestimmt nicht sagen«, erklärte Adam.
»Nein, wahrscheinlich nicht ... Interessieren Sie sich für Kriminalfälle?«
Sie sah ihn fragend an. Er erwiderte ihren Blick. Sie mußte im selben Alter sein wie Shanda, aber ihr intelligentes Gesicht wirkte noch kindlich.
»In gewisser Weise, ja«, erwiderte Adam.
»Mich interessiert die Sache brennend, und ich kann mir die verschiedenartigsten Lösungen vorstellen. Viel Sinn und Verstand werden sie wohl nicht haben, aber es macht mir Spaß, darüber nachzudenken.«
»Mochten Sie Miss Vansittart?«
»Nicht besonders, aber ich hatte auch nichts gegen sie. Sie hat mich immer an Bully – an Miss Bulstrode – erinnert. Sie war, wie soll ich es beschreiben – sie war wie die zweite Besetzung. Jedenfalls tut es mir furchtbar leid, daß sie ermordet worden ist.«
Sie ging mit den beiden Tennisschlägern unterm Arm fort.
Adam blieb in der Turnhalle zurück und sah sich noch mal achselzuckend um.
»Ich kann mir beim besten Willen nicht vorstellen, was es hier zu holen gab«, murmelte er vor sich hin.

»Nanu, was will denn Mum hier?« rief Jennifer erstaunt.
Beide Mädchen wandten den Kopf und starrten auf Mrs. Sutcliffe, die sich, in Begleitung von Miss Rich, mit schnellen Schritten dem Tennisplatz näherte.

»Diese unnötige Aufregung! Wahrscheinlich hat sie es mit der Angst zu tun bekommen – wegen der Morde«, erklärte Jennifer resigniert. »Du hast Glück, daß deine Mutter in Anatolien ist, Julia.«
Mrs. Sutcliffe war inzwischen beim Tennisplatz angelangt.
»Du mußt sofort packen, Jennifer«, sagte sie. »Wir wünschen, daß du nach Hause kommst.«
»Hoffentlich nicht für dauernd, Mum?« fragte sie ängstlich.
»Doch. Wir haben beschlossen, dich auf eine andere Schule zu schicken.«
»Das ist ja schrecklich, das könnt ihr doch nicht tun, Mum. Gerade jetzt, wo ich Aussichten habe, das Tennisturnier zu gewinnen. Außerdem trainieren Julia und ich für das Doppel . . .«
»Du kommst sofort mit mir nach Hause, Jennifer.«
»Warum?«
»Frag nicht so viel.«
»Wahrscheinlich wegen der ermordeten Lehrerinnen. Aber das hat doch nichts mit uns zu tun. Uns will bestimmt keiner ermorden. Und in drei Wochen ist das Sportfest, und ich habe auch gute Chancen, den Weitsprung zu gewinnen . . .«
»Widersprich mir nicht, Jennifer. Du mußt nach Hause kommen, dein Vater besteht darauf.«
Mrs. Sutcliffe packte ihre Tochter energisch am Arm und ging mit ihr auf das Haus zu.
Plötzlich riß sich Jennifer von ihr los und rannte zurück zum Tennisplatz.
»Auf Wiedersehen, Julia. Meine Eltern sind mal wieder überängstlich. Zu ärgerlich! Aber was kann ich tun? Laß es dir gutgehen. Ich werde dir sofort schreiben.«
»Und ich werde dir sofort antworten und dir alles berichten«, erwiderte Julia.
»Hoffentlich wird Chaddy nicht als nächste ermordet. Dann schon lieber Mademoiselle Blanche, findest du nicht auch?«
»Ja, ohne die könnten wir ganz gut auskommen«, kicherte Julia.
»Sag mal, ist dir nicht auch aufgefallen, wie verbissen Miss Rich aussieht?«
»Sie scheint wütend darüber zu sein, daß Mum mich abholt. Warum eigentlich? Eine sonderbare Person. Ich zerbrech mir übrigens schon lange den Kopf, an wen sie mich erinnert.«

»Mich erinnert sie bestimmt an niemanden«, erklärte Julia.
»Jetzt fällt es mir plötzlich ein – aber die Frau, der sie ähnlich sieht, war sehr dick«, sagte Jennifer.
»Wo bleibst du, Jennifer?« rief Mrs. Sutcliffe.
»Ich komm schon«, rief Jennifer gereizt zurück.

Julia schlenderte langsam auf die Turnhalle zu.
Ihre Schritte wurden immer langsamer, bis sie, in Gedanken versunken, auf dem Kiesweg stehenblieb.
Es wurde zum Mittagessen geläutet, aber sie hörte es kaum. Sie starrte auf den Tennisschläger in ihrer Hand, dann drehte sie sich plötzlich um und marschierte entschlossen aufs Haus zu. Sie ging durch den Haupteingang, der von den Schülerinnen eigentlich nicht benutzt werden durfte, ins Haus, weil sie vermeiden wollte, die anderen Mädchen zu treffen. Die Vorhalle war leer. Sie rannte hinauf in ihr Schlafzimmer, sah sich kurz um und verstaute den Tennisschläger unter der Matratze ihres Bettes. Dann strich sie sich das Haar glatt und begab sich mit harmloser Miene in den Speisesaal.

17

Als die Mädchen an diesem Abend zu Bett gingen, war es wesentlich ruhiger als sonst. Mehr als dreißig Schülerinnen waren nach Hause gefahren. Die Zurückgebliebenen benahmen sich ihrem Temperament entsprechend: Einige zeigten Zeichen der Erregung, andere kicherten nervös, wieder andere waren still und in sich gekehrt.
Julia Upjohn ging als eine der ersten hinauf in ihr Zimmer. Sie schloß die Tür und lauschte den Schritten, dem Kichern und dem Flüstern auf dem Gang. Endlich wurde es ruhig.
Die Tür ließ sich nicht abschließen. Julia stellte einen Stuhl dagegen, dessen Lehne sie unter die Türklinke klemmte. Auf diese Weise würde sie rechtzeitig gewarnt werden, falls jemand in ihr Zimmer kommen wollte. Aber es würde niemand kommen. Es war den Schülerinnen streng verboten, sich gegenseitig in ihren

Zimmern zu besuchen, und auch die Lehrerinnen betraten die Schlafzimmer nicht. Nur Miss Johnson, die Hausmutter, kam manchmal, wenn eines der Mädchen sich nicht wohl fühlte.
Julia ging zum Bett und holte den Tennisschläger unter der Matratze hervor. Sie hatte sich entschlossen, ihn jetzt gleich und nicht erst später zu untersuchen. Bis halb elf durfte man Licht haben, danach könnte ein Lichtspalt unter der Tür auffallen.
Julia betrachtete den Tennisschläger von allen Seiten. Wo konnte man darin etwas verstecken? Denn irgend etwas *mußte* darin verborgen sein. Alles deutete darauf hin – der Einbruch in Jennifers Haus, der Besuch der fremden Dame, die ihr einen neuen Schläger brachte ... Niemand außer Jennifer wäre auf diese alberne Geschichte hereingefallen, dachte Julia verächtlich.
»Neue Lampen für alte!« Das bedeutete, daß es mit diesem Schläger eine besondere Bewandtnis haben mußte – wie mit Aladins Wunderlampe. Jennifer und Julia hatten mit keinem Menschen über den Tausch ihrer Tennisschläger gesprochen; Julia selbst jedenfalls bestimmt nicht.
Dieser Tennisschläger war es also, nach dem in der Turnhalle so eifrig gesucht worden war, und sie mußte den Grund dafür herausfinden. Äußerlich war ihm bestimmt nichts anzumerken; der Schläger war nicht mehr neu, aber noch immer in gutem Zustand. Allerdings hatte Jennifer über die Gleichgewichtsverteilung geklagt.
Wo konnte man etwas verstecken? Höchstens im Griff. Das klang ziemlich ausgefallen, war aber nicht unmöglich. Und hätte man den Griff wirklich ausgehöhlt und etwas Schweres hineingetan, dann würde das Gleichgewicht empfindlich gestört sein.
Auf dem Griff klebte ein rundes Stück Leder mit einem fast unleserlichen Monogramm. Julia setzte sich an ihren Frisiertisch. Es gelang ihr, das Leder mit Hilfe ihres Taschenmessers zu entfernen. Darunter war eine kleine, runde Holzscheibe, die merkwürdig aussah. Julia brachte es nicht fertig, sie mit dem Taschenmesser herauszubekommen. Schließlich gelang es ihr mit der Nagelschere. Jetzt zeigte sich eine marmorierte, blau-rote Masse. Plötzlich ging Julia ein Licht auf. *Plastilin*! Aber wie kam Plastilin in den Griff eines Tennisschlägers? Sie entfernte die Knetmasse energisch mit ihrer Nagelschere. Ja, es war etwas darunter verbor-

gen ... es rollte auf den Tisch ... herrliche, runde, schimmernde Steine ... feuerrot, grün, tiefblau und schneeweiß ...
Julia stockte der Atem. Sie starrte und starrte auf den funkelnden Haufen kostbarer Edelsteine.
Phantastische Gedanken jagten ihr durch den Kopf. Aladins Höhle ... der Hope-Diamant ... Edelsteine, deren Besitzer vom Unglück verfolgt wurden ... romantische Gedanken ... sie selbst in einem schwarzen Samtkleid, mit einem leuchtenden Diadem auf dem Kopf, einer herrlichen Perlenkette um den Hals ...
Sie erwachte mit einem Ruck aus ihren Träumen.
War da nicht ein Geräusch?
Sie lauschte einen Augenblick, dann dachte sie angestrengt nach. Schließlich stand sie auf, holte ihren Schwammbeutel vom Waschtisch, fegte die Steine vom Tisch in den Beutel und preßte ihren Schwamm und ihre Nagelbürste darauf. Dann füllte sie den Tennisschläger wieder mit dem Plastilin; darüber legte sie die kleine runde Holzscheibe und klebte das Stück Leder drauf.
Fertig. Der Tennisschläger sah genauso aus wie vorher, und obwohl er etwas leichter geworden war, fühlte er sich auch kaum anders an als zuvor. Sie betrachtete ihn noch einmal kritisch, dann legte sie ihn achtlos auf einen Stuhl.
Sie warf einen Blick auf ihr Bett mit der säuberlich zurückgeschlagenen Bettdecke, aber sie zog sich nicht aus. Statt dessen lauschte sie angestrengt. Hörte sie Schritte im Korridor?
Plötzlich bemächtigte sich ihrer eine furchtbare Angst. Zwei Menschen waren ermordet worden. Wenn jemand wußte, was sie gefunden hatte, würde *sie* das nächste Opfer des Mörders werden ...
Es gelang ihr mit Mühe, die schwere eichene Kommode vor die Tür zu schieben. Sie wünschte nichts sehnlicher, als einen Schlüssel zu besitzen. Nach kurzem Überlegen ging sie zum Fenster; glücklicherweise konnte man das altmodische Schiebefenster von innen verriegeln. Sie tat es, obwohl kein Baum in der Nähe stand und es kaum möglich gewesen wäre, von außen in ihr Zimmer einzusteigen. Aber sie wollte ganz sichergehen ...
Es war genau halb elf. Julia holte tief Atem und knipste das Licht aus. Sie wollte in keiner Weise auffallen. Dann schob sie die Vorhänge ein wenig zur Seite. Im Licht des Vollmonds konnte sie die

Tür deutlich sehen. Schließlich setzte sie sich auf den Bettrand, einen ihrer schwersten Schuhe in der Hand.
Wenn jemand versucht einzudringen, werde ich mit dem Schuh an die Wand klopfen, dachte Julia, und laut um Hilfe rufen. Mary King, im Nebenzimmer, wird davon bestimmt aufwachen. Sollten noch andere angelaufen kommen, werde ich behaupten, einen Alptraum gehabt zu haben ...
Nachdem sie einige Zeit auf ihrem Bettrand gesessen hatte, hörte sie leise Schritte im Gang ... jemand blieb vor ihrem Zimmer stehen ... eine lange Pause, dann wurde die Türklinke vorsichtig hinuntergedrückt.
Sollte sie schreien? Nein, noch nicht.
Die Tür öffnete sich, aber nur einen Spalt, die Kommode gab nicht nach. Das schien die Person im Gang zu überraschen.
Nach einer weiteren Pause wurde leise und vorsichtig angeklopft. Julia hielt den Atem an ... noch eine Pause ... noch ein schwaches Klopfen ...
Ich schlafe, ich höre nichts, sagte sich Julia.
Wer würde mitten in der Nacht leise an ihre Tür pochen? Wenn er ein Recht dazu hätte, würde er lauter klopfen und rufen, aber diese Person konnte es sich anscheinend nicht leisten, Lärm zu machen ...
Julia blieb lange regungslos sitzen. Es wurde nicht noch einmal geklopft, und die Türklinke wurde nicht wieder heruntergedrückt. Wie lange sie still und aufmerksam lauschend auf dem Bettrand gesessen hatte, wußte Julia selbst nicht, aber schließlich war sie eingeschlafen.
Als die Schulglocke sie aufweckte, lag sie in einer verkrampften, unbequemen Stellung quer über dem Bett.

Nach dem Frühstück gingen die jungen Mädchen in ihre Zimmer, um die Betten zu machen. Dann fand unten in der Aula die Morgenandacht statt. Danach verteilten sich die Schülerinnen auf die verschiedenen Klassenzimmer.
Diesen Augenblick benutzte Julia, um sich einer Gruppe anzuschließen, mit der sie ein Klassenzimmer betrat, das sie jedoch unbeobachtet durch eine andere Tür wieder verließ. Es gelang ihr, das Schulhaus durch eine Seitentür unbemerkt zu verlassen. Sie

versteckte sich einige Minuten hinter der Rhododendronhecke, dann schlich sie zu der Steinmauer, die das Grundstück umgab, und kletterte geschickt auf eine knorrige alte Linde, in deren dichtbelaubten Zweigen sie sich eine Zeitlang verborgen hielt. Sie sah auf die Uhr und überdachte nochmals die Lage. Die Schule war im Augenblick nicht so gut organisiert wie sonst. Die Hälfte der Schülerinnen war fort, zwei Lehrerinnen fehlten, und daher waren die Stundenpläne umgeändert worden.
Bis zum Mittagessen würde sie höchstwahrscheinlich nicht vermißt werden, und dann ...
Sie blickte wiederum auf die Uhr, kletterte vom Baum auf die Mauer und landete auf der anderen Seite mit einem mehr oder weniger eleganten Sprung. In etwa hundert Meter Entfernung befand sich eine Haltestelle, wo jeden Augenblick ein Autobos ankommen mußte. Julia zog einen etwas schäbigen Filzhut aus der Tasche ihres Baumwollkleides, stülpte ihn über ihre wirren Lokken und fuhr mit dem Bus zum Bahnhof, wo sie den nächsten Zug nach London nahm.
Auf dem Waschtisch in ihrem Zimmer hatte Julia einen an Miss Bulstrode adressierten Brief hinterlassen.

Liebe Miss Bulstrode,
ich bin nicht entführt worden, und ich habe auch nicht die Absicht durchzubrennen. Bitte machen Sie sich keine Sorgen um mich. Ich komme so bald wie möglich zurück.

Mit den besten Grüßen,
Ihre Julia Upjohn.

George, Hercule Poirots untadeliger Diener, öffnete die Tür von Whitehouse Mansions 228. Zu seinem Erstaunen stand ein Schulmädchen mit einem ziemlich schmutzigen Gesicht davor.
»Könnte ich bitte Monsieur Hercule Poirot sprechen?«
George zögerte einen Augenblick, bevor er erwiderte:
»Monsieur Poirot empfängt nur Besucher, die sich vorher bei ihm angemeldet haben.«
»Ich hatte leider keine Zeit, eine Verabredung zu treffen. Ich muß Monsieur Poirot sofort sehen. Es ist sehr dringend! ... Es handelt sich um zwei Raubmorde.«

»Ich werde mit Monsieur Poirot sprechen«, erwiderte George kopfschüttelnd.
Er führte sie in die Diele und ging zu seinem Herrn.
»Eine junge Dame wünscht Sie dringend zu sprechen, Monsieur.«
»Tatsächlich? Sie scheint sich das etwas zu einfach vorzustellen.«
»Ebendas habe ich ihr bereits mitgeteilt, Monsieur.«
»Was für eine junge Dame?«
»Eigentlich ist es noch ein Mädchen, Monsieur.«
»Ein Mädchen? Eine junge Dame? Was soll das heißen? Können Sie sich nicht etwas präziser ausdrücken, George?«
»Entschuldigen Sie, daß ich mich unklar ausgedrückt habe, Monsieur. Sie geht sicher noch zur Schule, aber trotzdem ist sie eine junge Dame.«
»Ihre Charakterisierung bezieht sich also auf ihre gesellschaftliche Herkunft – ich verstehe.«
»Sie wünscht mit Ihnen über zwei Raubmorde zu sprechen.«
Poirot runzelte die Stirn.
»Raubmorde? Wie originell! Führen Sie die junge Dame herein, George.«
Julia kam ins Zimmer, ohne sich ihre leichte Scheu anmerken zu lassen. Sie sprach höflich und natürlich.
»Guten Tag, Monsieur Poirot, Ich heiße Julia Upjohn. Ich glaube, Sie kennen eine sehr gute Freundin meiner Mutter – Mrs. Summerhayes. Wir waren im vergangenen Sommer bei ihr zu Besuch, und sie hat viel von Ihnen gesprochen.«
»Mrs. Summerhayes . . .« Poirots Gedanken kehrten zu dem Dorf am Fuß jenes Hügels zurück und zu dem Haus auf jenem Hügel. Er erinnerte sich an ein reizendes Gesicht mit vielen Sommersprossen, an ein Sofa mit einer gesprungenen Feder, an eine Meute von Hunden, an Angenehmes und Unangenehmes . . .
»Natürlich kenne ich Maureen Summerhayes«, sagte er.
»Ich nenne sie Tante Maureen, obwohl sie gar nicht mit mir verwandt ist. Sie erzählte uns, wie wundervoll Sie seien – daß es Ihnen gelungen sei, einen Mann zu retten, der unter Mordverdacht im Gefängnis war, und . . . und als ich nicht mehr wußte, was ich tun sollte, bin ich zu Ihnen gekommen.«
»Ich fühle mich sehr geehrt«, versicherte Poirot feierlich.
Er brachte Julia einen Stuhl.

»So, und jetzt möchte ich Sie bitten, mir zu erzählen, was Sie auf dem Herzen haben. Mein Diener George hat mir gesagt, daß es sich um einen, sogar um *zwei* Morde handelt. Stimmt das?«
»Ja. Miss Springer und Miss Vansittart sind ermordet worden, dazu noch die Entführung . . .«
»Verzeihen Sie, aber ich kann nicht ganz folgen«, unterbrach Poirot. »Wo hat sich das alles abgespielt?«
»In meiner Schule – in Meadowbank.«
»Meadowbank – tatsächlich«, sagte Poirot. Er streckte seine Hand aus, um eine sorgfältig zusammengefaltete Zeitung zu öffnen. Er überflog die erste Seite, dann nickte er.
»Ich beginne zu begreifen. Darf ich Sie bitten, mir nun alles der Reihe nach zu schildern, mein Kind?«
Julia erzählte ihm alles. Es war ein ausführlicher Bericht, aus dem Poirot den Gang der Ereignisse klar und deutlich ersehen konnte. Ihre letzten Worte waren:
»Als die Steine gestern abend aus meinem Tennisschläger auf den Tisch rollten, kam ich mir vor wie Aladin, und nun werde ich sie Ihnen zeigen.«
Julia hob ihren Rock ohne falsche Scham bis zum Schenkel auf. Jetzt wurde etwas sichtbar, das wie ein grauer Breiumschlag aussah und mit Heftpflasterstreifen auf ihren Oberschenkel geklebt war.
Sie riß die Pflasterstreifen mit einem Ruck ab, wobei sie laut »au« sagte, und legte den Umschlag, den Poirot jetzt als einen grauen Schwammbeutel erkannte, auf den Tisch. Julia öffnete den Beutel resolut, und ein Häufchen glitzernder Juwelen rollte heraus.
»Nom d'un nom d'un nom!« flüsterte Poirot erregt.
Er ließ die Steine durch seine Finger gleiten.
»*Nom d'un nom!* Sie sind tatsächlich echt!«
Julia nickte.
»Sie *müssen* echt sein, sonst wäre ihretwegen niemand ermordet worden, nicht wahr? Aber ich kann verstehen, daß man *dafür* ein Verbrechen begeht«, sagte sie, plötzlich ganz Frau.
Poirot betrachtete sie aufmerksam.
»Ja, der alte Zauber übt auch auf Sie seine Wirkung aus. Leider . . . leider . . .«
»Juwelen – kostbare Juwelen«, murmelte Julia hingerissen.

»Die haben Sie also im Griff Ihres Tennisschlägers gefunden. *Phantastique!*« sagte Poirot. »Haben Sie mir jetzt alles erzählt?«
»Ich glaube, ja. Vielleicht habe ich gelegentlich ein bißchen übertrieben, denn dazu neige ich leider – im Gegensatz zu meiner Freundin Jennifer.« Julia warf noch einmal einen bewundernden Blick auf die funkelnden Steine. »Wem gehören sie nun wirklich, Monsieur Poirot?«
»Das wird sich wahrscheinlich schwer feststellen lassen. Jedenfalls gehören sie weder Ihnen noch mir. Wir müssen zunächst einmal überlegen, was wir unternehmen wollen.«
Julia sah ihn erwartungsvoll an.
»Sie überlassen mir alles Weitere. Gut.«
Hercule Poirot schloß die Augen.
Nach kurzem Schweigen öffnete er sie wieder und sagte lebhaft:
»In diesem Fall wird mir leider nichts anderes übrigbleiben, als selbst einzugreifen. Bei mir muß immer alles seine Ordnung haben, aber die Ereignisse, die Sie mir beschrieben haben, scheinen völlig zusammenhanglos zu sein. Zu viele verschiedene Fäden . . . Verschiedene Menschen mit verschiedenen Zielen und Interessen. Nur eines steht fest: Das Zentrum der Ereignisse ist Meadowbank. Und deshalb muß auch ich unbedingt nach Meadowbank fahren. Und Sie, mein Kind? Wo ist eigentlich Ihre Mutter?«
»Mummy ist mit einem Autobus in Anatolien unterwegs.«
»Anatolien! *Il ne manquait que ça!* Kein Wunder, daß sie mit Mrs. Summerhayes befreundet ist. Hat es Ihnen bei ihr gefallen?«
»Ja, sehr gut. Sie hat prachtvolle Hunde.«
»Die Hunde . . . ja, ich erinnere mich. Und wie war das Essen?«
»Das Essen war manchmal etwas eigentümlich«, gab Julia zu.
»Eigentümlich ist das richtige Wort.«
»Aber Tante Maureen macht wundervolle Omeletts.«
»Wenn sie wundervolle Omeletts macht, hat Hercule Poirot nicht umsonst gelebt. *Ich* habe es ihr beigebracht«, erklärte Poirot strahlend. Dann griff er zum Telefonhörer. »Jetzt müssen wir der Schulleiterin mitteilen, daß Ihnen nichts zugestoßen ist, und sie auf meine Ankunft in Meadowbank vorbereiten.«
»Sie weiß, daß mir nichts passiert ist. Ich habe ihr einen Brief hinterlassen mit der Mitteilung, ich sei nicht entführt worden.«

Nachdem die Verbindung mit der Schule hergestellt war, verlangte Poirot Miss Bulstrode zu sprechen.
»Miss Bulstrode? Hier spricht Hercule Poirot. Ich wollte Ihnen nur sagen, daß Ihre Schülerin Julia Upjohn bei mir ist und daß wir jetzt gemeinsam im Auto nach Meadowbank fahren werden. Würden Sie so freundlich sein, dem zuständigen Kommissar auszurichten, daß ein Päckchen mit Wertsachen in einem Banktresor deponiert worden ist? . . . Vielen Dank.«
Er legte den Hörer auf und bot Julia ein Glas Fruchtsaft an, das sie dankend annahm.
»Aber die Juwelen sind doch noch gar nicht auf der Bank«, bemerkte sie erstaunt.
»Sie werden in Kürze dort sein«, erwiderte Poirot. »Aber für den Fall, daß das Gespräch entweder hier oder in Meadowbank abgehört worden ist, hielt ich es für angebracht, den Anschein zu erwecken, daß die Edelsteine nicht mehr in unserem Besitz sind. Es erfordert viel Zeit und Überlegung, einen Bankraub zu organisieren. Ich will auf keinen Fall, daß Ihnen etwas zustößt, mein Kind. Sie haben überlegt und tapfer gehandelt, Ihre Mutter kann stolz auf Sie sein.«
Julias Gesicht war erfreut und verlegen zugleich.

18

Hercule Poirot, innerlich darauf vorbereitet, daß eine Schulvorsteherin einem Ausländer mit spitzen Lackschuhen und einem großen Schnurrbart mit einem gewissen Mißtrauen begegnen würde, war angenehm überrascht, als Miss Bulstrode ihn mit höflicher Zuvorkommenheit begrüßte. Er stellte mit Genugtuung fest, daß sie wußte, wer er war.
»Herzlichen Dank für Ihren prompten Anruf, Monsieur Poirot«, sagte sie. »Glücklicherweise hatten wir uns um Julia keine Sorgen gemacht, da ihre Abwesenheit noch gar nicht bemerkt worden war.« Sie wandte sich an Julia. »Heute vormittag sind so viele Schülerinnen abgeholt worden, daß ein weiterer leerer Platz beim Mittagessen niemandem aufgefallen ist. Ich bin erst nach dem Te-

lefongespräch in Ihr Zimmer gegangen, wo ich Ihr Briefchen vorfand.«
»Sie sollten nicht denken, daß ich entführt worden bin, Miss Bulstrode.«
»Das war eine gute Idee, Julia. Aber warum haben Sie mich nicht über Ihre Pläne informiert?«
»Weil ich es nicht für angebracht hielt«, erwiderte Julia. Sie fügte geheimnisvoll hinzu: *»Les oreilles ennemies nous écoutent.«*
»Eine besonders gute Aussprache hat Mademoiselle Blanche Ihnen aber noch nicht beigebracht«, bemerkte Miss Bulstrode kopfschüttelnd. »Doch ich will Ihnen keine Vorwürfe machen.« Sie blickte von Julia zu Poirot. »Würden Sie so gut sein, mir jetzt genau zu schildern, was sich ereignet hat, Julia?«
»Sie gestatten?« sagte Hercule Poirot. Er ging schnell zur Tür, öffnete sie und sah hinaus. Dann schloß er sie mit einer übertriebenen Geste und kehrte lächelnd zurück.
»Wir sind allein«, bemerkte er. »Wir können fortfahren.«
Miss Bulstrode blickte von ihm zur Tür, dann wieder auf Poirot. Sie hob die Augenbrauen. Poirot erwiderte ihren Blick, und Miss Bulstrode senkte, fast unmerklich, den Kopf. Dann sagte sie mit ihrer üblichen forschen Stimme: »So, und jetzt können Sie mir alles berichten, Julia.«
Julia erzählte vom Austausch der Tennisschläger, von der fremden Dame und schließlich von den Edelsteinen, die sie im Griff des Tennisschlägers gefunden hatte.
Poirot bestätigte Julias Schilderung der Ereignisse.
»Mademoiselle Julia hat einen genauen Bericht abgegeben«, erklärte er. »Ich habe die Juwelen an mich genommen und sie in einer Bank deponiert. Daher glaube ich, daß Sie keine weiteren unangenehmen Zwischenfälle in Meadowbank zu befürchten haben.«
»Ich verstehe«, erwiderte Miss Bulstrode. »Ich verstehe . . .« Nach kurzem Zögern fuhr sie fort: »Halten Sie es für richtig, daß Julia hierbleibt? Wäre es nicht besser, wenn sie zu ihrer Tante nach London ginge?«
»Bitte, bitte, lassen Sie mich hierbleiben«, bat Julia. »Ich bin so schrecklich gern in Meadowbank, und gerade jetzt ist es so aufregend.«

»Darauf legen wir im allgemeinen hier keinen Wert«, erwiderte Miss Bulstrode trocken.
»Ich glaube nicht, daß Julia gefährdet ist«, erklärte Poirot. Er blickte wieder zur Tür.
»Ich denke, ich verstehe«, sagte Miss Bulstrode.
»Ich setze natürlich voraus, daß Julia diskret ist«, bemerkte Poirot.
»Monsieur Poirot wünscht, daß Sie den Mund halten, Julia, und nicht mit den anderen Mädchen über Ihre Entdeckung reden. Werden Sie das fertigbringen?« fragte Miss Bulstrode.
»Ja«, versicherte Julia.
»Die Versuchung, Ihren Freundinnen zu erzählen, was Sie in dem Tennisschläger gefunden haben, muß groß sein. Aber es ist aus bestimmten Gründen sehr wichtig, daß nicht darüber gesprochen wird«, erklärte Poirot.
»Kann ich mich auf Sie verlassen, Julia?« fragte Miss Bulstrode.
»Ja. Ehrenwort.«
»Ich hoffe, daß Ihre Mutter bald zurückkommt«, meinte Miss Bulstrode lächelnd.
»Das hoffe ich auch«, entgegnete Julia.
»Kommissar Kelsey hat bereits versucht, Kontakt mit ihr aufzunehmen. Leider sind die Autobusverbindungen in Anatolien schlecht, und die Fahrpläne werden oft nicht eingehalten.«
»Aber Mummy kann ich es doch erzählen, nicht wahr?« fragte Julia.
»Selbstverständlich. So, und jetzt möchte ich mich noch einen Augenblick mit Monsieur Poirot allein unterhalten«, sagte Miss Bulstrode.
Julia ging und machte die Tür hinter sich zu. Miss Bulstrode fixierte Poirot einen Augenblick schweigend.
»Ich nehme an, daß ich Sie richtig verstanden habe«, sagte sie endlich. »Als Sie vorhin an der Tür waren, ließen Sie diese absichtlich einen Spalt offen, nicht wahr?«
Poirot nickte.
»Damit unsere Unterhaltung draußen gehört werden konnte?«
»Ja, falls jemand die Absicht gehabt haben sollte. Es war eine Vorsichtsmaßnahme im Hinblick auf Julia. Es muß sich herumsprechen, daß die Juwelen nicht mehr in ihrer Hand sind, sondern im Tresor einer Bank.«

Miss Bulstrode preßte die Lippen zusammen.
»Diese Angelegenheit muß jetzt zu einem Ende kommen«, erklärte sie entschlossen.

»Ich halte es vor allen Dingen für wichtig, daß wir unsere Ideen und Informationen austauschen«, erklärte der Polizeichef. »Wir freuen uns, daß Sie uns bei unserer Aufgabe helfen wollen, Monsieur Poirot. Auch Kommissar Kelsey erinnert sich noch sehr gut an Sie«, fügte er hinzu.
»Ja, obwohl es schon viele Jahre her ist, daß ich die Ehre hatte, Ihre Bekanntschaft zu machen«, sagte Kelsey. »Ich war damals noch ein Anfänger und arbeitete unter Polizeichef Warrender.«
»Mr. Adam Goodman – wie wir ihn augenblicklich nennen – ist Ihnen nicht bekannt, Monsieur Poirot«, fuhr der Polizeichef fort. »Sie dürften allerdings seinen Vorgesetzten kennen – Spezialabteilung.«
»Colonel Pikeaway?« fragte Hercule Poirot nachdenklich. »Ich habe ihn lange nicht gesehen. Ist er noch immer so verschlafen?«
Adam lachte.
»Sie kennen ihn wirklich gut, Monsieur Poirot. Ich habe ihn noch nie völlig wach gesehen; wenn das einmal vorkommen sollte, werde ich wissen, daß er nicht ganz bei der Sache ist.«
»Gut beobachtet, junger Freund«, bemerkte Poirot anerkennend.
»Aber wir wollen zur Sache kommen«, mahnte der Polizeichef. »Ich habe nicht die Absicht, Ihnen meine eigenen Theorien auseinanderzusetzen. Ich möchte vielmehr hören, was die Herren, die den Fall bearbeiten, dazu zu sagen haben. Ich will nur eine Angelegenheit klären, die mir von gewisser Seite nahegelegt worden ist.« Er sah Poirot an. »Nehmen wir an, daß ein junges Mädchen – eine Schülerin – zu Ihnen kam und behauptete, im ausgehöhlten Griff eines Tennisschlägers etwas gefunden zu haben. Sagen wir, eine Sammlung imitierter Edelsteine, vielleicht waren es sogar Halbedelsteine, die oft genauso schön sind wie echte Steine. Selbstverständlich wäre jedes Kind über einen solchen Fund ungeheuer erregt, und wahrscheinlich würde es den Wert einer solchen Sammlung weit überschätzen ...« Er sah Poirot scharf an. »Halten Sie das nicht auch für möglich?«
»Ich halte es für durchaus möglich«, erwiderte Poirot.

»Gut«, sagte der Polizeichef. »Da die Person, die diese ... diese bunten Steine ins Land brachte, nichts davon wußte und also ganz unschuldig war, ziehen wir die Möglichkeit eines Schmuggels in Betracht.
Ferner erhebt sich die Frage nach außenpolitischen Verwicklungen, die wir unbedingt vermeiden wollen ... Aber einen Mord kann man nicht geheimhalten, und selbstverständlich haben die Zeitungen darüber berichtet, ohne jedoch die Juwelen zu erwähnen. Ich wäre dafür, es im Augenblick dabei zu lassen.«
»Das ist auch meine Meinung«, erklärte Poirot. »Man darf gewisse internationale Komplikationen nicht unnötig heraufbeschwören.«
»Sehr richtig. Der verstorbene Herrscher von Ramat galt als Freund dieses Landes. Ich glaube bestimmt, daß die zuständigen Stellen seinen Wünschen entsprechend vorgehen möchten, falls sich ein Teil seines Eigentums in England befinden sollte. Über Art und Ausmaß dieses Eigentums weiß natürlich niemand Bescheid, und das ist gut so, denn dadurch sind wir nicht in der Lage, etwaige diesbezügliche Fragen der neuen Regierung von Ramat zu beantworten.«
»*Très bien.* Man kann mit gutem Gewissen behaupten, daß man nichts Genaues über den Privatbesitz des verstorbenen Herrschers weiß, aber die Angelegenheit im Auge behalten wird«, sagte Poirot.
Der Polizeichef stieß einen Seufzer der Erleichterung aus.
»Ich danke Ihnen, Monsieur Poirot. Wir verstehen uns.« Nach einer kurzen Pause fuhr er fort: »Wie ich weiß, haben Sie in Regierungskreisen Freunde, die volles Vertrauen zu Ihnen haben, Monsieur Poirot. Sie würden Wert darauf legen, einen gewissen Gegenstand vorläufig in Ihrer Obhut zu lassen – falls Sie nichts dagegen einzuwenden haben?«
»Ich habe nichts dagegen«, erwiderte Poirot. »Lassen wir es dabei bewenden. Wir haben wichtigere Dinge zu besprechen, nicht wahr? Denn was sind dreiviertel Millionen Pfund – oder mehr – im Vergleich zu einem Menschenleben?«
»Ich bin ganz Ihrer Meinung«, erklärte der Polizeichef.
»Ich auch«, bekräftigte Kelsey. »Wir sind auf der Suche nach einem Mörder. Vorläufig tappen wir noch im dunkeln, und wir

brennen darauf, Ihre Meinung zu hören, Monsieur Poirot. Das Ganze ist wie ein wirres Knäuel von bunten Wollfäden.«
»Eine ausgezeichnete Beschreibung«, lobte Poirot. »Es ist unsere Aufgabe, diese Fäden zu entwirren und die richtige Farbe zu isolieren – die Farbe des Mörders ... Ich wäre Ihnen dankbar, wenn Sie noch einmal in allen Einzelheiten wiederholen würden, was sich bisher abgespielt hat.«
Poirot lehte sich zurück, um zuzuhören.
Zuerst sprach Kommissar Kelsey, dann Adam Goodman. Schließlich faßte der Polizeichef die Berichte noch einmal kurz zusammen.
Poirot lauschte mit geschlossenen Augen. Dann nickte er.
»Zwei Morde«, sagte er. »Am gleichen Ort, unter den gleichen Bedingungen. Eine Entführung. Das entführte Mädchen könnte unter Umständen im Mittelpunkt des verbrecherischen Plans stehen. Versuchen wir festzustellen, *warum* sie entführt worden ist.«
Kelsey gab die Unterhaltung wieder, die er mit Shanda gehabt hatte. »Ich hielt das Ganze für Wichtigtuerei«, gestand er.
»Aber die Tatsache, daß sie entführt worden ist, läßt sich nicht leugnen. Warum?«
»Man hat Lösegeld verlangt ...«, sagte Kelsey langsam.
»Aber nicht ernsthaft darauf bestanden, nicht wahr?« fragte Poirot. »Man hat es nur verlangt, um die Theorie einer Entführung zu unterstreichen, habe ich recht?«
»Ja. Die Verabredungen wurden nicht eingehalten.«
»Shanda muß also aus einem anderen Grund entführt worden sein. Aus welchem Grund?«
»Vielleicht wollte man von ihr erfahren, wo die Wertgegenstände verborgen sind?« meinte Adam unsicher.
Poirot schüttelte den Kopf.
»Davon wußte sie nichts, das steht fest. Nein, es muß einen anderen Grund gehabt haben ...«
Er schwieg einen Augenblick mit gerunzelter Stirn. Plötzlich stellte er eine Frage:
»Ihre Knie! Haben Sie jemals ihre Knie bemerkt?«
Adam sah ihn erstaunt an.
»Nein. Warum sollte ich?«

»Es gibt viele Gründe, warum ein Mann die Knie eines Mädchens bemerkt. Leider haben Sie es nicht getan«, erwiderte Poirot.
»Hatte sie vielleicht eine Narbe am Knie? Oder etwas Ähnliches?« fragte Adam. »Ich habe jedenfalls nichts gesehen, da die Röcke der jungen Mädchen vorschriftsmäßig die Knie bedecken.«
»Haben Sie sie niemals im Schwimmbad gesehen?« fragte Poirot hoffnungsvoll.
»Bestimmt nicht. Sie ist nie ins Wasser gegangen; war ihr zu kalt, nehme ich an. Sie war an ein wärmeres Klima gewöhnt. Denken Sie an eine Narbe?«
»Nein, nein. Durchaus nicht . . . jammerschade.«
Poirot wandte sich zum Polizeichef.
»Wenn Sie gestatten, werde ich mich mit meinem alten Freund, dem Polizeipräsidenten von Genf, in Verbindung setzen. Er wird uns vielleicht helfen können.«
»Handelt es sich um etwas, das sich während ihrer dortigen Schulzeit ereignet hat?«
»Schon möglich. Sie haben nichts dagegen? Gut. Es ist nur so eine meiner Ideen . . .« Nach einer kurzen Pause fuhr er fort: »Die Presse hat die Entführung doch bisher nicht erwähnt?«
»Nein, auf ausdrücklichen Wunsch des Emirs Ibrahim.«
»Aber ich habe in einem Feuilleton etwas über eine junge Ausländerin gelesen, die plötzlich aus ihrem Internat verschwand. Der Journalist deutete an, daß es sich um eine Liebesgeschichte handeln würde, nicht wahr?«
»Das war meine Idee«, erklärte Adam. »Ich hielt es für eine gute falsche Fährte.«
»Hervorragend!« lobte Poirot. »Und nun wenden wir uns von der Entführung ab und dem Mord zu. Zwei Morde in Meadowbank.«

19

»Zwei Morde in Meadowbank«, wiederholte Poirot nachdenklich.
»Wir haben Ihnen die Tatsachen berichtet«, sagte Kelsey. »Was halten Sie davon?«

»Warum in der Turnhalle? Das war die Frage, nicht wahr?« sagte Poirot zu Adam. »Die Antwort darauf ist uns jetzt bekannt. Weil dort ein Tennisschläger war, in dessen ausgehöhltem Griff sich ein Vermögen befand. Aber wer hat davon gewußt? Möglicherweise Miss Springer, die, wie Sie mir gesagt haben, es nicht mochte, daß Leute, die dort nichts zu suchen hatten, in die Turnhalle kamen. Das bezog sich ganz besonders auf Mademoiselle Blanche.«

»Mademoiselle Blanche«, wiederholte Kelsey stirnrunzelnd.

Poirot wandte sich an Adam.

»Auch Sie schöpften Verdacht, als Sie Mademoiselle Blanche in der Turnhalle antrafen, nicht wahr?«

»Sie gab sich übertrieben große Mühe, ihre Anwesenheit zu erklären. Nur das hat mich stutzig gemacht.« Poirot nickte.

»Das ist nur zu verständlich.« Er wandte sich an Kelsey. »Wo war Miss Springer, bevor sie nach Meadowbank kam?«

»Das ist uns nicht bekannt. Sie hat bis zum vorigen Sommer an einer anderen Mädchenschule gearbeitet, aber was sie danach tat, wissen wir nicht.« Er fügte trocken hinzu: »Bevor sie ermordet wurde, hatten wir keine Gelegenheit, sie zu fragen, und sie hat weder nahe Verwandte noch enge Freunde besessen.«

»Sie könnte also schon in Ramat gewesen sein«, stellte Poirot fest.

»Ich glaube, daß zur Zeit der Revolution eine Gruppe von Lehrerinnen dort war«, bemerkte Adam.

»Nehmen wir einmal an, daß sie dort war und auf irgendeine Weise das Geheimnis des Tennisschlägers erfuhr. Dann hat sie sich mit den Gepflogenheiten in Meadowbank vertraut gemacht und ist eines Abends in die Turnhalle gegangen. Sie fand den Tennisschläger und war gerade dabei, den Inhalt aus dem Griff zu nehmen, als sie überrascht wurde . . . aber von wem? Wer hatte sie beobachtet? Wer war ihr an jenem Abend gefolgt? Wer immer es gewesen sein mag, er besaß einen Revolver und erschoß Miss Springer. Doch er hörte Schritte, die sich der Turnhalle näherten, und war gezwungen, die Flucht zu ergreifen, ohne die Juwelen oder den Tennisschläger in der Eile mitnehmen zu können.«

»Glauben Sie, daß es so war, Monsieur Poirot?« fragte der Polizeichef.

»Es ist jedenfalls eine Möglichkeit. Die andere wäre, daß die Per-

son mit dem Revolver *zuerst* in der Turnhalle war und von Miss Springer überrascht wurde. Vielleicht war es jemand, der Miss Springer schon lange verdächtig erschien . . .«
»Und die andere Frau?« fragte Adam.
Poirot blickte langsam von ihm zu den beiden anderen Herren.
»Ich weiß es ebensowenig wie Sie. Glauben Sie, daß es jemand war, der nicht im Haus lebt?«
Kelsey schüttelte den Kopf.
»Kaum. Wir haben in der Nachbarschaft gründlich sondiert, vor allem haben wir uns nach Ausländern erkundigt. Eine Madame Kolinsky, die Adam bekannt ist, hat in der Nähe gewohnt, aber sie kann nichts mit den beiden Morden zu tun gehabt haben.«
»Dann bleibt uns nichts anderes übrig, als unsere Aufmerksamkeit auf Meadowbank zu konzentrieren.«
»Ich fürchte, ja«, seufzte Kelsey. »Den ersten Mord hätten fast alle Bewohner der Schule begehen können – mit Ausnahme von Miss Chadwick, Miss Johnson und dem jungen Mädchen, das Ohrenschmerzen hatte. Für den zweiten Mord kommen weniger Leute in Frage. Miss Rich war zwanzig Meilen von Meadowbank entfernt. Miss Blake war in Littleport, und Miss Shapland war in einem Londoner Nachtklub mit einem gewissen Mr. Dennis Rathbone.«
»Miss Bulstrode war, wie ich hörte, ebenfalls fort, nicht wahr?«
Adam grinste. Kelsey und der Polizeichef waren verblüfft.
»Miss Bulstrode war bei der Herzogin von Welsham zu Besuch«, beantwortete Kelsey die Frage.
»Damit hätten wir also auch Miss Bulstrode aus dem Kreis der Verdächtigen eliminiert«, stellte Poirot mit ernster Miene fest. »Wer käme sonst noch in Frage?«
»Zwei Dienstboten, die im Hause leben: Mrs. Gibbons, die Köchin, und Doris Hogg. Aber ich halte es praktisch für ausgeschlossen, daß sie etwas mit dem Verbrechen zu tun hatten. Bleiben also nur noch Miss Rowan und Mademoiselle Blanche.«
»Und die Schülerinnen.«
»Halten Sie das wirklich für möglich?« fragte Kelsey erstaunt.
»Offen gestanden – nein. Aber man darf keine Möglichkeit außer acht lassen.«
Doch Kelsey ging nicht weiter darauf ein. Er fuhr fort:

»Miss Rowan ist seit über einem Jahr hier. Sie hat einen guten Ruf. Soviel ich weiß, hat sie sich nie etwas zuschulden kommen lassen.«
»Damit bleibt uns also nur noch Mademoiselle Blanche.«
Es folgte ein längeres Schweigen.
»Wir haben keine Beweise. Auch ihre Referenzen scheinen echt zu sein«, erklärte Kelsey.
»Sie hat sich in alles eingemischt, aber das ist noch kein Beweis dafür, daß sie ein Verbrechen begangen hat«, sagte Adam.
»Einen Augenblick«, bat Kelsey. »Mir fällt eben etwas ein. Die Sache mit dem Schlüssel. Ich glaube, der Schlüssel zur Turnhalle fiel aus dem Schloß, sie hob ihn auf und vergaß ihn wieder zurückzustecken. Daraufhin machte die Springer ihr eine Szene.«
»Die Person, die plant, nachts in die Turnhalle zu gehen, um nach dem Tennisschläger zu suchen, brauchte einen Schlüssel«, griff Poirot den Faden auf. »Also mußte sie sich ein Schlüsselduplikat verschaffen.«
»In diesem Fall wäre es töricht geweisen von Mademoiselle Blanche, den Zwischenfall Ihnen gegenüber zu erwähnen«, bemerkte Adam.
»Durchaus nicht«, erwiderte Kelsey. »Die Springer mochte über die Schlüsselsache gesprochen haben, und daher hielt die Blanche es für besser, sie ebenfalls zu erwähnen.«
»Auf jeden Fall wollen wir uns diesen Vorfall merken«, sagte Poirot. »Dann bliebe noch eine Möglichkeit: Julia Upjohns Mutter soll am Tag des Schuljahrsbeginns ein bekanntes Gesicht hier entdeckt haben. Sie war überrascht, die betreffende Person in Meadowbank wiederzusehen. Ich halte es für wahrscheinlich, daß diese Person mit dem Geheimdienst in Verbindung stand. Falls Mrs. Upjohn bestätigen sollte, daß sie Mademoiselle Blanche erkannt hat, könnten wir das Verfahren mit ziemlicher Sicherheit einleiten.«
»Das ist leichter gesagt als getan«, seufzte Kelsey. »Wir haben uns vergeblich bemüht, sie in Anatolien zu finden. Leider macht sie keine organisierte Gruppenreise, sondern fährt mit dem gewöhnlichen Autobus nach Lust und Laune durch das Land. Wo soll man eine so unternehmungslustige Frau suchen? Man hat ja keine Ahnung, wo sie sich gerade aufhält.«

»Schwierige Situation«, stimmte Poirot zu.
»Und inzwischen sitzen wir hier fest«, sagte Kelsey.
»Diese Französin kann Meadowbank und das Land ungehindert verlassen. Wir haben keine Beweise gegen sie in der Hand.«
Poirot schüttelte den Kopf.
»Das wird sie nicht tun.«
»Da bin ich nicht so sicher.«
»Doch. Wenn man einen Mord begangen hat, vermeidet man es, Aufmerksamkeit zu erregen. Mademoiselle Blanche wird ruhig bis zum Ende des Schuljahrs hierbleiben.«
»Ich hoffe, Sie haben recht.«
»Ich bin fest davon überzeugt. Und vergessen Sie nicht, daß die Person, die Mrs. Upjohn gesehen hat, *nicht weiß, daß sie gesehen worden ist.*«
Kelsey seufzte. »Wenn das alles ist . . .«
»Es gibt noch andere Dinge – Unterhaltungen zum Beispiel.«
»Unterhaltungen?«
»Wenn man etwas zu verbergen hat, sagt man früher oder später einmal zuviel.«
»Sie meinen, daß man sich verrät?« fragte der Polizeichef skeptisch.
»Ganz so einfach ist es nicht. Man bemüht sich, nicht über das zu sprechen, was man verbergen muß. Aber oft sagt man zuviel über andere Dinge. Auch die Unterhaltungen unschuldiger Leute können interessant sein, da diese oft keine Ahnung haben, daß sie etwas Wichtiges wissen. Dabei fällt mir ein . . .« Poirot stand auf. »Ich bitte um Verzeihung, meine Herren. Ich muß sofort zu Miss Bulstrode, um sie zu fragen, ob hier jemand zeichnen kann.«
»Zeichnen?«
»Ja, zeichnen.«
»Na so was«, sagte Adam, nachdem Poirot hinausgegangen war. »Zuerst interessiert er sich für Jungmädchenknie, jetzt sucht er einen Zeichner. Was wird er sich als nächstes ausdenken?«

Miss Bulstrode beantwortete Poirots Frage ohne ein Anzeichen des Erstaunens.
»Miss Laurie, unsere Zeichenlehrerin, ist heute nicht hier«, sagte sie. »Sie kommt nur einmal in der Woche. Was soll sie denn für

Sie zeichnen?« fügte sie freundlich hinzu, als spräche sie mit einem Kind.
»Gesichter«, erwiderte Poirot.
»Miss Rich zeichnet auch ganz gut . . .«
»Versuchen wir's mit ihr.«
Er stellte zu seiner Genugtuung fest, daß Miss Bulstrode keine unnötigen Fragen stellte. Sie verließ das Zimmer und kam kurz darauf mit Miss Rich zurück.
»Wie ich höre, sind Sie eine gute Zeichnerin. Können Sie Leute porträtieren?«
Eileen Rich nickte.
»Würden Sie so freundlich sein, eine Skizze von der verstorbenen Miss Springer für mich zu machen?«
»Das ist schwierig. Ich kannte sie nur sehr kurze Zeit, aber ich will es versuchen.«
Sie kniff die Augen zusammen und begann schnell zu zeichnen.
»Bien«, sagte Poirot und nahm ihr die Skizze aus der Hand. »Und nun bitte Miss Bulstrode, Miss Rowan, Mademoiselle Blanche und Adam, den Gärtner.«
Eileen Rich sah ihn erstaunt an, dann machte sie sich an die Arbeit. Er betrachtete das Resultat befriedigt.
»Sie sind sehr begabt, mit ein paar Strichen gelingt es Ihnen, Gesichter deutlich erkennbar zu machen. Ausgezeichnet! Und jetzt möchte ich Sie bitten, etwas noch Schwierigeres zu versuchen. Geben Sie Miss Bulstrode eine andere Frisur, verändern Sie die Form ihrer Augenbrauen.«
Eileen sah ihn fassungslos an.
»Ich bin nicht verrückt geworden, Miss Rich«, sagte er. »Ich mache lediglich ein Experiment.«
Sie führte seine Wünsche aus.
Poirot betrachtete die Zeichnung.
»Glänzend! Nun möchte ich Sie bitten, auch Mademoiselle Blanche und Miss Rowan auf die gleiche Weise zu verändern.«
Nachdem Eileen die beiden Skizzen vollendet hatte, legte Poirot die drei Porträts vor sich auf den Tisch.
»Nun will ich Ihnen etwas zeigen«, sagte er. »Miss Bulstrode ist trotz der Veränderungen deutlich als Miss Bulstrode zu erkennen. Aber sehen Sie sich die beiden anderen an! Da sie uninteres-

sante Züge haben und im Gegensatz zu Miss Bulstrode keine starken Persönlichkeiten sind, sind sie durch die geringfügigen Veränderungen ganz andere Menschen geworden, nicht wahr?«
Eileen Rich gab ihm recht. Als er die Skizzen sorgfältig zusammenfaltete und einsteckte, fragte sie:
»Was werden Sie damit tun?«
»Ich werde sie benutzen«, erwiderte Poirot geheimnisvoll.

20

»Ich weiß wirklich nicht, was ich dazu sagen soll«, erklärte Mrs. Sutcliffe und sah Hercule Poirot mißbilligend an. »Außerdem ist Henry nicht zu Hause.«
Wahrscheinlich will sie damit andeuten, daß Henry eher imstande wäre, mit dieser Angelegenheit fertig zu werden, dachte Poirot.
»Eine äußerst peinliche Sache«, erklärte Mrs. Sutcliffe. »Ich bin nur froh, daß Jennifer wieder zu Hause ist, obwohl sie sich sehr albern benimmt. Nachdem sie sich anfangs geweigert hat, nach Meadowbank zu gehen, weil sie die Schule für übertrieben vornehm hielt, schmollt sie jetzt von früh bis abends, weil wir sie nicht dort gelassen haben.«
»Meadowbank ist zweifellos eine der besten englischen Schulen«, bemerkte Poirot.
»*War* eine der besten Schulen«, korrigierte Mrs. Sutcliffe.
»Und wird es wieder sein«, erklärte Poirot.
»Glauben Sie wirklich?«
Mrs. Sutcliffe sah Poirot nachdenklich an. Seine teilnahmsvolle, liebenswürdige Art begann sie zu beeindrucken.
»Leider befindet sich Meadowbank im Augenblick in einer recht unglücklichen Lage«, sagte Poirot, da ihm nichts Besseres einfiel. Er war sich über die Unzulänglichkeit seiner Bemerkung klar, und sie fiel Mrs. Sutcliffe natürlich sofort auf.
»Mehr als eine unglückliche Lage«, entgegnete sie. »Zwei Morde und eine Entführung! Man kann seine Tochter nicht in eine Schule schicken, in der ein Mord nach dem anderen geschieht.«

Dagegen ließ sich nicht viel einwenden.
»Wenn sich herausstellt, daß *eine* Person für beide Morde verantwortlich ist, und wenn diese Person festgenommen wird, sieht alles anders aus, finden Sie nicht?«
»Mag sein«, erwiderte Mrs. Sutcliffe unsicher. »Sie meinen wohl jemanden wie ›Jack the Ripper‹ oder diesen anderen Mörder – wie hieß er doch? –, der immer einen bestimmten Typ von Frauen umgebracht hat ... und *dieser* Mörder hat es eben auf Lehrerinnen abgesehen ... grauenhaft! Immerhin, wenn er festgenommen wird, sieht wohl alles anders aus ..., aber dann bleibt immer noch die Entführung. Man will seine Tochter schließlich auch nicht auf einer Schule lassen, aus der andere junge Mädchen entführt worden sind, nicht wahr?«
»Bestimmt nicht, Madame. Ich sehe, daß Sie logisch denken können. Ich gebe Ihnen unbedingt recht.«
Mrs. Sutcliffe fühlte sich geschmeichelt. So etwas hatte seit Jahren niemand zu ihr gesagt.
»Ich habe gründlich darüber nachgedacht«, gab sie zu.
»Ich würde mir über die Entführung, im Vertrauen gesagt, keine grauen Haare wachsen lassen, Madame. *Entre nous* – Prinzessin Shanda ist wahrscheinlich gar nicht entführt worden –, wir glauben eher, daß es sich um ein kleines Abenteuer handelt.«
»Wollen sie damit sagen, daß sie durchgebrannt ist, um jemanden zu heiraten?«
»Meine Lippen sind versiegelt«, erwiderte Hercule Poirot. »Sie werden begreifen, daß ein Skandal um jeden Preis vermieden werden muß ... Ich kann mich doch auf Ihre Diskretion verlassen?«
»Selbstverständlich«, erwiderte Mrs. Sutcliffe mit Nachdruck. Sie betrachtete den Brief des Polizeichefs, den Poirot ihr überreicht hatte. »Ich verstehe nur immer noch nicht ganz, wer Sie eigentlich sind, Monsieur Poirot. Sind Sie ein sogenannter Privatdetektiv?«
»Man konsultiert mich in schwierigen Fällen«, erklärte Poirot salbungsvoll.
»Tatsächlich?« Mrs. Sutcliffe war sichtlich beeindruckt. »Worüber wollen Sie mit Jennifer sprechen?«
»Über nichts Bestimmtes. Ich möchte nur hören, was für einen Eindruck sie hat ... ist sie eine scharfe Beobachterin?«

»Das kann man beim besten Willen nicht behaupten«, erwiderte Mrs. Sutcliffe. »Sie ist ziemlich nüchtern und phantasielos«, fügte sie hinzu.
»Das ist besser, als der Phantasie zu freien Lauf zu lassen und Dinge zu erzählen, die sich gar nicht zugetragen haben«, sagte Poirot.
»*Das* braucht man bei Jennifer bestimmt nicht zu befürchten«, erklärte Mrs. Sutcliffe mit Bestimmtheit. Sie stand auf, ging zum Fenster und rief: »Jennifer!«
»Ich wünsche, Sie könnten Jennifer klarmachen, daß ihr Vater und ich nur ihr Bestes im Auge haben«, sagte sie, als sie zum Tisch zurückkam.
Jennifer erschien mit mürrischem Gesicht. Sie betrachtete Poirot mißtrauisch. Er verbeugte sich höflich.
»Sehr angenehm. Ich bin ein alter Freund von Julia Upjohn, die mich kürzlich in London aufgesucht hat.«
»Julia war in London?« fragte Jennifer erstaunt. »Warum?«
»Um mich um Rat zu fragen«, entgegnete Poirot. »Jetzt ist sie wieder in Meadowbank.«
»Sie ist also nicht aus der Schule genommen worden«, stellte Jennifer mit einem strafenden Blick auf ihre Mutter fest.
Poirot schaute zu Mrs. Sutcliffe hinüber, die aus irgendeinem Grund aufstand und das Zimmer verließ; vielleicht war sie gerade mit einer Hausarbeit beschäftigt gewesen, als Poirot kam, oder vielleicht spürte sie auch nur, daß sie überflüssig war.
»Wenn meine Eltern nur nicht ein solches Theater machen würden«, klagte Jennifer. »Ich habe Mum auseinandergesetzt, wie lächerlich ich es finde. Es sind ja gar keine Schülerinnen ermordet worden.«
»Haben Sie eine Theorie über die Morde?« fragte Poirot.
Jennifer schüttelte den Kopf. »Vielleicht ein Verrückter?« meinte sie zögernd. Dann fügte sie nachdenklich hinzu: »Miss Bulstrode wird sich wohl nach neuen Lehrerinnen umsehen müssen.«
»Schon möglich«, erwiderte Poirot. »Ich interessiere mich besonders für die Dame, die Ihnen den neuen Tennisschläger für Ihren alten gegeben hat . . . erinnern Sie sich an die, Mademoiselle Jennifer?«

»Die werde ich nicht so leicht vergessen«, meinte Jennifer. »Ich weiß bis heute nicht, *wer* mir den Tennisschläger geschickt hat. Meine Tante Gina war es bestimmt nicht.«
»Wie sah die Dame aus?« fragte Poirot.
Jennifer schloß die Augen, um besser nachdenken zu können.
»Ich kann mich nicht genau entsinnen. Sie trug, glaube ich, ein blaues Kleid mit einem kleinen Cape und einen großen, weichen Filzhut.«
»Erinnern Sie sich auch an ihr Gesicht?« erkundigte sich Poirot.
»Sie war sehr stark geschminkt – ich meine, auf dem Land bemalt man sich doch nicht so. Ich glaube, sie war Amerikanerin, und wenn ich mich nicht irre, war sie blond.«
»Hatten Sie sie früher schon einmal gesehen?« fragte Poirot.
»Nein. Ich glaube nicht, daß sie in der Gegend wohnt. Sie hat gesagt, daß sie auf einer Cocktailparty gewesen sei – oder so was Ähnliches.«
Poirot sah sie nachdenklich an. Eigenartig, daß Jennifer alles, was man ihr erzählt, für bare Münze nimmt, dachte er.
»Vielleicht hat sie aber nicht die Wahrheit gesagt«, gab er zu bedenken.
»Möglich, wer weiß?« erwiderte Jennifer.
»Sind Sie ganz sicher, daß Sie die Dame niemals vorher gesehen haben? Wäre es nicht vorstellbar, daß sie eine Ihrer Mitschülerinnen oder der Lehrerinnen war, die sich verkleidet hatte?«
»Verkleidet?« wiederholte Jennifer verwirrt.
»Poirot zeigte ihr die Zeichnung, die Eileen Rich von Mademoiselle Blanche gemacht hatte.
»War es diese Frau?«
Jennifer betrachtete die Skizze unschlüssig.
»Sie sieht ihr etwas ähnlich, aber ich glaube nicht, daß es diese Dame war.«
Poirot nickte.
Offensichtlich hatte Jennifer nicht erkannt, daß es sich um eine Zeichnung von Mademoiselle Blanche handelte.
»Ich habe mir die Dame gar nicht so genau angesehen«, fuhr sie fort. »Sie war eine Amerikanerin, ich kannte sie nicht, und sie hat mir auch gleich den Tennisschläger gegeben . . .«
Damit war Poirot klar, daß Jennifer sich für nichts als für den

neuen Tennisschläger interessiert hatte. Er schnitt ein anderes Thema an.

»Haben Sie jemals in Meadowbank jemanden getroffen, dem Sie in Ramat begegnet waren?« fragte er.

»In Ramat?« Jennifer überlegte. »Nein – das heißt – ich glaube nicht.«

»Sie *glauben* nicht! Sind Sie ganz sicher, Mademoiselle Jennifer?« fragte Poirot sofort.

Jennifer rieb sich verwirrt die Stirn.

»Man sieht so oft Leute, die jemandem gleichen«, sagte sie. »Manchmal weiß man gar nicht, an wen sie einen erinnern. Dann wieder trifft man Leute, die man zwar kennt, aber deren Namen man sich nicht gemerkt hat. Das kann sehr peinlich sein.«

»Das passiert uns allen«, stimmte Poirot zu. Nach einer kurzen Pause fuhr er fort: »Wahrscheinlich ging es Ihnen so mit Prinzessin Shanda, die Sie in Ramat gesehen haben müssen.«

»Ach – war Shanda in Ramat?«

»Höchstwahrscheinlich. Sie ist eine nahe Verwandte des königlichen Hauses. Vielleicht haben Sie sie dort gesehen?«

Jennifer runzelte die Stirn.

»Nein, ich kann mich nicht entsinnen«, meinte sie. »Aber außerdem müssen die Frauen ja dort mit einem Schleier vorm Gesicht herumlaufen, nicht wahr? In Paris, in Kairo und natürlich auch in London dürfen sie ihn allerdings abnehmen.«

»Jedenfalls ist Ihnen niemand in Meadowbank begegnet, den Sie von früher her kannten?« fragte Poirot beharrlich weiter.

»Bestimmt nicht, und die meisten Menschen fallen einem sowieso nicht auf. Nur wenn jemand so ein komisches Gesicht hat, wie Miss Rich zum Beispiel, bemerkt man es.«

»Glauben Sie, Miss Rich früher schon einmal irgendwo gesehen zu haben?«

»Eigentlich nicht; ich kann mich dunkel an eine Frau erinnern, die ihr etwas ähnlich sah, aber sie war viel dicker.«

»Eine viel dickere Frau«, wiederholte Poirot nachdenklich.

»Miss Rich kann das nicht gewesen sein«, erklärte Jennifer lachend. »Miss Rich ist doch so dünn wie 'ne Bohnenstange. Außerdem war sie während des vorigen Schuljahres krank und kann gar nicht in Ramat gewesen sein.«

»Kannten Sie einige Ihrer Mitschülerinnen von früher?« fragte Poirot.
»Nur wenige. Ich war ja erst seit drei Wochen in Meadowbank; ich kenne kaum die Hälfte der Leute und die meisten von ihnen nur vom Sehen. Wenn ich ihnen morgen begegnete, würde ich sie wahrscheinlich nicht einmal wiedererkennen.«
»Sie sollten sich daran gewöhnen, Ihre Umwelt etwas schärfer zu beobachten«, mahnte Poirot streng.
»Man kann sich nicht alles merken«, protestierte Jennifer. »Jedenfalls würde ich schrecklich gern nach Meadowbank zurückgehen. Ich langweile mich hier entsetzlich, und ich habe keine Gelegenheit zum Tennisspielen. Könnten Sie meinen Eltern nicht gut zureden, Monsieur Poirot?«
»Ich werde mein möglichstes tun«, versprach Poirot.

21

»Ich möchte mit Ihnen sprechen, Eileen«, sagte Miss Bulstrode.
Eileen Rich folgte Miss Bulstrode in deren Wohnzimmer. Meadowbank war unheimlich ruhig. Nur fünfundzwanzig Schülerinnen, deren Eltern sie nicht zu Hause haben konnten oder wollten, waren noch da.
Keine der Lehrerinnen hatte die Schule verlassen, obwohl sie offiziell geschlossen war. Miss Johnson war unglücklich, weil sie nicht genug zu tun hatte. Miss Chadwick sah alt und elend aus; sie wanderte verloren und traurig umher. Sie schien sich die Tragödien viel mehr zu Herzen genommen zu haben als Miss Bulstrode, die äußerlich völlig unverändert war, ohne irgendwelche Anzeichen eines Nervenzusammenbruchs. Die beiden jungen Lehrerinnen genossen ihre Freizeit von Herzen. Sie gingen spazieren, sie schwammen, und sie ließen sich Reiseprospekte kommen, die sie gründlich studierten. Auch Ann Shapland schien sich nicht zu langweilen. Sie verbrachte einen großen Teil ihrer freien Zeit im Garten, und sie stellte sich bei der Gartenarbeit erstaunlich geschickt an. Es war gewiß nicht unnatürlich, daß sie sich dabei lieber bei Adam Rat holte als beim alten Briggs ...

»Ich wollte schon seit einiger Zeit mit Ihnen sprechen, Eileen«, sagte Miss Bulstrode. »Ich weiß nicht, ob diese Schule fortbestehen wird oder nicht. Es ist schwierig, die Einstellung der Menschen zu beurteilen, denn jeder fühlt etwas anderes. Am Ende werden sich alle nach demjenigen richten, der seiner Sache am sichersten ist. Meadowbank ist entweder erledigt ...«
»Nein, es ist nicht erledigt«, unterbrach Eileen Rich. Sie stampfte mit dem Fuß auf, und ihr Haarknoten begann sich prompt aufzulösen. »Das dürfen Sie auf keinen Fall zulassen. Es wäre eine Sünde – ein Verbrechen!«
»Sie scheinen sehr erregt zu sein«, sagte Miss Bulstrode.
»Ich *bin* sehr erregt. Es gibt so viele unwichtige Dinge, aber das Weiterbestehen dieser Schule ist ungeheuer wichtig. Ich habe Meadowbank von Anfang an als etwas Einzigartiges empfunden.«
»Sie sind eine Kämpfernatur, und das gefällt mir«, lobte Miss Bulstrode. »Ich gebe Ihnen mein Wort, daß ich nicht klein beigeben werde. In gewisser Weise freue ich mich sogar auf den Kampf. Wenn alles wie am Schnürchen läuft, wird man leicht allzu selbstzufrieden, vielleicht sogar gelangweilt ... Aber jetzt bin ich nicht gelangweilt. Ich werde mit aller Kraft und mit meinem letzten Penny um das Weiterbestehen der Schule kämpfen. Im Zusammenhang damit möchte ich Sie fragen: Hätten Sie Lust, meine Partnerin zu werden, falls ich den Kampf gewinne?«
»Ich?« Eileen sah sie ungläubig an. »Ich?«
»Ja, Eileen, Sie!«
»Unmöglich«, stammelte Eileen. »Ich bin zu jung, ich weiß nicht genug, ich habe zu wenig Erfahrung.«
»Die Entscheidung darüber müssen Sie schon mir überlassen«, erwiderte Miss Bulstrode. »Im Augenblick ist es kein sehr gutes Angebot. Vielleicht könnten Sie woanders etwas Besseres finden. Aber eins müssen Sie mir glauben – ich hatte schon vor dem Tod der armen Miss Vansittart den Entschluß gefaßt, Sie zu meiner Nachfolgerin zu ernennen.«
»Wirklich? Und wir alle glaubten, daß Miss Vansittart ...«
»Ich habe niemals mit Miss Vansittart darüber gesprochen«, erklärte Miss Bulstrode. »Ich gebe zu, daß ich während der letzten beiden Jahre oft daran gedacht habe, aber im letzten Augenblick

hat mich immer irgend etwas davon zurückgehalten, ihr anzubieten, meine Partnerin und später meine Nachfolgerin zu werden. Ich glaube gern, daß man allgemein der Ansicht war, daß sie die künftige Schulleiterin sein würde – wahrscheinlich hat sie selbst es geglaubt. Und doch wurde ich mir schließlich darüber klar, daß sie keinesfalls die Richtige war.«

»Das ist mir unbegreiflich«, sagte Eileen Rich. »Sie hätte die Schule in Ihrem Sinn weitergeführt – in Ihrer Tradition.«

»Ja, und eben das wäre falsch gewesen«, entgegnete Miss Bulstrode. »Man darf sich nicht an die Vergangenheit klammern. Gegen die Aufrechterhaltung von Traditionen ist nichts einzuwenden, wenn sie Hand in Hand geht mit modernen Erziehungsmethoden. Man kann die Mädchen heute nicht genauso behandeln wie die Schülerinnen vor dreißig oder gar vor fünfzig Jahren. Ich habe Meadowbank gegründet und meine eigenen Ideen in die Tat umgesetzt. Es war immer mein Bestreben, Vergangenheit und Zukunft im Auge zu behalten. Aber wirklich wichtig ist nur die Gegenwart, die zeitgemäße Einstellung. Und so soll es auch bleiben. Die Schule muß von einem Menschen mit neuen, originellen Ideen geleitet werden, der gleichzeitig die Tradition aufrechterhält. Als ich die Schule gründete, war ich ungefähr im gleichen Alter wie Sie. Aber Sie haben etwas, was ich nicht mehr erwarten kann. Sie finden es in der Bibel: *›Und die Alten träumen ihre Träume, die Jungen haben Visionen.‹* Wir brauchen hier keinen Träumer, wir brauchen einen Menschen mit Phantasie und neuen Ideen. Deshalb ist meine Wahl auf Sie gefallen und nicht auf Eleanor Vansittart.«

»Es wäre herrlich gewesen, ganz herrlich«, seufzte Eileen Rich.

Miss Bulstrode war verletzt, aber sie zeigte es nicht.

»Ja, es *wäre* herrlich gewesen, aber jetzt sieht das alles anders aus ... Das meinen Sie doch?«

»Nein, nein, durchaus nicht«, sagte Eileen schnell. »Ich – ich kann Ihnen die Einzelheiten nicht erklären. Ich kann Ihnen nur versichern, daß ich das gleiche Angebot noch vor zwei Wochen ganz bestimmt abgelehnt hätte ... es wäre ganz unmöglich gewesen. Jetzt sieht es nur deshalb etwas anders für mich aus, weil ich eine große Verantwortung übernehmen und kämpfen müßte ... Darf ich es mir überlegen, Miss Bulstrode?«

»Selbstverständlich«, sagte Miss Bulstrode. Sie war noch immer erstaunt. Wie wenig man doch von seinen Mitmenschen weiß, dachte sie.

Ann Shapland stand über ein Blumenbeet gebeugt. Als Miss Rich vorüberging, richtete sie sich auf.
»Der Knoten von Miss Rich hat sich wieder mal aufgelöst«, stellte sie fest. »Warum läßt sie sich das Haar nicht abschneiden? Sie hat eine ganz gute Kopfform. Es würde ihr besser stehen und ließe sich leichter in Ordnung halten.«
»Warum sagen Sie ihr das nicht selbst?« fragte Adam.
»Weil ich sie nur flüchtig kenne«, erwiderte Ann Shapland. Dann fuhr sie fort: »Glauben Sie, daß sich diese Schule halten wird?«
»Schwer zu sagen ... und woher soll ich das wissen«, entgegnete Adam.
»Ich halte es jedenfalls für durchaus möglich«, sagte Ann Shapland. »Die alte Bully – so wird Miss Bulstrode von den Schülerinnen genannt – ist eine starke Persönlichkeit mit einer fast hypnotischen Wirkung auf die Eltern ... Wann hat das Schuljahr angefangen? Vor einem Monat? Es erscheint mir wie eine Ewigkeit. Ich werde heilfroh sein, wenn es zu Ende ist.«
»Kommen Sie zurück, falls die Schule weiterbestehen bleibt?«
»Auf gar keinen Fall. Ich habe mehr als genug vom Internatsleben«, erklärte Ann emphatisch. »Ich eigne mich nicht dazu, ausschließlich in der Gesellschaft von Weibern zu leben. Außerdem mache ich mir nichts aus Morden; ich lese für mein Leben gern gute Kriminalromane, aber in der Wirklichkeit kann ich auf diese Dinge verzichten.« Sie fügte nachdenklich hinzu: »Ich glaube, ich werde Dennis heiraten und eine brave Hausfrau werden.«
»Dennis? Ach ja, Sie haben mir neulich von ihm erzählt«, sagte Adam. »Das ist doch der, der immer unterwegs ist, nicht wahr? In Burma, Malaya, Singapur, Japan ... Ein sehr ruhiges Leben wäre das nicht. Ich glaube, Sie könnten einen Besseren finden.«
»War das ein Antrag?« fragte Ann.
»Bestimmt nicht«, erwiderte Adam. »Sie sind eine ehrgeizige Frau. Sie würden doch keinen Hilfsgärtner heiraten.«
»Nein, aber vielleicht einen von der Polizei.«
»Ich bin nicht bei der Polizei«, protestierte Adam.

»Natürlich nicht«, erwiderte Ann ironisch. »Wahren wir die Form! Sie sind nicht bei der Polizei. Shanda ist entführt worden, alles ist in bester Ordnung ... Trotzdem begreife ich nicht, wieso Shanda plötzlich in Genf aufgetaucht ist. Ich verstehe auch nicht, daß Ihre Leute sie nicht daran hindern konnten, das Land zu verlassen. Wie war das möglich?«

»Meine Lippen sind versiegelt«, gab Adam zur Antwort.

»Weil Sie keine Ahnung haben«, sagte Ann.

»Ich gebe zu, daß es Monsieur Hercule Poirot war, der uns auf einen guten Gedanken gebracht hat«, bemerkte Adam.

»Was? Der drollige kleine Kerl, der Julia zurückgebracht hat?«

»Ja, er ist ein berühmter Privatdetektiv.«

»Gewesen«, erwiderte Ann geringschätzig.

»Was er im Schilde führt, weiß ich allerdings nicht«, fuhr Adam fort. »Er hat sogar einen seiner Freunde veranlaßt, meine Mutter aufzusuchen.«

»Ihre Mutter? Warum?« fragte Ann.

»Keinen Schimmer. Er scheint ein krankhaftes Interesse für Mütter zu haben. Er hat auch Jennifers Mutter aufgesucht.«

»War er auch bei der Mutter von Miss Rich und bei der Mutter von Chaddy?«

»Miss Rich hat keine Mutter mehr, sonst wäre er bestimmt auch zu ihr gegangen«, sagte Adam.

»Miss Chadwick erzählte mir, daß ihre Mutter in Cheltenham lebt. Sie ist über achtzig. Die arme Chaddy sieht selbst nicht viel jünger aus ... Dort kommt sie übrigens.«

Adam blickte auf. »Ja, sie ist in den letzten Wochen sehr gealtert.«

»Weil sie die Schule wirklich liebt, sie ist ihr ganzes Leben«, erklärte Ann. »Der Gedanke an den Verfall von Meadowbank ist ihr unerträglich.«

Miss Chadwick sah tatsächlich zehn Jahre älter aus als am Tag des Schuljahrbeginns. Ihr Gesicht trug nicht mehr den Ausdruck zufriedener Geschäftigkeit, während sie sich mit müden, langsamen Schritten näherte.

»Miss Bulstrode wünscht Ihnen verschiedene Anweisungen wegen des Gartens zu geben«, sagte sie zu Adam. »Bitte kommen Sie mit.«

»Erst muß ich mal etwas Ordnung machen«, brummte Adam und verschwand in Richtung Geräteschuppen.
Ann und Miss Chadwick gingen gemeinsam zum Haus.
»Wie still und öde es geworden ist«, sagte Ann und sah sich nachdenklich um. »Wie im Zuschauerraum eines halbleeren Theaters.«
»Grauenhaft – einfach grauenhaft, daß es in Meadowbank *dazu* gekommen ist«, jammerte Miss Chadwick. Ich komme nicht darüber hinweg. Ich kann nicht mehr schlafen. Unsere geliebte Schule, das Werk von Jahren, ist zerstört.«
»Es kann alles wieder werden«, tröstete Ann. »Die meisten Menschen haben glücklicherweise kein gutes Gedächtnis.«
»Ein ganz so schlechtes haben sie leider nicht«, seufzte Miss Chadwick unglücklich.
Ann antwortete nicht. Im Grunde ihres Herzens gab sie Miss Chadwick recht.

Mademoiselle Blanche verließ das Klassenzimmer, in dem sie eine Französischstunde gegeben hatte.
Sie sah auf ihre Armbanduhr. Ja, sie hatte reichlich Zeit. Jetzt, da nur noch so wenige Schülerinnen in Meadowbank waren, mangelte es niemals an Zeit.
Sie ging in ihr Zimmer und setzte sich einen Hut auf. Sie ging nie ohne Hut aus. Dann betrachtete sie sich mißbilligend im Spiegel. Keine sehr bemerkenswerte Persönlichkeit! Aber das konnte auch seine Vorteile haben. Sie lächelte. Diese Tatsache hatte es ihr ermöglicht, die hervorragenden Zeugnisse ihrer verstorbenen Schwester Angèle und deren Paßbild zu benutzen. Angèle war eine begeisterte Lehrerin gewesen, aber sie selbst fand diesen Beruf unerträglich langweilig, obwohl sie mehr verdiente als je zuvor. Auch alles andere war über Erwarten gutgegangen, und die Zukunft sah rosig aus. Vieles würde sich ändern, niemand würde die unscheinbare Mademoiselle Blanche wiedererkennen ... Sie sah sich im Geist schon an der Riviera, gepflegt, elegant und umschwärmt. Man brauchte nur Geld zu haben, um das Leben in vollen Zügen genießen zu können. Ja, es hatte sich gelohnt, in diese unsympathische englische Schule zu kommen.
Sie nahm ihre Handtasche und verließ das Zimmer. Im Korridor

kniete eine Frau neben einem Eimer. Eine neue Putzfrau – in Wirklichkeit natürlich ein Polizeispitzel. Glaubten die wirklich, man sei so einfältig, dieses Manöver nicht zu durchschauen?
Sie lächelte noch immer verächtlich, während sie durch das Parktor zu der gegenüberliegenden Autobushaltestelle ging. Sie wartete – der Bus mußte gleich kommen.
Auf der ruhigen Landstraße waren nicht viele Leute zu sehen. Ein Mann beugte sich über den geöffneten Kühler seines Wagens. Ein Fahrrad war an die Hecke gelehnt. Der Besitzer stand daneben. Ein Mann wartete an der Haltestelle.
Einer der drei Männer würde ihr zweifellos folgen ... geschickt und unauffällig, das verstand sich von selbst. Aber das störte sie nicht im geringsten. Wohin sie ging und was sie tat, durfte jeder sehen.
Der Autobus kam, und sie stieg ein. Eine Viertelstunde später stieg sie am Hauptplatz der Stadt aus. Ohne sich umzusehen, ging sie über die Straße, um die Auslagen im Schaufenster des Warenhauses zu betrachten. Die ausgestellten Kleider gefielen ihr nicht. Unelegant und provinziell, dachte sie verächtlich. Trotzdem blieb sie eine Zeitlang vor dem Schaufenster stehen, als bewunderte sie die Modelle.
Dann ging sie hinein, kaufte zwei Kleinigkeiten, stieg die Treppe zum ersten Stock empor und betrat den Aufenthaltsraum für Damen. Hier gab es ein paar bequeme Stühle, einen Schreibtisch und eine Telefonzelle.
Sie ging in die Telefonzelle, warf die notwendigen Münzen in den Schlitz, wählte eine Nummer und wartete darauf, die gewünschte Stimme zu hören. Sie nickte zufrieden, drückte auf den entsprechenden Knopf und begann zu sprechen.
»Hier *Maison Blanche,* haben Sie richtig verstanden? *Blanche.* Es handelt sich um die geschuldete Summe. Ich gebe Ihnen bis morgen abend Zeit. Bis dahin muß die Summe auf das Konto von Maison Blanche beim Crédit Nationale in London, Ledbury Street, eingezahlt sein.«
Sie nannte die geforderte Summe.
»Wenn das Geld nicht eingezahlt wird, muß ich mich mit den entsprechenden Stellen in Verbindung setzen, um mitzuteilen, was ich in der Nacht zum Zwölften beobachtet habe. Es handelt sich

um den Fall Springer. Sie haben etwas über vierundzwanzig Stunden Zeit.«
Sie legte den Hörer auf und betrat wieder den Aufenthaltsraum, in den eben eine andere Dame gekommen war – vielleicht eine Kundin, vielleicht auch nicht. Wie dem auch sei, sie konnte nichts mitgehört haben.
Mademoiselle Blanche wusch sich in dem danebenliegenden Raum die Hände. Danach ging sie in die Blusenabteilung, probierte zwei Blusen an, kaufte aber keine von beiden. Sie verließ das Warenhaus, schlenderte über die Straße, ging in eine Buchhandlung und fuhr mit dem nächsten Autobus zurück nach Meadowbank.
Während sie die Einfahrt hinaufging, lächelte sie zufrieden. Alles war glänzend arrangiert. Die geforderte Summe war nicht zu groß . . . es war nicht unmöglich, sich das Geld binnen vierundzwanzig Stunden zu verschaffen. Zunächst einmal brauchte sie nicht mehr . . . Selbstverständlich würde sie später weitere Forderungen stellen . . .
Sie hatte keine Gewissensbisse, da sie es nicht für ihre Pflicht hielt, der Polizei das, was sie wußte, mitzuteilen. Diese Springer war eine gräßliche Person gewesen, unhöflich und *mal élevée.* Und warum hatte sie ihre Nase in Dinge gesteckt, die sie nichts angingen? Die Folgen hatte sie sich nur selbst zuzuschreiben.
Mademoiselle Blanche verweilte eine Zeitlang beim Schwimmbassin. Sie beobachtete Eileen Rich und Ann Shapland beim Springen. Beide waren ausgezeichnete Schwimmerinnen. Aus dem Wasser klang fröhliches Mädchengelächter.
Dann läutete es, und Mademoiselle Blanche hatte eine weitere Französischstunde zu geben. Die Schülerinnen waren geschwätzig und unaufmerksam, aber das fiel Mademoiselle Blanche kaum auf. Bald würde sie den verhaßten Beruf der Lehrerin endgültig aufgeben können.
Sie ging hinauf in ihr Zimmer, um sich vor dem Abendessen etwas zurechtzumachen. Sie bemerkte zerstreut, daß sie ihren Regenmantel, entgegen ihrer Gewohnheit, über einen Stuhl in der Ecke geworfen hatte, anstatt ihn in den Schrank zu hängen.
Sie beugte sich vor, um ihr Gesicht im Spiegel besser sehen zu können. Sie puderte sich und schminkte sich die Lippen . . .

Die Bewegung war so schnell, so geräuschlos, so geschickt, daß sie sie zu spät bemerkte. Der Mantel auf dem Stuhl schien plötzlich Falten zu werfen und auf den Boden zu fallen. Im Bruchteil einer Sekunde erhob sich hinter Mademoiselle Blanches Rücken eine Hand mit einem Sandsack, der im gleichen Augenblick auf ihren Nacken herabsauste, als sie den Mund zum Schreien öffnete.

22

Mrs. Upjohn saß am Straßenrand und blickte in eine tiefe Schlucht. Sie unterhielt sich auf französisch – und mit Hilfe vieler Gesten – mit einer dicken Türkin, die ihr in allen Einzelheiten, soweit dies die sprachlichen Schwierigkeiten zuließen, ihre letzte Fehlgeburt schilderte. Sie erzählte, sie habe im ganzen neun Kinder, acht Jungen und ein Mädchen, und dies war bereits ihre fünfte Fehlgeburt.
»Und Sie?« Sie stieß Mrs. Upjohn freundschaftlich in die Rippen.
»Combien? Garçons? Filles? Combien?«
»Une fille«, erwiderte Mrs. Upjohn.
»Et garçons?«
Um in der Achtung der Türkin nicht zu sinken und in einer Anwandlung von Nationalstolz entschloß sich Mrs. Upjohn zu einer Lüge. Sie hielt alle fünf Finger ihrer rechten Hand hoch.
»Cinq«, sagte sie.
»Cinq garçons? Très bien!«
Die Türkin nickte anerkennend. Sie fügte hinzu, daß sie sich noch viel besser verstehen könnten, wenn ihre Kusine hier wäre, die fließend Französisch sprach. Dann fuhr sie fort, ihre Fehlgeburt zu schildern.
Die anderen Fahrgäste saßen in der Nähe; die meisten hatten Eßkörbe bei sich, aus denen sie sich bedienten. Der staubige, verbeulte Autobus stand unter einem überhängenden Felsen, und der Fahrer machte sich mit einem anderen Mann am Motor zu schaffen. Mrs. Upjohn lebte in einer zeitlosen Welt. Da zwei Landstraßen unter Wasser standen, mußten viele Umwege ge-

macht werden. Einmal hatten sie sieben Stunden gewartet, bis sie einen Fluß überqueren konnten. Sie wußte nur eins, daß sie Ankara in absehbarer Zeit erreichen würden.
Ihre Gedanken wurden plötzlich von einer Stimme unterbrochen, die in scharfem Gegensatz zu ihrer Umgebung stand.
»Sind Sie Mrs. Upjohn?« fragte die Stimme.
Mrs. Upjohn blickte auf. In einiger Entfernung hielt ein Auto, aus dem der Herr, der ihr gegenüberstand, zweifellos gestiegen war. Sein Gesicht war so unverkennbar englisch wie seine Stimme. Er trug einen gutsitzenden grauen Flanellanzug.
»Mein Name ist Atkinson, vom Konsulat Ankara«, sagte der liebenswürdige Fremde. »Wir versuchen seit Tagen, uns mit Ihnen in Verbindung zu setzen, aber die Straßen waren gesperrt.«
»Sie wollten sich mit mir in Verbindung setzen? Warum?« Mrs. Upjohn sprang erregt auf. Die unternehmungslustige, vergnügte Reisende hatte sich mit einem Schlag in eine besorgte Mutter verwandelt. »Julia? Ist meiner Julia etwas zugestoßen?«
»Nein, nein, es handelt sich nicht um Julia, der geht es gut«, beruhigte sie Mr. Atkinson. »Merkwürdige Dinge haben sich in Meadowbank ereignet, und wir möchten, daß Sie so bald wie möglich nach Hause kommen. Ich bringe Sie in meinem Wagen nach Ankara, und in einer Stunde werden Sie im Flugzeug nach London sitzen.«
»Würden Sie so freundlich sein, mir meinen Koffer vom Verdeck herunterzuholen?« bat sie. »Es ist der dunkelblaue Handkoffer.« Sie wandte sich zu ihrer türkischen Reisegefährtin, schüttelte ihr die Hand und sagte: »Leider muß ich sofort nach Hause fahren.« Sie winkte den anderen Reisenden freundlich zu, sagte ein paar türkische Abschiedsworte und folgte Mr. Atkinson, ohne ihm irgendwelche Fragen zu stellen. Wie schon viele andere vor ihm stellte auch er fest, daß Mrs. Upjohn eine sehr vernünftige Frau war.

23

Miss Bulstrode hatte alle Lehrerinnen in einem der kleineren Klassenzimmer um sich versammelt: Miss Chadwick, Miss Johnson, Miss Rich und die beiden jungen Lehrerinnen. Ann Shapland hatte ihren Stenoblock parat, um nötigenfalls mitzuschreiben. Neben Miss Bulstrode saß Kommissar Kelsey und neben diesem Hercule Poirot. Adam Goodman saß in einer Ecke. Miss Bulstrode erhob sich.
»Es ist meine Pflicht«, sagte sie mit ruhiger, sicherer Simme, »Ihnen allen mitzuteilen, was wir bisher erfahren haben. Kommissar Kelsey hat mich auf dem laufenden gehalten. Monsieur Hercule Poirot, der internationale Verbindungen besitzt, ist es gelungen, wichtige Informationen aus der Schweiz zu bekommen. Er selbst wird Ihnen später darüber berichten. Leider sind unsere Nachforschungen noch nicht beendet, aber gewisse Dinge haben sich inzwischen aufgeklärt. Ich glaube, es wird allen eine Beruhigung sein zu erfahren, wie die Sache im Augenblick steht.«
Miss Bulstrode sah Kommissar Kelsey an, und dieser stand auf.
»Offiziell bin ich nicht befugt, Ihnen alles mitzuteilen, was ich weiß. Ich kann Ihnen jedoch versichern, daß wir Fortschritte machen und zu wissen glauben, wer für die drei Verbrechen verantwortlich ist. Mehr möchte ich jetzt nicht sagen. Mein Freund, Hercule Poirot, der nicht zum Schweigen verpflichtet ist, wird Ihnen nun gewisse Informationen geben, die er selbst uns verschafft hat. Ich weiß, daß Miss Bulstrode sich auf Sie und Ihre Diskretion verlassen kann. Sie werden begreifen, daß Klatsch und Gerede unbedingt vermieden werden müssen. Ist das klar?«
»Selbstverständlich, wir sind alle bereit, Meadowbank die Treue zu halten«, sagte Miss Chadwick emphatisch.
»Selbstverständlich«, versicherten Miss Johnson und die beiden jungen Lehrerinnen.
»Das versteht sich von selbst«, erklärte Eileen Rich.
»Darf ich bitten, Monsieur Poirot?«
Hercule Poirot stand auf, lächelte liebenswürdig und zwirbelte seinen Schnurrbart. Die beiden jungen Lehrerinnen konnten ein Kichern nur mit Mühe unterdrücken.
»Ich weiß, daß Sie alle viel durchgemacht haben und daß Miss

Bulstrode selbstverständlich am schwersten betroffen ist. Sie haben drei Ihrer Kolleginnen verloren, von denen eine seit langem in Meadowbank tätig war, nämlich Miss Vansittart. Obwohl Miss Springer und Mademoiselle Blanche erst kurze Zeit hier waren, muß auch ihr Tod ein schwerer Schock für Sie gewesen sein. Sie selbst hatten zweifellos das Gefühl, in Gefahr zu sein, denn es schien, daß eine Art Vendetta gegen die Lehrerinnen dieser Schule im Gange war. Kommissar Kelsey und ich können Ihnen jedoch versichern, daß das nicht der Fall ist. Durch eine Serie unglücklicher Zufälle wurde Meadowbank zum Zentrum zweifelhafter Umtriebe. Es gab da, so könnte man sagen – eine Katze im Taubenschlag. Drei Morde und eine Entführung haben stattgefunden. Ich werde mich zuerst mit der Entführung beschäftigen, denn obwohl es sich auch hier um ein Verbrechen handelt, dürfen wir uns dadurch nicht ablenken lassen. Wir dürfen nicht vergessen, daß sich in unserer Mitte ein Mörder befindet, der vor nichts zurückschreckt.«
Er nahm eine Fotografie aus der Tasche.
»Zuerst möchte ich Ihnen diese Fotografie zeigen.«
Kelsey nahm sie ihm ab und gab sie Miss Bulstrode, die sie an die Lehrerinnen weiterreichte. Nachdem Poirot das Foto wieder an sich genommen hatte, betrachtete er aufmerksam alle Gesichter. Sie waren alle ausdruckslos.
»Erkennt jemand von Ihnen das Mädchen auf diesem Bild?«
Alle schüttelten die Köpfe.
»Sie sollten sie aber erkennen«, sagte Poirot. »Ich habe diese Fotografie aus Genf bekommen. Es ist ein Bild von Prinzessin Shanda.«
»Aber das ist doch nicht Shanda!« rief Miss Chadwick erregt.
»Doch«, erwiderte Poirot. »Ich werde das Rätsel lösen. Die ganze Verwicklung hat ihren Ursprung in Ramat, wo, wie Sie wissen, vor drei Monaten ein Staatsstreich stattgefunden hat. Es gelang dem Herrscher, Prinz Ali Yusuf, mit seinem Privatpiloten zu entkommen. Jedoch stürzte das Flugzeug in den Bergen nördlich von Ramat ab und wurde erst später aufgefunden. Ein gewisser Wertgegenstand, den Prinz Ali immer bei sich trug, war verschwunden. In dem zertrümmerten Flugzeug wurde er nicht gefunden, und es verbreitete sich das Gerücht, er sei nach England geschafft

worden. Verschiedene Gruppen von Leuten versuchten nun, sich diesen Wertgegenstand anzueignen. Ein Weg dazu führte über die einzige nahe Verwandte des Prinzen, seine Kusine, die in der Schweiz zur Schule ging. Es war anzunehmen, daß dieser Wertgegenstand in die Hände der Prinzessin Shanda gelangen würde, falls er sich nicht mehr in Ramat befand. Ihr Onkel, der Emir Ibrahim, wurde von gewissen Agenten heimlich überwacht, andere behielten die Prinzessin selbst im Auge. Es war bekannt, daß sie zu Beginn dieses Schuljahrs nach Meadowbank kommen sollte. Selbstverständlich würde sie in diesem Fall auch hier weiter beobachtet werden. Jedoch fand man einen viel einfacheren Ausweg. Man beschloß, Shanda zu entführen und statt ihrer eine junge Person nach Meadowbank zu schicken, die sich als Prinzessin Shanda ausgab. Man konnte das ruhig tun, weil der Emir Ibrahim in Ägypten war und England erst im Spätsommer besuchen wollte. Miss Bulstrode selbst hatte das Mädchen vorher noch nie gesehen, alle Verhandlungen waren über das Londoner Konsulat gegangen.

Die echte Shanda verließ die Schweiz angeblich in Begleitung eines Vertreters der englischen Gesandtschaft. Tatsächlich war der Gesandtschaft mitgeteilt worden, daß sie von einer der Lehrerinnen der Schweizer Schule nach England gebracht werden würde. Die wahre Shanda wurde in ein reizendes Schweizer Chalet in den Bergen gebracht, in dem sie noch immer weilt. Ein anderes junges Mädchen kam in London an, wo es von einem Vertreter der Gesandtschaft empfangen und nach Meadowbank gebracht wurde. Dieses Mädchen war natürlich wesentlich älter als die Prinzessin, aber das würde nicht weiter auffallen, da Orientalinnen oft älter aussehen, als sie sind. Eine junge französische Schauspielerin, die oft Schulmädchenrollen spielt, übernahm es, als Prinzessin Shanda aufzutreten.

Ich habe mich neulich erkundigt, ob jemandem die Knie der Prinzessin aufgefallen sind«, fuhr Poirot fort. »Knie geben nämlich zuverlässigen Aufschluß über das Alter eines Menschen. Man kann die Knie einer Frau von fünfundzwanzig unmöglich mit den Knien einer Fünfzehnjährigen verwechseln. Leider waren sie niemandem aufgefallen.

Der Plan erwies sich allerdings nicht als erfolgreich. Niemand versuchte, sich mit Shanda in Verbindung zu setzen; sie erhielt weder Briefe noch Telefonanrufe. Man begann zu fürchten, daß der Emir Ibrahim eher als geplant nach England kommen würde, denn er ist ein Mann schneller und unvorhergesehener Entschlüsse.

Die falsche Shanda war sich darüber klar, daß jederzeit jemand auf der Bildfläche erscheinen konnte, der die echte Shanda kannte, ganz besonders nach dem ersten Mord. Daraufhin bereitete sie ihre Entführung vor, indem sie mit Kommissar Kelsey über diese Möglichkeit sprach. Selbstverständlich wurde sie niemals wirklich entführt. Sowie sie erfuhr, daß ihr Onkel sie am nächsten Morgen abholen lassen wollte, setzte sie sich telefonisch mit ihren Leuten in Verbindung, und daraufhin wurde sie von einem großen Auto abgeholt und ›offiziell‹ entführt. Wie Sie wissen, erschien das Auto des Emirs eine halbe Stunde später in Meadowbank. Die falsche Shanda tauchte in London unter, da ihre Rolle ausgespielt war. Um das Entführungsmärchen aufrechtzuerhalten, wurde jedoch ein Lösegeld verlangt.«

Hercule Poirot machte eine kurze Pause. Dann sagte er: »Mit diesem kleinen Trick beabsichtigte man lediglich unsere Aufmerksamkeit abzulenken, denn die *wirkliche* Entführung hatte ja bereits vor drei Wochen in der Schweiz stattgefunden.«

Poirot war zu höflich, um festzustellen, daß er allein auf diesen Gedanken gekommen war.

»Wir müssen nun von der Entführung zu einem viel ernsteren Thema übergehen: *Mord.*

Die falsche Shanda hätte Miss Springer natürlich ermorden können, aber weder Miss Vansittart noch Mademoiselle Blanche. Jedoch war es nicht ihre Aufgabe zu morden, sondern lediglich, den Wertgegenstand an sich zu nehmen, falls er ihr gebracht würde, oder Nachrichten zu empfangen.

Kehren wir zurück nach Ramat, wo alles begann. In Ramat hatte sich das Gerücht verbreitet, daß Prinz Ali Yusuf diesen Wertgegenstand Bob Rawlinson, seinem Privatpiloten, übergeben hatte, der ihn nach England bringen sollte. An jenem Tag ging Rawlinson in jenes Hotel in Ramat, wo sich seine Schwester, Mrs. Sutcliffe, und ihre Tochter Jennifer aufhielten. Mrs. Sutcliffe und Jennifer waren gerade nicht da, aber Bob Rawlinson ging in ihr

Zimmer hinauf, wo er sich mindestens zwanzig Minuten aufhielt – reichlich lange unter diesen Umständen. Er hätte seiner Schwester einen ausführlichen Brief schreiben können, aber das tat er nicht. Er hinterließ nur einen kurzen Gruß, den zu schreiben nur eine Minute gedauert haben konnte.

Der Gedanke lag nahe, daß er während der Zeit, die er im Zimmer seiner Schwester verbrachte, einen gewissen Gegenstand in ihrem Gepäck versteckt hatte. Von da an müssen wir zwei verschiedene Spuren verfolgen. Eine oder mehrere Gruppen nahmen an, daß Mrs. Sutcliffe diesen Gegenstand nach England gebracht hatte. Daraufhin wurde in ihr Landhaus eingebrochen, und es wurde alles gründlich durchsucht. Das zeigt, daß diese Gruppe nicht wußte, *wo* der Gegenstand verborgen war, nur *daß* er sich irgendwo unter Mrs. Sutcliffes Sachen befand.

Aber jemand anderer wußte ganz genau, wo der Gegenstand war, und ich glaube, daß ich Ihnen jetzt unbesorgt mitteilen kann, wo Bob Rawlinson ihn versteckt hatte: nämlich im Griff eines Tennisschlägers, den er ausgehöhlt hatte und den er danach so geschickt wieder zusammenmontierte, daß nichts zu sehen war.

Der Tennisschläger gehörte seiner Nichte Jennifer. Jemand, der genau wußte, wo der Wertgegenstand war, ging eines Nachts in die Turnhalle, zu der er sich einen Nachschlüssel verschafft hatte. Er nahm an, daß um diese Zeit alle schlafen würden, aber er irrte sich. Miss Springer sah vom Haus aus ein flackerndes Licht in der Turnhalle und beschloß nachzusehen, was da los ist. Sie war eine kräftige, durchtrainierte junge Person, die davon überzeugt war, allein mit einem Eindringling fertig werden zu können. Die in Frage kommende Person war wahrscheinlich gerade damit beschäftigt, die Tennisschläger durchzugehen. Als sie sich von Miss Springer entdeckt und erkannt sah, zögerte sie nicht ... Sie erschoß Miss Springer. Danach mußte der Mörder schnell handeln. Man hatte den Schuß gehört, Leute näherten sich, und der Mörder mußte um jeden Preis ungesehen aus der Turnhalle kommen. Der Tennisschläger mußte für den Augenblick zurückgelassen werden ...

Nach ein paar Tagen versuchte man es mit einer anderen Methode. Eine fremde Dame, die mit einem amerikanischen Akzent sprach, lauerte Jennifer Sutcliffe auf, als sie vom Tennisplatz kam.

Sie erzählte ihr eine glaubhaft erscheinende Geschichte von einer Verwandten, die ihr einen neuen Tennisschläger schickte. Jennifer schöpfte keinen Verdacht und vertauschte ihren alten Tennisschläger freudig mit dem neuen teuren Sportgerät. Allerdings hatte sich einige Tage zuvor etwas ereignet, wovon die Dame mit dem amerikanischen Akzent nichts wußte: Jennifer Sutcliffe und Julia Upjohn hatten nämlich ihre Tennisschläger ausgetauscht. Die Fremde erhielt also Julia Upjohns Tennisschläger, auf dessen Griff sich allerdings ein Schild mit Jennifers Namen befand.
Jetzt kommen wir zur zweiten Tragödie. Aus unbekannten Gründen ging Miss Vansittart an dem Tag, an dem Shanda entführt worden war, nachdem alle anderen bereits im Bett waren, mit einer Taschenlampe in die Turnhalle. Jemand, der ihr dorthin gefolgt war, erschlug sie mit einem Gummiknüppel oder mit einem Sandsack, als sie sich gerade über Shandas Schließfach beugte. Auch dieses Verbrechen wurde sofort entdeckt. Miss Chadwick, die das Licht in der Turnhalle gesehen hatte, eilte unverzüglich an den Tatort.
Wieder war die Polizei sofort zur Stelle, und wieder wurde der Mörder daran gehindert, die Tennisschläger zu untersuchen. Inzwischen war die intelligente Julia Upjohn zu dem logischen Schluß gekommen, daß der Tennisschläger, den sie besaß und der ursprünglich Jennifer gehört hatte, irgendwie von Bedeutung sein mußte. Sie untersuchte ihn auf eigene Faust, und nachdem sich ihre Annahme bestätigt hatte, brachte sie mir den gefundenen Wertgegenstand. Dieser befindet sich jetzt an einem sicheren Ort«, fuhr Hercule Poirot fort, »und somit kommen wir zur dritten Tragödie.
Was Mademoiselle Blanche wußte oder zu wissen glaubte, werden wir nie erfahren. Vielleicht hat sie jemanden gesehen, der in der Nacht, in der Miss Springer ermordet wurde, das Haus verließ. Wie dem auch sei, die Identität des Mörders war ihr bekannt, aber sie gab ihr Geheimnis nicht preis. Sie traf eine Verabredung mit dem Mörder, und sie wurde ermordet.«
Poirot machte eine weitere Pause; dann blickte er sich um.
»So, jetzt wissen Sie, was sich ereignet hat.«
Aller Augen ruhten auf ihm. Die Gesichter, auf denen sich zuerst Interesse, Erstaunen und Erregung gespiegelt hatten, waren jetzt

wie eingefroren, fast als fürchteten sie, irgendwelche Gefühle zu zeigen. Hercule Poirot nickte ihnen zu.

»Ich weiß, wie Ihnen zumute ist«, sagte er. »Es betrifft Sie alle mehr, als Sie glaubten, nicht wahr? Deshalb haben Kommissar Kelsey, Adam Goodman und ich Nachforschungen angestellt, denn wir müssen unbedingt feststellen, ob sich – sagen wir – noch immer eine Katze im Taubenschlag befindet. Sie verstehen, was ich meine ... Ist hier jemand, der unter einer falschen Flagge segelt?«

Eine leichte Bewegung ging durch die lauschende Gruppe, aber niemand blickte auf, niemand wagte es, den Nachbarn anzusehen.

»Ich kann Ihnen versichern, daß sich keiner unter Ihnen als eine andere Person ausgibt«, fuhr Poirot fort. »Es besteht kein Zweifel, daß Miss Chadwick, die seit Bestehen der Schule hier tätig ist, niemand anderes ist als Miss Chadwick. Miss Johnson ist Miss Johnson, Miss Rich ist Miss Rich. Dasselbe gilt für Miss Shapland, Miss Rowan und Miss Blake. Adam Goodman, der hier im Garten arbeitet, tut dies nicht unter seinem richtigen Namen, aber wir wissen genau, *wer* er ist. Wir haben also nicht nach einer Person zu suchen, die sich hinter einer falschen Identität verbirgt, sondern schlicht und einfach nach einem Mörder.«

In dem Raum herrschte jetzt eine bedrohliche Stille.

Poirot fuhr fort: »Wir sind vor allem an einer Person interessiert, die vor drei Monaten in Ramat war. Nur ihr war es möglich zu wissen, was der Griff des Tennisschlägers enthielt. Jemand muß Bob Rawlinson an Ort und Stelle *beobachtet* haben ... Wer von Ihnen ist vor drei Monaten in Ramat gewesen? Miss Chadwick, Miss Johnson, Miss Rowan und Miss Blake waren hier.«

Er hob die Hand und zeigte mit dem Finger auf Miss Rich.

»Miss Rich dagegen war während des letzten Schulhalbjahrs nicht hier, nicht wahr?«

»Ich? Nein. Ich war krank«, erklärte Eileen Rich hastig.

»Das haben wir erst zufällig vor ein paar Tagen erfahren«, erwiderte Poirot. »Beim Verhör hatten Sie nur ausgesagt, daß Sie seit anderthalb Jahren in Meadowbank seien, ohne Ihre vorübergehende Abwesenheit zu erwähnen. Es ist durchaus möglich, daß Sie in Ramat gewesen sind, und ich glaube sogar, Sie *waren* dort.

Seien Sie vorsichtig, Miss Rich, denn wir brauchen nur Ihren Paß zu überprüfen.«
Einen Augenblick herrschte Schweigen, dann blickte Eileen Rich auf.
»Ja, ich war in Ramat«, erwiderte sie ruhig. »Haben Sie etwas dagegen einzuwenden?«
»Warum waren Sie dort, Miss Rich?«
»Weil ich krank war und weil man mir geraten hatte, einen Auslandsurlaub zu nehmen, den Miss Bulstrode mir gewährte.«
»Das stimmt«, sagte Miss Bulstrode. »Miss Rich schickte mir ein Attest ihres Arztes, der eine längere Erholung verordnet hatte.«
»Und so fuhren Sie nach Ramat?« fragte Poirot.
»Ja«, erwiderte Eileen Rich mit zitternder Stimme. »Es gab billige Ferienreisen für Lehrerinnen, und ich brauchte Ruhe und Sonne. Und so verbrachte ich zwei Monate in Ramat ... Warum auch nicht?«
»Sie haben niemals erwähnt, daß Sie zur Zeit der Revolution in Ramat waren.«
»Warum sollte ich? Was hat das mit Meadowbank zu tun? Ich habe niemanden ermordet ... ich bin keine Mörderin!«
»Man hat Sie wiedererkannt«, sagte Poirot. »Die kleine Jennifer war ihrer Sache allerdings nicht ganz sicher, denn die Person, der Sie so ähnlich sehen, war *dick*, nicht mager ... Was haben Sie dazu zu sagen, Miss Rich?« Poirot fixierte sie. Sie warf trotzig den Kopf zurück, aber sie hielt seinem Blick stand.
»Ich weiß, worauf Sie hinauswollen«, rief sie erregt. »Sie wollen behaupten, daß diese Morde nicht von einem Spitzel oder von einem Geheimagenten verübt worden sind, sondern von jemandem, der *zufällig* mit angesehen hat, daß die Juwelen in einem Tennisschläger versteckt wurden. Jemand, der begriff, daß Jennifer auf dem Weg nach Meadowbank war, jemand, der ihr folgte, um sich die Juwelen anzueignen. Aber das ist nicht wahr! Ich schwöre Ihnen – es ist nicht *wahr*!«
»Doch. Ich glaube, daß es so gewesen ist«, erwiderte Poirot. »Jemand hat zufällig mit angesehen, wie die Edelsteine versteckt wurden, und war von diesem Augenblick an fest entschlossen, sie sich selbst zu verschaffen.«
»Es ist nicht wahr! Ich habe nichts gesehen ...«

Poirot warf Kelsey einen Blick zu.
Kelsey nickte, ging zur Tür, öffnete sie, und ... Mrs. Upjohn betrat das Zimmer.

»Wie geht es Ihnen, Miss Bulstrode?« fragte Mrs. Upjohn ziemlich verlegen. »Bitte entschuldigen Sie, daß ich so unordentlich aussehe, aber ich komme geradewegs aus Ankara ...«
»Das macht nichts«, sagte Poirot. »Wir wollten Sie etwas fragen.«
»Es handelt sich um den Tag, an dem Sie Ihre Tochter nach Meadowbank brachten, Mrs. Upjohn«, sagte Kelsey. »Sie waren in Miss Bulstrodes Wohnzimmer und sahen zum Fenster hinaus – zu dem Fenster, von dem aus man die Einfahrt überblicken kann –, und Sie stießen einen Laut des Erstaunens aus, als hätten Sie plötzlich jemanden erkannt. Stimmt das?«
»Am Tag des Schuljahrbeginns? In Miss Bulstrodes Wohnzimmer?« Mrs. Upjohn blickte den Kommissar erstaunt an. »O ja, jetzt fällt es mir ein, ich sah damals ein bekanntes Gesicht ...«
»Warum waren Sie darüber so erstaunt?«
»Weil ... weil ich sie seit Jahren nicht mehr gesehen hatte.«
»Seit Ende des Krieges, nicht wahr? Seit Sie den Geheimdienst verlassen hatten?«
»Ja, und obwohl sie viel älter aussah, habe ich sie sofort erkannt. Ich konnte mir gar nicht vorstellen, was sie *hier* zu suchen hatte.«
»Ich möchte Sie bitten, sich in diesem Zimmer umzusehen und mir zu sagen, ob diese Person anwesend ist, Mrs. Upjohn.«
»Natürlich ist sie hier«, erwiderte Mrs. Upjohn. »Ich sah sie, als ich hereinkam. Dort sitzt sie.«
Sie streckte ihren Zeigefinger aus. Kommissar Kelsey und Adam handelten schnell – aber nicht schnell genug. Ann Shapland war aufgesprungen. Sie hielt einen kleinen, gefährlich aussehenden Revolver in der Hand, der auf Mrs. Upjohn gerichtet war. Miss Bulstrode erfaßte die Situation sofort, aber Miss Chadwick kam ihr zuvor. Mit zwei schnellen Schritten drängte sie sich zwischen Ann Shapland, Mrs. Upjohn und Miss Bulstrode.
»Nein, das dürfen Sie nicht!« schrie Chaddy und warf sich in dem Augenblick schützend auf Miss Bulstrode, als der Schuß krachte. Miss Chadwick schwankte, bevor sie zu Boden sank. Miss Johnson lief zu ihr hinüber. Adam und Kelsey hielten Ann Shapland

fest, die sich wie eine Wildkatze zu wehren versuchte. Es gelang ihnen mit vereinten Kräften, ihr die Waffe zu entwinden.

»Schon damals hatte sie den Ruf einer Killerin«, sagte Mrs. Upjohn atemlos. »Sie war eine der gefährlichsten Spioninnen. Ihr Deckname war Angelica.«

»Gemeine Lügnerin!« kreischte Ann Shapland.

»Sie lügt nicht. Sie sind eine gefährliche Person«, sagte Hercule Poirot. »Sie haben von jeher ein gefährliches Leben geführt. Bis heute ist es Ihnen allerdings geglückt, Ihre Identität zu verbergen. Alle Stellungen, die Sie innehatten, waren einwandfrei, und Sie haben Ihre Arbeit zur Zufriedenheit Ihrer Vorgesetzten ausgeführt. Aber Sie haben alle diese Stellungen nur angenommen, um sich Informationen zu verschaffen. Sie waren bei einer Ölgesellschaft beschäftigt, bei einem Archäologen, der in einem bestimmten Teil der Welt zu tun hatte, und bei einer Schauspielerin, deren Freund ein wichtiger Politiker war. Seit Ihrem siebzehnten Lebensjahr sind Sie Geheimagentin gewesen, und zwar haben Sie für die verschiedensten Leute gearbeitet. Sie haben Ihre Dienste denen zur Verfügung gestellt, die am meisten zahlen konnten. Sie haben die Mehrzahl der Aufträge unter Ihrem richtigen Namen angenommen und durchgeführt; in einigen besonderen Fällen mußten Sie sich in eine andere Person verwandeln. In solchen Zeiten behaupteten Sie, nach Hause zu Ihrer kranken Mutter zu müssen. Ich habe den starken Verdacht, daß die alte, verwirrte Dame, die ich neulich in dem Dörfchen besuchte, wo sie mit einer Krankenschwester lebt, nicht Ihre Mutter ist, Miss Shapland. Sie haben sie lediglich als einen Vorwand benutzt, wenn es Ihnen in den Kram paßte. Während der drei Monate, die Sie angeblich mit Ihrer Mutter verbrachten, waren Sie in Ramat, aber nicht als Miss Shapland, sondern als Angelica de Toredo, eine spanische Tänzerin, die in einem Kabarett auftrat. Sie wohnten im selben Hotel wie Mrs. Sutcliffe, und zwar im Nebenzimmer. Durch Zufall konnten Sie mit ansehen, wie Bob Rawlinson die Juwelen in den Griff des Tennisschlägers tat. Da an jenem Tag alle Engländer aus Ramat evakuiert wurden, konnten Sie den Tennisschläger nicht mehr an sich bringen, aber Sie hatten die Adresse auf den Kofferschildern gelesen ... Es fiel Ihnen nicht schwer, hier den Posten einer Sekretärin zu erhalten. Ich habe herausgefunden, daß Sie

Miss Bulstrodes ehemaliger Sekretärin eine beträchtliche Summe bezahlten, damit sie den Posten eines angeblichen Nervenzusammenbruchs wegen aufgab. Sie behaupteten ihr gegenüber, eine Journalistin zu sein, die eine Artikelserie über Mädcheninternate schreiben sollte . . .

Nichts würde leichter sein, als eines Nachts in die Turnhalle zu gehen und die Juwelen aus dem Tennisschläger zu entfernen, nicht wahr? Aber Sie hatten nicht mit Miss Springer gerechnet. Vielleicht waren Sie von ihr schon früher beim Untersuchen der Tennisschläger ertappt worden. Vielleicht ist sie zufällig in jener Nacht aufgewacht. Sie folgte Ihnen, und Sie erschossen sie. Als Mademoiselle Blanche später den Versuch machte, Sie zu erpressen, ermordeten Sie sie ebenfalls. Das Töten fällt Ihnen nicht schwer, Miss Shapland.«

Er machte eine Pause. Kommissar Kelsey warnte seine Gefangene mit monotoner Stimme, nichts Unbedachtes zu sagen.

Statt dessen überschüttete sie Poirot mit einer Flut von Flüchen.

»Herrgott«, sagte Adam, als sie schließlich von Kelsey abgeführt wurde. »Und ich habe sie für ein nettes Mädchen gehalten.«

Miss Johnson kniete neben Miss Chadwick.

»Ich fürchte, sie ist schwer verletzt«, sagte sie. »Wir dürfen sie nicht aufheben, bevor der Arzt kommt.«

24

Mrs. Upjohn wanderte durch die Schulkorridore. Sie hatte die aufregenden Ereignisse vergessen, die sie eben miterlebt hatte, denn in diesem Augenblick war sie nur eine Mutter auf der Suche nach ihrem Kind. Sie fand Julia in einem leeren Klassenzimmer, über ein Schreibpult gebeugt. Ihre Zungenspitze war zu sehen, während sie sich darauf konzentrierte, einen Aufsatz zu schreiben.

Sie blickte erstaunt auf. Dann sprang sie auf und warf sich mit einem Freudenschrei in die Arme ihrer Mutter.

»Mummy!«

Gleich darauf schämte sie sich ihres Gefühlsausbruchs, wie es die meisten Mädchen ihres Alters tun. Sie fragte steif:

»Wieso bist du denn schon zurück?«
»Ich bin von Ankara zurückgeflogen«, erklärte Mrs. Upjohn beinahe entschuldigend.
»Ach so«, sagte Julia, »ich freu mich jedenfalls, daß du wieder da bist.«
»Und ich freu mich auch«, erwiderte Mrs. Upjohn.
Sie sahen sich verlegen an. »Was machst du denn da?« fragte Mrs. Upjohn.
»Ich schreibe einen Aufsatz für Miss Rich. Sie gibt uns immer wunderbare Themen.«
»Wie lautet denn das heutige Thema?«
»›Macbeth und Lady Macbeth – vergleiche ihre verschiedenen Einstellungen zum Mord.‹«
»Jedenfalls ist das ein sehr aktuelles Thema«, meinte Mrs. Upjohn.
Sie las den Anfang des Aufsatzes:
»Macbeth hatte viel über Mord nachgedacht, aber brauchte einen Anstoß, um sich zur Tat zu entschließen. Als er erst einmal angefangen hatte, fand er am Morden Gefallen und hatte weder Angst noch Gewissensbisse. Lady Macbeth war ganz einfach gierig und ehrgeizig. Sie tat alles, um das zu bekommen, was sie wollte. Aber als sie es erst einmal hatte, gefiel es ihr nicht mehr . . .«
»Elegant ist dein Stil nicht gerade«, stellte Mrs. Upjohn fest. »Da hast du noch viel zu lernen; aber dem Sinn nach triffst du die Sache nicht schlecht.«

»Für Sie ist das alles ganz einfach, Poirot«, sagte Kommissar Kelsey in leicht vorwurfsvollem Ton. »Sie dürfen vieles tun und sagen, was wir uns nicht leisten können. Jedenfalls war das Ganze sehr gut inszeniert. Sie war fest davon überzeugt, daß wir es auf Miss Rich abgesehen hatten; aber durch Mrs. Upjohns plötzliches Erscheinen verlor sie den Kopf. Ich bin nur froh, daß sie den Revolver behalten hat. Wenn es die gleiche Kugel ist . . .«
»Es wird die gleiche sein, *mon ami*«, sagte Poirot.
»Dann steht fest, daß sie die Springer getötet hat. Auch Miss Chadwick ist schwer verletzt. Aber es ist mir noch immer ein Rätsel, wer Miss Vansittart ermordet hat. Ann Shapland kann es nicht gewesen sein. Sie besitzt ein einwandfreies Alibi – falls

nicht Rathbone und das gesamte Personal des ›Nid Sauvage‹ von ihr bestochen worden sind.«

Poirot schüttelte den Kopf. »Ausgeschlossen«, sagte er. »Ihr Alibi ist in Ordnung. Sie hat Miss Springer und Mademoiselle Blanche umgebracht. Aber Miss Vansittart ...«, er zögerte einen Augenblick und sah Miss Bulstrode an. »Miss Vansittart ist von Miss Chadwick ermordet worden.«

»Miss Chadwick?« riefen Miss Bulstrode und Kelsey wie aus einem Mund.

Poirot nickte. »Ja, zweifellos.«

»Aber warum?«

»Ich glaube, Miss Chadwick hat Meadowbank zu sehr geliebt.«

Poirots Blicke ruhten auf Miss Bulstrode.

»Ja, ich verstehe«, erwiderte Miss Bulstrode. »Und ich hätte es wissen sollen.« Sie machte eine Pause. »Sie glauben also, daß ...«

»Ich glaube, daß Miss Chadwick, die von Anfang hier war, Meadowbank als ein gemeinsames Unternehmen betrachtete«, sagte Poirot. »Als Sie erwähnten, daß Sie sich bald zur Ruhe setzen wollten, hielt Miss Chadwick es für selbstverständlich, daß sie Ihre Nachfolgerin werden würde.«

»Aber sie ist viel zu alt«, entgegnete Miss Bulstrode.

»Ja, sie ist zu alt und ungeeignet für den Posten einer Schulleiterin«, stimmte Poirot zu. »Aber sie selbst war nicht dieser Ansicht. Und dann wurde ihr klar, daß Sie eine andere im Auge hatten – Eleanor Vansittart.«

»Eleanor war leider sehr von sich überzeugt, vielleicht wirkte sie sogar hochmütig. Das ist bestimmt nicht leicht zu ertragen, wenn man eifersüchtig ist – und Chaddy war eifersüchtig.«

»Ja«, sagte Poirot, »sie konnte den Gedanken nicht ertragen, daß Miss Vansittart Schulvorsteherin werden würde ... Ist es möglich, daß sie etwas später das Gefühl hatte, daß Sie Ihrer Sache nicht mehr ganz sicher seien?«

»Ich *war* meiner Sache nicht mehr ganz sicher«, gab Miss Bulstrode zu, »aber nicht so, wie Miss Chadwick glauben mochte. Ich dachte tatsächlich an jemanden, der jünger ist als Miss Vansittart. Aber dann verwarf ich diesen Gedanken wieder, weil ich die betreffende Person für *zu* jung hielt ... ich entsinne mich, daß ich Chaddy meine Zweifel anvertraute.«

»Aber sie glaubte, als Sie von Miss Vansittart sprachen, daß Sie Miss Vansittart für zu jung hielten«, sagte Poirot. »Natürlich stimmte sie mit Ihnen überein. Sie fand, daß lange Erfahrung wichtiger sei als alles andere . . . und dann kehrten Sie zu Ihrem ursprünglichen Entschluß zurück; Sie überließen Eleanor Vansittart die Oberaufsicht, als Sie über das Wochenende verreisten. Und so muß sich das Drama dann entwickelt haben: Miss Chadwick konnte am Sonntag nicht einschlafen. Sie stand auf, sah das Licht in der Turnhalle, ging sofort hinunter, nahm aber nicht, wie sie nachher aussagte, einen Golfschläger mit, sondern einen der Sandsäcke aus der Vorhalle. Sie erwartete, einen Einbrecher vorzufinden – und wen fand sie? Sie fand Eleanor Vansittart, die vor einem Schließfach kniete. Miss Chadwick mag gedacht haben: Wenn ich ein Einbrecher wäre, würde ich mich auf Zehenspitzen heranschleichen und sie erschlagen. Und während ihr dieser Gedanke kam, hob sie halb unbewußt den Sandsack und schlug zu. Nun stand ihr Eleanor Vansittart nicht mehr im Wege, aber ich glaube, daß sie die furchtbarsten Gewissensbisse hatte, denn sie ist an sich keine Mörderin. Eifersucht und ihre Liebe zu Meadowbank haben sie zu dieser furchtbaren Tat getrieben. Sie legte jedoch kein Geständnis ab, weil sie nun sicher war, daß sie Ihre Nachfolgerin werden würde. Als sie der Polizei über den Fall berichtete, verschwieg sie nur eine wichtige Tatsache, nämlich, daß *sie* Miss Vansittart den Todesstoß versetzt hatte. Aber als sie nach dem Golfschläger gefragt wurde, den Miss Vansittart wahrscheinlich zu ihrem Schutz mitgenommen hatte, behauptete Miss Chadwick, sie selbst habe ihn aus dem Haus mitgenommen. Niemand sollte auf den Gedanken kommen, daß sie einen Sandsack bei sich gehabt hatte.«

»Warum hat Ann Shapland ebenfalls einen Sandsack benutzt, um Mademoiselle Blanche zu töten?« fragte Miss Bulstrode.

»Einerseits konnte sie nicht riskieren, im Schulgebäude einen Schuß abzufeuern, andererseits wollte die gerissene Person den dritten Mord mit dem zweiten in Verbindung bringen, für den sie ein Alibi besaß.«

»Ich kann mir nicht erklären, was Eleanor Vansittart in der Turnhalle zu suchen hatte«, sagte Miss Bulstrode.

»Ich könnte mir vorstellen, daß sie sich Shandas Verschwinden mehr zu Herzen genommen hatte, als sie zeigte. Sie war ebenso besorgt wie Miss Chadwick, vielleicht noch mehr, denn die Entführung hatte stattgefunden, während *sie* für die Schule verantwortlich war.«

»Auch hinter ihrem sicheren Auftreten hat sich also eine gewisse Schwäche verborgen«, murmelte Miss Bulstrode.

»Ja, und auch sie konnte nicht schlafen. Ich glaube, daß sie heimlich in die Turnhalle gegangen ist, um Shandas Schließfach zu untersuchen. Wahrscheinlich hoffte sie, dort einen Anhaltspunkt für die Entführung zu entdecken.«

»Sie scheinen für alles eine Erklärung zu haben, Monsieur Poirot.«

»Das ist seine Spezialität«, versetzte Kommissar Kelsey etwas boshaft.

»Und warum mußte Eileen Rich Zeichnungen von verschiedenen meiner Lehrerinnen anfertigen?«

»Weil ich feststellen wollte, ob Jennifer ein Gesicht erkennen konnte. Ich überzeugte mich sehr bald davon, daß sie so intensiv mit ihren eigenen Angelegenheiten beschäftigt war, daß sie sich kaum Zeit nahm, über andere nachzudenken oder sie eingehend zu betrachten. Sie erkannte nicht einmal ein Porträt von Mademoiselle Blanche mit einer anderen Frisur. Sie würde Ann Shapland noch weniger erkannt haben, die sie sowieso nur selten aus der Nähe gesehen hatte.«

»Sie glauben also, daß Ann Shapland die Frau mit dem Tennisschläger war?«

»Ja. Ann war daran gewöhnt, sich im Nu in eine andere Person zu verwandeln. Eine blonde Perücke, anders gezeichnete Augenbrauen, ein elegantes Kleid, ein Hut mit breiter Krempe ... Zwanzig Minuten später hätte sie bereits wieder an ihrer Schreibmaschine sitzen können. Ich habe an Miss Richs verblüffenden Zeichnungen erkannt, wie leicht sich eine Frau mit äußeren Hilfsmitteln verändern kann.«

»Ja, Miss Rich ...«, sagte Miss Bulstrode nachdenklich.

Poirot warf Kelsey einen bedeutungsvollen Blick zu.

»Ich muß jetzt gehen«, erklärte Kelsey. »Soll ich Miss Rich bitten hereinzukommen?«

Poirot nickte.

Eileen Rich kam mit bleichem, aber trotzigem Gesicht ins Zimmer.
»Sie wollen wissen, was ich in Ramat zu suchen hatte, Miss Bulstrode?« fragte sie.
»Ich habe, glaube ich, eine Idee«, erwiderte Miss Bulstrode.
»Ich auch«, sagte Poirot. »Obwohl Kinder heutzutage theoretisch über alles aufgeklärt sind, bleiben ihre Augen manchmal unschuldig.«
Er fügte hinzu, daß auch er sich nun leider verabschieden müsse.
»Das war's also, nicht wahr?« fragte Miss Bulstrode mit kühler, sachlicher Stimme. »Jennifer beschrieb die Frau, die sie gesehen hatte, ganz einfach als dick. Sie war sich nicht im klaren darüber, daß sie schwanger war.«
»Ja, ich erwartete ein Kind«, gestand Eileen Rich. »Aber ich wollte meinen Posten hier nicht aufgeben. Es ging alles gut bis zum Herbst. Dann, als sich mein Zustand nicht länger verbergen ließ, verschaffte ich mir ein ärztliches Attest. Ich fuhr nach Ramat, weil ich hoffte, dort keine Bekannten zu treffen. Später kam ich nach England zurück, wo ich mein Kind gebar – es war tot. Als ich zu Beginn dieses Schuljahrs wieder nach Meadowbank kam, hoffte ich, daß niemand etwas von der Sache erfahren würde . . . Sie werden jetzt sicher verstehen, warum ich Ihr Angebot einer Partnerschaft unter normalen Umständen nicht hätte annehmen können, nicht wahr? Erst nachdem die Schule einen so schweren Schlag erlitten hatte, glaubte ich, vielleicht doch auf Ihren Vorschlag eingehen zu können.«
Nach einer kurzen Pause fragte sie schlicht:
»Soll ich sofort gehen oder bis zum Ende des Schulhalbjahrs dableiben?«
»Sie bleiben bis zum Ende des Schulhalbjahrs«, erwiderte Miss Bulstrode. »Und ich erwarte, daß Sie nach den Ferien wieder zurückkommen, falls die Schule, wie ich noch immer hoffe, weiterbestehen wird.«
»Sie wollen mich wirklich hierbehalten?« fragte Eileen.
»Selbstverständlich. Sie haben doch keinen Mord verübt oder einen Juwelendiebstahl geplant, oder? Sie haben nichts getan, als daß Sie Ihren natürlichen Instinkten gefolgt sind. Sie haben sich in einen Mann verliebt, Sie haben sein Kind geboren – wahr-

scheinlich war eine Heirat ausgeschlossen –, das ist kein Verbrechen.«

»Ich wußte von Anfang an, daß er mich nicht heiraten konnte«, erklärte Eileen.

»Also gut. Sie hatten ein Verhältnis«, sagte Miss Bulstrode. »Wollten Sie das Kind haben?«

»Ja, ich wollte es haben«, erwiderte Eileen Rich.

»Ich verstehe ... Und jetzt werde ich Ihnen auf den Kopf zusagen, daß Ihre wirkliche Berufung die einer Lehrerin ist, trotz dieser Liebesgeschichte. Ich glaube, daß Ihnen Ihr Beruf mehr bedeutet, als einen Mann und Kinder zu haben, nicht wahr?«

»Zweifellos. Das habe ich schon immer gewußt.«

»Gut, in diesem Fall dürfen Sie mein Angebot nicht ausschlagen«, fuhr Miss Bulstrode fort. »Ich hoffe, daß es uns gemeinsam gelingen wird, Meadowbank während der nächsten beiden Jahre wieder zu einer ausgezeichneten Schule zu machen. Sie haben diesbezüglich sicher andere Ideen als ich, die ich mir anhören und die ich manchmal vielleicht sogar ausführen werde. Sie möchten doch sicher verschiedenes ändern?«

»Offen gestanden – ja«, entgegnete Eileen. »Ich würde größeren Wert darauf legen, wirklich intelligente Mädchen in die Schule aufzunehmen.«

»Das snobistische Element ist es also, das Sie nicht mögen«, stellte Miss Bulstrode fest.

»Ja. Ich finde, es schadet der wirklichen Aufgabe dieser Schule.«

»Sehen Sie, Eileen, um die Mädchen zu bekommen, die Sie wollen, brauchen Sie eben jenes snobistische Element; ein paar ausländische Prinzessinnen, ein paar berühmte Namen – und all die dummen, snobistischen Eltern, in England wie im Ausland, wollen ihre Töchter nach Meadowbank schicken. Das Resultat? Ellenlange Wartelisten, aus denen ich mir meine Schülerinnen aussuchen kann – und ich suche sehr sorgfältig aus, glauben Sie mir. Ich wähle intelligente, charaktervolle, ernsthafte Mädchen, oft auch ein aufgewecktes Kind unbemittelter Eltern. Sie sind jung und idealistisch, Eileen. Aber Sie müssen lernen, daß zum Erfolg nicht nur Idealismus, sondern auch Geschäftssinn gehört. Wir werden es nicht leicht haben, unsere Schule wieder auf die Beine zu bringen, aber wir werden es schaffen – davon bin ich fest überzeugt.«

»Ich auch. Ich weiß, daß Meadowbank bald wieder die beste Schule Englands sein wird«, erklärte Eileen begeistert.
»Gut – und nun noch eine Kleinigkeit: Lassen Sie sich Ihr Haar schneiden; der Knoten steht Ihnen nicht besonders.« Nach einer kurzen Pause fuhr Miss Bulstrode mit veränderter Stimme fort: »So, und jetzt muß ich zu Chaddy gehen.«
Miss Chadwick lag bleich und still auf dem Bett. Ihr Gesicht war blutleer, fast leblos. Ein Polizist mit einem Notizbuch saß auf der einen Seite des Bettes, Miss Johnson auf der anderen. Sie blickte Miss Bulstrode an und schüttelte traurig den Kopf.
»Nun, Chaddy«, sagte Miss Bulstrode. Sie ergriff Chaddys Hand. Miss Chadwick öffnete ihre Augen.
»Ich muß dir etwas sagen«, flüsterte sie. »Eleanor – ich bin – ich habe es getan.«
»Ich weiß, meine Liebe.«
»Es war . . . Eifersucht . . .«
»Ich weiß, Chaddy«, beruhigte sie Miss Bulstrode.
Langsam rollte eine Träne über Miss Chadwicks fahle Wange.
»Es ist so furchtbar . . . ich wollte es nicht tun . . .«
»Du darfst nicht mehr darüber nachdenken«, sagte Miss Bulstrode.
»Aber das ist unmöglich . . . Du wirst mir nie . . . ich werde mir selbst nie vergeben . . .« Miss Bulstrode drückte ihr die Hand.
»Du hast mir das Leben gerettet, Chaddy. Mein Leben und das Leben von Mrs. Upjohn. Das darfst du nicht vergessen.«
»Ich wünschte nur, ich hätte *mein* Leben für euch beide opfern können; das hätte die Schuld bezahlt . . .«
Miss Bulstrode sah sie mitleidig an. Miss Chadwick atmete schwer, dann lächelte sie, legte den Kopf zur Seite und starb . . .
»Du *hast* dein Leben geopfert«, sagte Miss Bulstrode leise. »Ich hoffe, daß du das jetzt weißt.«

»Ein Mr. Robinson wünscht Sie zu sprechen.«
Hercule Poirot streckte die Hand aus und nahm einen Brief vom Schreibtisch, an dem er saß. Er betrachtete den Brief nachdenklich, dann sagte er: »Bitte führen Sie ihn herein, George.«
Der Wortlaut des Briefes war folgender:

Lieber Poirot,
ein Mr. Robinson wird in diesen Tagen bei Ihnen vorsprechen. Sie mögen bereits von ihm gehört haben, denn er ist in gewissen Kreisen sehr bekannt. Leute seiner Art werden heutzutage gebraucht ... Ich glaube, daß er in diesem Fall der gerechten Sache dient. Diese Zeilen sind nichts als eine Empfehlung. Ich möchte betonen, daß wir *keine* Ahnung haben, was er mit Ihnen besprechen will ...
In diesem Sinne,
mit besten Grüßen,
Ihr Ephraim Pikeaway

Poirot legte den Brief auf die Schreibtischplatte und erhob sich, als Mr. Robinson ins Zimmer trat. Er verbeugte sich, reichte ihm die Hand und bat ihn, Platz zu nehmen.
Mr. Robinson setzte sich, zog ein Taschentuch aus der Tasche und wischte sich damit über sein großes gelbliches Gesicht. Er bemerkte, daß es sehr warm sei.
»Sie sind doch hoffentlich nicht zu Fuß hergekommen?« fragte Poirot, dem der bloße Gedanke daran den Schweiß aus allen Poren trieb. Er zwirbelte instinktiv seinen Schnurrbart, um sich zu vergewissern, daß die Spitzen nicht schlaff geworden waren.
»Zu Fuß? O nein«, erwiderte Mr. Robinson, ebenso entsetzt bei diesem Gedanken. »Ich bin natürlich in meinem Rolls gekommen. Die Staus werden täglich schlimmer ...«
Poirot nickte verständnisvoll. Dann entstand eine Pause – die Pause, die dem Hauptteil einer Unterhaltung oft vorausgeht.
»Ich habe mit großem Interesse erfahren, daß Sie sich mit den Vorgängen in einer Mädchenschule beschäftigt haben ... Es kommt einem ja so vieles zu Ohren, wissen Sie ... Meadowbank

ist eine der besten englischen Schulen«, stellte Mr. Robinson fest.
»Ja, Meadowbank ist eine sehr gute Schule.«
»*Ist* oder *war*?«
»Ich hoffe ersteres.«
»Das hoffe ich auch«, sagte Mr. Robinson. »Allerdings mag es an einem seidenen Fädchen hängen. Nun, man wird sich die größte Mühe geben, die unvermeidliche Übergangsperiode zu erleichtern. Finanzielle Unterstützung, die geschickte Auswahl neuer Schülerinnen ... ich werde alles tun, meinen Einfluß in den entsprechenden Kreisen geltend zu machen ...«
»Auch ich bin nicht ohne Einfluß«, erwiderte Poirot. »Wie Sie so richtig sagen, kann man leicht etwas nachhelfen, außerdem haben die meisten Menschen glücklicherweise kein sehr gutes Gedächtnis.«
»Hoffentlich! Immerhin muß man zugeben, daß die Ereignisse selbst für Eltern mit starken Nerven eine Zumutung waren. Drei Morde – die Turnlehrerin, die Französischlehrerin und eine dritte Lehrerin.«
»Das läßt sich leider nicht leugnen.«
»Ich höre, daß die unglückselige Täterin von Jugend auf eine krankhafte Abneigung gegen Lehrerinnen gehabt hat«, sagte Mr. Robinson. »Sie soll während ihrer eigenen Schulzeit sehr gelitten haben. Die Verteidigung wird sich das zunutze machen und einen Psychiater zuziehen. Man wird zu beweisen versuchen, daß sie vermindert zurechnungsfähig war ...«
»Das nehme ich auch an«, erwiderte Poirot. »Aber ich hoffe doch sehr, daß diese Behauptung keinen Glauben finden wird.«
»Ich bin ganz Ihrer Meinung. Eine abgefeimte Mörderin. Natürlich wird die Verteidigung auch versuchen, ihre erfolgreiche Tätigkeit als Spionin während des Krieges in die Waagschale zu werfen, auch ihren starken Charakter, ihre Tüchtigkeit als Sekretärin – glauben Sie nicht auch?«
»Durchaus möglich«, antwortete Poirot.
»Sie soll trotz ihrer Jugend eine hervorragende Geheimagentin gewesen sein«, fuhr Mr. Robinson fort. »Soviel ich weiß, hat sie für beide Seiten gearbeitet. Das war ihr *métier*, und sie hätte dabei bleiben sollen. Natürlich war die Versuchung sehr groß, etwas

auf eigene Faust zu unternehmen, um einen großen Fisch zu fangen ... einen sehr großen Fisch.«
Poirot nickte.
Mr. Robinson beugte sich vor.
»Wo sind sie, Monsieur Poirot?«
»Wenn ich mich nicht irre, wissen Sie das bereits.«
»Offen gestanden, ja. Was würden wir ohne die nützliche Einrichtung von Banken tun?«
Poirot lächelte.
»Ich glaube, wir brauchen kein Blatt vor den Mund zu nehmen, mein Freund. Was wollen Sie damit anfangen?«
»Ich warte auf Vorschläge.«
»Ich verstehe.«
»Ich möchte sie natürlich dem rechtmäßigen Besitzer übergeben«, erklärte Poirot. »Aber es scheint nicht ganz einfach zu sein, ihn zu finden.«
»Die Regierungen sind in einer schwierigen Lage«, sagte Mr. Robinson. »So viel steht auf dem Spiel: Öl, Stahl, Uranium, Kobalt ... Diplomatische Verwicklungen müssen unter allen Umständen vermieden werden. Die Angelegenheit muß taktvoll geregelt werden, damit man mit gutem Gewissen behaupten kann, daß die Regierung Ihrer Majestät *keinerlei* Informationen besitzt.«
»Aber ich kann diesen Wertgegenstand nicht auf unabsehbare Zeit in meiner Bank lassen.«
»Das versteht sich. Deshalb mache ich Ihnen den Vorschlag, ihn mir auszuhändigen.«
»Und warum, wenn ich fragen darf?«
»Das kann ich Ihnen genau erklären, Monsieur Poirot. Diese Juwelen – wir dürfen das Kind ja unter uns ruhig beim richtigen Namen nennen – waren zweifellos das Privateigentum des verstorbenen Prinzen Ali Yusuf.«
»Das ist mir bekannt.«
»Seine Hoheit hat sie seinem Privatpiloten, Bob Rawlinson, anvertraut. Er sollte versuchen, sie aus Ramat hinauszubringen und sie *mir* auszuhändigen.«
»Können Sie das beweisen?«
»Selbstverständlich.«
Mr. Robinson zog einen Briefumschlag aus der Tasche, dem er

verschiedene Papiere entnahm, die er vor Poirot auf dem Schreibtisch ausbreitete.
Poirot studierte die Dokumente sorgfältig.
»Scheint in Ordnung zu sein«, sagte er schließlich. »Würden Sie mir nur noch eine Frage beantworten?«
»Gern.«
»Was haben Sie persönlich davon?«
Mr. Robinson sah ihn erstaunt an.
»Ich verdiene natürlich daran, mein Freund. Eine recht ansehnliche Summe.«
Poirot betrachtete ihn nachdenklich.
»Es ist ein sehr altes, einträgliches Gewerbe«, fuhr Mr. Robinson fort. »Wir sind zahlreich, und unser Netzwerk erstreckt sich über die ganze Welt. Wir arbeiten unauffällig – nicht im grellen Rampenlicht. Wir zählen Könige, Präsidenten und Politiker zu unseren Kunden. Wir arbeiten miteinander und füreinander; unser Profit ist groß, aber man kann sich auf unsere Ehrlichkeit verlassen.«
»Ich verstehe«, bemerkte Poirot. »*Eh bien!* Ich nehme Ihren Vorschlag an.«
»Ich kann Ihnen versichern, daß Sie Ihren Entschluß nicht bereuen werden. Alle Beteiligten werden einverstanden sein.«
Mr. Robinsons Blick ruhte einen Augenblick auf Colonel Pikeaways Brief, der auf dem Schreibtisch lag.
»Einen Augenblick noch. Ich kann meine Neugierde nicht bezähmen. Was werden Sie mit den Juwelen tun?«
Mr. Robinson sah ihn nachdenklich an. Dann breitete sich ein Lächeln über sein großes gelbliches Gesicht. Er beugte sich vor.
»Ich werde es Ihnen erzählen . . .«

Auf der Straße spielten Kinder. Ihr fröhliches Geschrei erfüllte die Luft.
Als Mr. Robinson schwerfällig aus seinem Rolls-Royce stieg, prallte er mit einem kleinen Jungen zusammen. Er schob das Kind freundlich beiseite und suchte nach der Hausnummer.
Nummer 15 – jawohl. Er stieß das Gartentor auf und ging die drei Stufen hinauf, die zur Haustür führten. Er bemerkte die sauberen weißen Vorhänge an den Fenstern und den blankgeputzten Mes-

singtürklopfer. Ein bescheidenes kleines Haus, in einer bescheidenen Straße, in einem ärmlichen Teil von London – aber ordentlich und gepflegt.
Die Tür wurde von einer hübschen, etwa fünfundzwanzigjährigen blonden Frau geöffnet.
»Mr. Robinson?« fragte sie mit einem freundlichen Lächeln. »Bitte treten Sie ein.«
Sie führte ihn in ein kleines Wohnzimmer mit geblümten Kretonnevorhängen, einem Klavier und einem Fernsehgerät. Sie trug einen dunklen Rock und einen grauen Pullover.
»Möchten Sie eine Tasse Tee? Das Wasser muß gleich kochen.«
»Nein, danke. Ich trinke niemals Tee, und ich kann mich nicht lange aufhalten. Ich bringe Ihnen nur das, was ich Ihnen bereits brieflich angekündigt habe.«
»Von Ali?«
»Ja.«
»Glauben Sie, daß ... ich meine, besteht noch eine Hoffnung? Ist er wirklich tot?«
»Ich fürchte, ja«, erwiderte Mr. Robinson sanft.
»Ich habe immer gewußt, daß ich ihn nicht wiedersehen würde, nachdem er damals zurück mußte. Natürlich dachte ich nicht an eine Revolution oder ... oder daß er umkommen könnte. Aber es war mir klar, daß er sich in Ramat mit einer Frau aus seinen Kreisen verheiraten würde.«
Mr. Robinson legte ein kleines Päckchen auf den Tisch.
»Bitte, öffnen Sie es«, bat er.
Ihre Hände zitterten ein wenig, als sie den Bindfaden entknotete und das Päckchen auspackte.
Funkelnde Brillanten, glitzernde Rubine und leuchtende Smaragde verwandelten den trüben kleinen Raum in Aladins Wunderhöhle ...
Sie hielt den Atem an. Mr. Robinson beobachtete sie. Er hatte schon viele Frauen gebannt auf Edelsteine blicken sehen ...
»Ist das ... ist das alles echt?« fragte sie atemlos.
»Ja, diese Steine sind echt.«
»Aber die müssen doch ein Vermögen wert sein ...«
Mr. Robinson nickte.
»Wenn Sie diese Juwelen verkaufen wollen, werden Sie wahr-

scheinlich mindestens eine halbe Million Pfund dafür bekommen.«
»Nein ... nein, das kann doch nicht wahr sein!«
Sie ließ die Steine einen Augenblick durch ihre Finger gleiten, dann packte sie sie mit entschlossener Miene wieder ein.
»Ich habe Angst, sie sind mir unheimlich«, sagte sie. »Was soll ich damit anfangen?«
Die Tür flog auf, und ein kleiner Junge stürmte ins Zimmer.
»Billy hat mir einen fabelhaften Panzerwagen geschenkt, Mum. Sieh nur ...«
Er unterbrach sich und sah Mr. Robinson erstaunt an.
Der Junge hatte große dunkle Augen und eine olivfarbene Haut.
»Geh in die Küche, Allen«, sagte seine Mutter. »Deine Milch steht auf dem Tisch. Du kannst dir auch ein Stück Honigkuchen nehmen.«
»Oh, fein.«
Er warf die Tür hinter sich zu.
»Er heißt also Allen«, sagte Mr. Robinson.
Sie errötete.
»Es war der Name, der am meisten wie ›Ali‹ klang. Ich konnte ihn nicht gut Ali nennen ... wegen der Nachbarn ... und überhaupt ...« Ihr Gesicht nahm plötzlich einen besorgten Ausdruck an. »Was habe ich jetzt zu tun?« fragte sie.
»Zunächst möchte ich Ihre Heiratsurkunde sehen, um ganz sicher zu sein, daß Sie auch die Person sind, für die Sie sich ausgeben.«
Sie sah ihn einen Augenblick erstaunt an, dann ging sie zu einem kleinen Schreibtisch, öffnete eine Schublade und entnahm ihr einen Briefumschlag.
Mr. Robinson prüfte das Dokument eingehend.
»Standesamt Edmonstow ... Ali Yusuf, Student ... Alice Calder, ledig ... ja, es ist alles in Ordnung.«
»Ja, natürlich – alles ist legal, obwohl das nicht sehr viel bedeutet ... Niemand hat herausgefunden, wer er war. Es gibt hier so viele Studenten aus dem Nahen Osten ... Er hat mir offen gesagt, daß er als Mohammedaner mehrere Frauen heiraten darf. Wir haben das alles ganz sachlich besprochen, als ich ein Kind erwartete. Wir haben nur geheiratet, damit Allen offiziell einen

Vater hat. Mehr konnte Ali nicht für mich tun, obgleich er mich wirklich geliebt hat.«
»Davon bin ich überzeugt«, erwiderte Mr. Robinson. Dann fuhr er lebhaft fort: »Falls Sie mir diese Angelegenheit übergeben wollen, bin ich bereit, die Juwelen für Sie zu verkaufen. Außerdem werde ich Ihnen die Adresse eines wirklich guten, zuverlässigen Anwalts geben. Er wird Ihnen höchstwahrscheinlich raten, das Geld in mündelsicheren Papieren anzulegen.
Sie würden gut daran tun, sich von ihm auch über die zukünftige Erziehung Ihres Sohnes und Ihre neue Lebensweise beraten zu lassen. Geld allein macht nicht glücklich, das habe ich nur zu oft erlebt. Aber Sie haben Charakter. Sie und Ihr Sohn werden hoffentlich mehr Glück haben als sein armer Vater.«
Er machte eine Pause.
»Einverstanden?« fragte er.
»Ja. Hier – nehmen Sie sie.« Sie schob ihm das Päckchen zu, dann sagte sie unvermittelt: »Ich möchte dem Mädchen, das sie gefunden hat, gern einen der Steine schenken. Welche Farbe ... ich meine, was für ein Stein würde ihr wohl gefallen?«
Mr. Robinson überlegte.
»Vielleicht ein funkelnder Smaragd? Sie wird sich bestimmt sehr darüber freuen ... eine gute Idee!«
»Ich stelle Ihnen meine Dienste natürlich nicht umsonst zur Verfügung«, sagte Mr. Robinson. »Ich bin nicht billig, aber ich werde Sie nicht betrügen.«
Sie sah ihn prüfend an.
»Davon bin ich überzeugt. Ich brauche wirklich dringend einen Berater, denn von geschäftlichen Dingen verstehe ich nichts.«
»Sie sind eine sehr vernünftige Frau, wenn ich das sagen darf. So, dann werde ich die Steine also mitnehmen; aber möchten Sie nicht wenigstens einen zum Andenken behalten?«
»Nein, ich möchte nicht einen einzigen behalten«, erwiderte Alice errötend. »Vielleicht finden Sie es sonderbar, daß ich mir nicht einen Rubin oder einen Smaragd zur Erinnerung aufheben will. Aber sehen Sie, obwohl er Mohammedaner war, habe ich ihm manchmal aus der Bibel vorgelesen, und einmal lasen wir von der Frau, die mehr wert war als alle Diamanten und Rubine ... Und deshalb möchte ich lieber keine Edelsteine haben. Verstehen Sie?«

Eine ungewöhnliche Frau, dachte Mr. Robinson, als er über den Gartenpfad zu seinem Rolls zurückging.
Wirklich, eine ungewöhnliche Frau . . .

Morphium

Prolog

»Elinor Katharine Carlisle. Sie sind angeklagt des Mordes an Mary Gerrard, begangen am 27. Juli dieses Jahres. Bekennen Sie sich schuldig oder nicht schuldig?«

Elinor Carlisle stand sehr gerade, den Kopf erhoben. Es war ein anmutiger Kopf, das Gesicht klar und gutgeschnitten. Die Augen waren von tiefem Blau, die Haare schwarz, die Brauen bis auf eine schmale Linie gezupft.

Schweigen – ein deutlich wahrnehmbares Schweigen.

Sir Edwin Bulmer, der Verteidiger, dachte bestürzt: Mein Gott, sie wird sich schuldig bekennen ... Die Nerven haben sie im Stich gelassen ...

Elinor Carlisles Lippen öffneten sich:

»Nicht schuldig.«

Der Verteidiger lehnte sich zurück. Er fuhr sich mit dem Taschentuch über die Stirn – um ein Haar wäre die Sache schiefgegangen!

Der Staatsanwalt, Sir Samuel Attenbury, erhob sich und skizzierte den Fall noch einmal.

»Eure Lordschaft, meine Herren Geschworenen, am 27. Juli um halb vier Uhr nachmittags starb Mary Gerrard in Hunterbury in Maidensford ...«

Er sprach weiter, wohlklingend, angenehm; seine Stimme lullte Elinor ein. Aus der einfachen, knappen Zusammenfassung drang hie und da ein Satz in ihr Bewußtsein.

»... Der Fall ist ein besonders einfacher und klarer ...«

»... Es ist Pflicht der Staatsanwaltschaft, das Motiv und die Gelegenheit zu beweisen ...«

»... Soweit man es beurteilen kann, hatte niemand einen Grund, dieses unglückliche Mädchen zu töten, außer der Angeklagten. Mary Gerrard, ein liebenswürdiges junges Mädchen – bei jedermann beliebt – man könnte sagen, ohne jeden Feind ...«

Mary, Mary Gerrard! Wie fern das alles jetzt schien! Gar nicht mehr wirklich ...

»Ich möchte Ihre Aufmerksamkeit besonders auf die folgenden Erwägungen lenken:
1. Welche Gelegenheiten und Mittel hatte die Angeklagte, um Gift zu verabreichen?
2. Welches Motiv hatte sie?
Es wird meine Pflicht sein, Zeugen aufzurufen, die Ihnen helfen sollen, die richtigen Antworten auf diese Fragen zu finden ...«
»Ich werde mich hinsichtlich der Vergiftung von Mary Gerrard bemühen, Ihnen zu zeigen, daß niemand Gelegenheit hatte, dieses Verbrechen zu begehen, außer der Angeklagten ...«
Elinor fühlte sich wie in einem dichten Nebel gefangen. Nur noch vereinzelte Worte drangen bis zu ihr durch.
»... Belegte Brötchen ...«
»... Fischpaste ...«
»... Leeres Haus ...«
Die Worte stachen durch die dichte Hülle ihrer Gedanken – wie Nadelstiche durch einen Schleier ...
Das Gericht. Gesichter. Reihen von Gesichtern! Besonders ein Gesicht mit großem schwarzem Schnurrbart und klugen Augen. Hercule Poirot, den Kopf ein wenig zur Seite geneigt, beobachtete sie mit nachdenklichen Augen.
Sie dachte: Er bemüht sich, ganz genau zu sehen, warum ich es tat ... Er versucht, sich in mich hineinzuversetzen, um zu begreifen, was ich dachte – was ich fühlte ...
Fühlte ...? Ein verwischter Fleck – ein leicht übles Gefühl von Schreck ... Roddys Gesicht – sein liebes, liebes Gesicht mit der länglichen Nase, dem empfindsamen Mund ... Roddy! Immer Roddy! – Immer, seit sie denken konnte ... seit jenen Tagen in Hunterbury in den Himbeeren und oben bei den Kaninchen und unten am Bach, Roddy – Roddy – Roddy ...
Andere Gesichter! Schwester O'Brien mit leicht geöffnetem Mund, das sommersprossige frische Gesicht vorgestreckt. Schwester Hopkins – ehrbar und unerbittlich. Pe-

ter Lords Gesicht – Peter Lord – so gütig, so vernünftig, so – so tröstlich! Doch jetzt sah er – wie sah er nur aus – verloren? Ja – verloren! Bekümmert – entsetzlich bekümmert über all das! Während sie, die Hauptperson, gar nicht bekümmert war!

Da stand sie ganz kühl und ruhig in der Anklagebank, des Mordes angeklagt. Vor Gericht stand sie.

Etwas rührte sich in ihr; die dichten Schleier um ihr Hirn lichteten sich – wurden geisterhaft dünn. Vor Gericht! ... Leute ... Leute, die sich vorbeugten, mit offenen Mündern, hervorquellenden Augen, die sie, Elinor, mit widerlicher Sensationsgier anstarrten – die mit trägem, grausamem Wohlgefallen dem lauschten, was der Mann mit der krummen Nase über sie sagte.

»Die Tatsachen in diesem Fall sind außerordentlich leicht darzustellen und unbestritten. Von allem Anfang an ...«

Der Anfang ... Der Anfang? Der Tag, an dem der scheußliche, anonyme Brief kam! Das war der Anfang ...

1

Ein anonymer Brief!

Elinor Carlisle stand da wie versteinert. Sie hatte noch nie so etwas bekommen. Es war kein angenehmes Gefühl. Ungelenk geschrieben, mit mangelhafter Orthographie, stand da auf billigem rosa Papier:

Dieß ist eine Waarnung.

Ich nenne keine Namen, aber Jemand tut Ihrer Tante schön, und wenn Sie nicht aufpassen, komen Sie um alles. Mädels sind sehr schlau, und alte Damen werden weich, wenn Junge sich bei ihnen einschmeicheln. Was ich sage, ist, Sie sollten herkomen und selbst schauen, was vorgeht, es ist nicht recht, daß Sie und der junge Herr um das komen, was Ihnen zusteht – und sie ist sehr schlau, und die alte Dame kann plötzlich weg sein.

Gut Freund.

Elinor starrte noch immer mit Widerwillen auf dieses Schreiben, als sich die Tür öffnete. Das Mädchen meldete »Mr. Welman«, und Roddy trat ein.

Roddy! Wie immer, wenn sie Roddy sah, empfand Elinor einen leichten Schwindel, eine plötzliche Freude, ein Gefühl, das sie zwang, betont sachlich und unbewegt zu erscheinen. Weil so völlig klar war, daß Roddy, obwohl er sie liebte, doch nicht dieselben heftigen Gefühle für sie hegte wie sie für ihn. Bei seinem Anblick pochte ihr Herz so stark, daß es beinahe schmerzte. Lächerlich, daß ein Mann – ja, ein vollkommen gewöhnlicher junger Mann – imstande sein sollte, einem das anzutun! Daß sein bloßer Anblick bewirkte, daß sich alles um einen drehte, daß man beim Klang seiner Stimme – nur ein klein wenig – hätte weinen mögen ... Liebe sollte doch eine freudige Empfindung sein – nicht etwas, das einem so schrecklich weh tat ...

Eines war klar: Man mußte sehr auf der Hut sein, um nur ja recht ungezwungen und kühl zu wirken. Die Männer mochten Hingabe und Anbetung nicht. Roddy ganz bestimmt nicht.

Sie sagte leichthin:

»Hallo, Roddy!«

»Hallo, Liebling. Du schaust ja ganz tragisch drein. Eine Rechnung?«

Elinor schüttelte den Kopf.

»Es ist ziemlich abscheulich. Ein anonymer Brief.«

Roddys Augenbrauen hoben sich.

Elinor wiederholte:

»Es ist ziemlich abscheulich ... wahrscheinlich ist es am besten, wenn ich ihn gleich zerreiße.«

Roddy und anonyme Briefe waren zwei Dinge, die nichts

miteinander zu tun haben sollten. Sie hätte den Wisch fortwerfen und einfach vergessen können. Roddy hätte sie nicht daran gehindert. Sein Widerwille gegen derlei war bei weitem stärker als seine Neugier.

Doch plötzlich entschied sie sich anders.

»Vielleicht solltest du ihn doch erst lesen. Dann wollen wir ihn verbrennen. Es geht um Tante Laura.«

Roddy zeigte sich erstaunt.

»Tante Laura?«

Er nahm den Brief, las ihn, runzelte angeekelt die Stirn und gab ihn zurück.

»Ja«, sagte er, »am besten verbrennen! Wie merkwürdig manche Leute doch sind!«

»Einer von der Dienerschaft – was meinst du?«

»Vermutlich.« Er zögerte. »Ich möchte wissen, wer – wer die Person ist – die da erwähnt wird?«

Elinor erwiderte nachdenklich:

»Es muß Mary Gerrard sein.«

Roddy zog die Stirn noch krauser und strengte sein Gedächtnis an.

»Mary Gerrard? Wer ist das?«

»Die Tochter der Leute im Pförtnerhaus. Du mußt dich doch an sie erinnern! Tante Laura hatte sie immer recht gern. Sie zahlte für ihre Schule und Extra-Unterricht – Klavierstunden, Französisch und anderes.«

»Ach ja, jetzt erinnere ich mich: ein mageres Ding, nur Arme und Beine, mit einer Menge wirrem blondem Haar.«

Elinor nickte.

»Ja, du hast sie wahrscheinlich schon ewig nicht mehr gesehen. Du warst natürlich nicht so oft in Hunterbury wie ich.«

»Wie sieht sie jetzt aus?« fragte Roddy.

»Sie ist sehr hübsch geworden, hat gute Manieren und so weiter. Man würde sie nie für die Tochter des alten Gerrard halten.«

»Ganz Dame geworden, wie?«
»Ja. Ich glaube, deshalb vertragen sie sich im Pförtnerhaus auch nicht gut. Mrs. Gerrard ist doch vor einigen Jahren gestorben, und Mary und ihr Vater kommen überhaupt nicht miteinander aus. Er verhöhnt sie wegen ihrer Erziehung und ihrer feinen Manieren . . .« Sie ist vermutlich wirklich viel im Haus . . . Ich weiß, sie liest Tante Laura seit deren Schlaganfall vor.«
»Warum kann ihr die Pflegerin nicht vorlesen?«
»Schwester O'Brien hat einen irischen Akzent, der einem durch Mark und Bein geht! Ich wundere mich nicht, daß Tante Laura Mary vorzieht.«
Roddy ging ein paar Minuten nervös im Zimmer auf und ab. Dann sagte er:
»Weißt du, Elinor, ich glaube, wir sollten hinfahren.«
»Wegen diesem da –?«
»Nein, nein, durchaus nicht . . . ach, hol's der Teufel – man muß ehrlich sein, nun ja! Gemein, wie die Mitteilung ist, ein Fünkchen Wahrheit mag drinstecken. Ich meine, die alte Frau ist recht krank –«
»Ja, Roddy.«
Er sah sie mit seinem bezaubernden Lächeln an – er gab die Schwäche der menschlichen Natur zu.
»Und es liegt uns doch an dem Geld – dir wie mir, Elinor.«
Sie stimmte schnell zu: »O ja, natürlich.«
Er sagte ernst:
»Nicht, daß ich geldgierig bin. Aber schließlich hat Tante Laura immer wieder gesagt, daß wir beide ihre ganze Familie sind. Du bist ihre leibliche Nichte, das Kind ihres Bruders, und ich bin der Neffe ihres Mannes. Sie hat uns immer zu verstehen gegeben, daß nach ihrem Tod alles, was sie hat, dir oder mir, wahrscheinlich aber uns beiden zukommen würde. Und – es ist eine recht beträchtliche Summe, Elinor.«
»Ja«, sagte Elinor nachdenklich. »Höchstwahrscheinlich.«
»Es ist keine Kleinigkeit, Hunterbury zu halten.« Er

machte eine Pause. »Onkel Henry war, was man recht wohlhabend nennen könnte, als er deine Tante heiratete. Und sie war eine reiche Erbin. Sie und dein Vater hatten ein schönes Vermögen geerbt. Schade, daß dein Vater durch Spekulationen den größten Teil wieder verloren hat.«

»Der arme Vater hatte nie viel Geschäftssinn.« Elinor seufzte. »Er machte sich große Sorgen, bevor er starb.«

»Ja, Tante Laura hatte einen viel besseren Kopf dafür als er. Sie heiratete Onkel Henry, und sie kauften Hunterbury. Sie erzählte mir neulich, daß sie bei der Anlage ihres Geldes immer sehr viel Glück gehabt habe.«

»Onkel Henry hinterließ ihr doch alles, als er starb, nicht?«

Roddy nickte.

»Ja, tragisch, daß er so früh sterben mußte. Und sie hat nicht wieder geheiratet, die treue alte Seele! Sie war immer sehr gut zu uns. Sie behandelte mich, als ob ich ihr leiblicher Neffe wäre. Wenn ich in der Klemme saß, half sie mir wieder raus; glücklicherweise passierte mir das nicht allzu oft!«

»Mir gegenüber hat sie sich auch sehr großzügig gezeigt«, sagte Elinor dankbar.

»Ja, Tante Laura ist ein Prachtmensch«, bekräftigte Roddy. »Aber weißt du, Elinor, wir beide leben, vielleicht ohne es zu wollen, auf ziemlich großem Fuß, wenn man unsere tatsächlichen Mittel in Betracht zieht!«

Sie nickte etwas kläglich:

»Da hast du schon recht ... Es kostet alles so viel – die Kleider und die Kosmetika – und dumme kleine Sachen wie Kino und Cocktails – sogar die Grammophonplatten!«

»Du bist wirklich eine der Lilien auf dem Felde, Liebling, nicht?«

»Meinst du, ich sollte etwas tun, Roddy?«

Er schüttelte den Kopf.

»So wie du bist, gefällst du mir: zart und fern und ironisch. Ich möchte nicht, daß du auf einmal solide wirst; ich meine nur, wenn Tante Laura nicht wäre, müßtest du wahrscheinlich in irgendeiner scheußlichen Stellung arbeiten. Bei mir ist es schließlich genauso. Ich habe ja eine Stellung, aber bei Lewis & Hume ist es nicht allzu schwierig. Auf diese Weise behalte ich meine Selbstachtung – und vergiß nicht, daß ich mir keine Sorgen um die Zukunft machen muß – wegen Tante Lauras Erbschaft.«
»Wir scheinen ja beide recht habgierig zu sein, nicht?«
»Unsinn! Man hat uns zu verstehen gegeben, daß wir eines Tages Geld haben werden – und das ist alles. Natürlich beeinflußt diese Tatsache unser Benehmen.«
Elinor meinte nachdenklich:
»Tante Laura hat uns aber noch nie genau gesagt, wie sie uns ihr Geld hinterlassen will.«
»Na und? Aller Wahrscheinlichkeit nach wird sie es zwischen uns aufteilen; aber auch wenn das nicht der Fall sein sollte und sie alles oder den größten Teil dir, als ihrem eigenen Fleisch und Blut, hinterläßt – werde ich doch teilhaben daran, weil ich dich ja heirate, Liebling. Wenn sie umgekehrt meint, daß der Hauptanteil mir, als dem männlichen Vertreter der Welmans, zufallen soll, kommt es auch aufs gleiche heraus – weil du mich heiratest.«
Er lächelte ihr liebevoll zu.
»Ein Glück, daß wir einander lieben. Du liebst mich doch, Elinor?«
»Ja.« Sie sagte es kühl, beinahe förmlich.
»Ja!« ahmte Roddy sie nach. »Du bist anbetungswürdig, Elinor. Diese unnachahmliche Art von dir – fern – unberührbar – la Princesse Lointaine. Ich glaube, genau das ist es, was ich an dir so liebe!«
Elinor stockte der Atem.
»Das ist es?!«
»Ja.« Er runzelte die Stirn. »Manche Frauen sind so – ich

weiß nicht – so besitzergreifend – so hündisch ergeben – und von Sentimentalität überfließend! Das hasse ich. Bei dir kenne ich mich nie aus – bin deiner nie sicher – jeden Moment könntest du deine Meinung ändern und in einer kühlen Art sagen, du habest es dir anders überlegt – ohne weiteres, ganz kalt – ohne mit der Wimper zu zucken! Du bist ein bezauberndes Wesen, Elinor, wie ein Kunstwerk, so – so vollendet ...! Weißt du, ich glaube, wir werden eine vollkommene Ehe führen ... Wir lieben einander genug und nicht zu sehr. Wir sind gute Freunde, haben eine Menge gleicher Neigungen, kennen einander durch und durch. Wir haben alle Vorteile der Vetternschaft ohne die Nachteile der Blutsverwandtschaft. Ich werde deiner nie müde werden, weil du so ein ungreifbares Wesen bist. Du könntest jedoch meiner müde werden. Ich bin so ein ganz gewöhnlicher Mensch.«
Elinor schüttelte den Kopf.
»Ich werde deiner nicht müde werden, Roddy – nie.«
»Mein Liebling.«
Nach einer Weile fuhr er fort:
»Tante Laura hat schon so ziemlich eine Ahnung, wie es um uns steht, denke ich, obwohl wir nicht dort waren, seit wir uns einig geworden sind. Das wäre doch ein Grund, um hinzufahren, nicht?«
»Ja. Ich dachte erst neulich –«
Roddy beendete den Satz für sie:
»– daß wir nicht so oft dort sind, als wir sollten. Dasselbe dachte ich auch. Die erste Zeit nach ihrem Schlaganfall fuhren wir beinahe jedes Wochenende hin. Und jetzt muß es schon fast zwei Monate her sein, daß wir dort waren.«
»Wir wären hingefahren, wenn sie nach uns verlangt hätte – sofort.«
»Ja natürlich. Und wir wissen, daß sie Schwester O'Brien gern hat und gut gepflegt wird. Trotzdem waren wir vielleicht doch ein wenig nachlässig. Ich spreche nicht vom Geldstandpunkt – nur vom rein menschlichen.«

Elinor nickte nur.
»Also hat dieser dreckige Brief doch etwas Gutes gehabt! Wir fahren hin, um unsere Interessen zu wahren und weil wir die liebe Alte gern haben!«
Er zündete ein Streichholz an und verbrannte den Brief.
»Wer den wohl geschrieben haben mag?« überlegte er. »Nicht, daß etwas daran läge . . . Jemand, der auf unserer Seite ist. Vielleicht hat man uns sogar einen Dienst damit erwiesen . . .«
»Wir fahren hin und werden selbst sehen . . .«

Schwester O'Brien rauschte aus Mrs. Welmans Zimmer ins Badezimmer. Über die Schulter rief sie zurück:
»Ich setze schnell den Kessel auf. Sie werden eine Tasse Tee brauchen können, ehe Sie den Dienst übernehmen, was, Schwester?«
Schwester Hopkins erwiderte gemütlich:
»Ja, meine Liebe, eine Tasse Tee kann ich immer brauchen. Ich finde, es geht nichts über eine gute Tasse Tee – starken Tee!«
»Ich habe alles hier im Schrank – Teekanne, Tassen und Zucker –, und Edna bringt mir zweimal am Tag frische Milch herauf. Man braucht nicht fortwährend zu klingeln. Das Gas brennt gut, das Wasser kocht im Nu.«
Schwester O'Brien war eine große, rothaarige Person von dreißig Jahren mit blitzenden weißen Zähnen, einem sommersprossigen Gesicht und einem einnehmenden Lächeln. Durch ihre Heiterkeit und Vitalität war sie bei ihren Patienten sehr beliebt. Schwester Hopkins, die Gemeindeschwester, die jeden Morgen kam, um beim Bettenmachen und der Toilette zu helfen, war eine schlichte Frau mittleren Alters, tüchtig und flink.
Nun sagte sie anerkennend:
»Alles ist wohlgeordnet in diesem Haus.«
Die andere nickte.
»Ja, manches ein wenig altmodisch, keine Zentralhei-

zung, aber überall warm, und die Mädchen alle sehr gefällig, und Mrs. Bishop kümmert sich um jede einzelne.«

»Diese Mädchen heutzutage – stellen oft die Geduld auf eine harte Probe – die meisten wissen nicht, was sie wollen – und arbeiten tun sie auch nicht ordentlich.«

»Mary Gerrard ist ein liebes Mädchen«, sagte Schwester O'Brien. »Ich weiß wirklich nicht, was Mrs. Welman ohne sie täte.«

»Mary tut mir leid. Ihr Vater tut alles, um sie zu ärgern.«

»Bringt kein freundliches Wort heraus, der alte Brummbär«, nickte Schwester O'Brien. »Ah, der Kessel summt schon; sowie das Wasser kocht, gieße ich auf.«

Der Tee wurde zubereitet und heiß und stark eingeschenkt. Die zwei Pflegerinnen saßen dabei in Schwester O'Briens Zimmer neben Mrs. Welmans Schlafzimmer.

»Mr. Welman und Miss Carlisle kommen heute«, berichtete Schwester O'Brien. »Heute früh kam ein Telegramm.«

»Ah, meine Liebe, deshalb wirkte die alte Dame irgendwie aufgeregt. Sie sind schon längere Zeit nicht hier gewesen, wie?«

»Es muß mehr als zwei Monate her sein. So ein lieber junger Herr, der Mr. Welman. Aber sehr stolz sieht er aus.«

Schwester Hopkins erinnerte sich:

»Ihr Bild sah ich neulich im Modeblatt – mit Bekannten auf dem Rennplatz.«

»Sie hat immer so wundervolle Kleider, nicht wahr? Finden Sie sie wirklich so hübsch, Schwester?«

Schwester Hopkins zögerte.

»Es ist schwer zu sagen, wie diese Mädchen wirklich ausschauen unter der Schminke! Meiner Ansicht nach ist sie lange nicht so hübsch wie Mary Gerrard!«

Schwester O'Brien kniff die Lippen zusammen und legte den Kopf schief.

»Da haben Sie vielleicht recht. Aber Mary hat nicht das Auftreten!«

Schwester Hopkins meinte belehrend:
»Kleider machen Leute.«
»Noch eine Tasse, Schwester?«
»Danke, Schwester, warum nicht?«
Über den dampfenden Tassen rückten die Frauen ein wenig näher zusammen.
»Etwas Merkwürdiges ist heute nacht passiert«, begann Schwester O'Brien. »Ich ging um zwei Uhr zu meiner Patientin, um sie bequem zu betten, wie ich es immer tue, und sie lag wach da. Doch sie mußte wohl geträumt haben, denn als ich ins Zimmer kam, sagte sie: ›Die Fotografie. Ich muß die Fotografie haben.‹ Ich erwiderte: ›Ja, natürlich Mrs. Welman. Aber möchten Sie nicht lieber bis zum Morgen warten?‹ Und sie sagte: ›Nein. Ich will sie jetzt ansehen.‹ Also sagte ich darauf: ›Nun, wo ist diese Fotografie? Ist es die von Mrs. Roderick, die Sie meinen?‹ Und sie sagte: ›Roder-ick? Nein. Lewis.‹ Und ich mußte ihr helfen, sich aufzusetzen, dann nahm sie einen Schlüssel aus der kleinen Schachtel neben ihrem Bett und befahl mir, die breite Lade des Schranks zu öffnen, und darin war wirklich eine große Fotografie in einem silbernen Rahmen. So ein schöner Mann! Und quer über eine Ecke war ›Lewis‹ geschrieben. Alt war sie, muß schon vor vielen Jahren aufgenommen worden sein. Ich brachte sie ihr, und sie hielt sie fest und starrte sie lange an und murmelte nur ›Lewis – Lewis‹. Dann seufzte sie, gab mir das Bild wieder und sagte, ich solle es zurücklegen. Und was glauben Sie, als ich mich wieder umwandte, war sie sanft eingeschlafen wie ein kleines Kind.«
»War es ihr Mann?«
»Er war es nicht! Denn heute früh fragte ich Mrs. Bishop so beiläufig, wie denn der Vorname des verstorbenen Mr. Welman war, und sie sagte mir, er hieß Henry!«
Die beiden Frauen sahen sich vielsagend an. Schwester Hopkins hatte eine lange Nase, deren Spitze nun ein wenig zitterte vor freudiger Erregung.

»Lewis – Lewis. Ich möchte doch wissen ... Ich erinnere mich nicht an den Namen in dieser Gegend.«
»Es war vor vielen Jahren, meine Liebe«, gab die andere zu bedenken.
»Ja, natürlich, und ich bin ja erst seit ein paar Jahren hier. Ich möchte wissen –«
Schwester O'Brien wiederholte:
»Ein sehr schöner Mann. Sah aus wie ein Kavallerie-Offizier.«
Schwester Hopkins schlürfte ihren Tee.
»Das ist sehr interessant.«
Schwester O'Brien wurde romantisch:
»Vielleicht eine Jugendliebe, und der grausame Vater trennte sie ...«
Schwester Hopkins ergänzte mit einem tiefen Seufzer:
»Vielleicht ist er im Krieg gefallen ...«

Als Schwester Hopkins, angenehm angeregt vom Tee und den romantischen Assoziationen, endlich das Haus verließ, lief ihr Mary Gerrard nach.
»Ach, Schwester, darf ich Sie ins Dorf begleiten?«
»Natürlich dürfen Sie das, liebe Mary.«
Mary Gerrard sagte atemlos: »Ich muß unbedingt mit Ihnen sprechen. Ich mache mir solche Sorgen über alles.«
Die Ältere sah sie freundlich an.
Mit einundzwanzig Jahren war Mary Gerrard ein entzückendes Geschöpf, das an eine wilde Rose erinnerte: ein langer zarter Hals, hellgoldenes Haar, in natürlichen, weichen Wellen eng an den wundervoll geformten Kopf geschmiegt, und Augen von tiefem, lebhaftem Blau.
»Was ist denn los?«
»Ach, die Zeit vergeht und vergeht – und ich, ich tue gar nichts! Mrs. Welman ist ja so großzügig gewesen, hat all diese teuren Schulen für mich bezahlt. Ich habe

das Gefühl, daß ich jetzt anfangen sollte, meinen Lebensunterhalt zu verdienen. Ich sollte wenigstens eine Ausbildung anfangen.«
Schwester Hopkins nickte verständnisvoll.
»Das Schlimme ist nur, daß jede Art Ausbildung so teuer ist. Ich kann jetzt ziemlich gut Deutsch nach meinem Au-pair-Jahr in Deutschland und könnte vielleicht damit etwas anfangen. Aber eigentlich möchte ich doch Krankenpflegerin werden. Pflegen ist für mich das Schönste.«
Schwester Hopkins erklärte gänzlich unromantisch:
»Dafür muß man aber so stark sein wie ein Pferd, wissen Sie!«
»Ich bin stark! Und Mutters Schwester, die in Neuseeland, war Pflegerin, also hab ich's im Blut.«
»Unterrichten möchten Sie nicht?« schlug Schwester Hopkins vor.
»Dazu bin ich nicht gescheit genug.«
»Es gibt verschiedene Arten Verstand! Wenn Sie meinen Rat hören wollen, Mary, haben Sie noch etwas Geduld. Meiner Ansicht nach ist Mrs. Welman es Ihnen schuldig, Ihnen eine Berufsausbildung zu ermöglichen, und ich zweifle nicht, daß sie auch die Absicht dazu hat. Die Wahrheit ist jedoch, daß sie Sie liebgewonnen hat, daß sie Sie nicht verlieren möchte.«
Mary tat einen tiefen Atemzug. »Glauben Sie wirklich?«
»Ich zweifle nicht im mindesten daran! Da liegt sie, die arme alte Dame, mehr oder weniger hilflos, halbseitig gelähmt, und hat nichts und niemanden, der sie unterhalten könnte. Da bedeutet es viel für sie, ein frisches, hübsches junges Ding wie Sie um sich zu haben. Sie haben eine sehr nette Art im Krankenzimmer.«
Mary sagte leise:
»Wenn Sie das wirklich meinen – das freut mich wirklich ... Die liebe Mrs. Welman, ich habe sie sehr, sehr gern! Sie war immer so gut zu mir. Ich möchte alles für sie tun!«

»Das beste, was Sie tun können, ist zu bleiben, wo Sie sind, und sich keine Sorgen mehr zu machen! Es wird nicht mehr lange dauern.«
»Meinen Sie ...?«
Marys weitgeöffnete Augen sahen erschrocken drein.
Die Pflegerin nickte.
»Sie hat sich ja wunderbar erholt, aber es wird nicht für lange sein. Es wird ein zweiter und dann ein dritter Schlaganfall kommen. Ich kenne das nur zu gut. Haben Sie nur etwas Geduld, mein Kind. Wenn Sie die letzten Tage der alten Dame erhellen und sie zerstreuen, so ist das eine bessere Tat als viele andere. Alles weitere wird sich dann finden. Da kommt übrigens Ihr Vater aus dem Pförtnerhaus – aber nicht, um uns freundlich guten Tag zu sagen, nehme ich an!«
Sie näherten sich gerade dem großen eisernen Gittertor. Die zwei Stufen des Pförtnerhauses humpelte ein ältlicher Mann mit gebeugtem Rücken mühsam herunter.
»Guten Morgen, Mr. Gerrard«, grüßte Schwester Hopkins fröhlich.
Ephraim Gerrard erwiderte nur mürrisch:
»Ah!«
»Schönes Wetter«, meinte Schwester Hopkins.
»Vielleicht für Sie. Für mich nicht. Mein Hexenschuß tut höllisch weh.«
»Das war das nasse Wetter vorige Woche, vermute ich. Das heiße trockene Wetter wird da bald Abhilfe schaffen.«
Ihre berufsmäßig optimistische Miene schien den alten Mann zu ägern.
»Ihr Pflegerinnen – ihr seid doch alle gleich! Voll Heiterkeit, was die Leiden anderer Leute angeht! Und die Mary da redet auch davon, Pflegerin zu werden. Ich hätte gedacht, sie würde etwas Besseres werden wollen, mit ihrem Französisch und Deutsch und Klavierspielen

und allem, was sie in ihrer großartigen Schule und auf ihren Auslandsreisen gelernt hat!«
Mary erwiderte scharf:
»Pflegerin sein würde mir vollkommen genügen!«

»Ja, und am liebsten würdest du gar nichts machen, nicht wahr? Herumstolzieren und die feine Dame spielen! Müßiggehen, das ist es, was du möchtest, was?«
Mary wehrte sich mit Tränen in den Augen:
»Das ist nicht wahr, Vater, du hast kein Recht, so etwas zu sagen!«
Schwester Hopkins legte sich ins Mittel. »Das meinen Sie doch nicht ernst, was Sie da sagen, Gerrard! Mary ist ein braves Mädchen und Ihnen eine gute Tochter.«
Gerrard schaute seine Tochter mit einem Ausdruck purer Bosheit an.
»Das ist nicht mehr meine Tochter – mit ihrem Französisch-Parlieren und affektiertem Reden. Pah!«
Er wandte sich ab und ging ins Haus zurück.
Marys Augen standen voll Tränen.
»Da sehen Sie, Schwester, wie schwer es ist. Er ist so unvernünftig! Er hat mich nie recht mögen, auch nicht als kleines Mädchen. Da mußte die Mutter mich immer verteidigen.«
»Nun, nun, ärgern Sie sich nicht! Diese Dinge werden uns als Prüfung auferlegt! Herrgott, ich muß mich beeilen. Hab noch eine große Runde zu absolvieren diesen Vormittag.«
Während sie der rasch entschwindenden Gestalt nachsah, dachte Mary Gerrard traurig, daß einem niemand wirklich helfen konnte. Schwester Hopkins begnügte sich trotz all ihrer Freundlichkeit damit, ein paar Gemeinplätze vorzubringen und sie einem als neue Lösungen anzubieten.
Und Mary dachte trostlos: Was soll ich nur tun?

2

Mrs. Welman lehnte in ihren sorgfältig aufgetürmten Kissen. Sie atmete ein wenig schwer, aber sie schlief nicht. Ihre Augen – Augen so tiefblau wie die ihrer Nichte Elinor – blickten zur Decke empor. Sie war eine starke, schwere Frau mit schönem Adlerprofil. Ihr Gesicht verriet Stolz und Entschlossenheit.

Ihre Augen ruhten jetzt auf der Gestalt, die am Fenster saß. Sie ruhten zärtlich auf ihr – beinahe sehnsüchtig.

Endlich sagte sie: »Mary –«

Das Mädchen wandte sich rasch um.

»Oh, Sie sind wach, Mrs. Welman.«

»Ja, ich bin schon einige Zeit wach . . .«

»Ach, das wußte ich nicht. Ich wäre –«

Mrs. Welman unterbrach sie:

»Nein, es ist schon gut. Ich dachte nach – dachte an viele Dinge.«

»Ja, Mrs. Welman?«

Der teilnehmende Blick, die aufmerksame Stimme zauberten einen zärtlichen Ausdruck auf das Gesicht der Älteren.

»Ich hab dich sehr lieb, mein Kind. Du bist sehr gut zu mir.«

»Oh, Mrs. Welman, Sie sind es, die gut zu mir gewesen ist. Ich weiß nicht, was aus mir geworden wäre ohne Sie! Sie haben alles für mich getan.«

»Ich weiß nicht . . . ich weiß wirklich nicht . . .« Die Kranke bewegte sich unruhig, ihr rechter Arm zuckte – der linke blieb reglos. »Man meint es gut, aber es ist so schwer zu wissen, was das Beste ist – was recht ist. Ich war meiner selbst immer zu sicher . . .«

»O nein, Sie wissen bestimmt immer, was das Beste und das Rechte ist.«

Laura Welman schüttelte den Kopf.

»Nein – nein. Es quält mich. Ich hatte immer eine Hauptsünde, Mary: Ich bin stolz. Stolz kann vom Teufel sein. Er liegt uns im Blut. Elinor hat ihn auch.«

Mary warf schnell ein:

»Es wird angenehm für Sie sein, Miss Elinor und Mr. Roderick hier zu haben, es wird Sie aufheitern. Die beiden waren schon ziemlich lange nicht mehr da.«

»Es sind gute Kinder – sehr gute Kinder«, sagte Mrs. Welman leise. »Und haben mich alle beide gern. Ich weiß, ich brauche nur nach ihnen zu schicken, und sie kommen jederzeit. Aber ich mag das nicht zu oft tun. Sie sind jung und glücklich – haben das Leben noch vor sich. Es ist nicht nötig, sie vor der Zeit in die Nähe von Leiden und Verfall zu bringen ... Ich hoffte immer, sie würden einander heiraten, ohne ihnen das zu deutlich zu zeigen. Junge Leute sind so widerspenstig, es hätte vielleicht das Gegenteil bewirkt! Als sie noch Kinder waren, dachte ich, daß Elinor ihr Herz an Roddy verloren habe. Aber was ihn betrifft, war ich nicht sicher. Er ist ein merkwürdiger Mensch. Henry war genauso – sehr zurückhaltend und wählerisch ... Ach ja, Henry ...«

Sie schwieg eine Weile in Gedanken an ihren toten Gatten.

»So lang her ... so sehr lang ... Wir waren erst fünf Jahre verheiratet, als er starb. Doppelseitige Lungenentzündung ... Wir waren glücklich – ja, sehr glücklich; aber irgendwie erscheint es so unwirklich, jenes Glück. Ich war ein sonderbares, ernstes unreifes Mädchen – den Kopf voller Ideale und Heldenverehrung. Ohne Sinn für Realität ...«

Mary murmelte:

»Sie müssen sehr einsam gewesen sein – nachher.«

»Nachher? O ja – schrecklich einsam. Ich war sechsundzwanzig ... und jetzt bin ich über sechzig. Eine lange Zeit, meine Liebe ... eine lange, lange Zeit ...« Und dann stieß sie mit Bitterkeit hervor: »Und nun dies!«

»Ihre Krankheit?«

»Ja. Ein Schlaganfall ist das, was ich immer am meisten befürchtet habe. Diese beschämende Hilflosigkeit! Gewaschen und gepflegt zu werden wie ein Säugling! Außerstande, sich selbst zu helfen – es macht mich wahnsinnig! Die O'Brien ist ja gutmütig – das muß man ihr lassen. Sie macht sich nichts daraus, wenn ich sie anfahre, und ist blöder als die meisten. Aber es ist etwas anderes für mich, wenn du bei mir bist, Mary.«
»Wirklich?« Das Mädchen wurde rot. »Ich – ich bin so froh, Mrs. Welman.«
»Du hast dir Sorgen gemacht, nicht wahr? Wegen deiner Zukunft. Überlaß das nur mir, meine Liebe. Ich werde schon sehen, daß du die Mittel hast, unabhängig zu sein und einen Beruf zu ergreifen. Aber hab noch ein wenig Geduld – es bedeutet mir so viel, daß du bei mir bist.«
»Oh, Mrs. Welman, natürlich – natürlich! Ich möchte Sie um nichts in der Welt verlassen, und wenn Sie mich brauchen –«
»Ja, ich brauche dich ...« Die Stimme klang ungewöhnlich tief und voll. »Du – du bist ganz wie eine Tochter für mich, Mary. Ich habe dich hier in Hunterbury aufwachsen sehen von einem kleinen, unbeholfenen Ding zu einem schönen Mädchen ... Ich bin stolz auf dich, Kind. Ich hoffe nur, ich habe das Richtige für dich getan.«
»Oh, ganz gewiß, Mrs. Welman – es ist nur so, daß ich es nicht recht finde, daß ich nach allem, was Sie für mich getan haben, nichts arbeite. Ich – möchte nicht, daß man denkt, ich schmarotze bei Ihnen.«
Laura Welmans Stimme wurde plötzlich scharf.
»Also das hat dir Gerrard in den Kopf gesetzt? Achte nicht auf ihn, Mary; es war nie die Rede davon und wird es nie sein, daß du bei mir schmarotzen könntest! Ich bitte dich nur um meinetwillen, noch ein bißchen länger hierzubleiben. Es wird bald vorüber sein ...«
»O nein, Mrs. Welman, Dr. Lord sagt, Sie könnten noch viele Jahre leben.«

»Das wünsche ich mir aber gar nicht, danke schön! Ich sagte ihm neulich, daß ich in einem wirklich zivilisierten Staat nichts zu tun hätte, als ihm mitzuteilen, daß ich zu sterben wünsche, worauf er mich schmerzlos mit irgendeinem angenehmen Medikament ins Jenseits befördern würde. ›Und wenn Sie ein bißchen Mut hätten, Doktor‹, sagte ich, ›würden Sie es auch tun!‹«

Mary rief:

»Oh! Was sagte er?«

»Der respektlose junge Mann grinste mich nur an, meine Liebe, und meinte, er würde es nicht riskieren, aufgehängt zu werden. Er sagte: ›Wenn Sie mir Ihr ganzes Geld hinterließen, Mrs. Welman, wäre das natürlich etwas anderes.‹ Frecher junger Kerl. Aber ich mag ihn gut leiden. Seine Besuche tun mir gut, mehr als seine Medikamente!«

»Ja, er ist sehr nett«, sagte Mary. »Schwester O'Brien hält sehr viel von ihm und auch Schwester Hopkins.«

»Die Hopkins sollte wirklich mehr Verstand haben in ihrem Alter. Und die O'Brien, die zerfließt doch schon, wenn sie ihn nur sieht.«

»Arme Schwester O'Brien!«

Mrs. Welman nickte nachsichtig.

»Sie ist eigentlich ein ganz nettes Ding, aber alle Pflegerinnen gehen mir auf die Nerven; sie glauben immer, daß man um fünf Uhr früh ›eine gute Tasse Tee‹ möchte! Was war das? Ein Auto?«

Mary sah aus dem Fenster.

»Ja, es ist das Auto. Miss Elinor und Mr. Roderick sind angekommen.«

Mrs. Welman nickte ihrer Nichte herzlich zu.

»Ich freue mich sehr, Elinor, über dich und Roddy.«

»Das dachte ich mir, Tante Laura.«

Nach einem Augenblick des Zögerns fragte die Ältere:

»Du – du hast ihn doch wirklich gern, Elinor?«

Elinor hob die zartgezeichneten Brauen.
»Natürlich.«
Laura Welman sagte rasch:
»Du mußt verzeihen, liebes Kind. Weißt du, du bist so ... so zurückhaltend; es ist schwer zu erraten, was du denkst oder fühlst. Als ihr beide noch jünger wart, dachte ich, du beginnst vielleicht Roddy zu sehr – zu lieben ...«
Wieder hoben sich Elinors Brauen.
»Zu sehr?«
Die Ältere nickte.
»Ja. Es ist nicht klug, zu sehr zu lieben. Manchmal tut aber ein sehr junges Mädchen gerade das ... Ich war froh, als du zur Beendigung deiner Erziehung nach Deutschland gingst. Dann, als du zurückkamst, schienst du ganz gleichgültig gegen ihn – und – nun, das tat mir auch wieder leid! Ich bin eine langweilige alte Frau, schwer zufriedenzustellen! Ich habe mir immer eingebildet, daß du eine stark empfindende Natur bist – das Temperament hast, das unserer Familie eigen ist. Es ist keine sehr glückliche Gabe für seine Besitzer ... Aber, wie gesagt, als du so gleichgültig gegen Roddy zurückkehrtest, tat mir das leid, weil ich immer gehofft hatte, ihr zwei würdet zusammenfinden. Und jetzt ist es geschehen, und alles ist in Ordnung! Du liebst ihn wirklich?«
»Ich liebe Roddy genug und nicht zu sehr.«
Mrs. Welman nickte billigend.
»Ich glaube, dann wirst du glücklich sein. Roddy braucht Liebe – aber heftige Gemütsbewegungen mag er nicht. Es würde ihn irritieren, wollte man zu sehr auf seinen Besitzanspruch pochen.«
»Du kennst Roddy sehr gut!«
»Wenn Roddy dich ein klein wenig lieber hat als du ihn – nun, um so besser.«
Elinor kommentierte ironisch:
»Tante Emmas Ratschläge: ›Lassen Sie Ihren Freund im ungewissen! Er soll Ihrer nicht zu sicher sein!‹«

Laura Welman fragte forschend:
»Bist du unglücklich, Kind? Ist irgendwas nicht in Ordnung?«
»Nein, nein, nichts.«
Elinor stand auf und ging zum Fenster.
»Tante Laura, sag mir ehrlich, glaubst du, daß Liebe je ein Glück ist?«
Mrs. Welmans Gesicht wurde ernst.
»So wie du es meinst, Elinor – nein, wahrscheinlich nicht . . . Einen Menschen leidenschaftlich lieben bringt immer mehr Leid als Freude; aber trotzdem, Elinor, möchte man nicht ohne diese Erfahrung sein. Jemand, der nie wirklich geliebt hat, hat nie wirklich gelebt . . .«
Das Mädchen nickte.
»Ja – du verstehst – du weißt, wie es ist – –«
Die Tür öffnete sich, und die rothaarige Schwester O'Brien trat ein: »Mrs. Welman, der Doktor ist da.«

Dr. Lord war ein junger Mann von zweiunddreißig Jahren. Er hatte rötliches Haar, ein sympathisch häßliches, sommersprossiges Gesicht und ein auffallend energisches Kinn. Seine Augen waren von durchdringendem hellem Blau.
»Guten Morgen, Mrs. Welman«, sagte er.
»Guten Morgen, Dr. Lord. Das ist meine Nichte, Miss Carlisle.«
Offensichtliche Bewunderung zeigte sich auf Dr. Lords Gesicht. Er begrüßte sie und nahm die Hand, die Elinor ihm entgegenstreckte, so behutsam, als fürchte er, sie zu zerbrechen.
»Elinor und mein Neffe sind gekommen, um mich aufzuheitern.«
»Großartig!« nickte Dr. Lord. »Gerade das, was Sie brauchen! Das wird Ihnen sicherlich sehr gut tun, Mrs. Welman.«
Er sah Elinor noch immer mit offener Bewunderung an.

Sie lächelte ihm zu, während sie zur Tür ging.
»Vielleicht sehe ich Sie noch, bevor Sie gehen, Dr. Lord?«
»Oh, ja – natürlich.«
Sie ging hinaus und schloß die Tür hinter sich. Dr. Lord näherte sich dem Bett, Schwester O'Brien hinter ihm her.
Mrs. Welman spottete mit einem Augenzwinkern:
»Machen Sie wieder die üblichen Kunststückchen: Puls, Atmung, Temperatur? Was für eine windige Gesellschaft ihr Ärzte doch seid!«
»Oh, Mrs. Welman – so etwas zum Doktor zu sagen!« Schwester O'Brien war ganz entrüstet.
Doch Dr. Lord lachte.
»Mrs. Welman durchschaut mich, Schwester! Trotzdem, Mrs. Welman, muß ich meine Pflicht tun, wissen Sie. Das Dumme ist nur, daß ich die rechte Art, mit den Patienten umzugehen, nie gelernt habe.«
»Ihre Art ist schon recht. Tatsächlich sind Sie ja auch ziemlich stolz darauf.«
Peter Lord lachte:
»Das sagen Sie!«
Nachdem die Routinefragen gestellt und beantwortet waren, lehnte sich Dr. Lord in seinem Stuhl zurück und lächelte seiner Patientin zu.
»Na«, sagte er. »Das geht ja prächtig vorwärts.«
»Also werde ich in ein paar Wochen aufstehn und im Haus herumspazieren können?«
»Nun, ganz so schnell wird es wohl nicht gehen.«
»Nein, wirklich nicht, Sie Schwindler! Was hat man vom Leben, wenn man so ausgestreckt daliegen und gepflegt werden muß wie ein kleines Kind?«
»Was hat man überhaupt vom Leben? Das ist doch die eigentliche Frage. Man lebt nicht, weil die Vernunft das Leben bejaht. Leute, von denen man so sagt, es wäre besser für sie, tot zu sein, wollen nicht sterben. Aber Leute, die scheinbar alles haben, wofür sich zu leben lohnt, lassen sich einfach aus dem Leben gleiten, weil sie nicht die

Energie haben zu kämpfen. Und Sie sind einer von den Menschen, die wirklich leben wollen, was immer Sie auch sagen mögen! Und wenn Ihr Körper leben will, so nützt das gar nichts, wenn Ihr Verstand etwas anderes sagt.«

Mrs. Welman wechselte plötzlich das Thema.

»Wie gefällt es Ihnen hier draußen?«

Peter Lord erwiderte lächelnd:

»Sehr gut.«

»Ist es nicht ein wenig langweilig für einen jungen Mann wie Sie? Wollen Sie sich nicht spezialisieren? Finden Sie eine Landpraxis nicht etwas wenig abwechslungsreich?«

Lord schüttelte den Kopf.

»Nein, ich hab meine Arbeit gern. Ich hab die Leute gern, und ich hab gewöhnliche, alltägliche Krankheiten gern. Ich wünsche mir nicht, den seltenen Bazillus einer unbekannten Krankheit zu entdecken. Mir genügen Masern, Windpocken und all das. Es interessiert mich zu sehen, wie die verschiedenen Körper darauf reagieren. Ich will sehen, ob ich nicht eine traditionelle Therapie verbessern kann. Das Schlimme bei mir ist, daß ich gar keinen Ehrgeiz habe. Ich werde hierbleiben, bis mir ein Backenbart wächst und die Leute anfangen zu sagen: Natürlich, wir haben unsern Dr. Lord, und er ist ein netter alter Herr; aber er ist doch sehr altmodisch in seiner Behandlungsweise, vielleicht sollten wir lieber den jungen So-und-so berufen, der soll sehr modern sein . . .«

»Hm«, sagte Mrs. Welman. »Sie scheinen ja wirklich schon unabänderliche Pläne zu haben!«

Peter Lord stand auf.

»Na, ich muß gehen.«

»Meine Nichte wird noch mit Ihnen sprechen wollen, vermute ich. Wie finden Sie sie übrigens? Sie hatten sie ja bisher noch nicht kennengelernt.«

Dr. Lord wurde plötzlich hochrot. Sogar seine Augenbrauen erröteten.
»Ich – oh! Sie ist sehr hübsch, nicht? Und – sicher auch sehr gescheit und alles –.«
Mrs. Welman amüsierte sich. Sie dachte: Wie jung er doch ist, wirklich ...
Laut sagte sie: »Sie sollten heiraten, Doktor.«

Roddy spazierte im Garten. Er ging über den breiten Rasenvorplatz in den Küchengarten, der gut bestückt und sorgsam gepflegt war. Er fragte sich, ob er und Elinor wohl eines Tages in Hunterbury leben würden. Er selbst hätte es gern getan, er liebte das Landleben. Was Elinor anging, hatte er jedoch seine Zweifel, vielleicht würde sie lieber in London wohnen ...
Es war etwas schwer, aus Elinor klug zu werden. Sie enthüllte nicht viel von dem, was sie über die Dinge dachte und fühlte. Aber gerade das gefiel ihm an ihr ... Er mochte Leute nicht, die ihre Gedanken und Gefühle stets zur Schau stellten, die von vornherein annahmen, daß man ihren ganzen inneren Mechanismus zu kennen wünschte. Verschlossenheit war immer viel interessanter.
Elinor, dachte er, ist wirklich vollkommen. Nichts an ihr stieß ab oder verletzte. Sie war entzückend anzusehen, witzig in der Unterhaltung – alles in allem die reizendste Gefährtin.
Er dachte, mit sich selbst zufrieden: Ich hab ein Mordsglück, daß ich sie bekommen habe! Kann mir gar nicht denken, was sie an einem Burschen wie mir eigentlich findet.
Denn Roderick Welman war zwar anspruchsvoll, aber nicht eingebildet. Es schien ihm wirklich merkwürdig, daß Elinor eingewilligt hatte, ihn zu heiraten.
Das Leben breitete sich recht angenehm vor ihm aus. Man wußte doch so ziemlich, wie man stand; das war im-

mer ein Segen. Er vermutete, daß sie bald heiraten würden – das heißt, wenn Elinor es wünschte; vielleicht würde sie lieber noch ein wenig warten. Er durfte sie nicht drängen. Im Anfang würden sie ja etwas knapp bei Kasse sein, doch brauchte man sich darüber keine Sorgen zu machen. Er wünschte Tante Laura noch viele Lebensjahre. Sie war ein lieber Kerl und immer nett zu ihm gewesen, hatte ihn in den Ferien eingeladen und sich stets für alles, was er tat, interessiert.

Seine Gedanken scheuten vor der Vorstellung ihres Todes zurück – er scheute sich stets vor konkreten Unannehmlichkeiten. Er machte sich unangenehme Dinge nicht gern so recht klar ... Aber – nun – danach würde es sehr angenehm sein, hier zu leben, besonders da genug Geld da sein würde, um das Gut zu halten. Wie seine Tante das Vermögen wohl verteilt hatte? Nicht, daß das besonders wichtig gewesen wäre. Bei manchen Paaren mochte viel daran gelegen sein, ob der Mann oder die Frau das Geld hatte, aber bei Elinor nicht. Sie besaß Takt und machte sich nicht soviel aus Geld, um ihm zuviel Bedeutung beizumessen.

Nein, dachte er abschließend, ich brauche mir keine Sorgen zu machen, was auch geschieht!

Er verließ den Küchengarten durch die Tür am anderen Ende. Von dort wanderte er in das kleine Wäldchen, wo im Frühling die Narzissen blühten.

Plötzlich überkam ihn eine merwürdige Unruhe – eine leichte Störung seiner eben noch so zufriedenen Stimmung. Er fühlte: Es gibt etwas – etwas, das ich nicht habe – etwas, das ich brauche – das ich brauche ...

Das goldig-grüne Licht – die weiche Luft – ein beschleunigter Puls überkam ihn ... eine plötzliche Ungeduld.

Ein Mädchen trat aus den Bäumen auf ihn zu – ein Mädchen mit hellem, leuchtendem Haar und rosiger Haut.

Er dachte: Wie schön – wie unsagbar schön.

Etwas packte ihn; er stand ganz still, als sei er festgefro-

ren. Die Welt, fühlte er, drehte sich um ihn, stand Kopf, war plötzlich unmöglich und herrlich und toll!
Das Mädchen blieb stehen, dann ging es weiter. Es kam auf ihn zu, und er stand da, stumm wie ein Fisch, mit offenem Mund.
Sie fragte etwas zögernd:
»Erinnern Sie sich nicht an mich, Mr. Roderick? Es ist lange her, natürlich. Ich bin Mary Gerrard vom Pförtnerhaus.«
»Oh – oh – Sie sind Mary Gerrard?«
»Ja.«
Dann fuhr sie etwas scheu fort:
»Ich habe mich natürlich verändert, seit Sie mich zuletzt gesehen haben.«
»Ja, das kann man wohl sagen. Ich – ich hätte Sie nicht erkannt.« Er stand da und starrte sie an. Er vernahm die Schritte hinter sich nicht.
Elinor stand eine Minute regungslos. Dann sagte sie:
»Hallo, Mary!«
»Oh – guten Tag, Miss Elinor. Schön, Sie wiederzusehen. Mrs. Welman hat sich schon so auf Ihr Kommen gefreut.«
»Ja – es ist einige Zeit her. Ich – Schwester O'Brien hat Sie gesucht. Sie will Mrs. Welman umbetten und sagte, Sie helfen ihr gewöhnlich dabei.«
»Ich gehe gleich.«
Sie entfernte sich und begann zu laufen. Elinor sah ihr nach. Mary lief gut, ihre Bewegungen waren voller Grazie.
Roddy sagte leise: »Atlanta . . .«
Elinor antwortete nicht. Sie blieb ein paar Minuten ganz still stehen. Dann sagte sie:
»Es ist gleich Zeit zum Lunch. Wir sollten zurückgehen.«
Sie schritten Seite an Seite auf das Haus zu.

»Ach, komm doch mit, Mary! Ein großartiger Film, mit der Garbo – spielt in Paris. Und das Drehbuch von einem erstklassigen Autor.«

»Es ist furchtbar nett von dir, Ted, aber ich mag wirklich nicht.«

Ted Bigland wurde zornig.

»Ich kann dich gar nicht mehr verstehen, Mary. Du bist anders geworden – ganz anders.«

»Nein, das bin ich nicht, Ted.«

»Doch! Wahrscheinlich, weil du auf dieser feinen Schule und in Deutschland warst. Du bist jetzt zu gut für uns.«

»Das ist nicht wahr, Ted. So bin ich nicht.«

Sie sprach heftig.

Der junge Mann, ein hübscher, stämmiger Bursche, sah sie trotz seines Ärgers mit bewundernden Blicken an.

»Doch, du bist es, du bist beinahe eine Dame, Mary.«

Mary sagte mit jäher Bitterkeit:

»Beinahe ist nicht viel, wie?«

In seinen Augen lag plötzliches Verständnis.

»Nein, da hast du recht.«

»Überhaupt, wer schert sich heutzutage noch um diese Dinge? Damen und Herren und alles das!«

»Es hat nicht mehr die Bedeutung wie früher – nein«, gab Ted zu. »Trotzdem, es ist ein Gefühl . . . Herrgott, Mary, du schaust aus wie eine Herzogin oder Gräfin oder so etwas.«

»Das will nicht viel heißen. Ich habe Gräfinnen gesehen, die wie Altkleider-Händlerinnen aussahen!«

»Nun, du weißt schon, was ich meine.«

Eine stattliche Gestalt in einem schönen schwarzen Kleid kam auf sie zu. Die Frau warf einen scharfen Blick auf die beiden. Ted trat einen Schritt zur Seite.

»Guten Tag, Mrs. Bishop.«

Mrs. Bishop neigte gnädig ihr Haupt.

»Guten Tag, Ted Bigland. Guten Tag, Mary.«

Sie glitt weiter, ein Schiff unter vollen Segeln.

Ted schaute ihr respektvoll nach.
Mary murmelte:
»Also *sie* ist wirklich wie eine Herzogin!«
»Ja – sie hat so eine Art –! Verursacht mir immer so ein heißes Gefühl um den Kragen herum.«
Mary sagte langsam: »Sie mag mich nicht!«
»Unsinn, Mädel!«
»Es ist wahr, sie mag mich nun einmal nicht. Sie sagt mir immer etwas Bissiges.«
»Eifersüchtig«, erklärte Ted, weise mit dem Kopf nickend. »Das ist alles.«
»Möglich, daß es das ist . . .«
»Sicher, verlaß dich darauf. Seit Jahren ist sie hier Haushälterin, kommandiert das Personal, ordnet alles an und jetzt entwickelt die alte Mrs. Welman so eine Vorliebe für dich – das ärgert sie! Das ist alles.«
»Es ist dumm von mir, aber ich kann es nicht ertragen, wenn jemand mich nicht mag! Ich will, daß die Leute mich gern haben.«
»Das sind sicher nur Weiber, die dich nicht mögen, Mary! Eifersüchtige Katzen, die dich zu hübsch finden!«
»Ich finde Eifersucht schrecklich.«
Mary wandte sich zum Gehen.
»Verzeih, Ted, ich muß fort. Ich bin schon spät dran.«
»Wohin willst du?«
»Ich gehe zu Schwester Hopkins Tee trinken.«
Ted schnitt ein Gesicht.
»Merkwürdiger Geschmack! Die Frau ist die ärgste Klatschbase im Dorf. Steckt ihre lange Nase in alles.«
»Sie ist immer sehr nett zu mir.«
»Ach, ich behaupte nicht, daß sie bösartig ist. Aber sie redet und redet!«
»Auf Wiedersehen, Ted.«
Sie eilte fort; er blieb grollend zurück.

Schwester Hopkins bewohnte ein kleines Häuschen am

Ende des Dorfes. Sie war selbst eben erst heimgekommen und legte gerade den Hut ab, als Mary eintrat.
»Ah, da sind Sie ja! Ich habe mich ein wenig verspätet. Der alten Mrs. Caldicott ging es wieder schlechter ... Ich habe Sie eben mit Ted Bigland gesehen.«
Mary sagte etwas matt:
»Ja ...«
Schwester Hopkins, die eben das Gas unter dem Kessel anzündete, blickte lebhaft auf. Ihre lange Nase zuckte.
»Wollte er etwas Besonderes, meine Liebe?«
»Nein. Er lud mich nur ein, mit ihm ins Kino zu gehen.«
»Aha«, nickte Schwester Hopkins prompt. »Nun, er ist natürlich ein netter junger Bursche und verdient ganz schön in der Garage, und seinem Vater geht es besser als den meisten anderen Farmern in der Gegend. Trotzdem, meine Liebe, scheinen Sie mir nicht dazu bestimmt, Ted Biglands Frau zu werden, bei Ihrer Erziehung und allem!«
»Ich werd mir's überlegen. Mrs. Welman hat übrigens neulich mit mir gesprochen. Sie war furchtbar lieb, und es war genauso, wie Sie sagten. Sie will nicht, daß ich jetzt von ihr weggehe, sie würde mich vermissen; ich solle mir aber keine Sorgen um die Zukunft machen, sie würde mir helfen.«
»Hoffen wir, daß sie das auch schwarz auf weiß niedergelegt hat. Kranke Leute sind oft merkwürdig.«
»Glauben Sie, daß Mrs. Bishop mich wirklich nicht mag – oder bilde ich mir das nur ein?«
Schwester Hopkins überlegte einen Augenblick.
»Nun, sie ist eine von denen, die es nicht gern sehen, wenn es jungen Leuten zu gut geht oder wenn etwas für sie getan wird. Denkt vielleicht, daß Mrs. Welman Sie zu gern hat, und ärgert sich darüber. Ich würde mir an Ihrer Stelle darüber keine grauen Haare wachsen lassen, meine liebe Mary. Öffnen Sie mal diese Tüte, ja? Da sind zwei Kuchenstücke drin.«

3

»Tante hatte heute nacht zweiten Schlaganfall. Kein Grund zu augenblicklicher Beunruhigung, glaube aber, Sie sollten herkommen, Lord.«

Elinor hatte sofort nach Erhalt des Telegramms Roddy angerufen, und nun saßen sie zusammen im Zug nach Hunterbury.

In der Woche, die seit ihrem Besuch vergangen war, hatte Elinor Roddy nur zweimal gesehen, und beide Male hatte eine seltsame Spannung zwischen ihnen geherrscht. Roddy hatte ihr Blumen geschickt – einen großen Strauß langstieliger Rosen. Das war ungewöhnlich für ihn. Bei dem Abendessen, das sie miteinander eingenommen hatten, schien er aufmerksamer als sonst, berücksichtigte bei der Auswahl von Speisen und Getränken mehr denn je ihren Geschmack und half ihr außergewöhnlich eifrig beim Aus- und Anziehen ihres Mantels. Es war ein wenig, dachte Elinor, als spiele er eine Rolle in einem Stück – die Rolle des liebevollen Bräutigams ... Dann hatte sie sich aber gesagt: Sei nicht blöd! Es ist alles in Ordnung ... Du bildest dir Sachen ein! Das kommt alles von deinen übertriebenen Besitzansprüchen. Und ihm gegenüber war sie vielleicht noch eine Idee ferner und kühler gewesen als sonst.

Doch nun, angesichts dieser plötzlichen Erschütterung, war die Spannung verschwunden, und sie sprachen wieder ganz natürlich miteinander.

Roddys Stimme klang bedrückt.

»Arme alte Tante! So gut ging es ihr, als wir bei ihr waren!«

»Sie tut mir entsetzlich leid. Ich weiß, wie sie das Kranksein überhaupt haßt, und jetzt wird sie noch hilfloser werden, das wird einfach schrecklich sein für sie. Ich glaube, Roddy, daß man die Menschen erlösen sollte – wenn sie es selbst wirklich wünschen.«

»Da stimme ich dir zu, es ist die einzig humane Behandlung. Tiere befreit man doch auch von ihrem Schmerz. Ich vermute, bei Menschen tut man es nur deshalb nicht, weil, wie die menschliche Natur nun einmal beschaffen ist, Kranke sonst um ihres Geldes willen von ihren lieben Verwandten aus dem Wege geräumt würden – obwohl es vielleicht gar nicht so schlimm um sie steht.«
»Es läge natürlich in den Händen des Arztes.«
»Ein Arzt könnte auch ein Schuft sein.«
»Einem Menschen wie Dr. Lord könnte man vertrauen.«
»Ja, er scheint ein redlicher Mensch zu sein. Netter Kerl.«

Dr. Lord beugte sich über das Bett. Schwester O'Brien stand hinter ihm. Er bemühte sich angestrengt, die undeutlichen Laute zu verstehen, die aus dem Mund seiner Patientin kamen.
»Ja, ja. Regen Sie sich nicht auf. Nehmen Sie sich Zeit. Heben Sie einfach die rechte Hand, wenn Sie ›ja‹ meinen. Etwas quält Sie?«
Er erhielt das bejahende Zeichen.
»Etwas Dringendes? Ja. Etwas, das geschehen soll? Jemand soll geholt werden? Miss Carlisle? Und Mr. Welman? Sie sind schon auf dem Weg.«
Wieder versuchte Mrs. Welman zu sprechen. Dr. Lord lauschte aufmerksam.
»Die wollten Sie auch sehen, aber das meinten Sie nicht? Jemand anderen? Verwandte? Nein? Etwas Geschäftliches? Ich verstehe, etwas, das mit Geld zu tun hat? Rechtsanwalt? Das ist richtig, nicht wahr? Sie wollen Ihren Rechtsanwalt sprechen? Wollen ihn mit etwas beauftragen? Nun, nun – ist schon in Ordnung. Seien Sie nur ruhig. Zeit genug. Was wollen Sie sagen – Elinor?« Er fing den gestammelten Namen auf. »Sie weiß, welchen Rechtsanwalt? Und sie wird es mit ihm abmachen? Gut. Sie wird in einer halben Stunde hier sein. Ich werde ihr sagen, was Sie wünschen, und komme dann mit ihr her-

auf, und wir bringen die Sache in Ordnung. Also, jetzt quälen Sie sich nicht mehr, überlassen Sie alles mir. Ich werde dafür sorgen, daß alles so gemacht wird, wie Sie es wünschen.«

Er beobachtete noch einen Augenblick, wie sie sich entspannte, dann ging er leise hinaus auf den Flur. Schwester O'Brien folgte ihm. Schwester Hopkins kam gerade die Treppe herauf. Er nickte ihr zu.

»Guten Abend, Herr Doktor.«

»Guten Abend, Schwester.«

Er ging mit den beiden in Schwester O'Briens Zimmer und gab ihnen Verhaltensmaßregeln; Schwester Hopkins sollte über Nacht dableiben und sich mit Schwester O'Brien in die Pflege teilen.

»Morgen muß ich mich nach einer zweiten Pflegerin umsehen, die hier wohnen kann. Zu dumm, diese Diphtherie-Epidemie drüben in Stamford; da herrscht jetzt schon Mangel an Pflegerinnen.«

Nachdem er seine Anordnungen getroffen hatte, ging er hinunter, um die Nichte und den Neffen zu empfangen, die nun jeden Moment eintreffen mußten.

In der Halle begegnete er Mary Gerrard; sie sah blaß und geängstigt aus und fragte:

»Geht es ihr besser?«

»Ich kann ihr eine ruhige Nacht verschaffen – das ist alles.«

»Es scheint einem so grausam – so ungerecht –«

Er nickte teilnehmend.

»Ja, es scheint manchmal so. Ich glaube –«

Er brach ab.

»Da ist das Auto.«

Er ging hinaus in die Halle, und Mary lief hinauf.

Elinor fragte, als sie ins Wohnzimmer trat:

»Steht es sehr schlimm?«

Roddy sah blaß und besorgt aus.

»Ich fürchte, Sie werden erschrecken«, erwiderte Dr. Lord ernst. »Sie ist völlig gelähmt, ihre Sprache kaum verständlich. Übrigens quält sie etwas Bestimmtes. Es hat mit ihrem Rechtsanwalt zu tun. Wissen Sie, wer es ist, Miss Carlisle?«

»Mr. Seddon – Bloomsbury Square. Aber um diese Zeit wird er nicht dort sein, und seine Privatadresse kenne ich nicht.«

»Nun, morgen wird noch Zeit genug sein. Aber ich möchte Mrs. Welman so bald wie möglich beruhigen. Wenn Sie jetzt mit mir hinaufkommen wollen, Miss Carlisle, so wird uns das gemeinsam gelingen, denke ich.«

»Natürlich, ich komme gleich mit.«

Roddy fragte hoffnungsvoll:

»Mich brauchen Sie nicht?«

Er schämte sich ein wenig vor sich selbst, aber er hatte eine nervöse Scheu, ins Krankenzimmer zu gehen, Tante Laura dort sprach- und hilflos liegen zu sehen.

Dr. Lord beruhigte ihn.

»Nicht im geringsten, Mr. Welman. Es ist besser, wenn nicht zu viele Leute im Zimmer sind.«

Roddys Erleichterung war offensichtlich.

Dr. Lord und Elinor gingen hinaus.

Schwester O'Brien war bei der Patientin. Laura Welman lag schweratmend da. Elinor blickte ergriffen auf das verzerrte Antlitz nieder.

Plötzlich zuckte Mrs. Welmans rechtes Auge und öffnete sich. Eine schwache Veränderung deutete auf ihrem Gesicht an, daß sie Elinor erkannte.

Sie versuchte zu sprechen.

»Elinor . . .« Das Wort wäre für jeden unverständlich gewesen, der nicht gewußt hätte, was sie sagen wollte.

Elinor beugte sich über sie.

»Ja, Tante Laura. Du willst etwas? Du wünschst, daß ich Mr. Seddon holen lasse?«

Wieder einer dieser heiseren, rauhen Töne. Elinor erriet seine Bedeutung.

»Mary Gerrard?«

Langsam und zitternd bewegte sich die rechte Hand bejahend. Ein längerer gurgelnder Ton kam von den Lippen der Kranken. Dr. Lord und Elinor strengten sich vergeblich an. Schließlich erhaschte Elinor ein Wort.
»Versorgung? Du willst in deinem Testament für sie sorgen? Du willst, daß sie etwas Geld bekommt? Ich verstehe, liebe Tante. Das wird ganz einfach sein. Mr. Seddon wird morgen herkommen, und alles soll genau so geschehen, wie du es wünschst.«
Die Leidende schien erleichtert. Der gequälte Ausdruck schwand aus ihrem flehenden Auge. Elinor griff nach ihrer Hand und fühlte einen schwachen Druck von ihren Fingern.
Mrs. Welman brachte mit großer Anstrengung heraus:
»Du – alles – du . . .«
»Ja, ja, überlaß nur alles mir. Ich werde dafür sorgen, daß alles, was du willst, getan wird!«
Sie fühlte wieder den Druck der Finger, dann gaben sie nach, die Augenlider sanken herab und schlossen sich.
Dr. Lord legte die Hand auf Elinors Arm und zog sie sanft aus dem Zimmer. Schwester O'Brien nahm ihren Platz neben dem Bett wieder ein.
Draußen redete Mary Gerrard mit Schwester Hopkins. Sie trat hastig vor.
»Ach, Dr. Lord, kann ich zu ihr hineingehen, bitte?«
Er nickte.
»Verhalten Sie sich aber ganz ruhig und stören Sie sie nicht.«
Mary ging ins Krankenzimmer.
Dr. Lord wandte sich zu Elinor.
»Ihr Zug hatte Verspätung. Sie ––« Er hielt inne.
Elinor hatte den Kopf gewandt, um Mary nachzusehen. Plötzlich bemerkte sie sein jähes Verstummen. Sie wandte den Kopf und schaute ihn fragend an. Er starrte sie mit einem erschrockenen Ausdruck an. Das Blut stieg Elinor in die Wangen. Sie murmelte hastig:

»Entschuldigen Sie, was meinten Sie eben?«
Peter Lord sagte langsam:
»Was ich sagte? Ich weiß nicht mehr. Miss Carlisle, Sie waren großartig da drinnen!« Er sprach mit Wärme. »Rasch im Verstehen, beruhigend, alles, wie es sein sollte.«
»Arme Tante Laura! Es hat mich erschüttert, sie so zu sehen.«
»Natürlich. Aber Sie haben es nicht gezeigt. Sie müssen eine große Selbstbeherrschung besitzen.«
Elinor preßte ihre Lippen zusammen.
»Ich habe gelernt, meine – Gefühle nicht zu zeigen.«
»Trotzdem – die Maske muß hie und da abgleiten.«
Schwester Hopkins war ins Badezimmer gegangen. Elinor sagte, ihn voll ansehend, die zarten Augenbrauen gehoben:
»Die Maske?«
»Das menschliche Antlitz ist mehr oder weniger nichts anderes als eine Maske.«
»Und darunter?«
»Darunter steckt der nackte Mensch.«
Sie wandte sich rasch ab und ging voraus die Treppe hinunter. Peter Lord folgte, ein wenig verwirrt und ungewöhnlich ernst. Roddy kam ihnen in der Halle entgegen.
»Nun?« fragte er besorgt.
»Arme Tante! Es ist sehr traurig, sie zu sehen ... Ich ginge nicht hinein an deiner Stelle, Roddy – bis – bis – sie nach dir verlangt.«
»Wünschte sie etwas Besonderes?« fragte Roddy.
Peter Lord verabschiedete sich von Elinor.
»Ich muß jetzt gehen. Für den Augenblick kann ich nichts mehr tun. Morgen früh schaue ich wieder herein. Auf Wiedersehen, Miss Carlisle. Nehmen Sie sich's nicht zu sehr zu Herzen!«
Er hielt ihre Hand ein paar Sekunden lang in der seinen. In seinem Händedruck lag etwas seltsam Beruhigendes

und Tröstliches. Er sieht mich etwas merkwürdig an, dachte Elinor, so, als täte ich ihm leid.
Als sich die Tür hinter dem Arzt schloß, wiederholte Roddy seine Frage, und Elinor erklärte.
»Tante Laura macht sich Sorgen um – um gewisse geschäftliche Dinge. Es gelang mir, sie zu beruhigen, indem ich ihr sagte, daß Mr. Seddon morgen bestimmt herkommen würde. Wir müssen ihn früh gleich anrufen.«
»Will sie ein neues Testament machen?«
»Gesagt hat sie es nicht.«
»Was hat sie – –?«
Er hielt mitten in seiner Frage inne.
Mary Gerrard kam die Treppe heruntergelaufen. Sie durchquerte die Halle und verschwand hinter der Tür zu den Wirtschaftsräumen.
Elinor sagte mit rauher Stimme:
»Ja? Was wolltest du fragen?«
Roddy murmelte zerstreut:
»Ich – was? Ich hab es vergessen.«
Er starrte auf die Tür, durch die Mary Gerrard gegangen war. Elinors Hände schlossen sich. Sie fühlte, wie sich ihre langen, spitzen Nägel in ihr Fleisch bohrten.
Sie dachte: »Ich kann's nicht ertragen – ich kann's nicht ertragen ... es ist nicht Einbildung ... Es ist wahr ... Roddy – Roddy, ich darf dich nicht verlieren ... Was hat dieser Mann – der Doktor – was hat er in meinem Gesicht gesehen? Er sah etwas ... O Gott, wie furchtbar das Leben ist – so zu fühlen, wie ich jetzt fühle. Sag doch etwas, du Närrin! Reiß dich zusammen!
Laut sagte sie mit ihrer ruhigen Stimme:
»Ja, wegen des Essens, Roddy. Ich bin nicht sehr hungrig. Ich bleibe bei Tante Laura, und die Schwestern können beide herunterkommen.«
Roddy sah sie betroffen an:
»Und mit mir essen?«
Elinors Stimme war kalt:

»Sie werden dich nicht beißen!«
»Aber was ist mit dir? Du mußt doch auch etwas essen! Warum essen wir nicht erst, und sie können dann drankommen?«
»Nein, auf die andere Art ist es besser«, und sie fügte hinzu: »Sie sind so empfindlich, weißt du.«
Sie dachte: Ich kann nicht eine ganze Mahlzeit lang allein mit ihm dasitzen – reden – mich benehmen wie sonst . . .
»Ach, laß mich doch die Dinge einteilen, wie ich will«, sagte sie gereizt.

4

Elinor wurde am nächsten Morgen nicht vom Hausmädchen geweckt; es war Mrs. Bishop selbst, die bitterlich weinend hereinkam.
»Oh, Miss Elinor, sie ist tot . . .«
»Was?«
Elinor setzte sich im Bett auf.
»Ihre liebe Tante, Mrs. Welman. Meine geliebte Herrin! Sie ist im Schlaf dahingegangen.«
»Tante Laura? Tot?«
Elinor starrte sie an, sie schien unfähig, es zu begreifen.
Mrs. Bishop weinte immer stärker.
»Wenn man bedenkt«, schluchzte sie, »nach all diesen Jahren! Achtzehn Jahre bin ich nun da! Aber es kommt mir gar nicht so vor . . .«
»Also im Schlaf ist Tante Laura gestorben – ganz friedlich . . . Welcher Segen für sie!«
»So plötzlich! Der Doktor sagte noch, er käme früh wieder, und alles ganz so wie sonst!«
Elinor sagte etwas scharf:
»So plötzlich ja nun auch wieder nicht. Schließlich war sie

ja längere Zeit krank. Ich danke Gott, daß ihr ein längeres Leiden erspart wurde.«

Mrs. Bishop nickte unter Tränen, daß man dafür wirklich Gott danken müsse, und fügte hinzu:

»Wer wird es Mr. Roderick sagen?«

»Ich werde es tun«, murmelte Elinor.

Sie warf einen Schlafrock über, ging zu seiner Tür und klopfte. Seine Stimme antwortete: »Herein.«

Sie trat ein.

»Tante Laura ist tot, Roddy. Sie starb im Schlaf.«

Roddy, der sich aufgesetzt hatte, seufzte tief auf.

»Arme, liebe Tante Laura! Gott sei Dank, möchte ich sagen, ich hätte es kaum ertragen, sie noch länger in dem Zustand zu sehen, in dem sie gestern war.«

Elinor fragte mechanisch:

»Ich wußte nicht, daß du sie gesehen hast.«

Er nickte etwas geniert.

»Die Wahrheit ist, Elinor, ich fühlte mich so schrecklich feig, weil ich dem ausgewichen war. So ging ich gestern abend noch hinein. Die Schwester, die dicke, verließ das Zimmer – ich glaube, mit einer Wärmflasche –, und ich schlüpfte hinein. Sie wußte nicht, daß ich da war, natürlich. Ich stand nur eine Weile rum und schaute sie an. Dann, als ich die Schwester herauftappen hörte, glitt ich hinaus. Aber es war – nun, schrecklich!«

»Ja, das war es.«

»Es wäre eine fürchterliche Qual für sie gewesen – jede einzelne Minute lang!«

»Ich weiß.«

»Es ist wunderbar – die Art, wie du und ich die Dinge immer vom gleichen Standpunkt sehen.«

»Ja, wirklich.«

Roddys Stimme klang erleichtert.

»Wir empfinden beide genau dasselbe in diesem Augenblick: nichts als Dankbarkeit, daß sie erlöst ist . . .«

Schwester O'Brien fragte:
»Was ist denn, Schwester? Suchen Sie etwas?«
Schwester Hopkins durchsuchte etwas aufgeregt mit gerötetem Gesicht das kleine Köfferchen, das sie am vorhergehenden Abend in der Halle abgestellt hatte.
»Zu ärgerlich! Wie mir das passieren konnte, kann ich mir nicht vorstellen!«
»Was ist denn?«
Schwester Hopkins erwiderte nicht sehr klar:
»Elisa Rykin – die mit dem Sarkom, wissen Sie – bekommt immer doppelte Injektionen – morgens und abends – Morphium. Ich gab ihr gestern abend auf meinem Weg hierher die letzte Tablette im alten Röhrchen und hätte schwören können, daß ich das neue Röhrchen auch hier drinnen hatte.«
»Schauen Sie noch einmal; diese Röhrchen sind ja so klein.«
Schwester Hopkins wühlte wieder im Köfferchen.
»Nein, es ist nicht da! Ich muß es doch in meinem Schrank gelassen haben! Ich glaubte wirklich, mich auf mein Gedächtnis besser verlassen zu können; ich hätte schwören können, es mitgenommen zu haben!«
»Sie haben den Koffer nicht irgendwo stehengelassen auf Ihrem Weg hierher?«
»Natürlich nicht!«
Schwester Hopkins' Stimme klang scharf.
»Nun dann, meine Liebe«, meinte Schwester O'Brien, »dann muß es ja in Ordnung sein, nicht?«
»Ach ja! Der einzige Ort, wo ich den Koffer abgestellt habe, war hier in der Halle, und hier würde doch niemand etwas nehmen! Nur mein dummes Gedächtnis ist schuld. Aber es ärgert mich, das verstehen Sie, Schwester. Außerdem muß ich jetzt erst bis ans andere Ende des Dorfes nach Hause gehen und dann wieder zurück.«
»Hoffentlich haben Sie nach dem gestrigen Abend keinen zu anstrengenden Tag, meine Liebe. Arme alte Dame! Ich

dachte mir schon, daß es nicht mehr lange dauern würde.«
»Ich auch. Aber ich vermute, der Doktor wird überrascht sein.«
Schwester O'Brien erklärte mit einem Anflug von Mißbilligung:
»Er ist immer so hoffnungsvoll bei seinen Fällen!«
»Ah, er ist jung! Er hat eben noch nicht unsere Erfahrung«, sagte Schwester Hopkins düster und entschwand.

Dr. Lords sandfarbene Augenbrauen zogen sich so weit in die Stirn hinauf, daß sie beinahe sein Haar berührten.
»Gestorben ist sie – wie?«
»Ja, Doktor.«
Auf Schwester O'Briens Zunge brannten Einzelheiten darauf, erzählt zu werden, doch sie wartete mit strenger Disziplin.
Peter Lord wiederholte nachdenklich:
»Gestorben –?«
Er stand noch in Nachdenken versunken ein paar Minuten da, dann befahl er scharf:
»Holen Sie mir kochendes Wasser.«
Schwester O'Brien war erstaunt und kannte sich nicht aus, jedoch getreu dem Geiste ihrer Ausbildung gehorchte sie schweigend. Hätte ihr ein Arzt befohlen, die Haut eines Alligators zu holen, hätte sie automatisch gemurmelt: »Ja, Doktor«, und wäre gehorsam aus dem Zimmer geglitten, um die Sache in Angriff zu nehmen.

Roderick Welman fragte:
»Wollen Sie damit sagen, daß meine Tante ohne Testament gestorben ist – daß sie überhaupt nie ein Testament gemacht hat?«

Mr. Seddon putzte seine Brille und nickte.
»So sieht es aus.«
Roddy murmelte:
»Aber das ist ungewöhnlich!«
Mr. Seddon hustete entschuldigend.
»Nicht so ungewöhnlich, wie Sie sich vielleicht vorstellen. Es passiert öfter, als man glauben möchte. Es ist eine Art Aberglauben dabei. Die Leute denken, sie haben noch eine Menge Zeit; die bloße Tatsache, daß sie ein Testament machen, scheint ihnen die Möglichkeit des Todes näherzubringen. Sehr sonderbar – aber so ist es!«
»Haben Sie ihr nie Vorhaltungen deswegen gemacht?«
Mr. Seddon erwiderte trocken:
»Häufig.«
»Und was sagte sie?«
»Das Übliche. Daß noch Zeit genug sei! Daß sie nicht die Absicht habe, schon zu sterben! Daß sie sich noch nicht genau entschlossen habe, wie sie über ihr Geld verfügen wolle ––!«
»Aber nach ihrem ersten Schlaganfall ––?« fragte Elinor.
Mr. Seddon schüttelte den Kopf.
»O nein, da war es noch schlimmer; da wollte sie erst recht nichts von der Sache hören!«
»Aber das ist doch wirklich höchst merkwürdig?«
»O nein. Ihre Krankheit machte sie natürlich noch ängstlicher.«
»Aber sie wollte ja sterben . . .«
Mr. Seddon wischte an seiner Brille herum.
»Ach, meine liebe Miss Elinor, der menschliche Sinn ist ein sehr merkwürdiger Mechanismus. Mrs. Welman mag geglaubt haben, daß sie sterben wolle, doch neben diesem Gefühl ging die Hoffnung einher, daß sie wieder ganz gesund werden würde. Und deshalb, glaube ich, fürchtete sie, daß es ihr Unglück bringen könnte,

ein Testament zu machen. Sie beabsichtigte zwar immer, eines zu machen, aber morgen war vielleicht ein besserer Tag dafür als heute! Schließlich war ja noch Zeit genug . . .«

Elinor sagte langsam:

»Deshalb war sie gestern abend so aufgeregt – förmlich in Panik, daß man nach Ihnen schicken soll . . .«

Mr. Seddon erwiderte: »Zweifellos!«

»Und was geschieht jetzt?«

»Mit Mrs. Welmans Vermögen?« Der Rechtsanwalt hustete.

»Da Mrs. Welman ohne Testament starb, fällt ihr gesamtes Vermögen an ihre nächste Verwandte – an Miss Elinor Carlisle.«

»Alles an mich?«

»Die Krone bekommt einen bestimmten Prozentsatz«, erklärte Mr. Seddon. Er erläuterte die Einzelheiten und sagte abschließend:

»Mrs. Welmans Geld war ihr uneingeschränktes Eigentum – keine Stiftung beteiligt, keine Gesellschaft. Nur die Erbsteuer – hm – wird ziemlich hoch sein, fürchte ich, trotzdem bleibt auch danach noch ein bedeutendes Vermögen, das in sicheren Papieren angelegt ist.«

»Aber Roderick – –«

Mr. Seddon hüstelte verlgen.

»Mr. Welman ist nur der Neffe von Mrs. Welmans Mann, es besteht keine Blutsverwandtschaft.«

»Richtig«, bestätigte Roddy.

»Natürlich ist ziemlich egal, wer von uns es bekommt, da wir ja heiraten werden.«

Elinor schaute Roddy bei diesen Worten nicht an.

Nun war Mr. Seddon an der Reihe »Richtig!« zu sagen. Er sagte es ziemlich rasch, dann verabschiedete er sich.

»Es ist doch ziemlich egal, oder?« fragte Elinor in fast entschuldigendem Ton.

In Roddys Gesicht zuckte es nervös.
»Du bekommst, was dir zusteht, Elinor. Glaub bitte um Himmels willen nicht, daß ich es dir mißgönne. Ich brauche das verdammte Geld nicht!«
Elinor sagte mit etwas unsicherer Stimme:
»Wir waren uns doch einig, Roddy, daß es egal sei, wer von uns es bekäme, da – da wir doch heiraten wollten . . .?«
Er antwortete nicht, und sie beharrte:
»Erinnerst du dich nicht, das gesagt zu haben, Roddy?«
»Ja.«
Er blickte auf seine Füße. Sein Gesicht war blaß und finster, ein schmerzlicher Zug lag um seinen sensiblen Mund.
Elinor hob plötzlich tapfer den Kopf.
»Aber werden wir auch wirklich heiraten, Roddy?«
»Ich habe das angenommen.«
Sein Ton war gleichgültig mit einer leisen Spur von Schärfe.
»Natürlich, Elinor, wenn du jetzt andere Pläne hast . . .«
»Ach, Roddy, kannst du nicht ehrlich sein?«
Er zuckte zusammen.
Dann sagte er mit leiser, verwirrter Stimme:
»Ich weiß nicht, was mit mir geschehen ist . . .«
Elinor antwortete mit erstickter Stimme:
»Ich weiß es . . .«
»Mir gefällt der Gedanke nicht recht, daß ich vom Geld meiner Frau leben soll . . .«
Elinor war jetzt ganz blaß im Gesicht.
»Das ist es nicht . . . Es ist etwas anderes . . .«
Sie zögerte, dann sagte sie: »Es ist Mary, nicht wahr?«
Roddy murmelte unglücklich:
»Nun – ja. Woher weißt du es?«
Elinors Mund verzog sich zu einem gezwungenen Lächeln.
»Es ist nicht schwer . . . Jedesmal, wenn du sie ansiehst –

steht es in deinem Gesicht geschrieben – für jeden, der es lesen will ...«
Plötzlich brach seine Fassung zusammen.
»Ach, Elinor, ich weiß nicht, was mit mir los ist! Ich glaube, ich werde verrückt! Es geschah, als ich sie an jenem ersten Tag im Wald sah ... ihr Gesicht – es – es – hat alles in mir auf den Kopf gestellt. Du kannst das nicht verstehen ...«
»Doch. Ich verstehe. Weiter.«
»Ich wollte mich nicht in sie verlieben ... Ich war ja glücklich mit dir. Ach, Elinor, was für ein Schuft bin ich, so zu dir zu reden –«
»Unsinn. Fahr fort. Sag mir ...«
Er stammelte:
»Du bist großartig ... Nur mit dir zu reden, hilft einem schon so viel. Ich hab dich so schrecklich gern, Elinor! Das mußt du mir glauben, das andere ist wie eine Verzauberung! Es stößt alles um: mein Leben – meine Freude an den Dingen – und – all die geordneten, vernünftigen Sachen ...«
»Liebe – ist nicht sehr vernünftig ...«
Roddy seufzte unglücklich.
»Nein ...«
Elinors Stimme zitterte ein wenig.
»Hast du ihr etwas gesagt?«
»Heute früh – wie ein Narr – ich hab den Kopf verloren –. Natürlich – verbot sie mir sogleich den Mund! Sie war entrüstet, wegen Tante Laura und – wegen dir – –«
Elinor zog den Diamantring vom Finger.
»Da, nimm ihn zurück, Roddy.«
Als er ihn nahm, murmelte er, ohne sie anzusehen:
»Elinor, du hast keine Ahnung, wie schlecht ich mir vorkomme.«
Elinor fragte mit ihrer ruhigen Stimme:
»Glaubst du, sie wird dich heiraten?«
»Ich habe keine Ahnung. Nicht so bald jedenfalls. Ich

glaube nicht, daß sie mich jetzt schon liebt; aber vielleicht mit der Zeit . . .«
»Du hast wahrscheinlich recht. Du mußt Geduld haben, sie eine Zeitlang nicht sehen, und dann – neu anfangen.«
»Liebste Elinor! Du bist der beste Freund, den man haben kann!« Er nahm plötzlich ihre Hand und küßte sie. »Elinor, ich liebe dich doch – genau so sehr wie immer! Manchmal kommt Mary mir nur vor wie ein Traum, aus dem ich erwachen könnte – und merken, daß sie nicht da ist . . .«
Elinor sagte:
»Wenn Mary nicht da wäre . . .«
»Manchmal wünsche ich das . . . Du und ich, Elinor, wir gehören doch zueinander. Wir gehören doch zueinander, nicht?«
Langsam neigte sie den Kopf und sagte:
»O ja – wir gehören zueinander.«
Und sie dachte: Wenn Mary nicht da wäre . . .

5

Schwester Hopkins war bewegt.
»Ein wunderschönes Begräbnis!«
Schwester O'Brien konnte nur zustimmen.
»Ja, wirklich. Und die Blumen! Haben Sie je so herrliche Blumen gesehen? Eine Harfe aus weißen Lilien war dabei und ein Kreuz aus gelben Rosen. Wundervoll!«
Schwester Hopkins seufzte und nahm sich noch ein Stück von dem guten Kuchen. Die beiden Pflegerinnen saßen im Café.
Schwester Hopkins fuhr fort: »Miss Carlisle ist wirklich großzügig. Sie gab mir ein schönes Geschenk, dabei hatte sie keinen besonderen Grund dafür.«
»Sie ist ein nobles, nettes Mädchen«, stimmte Schwester O'Brien warm zu. »Knauserei hasse ich.«

»Nun, sie erbt ja auch ein sehr großes Vermögen.«
»Ich möchte wissen . . .« Schwester O'Brien hielt inne.
Schwester Hopkins fragte aufmunternd: »Ja?«
»Es ist doch merkwürdig, daß die alte Dame kein Testament gemacht hat.«
»Es war unrecht«, sagte Schwester Hopkins scharf. »Die Leute sollten gezwungen werden dazu! Es entstehen nur Unannehmlichkeiten, wenn sie keins machen!«
»Ich zerbreche mir den Kopf, wie sie ihr Geld hinterlassen hätte, wenn sie ein Testament gemacht hätte?«
Schwester Hopkins sagte fest:
»Eines ist sicher.«
»Was?«
»Sie hätte Mary eine bestimmte Summe hinterlassen – Mary Gerrard.«
»Ja, das ist wahr«, nickte die andere und fügte erregt hinzu: »Habe ich Ihnen nicht erzählt, in welchem Zustand die Arme an jenem Abend war, als der Doktor sein Bestes tat, um sie zu beruhigen? Miss Elinor hielt die Hand ihrer Tante und schwor beim allmächtigen Gott«, sagte Schwester O'Brien, mit der ihre irische Einbildungskraft plötzlich durchging, »daß nach dem Rechtsanwalt geschickt und alles nach Wunsch geregelt werden sollte. ›Mary! Mary!‹ sagte die arme alte Dame. ›Meinst du Gerrard?‹ fragte Miss Elinor und schwor sofort, daß Mary zu ihrem Recht kommen sollte!«
»War es wirklich so?«
»So war es, und ich sage Ihnen, was ich denke, Schwester Hopkins: Wenn Mrs. Welman dazugekommen wäre, dieses Testament zu machen, so hätte es wahrscheinlich eine große Überraschung für alle gegeben! Wer weiß, ob sie nicht jeden Penny, den sie besaß, Mary Gerrard hinterlassen hätte!«
Schwester Hopkins schüttelte zweifelnd den Kopf.
»Das glaube ich denn doch nicht. Ich glaube kaum, daß man sein eigen Fleisch und Blut leer ausgehen läßt.«

»Es gibt Fleisch und Blut und Fleisch und Blut«, orakelte Schwester O'Brien.
Schwester Hopkins reagierte augenblicklich.
»Was meinen Sie damit?«
Schwester O'Brien erwiderte würdevoll:
»Ich bin keine Klatschbase! Und ich sage Toten nichts nach.«
Schwester Hopkins nickte bedächtig.
»Das ist recht. Da bin ich ganz Ihrer Meinung. Je weniger man redet, desto besser.«
Sie füllte ihre Tasse nach.
»Haben Sie übrigens dieses Röhrchen mit Morphium gefunden, als Sie nach Hause kamen?«
Schwester Hopkins runzelte die Stirn.
»Nein. Ich kann mir nicht vorstellen, wo es hingekommen ist. Es könnte höchstens so gewesen sein: Ich hab es auf den Rand vom Kaminsims gelegt, wie ich das oft tue, während ich den Schrank zusperre, und von da ist es herabgerollt und in den Papierkorb gefallen, den ich dann beim Hinausgehen noch rasch draußen in die Aschentonne entleert habe.« Sie machte eine Pause. »Ja, so muß es gewesen sein.«
»Ja«, echote Schwester O'Brien. »Ja, meine Liebe, so muß es gewesen sein.«
»Richtig«, nickte Schwester Hopkins eifrig. »Es könnte gar nicht anders gewesen sein, wie?«
Sie nahm noch ein Stück Kuchen.
Die andere stimmte rasch zu – vielleicht ein wenig zu rasch.
»Ich an Ihrer Stelle würde mir keine Sorgen mehr darüber machen«, sagte sie beruhigend.
»Ich mache mir auch keine Sorgen . . .«

Jung und streng in ihrem schwarzen Kleid saß Elinor vor Mrs. Welmans massivem Schreibtisch in der Bibliothek. Verschiedene Papiere lagen vor ihr ausgebreitet. Sie hatte

mit den Dienstboten und mit Mrs. Bishop gesprochen. Nun betrat Mary Gerrard das Zimmer und zögerte einen Augenblick an der Tür.
»Sie wollten mich sprechen, Miss Elinor?«
Elinor sah auf.
»Ach ja, Mary. Kommen Sie doch her und setzen Sie sich, ja?«
Mary setzte sich auf den Stuhl, auf den Elinor deutete. Er war ein wenig dem Fenster zugewendet, und das Licht fiel auf ihr Gesicht, zeigte die blendende Reinheit ihrer Haut und brachte das helle Gold des Haares voll zur Geltung.
Elinor dachte: Ist es möglich, jemanden so zu hassen und es nicht zu zeigen?
Laut sagte sie mit angenehmer, geschäftsmäßiger Stimme:
»Ich glaube, Sie wissen, Mary, daß meine Tante immer sehr viel Interesse für Sie gehabt hat.«
Mary murmelte leise:
»Mrs. Welman war immer sehr gut zu mir.«
»Da sie ohne Testament starb, ruht die Verantwortung, ihre Wünsche zu erfüllen, auf mir. Obwohl es für meine Tante zum Schluß schwer war, verständlich zu sprechen, konnte sie mir doch an diesem letzten Abend ihre Wünsche klarmachen. Sie wollte zweifellos für Ihre Zukunft sorgen.«
»Das war sehr gut von ihr.«
»Ich habe angeordnet, daß Ihnen, sobald alle Formalitäten erledigt sind, zweitausend Pfund überwiesen werden – über die Sie ganz nach Ihrem Belieben verfügen können.«
Mary stieg das Blut ins Gesicht.
»Zweitausend Pfund? Miss Elinor, das ist aber gut von Ihnen! Ich weiß gar nicht, was ich sagen soll.«
Elinor sagte kalt:
»Es ist nicht besonders gut von mir, und sagen Sie, bitte, gar nichts.«
Mary wurde rot.

»Sie wissen nicht, was das für mich bedeutet«, murmelte sie.
Elinor zögerte. Sie schaute von Mary weg, zur anderen Seite des Zimmers. Dann sagte sie mit leiser Anstrengung: »Haben Sie – haben Sie – irgendwelche Pläne?«
»O ja. Ich möchte eine Ausbildung machen. Vielleicht als Krankengymnastin. Schwester Hopkins hat mir das geraten.«
»Das scheint mir eine gute Idee. Ich werde Mr. Seddon sagen, daß Sie sobald wie möglich einen Vorschuß bekommen sollen – wenn möglich, sofort.«
»Sie sind sehr, sehr gut, Miss Elinor«, wiederholte Mary dankbar.
»Es war Tante Lauras Wunsch.« Elinor zögerte wieder, dann sagte sie: »Das ist alles, denke ich.«
Als Mary gegangen war, saß Elinor ganz still da und starrte vor sich hin. Ihr Gesicht war vollkommen unbewegt, es verriet nichts von dem, was in ihrem Innern vorging. So saß sie lange Zeit regungslos da ...

Endlich ging Elinor, um Roddy aufzusuchen, den sie im Frühstückszimmer fand. Er stand am Fenster und schaute hinaus. Bei Elinors Eintritt wandte er sich jäh um.
Sie zwang sich zu einem Lächeln.
»Jetzt habe ich alles erledigt! Fünfhundert für Mrs. Bishop – sie war so viele Jahre hier. Hundert für die Köchin und je fünfzig für Milly und Anna. Den andern je fünf Pfund. Fünfundzwanzig für Stephens, den Obergärtner; und dann ist noch der alte Gerrard im Pförtnerhaus. Für ihn habe ich noch nichts vorgesehen. Es ist etwas schwierig. Er wird wohl pensioniert werden müssen, vermute ich?«
Sie hielt kurz inne und fuhr dann um so rascher fort:
»Ich habe Mary Gerrard zweitausend überschrieben. Meinst du, daß das Tante Lauras Wunsch entspricht? Es schien mir ungefähr die richtige Summe.«
Roddy nickte, ohne sie anzusehen.

»Ja, genau das Richtige. Du hast immer ein ausgezeichnetes Urteil, Elinor.«
Er wandte sich wieder dem Fenster zu.
Elinor wartete einen Augenblick, dann begann sie mit stockendem Atem in nervöser Hast zu sprechen, die Worte stürzten ihr fast unzusammenhängend von den Lippen:
»Noch eins: Ich möchte – es ist nur gerecht – ich meine, du mußt doch auch deinen Anteil haben, Roddy.«
Als er sich mit zornigem Gesicht umwandte, fuhr sie hastig fort:
»Nein, hör mich doch an, Roddy! Es ist nur pure Gerechtigkeit! Das Geld, das deinem Onkel gehörte – das er seiner Frau hinterließ –, natürlich nahm er an, daß es schließlich dir zufallen würde. Tante Laura beabsichtigte das auch, ich weiß das aus vielen Dingen, die sie sagte. Wenn ich *ihr* Geld habe, sollst du den Betrag haben, der *ihm* gehörte – das ist nur recht und billig. Ich – ich kann das Gefühl nicht ertragen, daß ich dich beraubt habe – nur weil Tante Laura eine Scheu davor hatte, ein Testament zu machen. Du mußt – du mußt darin Vernunft annehmen!«
Rodericks schmales sensibles Gesicht war totenblaß geworden.
»Mein Gott, Elinor, willst du, daß ich mich völlig als Schuft fühle? Glaubst du auch nur einen Augenblick, ich könnte – könnte dieses Geld von dir annehmen?«
»Ich schenke es dir ja nicht. Es ist nur recht und billig.«
»Ich brauche dein Geld nicht!«
»Es ist nicht meines!«
»Es ist deins nach dem Gesetz – und nur darauf kommt es an! Ich nehme keinen Penny von dir. Du sollst nicht die Großmütige spielen mir gegenüber!«
»Roddy!«
Er machte eine rasche Gebärde.
»Oh, meine Liebe, verzeih! Ich weiß nicht, was ich rede. Ich fühle mich so verwirrt – so gänzlich verloren . . .«

Elinor sagte sanft: »Armer Roddy . . .«
Er hatte sich wieder abgewandt und spielte mit der Quaste des Vorhangs. Dann sagte er in verändertem, fast kühlem Ton:
»Weißt du, was – Mary Gerrard zu tun beabsichtigt?«
»Sie will sich als Krankengymnastin ausbilden lassen, sagt sie.«
»So, wirklich?«
Ein Schweigen entstand. Elinor richtete sich auf, sie warf den Kopf zurück. Als sie sprach, hatte ihre Stimme plötzlich etwas Zwingendes.
»Roddy, ich möchte, daß du mir aufmerksam zuhörst.«
Er wandte sich ihr leicht überrascht zu.
»Aber natürlich, Elinor.«
»Ich möchte, daß du meinen Rat befolgst.«
»Und was ist dein Rat?«
»Du bist im Geschäft nicht besonders angebunden? Du kannst immer Urlaub haben, nicht?«
»O ja.«
»Dann tu folgendes. Reise irgendwohin für – sagen wir, drei Monate. Fahr allein. Such neue Bekanntschaften und schau dir neue Städte an. Sprechen wir ganz offen. Im Moment glaubst du, in Mary Gerrard verliebt zu sein. Vielleicht bist du es. Aber jetzt ist nicht der Augenblick, dich ihr zu nähern – das weißt du selbst nur zu gut. Unsere Verlobung ist endgültig gelöst. Fahr also weg, als freier Mensch, und nach drei Monaten entschließe dich als freier Mensch. Dann wirst du wissen, ob du Mary wirklich liebst, oder ob es nur ein Strohfeuer war. Und wenn du ganz sicher bist, daß du sie wirklich liebst – nun, dann komm zurück und sag ihr, daß du deiner Gefühle ganz sicher bist, dann wird sie dir vielleicht Gehör schenken.«
Roddy kam auf sie zu und ergriff ihre Hand.
»Elinor, du bist wundervoll! Nicht eine Spur von Kleinlichkeit oder Armseligkeit ist an dir. Ich bewundere dich

mehr, als ich sagen kann. Ich werde genau das tun, was du vorschlägst. Fortgehen, mich von allem freimachen – und herausbekommen, ob ich wirklich liebe oder ob ich mich nur selbst zum Narren gehalten habe. Eins weiß ich aber schon jetzt, daß du immer tausendmal zu gut für mich warst. Gott lohne dir all deine Güte.«
Rasch, impulsiv, küßte er sie auf die Wange und verließ das Zimmer.
Es war vielleicht gut, daß er nicht zurückschaute und ihr Gesicht sah.

Ein paar Tage später teilte Mary Schwester Hopkins die gute Nachricht mit.
Die praktisch veranlagte Frau gratulierte ihr wärmstens.
»Das ist ein außerordentliches Glück für Sie, Mary. Die alte Dame mag es ja gut mit Ihnen gemeint haben, aber wenn etwas nicht schwarz auf weiß dasteht, nützen die besten Absichten nichts! Sie hätten leicht gar nichts bekommen können.«
»Miss Elinor behauptet, daß Mrs. Welman ihr am Abend, bevor sie starb, gesagt habe, sie solle etwas für mich tun.«
Schwester Hopkins gab einen zweifelnden Ton von sich.
»Schon möglich. Aber es gibt viele, denen es nachher bequem gewesen wäre, das zu vergessen. Verwandte sind so. Ich habe da so manches miterleben müssen. Die menschliche Natur ist nun mal so, niemand trennt sich gern von Geld, wenn er rechtlich nicht dazu gezwungen ist! Ich sag Ihnen, Mary, Sie haben Glück gehabt. Miss Carlisle ist anständiger als die meisten Leute.«
»Und dennoch habe ich – irgendwie – das Gefühl, daß sie mich nicht mag«, murmelte Mary.
»Und mit gutem Grund, wenn Sie mich fragen«, erwiderte Schwester Hopkins geradeheraus. »Na, schauen Sie nicht so unschuldig drein, Mary! Mr. Roderick verdreht doch schon einige Zeit die Augen nach Ihnen.«
Mary wurde rot, und Schwester Hopkins fuhr fort:

»Ihn hat's arg erwischt, meiner Ansicht nach, hat er sich Hals über Kopf in Sie verliebt. Wie steht's mit Ihnen, Mädel. Haben Sie ihn gern?«

»Ich – ich weiß nicht, ich glaube nicht. Aber er ist sehr nett, natürlich.«

»Hm. Er wäre nicht nach meinem Geschmack! Er ist einer von den Männern, die launisch sind und bei jeder Kleinigkeit die Nerven verlieren. Männer sind überhaupt nicht viel wert! Übereilen Sie nur nichts, meine liebe Mary. Mit Ihrem Aussehen können Sie sich's erlauben, wählerisch zu sein. Schwester O'Brien sagte erst neulich zu mir, daß Sie zum Film gehen sollten. Blondinen sind dort sehr gefragt, habe ich gehört.«

Marys Gedanken waren bereits weitergewandert.

»Schwester, wie, meinen Sie, soll ich mich meinem Vater gegenüber verhalten? Er findet, ich sollte ihm etwas von diesem Geld abgeben.«

»Tun Sie das bloß nicht!« Schwester Hopkins' Stimme klang erzürnt. »Mrs. Welman hat ihm dieses Geld nie zugedacht. Meiner Meinung nach hätte er seinen Posten schon vor Jahren verloren, wenn Sie nicht gewesen wären. Einen fauleren Menschen hat es nie gegeben!«

»Es ist schon komisch, daß sie nie ein Testament gemacht hat.«

Schwester Hopkins schüttelte den Kopf.

»Die Leute sind so. Sie würden staunen. Immer wieder wird es aufgeschoben!«

»Das scheint mir geradezu dumm!«

Schwester Hopkins fragte mit einem leichten Augenzwinkern:

»Schon selbst ein Testament gemacht, Mary?«

Mary starrte sie an.

»Ach nein.«

»Und doch sind Sie schon über einundzwanzig.«

»Aber ich – ich habe doch nichts zu hinterlassen –, das heißt, doch, jetzt schon.«

»Natürlich haben Sie – eine nette, kleine Summe noch dazu!«
»Gut, schön, aber es hat ja keine Eile . . .«
»Da haben Sie's«, meinte Schwester Hopkins trocken. »Genau wie alle andern! Daß Sie ein gesundes junges Mädel sind, ist kein Grund, nicht bei einem Autobusunglück ums Leben zu kommen oder auf der Straße überfahren zu werden.«
Mary lachte.
»Ich weiß nicht einmal, wie man ein Testament macht.«
»Es ist leicht genug. Ein Formular bekommt man auf dem Postamt; holen wir gleich eines.«
Das Formular wurde geholt und auf dem Tisch ausgebreitet. Schwester Hopkins war ganz bei der Sache; ein Testament zu machen, dachte sie, war beinahe so aufregend wie ein Todesfall.
»Wer bekäme das Geld, wenn ich kein Testament machen würde?« fragte Mary.
Schwester Hopkins antwortete etwas unsicher:
»Ihr Vater vermutlich.«
»Er soll es nicht haben. Ich hinterlasse es lieber meiner Tante in Neuseeland . . . Ich weiß aber die Adresse meiner Tante nicht; wir haben seit Jahren nichts mehr von ihr gehört.«
»Das macht, glaube ich, nichts. Sie kennen doch ihren Vornamen.«
»Mary. Mary Riley.«
»Das reicht. Schreiben Sie einfach: Ich hinterlasse alles Mary Riley, Schwester der verstorbenen Elise Gerrard aus Hunterbury, Maidensford.«
Mary beugte sich über das Formular und schrieb. Als sie fertig war, erschauerte sie plötzlich. Ein Schatten war zwischen sie und die Sonne gefallen. Sie blickte auf und sah Elinor Carlisle, die vor dem Fenster stand und hereinschaute. Elinors Stimme klang kühl wie immer:
»Was tun Sie denn da so emsig?«

»Sie schreibt ihr Testament.«
Schwester Hopkins strahlte.
»Macht ihr Testament?«
Plötzlich lachte Elinor – es war ein seltsames Lachen –, beinahe hysterisch.
»Also Ihr Testament machen Sie, Mary. Das ist komisch. Das ist sehr komisch . . .«
Noch immer lachend wandte sie sich ab und ging rasch die Straße hinunter.
Schwester Hopkins starrte ihr nach.
»Haben Sie je – –? Was ist bloß über sie gekommen?«

Elinor hatte kaum ein halbes Dutzend Schritte gemacht – sie lachte noch immer –, als eine Hand sich von hinten auf ihren Arm legte. Sie blieb jäh stehen und wandte sich um. Dr. Lord sah ihr gerade ins Gesicht, die Stirn in Falten gelegt.
»Worüber haben Sie gelacht?«
»Wirklich – ich weiß nicht.«
»Das ist eine etwas kindische Antwort!«
Elinor wurde rot.
»Ich denke, ich muß nervös sein – oder so etwas. Ich schaute zum Fenster der Gemeindeschwester hinein und – und da saß Mary Gerrard und schrieb ihr Testament. Da mußte ich lachen, ich weiß nicht, warum!«
»Wirklich nicht?«
Lord sah sie durchdringend an:
»Es war dumm von mir – ich sagte es Ihnen schon –, ich bin nervös.«
»Ich werde Ihnen ein Beruhigungsmittel verschreiben.«
Elinor sagte schneidend:
»Wie nützlich!«
Er grinste entwaffnend.
»Ganz nutzlos, ich gebe es zu. Aber es ist das einzige, was man tun kann, wenn einem die Leute nicht sagen wollen, was ihnen fehlt!«

»Mir fehlt gar nichts.«
Peter Lord widersprach ruhig:
»Ihnen fehlt sehr viel.«
»Meine Nerven sind bis zu einem gewissen Grad angespannt, vermute ich ...«
»Ich denke, bis zu einem sehr hohen Grad. Aber davon rede ich nicht.« Er machte eine Pause. »Werden Sie – werden Sie noch lange hierbleiben?«
»Ich reise morgen ab.«
»Sie werden nicht – hier leben?«
Elinor schüttelte den Kopf.
»Nein – nie. Ich denke – ich denke – ich werde das Haus verkaufen, wenn ich ein gutes Angebot bekomme.«
»Ach so ...«
»Ich muß nun nach Hause.«
Elinor streckte ihm die Hand entgegen, Peter Lord nahm sie und hielt sie fest.
»Miss Carlisle, bitte, sagen Sie mir, woran Sie dachten, als Sie eben lachten.«
Sie entwand ihm schnell ihre Hand.
»Woran sollte ich gedacht haben?«
»Das möchte ich ja gern wissen.«
Sein Gesicht war ernst und ein wenig unglücklich.
Elinor wurde ungeduldig.
»Es ist mir komisch vorgekommen, das war alles!«
»Daß Mary Gerrard ein Testament machte? Warum? Ein Testament machen ist ein ganz vernünftiger Vorgang. Erspart eine Menge Unannehmlichkeiten. Manchmal natürlich macht es auch Unannehmlichkeiten!«
»Natürlich sollte jeder ein Testament machen. Das habe ich nicht gemeint.«
»Mrs. Welman hätte ein Testament machen sollen.«
Elinor nickte mit Nachdruck.
»Ja, wirklich.«
Das Blut stieg ihr ins Gesicht, und einen Augenblick schwiegen beide.

Dann fragte Dr. Lord unvermittelt:
»Wie steht's mit Ihnen?«
»Mit mir?«
»Ja, Sie sagten soeben, jeder sollte ein Testament machen! Haben Sie es getan?«
Elinor starrte ihn einen Augenblick an, dann lachte sie.
»Wie merkwürdig! Nein, ich habe noch gar nicht daran gedacht! Ich bin genauso wie Tante Laura. Wissen Sie was, Dr. Lord, ich gehe jetzt nach Hause und schreibe deswegen sofort an Mr. Seddon.«
Peter Lord nickte.
»Sehr vernünftig.«

In der Bibliothek hatte Elinor eben einen Brief beendet:

Sehr geehrter Mr. Seddon, würden Sie bitte ein Testament aufsetzen, das ich unterzeichnen kann? Ein ganz einfaches. Ich wünsche alles, was ich besitze, Roderick Welman uneingeschränkt zu hinterlassen.

Ihre ergebene
Elinor Carlisle

Sie schaute auf die Uhr; die Post ging in ein paar Minuten.
Sie öffnete die Schreibtischlade; dabei erinnerte sie sich, daß sie heute früh die letzte Briefmarke verbraucht hatte.
Sie war sicher, noch welche in ihrem Schlafzimmer zu haben.
Sie ging hinauf. Als sie die Bibliothek mit einer Briefmarke in der Hand wieder betrat, stand Roddy am Fenster. Er wandte sich ihr langsam zu:
»Morgen fahren wir also weg. Gutes altes Hunterbury! Wir haben schöne Zeiten hier verlebt.«
»Macht es dir etwas aus, daß es verkauft wird?«
»O nein, nein! Ich sehe vollkommen ein, daß es das Beste ist, was du tun kannst.«

Ein Schweigen entstand. Elinor nahm ihren Brief, überflog ihn noch einmal, um zu sehen, ob alles in Ordnung war, dann versiegelte sie ihn und klebte die Marke darauf.

6

Brief von Schwester O'Brien an Schwester Hopkins, vom 14. Juli:

Laborough Court

Liebe Hopkins – ich will Ihnen schon seit einigen Tagen schreiben. Dies ist ein wunderschönes Haus, die Bilder darin sind, glaube ich, berühmt. Ich kann aber nicht behaupten, daß es so bequem ist wie Hunterbury; Sie verstehen, wie ich es meine. Hier draußen auf dem Land ist es schwer, Dienstboten zu bekommen. Die Mädchen, die sie haben, sind ziemlich ungeschickt, und manche gar nicht gefällig, und obwohl ich sicher keine bin, die Extramühe macht, sollten die Mahlzeiten, die mir heraufgeschickt werden, wenigstens heiß und, da keine Möglichkeit besteht, hier oben Tee zuzubereiten, der Tee mit kochendem Wasser aufgegossen sein! Jedoch das alles tut nichts zur Sache. Der Patient ist ein netter, ruhiger Herr – doppelseitige Lungenentzündung, aber die Krise ist vorüber, und der Doktor sagt, es geht aufwärts.
Aber was Sie wirklich interessieren wird, ist das merkwürdigste Zusammentreffen, von dem Sie je gehört haben. Im Salon, auf dem Klavier, steht eine Fotografie in einem großen Silberrahmen, und – Sie werden es nicht glauben – es ist dieselbe Fotografie, von der ich Ihnen erzählte – auf der ›Lewis‹ stand, die Mrs. Welman zu sehen verlangte! Das machte mich natürlich neugierig – wen nicht? Und ich fragte den Diener, wer das sei, worauf er

erwiderte, es sei Lady Ratterys Bruder – Sir Lewis Rycroft. Er lebte nicht weit von hier und fiel im Krieg. Sehr traurig, nicht wahr? Ich fragte beiläufig, ob er verheiratet gewesen sei, und der Diener sagte ja, aber Lady Rycroft mußte bald nach der Heirat ins Irrenhaus, die Arme! Sie lebe noch, behauptete er. Ist das nicht interessant? Wir haben uns beide geirrt mit unseren Vermutungen. Sie müssen einander sehr gern gehabt haben, er und Mrs. W., und konnten nicht heiraten, da er eine Frau im Irrenhaus hatte. Und sie erinnerte sich nach all diesen Jahren und schaute seine Fotografie an, bevor sie starb! Er fiel gegen Kriegsende, sagte der Diener. Das ist doch wie im Film, nicht? Hier ist übrigens weit und breit kein Kino! Oh, es ist schrecklich, auf dem Land vergraben zu sein! Kein Wunder, daß sie keine ordentlichen Mädchen bekommen!
Nun, adieu für heute, meine Liebe, schreiben Sie mir bald alle Neuigkeiten.

Ihre
Eileen O'Brien

Brief von Schwester Hopkins an Schwester O'Brien, vom 14. Juli:

Liebe O'Brien – alles geht hier so ziemlich seinen alten Gang. Hunterbury ist verlassen – alle Dienstboten fort, und auf einem Brett steht: ›Zu verkaufen‹. Ich sprach neulich Mrs. Bishop, sie wohnt jetzt bei ihrer Schwester, die ungefähr eine Meile von hier lebt. Wie Sie sich vorstellen können, ist es ihr sehr nahegegangen, daß das Haus verkauft werden soll. Sie war sicher, daß Miss Carlisle Mr. Welman heiraten und hier leben werde. Mrs. B. sagte, die Verlobung sei aufgelöst! Miss Carlisle kehrte bald, nachdem Sie fortgegangen waren, nach London zurück. Sie benahm sich ein paarmal sehr sonderbar, so daß man wirklich nicht mehr wußte, woran man bei ihr war! Mary Ger-

rard ist nach London gegangen und macht die geplante Ausbildung. Sehr vernünftig von ihr, finde ich. Miss Carlisle schenkte ihr zweitausend Pfund, was ich sehr schön finde.
Übrigens ist es komisch, wie klein die Welt ist. Erinnern Sie sich noch, daß Sie mir etwas von einer Fotografie erzählten, auf der ›Lewis‹ stand, und die Mrs. Welman Ihnen gezeigt hat? Ich hatte neulich ein Plauderstündchen mit Mrs. Slattery (sie war die Haushälterin vom alten Dr. Ransome, der die Praxis vor Dr. Lord hatte), sie hat natürlich ihr ganzes Leben hier gelebt und weiß eine Menge von den Herrschaften, die hier herum wohnen. Ich brachte beiläufig das Thema Vornamen zur Sprache und erwähnte, daß der Name Lewis doch eigentlich wenig gebräuchlich sei, und da erwähnte sie unter anderen Sir Lewis Rycroft drüben in Forbes Park. Er diente im Krieg bei den 17er Ulanen und ist gegen Ende des Krieges gefallen. Da sagte ich, er sei doch sehr befreundet gewesen mit Mrs. Welman in Hunterbury, nicht? Und sie warf mir sogleich einen Blick zu und sagte: Ja, sehr gute Freunde sind sie gewesen, und manche behaupteten, mehr als Freunde, aber sie wolle nicht klatschen – und warum sollten sie nicht Freunde gewesen sein? Also, sagte ich, aber Mrs. Welman war doch Witwe zu der Zeit, und sie sagte: O ja, sie war Witwe. Da wußte ich sofort, daß das etwas zu bedeuten hatte, und meinte, das sei doch sonderbar, daß sie nicht geheiratet hätten, und da sagte sie: ›Sie konnten nicht heiraten, er hatte eine Frau im Irrenhaus!‹ Also jetzt wissen wir alles! Merkwürdig, wie die Dinge herauskommen, nicht! Wenn man bedenkt, wie leicht man sich heutzutage scheiden lassen kann, ist es wirklich ein Skandal, daß damals Irrsinn kein Scheidungsgrund war!
Erinnern Sie sich noch an einen hübschen jungen Burschen namens Ted Bigland, der so hinter Mary Gerrard

her war? Er bat mich um ihre Adresse in London, aber ich gab sie ihm nicht. Meiner Meinung nach kann Mary etwas Besseres finden als Ted Bigland.
Ich weiß nicht, ob Sie es bemerkt haben, meine Liebe, aber Mr. R – W – war sehr verliebt in sie.
Das ist auch bestimmt der Grund, warum die Verlobung zwischen ihm und Miss Carlisle gelöst wurde. Und, wenn Sie mich fragen, es hat sie schwer getroffen. Ich weiß wirklich nicht, was sie an ihm fand – mein Fall wäre er nicht, aber ich hörte aus verläßlicher Quelle, daß sie ihn immer wahnsinnig geliebt hat. Ein rechtes Durcheinander, nicht? Und dabei hat sie so eine Menge Geld! Ich glaube, er hat immer erwartet, daß seine Tante ihm einen ordentlichen Batzen vermachen würde.
Mit dem alten Gerrard im Pförtnerhaus geht es übrigens rapide zu Ende – er hat mehrere böse Anfälle gehabt. Er ist genauso grob und mürrisch wie immer. Neulich behauptete er doch wahrhaftig, daß Mary nicht seine Tochter sei! ›Nun‹, sagte ich, ›ich an Ihrer Stelle würde mich schämen, so etwas über meine Frau zu sagen.‹ Er schaute mich nur an und sagte: ›Sie sind eine blöde Person. Sie verstehen nichts.‹ Höflich, was? Ich antwortete ziemlich scharf, kann ich Ihnen sagen. Seine Frau war vor ihrer Heirat Kammerzofe bei Mrs. Welman, glaube ich.

Immer Ihre
Jessie Hopkins

Postkarte von Schwester Hopkins an Schwester O'Brien:
»Komisch, daß unsere Briefe sich gekreuzt haben! Ist das nicht ein schreckliches Wetter?«

Postkarte von Schwester O'Brien an Schwester Hopkins:
»Erhielt heute morgen Ihren Brief. Welcher Zufall!«

Brief von Roderick Welman an Elinor Carlisle, vom 15. Juli:

Liebe Elinor – ich erhalte eben Deinen Brief. Nein, es macht mir wirklich gar nichts aus, wenn Hunterbury verkauft wird. Sehr nett von Dir, mich noch einmal zu fragen. Ich finde, es ist das klügste, wenn Du nicht dort leben willst, was Du offenbar nicht beabsichtigst. Du wirst es jedoch vielleicht schwer loswerden. Es ist ein ziemlich großer Besitz für die Bedürfnisse von heutzutage, obwohl es ganz modernisiert wurde und ordentliche Dienerzimmer sowie Gas und elektrisches Licht hat. Jedenfalls hoffe ich, daß Du Glück hast.
Das Wetter hier ist herrlich. Ich verbringe Stunden im Meer. Recht komische Leute hier, aber ich mische mich nicht viel unter sie. Du hast mir einmal gesagt, daß ich kein guter Gesellschafter bin. Ich fürchte, das ist wahr. Ich finde die meisten Exemplare der menschlichen Spezies höchst abstoßend. Wahrscheinlich erwidern sie dieses Gefühl.
Ich spüre seit langem, daß Du einer der wenigen wirklich befriedigenden Vertreter der Menschheit bist. In ein oder zwei Wochen gedenke ich weiter, zur dalmatinischen Küste, zu ziehen. Adresse vom 22. an c/o Thomas Cook, Dubrovnik. Wenn ich irgend etwas für Dich tun kann, laß es mich wissen.
In Bewunderung und Dankbarkeit, Dein

Rodney

Brief von Mr. Seddon an Miss Elinor Carlisle, vom 20. Juli:

104, Bloomsbury Square

Sehr geehrte Miss Carlisle – ich bin sehr dafür, daß Sie Major Somervells Angebot von zwölftausendfünfhundert Pfund für Hunterbury annehmen. Große Güter sind im Augenblick äußerst schwierig zu verkaufen, und der gebotene Preis scheint mir höchst vorteilhaft zu sein. Das Angebot hängt jedoch vom möglichen sofortigen Bezug

des Anwesens ab, und da ich weiß, daß Major Somervell noch andere Güter in der Nähe angesehen hat, würde ich zu einem raschen Abschluß raten.
Major Somervell ist bereit, das Haus für drei Monate möbliert zu übernehmen; bis dahin dürften alle notwendigen Formalitäten erledigt sein.
Was den Pförtner Gerrard und die Frage seiner Pensionierung betrifft, höre ich von Dr. Lord, daß der alte Mann schwerkrank und sein Ableben in Kürze zu erwarten ist.
Übrigens habe ich Miss Mary Gerrard einhundert Pfund Vorschuß ausgezahlt.

Ihr ergebener Edmund Seddon

Brief von Dr. Lord an Miss Elinor Carlisle, vom 24. Juli:

Sehr geehrte Miss Carlisle – der alte Gerrard ist heute gestorben. Kann ich irgend etwas für Sie tun? Ich höre, Sie haben das Haus an unser neues Parlamentsmitglied, Major Somervell, verkauft.

Ihr ergebner Peter Lord.

Brief von Elinor Carlisle an Mary Gerrard, vom 25. Juli:

Liebe Mary – ich sende Ihnen mein aufrichtiges Beileid zum Tod Ihres Vaters.
Ich habe Hunterbury an einen Major Somervell verkauft. Er wünscht dringend, es möglichst bald zu beziehen. Ich fahre jetzt hin, um den Haushalt aufzulösen. Wäre es Ihnen möglich, die Sachen Ihres Vaters so bald wie möglich aus dem Pförtnerhaus fortzuschaffen? Ich hoffe, es geht Ihnen gut und Sie finden die Ausbildung nicht zu anstrengend.
Mit den besten Grüßen Ihre

Elinor Carlisle

Brief von Mary Gerrard an Schwester Hopkins, vom 25. Juli:

Liebe Schwester Hopkins – herzlichen Dank, daß Sie mir über meinen Vater geschrieben. Ich bin froh, daß er nicht gelitten hat. Miss Elinor schreibt mir, daß das Haus verkauft ist und daß sie das Pförtnerhaus gern so rasch wie möglich geräumt haben möchte. Kann ich bei Ihnen absteigen, wenn ich morgen zum Begräbnis komme? Wenn ja, brauchen Sie nicht mehr zu schreiben.
Mit freundlichen Grüßen

Ihre Mary Gerrard

7

Elinor Carlisle kam am Donnerstagmorgen, den 27. Juli, aus dem »Löwen« und blickte die Hauptstraße von Maidensford hinauf und hinunter.
Dann überquerte sie mit einem freudigen Ausruf die Straße.
Diese große würdige Erscheinung, der ruhige Gang, der an ein Schiff unter vollen Segeln erinnerte, waren nicht zu verkennen!
»Mrs. Bishop!«
»Oh, Miss Elinor! Das ist aber eine Überraschung! Ich hatte keine Ahnung, daß Sie hier sind! Hätte ich gewußt, daß Sie nach Hunterbury kommen, wäre ich auch gekommen. Wer macht dort alles für Sie? Haben Sie jemanden aus London mitgebracht?«
Elinor schüttelte den Kopf.
»Ich wohne nicht im Haus, ich wohne im ›Löwen‹.«
Mrs. Bishop schaute hinüber und rümpfte die Nase.
»Man kann zur Not dort wohnen«, gab sie zu. »Sauber

ist es, das weiß ich, und das Essen soll auch nicht schlecht sein, aber kaum, wie Sie es gewöhnt sind, Miss Elinor.«
Elinor sagte lächelnd:
»Ich bin wirklich ganz gut untergebracht, es ist ja nur für ein paar Tage. Ich muß die Sachen im Haus durchsehen. Ich nehme die persönlichen Sachen meiner Tante mit und dann noch ein paar Möbelstücke, die ich gern in London hätte.«
»Das Haus ist also wirklich verkauft?«
»Ja, an einen Major Somervell, unser neues Parlamentsmitglied. Ich bin froh, daß jemand das Haus gekauft hat, der wirklich darin wohnen wird. Es hätte mir leid getan, wenn man ein Hotel daraus gemacht oder es umgebaut hätte.«
Mrs. Bishop schloß die Augen und erschauerte.
»Ja, das wäre wirklich schrecklich gewesen! Es ist schlimm genug, sich Hunterbury in der Hand von Fremden vorzustellen.«
»Ja, aber sehen Sie, es wäre doch ein zu großes Haus für mich gewesen, um allein darin zu leben.«
Mrs. Bishop antwortete nicht, und Elinor fuhr rasch fort: »Was ich Sie noch fragen wollte! Ist vielleicht ein Möbelstück dort, das Sie gern haben möchten? Ich würde es Ihnen sehr gern geben.«
Mrs. Bishop strahlte.
»Oh, Miss Elinor, das ist sehr lieb von Ihnen, wirklich sehr gütig. Wenn ich so frei sein darf . . .«
Sie machte eine Pause, und Elinor meinte aufmunternd:
»Ja, natürlich.«
»Den Sekretär im Salon habe ich immer so bewundert, so ein schönes Stück!«
Elinor erinnerte sich: ein etwas auffallendes Stück Einlegearbeit.
»Natürlich sollen Sie ihn haben, Mrs. Bishop. Sonst noch etwas?«

»Nein, danke schön, Miss Elinor. Sie waren immer sehr freigebig.«
»Es sind noch einige Stühle da im selben Stil wie der Sekretär; möchten Sie die nicht auch haben?«
Mrs. Bishop nahm die Stühle mit gebührendem Dank entgegen.
»Ich wohne augenblicklich bei meiner Schwester. Kann ich irgend etwas im Haus oben für Sie erledigen, Miss Elinor? Ich könnte gleich mit Ihnen hinaufgehen, wenn Sie es wünschen.«
»Nein, danke.«
Elinor sprach rasch, beinahe hastig.
»Es wäre gar keine Mühe, das versichere ich Ihnen – nur ein Vergnügen. So eine melancholische Aufgabe, alle die Sachen der lieben Mrs. Welman durchzusehen!«
»Ich danke Ihnen, Mrs. Bishop, aber ich mache es lieber allein. Man kann manche Dinge besser allein tun ––«
Mrs. Bishop erwiderte steif:
»Wie es Ihnen beliebt, natürlich.«
Dann fuhr sie fort:
»Die Tochter von Gerrard ist hier; gestern war sein Begräbnis. Sie wohnt bei Schwester Hopkins. Ich hörte, daß die beiden heute vormittag zum Pförtnerhaus gegangen sind.«
Elinor nickte.
»Ja, ich ersuchte Mary, herzukommen und das Pförtnerhaus zu räumen. Major Somervell will so bald wie möglich einziehen.«
»Ah, ich verstehe.«
»Nun, ich muß jetzt gehen. Ich habe mich sehr gefreut, Sie wiedergesehen zu haben, Mrs. Bishop. Ich werde an den Sekretär und die Stühle denken.«
Sie schüttelte ihr die Hand und ging weiter.
Sie ging zum Bäcker und kaufte einen Laib Brot. Dann ging sie ins Milchgeschäft und kaufte ein halbes Pfund Butter und etwas Milch.

Schließlich ging sie zum Kaufmann.
»Ich möchte eine Paste für Sandwiches, bitte.«
»Sofort, Miss Carlisle.« Mr. Abbott selbst eilte diensteifrig herbei und schob seinen Angestellten beiseite. »Was hätten Sie denn gern? Lachs und Garnele? Truthahn und Zunge? Lachs und Anchovis? Schinken und Zunge?«
Er nahm ein Glas nach dem anderen herunter und reihte sie auf dem Ladentisch auf.
Elinor erklärte mit einem leisen Lächeln:
»Ich finde immer, sie schmecken trotz ihrer unterschiedlichen Namen so ziemlich alle gleich.«
Mr. Abbott stimmte sofort zu.
»In gewisser Weise vielleicht, ja. Aber sie sind natürlich sehr schmackhaft – sehr schmackhaft.«
»Man hat sich eigentlich immer gefürchtet, Fischpasten zu essen; es hat doch Fälle von Fischvergiftung danach gegeben, nicht?«
Mr. Abbott machte ein entsetztes Gesicht.
»Ich kann Ihnen versichern, das hier ist eine ausgezeichnete Marke – ganz verläßlich – wir haben nie eine Klage gehabt.«
»Ich nehme also einmal Lachs und Anchovis und einmal Lachs und Garnelen. Danke.«

Elinor Carlisle betrat die Anlagen von Hunterbury durch die Hintertür.
Es war ein heißer, klarer Sommertag, die Wicken blühten.
Der Untergärtner Horlick, der dageblieben war, um den Garten in Ordnung zu halten, begrüßte sie ehrerbietig.
»Guten Morgen, Miss. Ich erhielt Ihren Brief. Sie werden die Seitentür offen finden. Ich habe die Läden und die meisten der Fenster geöffnet.«
»Danke, Horlick.«
Als sie weitergehen wollte, sagte der junge Mann etwas zaghaft:
»Entschuldigen, Miss –«

Elinor wandte sich um.
»Ja?«
»Ist es wahr, daß das Haus verkauft ist? Ich meine, ist es ganz abgemacht?«
»Ja, gewiß!«
»Ich dachte mir, Miss, ob Sie vielleicht ein gutes Wort für mich einlegen würden – bei Major Somervell, meine ich. Er wird ja Gärtner brauchen. Vielleicht denkt er, ich bin noch zu jung für einen Obergärtner, aber ich habe jetzt vier Jahre unter Mr. Stephens gearbeitet, und ich kann schon ganz schön viel, und ich hab alles gut in Schuß gehalten, seit ich allein hier bin.«
»Natürlich werde ich für Sie tun, was ich kann, Horlick. Ich hatte ohnehin die Absicht, dem Major zu sagen, was für ein guter Gärtner Sie sind.«
Horlick wurde dunkelrot.
»Danke schön, Miss. Das ist sehr freundlich von Ihnen. Sie verstehen vielleicht, es war ein Schlag für uns – Mrs. Welmans Tod, und daß es so schnell verkauft wurde – und ich – die Sache ist nämlich, ich wollte im Herbst heiraten, aber man muß doch etwas Sicheres wissen . . .«
Elinor sagte freundlich:
»Ich hoffe, daß der Major Sie behalten wird. Sie können sich darauf verlassen, daß ich tun werde, was ich kann.«
»Danke schön, Miss. Wissen Sie, wir hatten alle gehofft, daß die Familie das Haus behalten würde. Danke nochmals.«
Elinor ging weiter.
Plötzlich überflutete sie eine Woge von Zorn, von wildem Zorn.
»Wir haben alle gehofft, daß die Familie das Haus behalten würde . . .«
Sie und Roddy hätten hier leben können! Sie und Roddy . . . Roddy hätte das gewünscht, es wäre auch ihr Wunsch gewesen. Sie hatten beide Hunterbury immer geliebt. Liebes Hunterbury . . . In den Jahren vor dem Tod

ihrer Eltern, als diese in Indien lebten, war Elinor in den Schulferien immer hierhergekommen. Sie hatte im Wald und am Bach gespielt, ganze Arme voll Blumen gepflückt, dicke grüne Stachelbeeren und dunkelrote Himbeeren gegessen; später hatte es Äpfel gegeben. Sie hatte geheime Schlupfwinkel gehabt, in denen sie stundenlang mit einem Buch saß.

Sie hatte Hunterbury geliebt. Sie war immer, halb unbewußt, sicher gewesen, eines Tages ständig dort zu leben. Tante Laura hatte sie in dieser Vorstellung bestärkt durch kleine Bemerkungen wie:

»Einmal, Elinor, wirst du vielleicht diese Eiben fällen lassen, sie sind ein wenig düster! Hier könnte man einen Steingarten anlegen, vielleicht tust du es eines Tages.«

Und Roddy? Roddy hatte Hunterbury ebenfalls als sein künftiges Heim betrachtet.

Und sie würden hier zusammengelebt haben! Würden jetzt zusammen hier sein, nicht beim Einpacken zum Verkauf, sondern beim Planen von schönen neuen Einrichtungen in Haus und Garten, würden Seite an Seite in ruhiger Besitzerfreude hier herumgehen, glücklich – ja, glücklich miteinander – wäre nicht der verhängnisvolle Zufall, in Gestalt eines Mädchens – schön wie eine wilde Rose – gewesen ...

Was wußte Roddy schon von Mary Gerrard? Nichts – weniger als nichts! Liebte er sie denn, sie, die wirkliche Mary? Sie hatte möglicherweise bewundernswerte Eigenschaften, aber wußte Roddy etwas von ihnen? Es war die alte Geschichte – das uralte grausame Spiel von Mutter Natur! Hatte Roddy nicht selbst gesagt, es sei eine Verzauberung? Wollte Roddy selbst nicht eigentlich frei werden davon? Sollte Mary Gerrard zum Beispiel – sterben, würde Roddy nicht eines Tages selbst zugeben: »Es war am besten so, ich sehe das jetzt ein. Wir hatten nichts gemeinsam ...«

Er würde vielleicht mit sanfter Wehmut hinzufügen:

»Sie war ein wundervolles Geschöpf ...«

Mochte sie das für ihn sein – ja, eine wundervolle Erinnerung voll beglückender Schönheit ...
Sollte Mary Gerrard etwas passieren, so würde Roddy zu ihr, Elinor, zurückkehren ... dessen war sie ganz sicher!
Sollte Mary Gerrard etwas passieren ...
Elinor öffnete die Seitentür. Sie ging aus dem warmen Sonnenschein in den Schatten des Hauses. Sie erschauerte.
Es war kalt hier drinnen, dunkel, unheilvoll ... Es war, als sei etwas da, hier im Haus, das auf sie wartete ...
Sie ging durch die Halle und stieß die Tür auf, die in den Anrichteraum führte.
Es roch etwas dumpf. Sie öffnete das Fenster weit und legte ihre Pakete ab – die Butter, das Brot, die kleine Flasche Milch.
Zu dumm! Ich wollte doch auch Kaffee kaufen, dachte sie.
Sie schaute in die Büchsen im Fach, in einer war ein wenig Tee, jedoch kein Kaffee. Je nun, es wird auch so gehen, dachte sie gleichgültig.
Sie wickelte die zwei Gläser mit Fischpaste aus und starrte sie eine Weile an. Dann verließ sie den Raum und ging hinauf, direkt in Mrs. Welmans Zimmer. Sie begann mit dem hohen Schrank, öffnete Laden, sortierte, ordnete, legte Kleider auf einen Stoß ...

Im Pförtnerhaus sah Mary Gerrard sich ziemlich hilflos um. Sie hatte irgendwie nicht mehr gewußt, wie eng alles war. Ihr vergangenes Leben stürzte über sie herein wie eine Flut. Mutti, die ihr Puppenkleider nähte. Vater immer brummig und mürrisch, lieblos mit ihr. Ja, er mochte sie nicht ...
Sie sagte plötzlich zu Schwester Hopkins:
»Vater sagte nicht etwas – sandte mir keine Botschaft, bevor er starb, wie?«

Schwester Hopkins war heiter und ungerührt wie immer.
»O Gott, nein. Er war schon eine Stunde, bevor er starb, bewußtlos.«
»Ich habe das Gefühl, ich hätte vielleicht herkommen und mich um ihn kümmern sollen; er war doch schließlich mein Vater.«
In Schwester Hopkins' Stimme lag etwas wie Verlegenheit.
»Hören Sie mir mal zu, Mary: Ob er Ihr Vater war oder nicht, hat nichts damit zu tun. Kinder kümmern sich heutzutage, soviel ich sehe, nicht allzuviel um ihre Eltern, und viele Eltern kümmern sich auch nicht um ihre Kinder. Mag dem sein, wie es will – wir müssen jedenfalls mit dem Leben fertig werden – das ist unsere Aufgabe, und manchmal keine allzu leichte dazu!«
»Ich vermute, Sie haben recht«, sagte Mary langsam. »Aber ich fühle, daß es vielleicht meine Schuld war, daß wir nicht besser miteinander auskamen.«
»Unsinn!«
Das Wort explodierte wie eine Bombe.
Es beruhigte Mary. Schwester Hopkins wandte sich nun praktischeren Dingen zu.
»Was machen Sie mit den Möbeln? Einstellen? Verkaufen?«
Mary war sich unschlüssig.
»Ich weiß nicht. Was meinen Sie?«
Nachdem sie alles begutachtet hatte, sagte Schwester Hopkins:
»Einiges davon ist ganz gut und solide gearbeitet. Sie könnten es einstellen und sich eines Tages in London eine kleine Wohnung damit einrichten. Den Plunder sollten Sie versuchen loszuwerden.«
Dann machten sie eine Liste der Stücke, die behalten und die verkauft werden sollten.
»Der Rechtsanwalt, Mr. Seddon meine ich, war sehr gut zu mir. Er gab mir einen Vorschuß, damit ich meine Aus-

bildung und andere Ausgaben bestreiten könne. Er sagte, es dauere noch ungefähr einen Monat, bis er mir das ganze Geld überweisen kann.«
»Wie gefällt Ihnen denn Ihre Arbeit?«
»Ich glaube, sie wird mir viel Freude machen, sie ist nur etwas anstrengend am Anfang. Ich komme immer todmüde nach Hause.«
Schließlich waren sie auch mit den Kleidern des Alten fertig. Nun kam noch eine Blechschachtel voll mit Papieren.
»Die müssen wir wohl auch durchgehen, denke ich«, seufzte Mary.
Schwester Hopkins brummte, als sie den ersten Packen in die Hand nahm.
»Merkwürdig, was für einen Plunder manche Leute aufheben! Zeitungsausschnitte! Alte Briefe! Alle möglichen Dinge!«
Mary entfaltete ein Dokument.
»Da ist Vaters und Mutters Trauschein, sie haben in der St.-Albans-Kirche geheiratet.«
»Ja, aber, Schwester --«
Die andere blickte rasch auf, sie sah die Bestürzung in den Augen des Mädchens und fragte scharf:
»Was ist los?«
Mary Gerrard sagte mit bebender Stimme:
»Sehen Sie nicht? Ich bin einundzwanzig. Das heißt – das heißt – daß mein Vater und meine Mutter – sie haben erst ein Jahr nach meiner Geburt geheiratet.«
Schwester Hopkins runzelte die Stirn.
»Nun, und was weiter? Machen Sie sich doch darüber keine Gedanken – nach der langen Zeit!«
»Aber, Schwester, ich kann nicht anders!«
»Es gehen viele erst später in die Kirche, als sie sollten. Aber solange sie's überhaupt tun, was liegt daran? So sehe ich das an.«
»Glauben Sie, daß das der Grund ist – warum mein Va-

ter mich nicht mochte? Weil ihn die Mutter vielleicht zwang, sie zu heiraten?«

Schwester Hopkins zögerte. Sie biß sich auf die Lippen.

»Es war nicht ganz so, glaube ich.« Sie wartete ein wenig, dann fuhr sie fort:

»Na ja, da Sie ohnehin darüber nachgrübeln werden, können Sie auch gleich die Wahrheit erfahren: Sie sind gar nicht Gerrards Tochter.«

»Also deshalb!«

»Kann sein.«

Marys Wangen färbten sich plötzlich rot.

»Es ist vielleicht schlecht von mir, aber ich bin froh! Es war mir immer so ein unangenehmes Gefühl, daß ich meinen Vater nicht gern hatte, aber wenn er nicht mein Vater war, so erscheint das ja in Ordnung. Wie haben Sie es erfahren?«

Schwester Hopkins lächelte.

»Gerrard sprach sehr viel davon, ehe er starb. Ich sagte ihm öfters, er solle nicht davon reden, aber er scherte sich nicht darum. Natürlich hätte ich Ihnen nichts davon gesagt, wenn das andere nicht herausgekommen wäre.«

»Ich möchte wissen, wer mein wirklicher Vater war . . .«

Schwester Hopkins zögerte. Sie öffnete den Mund, dann schloß sie ihn wieder. Sie konnte sich offensichtlich nicht zum Reden entschließen.

Da fiel ein Schatten ins Zimmer; beide sahen sich um und erblickten Elinor Carlisle vor dem Fenster. Sie nickte ihnen zu.

»Guten Tag.«

Schwester Hopkins erwiderte eifrig:

»Guten Tag, Miss Carlisle. Wundervolles Wetter heute, nicht wahr?«

Marys Stimme klang zögernd.

»Oh – guten Tag, Miss Elinor.«

Elinors Stimme wirkte ruhig wie immer.

»Ich habe ein paar Sandwiches gemacht, wollen Sie nicht

heraufkommen und mitessen? Es ist gleich ein Uhr, und es ist so lästig, wegen dem bißchen Essen nach Hause zu gehen. Ich habe extra genug für drei gekauft.«
Schwester Hopkins war angenehm überrascht.
»Aber das muß ich sagen, Miss Carlisle, das ist furchtbar nett von Ihnen! Es ist wirklich lästig, die Arbeit zu unterbrechen und den ganzen Weg vom Dorf wieder zurückzukommen. Ich hoffte, wir würden diesen Vormittag fertig, aber das Sortieren dauert länger, als man glaubt.«
Sie gingen alle drei zum Haus hinauf. Elinor hatte die Vordertür offengelassen. Als sie in die kühle Halle traten, schauerte Mary ein wenig. Elinor sah sie scharf an und sagte:
»Was ist?«
»Oh, nichts – nur ein Schauer; es ist kühl hier – nach der Sonne . . .«
Elinor sagte mit leiser Stimme:
»Das ist seltsam. Das habe ich heute früh auch gefühlt.«
Schwester Hopkins rief mit lauter, fröhlicher Stimme lachend:
»Also nächstens werden Sie noch behaupten, es sind Geister im Haus! Ich habe gar nichts gespürt!«
Elinor lächelte.
Sie ging durch die Halle und brachte aus dem Anrichteraum einen großen Teller mit belegten Broten. Sie hielt ihn Mary hin.
»Bitte, nehmen Sie!«
Sie schaute zu, wie des Mädchens ebenmäßige weiße Zähne in das Brot bissen, hielt einen Augenblick den Atem an und stieß ihn dann mit einem kleinen Seufzer aus.
Zerstreut stand sie eine Weile mit dem Teller da, dann wurde sie beim Anblick von Schwester Hopkins' halbgeöffneten Lippen und hungrigem Ausdruck rot und bot rasch auch der Älteren an. Während sie sich selbst nahm, sagte sie entschuldigend:

»Ich wollte eigentlich Kaffee machen, habe jedoch vergessen, welchen zu besorgen; es ist aber Bier da, wenn jemand das mag?«
Schwester Hopkins meinte betrübt:
»Hätte ich nur daran gedacht, Tee mitzubringen!«
»Es ist noch ein wenig Tee in der Büchse«, erklärte Elinor.
Schwester Hopkins' Gesicht hellte sich auf.
»Dann geh ich geschwind und setze den Kessel auf. Milch ist wohl keine da, wie?«
»Doch, ich habe eine Flasche gebracht.«
»Nun, dann ist ja alles in Ordnung.«
Schwester Hopkins eilte hinaus.
Eine seltsame Spannung schlich sich in den Raum. Elinor versuchte mit offensichtlicher Anstrengung, Konversation zu machen. Ihre Lippen waren trocken, sie fuhr sich mit der Zunge darüber.
»Ihre Arbeit in London gefällt Ihnen?«
»Ja, danke. Ich – ich bin Ihnen sehr dankbar – –«
Ein plötzlicher, rauher Ton brach von Elinors Lippen – ein so unschönes Lachen, ihr so unähnlich, daß Mary sie erstaunt ansah.
»Sie brauchen nicht so dankbar zu sein!«
Mary murmelte etwas verlegen:
»Ich meinte – das heißt – –«
Sie hielt inne.
Elinor starrte sie an – mit einem so forschenden, ja seltsamen Blick, daß Mary darunter zusammenzuckte.
»Ist – ist etwas nicht in Ordnung?«
Elinor stand rasch auf.
»Was sollte nicht in Ordnung sein?«
»Sie – schauten – –«
»Hab ich Sie angestarrt? Entschuldigen Sie! Das tue ich manchmal – wenn ich an etwas anderes denke.«
Da schaute Schwester Hopkins zur Tür herein und bemerkte fröhlich: »Ich habe den Kessel aufgesetzt«, und ging wieder.

Schweigen senkte sich eine Weile zwischen die beiden. Dann sagte Mary, während sich ihr Gesicht rötete:
»Miss Elinor, Sie dürfen nicht denken – –«
Sie hielt inne, gewarnt durch Elinors plötzliches Emporrecken ihrer schlanken Gestalt, den stolz erhobenen Kopf. Als sie sprach, war ihre Stimme kalt und stählern.
»Was darf ich nicht denken?«
»Ich – ich habe vergessen, was ich sagen wollte.«
Schwester Hopkins kam mit einem Tablett herein, auf dem eine braune Teekanne, Milch und drei Tassen standen. Ohne die gespannte Atmosphäre zu bemerken, sagte sie:
»So, hier ist der Tee!«
Sie stellte eine Tasse vor Elinor hin, doch die schüttelte den Kopf:
»Ich mag nicht, danke.«
Sie schob das Tablett Mary zu, die zwei Tassen eingoß. Schwester Hopkins seufzte zufrieden.
»Er ist gut und stark.«
Genießerisch leerte sie die Tasse, stellte sie dann nieder und sagte:
»Ich drehe nur eben das Gas ab; ich hatte noch einen Kessel draufgestellt für den Fall, daß wir nachfüllen müßten.«
Geschäftig eilte sie hinaus.
Wieder senkte sich Schweigen über den Raum.
Mary dachte: Wie seltsam heute alles ist! Als ob – als ob wir auf etwas warten würden.
Endlich rührte sich Elinor, sie kam vom Fenster, nahm das Tablett hoch und stellte den leeren Sandwich-Teller darauf.
Mary sprang auf.
»Ach, Miss Elinor, lassen Sie mich!«
Doch Elinor sagte nur kurz:
»Nein, bleiben Sie hier; ich mache das schon.«
Sie trug das Tablett aus dem Zimmer. Dabei schaute sie noch einmal über die Schulter auf Mary Gerrard am Fenster, jung und lebendig und schön . . .

Schwester Hopkins war im Anrichteraum. Sie wischte sich eben das Gesicht mit einem Taschentuch ab und blickte rasch auf, als Elinor eintrat.
»Mein Himmel, hier ist es vielleicht heiß!«
Elinor antwortete mechanisch:
»Ja, die Anrichte geht nach Süden.«
Schwester Hopkins nahm ihr das Tablett ab.
»Lassen Sie mich abwaschen, Miss Carlisle. Sie sehen nicht besonders gut aus.«
»Ach, mir fehlt nichts.«
Sie nahm ein Geschirrtuch.
»Ich werde abtrocknen.«
Schwester Hopkins legte ihre Manschetten ab und goß heißes Wasser aus dem Kessel in die Abwaschschüssel.
Elinor bemerkte mit einem Blick auf das Handgelenk der anderen:
»Sie haben sich gestochen.«
Schwester Hopkins lachte.
»An der Kletterrose am Pförtnerhaus – ein Dorn.«
Die Kletterrose am Pförtnerhaus ... Erinnerungen überfluteten Elinor. Wie sie und Roddy stritten – der Krieg der Rosen. Wie sie und Roddy stritten – und sich versöhnten! Schöne, lachende, glückliche Tage. Wohin war sie geraten? Welch schwarzer Abgrund von Haß – von bösen Gedanken ... Sie wankte ein wenig. Sie dachte: Ich bin wahnsinnig gewesen – völlig wahnsinnig.
Schwester Hopkins starrte sie neugierig an.
»Direkt sonderbar kam sie mir vor ...«, erzählte Schwester Hopkins später. »Redete, als wisse sie nicht, was sie sage, mit seltsam glänzenden Augen.«
Die Untertassen und Tassen waren schon in der Schüssel. Elinor nahm ein leeres Fischpastenglas vom Tisch und steckte es dazu.
»Ich habe oben übrigens einige Kleider ausgemustert, Sachen von Tante Laura. Ich dachte, Schwester, Sie

könnten mir vielleicht sagen, wem im Dorf sie von Nutzen sein könnten.«

»Gern. Da ist einmal Mrs. Parkinson und die alte Nelly, und dann das arme Wesen, das nicht ganz richtig im Kopf ist – für die alle wird es ein Segen sein.«

Schwester Hopkins und Elinor räumten die Sachen weg, dann gingen sie miteinander hinauf.

In Mrs. Welmans Zimmer lagen Kleidungsstücke sauber zusammengefaltet in Stößen: Wäsche, Oberbekleidung, samtene Schlafröcke, ein Bisampelz. Letzteren, erklärte Elinor, wolle sie Mrs. Bishop geben. Schwester Hopkins nickte.

Sie sah, daß Mrs. Welmans Zobel auf der Kommode lag. Den läßt sie sich selbst herrichten, vermutete sie.

Sie warf einen Blick auf die hohen Schränke und überlegte, ob Elinor wohl jene Fotografie mit der Aufschrift »Lewis« gefunden habe, und wenn ja, was sie sich dabei gedacht habe.

Komisch, dachte sie, wie der Brief O'Briens sich mit meinem gekreuzt hat! So etwas hätte ich mir nie träumen lassen, daß sie gerade an dem Tag auf die Fotografie stoßen würde, an dem ich ihr von Mrs. Slattery schrieb.

Sie half Elinor die Kleider sortieren und erklärte sich bereit, für die Verteilung zu sorgen.

»Ich kann das tun, während Mary ins Pförtnerhaus geht und dort fertigmacht; sie hat nur noch eine Schachtel Papiere durchzugehen. Wo ist das Mädel übrigens? Ist sie zum Pförtnerhaus hinuntergegangen?«

»Ich ließ sie im Frühstückszimmer ...«, sagte Elinor gleichgültig.

»Sie wird doch nicht noch immer dort sein.« Schwester Hopkins sah auf die Uhr. »Wir sind ja schon fast eine Stunde hier oben!«

Sie eilte die Treppe hinab. Elinor folgte ihr. Als sie ins Frühstückszimmer traten, rief Schwester Hopkins:

»Nein, so etwas! Sie ist eingeschlafen!«

Mary Gerrard saß in einem großen Lehnstuhl am Fenster; sie war ein wenig darin zusammengesunken. Ein seltsames Geräusch war im Zimmer zu hören: schweres, röchelndes Atmen.
Schwester Hopkins ging hinüber und schüttelte das Mädchen.
»Wachen Sie auf, meine Liebe – –«
Sie brach ab, beugte sich nieder, zog an einem Augenlid. Dann begann sie das Mädchen in grimmigem Ernst zu schütteln.
Sie wandte sich Elinor zu. Es lag etwas Drohendes in ihrer Stimme, als sie sagte:
»Was heißt das?«
»Ich weiß nicht, was Sie meinen, ist sie krank?«
»Wo ist das Telefon? Versuchen Sie so schnell wie möglich Dr. Lord zu erreichen.«
»Was ist denn los?«
»Was los ist? Das Mädel ist krank. Es liegt im Sterben.«
Elinor trat einen Schritt zurück.
»Im Sterben?«
Schwester Hopkins sagte langsam:
»Sie ist vergiftet worden . . .«
Dabei sah sie Elinor durchdringend an. In ihrem Blick lag ein schwerer Verdacht.

8

Hercule Poirot, den eiförmigen Kopf leicht zur Seite geneigt, die Augenbrauen fragend gehoben, beobachtete den jungen Mann, der wild im Zimmer auf und ab lief und dessen sympathisches, sommersprossiges Gesicht in bekümmerte Falten gelegt war. Schließlich fragte er:
»*Eh bien,* mein Freund, was bedeutet all das?«
Peter Lord hielt in seinem Lauf inne.

»Poirot, Sie sind der einzige Mensch auf der Welt, der mir helfen kann. Ich habe Stillingfleet von Ihnen reden hören, er hat mir erzählt, was Sie im Fall Benedict Farly gemacht haben, als jedermann dachte, es sei Selbstmord, und Sie bewiesen, daß es ein Mord war.«
»Haben Sie denn einen Fall von Selbstmord unter Ihren Patienten, über den Sie sich nicht klar sind?«
Peter Lord schüttelte den Kopf. Er setzte sich Poirot gegenüber und erklärte:
»Es handelt sich um ein junges Mädchen. Sie ist verhaftet worden und des Mordes angeklagt! Ich möchte, daß Sie Beweise finden, daß sie es nicht getan hat!«
Poirots Augenbrauen hoben sich noch ein wenig höher. Dann fragte er in betont diskreter und vertraulicher Art:
»Sie und diese junge Dame – Sie sind verlobt – ja? Sie sind ineinander verliebt?«
Peter Lord lachte – es war ein scharfes, bitteres Lachen.
»Nein, so ist das nicht! Sie hat den schlechten Geschmack, einen langnasigen, hochmütigen Esel mit dem Gesicht eines melancholischen Pferdes mir vorzuziehen! Dumm von ihr, aber es ist mal so!«
»Ah, ich verstehe.«
»Ja, Sie verstehen ganz richtig! Sie brauchen gar nicht so taktvoll zu sein. Ich habe mich nun mal in sie verliebt, und deshalb will ich sie nicht hängen sehen. Verstanden?«
»Wie lautet die Anklage gegen sie?«
»Sie ist angeklagt, ein Mädchen namens Mary Gerrard ermordet zu haben, indem sie es mit Morphium vergiftete. Sie haben wahrscheinlich den Bericht über die Leichenschau in den Zeitungen gelesen.«
»Und das Motiv?«
»Eifersucht!«
»Und Ihrer Meinung nach hat sie es nicht getan?«
»Nein, natürlich nicht.«
Hercule Poirot blickte ihn eine Weile nachdenklich an, dann fragte er:

»Was wollen Sie eigentlich, daß ich mache? Soll ich die Sache untersuchen?«
»Ich will, daß Sie sie freikriegen.«
»Ich bin kein Verteidiger, *mon cher*.«
»Ich will es deutlicher sagen: Ich will, daß Sie Beweise finden, die es ihrem Verteidiger ermöglichen, sie freizukriegen.«
»Sie drücken sich etwas merkwürdig aus.«
»Weil ich es nicht einwickle, meinen Sie? Es scheint mir einfach genug. Ich will, daß dieses Mädchen freigesprochen wird. Und ich glaube, Sie sind der einzige Mensch, der das zuwege bringen kann!«
»Sie wünschen, daß ich die Tatsachen untersuche? Daß ich die Wahrheit aufdecke? An den Tag bringe, was wirklich geschehen ist?«
»Ich will, daß Sie Tatsachen finden, die zu ihren Gunsten sprechen.«
Hercule Poirot zündete sich mit Sorgfalt eine Zigarette an.
»Aber ist das nicht etwas unethisch, was Sie da sagen? Die Wahrheit herauszufinden, ja, das interessiert mich immer. Jedoch die Wahrheit ist eine zweischneidige Waffe. Wie, wenn ich Tatsachen finde, die gegen die Dame sprechen? Verlangen Sie, daß ich die unterdrücke?«
Peter Lord stand auf, er war sehr blaß.
»Das ist unmöglich! Nichts, das Sie finden könnten, könnte mehr gegen sie sprechen, als es die Tatsachen schon tun! Sie sind ganz und gar vernichtend! Es gibt soviel Beweise gegen sie – klar und deutlich für die ganze Welt! Sie können nichts finden, das sie stärker verdammen würde, als sie es schon ist! Ich bitte Sie, Ihren ganzen Scharfsinn aufzubieten – Stillingfleet hat behauptet, Sie seien außerordentlich scharfsinnig –, um einen Ausweg zu finden.«
»Aber sicherlich werden doch ihre Rechtsvertreter das tun?«

»Glauben Sie?« Der junge Mann lachte verächtlich. »Die haben die Sache schon von vornherein verlorengegeben! Halten sie für aussichtslos! Sie haben als Verteidiger Bulmer genommen – den Mann der hoffnungslosen Fälle –, das allein sagt schon alles! Großer Redner – drückt auf die Tränendrüsen – betont die Jugend der Angeklagten – all das! Aber der Richter wird sie nicht durchschlüpfen lassen, gar keine Hoffnung!«
»Angenommen, sie ist wirklich schuldig – wollen Sie sie da auch freigesprochen haben?«
Peter Lord sagte ruhig: »Ja.«
Hercule Poirot machte eine Bewegung.
»Sie interessieren mich . . .«
Nach einer Weile meinte er:
»Ich glaube, Sie sollten mir die genauen Tatsachen des Falles mitteilen.«
»Haben Sie nicht darüber in den Zeitungen gelesen?«
Hercule Poirot winkte ab.
»Eine Erwähnung – ja. Aber die Zeitungen sind so ungenau, ich halte mich nie an sie.«
»Es ist ganz einfach. Entsetzlich einfach. Dieses Mädchen, Elinor Carlisle, hatte eben einen Besitz hier in der Nähe – Hunterbury Hall – und ein Vermögen von ihrer Tante geerbt, die ohne Testament starb. Der Name der Tante war Welman. Sie hatte einen angeheirateten Neffen – Roderick Welman. Er war mit Elinor Carlisle verlobt – eine alte Freundschaft, sie kannten sich seit ihrer Kindheit. Dann war da ein Mädchen in Hunterbury: Mary Gerrard, Tochter des Pförtners. Die alte Mrs. Welman hatte eine Menge für sie getan, hatte ihre Erziehung bezahlt usw. Wirkte fast wie eine Dame, das Mädchen. Roderick Welman, so scheint es, verliebte sich in sie. Infolgedessen wurde die Verlobung aufgelöst. Elinor Carlisle verkaufte daraufhin den Besitz an einen Mann namens Somervell. Elinor kam her, um die persönlichen Sachen ihrer Tante wegzuschaffen und so weiter. Mary Gerrard,

deren Vater eben gestorben war, räumte das Pförtnerhaus. Das bringt uns zum Vormittag des 27. Juli.
Elinor Carlisle wohnte im Dorfwirtshaus. Auf der Straße traf sie die ehemalige Haushälterin, Mrs. Bishop. Mrs. Bishop bot ihre Hilfe an, aber Elinor lehnte ab – ziemlich heftig. Dann ging sie zum Kaufmann, wo sie etwas Fischpaste kaufte und eine Bemerkung über Fischvergiftungen machte. Sie sehen? Vollkommen harmlose Sache, das zu sagen; aber natürlich wird es gegen sie ausgelegt! Sie ging ins Haus hinauf, und um ein Uhr kam sie zum Pförtnerhaus, wo Mary Gerrard mit der Gemeindeschwester, einer Schnüffelnase namens Hopkins, am Aufräumen war, und sagte ihnen, sie habe oben im Haus belegte Brote zubereitet. Sie gingen mit ihr hinauf, aßen die Brote, und nach ungefähr einer Stunde wurde ich geholt und fand Mary Gerrard bewußtlos vor. Ich tat, was ich konnte, aber alles vergeblich. Die Autopsie ergab, daß eine große Dosis Morphium vor kurzem eingenommen worden war. Und die Polizei fand gerade dort, wo Elinor die Brote geschmiert hatte, ein Stückchen von einem Etikett mit der Aufschrift *morphin. Hydra.*«
»Was aß oder trank Mary Gerrard sonst noch?«
»Sie und die Schwester tranken Tee zu den Broten. Die Pflegerin machte ihn, und Mary schenkte ihn ein. Da kann nichts drin gewesen sein. Natürlich wird der Verteidiger ein großes Geschrei anheben über die Brote, wird sagen, daß alle drei davon aßen, daß es daher unmöglich war, sicher zu sein, daß nur eine Person vergiftet würde. Im Fall Hearne wurde das gesagt. Sie erinnern sich?«
Poirot nickte.
»Tatsächlich jedoch ist es sehr einfach. Sie richten die Brote her. In einem davon ist das Gift. Sie bieten den Teller an. Bei normalem Verlauf der Dinge ist vorauszusehen, daß die Person, der angeboten wurde, das nächstliegende Brot nehmen wird. Ich nehme an, daß Elinor Carlisle den Teller zuerst Mary Gerrard angeboten hat?«

»Ganz richtig.«
»Obwohl die Gemeindeschwester, die älter war, danebenstand?«
»Ja.«
»Das sieht nicht sehr gut aus.«
»Es bedeutet doch wirklich gar nichts! Man ist nicht so förmlich bei so einer improvisierten Mahlzeit.«
»Wer hat noch mal die Brote gemacht?«
»Elinor Carlisle.«
»War sonst noch jemand im Haus?«
»Niemand.«
Poirot schüttelte den Kopf.
»Das ist schlimm. Und das Mädchen hat nichts zu sich genommen als den Tee und die Brote?«
»Nichts. Der Mageninhalt beweist das.«
»Es wird also vorgebracht, daß Elinor Carlisle hoffte, der Tod des Mädchens würde einer Fischvergiftung zugeschrieben werden? Wie wollte sie die Tatsache erklären, daß es nur ein Mitglied der Teegesellschaft erwischt hat?«
»Das kommt manchmal vor. Es waren auch zwei Töpfchen Paste – beide ziemlich gleich aussehend. Man würde annehmen, daß eines in Ordnung war, und daß durch einen Zufall alle verdorbene Paste von Mary gegessen wurde.«
»Die mathematische Wahrscheinlichkeit dagegen ist, glaube ich, sehr groß. Aber noch ein Punkt, wenn Fischvergiftung vorgetäuscht werden sollte: Warum wurde dann nicht ein anderes Gift gewählt als Morphium? Dessen Symptome ähneln nicht im geringsten denen einer Fischvergiftung. Da wäre noch Atropin eine viel bessere Wahl gewesen!«
»Ja, das ist wahr«, sagte Peter Lord langsam, »aber da ist noch etwas. Die verdammte Gemeindeschwester schwört, ihr sei ein Röhrchen mit Morphium abhanden gekommen!«
»Wann?«

»Ach, vor Wochen, an dem Abend, an dem die alte Mrs. Welman starb. Die Schwester sagt, sie habe ihr Köfferchen in der Halle stehen gelassen und am nächsten Morgen ein Röhrchen mit Morphium vermißt. Alles Schwindel, glaube ich.«
»Sie hat sich erst nach dem Tod von Mary Gerrard daran erinnert?«
Peter Lord schüttelte widerstrebend den Kopf.
»Tatsächlich hat sie es wohl schon damals erwähnt – der diensttuenden Pflegerin gegenüber.«
Hercule Poirot betrachtete Peter Lord mit wachsendem Interesse.
»Ich denke, mein Lieber, es gibt noch etwas – etwas, das Sie mir noch nicht gesagt haben.«
»Nun gut, es wird am besten sein, Sie hören gleich alles«, gab Peter Lord nach. »Man hat eine Exhumierungsgenehmigung beantragt und wird die alte Mrs. Welman ausgraben.«
»*Eh bien?*«
»Wenn sie es tun, werden sie wahrscheinlich finden, was sie suchen – *Morphium*!«
»Sie wußten das?«
Der junge Arzt, dessen Gesicht unter den Sommersprossen ganz blaß geworden war, murmelte: »Ich argwöhnte es.«
Hercule Poirot schlug mit der Hand auf die Lehne seines Stuhles.
»*Mon Dieu,* ich verstehe Sie nicht! Sie wußten, als sie starb, daß sie ermordet worden war?«
»Großer Gott, nein!« schrie Peter Lord, »so etwas habe ich mir nicht träumen lassen! Ich dachte, sie habe es selbst genommen.«
Poirot sank in seinem Stuhl zurück.
»Ah! *Das* dachten Sie ...«
»Natürlich! Sie hatte zu mir darüber gesprochen; hatte mich mehr als einmal gefragt, ob ich ihr ›nicht helfen

könne‹. Sie haßte die Krankheit, ihre Hilflosigkeit – das elende Daliegen, wie sie es nannte, und behandelt zu werden wie ein Baby. Und sie war eine sehr entschlossene Frau.«

Er schwieg einen Augenblick, dann fuhr er fort:

»Ich war sehr überrascht über ihren Tod, hatte ihn nicht erwartet. Ich schickte die Pflegerin aus dem Zimmer und untersuchte sie so gründlich, wie ich konnte. Natürlich, ganz sicher konnte ich ohne Autopsie nicht sein. Aber was nützte das? Wenn sie die Sache abgekürzt hatte – wozu ein Geschrei darüber anheben und einen Skandal hervorrufen? Lieber den Totenschein unterschreiben und sie in Frieden begraben lassen. Schließlich – ganz sicher war ich ja nicht. Ich traf die falsche Entscheidung, vermute ich, ich dachte allerdings nicht einen Augenblick an die Möglichkeit eines Verbrechens. Ich war überzeugt, sie habe es selbst getan.«

»Wie hatte sie sich Ihrer Meinung nach das Morphium verschafft?« fragte Poirot.

»Ich habe nicht die leiseste Ahnung. Aber sie war, wie ich Ihnen schon sagte, eine kluge Frau, mit viel Scharfsinn und von besonderer Entschlossenheit.«

»Konnte sie es von den Pflegerinnen haben?«

Peter Lord schüttelte den Kopf.

»Nie im Leben! Da kennen Sie die Pflegerinnen schlecht!«

»Von ihrer Familie?«

»Möglich. Könnte an ihr Mitgefühl appelliert haben.«

»Sie haben mir gesagt, daß Mrs. Welman ohne Testament starb. Wenn sie am Leben geblieben wäre, hätte sie ein Testament gemacht?«

Peter grinste plötzlich.

»Sie legen den Finger mit teuflischer Genauigkeit auf alle wunden Punkte, was? Ja, sie wollte ein Testament machen, war sehr erregt deswegen. Konnte nicht deutlich sprechen, machte jedoch ihre Wünsche klar. Elinor Carlisle sollte am nächsten Morgen als erstes den Rechtsanwalt anrufen.«

»Also wußte Elinor Carlisle, daß ihre Tante ein Testament machen wollte? Und wenn die Tante ohne ein Testament starb, erbte Elinor Carlisle alles?«
»Das wußte sie nicht«, sagte Peter Lord schnell. »Sie hatte keine Ahnung, daß ihre Tante nie ein Testament gemacht hatte.«
»Das, mein Freund, behaupten Sie. Sie kann es aber gewußt haben.«
»Sagen Sie, Poirot, sind Sie der Staatsanwalt?«
»Momentan ja. Ich muß alle Schwachstellen des Falles kennen. Hätte Elinor Carlisle das Morphium aus dem Köfferchen nehmen können?«
»Ja, genausogut wie viele andere. Roderick Welman, Schwester O'Brien. Jemand von der Dienerschaft.«
»Oder Dr. Lord?«
Peter Lord riß die Augen auf.
»Gewiß . . . Aber was hätte das für einen Sinn gehabt?«
»Mitleid vielleicht.«
Peter Lord schüttelte den Kopf.
»Keinesfalls! Sie müssen mir glauben!«
»Nehmen wir einmal etwas an. Sagen wir, daß Elinor Carlisle tatsächlich das Morphium aus dem kleinen Koffer genommen und es ihrer Tante gegeben hat. Wurde etwas erwähnt von dem Verlust des Morphiums?«
»Dem Haushalt gegenüber nicht. Die Pflegerinnen behielten es für sich.«
»Was wird der Staatsanwalt unternehmen?«
»Sie meinen, wenn Morphium in Mrs. Welmans Leiche gefunden wird?«
»Ja.«
Peter Lord sagte grimmig: »Es ist möglich, daß man, selbst wenn Elinor von der gegenwärtigen Anklage freigesprochen wird, sie aufs neue verhaftet und des Mordes an ihrer Tante anklagt.«
»Die Motive sind verschiedene«, meinte Poirot nachdenklich. »Das heißt, im Fall von Mrs. Welman wäre es

Gewinnsucht, während im Fall von Mary Gerrard Eifersucht zu vermuten ist.«
»Das ist richtig.«
»In welcher Richtung will die Verteidigung argumentieren?«
»Bulmer will vorbringen, daß es gar kein Motiv gab, daß die Verlobung von Elinor und Roderick nur aus Familienrücksichten geschlossen wurde, um Mrs. Welman eine Freude zu machen, und sobald die alte Dame tot war, Elinor aus eigenem Antrieb die Verlobung gelöst habe. Roderick Welman wird in diesem Sinn als Zeuge aussagen. Ich glaube, er sieht es beinahe selbst so!«
»Daß Elinor ihn nicht liebte?«
»Ja.«
»In welchem Fall«, sagte Poirot, »sie keinen Grund gehabt hätte, Mary Gerrard zu ermorden.«
»Richtig.«
»Aber wer hat dann Mary Gerrard ermordet?« Poirot schüttelte den Kopf. »*C'est difficile.*«
Peter Lord sagte heftig:
»Das ist es ja eben! Wenn sie es nicht getan hat, wer hat es getan? Da ist der Tee; aber sowohl Schwester Hopkins wie Mary tranken davon. Die Verteidigung wird versuchen, auf Selbstmord rauszukommen.«
»Hatte sie irgendeinen Grund, Selbstmord zu verüben?«
»Nicht den geringsten.«
»War sie der Typ, der leicht Selbstmord begeht?«
»Nein.«
»Wie war sie eigentlich, diese Mary Gerrard?«
Peter Lord überlegte: »Sie war – nun, sie war ein nettes Mädchen. Ja, entschieden ein nettes Mädchen.«
Poirot seufzte.
»Dieser Roderick Welman – verliebte er sich in sie, weil sie ein nettes Mädchen war?«
Peter Lord lächelte.
»Ah, ich verstehe, was Sie meinen. Ja, sie war sehr schön.«

»Und Sie selbst? Sie hatten keine Gefühle für sie?«
Peter Lord starrte ihn an.
»Großer Gott, nein.«
Hercule Poirot dachte einen Augenblick nach. »Roderick Welman sagt, Elinor Carlisle und er hätten sich gern gehabt, mehr nicht. Sind Sie auch dieser Ansicht?«
»Wie zum Teufel soll ich das wissen?«
Poirot schüttelte den Kopf.
»Sie sagten mir, als Sie in dieses Zimmer kamen, daß Elinor Carlisle den schlechten Geschmack habe, in einen langnasigen, hochmütigen Esel verliebt zu sein. Das, nehme ich an, ist eine Beschreibung von Roderick Welman. Also glauben Sie doch, daß sie ihn liebt.«
»Und ob sie ihn liebt! Wahnsinnig liebt sie ihn!«
»Also dann gab es ein Motiv . . .«
Peter Lord wandte sich rasch nach ihm um, sein Gesicht zornentbrannt.
»Macht das etwas? Sie könnte es getan haben, ja! Es liegt mir nichts dran!«
»Aha!«
»Aber ich will nicht, daß sie aufgehängt wird, sage ich Ihnen! Und wenn sie zur Verzweiflung getrieben wurde? Die Liebe ist eine verzweifelte und verrückte Sache. Sie kann aus einem Wurm einen Mordskerl machen – und kann einen anständigen, rechtschaffenen Menschen zerstören! Und wenn sie es getan hat! Haben Sie denn kein Mitleid?!«
»Ich billige Mord nicht«, murmelte Poirot.
Peter Lord starrte ihn an, schaute weg, starrte wieder und brach schließlich in Lachen aus.
»So etwas zu sagen – so etwas Braves, Korrektes! Wer verlangt von Ihnen, daß Sie es billigen? Ich verlange nicht, daß Sie lügen! Die Wahrheit ist die Wahrheit! Wenn Sie etwas finden, das zugunsten eines Angeklagten spricht, wären Sie doch nicht geneigt, es zu unterdrükken, weil er schuldig ist, wie?«

»Gewiß nicht.«
»Also, warum zum Teufel können Sie nicht tun, was ich von Ihnen verlange?«
»Mein Freund, ich bin vollkommen bereit, es zu tun . . .«

9

Peter Lord starrte ihn an, nahm ein Taschentuch heraus, wischte sich übers Gesicht und warf sich in einen Sessel.
»Uff!« sagte er. »Sie haben mich ordentlich bearbeitet! Worauf wollten Sie eigentlich hinaus?«
»Ich machte mir ein Bild vom Fall Elinor Carlisle. Jetzt kenne ich ihn. Mary Gerrard wurde Morphium verabreicht, und soviel ich sehen kann, muß sie es mit den belegten Broten bekommen haben. Niemand hat diese Brote berührt außer Elinor Carlisle. Elinor Carlisle hatte ein Motiv, Mary Gerrard zu töten, ist, Ihrer Meinung nach, fähig, Mary Gerrard zu töten, und hat, aller Wahrscheinlichkeit nach, Mary Gerrard getötet. Ich sehe keinen Grund, etwas anderes zu glauben.
Das, mein Freund, ist die eine Seite des Falles. Nun wollen wir die Sache andersherum angehen: Wenn Elinor Carlisle Mary Gerrard nicht tötete, wer hat es getan? Oder hat Mary Gerrard Selbstmord begangen?«
Peter Lord setzte sich auf, die Stirn gerunzelt.
»Sie waren vorhin nicht ganz genau.«
»Ich? Nicht genau?«
Poirot klang beleidigt.
Peter Lord fuhr unbeirrt fort: »Nein. Sie sagten, niemand außer Elinor Carlisle habe diese Brote berührt. Das wissen Sie nicht.«
»Es war niemand sonst im Haus.«

»Soweit wir es wissen! Sie vergessen eine kurze Zeitspanne. Die Zeit, in der Elinor Carlisle das Haus verließ, um ins Pförtnerhaus hinunterzugehen. Während dieser Zeit standen die Brote auf einem Teller im Anrichteraum, und jemand könnte etwas mit ihnen gemacht haben.«
Poirot tat einen tiefen Atemzug.
»Sie haben recht, mein Freund. Ich gebe es zu. Es gab eine Zeit, in der jemand Zutritt zu dem Teller mit den Broten haben konnte; das heißt, was für eine Art Mensch . . .« – Er machte eine Pause. »Betrachten wir einmal diese Mary Gerrard. Jemand, nicht Elinor Carlisle, wünscht ihren Tod. Warum? Hat jemand durch ihren Tod etwas zu gewinnen? Hatte sie Geld zu hinterlassen?«
Peter Lord schüttelte den Kopf.
»Jetzt nicht. In einem Monat hätte sie zweitausend Pfund gehabt. Elinor Carlisle gab ihr diese Summe, weil sie dachte, ihre Tante würde es gewünscht haben. Aber die Erbformalitäten sind noch nicht abgeschlossen.«
»Also können wir das Geldmotiv ad acta legen. Mary Gerrard war schön, sagen Sie. Da gibt es immer Komplikationen. Hatte sie Verehrer?«
»Wahrscheinlich. Ich weiß nicht viel davon.«
»Wer könnte das wissen?«
Peter Lord grinste.
»Da werde ich Sie zu Schwester Hopkins schicken. Die weiß Bescheid über alles, was in Maidensford vorgeht.«
»Ich wollte Sie schon bitten, mir Ihren Eindruck von den beiden Pflegerinnen zu schildern.«
»Nun, die O'Brien ist Irin, gute Pflegerin, tüchtig, ein wenig albern, kann boshaft sein, ein wenig verlogen – erzählt gelegentlich phantastische Sachen, bei denen es ihr nicht so sehr um Täuschung zu tun ist als darum, aus allem eine unterhaltsame Geschichte zu machen.«
Poirot nickte.

»Hopkins ist eine vernünftige, kluge Frau mittleren Alters, ganz freundlich und tüchtig, aber mit zuviel Interesse für die Angelegenheiten anderer Leute!«

»Wenn es etwas mit einem jungen Mann im Dorf gegeben hätte, würde Schwester Hopkins davon wissen?«

»Darauf können Sie wetten!« Er fügte langsam hinzu: »Dennoch glaube ich nicht, daß auf dem Gebiet viel zu holen ist. Mary war noch nicht lange zurück, sie war zwei Jahre in Deutschland gewesen.«

»Sie war einundzwanzig?«

»Ja.«

»Es gibt noch eine andere Möglichkeit«, meinte Hercule Poirot.

»Ja?«

»Jemand stahl an jenem Abend im Juni das Röhrchen mit Morphium aus Schwester Hopkins' Koffer. Nehmen wir an, Mary Gerrard sah den Betreffenden?«

»Sie würde es erwähnt haben.«

»Nein, nein, *mon cher*. Seien Sie vernünftig! Wenn Elinor Carlisle oder Roderick Welman oder die Schwester O'Brien oder sogar einer der Dienstboten den Koffer geöffnet und ein Glasröhrchen herausgenommen hätte, was würde jeder, der es sah, denken? Einfach, daß der Betreffende von der Pflegerin geschickt worden war, um es zu holen. Mary Gerrard würde die Sache für den Moment gleich wieder vergessen, sich jedoch möglicherweise später daran erinnern und es dem Betreffenden gegnüber erwähnen – oh, ganz zufällig, ohne den geringsten Verdacht zu äußern. Aber stellen Sie sich die Wirkung einer solchen Bemerkung auf den Mörder von Mrs. Welman vor! Mary hatte es gesehen, Mary mußte um jeden Preis mundtot gemacht werden! Ich kann Ihnen versichern, mein Freund, daß jemand, der einmal einen Mord begangen hat, es nur zu leicht findet, einen zweiten zu begehen!«

»Ich dachte die ganze Zeit, daß Mrs. Welman das Zeug

selbst genommen habe ...«, sagte Peter Lord mit einem Stirnrunzeln. »Aber sie war gelähmt – hilflos – hatte eben einen zweiten Schlaganfall gehabt.«
»Ich weiß. Meine Idee war, daß sie, nachdem sie sich auf irgendeine Art Morphium verschafft hatte, es irgendwo in ihrer Nähe aufbewahrte.«
»Dann hätte sie sich aber das Morphium vor ihrem zweiten Anfall verschaffen müssen; die Pflegerin vermißte es jedoch erst danach.«
»Hopkins mag das Morphium erst an diesem Morgen vermißt haben, es kann aber schon ein oder zwei Tage vorher entwendet worden sein, ohne daß sie es bemerkt hatte.«
»Wie hätte die alte Dame darankommen können?«
»Ich weiß nicht. Vielleicht ein Dienstmädchen bestochen. In dem Fall würde das Mädchen es nie gestehen.«
»Sie glauben nicht, daß eine der Pflegerinnen bestechlich ist?«
Lord schüttelte den Kopf.
»Niemals! Erstens nehmen es beide sehr streng mit ihrem Berufsethos – und zweitens hätten sie viel zuviel Angst, um so etwas zu tun: Sie würden die Gefahr für sich selbst erkennen.«
»Das ist richtig«, sagte Poirot und fügte nachdenklich hinzu: »Es sieht so aus, als kehrten wir zum Ausgangspunkt zurück, nicht? Wer hat am ehesten das Röhrchen genommen? Elinor Carlisle. Wir können sagen, daß sie sichergehen wollte, ein großes Vermögen zu erben. Wir können aber auch großmütiger sein und sagen, daß sie von Mitleid bewegt das Morphium genommen und ihrer Tante auf wiederholten Wunsch eingeflößt habe; genommen aber hat sie es – und Mary Gerrard sah sie dabei. Also sind wir wieder bei den Broten und dem leeren Haus und Elinor Carlisle – aber diesmal mit einem anderen Motiv: Sie will ihre Haut retten.«
»Das ist phantastisch! Ich sage Ihnen, sie ist nicht so!

Geld bedeutet ihr nicht so viel – übrigens auch Roderick Welman nicht, das muß ich zugeben. Ich habe schon beide das sagen gehört!«
»So? Das ist sehr interessant. Diese Art Verlautbarungen erscheinen mir immer sehr verdächtig.«
»Hol Sie der Teufel, Poirot, müssen Sie immer alles so drehen und wenden, daß es wieder zu dem Mädchen führt?«
»Ich bin es nicht, der die Dinge dreht, sie führen selbst dorthin. Es ist wie der Zeiger in einer Jahrmarktbude, er schwingt herum, und wenn er stehenbleibt, deutet er stets auf denselben Namen: Elinor Carlisle.«
»Nein!«
Hercule Poirot schüttelte traurig den Kopf.
»Hat sie Verwandte, diese Elinor Carlisle? Schwestern? Vettern? Vater und Mutter?«
»Nein, sie ist eine Waise – allein auf der Welt . . .«
»Wie pathetisch das klingt! Bulmer wird das sicherlich großartig ins Spiel bringen! Wer erbt denn ihr Geld, wenn sie stirbt?«
»Ich weiß nicht. Habe nicht darüber nachgedacht.«
Poirot sagte mit leisem Tadel:
»Man sollte immer an diese Dinge denken. Hat sie zum Beispiel ein Testament gemacht?«
Peter Lord wurde rot.
»Ich – ich weiß nicht«, sagte er unsicher.
Poirot blickte zur Decke hinauf und legte seine Fingerspitzen aneinander.
»Es wäre gut, wissen Sie, wenn Sie mir sagen würden . . .«
»Was sagen?«
»An was Sie gerade denken – wie belastend es für Elinor Carlisle auch sein mag.«
»Woher wissen Sie – –«
»Ja, ja, ich weiß. Sie denken an etwas – an irgendeinen Zwischenfall. Es wird gut sein, wenn Sie es mir sagen, sonst stelle ich es mir noch etwas schlimmer vor, als es ist!«
»Es ist eigentlich nichts – –«

»Gut, wir wollen sagen, daß es nichts ist, aber lassen Sie mich hören, was es ist.«
Langsam, ungern, ließ Peter Lord die Geschichte aus sich herausholen – jene Szene, wie Elinor am Fenster von Schwester Hopkins' Häuschen lehnte und lachte, lachte ...
Poirot sagte nachdenklich:
»So, das sagte sie also: ›Sie machen Ihr Testament, Mary? Das ist komisch – das ist sehr komisch.‹ Und Ihnen war ganz klar, was sie dachte ... Sie hatte vielleicht gedacht, daß Mary Gerrard nicht lange leben würde ...«
»Ich habe mir das nur eingebildet. Ich weiß nicht.«
»Nein, Sie haben es sich nicht nur eingebildet ...«

10

Hercule Poirot saß im Häuschen von Schwester Hopkins.
Dr. Lord hatte ihn hingebracht, ihn vorgestellt und dann mit Schwester Hopkins allein gelassen.
Nachdem sie anfangs seine ausländische Erscheinung ein wenig schief angeschaut hatte, taute sie nun rasch auf.
Sie sagte mit einer gewissen Sensationslüsternheit: »Ja, es ist eine schreckliche Sache! Eine der schrecklichsten Sachen, die mir je untergekommen sind. Mary war ein wirklich schönes Mädchen, hätte jederzeit zum Film gehen können! Und ein nettes, braves Mädel dabei und nicht eingebildet, wie sie bei all der Beachtung, die ihr geschenkt wurde, leicht hätte werden können.«
Geschickt schob Poirot die Frage ein:
»Sie meinen die Beachtung, die ihr Mrs. Welman schenkte?«

»Das meine ich, ja. Die alte Dame hatte eine ungeheure Zuneigung zu ihr gefaßt – wirklich, eine große Zuneigung.«
»Überraschend, vielleicht?« murmelte Hercule Poirot.
»Je nachdem. Es könnte auch ganz natürlich gewesen sein. Ich meine . . .«
Schwester Hopkins biß sich auf die Lippen und sah verwirrt aus.
»Was ich meine, ist, Mary hatte eine sehr liebe Art, eine angenehme, sanfte Stimme und gute Manieren. Und meiner Meinung nach tut es einer älteren Person gut, ein junges Gesicht um sich zu haben.«
»Ich vermute, Miss Carlisle kam gelegentlich her, um ihre Tante zu besuchen?«
Schwester Hopkins sagte scharf:
»Miss Carlisle kam her, wann es ihr paßte.«
»Sie mögen Miss Carlisle nicht«, murmelte Poirot.
»Das will ich meinen! Eine Giftmischerin! Eine kaltblütige Giftmischerin!«
»Ah«, sagte Hercule Poirot, »ich sehe, Sie haben sich schon ein Urteil gebildet.«
Schwester Hopkins fragte mißtrauisch:
»Wie meinen Sie das – ein Urteil gebildet?«
»Sie sind ganz sicher, daß sie es war, die Mary Gerrard das Morphium gab?«
»Wer hätte es sonst tun können, möchte ich wissen? Sie wollen doch nicht behaupten, daß ich es war?«
»Nicht einen Augenblick. Aber ihre Schuld ist doch noch nicht bewiesen, vergessen Sie das nicht!«
Schwester Hopkins widersprach mit ruhiger Sicherheit:
»Sie hat es getan. Abgesehen von allem andern, konnte man es in ihrem Gesicht lesen. Sonderbar war sie die ganze Zeit. Und hat mich hinaufgeführt und dort zurückgehalten – solange wie nur möglich! Und als ich, nachdem wir Mary in dem Zustand gefunden hatten, mich zu ihr umwandte, da stand es in ihrem Gesicht so deut-

lich wie nur irgend etwas. Sie wußte, daß ich es wußte!«
»Es ist jedenfalls schwer zu sagen, wer es sonst getan haben könnte. Außer natürlich, sie hat es selbst getan.«
»Wie meinen Sie das – selbst getan? Meinen Sie, daß Mary Selbstmord beging? So einen Unsinn hab ich noch nie gehört!«
»Man kann nie wissen. Das Herz eines jungen Mädchens ist sehr empfindlich, sehr zart.« Er machte eine Pause. »Es wäre doch möglich gewesen, nicht? Sie hätte doch etwas in ihren Tee tun können, ohne daß Sie es bemerkten?«
»In ihre Tasse, meinen Sie.«
»Ja. Sie haben sie doch nicht die ganze Zeit beobachtet.«
»Ich habe sie nicht beobachtet – nein. Ja, ich vermute, das könnte sie getan haben ... Aber das ist alles Unsinn! Warum hätte sie so etwas tun sollen?«
Hercule Poirot schüttelte den Kopf nachdenklich wie vorhin.
»Das Herz eines jungen Mädchens ... wie ich schon sagte – so empfindlich! Eine unglückliche Liebesgeschichte vielleicht – –«
Schwester Hopkins ließ ein verächtliches Schnauben hören.
»Mädel bringen sich wegen Liebesgeschichten nicht um – außer sie sind in andern Umständen –, und das war Mary nicht, kann ich Ihnen sagen!«
Sie schaute ihn ganz kampfeslustig an.
»Und sie war nicht verliebt?«
»Nein, durchaus nicht. Sie war eifrig bei ihrer Arbeit und freute sich des Lebens.«
»Aber sie muß doch Verehrer gehabt haben, wenn sie ein so anziehendes Mädchen war.«
»Ja, da war Ted Bigland, freilich«, erklärte Schwester Hopkins.

Poirot erkundigte sich genauer nach Ted Bigland.
»Er war sehr verliebt in Mary. Aber, wie ich ihr auch selber sagte, sie war viel zu gut für ihn.«
»Er muß wütend gewesen sein, als sie nichts mit ihm zu tun haben wollte, was?«
»Freilich war er böse, ja«, erklärte Schwester Hopkins. »Er gab noch dazu mir die Schuld daran.«
Poirot fragte sanft:
»Wieso hat Mary Sie eigentlich so sehr interessiert?«
»Ja, ich weiß nicht...« Schwester Hopkins zögerte, sie sah aus, als schäme sie sich ein wenig. »Es war etwas – nun – Romantisches um Mary.«
»Um sie vielleicht, aber nicht um ihre Verhältnisse. Sie war doch die Tochter des Pförtners, nicht?«
»Ja, ja – natürlich. Wenigstens – –« Sie zögerte und sah Poirot an, der sie in seiner mitfühlendsten Art anblickte.
»Tatsächlich«, sagte Schwester Hopkins in einem plötzlichen Vertrauensbruch, »war sie gar nicht die Tochter vom alten Gerrard. Er hat es mir gesagt. Ihr Vater war ein Gentleman.«
Poirot murmelte:
»Ah... und ihre Mutter?«
Schwester Hopkins zögerte abermals, biß sich auf die Lippen und fuhr dann fort:
»Ihre Mutter war Kammerzofe bei der alten Mrs. Welman. Sie heiratete Gerrard, nachdem Mary bereits geboren war.«
»Also, wie Sie richtig sagen, ein ganzer Roman – ein geheimnisvoller Roman.«
Schwester Hopkins' Gesicht hellte sich auf.
»Nicht wahr? Man kann doch gar nicht anders, als sich für jemanden interessieren, wenn man etwas von ihm weiß, was sonst niemand weiß. Durch reinen Zufall erfuhr ich eine Menge. Eigentlich war es ja Schwester O'Brien, die mich auf die Spur brachte, aber das ist eine andere Geschichte. Jedoch, wie Sie sagen, es ist interessant, die Ver-

gangenheit zu kennen. Von so mancher Tragödie hat niemand eine Ahnung. Es ist eine traurige Welt.«
Poirot seufzte und schüttelte den Kopf.
Schwester Hopkins sagte, nun erschrocken:
»Aber ich hätte es Ihnen nicht erzählen dürfen! Ich möchte um alles in der Welt nicht, daß ein Wort davon herauskommt! Schließlich hat es ja nichts mit dem Fall zu tun. Soweit es die Leute angeht, war Mary Gerrards Tochter, und nichts anderes darf auch nur angedeutet werden. Sie in den Augen der Welt herabzusetzen, nachdem sie tot ist! Er hat ihre Mutter geheiratet und das genügt.«
»Aber Sie wissen vielleicht, wer ihr wirklicher Vater war?«
»Nun, vielleicht weiß ich es, vielleicht auch nicht. Das heißt, wissen tu ich gar nichts, ich könnte es höchstens erraten. Alte Sünden haben lange Schatten, wie man zu sagen pflegt! Aber ich bin keine Klatschbase.«
Poirot wechselte taktvoll das Thema.
»Da ist noch etwas – eine heikle Sache. Aber ich bin überzeugt, ich kann mich auf Ihre Diskretion verlassen.«
Ein geschmeicheltes Lächeln breitete sich auf Schwester Hopkins' unschönen Zügen aus.
»Ich spreche von Mr. Roderick Welman. Wie ich höre, war er von Mary Gerrard gefesselt.«
»Völlig hin und weg!«
»Obwohl er zu jener Zeit mit Miss Carlisle verlobt war?«
»Wenn Sie mich fragen«, sagte Schwester Hopkins, »er war nie so richtig verliebt in Miss Carlisle, nicht, was ich verliebt nenne.«
»Hat Mary Gerrard seine – hm – Bemühungen um sie ermutigt?«
Schwester Hopkins erwiderte scharf:
»Sie hat sich tadellos benommen. Niemand könnte behaupten, sie habe ihn ermutigt!«
»War sie in ihn verliebt?«
»Nein, das war sie nicht«, erklärte Schwester Hopkins entschieden.

»Aber sie hat ihn gut leiden können?«
»O ja, sie hat ihn ganz gut leiden können.«
»Ich vermute, mit der Zeit hätte etwas daraus werden können?«
Schwester Hopkins gab das zu.
»Möglich. Aber Mary hätte nichts Übereiltes getan. Sie sagte ihm hier, er dürfe nicht so mit ihr reden, wenn er mit Miss Elinor verlobt sei. Und als er sie in London besuchte, sagte sie dasselbe.«
»Wie denken Sie selbst denn über Mr. Roderick Welman?«
»Er ist ein ganz netter junger Mensch. Aber etwas nervös. Sieht aus, als könnte er später einmal magenleidend werden; diese nervösen Typen werden das oft.«
»Hat er seine Tante gern gehabt?«
»Ich glaube schon.«
»Hat er viel bei ihr gesessen, als sie so krank war?«
»Sie meinen, nachdem sie den zweiten Schlaganfall hatte? In der Nacht, bevor sie starb? Ich glaube nicht, daß er überhaupt in ihrem Zimmer war!«
»Wirklich?«
»Sie hat nicht nach ihm verlangt. Und wir hatten natürlich keine Ahnung, daß das Ende so nahe sein würde. Es gibt eine Menge solcher Männer, wissen Sie: weichen einem Krankenzimmer aus. Sie können nichts dafür. Und es ist auch nicht Herzlosigkeit. Sie wollen nur nicht erschüttert werden.«
Poirot nickte verständnisvoll.
»Sind Sie sicher, daß Mr. Welman nicht ins Zimmer seiner Tante ging, bevor sie starb?«
»Nun, nicht, solange ich Dienst hatte! Schwester O'Brien löste mich um drei Uhr früh ab, und sie könnte ihn geholt haben als es zu Ende ging, gesagt hat sie mir allerdings nichts davon.«
»Er kann nicht in ihr Zimmer gegangen sein, während Sie abwesend waren?«

Schwester Hopkins fuhr ihn an:
»Ich lasse meine Patienten nicht allein, Monsieur Poirot.«
»Bitte tausendmal um Entschuldigung; das habe ich nicht gemeint. Ich dachte, vielleicht hätten Sie kochendes Wasser gebraucht oder hinunterlaufen müssen um irgendein Mittel zu holen.«
Besänftigend sagte Schwester Hopkins:
»Ich ging wohl einmal hinunter, um die Wärmeflasche frisch füllen zu lassen. Ich wußte, daß heißes Wasser in der Küche war.«
»Wie lange etwa waren Sie weg?«
»Vielleicht fünf Minuten.«
»Ach ja, da kann Mr. Welman zu ihr hineingeschaut haben?«
»Da müßte er sich sehr beeilt haben.«
Poirot seufzte.
»Wie Sie schon feststellten, weichen viele Männer der Krankheit aus! Die Frauen sind unsere hilfreichen Engel! Was würden wir tun ohne sie? Besonders ohne Frauen Ihres Berufs – ein wahrhaft edler Beruf!«
Schwester Hopkins errötete ein wenig.
»Es ist sehr freundlich von Ihnen, das zu sagen. Ich selbst habe nie in dieser Weise gedacht. Zuviel schwere Arbeit beim Pflegen, um an die edle Seite des Berufs zu denken!«
»Und es gibt sonst nichts, das Sie mir über Mary Gerrard sagen können?« fragte Poirot.
Eine merkliche Pause trat ein, ehe Schwester Hopkins antwortete:
»Ich weiß von nichts.«
»Sind Sie ganz sicher?«
Schwester Hopkins sagte etwas unzusammenhängend:
»Sie verstehen nicht. Ich hatte Mary gern.«
»Und es gibt nichts, was Sie mir noch erzählen könnten?«
»Nein, nichts! Absolut nichts.«

11

In der majestätischen Gegenwart der schwarzgekleideten Mrs. Bishop saß Hercule Poirot mit geziemender Demut. Das Auftauen von Mrs. Bishop war keine leichte Sache. Denn Mrs. Bishop, eine Frau von konservativen Sitten und Ansichten, mißbilligte Ausländer in höchstem Maße. Und ein Ausländer war Hercule Poirot zweifellos. Ihre Antworten waren frostig, und sie betrachtete ihn mit Abneigung und Mißtrauen.
Auch Dr. Lords Vorstellung hatte wenig dazu beitragen können, die Situation zu entspannen.
Hercule Poirot ließ seinen ganzen Charme und seine ganze Klugheit spielen, aber Mrs. Bishop blieb reserviert.
Der Tod von Mrs. Welman war sehr traurig gewesen. Sie war hochgeachtet in der ganzen Umgebung. Die Verhaftung von Miss Carlisle war »ein Skandal« und wahrscheinlich das Resultat von »diesen neumodischen Polizeimethoden«. Die Ansichten von Mrs. Bishop über den Tod von Mary Gerrard waren höchst unklar. »Das kann ich wirklich nicht sagen«, mehr war dazu nicht aus ihr herauszubringen.
Da spielte Hercule Poirot seine letzte Karte aus. Er erzählte mit naivem Stolz von seinem kürzlichen Besuch in Sandringham. Er sprach mit Bewunderung von der Gnade und herzerwärmenden Schlichtheit und Güte der königlichen Herrschaften.
Mrs. Bishop, die täglich anhand der Hofnachrichten das genaue Tun und Lassen des Hofes verfolgte, war überwältigt.... So sah die Sache freilich ganz anders aus! Ausländer oder nicht, wer war sie, Emma Bishop, daß sie Vorbehalte hegen wollte, wo der Hof vorangegangen war?
Bald waren sie und Monsieur Poirot in angenehmer Unterhaltung über ein wirklich interessantes Thema begriffen – es ging um nichts Geringeres als die Wahl eines passenden Gatten für Prinzessin Elisabeth!

Nachdem alle möglichen Heiratskandidaten als nicht gut genug abgehakt waren, bemerkte Poirot tiefsinnig:
»Die Ehe ist – ach! – voller Gefahren und Fallstricke!«
»Jawohl – und dann diese Scheidungen heute«, entgegnete Mrs. Bishop, als spreche sie von einer ansteckenden Krankheit.
»Ich vermute, daß Mrs. Welman vor ihren Tode sehr gewünscht haben muß, ihre Nichte passend vermählt zu sehen?«
Mrs. Bishop neigte ihr Haupt.
»Ja gewiß. Die Verlobung von Miss Elinor mit Mr. Roderick war ihr eine große Beruhigung. Sie hatte immer darauf gehofft.«
»Die Verlobung kam vielleicht teilweise aus dem Wunsch, sie zu erfreuen, zustande?«
»O nein, das möchte ich nicht behaupten, Monsieur Poirot. Miss Elinor hat immer sehr an Mr. Roddy gehangen – schon als kleines Ding –, es war reizend mit anzusehen! Miss Elinor ist eine sehr treue und zärtliche Natur!«
»Und er?« murmelte Poirot.
Mrs. Bishop sagte streng:
»Mr. Roderick hing an Miss Elinor.«
»Die Verlobung wurde jedoch, glaube ich, gelöst?«
Das Blut stieg Mrs. Bishop in die Wangen.
»Dank den Ränken einer Schlange, Monsieur Poirot!«
»Wirklich?«
Mrs. Bishop erklärte mit noch röterem Gesicht:
»Man soll ja über Tote nichts Schlechtes sagen. Aber diese junge Person, Monsieur Poirot, war heimtückisch in ihrem Vorgehen.«
Poirot sah sie einen Augenblick nachdenklich an. Dann meinte er scheinbar harmlos:
»Sie setzen mich in Erstaunen. Ich hatte den Eindruck gewonnen, daß sie ein sehr einfaches und bescheidenes Mädchen gewesen sei.«
Das Kinn von Mrs. Bishop zitterte ein wenig vor Erregung.

»Sie war schlau, Monsieur Poirot. Die Leute sind darauf hereingefallen! Die Schwester Hopkins, zum Beispiel! Ja, und meine arme, liebe Mrs. Welman ebenfalls!«
Poirot schüttelte teilnahmsvoll den Kopf und schmatzte bedauernd mit der Zunge.
»In der Tat«, bekräftigte Mrs. Bishop, angefeuert von diesem ermutigenden Geräusch. »Es ging ihr schlecht, der lieben, armen Mrs. Welman, und diese junge Person schlich sich in ihr Vertrauen. Sie wußte, wie man so sagt, auf welcher Seite ihr Brot gebuttert war! Immer da, ihr vorzulesen, brachte ihr kleine Blumensträußchen. Es hieß ›Mary dies‹ und ›Mary das‹ die ganze Zeit! Und das Geld, das sie für das Mädel ausgegeben hat! Teure Schulen und Ausbildung im Ausland dazu – alles für die Tochter vom alten Gerrard! Ihm hat das nicht gefallen, kann ich Ihnen sagen! Er hat sich oft über ihre Feine-Damen-Manieren beklagt.«
Diesmal schüttelte Poirot den Kopf und sagte voller Mitgefühl:
»Du lieber Gott!«
»Und dann – dieses Sich-Heranmachen an Mr. Roddy! Er war viel zu harmlos, um sie zu durchschauen. Und Miss Elinor, die nun mal eine wirkliche Dame ist, begriff natürlich nicht, was da vor sich ging. Aber die Männer sind alle gleich: schnell eingefangen mit Schmeichelei und einer hübschen Larve!«
Poirot seufzte.
»Sie hatte doch vermutlich noch andere Verehrer?« fragte er.
»Natürlich! Da war der Sohn von Rufus Bigland, der junge Ted – ein wirklich netter Bursche. Aber der war ihr natürlich nicht gut genug.«
»War er nicht böse deshalb?«
»Na und ob! Er beschuldigte sie, mit Mr. Roddy etwas zu haben, das weiß ich genau. Ich kann es dem Jungen nicht verargen, daß er so verletzt war!«

»Ich auch nicht«, erklärte Poirot. »Aber ich bin Ihnen außerordentlich dankbar, Mrs. Bishop. Manche Leute haben es weg, einen Charakter mit ein paar Worten klar und deutlich darzustellen. Das ist ein großes Talent. Ich habe nun endlich ein klares Bild von Mary Gerrard.«
»Aber bitte«, meinte Mrs. Bishop, »ich sage kein Wort gegen das Mädchen! Das würde ich nie tun – wo sie doch nun im Grab liegt.
Aber es ist zweifellos so, daß sie viel Verdruß verursachte!«
Poirot murmelte:
»Wo hätte das alles wohl noch geendet, fragt man sich?«
»Genau«, nickte Mrs. Bishop. »Sie können mir glauben, Monsieur Poirot, wenn meine liebe Herrin nicht gestorben wäre – und so hart auch der Schlag für uns war –, ich weiß nicht, was das noch für ein Ende genommen hätte!«
»Sie meinen?« Poirots Stimme klang einladend.
»Sie meinen wohl, daß Mrs. Welman ihr ganzes Geld vielleicht Mary Gerrard hinterlassen hätte?«
»Es hätte mich nicht überrascht!« kam prompt die Antwort. »Darauf arbeitete die junge Person zweifellos hin. Und wenn ich ein Wort zu sagen wagte, biß mir Mrs. Welman beinahe den Kopf ab, obwohl ich fast zwanzig Jahre bei ihr war. Es ist eine undankbare Welt, Monsieur Poirot. Man versucht seine Pflicht zu tun – und wie wird es einem gedankt?!«
»Ach«, seufzte Poirot, »wie wahr das ist!«
»Aber Schlechtigkeit triumphiert nicht immer«, sagte Mrs. Bishop.
»Richtig, Mary Gerrard ist tot . . . Die Umstände ihres Todes scheinen ganz unerklärlich.«
»Diese Polizei und ihre neuartigen Ideen!« schnaubte Mrs. Bishop. »Ist es wahrscheinlich, daß eine wohlerzo-

gene junge Dame aus guter Familie wie Miss Elinor herumgehen würde und Leute vergiften? Und mich wollten sie auch hineinziehen, behaupten, ich hätte gesagt, ihr Wesen sei eigentümlich gewesen!«

»Aber war es nicht eigentümlich?«

»Und warum sollte es nicht eigentümlich sein?« Mrs. Bishops Busen hob sich erregt. »Miss Elinor ist eine junge empfindsame Dame, sie war im Begriff, die Sachen ihrer Tante zu ordnen – und so etwas ist immer eine traurige Sache.«

Poirot nickte verständnisvoll.

»Es hätte es ihr sehr erleichtert, wenn Sie sie begleitet hätten.«

»Das wollte ich ja, Monsieur Poirot, aber sie lehnte ganz heftig ab. Ach, Miss Elinor war immer eine sehr stolze und zurückhaltende junge Dame. Heute wünschte ich, daß ich doch mit ihr gegangen wäre.«

»Sie dachten nicht daran, ihr ins Haus zu folgen?«

Mrs. Bishop hob würdevoll ihren Kopf.

»Ich gehe nicht dorthin, wo man mich nicht haben will, Monsieur Poirot.«

Poirot sah beschämt drein.

»Außerdem hatten Sie zweifellos an diesem Morgen wichtige Dinge zu tun?«

»Es war ein sehr warmer Tag, ich erinnere mich, sehr schwül.«

Sie seufzte. »Ich ging auf den Friedhof, um ein paar Blumen als Zeichen meiner Verehrung auf Mrs. Welmans Grab zu legen, und mußte mich dort lange ausruhen. Die Hitze hat mich ganz überwältigt, ich kam zu spät zum Essen nach Hause, und meine Schwester war ganz bestürzt, als sie sah, wie aufgelöst ich war!«

Poirot blickte sie bewundernd an.

»Ich beneide Sie, Mrs. Bishop. Es ist in der Tat angenehm, wenn man sich nach einem Todesfall nichts vorzuwerfen hat. Mr. Roderick Welman, denke ich mir, muß sich doch

Vorwürfe machen, daß er an jenem Abend nicht zu seiner Tante hineingegangen ist, obwohl er natürlich nicht wissen konnte, daß sie so bald dahingehen würde.«

»Ah, da sind Sie aber im Irrtum, Monsieur Poirot, das kann ich Ihnen mit Bestimmtheit sagen. Mr. Roddy ging ja in das Zimmer seiner Tante! Ich war gerade draußen auf dem Treppenabsatz. Ich hatte die Pflegerin hinuntergehen gehört und wollte mich vergewissern, ob Mrs. Welman nicht etwas brauchte – Sie wissen ja, wie Pflegerinnen sind: bleiben immer lange unten, um mit den Mädchen zu schwätzen, oder hetzen sie herum, indem sie ständig etwas verlangen. Nicht daß Schwester Hopkins so schlimm war wie die andere, die rothaarige, die immer schwätzte und Verdruß machte! Aber wie gesagt, ich dachte, ich sollte mal nachsehen, ob alles in Ordnung sei, und da sah ich Mr. Roddy in das Zimmer seiner Tante schlüpfen. Ich weiß nicht, ob sie ihn erkannte oder nicht, aber jedenfalls hat er sich nichts vorzuwerfen.«

»Das freut mich. Er ist ziemlich nervös, nicht wahr?«

»Ein bißchen grillig. War er immer.«

»Mrs. Bishop, Sie sind offenbar eine Frau mit großer Menschenkenntnis. Ich habe mir eine hohe Meinung von Ihrem Urteil gebildet. Was ist Ihrer Meinung nach die Wahrheit über Mary Gerrards Tod?«

Mrs. Bishop schnob verächtlich.

»Das ist doch klar, denke ich! Eine von diesen schlechten Pasten von Abbott. Hat sie monatelang in seinen Fächern stehen! Meine Cousine wurde einmal krank von Krabbenkonserven und ist beinahe daran gestorben!«

»Was bedeutete dann aber das Morphium, das in der Leiche gefunden wurde?« wendete Poirot ein.

Mrs. Bishop sagte großartig:

»Ich weiß nichts von Morphium! Ich weiß nur, wie Ärzte sind: Sagt ihnen, sie sollen etwas suchen, und sie werden es finden! Verdorbene Fischpaste ist natürlich nicht interessant genug für sie!«

»Sie halten es nicht für möglich, daß sie Selbstmord beging?«
»Die?« schnob Mrs. Bishop. »Nein, gewiß nicht! Hatte sie sich nicht vorgenommen, Mr. Roddy zu heiraten? Der wäre nie im Leben ein Selbstmord eingefallen!«

12

Da es Sonntag war, traf Hercule Poirot Ted Bigland auf der Farm seines Vaters.
Es war nicht schwierig, Ted zum Reden zu bringen, er schien sogar die Gelegenheit zu begrüßen – als gewähre eine Aussprache ihm Erleichterung.
»Sie versuchen herauszubekommen, wer Mary getötet hat? Das ist wirklich ein Rätsel.«
»Sie glauben also nicht, daß Miss Carlisle sie getötet hat?«
Ted Bigland runzelte die Stirn – es war ein verwirrtes, beinahe kindliches Stirnrunzeln.
»Miss Elinor ist eine Dame. Sie ist nicht so veranlagt – nun, man kann sich einfach nicht vorstellen, daß sie so etwas tut – etwas Gewaltsames. Sie verstehen, wie ich das meine? Schließlich ist es doch nicht wahrscheinlich, daß eine junge Dame hingeht und Derartiges tut.«
Poirot nickte nachdenklich.
»Nein, es ist nicht wahrscheinlich ... Aber wenn die Eifersucht mitspielt –«
Er hielt inne und beobachtete den hübschen, blonden jungen Riesen vor sich.
»Eifersucht? Ich weiß, die hat schon viel Unheil angerichtet. Aber gewöhnlich ist da dann auch der Alkohol im Spiel, und wenn sich einer so in eine Sache hineinsteigert, bis er rot sieht und Amok läuft. Miss Elinor – eine feine, ruhige, junge Dame wie sie – –«
»Aber Mary Gerrard ist gestorben ... und zwar nicht

eines natürlichen Todes. Haben Sie eine Idee – gibt es irgend etwas, das Sie mir sagen könnten, um mir zu helfen, den Mörder zu finden?«
Langsam schüttelte der andere den Kopf.
»Es kommt mir ganz unwahrscheinlich vor, daß jemand Mary getötet haben könnte, verstehen Sie? Sie war – sie war wie eine Blume.«
Und plötzlich, eine Minute lang, hatte Hercule Poirot einen neuen Begriff von dem toten Mädchen . . . In jener zögernden, einfachen Stimme lebte und blühte Mary wieder auf. »Sie war wie eine Blume . . .« Die Stimme vermittelte ein schneidendes Gefühl des Verlustes von etwas Köstlichem, das zerstört wurde . . .
In seinem Kopf folgte eine Charakterisierung der andern. Peter Lords »Sie war ein nettes Mädchen«. Schwester Hopkins' »Sie hätte zum Film gehen können«. Mrs. Bishops giftiges »Sie war schlau . . . heimtückisch«. Und nun, alle anderen Ansichten beschämend und zur Seite schiebend, jenes ruhige, verwunderte »Sie war wie eine Blume«.
»Ja, aber . . .«, wagte Poirot fragend einzuwenden.
Ted Bigland nickte mit dem Kopf. Seine Augen hatten noch den stummen, betrübten Blick eines Tieres, das Schmerzen leidet.
»Ich weiß, Sir. Ich weiß, was Sie sagen, ist wahr. Sie starb keines natürlichen Todes. Und ich habe mir den Kopf zerbrochen . . .«
Er hielt inne und fuhr dann langsam fort:
»Ich habe mir den Kopf zerbrochen, ob es nicht auf irgendeine Weise ein Zufall gewesen sein könnte?«
»Ein Zufall? Aber was für ein Zufall?«
»Ich weiß, Sir. Ich weiß. Es klingt unvernünftig. Aber ich grüble und grüble, und ich glaube, so muß es gewesen sein. Etwas, das nicht passieren sollte, oder etwas, das durch einen Irrtum passierte – eben, nun eben ein Unglücksfall!«

Er sah Poirot flehend an, verlegen über seinen Mangel an Beredsamkeit.
Poirot schwieg eine Weile, er schien zu überlegen. Endlich sagte er:
»Es ist interessant, daß Sie das glauben.«
»Ich kann mir wohl denken, daß Sie das nicht begreifen können, Sir. Es ist ja auch nur so ein Gefühl, das ich habe.«
»Gefühl ist manchmal ein wichtiger Fingerzeig ... Sie werden mir hoffentlich verzeihen, wenn ich Schmerzliches berühre, aber – Sie hatten Mary Gerrard sehr gern, nicht wahr?«
In das gebräunte Gesicht stieg eine leichte Röte.
Ted sagte einfach: »Jeder Mensch hier weiß das, nehme ich an.«
»Sie wollten sie heiraten?«
»Ja.«
»Aber sie – wollte nicht?«
Teds Gesicht verdüsterte sich ein wenig. In seiner Stimme klang etwas wie unterdrückter Zorn:
»Die Leute meinen's gut, aber sie sollten nicht das Leben anderer in Verwirrung bringen, indem sie sich einmischen! All diese Schulen und Auslandsreisen! Das hat Mary verändert. Ich sage nicht, es hat sie verdorben oder sie eingebildet gemacht – das war sie nicht. Aber es ... ach, es verwirrte sie! Sie wußte nicht mehr recht, wo sie hingehörte. Sie war zu gut für mich; trotzdem war sie nicht gut genug für einen wirklichen Gentleman wie Mr. Welman.«
»Sie mögen Mr. Welman nicht?«
»Warum zum Teufel sollte ich ihn mögen?« rief Ted heftig.
»Ich habe nichts *gegen* ihn. Als Mann ist er nur eine halbe Portion. Ich könnte ihn hochheben und entzweibrechen. Er hat wohl Verstand, vermute ich ...«
Poirot wechselte das Thema.

»Sie arbeiten in einer Garage?«
Ted Bigland nickte.
»Bei Henderson unten an der Straße.«
»Sie waren an dem Tag, als – das geschah, dort?«
»Ja, ich probierte einen Wagen aus und fuhr ein wenig damit herum. Es ist eigenartig, daran zurückzudenken. Es war ein wundervoller Tag, in den Hecken war noch Geißblatt . . . Mary liebte Geißblatt, wir pflückten es oft miteinander, bevor sie nach Deutschland ging . . .«
Wieder lag diese kindliche Verwunderung auf seinem Gesicht.
Hercule Poirot schwieg.
Der andere fuhr aus seinen Träumen auf.
»Entschuldigen Sie, Sir, vergessen Sie, was ich über Mr. Welman sagte. Ich war gereizt – weil er hinter Mary her war. Er hätte sie in Frieden lassen sollen. Sie paßte im Grunde doch nicht zu ihm –«
»Glauben Sie, daß sie ihn gern hatte?«
Wieder runzelte Ted Bigland die Stirn.
»Ich glaube es eigentlich nicht. Aber möglich ist es schon. Ich kann es nicht sagen.«
»Gab es einen anderen Mann in Marys Leben? Jemanden zum Beispiel, den sie im Ausland kennengelernt hatte?«
»Das könnte ich nicht sagen, Sir. Sie hat nie jemanden erwähnt.«
»Hatte sie Feinde – hier in Maidensford?«
Er schüttelte den Kopf.
»Niemand kannte sie sehr gut, aber alle hatten sie gern.«
»Konnte Mrs. Bishop, die Haushälterin in Hunterbury, sie gut leiden?«
Ted grinste plötzlich.
»Ach, das war nur eine Art Eifersucht! Der Alten gefiel es nicht, daß Mrs. Welman so eine Vorliebe für Mary gefaßt hatte.«
»War Mary Gerrard glücklich, wenn sie hier war? Hatte sie die alte Mrs. Welman gern?«

»Sie wäre ganz zufrieden gewesen, wenn die Schwester sie in Ruhe gelassen hätte. Schwester Hopkins, meine ich, redete ihr ein, sie müsse ihr Brot verdienen und solle sich als Krankengymnastin ausbilden lassen.«
»Sie hatte Mary aber gern, nicht?«
»O ja, sie hatte sie ganz gern; aber sie gehört zu den Leuten, die immer wissen, was für jeden das Beste ist!«
»Angenommen, Schwester Hopkins wüßte etwas – etwas, sagen wir, das ein schlechtes Licht auf Mary werfen würde –, glauben Sie, sie würde es bei sich behalten?«
Ted Bigland sah ihn neugierig an.
»Ich verstehe nicht ganz, was Sie meinen, Sir.«
»Glauben Sie, daß Schwester Hopkins, wenn sie etwas gegen Mary Gerrard in der Hand hätte, den Mund halten würde?«
»Ich bezweifle, daß das Frauenzimmer überhaupt den Mund halten kann! Sie ist die ärgste Klatschbase im Dorf. Aber wenn sie über irgend jemanden den Mund halten könnte, so wäre das wahrscheinlich Mary.« Da seine Neugierde ihn überwältigte, fügte er hinzu: »Aber warum fragen Sie das?«
»Wenn man mit Leuten redet, merkt man immer allerhand. Schwester Hopkins sprach, allem Anschein nach, vollkommen freimütig und offen, aber ich hatte den Eindruck – den sehr starken Eindruck –, daß sie mit etwas hinterm Berg hielt. Es muß nicht unbedingt etwas Wichtiges sein, mag gar keinen Bezug zum Verbrechen haben. Aber es gibt etwas, was sie weiß und nicht gesagt hat. Ich habe auch den Eindruck, daß dieses Etwas – was immer es sein mag – etwas entschieden Negatives im Hinblick auf Mary Gerrard ist...«
Ted schüttelte hilflos den Kopf, und Hercule Poirot seufzte.
»Je nun, ich werde mit der Zeit erfahren, was es ist.«

13

Poirot sah mit Interesse in das lange, nervöse Gesicht Roderick Welmans.

Roddys Nerven waren in einem kläglichen Zustand. Seine Hände zitterten, seine Augen waren blutunterlaufen, seine Stimme klang heiser und gereizt.

Er sagte mit einem Blick auf die Visitenkarte:

»Natürlich ist mir Ihr Name bekannt, Monsieur Poirot. Aber ich sehe nicht recht ein, wieso Dr. Lord glaubt, daß Sie in der Sache etwas tun können! Und was geht es ihn überhaupt an? Er hat meine Tante behandelt, aber sonst ist er uns vollkommen fremd. Elinor und ich kannten ihn nicht einmal, bevor wir im Juni nach Hunterbury fuhren. Es ist doch sicherlich Seddons Sache, sich mit all diesen Dingen zu befassen?«

»Theoretisch ist das richtig«, gab Hercule Poirot zu.

Roddy fuhr unglücklich fort:

»Nicht daß Seddon mir viel Vertrauen einflößt, er ist so verdammt umständlich.«

»Das haben Rechtsanwälte so an sich.«

»Aber«, sagte Roddy, etwas zuversichtlicher, »wir haben Bulmer engagiert. Er soll so ziemlich der Beste in seinem Fach sein, nicht?«

»Er hat den Ruf, aussichtslose Fälle zu übernehmen.«

Roddy zuckte sichtlich zusammen, und Poirot sagte:

»Es ist Ihnen doch hoffentlich nicht unangenehm, daß ich versuche, Miss Elinor Carlisle beizustehen?«

»Nein, nein, natürlich nicht. Aber – –«

»Aber was kann ich tun? Das ist es, was Sie sagen wollen?«

Ein flüchtiges Lächeln blitzte in Roddys bekümmertem Gesicht auf – ein so bezauberndes Lächeln, daß Poirot plötzlich die undefinierbare Anziehungskraft dieses Mannes begriff.

»Es klingt ein wenig unhöflich, wenn man es so sagt.

Aber natürlich ist das der springende Punkt. Also, was können Sie tun, Monsieur Poirot?«
»Ich kann nach der Wahrheit suchen.«
»Ja.«
Es klang ein wenig zweifelnd.
»Ich könnte Tatsachen entdecken, die der Angeklagten helfen würden.«
Roddy seufzte.
»Wenn Sie das nur könnten!«
»Es ist mein ernster Wunsch, jemandem zu helfen. Wollen Sie mich unterstützen, indem Sie mir genau sagen, was Sie von der ganzen Sache halten?«
Roddy stand auf und ging ratlos auf und ab.
»Was soll ich sagen? Die ganze Sache ist so unsinnig – so phantastisch! Die bloße Idee, daß Elinor – Elinor, die ich von Kindheit an kenne – tatsächlich so etwas Melodramatisches tun könnte, jemanden zu vergiften! Das ist einfach ganz lächerlich! Aber wie soll man das einem Gericht begreiflich machen?«
»Sie betrachten es also als ganz unmöglich, daß Miss Carlisle so etwas getan haben könnte?«
»Ganz unmöglich! Das ist doch selbstverständlich! Elinor ist ein wunderbares Geschöpf, ruhig und ausgeglichen. Sie ist intelligent, sensibel und ohne alle dunklen Leidenschaften. Aber setzen Sie zwölf Dummköpfe auf eine Geschworenenbank, und Gott weiß, was man die alles glauben machen kann! Lassen Sie uns schließlich vernünftig sein: Sie sind nicht da, um einen Charakter zu beurteilen, sie sind da, um Zeugenaussagen zu prüfen. Tatsachen – Tatsachen – Tatsachen! Und die Tatsachen sind belastend!«
Hercule Poirot nickte nachdenklich.
»Sie sind ein Mann von Vernunft und Einsicht, Mr. Welman. Die Tatsachen verurteilen Miss Carlisle. Ihre Kenntnis ihres Charakters spricht sie frei. Was also ist wirklich geschehen? Was *kann* geschehen sein?«

Roddy breitete verzweifelt seine Hände aus.
»Das ist es ja eben! Ich nehme an, die Schwester könnte es wohl nicht getan haben?«
»Sie kam den Broten gar nicht nahe – oh, ich habe mich sehr genau erkundigt –, und den Tee hätte sie nicht vergiften können, ohne sich selbst auch zu vergiften, dessen habe ich mich vergewissert. Außerdem, warum sollte sie Mary Gerrard umbringen wollen?«
»Warum sollte irgend jemand Mary Gerrard umbringen wollen?« rief Roddy aus.
»Das«, nickte Poirot, »scheint in diesem Fall die Frage zu sein, auf die es keine Antwort gibt. Niemand wollte Mary Gerrard töten.« (Bei sich fügte er hinzu: »Außer Elinor Carlisle.«) »Also würde logischerweise der nächste Schluß sein müssen: Mary Gerrard wurde nicht getötet! Aber dem ist leider nicht so, sie wurde getötet!« Nach einer pietätvollen Pause kam Poirot nun zu dem heiklen Punkt der Angelegenheit.
»Es ist ziemlich bekannt, Mr. Welman, daß Sie – Mary Gerrard bewunderten. Das ist, denke ich, richtig?«
Roddy stand auf und ging zum Fenster; er spielte mit der Gardinenquaste.
»Ja.«
»Sie haben sich in sie verliebt?«
»Ich vermute es.«
»Ah, und jetzt sind Sie todunglücklich – –«
»Ich – ich vermute – ich meine – nun wirklich, Monsieur Poirot – –«
Er wandte sich um – ein nervöses, gereiztes, empfindliches Geschöpf.
Hercule Poirot murmelte: »Wenn Sie mir nur sagen könnten – mir nur klarmachen könnten – dann wäre es erledigt.«
Roddy Welman setzte sich. Er sah den andern nicht an. Er sprach abgehackt.
»Es ist sehr schwer zu erklären. Müssen wir darauf eingehen?«

»Man kann sich nicht immer abwenden und an den Unannehmlichkeiten des Lebens vorübergehen, Mr. Welman! Sie sagen, Sie vermuten, daß Sie sich in das Mädchen verliebt haben – sind Sie dessen denn nicht sicher?«

»Ich weiß es nicht ... Sie war so schön. Wie ein Traum ... So scheint es mir jetzt. Ein Traum! Nicht wirklich! All das – wie ich sie zum erstenmal sah – meine – nun, meine Betörung! Eine Art Wahnsinn! Und nun ist alles aus ... fort ... als wäre – als wäre es nie geschehen.«

Poirot nickte.

»Ja, ich verstehe ... Sie selbst waren nicht in England zur Zeit ihres Todes?«

»Nein, ich ging am 9. Juli ins Ausland und kehrte am 1. August zurück. Elinors Depesche folgte mir von Ort zu Ort. Ich eilte nach Hause, sobald ich die Nachricht hatte.«

»Es muß ein furchtbarer Schlag gewesen sein für Sie. Sie hatten das Mädchen doch sehr geliebt.«

Als keine Antwort kam, fuhr Poirot fort: »Was wußten Sie wirklich von Mary Gerrard, Mr. Welman?«

»Was ich wußte? Wenig, zu wenig, das sehe ich jetzt. Sie war lieb, denke ich, und sanft; aber eigentlich weiß ich nichts – gar nichts ... Deshalb, vermute ich, vermisse ich sie auch nicht ...«

Sein Widerstand und Groll waren nun verschwunden, er sprach ganz natürlich. Hercule Poirot hatte wieder einmal die Verteidigungsbarrieren überwunden. Roddy schien durch die Aussprache sogar eine gewisse Erleichterung zu verspüren.

»Lieb – sanft – nicht sehr gescheit. Sensibel, denke ich, und gütig.«

»War sie ein Mädchen, das sich unbewußt Feinde gemacht haben könnte?«

Roddy schüttelte energisch den Kopf.

»Nein, nein, ich kann mir nicht vorstellen, daß jemand sie nicht mochte – wirklich nicht mochte, meine ich. Groll ist etwas anderes.«

»Groll? Groll war also vorhanden, meinen Sie?« fragte Poirot schnell.
»Muß dagewesen sein – um den Brief zu erklären«, sagte Roddy zerstreut.
Poirots Stimme klang scharf:
»Was für einen Brief?«
»Oh, nichts von Bedeutung.«
Doch Poirot wiederholte:
»Was für ein Brief?«
»Ein anonymer Brief.«
»Wann ist er gekommen? An wen war er gerichtet?«
Etwas widerwillig erklärte Roddy die Sache, und Hercule Poirot murmelte:
»Das ist interessant! Kann ich den Brief sehen?«
»Leider nicht, ich habe ihn verbrannt.«
»Ja, warum haben Sie das getan, Mr. Welman?«
»Es erschien mir damals selbstverständlich«, erklärte Roddy steif.
»Und auf diesen Brief hin fuhren Sie und Miss Carlisle eiligst nach Hunterbury?«
»Wir fuhren hin, ja. Aber ›eiligst‹ – das weiß ich nicht!«
»Aber etwas beunruhigt waren Sie schon, nicht? Vielleicht sogar ein wenig aufgeregt?«
Roddy wurde noch steifer.
»Das würde ich nicht gerade sagen.«
»Aber das war doch nur natürlich!« rief Poirot. »Ihre Erbschaft war in Gefahr! Da ist es sicher nur natürlich, daß Sie etwas unruhig waren! Geld ist immer wichtig!«
»Nicht so wichtig, wie Sie denken.«
»Ihr Desinteresse ist wirklich bemerkenswert!« meinte Poirot freundlich.
Roddy errötete.
»Nun, natürlich lag uns etwas an dem Geld. Aber der Hauptzweck unserer Reise war doch, die Tante zu sehen und uns ein Bild von ihrem Gesundheitszustand zu machen.«

»Sie fuhren mit Miss Carlisle hin. Zu jener Zeit hatte Ihre Tante noch immer kein Testament gemacht. Kurz danach erleidet sie einen zweiten Schlaganfall. Da wünscht sie, ein Testament zu machen. Sie stirbt aber, vielleicht zum Vorteil von Miss Carlisle, noch in derselben Nacht, bevor das Testament gemacht werden kann.«

»Hören Sie mal, was deuten Sie da an?«

Roddys Gesicht war zornesrot.

Poirot antwortete ihm blitzschnell:

»Sie haben mir, den Tod von Mary Gerrard betreffend, gesagt, daß das Motiv, das Elinor Carlisle untergeschoben wird, absolut unsinnig ist – daß sie so etwas nicht täte. Aber es gibt noch eine andere Auslegung. Elinor Carlisle hatte Grund zu befürchten, daß sie zugunsten einer Außenstehenden enterbt würde. Der Brief hat sie gewarnt – die gestammelten Worte Ihrer Tante bestätigten diese Befürchtung. Unten in der Halle steht ein Köfferchen mit verschiedenen Medikamenten. Es ist leicht, ein Röhrchen mit Morphium zu entwenden. Und nachher, wie ich erfahren habe, sitzt sie im Krankenzimmer allein bei ihrer Tante, während Sie und die Pflegerinnen beim Essen sind ...«

»Großer Gott, Monsieur Poirot, was behaupten Sie da?! Daß Elinor Tante Laura umgebracht hat? Das ist doch ganz lächerlich!«

»Aber Sie wissen doch, daß die Leiche Mrs. Welmans exhumiert werden soll, nicht wahr?«

»Ja, ich weiß. Aber man wird nichts finden!«

»Gesetzt den Fall, man findet etwas?«

»Sie finden nichts!«

Roddy sprach mit Bestimmtheit.

Poirot schüttelte den Kopf.

»Ich bin nicht so sicher. Und es gab nur eine Person, das wissen Sie, der es nützte, wenn Mrs. Welman in diesem Augenblick starb ...«

Roddy setzte sich. Sein Gesicht war totenbleich, und er bebte. Er starrte Poirot an.
»Ich dachte – Sie wären auf ihrer Seite ...«
»Auf wessen Seite man auch immer ist, man muß den Tatsachen ins Auge sehen! Ich denke, Mr. Welman, daß Sie es in Ihrem bisherigen Leben vorgezogen haben, einer unangenehmen Wahrheit, wenn irgend möglich, aus dem Weg zu gehen.«
Poirot wartete eine Weile und sagte dann: »Betrachten wir die Möglichkeit, daß entdeckt wird, daß der Tod Ihrer Tante infolge einer Überdosis Morphium eingetreten ist. Was dann?«
Roddy schüttelte hilflos den Kopf.
»Ich weiß nicht.«
»Aber Sie müssen versuchen nachzudenken. Wer könnte es ihr verabreicht haben? Sie müssen zugeben, daß Elinor Carlisle die beste Gelegenheit dazu hatte?«
»Was ist mit den Pflegerinnen?«
»Jede von ihnen könnte es gewiß auch getan haben. Aber Schwester Hopkins war gleich über das Verschwinden des Röhrchens betroffen und erwähnte es offen. Sie hätte das nicht tun müssen. Der Totenschein war unterzeichnet. Wozu die Aufmerksamkeit auf das fehlende Morphium lenken, wenn sie schuldig war? Sie wird ohnehin wegen Nachlässigkeit gerügt werden. Außerdem, was konnte sie durch Mrs. Welmans Tod gewinnen? Nichts. Dasselbe gilt für Schwester O'Brien.«
Roddy nickte.
»All das ist ganz richtig.«
»Und dann sind da noch Sie selbst«, fuhr Poirot fort.
Roddy fuhr zusammen wie ein nervöses Pferd.
»Ich?«
»Gewiß. Sie könnten das Morphium entwendet haben. Sie könnten es Mrs. Welman gegeben haben! Sie waren an jenem Abend kurze Zeit mit ihr allein. Aber wieder – warum hätten Sie es tun sollen? Wenn sie ein Testament

gemacht hätte, wären Ihre Chancen, etwas zu erben, eher besser gewesen. Also wieder – kein Motiv. Nur zwei Personen hatten ein solches.«
Roddys Blick erhellte sich.
»Zwei Personen?«
»Ja. Die eine war Elinor Carlisle.«
»Und die andere?«
Poirot sagte langsam:
»Die andere hat den anonymen Brief geschrieben.«
Roddy sah ungläubig drein, und Poirot erklärte:
»Jemand schrieb diesen Brief – jemand, der Mary Gerrard haßte oder wenigstens nicht mochte, jemand, der, wie man sagt, ›auf Ihrer Seite‹ war. Jemand, heißt das, der nicht wollte, daß Mary Gerrard aus Mrs. Welmans Tod Nutzen zog. Nun, haben Sie eine Idee, Mr. Welman, wer der Schreiber dieses Briefes gewesen sein könnte?«
Roddy schüttelte den Kopf.
»Ich habe keine Ahnung. Es war der Brief einer ungebildeten Person, billig aussehend, voller Fehler.«
Poirot winkte ab.
»Das will gar nichts heißen, er hätte leicht von einer gebildeten Person, die eben das verbergen wollte, geschrieben sein können. Darum hätte ich gewünscht, daß Sie den Brief noch haben; Leute, die sich bemühen, ungebildet zu schreiben, verraten sich gewöhnlich.«
»Elinor und ich dachten, es könnte einer der Dienstboten gewesen sein.«
»Hatten Sie eine Idee, wer von ihnen?«
»Nein – gar keine.«
»Könnte es Mrs. Bishop gewesen sein?«
Roddy sah entrüstet aus.
»O nein, sie ist eine höchst anständige, sozusagen würdige Persönlichkeit. Schreibt wunderbar komplizierte und etwas gezierte Briefe mit langen Worten darin. Außerdem bin ich sicher, sie würde nie – –«

Als er zögerte, warf Poirot ein: »Sie mochte Mary Gerrard nicht!«
»Schon möglich. Ich habe allerdings nichts davon bemerkt.«
»Aber vielleicht, Mr. Welman, bemerken Sie überhaupt nicht sehr viel?«
»Glauben Sie nicht, Monsieur Poirot, daß meine Tante das Morphium selbst genommen haben könnte?«
»Das ist eine Idee, ja.«
»Ihre – ihre Hilflosigkeit war ihr so verhaßt, wissen Sie. Oft sagte sie, sie möchte sterben.«
»Aber sie wäre doch nicht imstande gewesen, aufzustehen, hinunterzugehen und sich das Morphium aus dem Koffer der Pflegerin zu holen?«
»Nein, aber jemand hätte es für sie tun können.«
»Wer?«
»Nun, eine der Pflegerinnen.«
»Nein, keine von den Pflegerinnen. Sie würden die Gefahr, die für sie selbst darin lag, viel zu gut begreifen! Die Pflegerinnen sind die letzten, die man in Verdacht haben kann.«
»Dann – jemand anderer . . .« Er wollte noch etwas sagen, öffnete den Mund, schloß ihn wieder.
Poirot sagte ruhig:
»Sie haben sich an etwas erinnert, nicht wahr?«
»Ja – aber – –«
»Sie überlegen, ob Sie es mir sagen sollen?«
»Nun, ja . . .«
Ein seltsames Lächeln spielte um Poirots Mundwinkel.
»Wann hat Miss Carlisle es Ihnen gesagt?«
Roddy holte tief Atem.
»Bei Gott, Sie sind ein Hexenmeister! Es war im Zug, als wir herkamen. Wir hatten das Telegramm bekommen, wissen Sie, in dem stand, daß Tante Laura noch einen Schlaganfall gehabt hatte. Elinor sagte, wie schrecklich leid sie ihr tue, wie die Ärmste das Kranksein hasse, und

daß sie jetzt noch hilfloser sein würde, was die Hölle für sie bedeute. Elinor sagte: ›Ich glaube, daß man Menschen erlösen sollte, wenn sie es selbst wirklich wünschen‹.«
»Und Sie sagten – was?«
»Ich stimmte ihr zu.«
»Soeben, Mr. Welman, wiesen Sie die Möglichkeit weit von sich, daß Miss Carlisle ihre Tante aus gewinnsüchtigen Motiven getötet haben könnte. Verneinen Sie auch die Möglichkeit, daß sie Mrs. Welman aus Mitleid getötet haben könnte?«
»Ich – ich – nein, das kann ich nicht ...«
Hercule Poirot neigte den Kopf.
»Ja, das dachte ich mir – ich war sicher, daß Sie das sagen würden.«

14

In der Kanzlei Seddon, Ridgeway & Seddon wurde Hercule Poirot mit äußerster Zurückhaltung, um nicht zu sagen mit Mißtrauen empfangen.
Mr. Seddon strich mit dem Zeigefinger über sein glattrasiertes Kinn, war durchaus unverbindlich, und seine klugen grauen Augen blickten den Detektiv nachdenklich und abschätzend an.
»Ihr Name ist mir natürlich gut bekannt, Monsieur Poirot. Aber ich verstehe Ihre Aufgabe in diesem Fall nicht ganz.«
»Ich handle, Monsieur, im Interesse Ihrer Klientin.«
»Ach, in der Tat? Und wer – hm – hat Sie dazu veranlaßt?«
»Ich bin auf Ersuchen von Dr. Lord hier.«
Mr. Seddons Augenbrauen hoben sich beträchtlich.
»Wirklich? Das erscheint mir sehr eigentümlich – höchst eigentümlich! Dr. Lord ist, soviel ich weiß, von der Staatsanwaltschaft als Zeuge geladen.«

»Tut das etwas zur Sache?«
Hercule Poirot zuckte mit den Achseln.
»Die Anordnungen bezüglich Miss Carlisles Verteidigung liegen ganz und gar in unseren Händen. Ich glaube wirklich nicht, daß wir noch Hilfe von Außenstehenden in diesem Fall benötigen.«
»Weil die Unschuld Ihrer Klientin so leicht zu beweisen ist?«
Mr. Seddon zuckte zusammen.
»Das«, sagte er, »ist eine höchst ungehörige Frage. Höchst ungehörig.«
»Die Lage Ihrer Klientin ist ausgesprochen schlecht . . .«
»Ich kann wirklich nicht begreifen, Monsieur Poirot, wieso Sie etwas darüber wissen.«
»Obwohl sich tatsächlich zuerst Dr. Lord an mich wandte, habe ich hier auch noch einen Brief von Mr. Roderick Welman.«
Er überreichte ihn mit einer Verbeugung.
Mr. Seddon las die wenigen Zeilen und bemerkte dann widerstrebend:
»Das ändert die Sache natürlich. Mr. Welman hat die Verantwortung für Miss Carlisles Verteidigung übernommen. Wir handeln auf seinen Wunsch.«
Er fügte mit sichtlichem Widerwillen hinzu:
»Unsere Firma hat sehr wenig zu tun mit Strafprozessen, aber ich empfand es als meine Pflicht meiner verstorbenen Klientin gegenüber, mich um die Verteidigung ihrer Nichte zu bemühen. Ich kann Ihnen mitteilen, daß wir bereits Sir Edwin Bulmer als Verteidiger gewonnen haben.«
Poirot sagte, und sein Lächeln war plötzlich ironisch:
»Keine Kosten werden gescheut. Sehr richtig und in Ordnung.«
»Wirklich, Monsieur Poirot – –«
»Rhetorik und Emotionalität werden Ihre Klientin nicht retten. Da braucht es mehr.«
»Was raten Sie?« fragte Mr. Seddon kühl.

»Es gibt immerhin die Wahrheit.«
»Ganz richtig.«
»Aber wird die Wahrheit uns in diesem Fall helfen?«
»Das ist wieder eine höchst ungehörige Bemerkung«, rügte Mr. Seddon scharf.
»Es gibt gewisse Fragen, auf die ich gern eine Antwort hätte«, fuhr Poirot fort.
Mr. Seddon wurde vorsichtig.
»Ich kann mich natürlich nicht verpflichten, ohne die Zustimmung meiner Klientin zu antworten.«
»Natürlich, das begreife ich.« Er machte eine Pause und fragte dann: »Hat Elinor Carlisle Feinde?«
Mr. Seddon zeigte sich leicht erstaunt.
»Soviel ich weiß, keine.«
»Hat die verstorbene Mrs. Welman je, zu irgendeiner Zeit ihres Lebens, ein Testament gemacht?«
»Nie. Sie hat es immer hinausgeschoben.«
»Hat Elinor Carlisle ein Testament gemacht?«
»Ja.«
»Kürzlich? Nach dem Tod ihrer Tante?«
»Ja.«
»Wem hat sie ihr Vermögen hinterlassen?«
»Das, Monsieur Poirot, ist streng vertraulich. Das kann ich Ihnen ohne Bevollmächtigung durch meine Klientin nicht sagen.«
»Dann werde ich Ihre Klientin sprechen müssen!«
Mr. Seddons Lächeln war kalt wie Eis.
»Das, fürchte ich, wird nicht leicht sein.«
Poirot erhob sich und machte eine Geste.
»Alles ist leicht für Hercule Poirot«, sagte er.

15

Chefinspektor Marsden war leutselig.
»Nun, Monsieur Poirot, kommen Sie, um mir einen meiner Fälle zurechtzurücken?«
Poirot murmelte abwehrend:
»Nein, nein. Ein wenig Neugierde meinerseits, das ist alles.«
»Wird mich freuen, Sie befriedigen zu können Welcher Fall ist es?«
»Elinor Carlisle.«
»Ach ja, das Mädchen, das Mary Gerrard vergiftet hat. Kommt in zwei Wochen zur Verhandlung. Interessanter Fall. Hat die alte Frau übrigens auch umgebracht. Bericht liegt noch nicht vor, aber es scheint kein Zweifel zu bestehen. Morphium. Kaltblütiges Ding. Hat nicht mit der Wimper gezuckt, weder bei ihrer Verhaftung noch nachher. Verrät nichts. Aber wir haben Beweise genug.«
»Sie glauben, daß sie es getan hat?«
Marsden, ein erfahrener, freundlich aussehender Mann, nickte mehrmals.
»Nicht daran zu zweifeln. Gab das Gift in das oberste Brot. Ein kaltblütiges Frauenzimmer.«
»Sie haben keine Zweifel? Gar keine Zweifel?«
»O nein! Ich bin ganz sicher. Ein angenehmes Gefühl, wenn man wirklich sicher ist. Wir begehen ebenso ungern Irrtümer wie irgend jemand anderer. Wir sind nicht nur darauf aus, daß die Verhandlung mit einer Verurteilung endigt, wie manche Leute denken. Diesmal kann ich mit einem ruhigen Gewissen vorgehen.«
Poirot sagte langsam:
»Ich verstehe.«
Der Mann von Scotland Yard sah ihn neugierig an.
»Gibt es etwas auf der anderen Seite?«
Langsam schüttelte Poirot den Kopf.
»Bis jetzt nicht. Bisher deutet alles, was ich in dem Fall

herausgebracht habe, auf Elinor Carlisle als die Schuldige hin.«
»Sie ist auch schuldig, sicher«, bekräftigte Marsden mit heiterer Gewißheit.
»Ich möchte sie gern sprechen«, erklärte Poirot.
Chefinspektor Marsden lächelte nachsichtig.
»Sie stehen ja mit dem gegenwärtigen Innenminister sehr gut, nicht? Da wird es leicht genug sein.«

16

Peter Lord fragte: »Nun?«, und Hercule Poirot antwortete: »Es steht nicht gut.«
»Sie haben nichts finden können?«
»Elinor Carlisle tötete Mary Gerrard aus Eifersucht ... Elinor Carlisle tötete ihre Tante, um ihr Geld zu erben ... Elinor Carlisle tötete ihre Tante aus Mitleid ... Mein Freund, Sie haben die Wahl!«
»Sie reden Unsinn!«
»Wirklich?«
Lords sommersprossiges Gesicht sah zornig aus.
»Was soll das alles heißen?« fragte er.
»Halten Sie das für möglich?« fragte Poirot zurück.
»Halte ich was für möglich?«
»Daß Elinor Carlisle den Anblick des Elends ihrer Tante nicht ertragen konnte und ihr deshalb sterben half.«
»Unsinn!«
»Ist es wirklich Unsinn? Sie haben mir selbst erzählt, daß die alte Dame Sie gebeten hat, ihr zu helfen.«
»Sie hat es nicht ernst gemeint. Sie wußte, daß ich nichts Derartiges tun würde.«
»Immerhin hat sie daran gedacht. Elinor Carlisle hätte ihr helfen können.«
Peter Lord ging auf und ab. Endlich sagte er:

»Ich glaube, eine Frau könnte so etwas für ihren Gatten tun, oder für ihr Kind, oder vielleicht für ihre Mutter. Aber ich glaube nicht, daß sie es für eine Tante täte, mag sie sie noch so gern haben. Und ich glaube, sie würde es auf jeden Fall nur tun, wenn die Betreffende unerträgliche Schmerzen litte.«
Poirot sagte nachdenklich:
»Vielleicht haben Sie recht.«
Dann fügte er hinzu:
»Glauben Sie, man könnte Roderick Welman so weit bringen, dergleichen zu tun?«
»Er hätte nie den Mut dazu!«
Lords Stimme klang verächtlich.
Poirot murmelte: »Ich weiß nicht ... In mancher Hinsicht, *mon cher,* unterschätzen Sie diesen jungen Mann.«
»Oh, er ist gescheit und intellektuell und all das, sicherlich.«
»Ganz richtig«, bestätigte Poirot. »Und er hat Charme ... Ja, den habe sogar ich gespürt.«
»Wirklich? Ich nie!« Doch dann sagte Peter Lord ernst: »Sagen Sie mal, Poirot, gibt es denn gar nichts Entlastendes?«
»Mit meinen Untersuchungen habe ich bisher kein Glück gehabt! Sie führen immer zu demselben Punkt zurück. Niemand hatte von Mary Gerrards Tod Gewinn zu erwarten. Niemand haßte Mary Gerrard – außer Elinor Carlisle. Es gibt nur eine Frage, die wir uns vielleicht stellen könnten. Haßte jemand Elinor Carlisle?«
Langsam schüttelte Dr. Lord den Kopf.
»Nicht, daß ich wüßte ... Sie meinen, daß jemand das Verbrechen auf sie schieben wollte?«
Poirot nickte.
»Es ist ein weit hergeholter Gedanke, und wir haben nichts, das ihn stützen würde ... außer vielleicht gerade die Lückenlosigkeit aller Indizien gegen sie.«
Er erzählte dem andern von dem anonymen Brief.

»Sehen Sie«, sagte er, »das macht es möglich, eine schlüssige Beweiskette gegen sie herzustellen. Sie wurde gewarnt, daß sie aus dem Testament ihrer Tante vollständig verschwinden könnte – daß dieses Mädchen, eine Fremde, das ganze Geld erben könnte. Als also ihre Tante in ihrer stammelnden Sprache nach einem Rechtsanwalt verlangte, ließ Elinor es nicht darauf ankommen und sorgte dafür, daß die alte Dame noch in derselben Nacht starb!«

»Und wie ist es mit Roderick Welman? Er hatte ja auch etwas zu verlieren?«

Poirot schüttelte den Kopf.

»Nein, es war nur zu seinem Vorteil, wenn die alte Dame ein Testament machte. Wenn sie ohne Testament starb, bekam er schließlich gar nichts. Elinor war die nächste Verwandte.«

»Aber er wollte Elinor doch heiraten!«

»Das ist wahr«, bestätigte Poirot. »Aber erinnern Sie sich, daß gleich nachher die Verlobung aufgelöst wurde – daß er ihr deutlich zeigte, er wünsche frei zu werden.«

Peter Lord stöhnte und hielt sich den Kopf.

»So fällt also wieder alles auf sie zurück! Jedesmal!«

»Ja. Außer . . .«

Er schwieg eine Weile, dann sagte er:

»Es gibt etwas . . .«

»Ja?«

»Etwas – ein kleines Stückchen des Rätselpuzzles, das fehlt. Es ist etwas – dessen bin ich sicher – das Mary Gerrard betrifft. Mein Freund, Sie hören doch so manchen Klatsch hier. Haben Sie je etwas für sie Nachteiliges gehört?«

»Etwas, das gegen Mary Gerrard spricht? Ihren Charakter, meinen Sie?«

»Irgend etwas. Irgendeine alte Geschichte über sie. Eine Unbedachtsamkeit ihrerseits. Die Andeutung eines Skandals. Einen Zweifel an ihrer Ehrlichkeit. Ein boshaftes Gerücht, das sie betrifft. Irgend – irgend etwas – doch etwas, das wie gesagt, ausgesprochen nachteilig für sie ist . . .«

Peter Lord sagte langsam:

»Ich hoffe, Sie werden nicht diese Richtung einschlagen . . . Versuchen, alte Dinge gegen ein harmloses junges Mädchen auszugraben, das tot ist und sich nicht mehr wehren kann! Und überhaupt glaube ich nicht, daß Sie es könnten!«

»Sie dürfen nicht denken mein Freund, daß ich Schmutz aufrühren will, wo es keinen gibt . . . Nein, nein, so ist es durchaus nicht. Aber die gute Schwester Hopkins ist keine Meisterin im Verbergen ihrer Gefühle. Sie hatte Mary gern, und es gibt etwas in bezug auf Mary, wovon sie fürchtet, daß ich es herauskriegen könnte. Sie glaubt nicht, daß es irgendeine Beziehung zum Verbrechen hat. Sie ist jedoch überzeugt, daß das Verbrechen von Elinor Carlisle begangen wurde, und diese andere Sache, was immer es sein mag, hat offenbar nichts mit Elinor zu tun. Sie sehen also, mein Freund, es ist von größter Wichtigkeit, daß ich alles erfahre. Denn es kann sein, daß einer dritten Person von Mary ein Unrecht widerfahren ist, und in dem Fall könnte diese dritte Person einen Grund haben, ihren Tod zu wünschen.«

»Aber in diesem Fall würde Schwester Hopkins das sicher auch klar sein.«

»Schwester Hopkins ist eine ganz intelligente Person, aber ich bin doch noch etwas klüger als sie. Sie könnte meinen Überlegungen kaum folgen!«

»Ich bedaure, ich weiß gar nichts«, erklärte Lord betrübt.

Poirot sagte nachdenklich:

»Ted Bigland weiß auch nichts – und er hat sein Leben lang hier gelebt. Selbst Mrs. Bishop nicht; denn wenn sie etwas Unangenehmes über das Mädel wüßte, hätte sie es gewiß nicht für sich behalten! Nun, ich habe noch eine Hoffnung.«

»Ja?«

»Ich spreche heute mit der anderen Pflegerin, Schwester O'Brien.«
»Die weiß nicht viel über unsere Gegend. Sie war nicht länger als ein oder zwei Monate hier.«
»Das weiß ich. Aber Schwester Hopkins ist geschwätzig. Im Dorf, wo solches Gerede Mary Gerrard hätte schaden können, hat sie nicht geklatscht. Es ist aber möglich, daß sie einer Fremden und Kollegin dazu wenigstens eine Andeutung über etwas gemacht hat, das sie beschäftigte! Schwester O'Brien weiß vielleicht etwas.«

17

Schwester O'Brien warf ihren roten Schopf in den Nacken und lächelte den kleinen Mann, der ihr gegenüber am Teetisch saß, breit an. Sie dachte bei sich: Komischer kleiner Kerl – mit seinen Augen, grün wie die einer Katze, und dabei behauptet Dr. Lord, er sei wahnsinnig klug!
Hercule Poirot sagte:
»Es ist ein Vergnügen, jemanden zu treffen, der so fröhlich und vital ist! Ich bin sicher, Ihre Patienten werden alle rasch wieder gesund.«
»Ich mache nicht gern ein trauriges Gesicht, und von meinen Patienten sterben wirklich nicht viele, Gott sei Dank!«
»Natürlich – in Mrs. Welmans Fall war es nur eine Erlösung.«
»Ja, das war es ... die Arme!«
Ihre Augen waren durchdringend auf Poirot geheftet, als sie fragte:
»Sie wollen wohl über Mrs. Welman mit mir sprechen? Ich habe gehört, daß man sie ausgräbt.«
»Sie selbst hegten damals keinen Verdacht?«
»Nicht den geringsten, obgleich ich wohl einen hätte ha-

ben können, bei dem Gesicht, das Dr. Lord an jenem Morgen machte, und wie er mich einmal da- und einmal dorthin schickte nach lauter Dingen, die er nicht brauchte! Aber er hat trotzdem den Totenschein unterschrieben.«

Poirot begann:

»Er hatte seine Gründe – –«, aber sie nahm ihm die Worte aus dem Mund.

»Ja, und er hatte recht. Es schadet einem Doktor nur, sich Dinge einzubilden und die Familie zu beleidigen, und wenn er dann unrecht hat, ist es aus mit ihm, niemand wird ihn mehr holen lassen. Ein Doktor muß sicher sein!«

»Man hält es für möglich, daß Mrs. Welman Selbstmord begangen hat.«

»Die? Wo sie so hilflos dalag? Die konnte gerade noch eine Hand heben!«

»Hätte ihr jemand dabei helfen können?«

»Ah! Jetzt verstehe ich, was Sie meinen. Miss Carlisle oder Mr. Welman, oder vielleicht Mary Gerrard?«

»Es wäre doch möglich, nicht?«

Schwester O'Brien schüttelte den Kopf.

»Von denen würde es keiner gewagt haben!«

Poirot sagte langsam:

»Vielleicht nicht.«

Dann fuhr er fort: »Wann vermißte Schwester Hopkins das Röhrchen mit Morphium?«

»Am gleichen Morgen. ›Ich bin ganz sicher, daß ich es mitgenommen hatte‹, sagte sie. Anfangs war sie sehr sicher; aber Sie wissen, wie das ist, nach einer Weile wird man irre an sich, und schließlich glaubte sie bestimmt, es zu Hause gelassen zu haben.«

»Und sogar dann hegten Sie keinen Verdacht?«

»Aber nicht den geringsten! Es kam mir nicht einen Augenblick der Gedanke, daß etwas nicht in Ordnung sein könnte.«

»Und was denken Sie jetzt?«

»Wenn man Morphium bei ihr findet, kann es wohl kaum einen Zweifel geben, wer das Röhrchen genommen hat und wozu es benützt wurde ...«
»Sie hegen gar keinen Zweifel, daß Elinor Carlisle Mary Gerrard umgebracht hat?«
»Wer sonst hätte einen Grund oder den Wunsch gehabt, es zu tun?«
»Das ist die Frage«, bestätigte Poirot.
Schwester O'Brien fuhr dramatisch fort:
»War ich nicht selbst an jenem Abend dabei, als die alte Dame zu reden versuchte und Miss Elinor ihr versprach, daß alles ihren Wünschen gemäß getan werden sollte? Und hab ich nicht ihr haßerfülltes Gesicht gesehen, als sie eines Tages Mary nachschaute, wie sie die Treppe hinunterging? Zu jener Minute dachte sie an Mord!«
»Wenn Elinor Carlisle Mrs. Welman tötete, warum tat sie es?«
»Warum? Wegen des Geldes natürlich! Zweimal hunderttausend Pfund, keinen Penny weniger!«
»Wenn Mrs. Welman noch dazu gekommen wäre, ein Testament zu machen, wie, glauben Sie, hätte sie über ihr Geld verfügt?«
»Sie hätte bestimmt alles Mary Gerrard vermacht!«
»Warum?«
Dieses eine Wort schien Schwester O'Brien etwas aus dem Gleichgewicht zu bringen.
»Warum? Warum, fragen Sie? Nun – ich möchte einfach sagen, so wäre es eben gewesen.«
»Sie sind, glaube ich, eine sehr diskrete Person, Schwester O'Brien«, erklärte Poirot leise und fuhr fort, sie sehr genau beobachtend: »Sie und Schwester Hopkins, Sie sind übereingekommen, daß es Dinge gibt, die lieber nicht ans Tageslicht gebracht werden sollten, nicht wahr?«
»Was meinen Sie damit?«
»Nichts, was mit dem oder den Verbrechen zu tun hat. Ich meine – das andere.«

»Wem würde es nützen, die alte Geschichte wieder aufzurühren? Sie war eine anständige Frau, die hochgeachtet und von jedermann verehrt gestorben ist.«
Hercule Poirot nickte zustimmend.
»Sie sagen es, Mrs. Welman war sehr geachtet in Maidensford.«
Die Unterredung hatte eine unerwartete Wendung genommen, sein Gesicht verriet jedoch weder Überraschung noch Verwirrung.
»Es ist auch schon so lange her. Alles tot und vergessen. Ich selbst habe viel für Romantik übrig und ich sage, was ich immer gesagt habe, daß es hart ist für einen Mann, der eine Frau im Irrenhaus hat, sein ganzes Leben lang an sie gefesselt zu sein.«
Poirot murmelte, noch immer im dunkeln tappend:
»Ja, es ist hart . . .«
»Hat Ihnen Schwester Hopkins erzählt, wie ihr Brief sich mit dem meinen kreuzte?«
»Das hat sie mir nicht erzählt«, erklärte Poirot wahrheitsgemäß.
»Es war ein seltsames Zusammentreffen, aber so geht es immer! Man hört einmal einen Namen, und ein paar Tage später begegnet man ihm wieder und so weiter und so weiter. Daß ich im gleichen Augenblick die Fotografie auf dem Klavier stehen sah, als Schwester Hopkins alles darüber von der Haushälterin des Doktors erfuhr –!«
»Das«, sagte Poirot, »ist sehr interessant . . . Hat Mary Gerrard davon gewußt?«
»Wer hätte es ihr sagen sollen?« meinte Schwester O'Brien. »Ich nicht – und die Hopkins nicht. Schließlich, was hätte es ihr genützt?« Sie warf ihren roten Schopf in den Nacken und schaute ihn fest an.
Poirot sagte mit einem Seufzer: »Freilich, was?«

18

Elinor Carlisle ...

Über die Breite des Tisches hinweg, der sie trennte, schaute Poirot sie forschend an.

Sie waren allein. Durch eine Glaswand beobachtete sie ein Gefängniswärter.

Poirot sah das sensible, gescheite Gesicht und die klare Modellierung von Ohren und Nase. Feine Linien; ein stolzes, sensibles Geschöpf, voller Selbstbeherrschung und – Fähigkeit zur Leidenschaft.

»Ich bin Hercule Poirot. Dr. Peter Lord meinte, ich könnte Ihnen helfen.«

»Peter Lord«, murmelte Elinor. Einen Augenblick lang lächelte sie ein wenig traurig. Dann fuhr sie förmlich fort: »Sehr freundlich von ihm, aber ich glaube nicht, daß es etwas gibt, das Sie tun könnten.«

»Würden Sie meine Fragen beantworten?«

Sie seufzte.

»Glauben Sie mir – wirklich – es wäre besser, sie nicht zu stellen. Ich bin in guten Händen. Mr. Seddon war äußerst nett. Ich bekomme einen berühmten Verteidiger.«

»Er ist nicht so berühmt wie ich!« erklärte Poirot ruhig.

»Er hat einen glänzenden Ruf«, murmelte Elinor.

»Ja, im Verteidigen von Verbrechern. Ich habe einen glänzenden Ruf – im Nachweisen der Unschuld.«

Sie hob endlich ihre Augen – Augen von einem lebhaften, wunderschönen Blau; sie blickten gerade in die von Poirot.

»Glauben Sie denn, daß ich unschuldig bin?«

»Sind Sie es?«

Elinor lächelte, ein ironisches kleines Lächeln.

»Es ist sehr leicht, mit ›Ja‹ zu antworten, nicht?«

Er sagte unerwartet:

»Sie sind sehr müde, nicht wahr?«

Ihre Augen wurden größer.

»Ja . . . ja – mehr als irgend etwas anderes. Wieso wußten Sie das?«
»Ich wußte es . . .«, sagte Poirot freundlich.
Er schaute sie eine Weile schweigend an, dann fuhr er fort: »Ich habe Ihren – sagen wir Vetter, es ist bequemer – gesprochen, Mr. Roderick Welman.«
In das blasse stolze Gesicht stieg langsam das Blut. Damit war eine seiner Fragen beantwortet, ohne daß er sie gestellt hatte.
Ihre Stimme bebte nur ganz wenig, als sie sagte:
»Sie haben Roddy gesprochen?«
»Er tut alles für Sie, was er kann.«
»Ich weiß.« Sie sprach schnell und leise.
»Ist er arm oder reich?« fragte Poirot.
»Roddy? Er hat nicht sehr viel eigenes Geld.«
»Und ist er verschwenderisch?«
Sie sagte beinahe zerstreut:
»Wir dachten beide, daß es nicht viel ausmachte. Wir wußten, eines Tages . . .« Sie hielt inne.
»Sie rechneten mit der Erbschaft? Das ist verständlich.«
Nach einer Pause fuhr er fort:
»Sie haben vielleicht von dem Resultat der Autopsie Ihrer Tante gehört. Sie starb an Morphiumvergiftung.«
Elinor Carlisle erklärte kalt:
»Ich habe sie nicht getötet.«
»Haben Sie ihr vielleicht geholfen, sich selbst zu töten?«
»Ob ich ihr geholfen – –? Ah, ich verstehe. Nein.«
»Wußten Sie, daß Ihre Tante kein Testament gemacht hatte?«
»Nein, davon hatte ich keine Ahnung.«
Ihre Stimme klang nun flach – monoton. Die Antwort kam mechanisch, uninteressiert.
»Und Sie selbst, haben Sie ein Testament gemacht?« fragte Poirot weiter.
»Ja.«

»Machten Sie es an dem Tag, an dem Dr. Lord mit Ihnen darüber sprach?«
»Ja.«
Wieder diese rasche Blutwelle.
»Wem haben Sie Ihr Vermögen hinterlassen, Miss Carlisle?«
»Ich habe alles Roddy hinterlassen – Roderick Welman«, sagte Elinor ruhig.
»Weiß er das?«
Sie antwortete schnell:
»Gewiß nicht.«
»Sie haben es nicht mit ihm besprochen?«
»Natürlich nicht. Es wäre ihm wohl sehr unangenehm gewesen.«
»Wer sonst kennt den Inhalt Ihres Testaments?«
»Nur Mr. Seddon – und seine Angestellten, vermutlich.«
»Hat Mr. Seddon das Testament für Sie aufgesetzt?«
»Ja. Ich schrieb ihm deswegen noch am selben Abend – am Abend des Tages, an dem Dr. Lord zu mir darüber sprach.«
»Haben Sie Ihren Brief selbst zur Post gebracht?«
»Nein. Er ging mit den anderen Briefen vom Haus zur Post.«
»Sie schrieben ihn, steckten ihn in einen Umschlag, versiegelten ihn, klebten eine Marke darauf und legten ihn in den Postbeutel – so war es? Sie zögerten nicht, um noch mal alles zu überlegen?«
Elinor starrte ihn an und sagte dann:
»Nachdem ich die Marken geholt hatte, las ich den Brief noch einmal durch, um sicher zu sein, daß ich mich auch klar ausgedrückt hatte.«
»War jemand bei Ihnen im Zimmer?«
»Nur Roddy.«
»Wußte er, was Sie taten?«
»Ich sagte Ihnen schon – nein.«
»Hätte jemand den Brief lesen können, während Sie das Zimmer verlassen hatten?«

»Ich weiß nicht ... Jemand von den Dienstboten meinen Sie? Vermutlich, wenn zufällig jemand hereingekommen wäre, während ich fort war.«
»Und bevor Mr. Roderick Welman hereinkam?«
»Ja.«
»Und auch er hätte ihn lesen können?«
Elinors Stimme klang verächtlich.
»Ich kann Ihnen versichern, Monsieur Poirot, daß ›mein Vetter‹, wie Sie ihn nennen, nicht die Briefe anderer Leute liest.«
»Das wird allgemein angenommen, ich weiß. Sie wären erstaunt, wie viele Leute Dinge tun, die ›man nicht tut‹.«
Elinor zuckte die Achseln, und Poirot bemerkte beiläufig:
»Kam Ihnen an jenem Tag zum ersten Mal der Gedanke, Mary Gerrard zu töten?«
Zum dritten Mal stieg das Blut Elinor Carlisle ins Gesicht. Diesmal war es eine brennende Flut. Sie murmelte:
»Hat Ihnen Peter Lord das gesagt?«
»Also damals, nicht wahr?« sagte Poirot sanft. »Als Sie durch das Fenster blickten und sahen, wie sie ihr Testament machte. Es war damals – nicht? –, als Ihnen der Gedanke kam, wie komisch es wäre – und wie gelegen –, wenn Mary Gerrard zufällig sterben sollte.«
Elinor sagte mit leiser, halberstickter Stimme:
»Er wußte es – er sah mich an und wußte ...«
»Dr. Lord weiß sehr viel ... Er ist nicht dumm, der junge Mann mit dem sommersprossigen Gesicht und dem roten Haar ...«
»Ist es wahr, daß er Sie schickte, um mir zu – helfen?« fragte Elinor leise.
»Es ist wahr, Mademoiselle.«
Sie seufzte.
»Ich verstehe das nicht. Nein, ich verstehe es nicht.«

»Hören Sie zu, Miss Carlisle. Es ist notwendig, daß Sie mir genau sagen, was an dem Tag geschah, an dem Mary Gerrard starb; wohin Sie gingen, was Sie taten; mehr als das, ich will sogar wissen, was Sie dachten.«
Sie starrte ihn an. Dann trat langsam ein seltsames kleines Lächeln auf ihre Lippen.
»Sie müssen ein unglaublich argloser Mensch sein. Begreifen Sie nicht, wie leicht es für mich ist, Sie anzulügen?«
»Das macht nichts.«
Sie begriff nicht.
»Das macht nichts?«
»Nein. Denn Lügen, Mademoiselle, sagen dem Zuhörer genausoviel wie die Wahrheit. Manchmal sagen sie mehr. Also, fangen Sie an! Sie trafen Ihre Haushälterin, die gute Mrs. Bishop. Sie wollte mit Ihnen kommen und Ihnen helfen. Sie wollten das nicht. Warum?«
»Ich wollte allein sein.«
»Warum?«
»Warum? Warum? Weil ich – weil ich denken wollte.«
»Sie wollten sich etwas vorstellen – ja. Und was taten Sie dann?«
Elinor sagte mit herausforderndem Kinn:
»Ich kaufte Paste für Sandwiches.«
»Zwei Gläser?«
»Zwei.«
»Und Sie gingen nach Hunterbury. Was taten Sie dort?«
»Ich ging hinauf in das Zimmer meiner Tante und begann ihre Sachen durchzusehen.«
»Was fanden Sie?«
»Was ich fand?« Sie zog die Brauen zusammen. »Kleider – alte Briefe – Fotografien – Schmuck.«
»Keine Geheimnisse?«
»Geheimnisse? Ich verstehe Sie nicht.«
»Fahren Sie also fort. Was dann?«
»Ich ging hinunter in den Anrichteraum und machte belegte Brote.«

Poirot sagte leise:
»Und Sie dachten – was?«
Ihre blauen Augen blitzten plötzlich.
»Ich dachte an meine Namensschwester. Eleanor von Aquitanien . . .«
»Ich verstehe vollkommen.«
»Ja?«
»O ja. Ich kenne die Geschichte. Sie ließ der schönen Rosamunde – so war es doch, nicht? – die Wahl zwischen einem Dolch und einem Becher Gift. Rosamunde wählte das Gift . . .«
Elinor sagte nichts. Sie war jetzt sehr blaß.
»Nur«, meinte Poirot freundlich, »hätte es diesmal vielleicht keine Wahl gegeben . . . Fahren Sie fort, Mademoiselle, was dann?«
»Ich legte die fertigen Brote auf einen Teller und ging hinunter zum Pförtnerhaus. Schwester Hopkins war mit Mary dort. Ich sagte ihnen, ich hätte im Haus etwas zum Essen vorbereitet.«
Poirot beobachtete sie.
»Ja, und Sie gingen alle zusammen ins Haus, nicht wahr?«
»Ja. Wir – aßen die belegten Brote im Frühstückszimmer.«
Poirots Stimme war ganz leise.
»Ja, ja – noch immer im Traum . . . und dann . . .?«
»Dann?« Sie starrte ihn an. »Ich verließ sie – sie stand am Fenster. Ich ging in den Anrichteraum. Es war noch immer, wie Sie sagen – wie in einem Traum . . . Schwester Hopkins war dort und wusch ab . . . Ich gab ihr das Glas von der Paste.«
»Ja – ja. Und was geschah dann? Was dachten Sie dann?«
Elinor erzählte träumerisch:
»Am Handgelenk der Schwester war eine kleine Verletzung. Ich erwähnte es, und sie sagte, ein Dorn vom Rosenspalier am Pförtnerhaus habe sie verletzt. Die Rosen am Pförtnerhaus . . . Roddy und ich hatten einst einen Streit – vor langer Zeit – über den Krieg der Rosen. Ich

war Lancaster und er war York. Er liebte weiße Rosen. Ich sagte, das wären keine wirklichen Rosen – sie duften nicht einmal! Ich liebte rote Rosen, groß und dunkel und samtig und nach Sommer riechend ... Wir stritten ganz blödsinnig. Sehen Sie, das kam mir alles wieder in den Sinn – dort in der Anrichte – und etwas – etwas zerbrach in mir – der finstere Haß, den ich im Herzen gehabt hatte – verschwand, als ich mich erinnerte, wie wir als Kinder zusammen waren. Ich haßte Mary nicht mehr. Ich wünschte ihr nicht mehr den Tod ...« Sie hielt inne. »Aber dann, als wir ins Frühstückszimmer zurückkehrten, da lag sie im Sterben ...«
Sie schwieg. Poirot schaute sie durchdringend an. Sie wurde rot und sagte:
»Wollen Sie mich wieder fragen – ob ich Mary Gerrard tötete?«
Poirot erhob sich.
»Ich werde Sie – nichts fragen. Es gibt Dinge, die ich nicht wissen will ...«

19

Dr. Lord empfing Hercule Poirot auf dem Bahnhof und sagte gleich:
»Ich habe mein möglichstes getan, um Antwort auf Ihre Fragen zu bekommen. Erstens, Mary Gerrard reiste am 10. Juli von hier nach London. Zweitens, ich habe keine Haushälterin – ein paar dumme Mädchen sorgen für das Nötigste. Sie müssen Mrs. Slattery meinen, die Haushälterin meines Vorgängers Ransome. Ich kann Sie noch heute vormittag hinbringen, wenn Sie wollen, ich habe sie gebeten, zu Hause zu sein.«
»Ja, ich glaube, es wäre gut, wenn ich sie zuerst sprechen würde«, entgegnete Poirot.

»Dann sagten Sie, Sie wollten nach Hunterbury. Ich könnte mit Ihnen kommen. Ich begreife sowieso nicht, warum Sie nicht längst dort waren. Ich hätte gedacht, daß das erste, was in einem solchen Fall zu tun wäre, ein Besuch an dem Ort, wo das Verbrechen stattfand, sein würde.«
Seinen Kopf ein wenig schief haltend, fragte Hercule Poirot:
»Warum?«
»Warum?« Peter Lord brachte diese Frage etwas aus der Fassung. »Ist das nicht üblich?«
»In meinem Beruf kann man nicht nach einem Lehrbuch vorgehen! Man benützt seinen natürlichen Verstand.«
»Sie könnten dort irgendeinen Anhaltspunkt finden.«
»Sie lesen zu viele Detektivgeschichten«, seufzte Poirot. »Die Polizei in diesem Land ist bewundernswert. Ich zweifle nicht, daß sie Haus und Garten höchst sorgfältig durchsucht hat.«
»Nach Beweisen gegen Elinor Carlisle – nicht nach Beweisen für ihre Unschuld.«
»Mein lieber Freund – Ihre Polizei ist kein Ungeheuer! Elinor Carlisle wurde verhaftet, weil genügend Beweise gefunden wurden, um Anklage gegen sie zu erheben – eine gut begründete Anklage, möchte ich meinen. Es wäre nutzlos, wenn ich dort Nachforschungen anstellen würde, wo die Polizei schon alles durchgekämmt hat.«
»Aber jetzt wollen Sie doch noch hingehen?« wandte Peter ein.
Hercule Poirot nickte.
»Ja – jetzt ist es notwendig. Denn jetzt weiß ich genau, was ich suche. Man muß mit dem Gehirn verstehen, bevor man seine Augen gebraucht.«
»Also denken Sie doch – daß – etwas – noch dort sein könnte?«
Poirot sagte sanft:
»Ich habe eine kleine Idee, daß wir etwas finden werden – ja.«

»Etwas, um Elinors Unschuld zu beweisen?«
»Ah, das habe ich nicht gesagt.«
Peter Lord hielt plötzlich inne.
»Sie halten sie doch nicht etwa immer noch für schuldig?«
Poirot erwiderte ernst:
»Sie müssen noch etwas warten, mein Freund, bevor Sie von mir eine Antwort auf diese Frage bekommen können.«
Poirot aß mit dem Doktor in einem hübschen Zimmer zu Mittag, dessen Fenster zum Garten hin geöffnet war.
»Haben Sie aus der alten Slattery herausbekommen, was Sie wollten?« fragte Lord.
Poirot nickte.
»Was wollten Sie eigentlich von ihr?«
»Klatsch! Geschichten von alten Zeiten. Manche Verbrechen haben ihre Wurzeln in der Vergangenheit. Ich glaube, dieses auch.«
Peter Lord wurde gereizt.
»Ich verstehe kein Wort von dem, was Sie reden.«
Poirot lächelte.
»Dieser Fisch ist wunderbar frisch.«
»Kann sein«, sagte Lord ungeduldig. »Ich habe ihn heute früh selbst gefangen. Hören Sie mal, Poirot, werde ich nichts von dem erfahren, was Sie im Sinn haben? Warum lassen Sie mich im dunkeln tappen?«
Der andere schüttelte den Kopf.
»Weil es vorläufig noch kein Licht gibt. Immer wieder stoße ich auf die Tatsache, daß es niemanden gab, der Grund hatte, Mary Gerrard zu töten – außer Elinor Carlisle.«
»Das können Sie nicht mit Bestimmtheit wissen. Bedenken Sie, sie war doch längere Zeit im Ausland.«
»Ja, ja, ich habe Erkundigungen eingezogen.«
»Sie waren selbst in Deutschland?«
»Ich selbst, nein.« Mit einem leichten Kichern fügte er hinzu:

»Ich habe meine Spione!«
»Können Sie sich denn auf andere Leute verlassen?«
»Gewiß. Ich werde doch nicht herumrennen und Sachen dilettantisch tun, die ein anderer für eine kleine Summe mit gewerbsmäßiger Geschicklichkeit erledigt! Ich kann Ihnen versichern, mein Lieber, ich habe verschiedene Eisen im Feuer. Ich habe mehrere nützliche Helfer – einer davon ist ein früherer Einbrecher.«
»Wofür setzen Sie den ein?«
»Seine letzte Aufgabe war eine sehr gründliche Durchsuchung von Mr. Welmans Wohnung.«
»Was hat er gesucht?«
»Man möchte immer gern genau wissen, was für Lügen einem erzählt worden sind.«
»Hat Welman Sie belogen?«
»Entschieden.«
»Wer hat Sie noch belogen?«
»Jeder, denke ich: Schwester O'Brien romantisch; Schwester Hopkins widerspenstig; Mrs. Bishop giftig. Sie selbst – –«
»Großer Gott!« Peter Lord unterbrach ihn heftig. »Sie glauben doch nicht, daß ich Sie belogen habe, was?«
»Noch nicht«, gab Poirot zu.
Dr. Lord sank auf seinen Stuhl zurück.
»Sie sind ein ungläubiger Thomas, Poirot. Wenn Sie übrigens fertig sind, können wir nach Hunterbury aufbrechen. Ich muß später noch ein paar Patienten besuchen, und nachher habe ich Sprechstunde.«
Sie gingen zu Fuß und betraten den Garten von der Rückseite her. Auf dem Weg begegneten sie einem hübschen, großen jungen Burschen, der Dr. Lord respektvoll grüßte.
»Guten Morgen, Horlick. Das ist Horlick, der Gärtner, Poirot. Er arbeitete an jenem Morgen hier.«
»Ja, Sir, das ist richtig«, bestätigte Horlick. »Ich sah Miss Elinor an jenem Morgen und sprach mit ihr.«

»Was sagte sie zu Ihnen?« fragte Poirot.
»Sie sagte, das Haus sei so gut wie verkauft, und das hat mich etwas erschreckt, Sir; aber Miss Elinor sagte, sie würde bei Major Somervell ein gutes Wort für mich einlegen, und vielleicht würde er mich behalten – wenn er mich nicht zu jung fände, vielleicht als Obergärtner, da ich doch eine gute Schule unter Mr. Stephens hier gehabt hatte.«
Dr. Lord fiel ein:
»Wirkte sie so wie gewöhnlich, Horlick?«
»Ja, freilich, Sir, außer daß sie ein wenig aufgeregt war – und als ob sie etwas bedrücke.«
»Haben Sie Mary Gerrard gekannt?« fragte Poirot.
»O ja, Sir. Aber nicht sehr gut.«
»Wie war sie?«
Horlick verstand nicht gleich.
»Wie sie war, Sir? Meinen Sie, wie sie ausgesehen hat?«
»Nein, das nicht. Ich meine, was für eine Art Mädchen sie war?«
»Ja, Sir, sie war ein besonders nettes Mädchen, immer freundlich und so. War aber auch ziemlich eingebildet, möchte ich sagen. Wissen Sie, die alte Mrs. Welman hat viel Getue um sie gemacht.«
»Sie waren an jenem Vormittag hier. Wo haben Sie gearbeitet?«
»Meistens im Küchengarten, Sir.«
»Das Haus können Sie von dort nicht sehen?«
»Nein, Sir.«
Hier mischte sich Dr. Lord wieder ein:
»Wenn jemand zum Haus gekommen wäre – bis zum Fenster des Anrichteraums –, hätten Sie ihn dann gesehen?«
»Nein, Sir.«
»Wann gingen Sie zum Essen?« fragte Lord weiter.
»Um ein Uhr, Sir.«
»Und Sie haben nichts gesehen – keinen Menschen, der

sich da aufhielt – oder einen Wagen draußen – oder sonst etwas?«
Die Augenbrauen des Mannes hoben sich in leichtem Staunen.
»Vor dem hinteren Tor, Sir? Da war nur Ihr Wagen.«
»*Mein* Wagen? Sicherlich nicht mein Wagen! Ich war an jenem Vormittag in der Gegend von Withenbury und kam erst nach zwei zurück.«
Horlick sah sehr erstaunt aus.
»Ich war sicher, daß es Ihr Wagen war, Sir«, meinte er zweifelnd.
Peter Lord sagte rasch:
»Na, es hat nichts zu sagen. Guten Morgen, Horlick.«
Er und Poirot gingen weiter. Horlick schaute ihnen eine Weile nach, dann fuhr er langsam mit seinem Schubkarren weiter.
Peter Lord sagte leise – aber in großer Erregung:
»Endlich – etwas! Wessen Wagen war das, der an jenem Morgen vor dem Tor stand?«
»Was haben Sie für einen Wagen, mein Freund?«
»Einen Ford – seegrün ist er. Den gibt's ja ziemlich häufig.«
»Und Sie sind sicher, daß es nicht Ihrer war? Sie haben sich nicht im Tag geirrt?«
»Vollkommen sicher. Ich war in Withenbury drüben, kam spät zurück, aß noch etwas, und dann kam der Anruf wegen Mary Gerrard, und ich eilte hinüber.«
»Dann sieht es wirklich so aus, mein Freund, daß wir endlich auf etwas Greifbares gestoßen sind.«
»Jemand war an jenem Vormittag hier ... jemand, der weder Elinor Carlisle, noch Mary Gerrard, noch Schwester Hopkins war ...«
»Das ist sehr interessant. Kommen Sie, beginnen wir unsere Untersuchung! Nehmen wir zum Beispiel an, ein Mann (oder eine Frau) wollte sich dem Haus ungesehen nähern, wie würde er es anfangen?«

Nach der Hälfte der Auffahrt zweigte ein Pfad ab und führte durch ein Gebüsch. Sie folgten ihm, und bei einer Krümmung packte Peter Lord Poirots Arm und deutete auf ein Fenster.
»Das ist das Fenster des Anrichteraums, wo Elinor Carlisle die Brote vorbereitete.«
»Und von hier konnte sie jeder dabei sehen«, murmelte Poirot. »Das Fenster war offen, wenn ich mich recht erinnere?«
»Weit offen. Es war ein heißer Tag.«
»Wenn also jemand ungesehen beobachten wollte, was vorging, wäre ungefähr hier der richtige Platz.«
Die beiden Männer suchten herum, und Peter Lord sagte:
»Da ist eine Stelle – hinter diesen Büschen, wo das Gras niedergetreten ist. Man sieht es noch deutlich.«
Poirot trat zu ihm.
»Ja, das ist eine gute Stelle. Sie ist vom Pfad aus nicht einsehbar, und jene Lücke im Gebüsch läßt eine gute Aussicht auf das Fenster zu. Also, was tat er, unser Freund, der da stand? Rauchte er vielleicht?«
Sie beugten sich nieder, untersuchten den Boden und schoben die Blätter und Zweige zur Seite.
Plötzlich ließ Hercule Poirot ein Brummen hören.
Peter Lord richtete sich aus seiner gebückten Haltung auf.
»Was gibt's?«
»Eine Zündholzschachtel, mein Freund. Eine leere Zündholzschachtel, tief in den Boden getreten, naß und halb verfault.«
Mit Behutsamkeit und Sorgfalt barg er den Gegenstand und legte ihn endlich auf einen Bogen Papier, den er seiner Tasche entnommen hatte.
»Es ist ausländisch«, sagte Dr. Lord. »Mein Gott! Deutsche Zündhölzer!«
»Und Mary Gerrard war kurz zuvor aus Deutschland zurückgekommen!«
Peter Lord frohlockte.

»Jetzt haben wir etwas! Sie können es nicht leugnen!«
»Vielleicht ...«, sagte Poirot langsam.
»Aber, zum Teufel, Mensch, wer in der Gegend könnte ausländische Zündhölzer haben?«
»Ich weiß – ich weiß.«
Seine Blicke, fragende Blicke, schweiften zwischen der Lücke im Gebüsch und dem Fenster hin und her.
»Es ist nicht ganz so einfach, wie Sie denken. Es ist eine große Schwierigkeit dabei. Sehen Sie das nicht selbst?«
»Was? Sagen Sie es mir!«
Poirot seufzte.
»Wenn Sie es nicht selbst sehen ... Aber kommen Sie, gehen wir weiter.«
Sie gingen weiter zum Haus. Peter Lord sperrte die Hintertür mit einem Schlüssel auf.
Er ging voraus in die Küche, durch diese dann einen Gang entlang, in dem auf einer Seite eine Garderobe und auf der anderen der Anrichteraum lag. Dort sahen sich die beiden Männer um.
In der Anrichte waren die üblichen Schränke mit Schiebetüren für Glas und Porzellan. Es gab einen kleinen Gaskocher und zwei Kessel und oben auf einem Fach zwei Büchsen, auf denen »Tee« und »Kaffee« stand. Dann waren noch ein Ausguß, eine Abtropfplatte und eine Abwaschschüssel da. Vor dem Fenster stand ein Tisch.
»An diesem Tisch hat Elinor Carlisle die belegten Brote gemacht«, erklärte Lord. »Das Stückchen Etikett mit der ›Morphium‹-Aufschrift wurde in dieser Ritze des Bodens unter dem Ausguß hier gefunden.«
»Die Polizeileute sind sorgfältige Sucher. Ihnen entgeht nicht viel.«
Peter Lord sagte heftig:
»Es gibt keinen Beweis, daß Elinor dieses Röhrchen je in der Hand hatte! Ich sage Ihnen, jemand beobachtete sie von draußen, vom Gebüsch her. Sie ging zum Pförtnerhaus, und er sah die Gelegenheit und schlüpfte hinein,

öffnete das Röhrchen, zerdrückte einige Morphiumtabletten zu Pulver und gab es auf das oberste Brötchen. Er bemerkte gar nicht, daß er ein Stückchen vom Etikett abgerissen hatte und dieses in die Ritze geflattert war. Er eilte fort, setzte seinen Wagen in Gang und fuhr davon.«
Poirot seufzte.
»Und noch immer merken Sie nichts?! Es ist unglaublich, wie begriffsstutzig ein gescheiter Mensch manchmal sein kann!«
Peter Lord fragte zornig:
»Wollen Sie vielleicht behaupten, daß niemand in diesem Gebüsch stand und dieses Fenster beobachtete?«
»Nein . . .«
»Dann müssen wir herausbekommen, wer es war!«
»Wir werden nicht weit zu suchen haben, glaube ich.«
»Sie meinen, Sie wissen . . .?«
»Ich hab eine ziemlich genaue Vorstellung . . . Kommen Sie, gehen wir ins Haus und schauen es uns näher an.«

Endlich standen sie in dem Zimmer, in dem Mary Gerrard gestorben war.
Über dem Haus lag eine seltsame Atmosphäre: Erinnerungen und Vorbedeutungen schienen lebendig zu werden.
Peter Lord öffnete eines der Fenster. Er sagte mit einem leichten Schauder:
»Dieser Raum ist wie eine Gruft . . .«
»Wenn die Wände sprechen könnten . . .«, murmelte Poirot. »Es hat sich alles hier in diesem Haus abgespielt – die ganze Geschichte, nicht?«
Er machte eine Pause, dann sagte er leise:
»Hier in diesem Zimmer starb Mary Gerrard. Sie fanden sie in jenem Stuhl am Fenster sitzend . . . Ein junges Mädchen – schön – romantisch. Schmiedete es Pläne? War es etwas Besonderes und tat vornehm? War es sanft und lieb, ohne alle Hintergedanken . . . eben nur ein junges

Ding, das sein Leben begann ... ein Mädchen wie eine Blume? ...«

»Was immer Mary war«, sagte Peter Lord, »jemand wünschte ihren Tod.«

»Ich möchte wissen ...«, murmelte Poirot.

Lord starrte ihn an.

»Was meinen Sie?«

Poirot schüttelte den Kopf.

»Noch nicht.«

Er wandte sich um.

»Wir sind durch das ganze Haus gegangen. Wir haben alles gesehen, was hier zu sehen ist. Gehen wir nun zum Pförtnerhaus hinunter.«

Auch hier war alles in Ordnung. Aller persönliche Besitz war ausgeräumt. Die beiden Männer blieben nur ein paar Minuten. Als sie in die Sonne hinaustraten, berührte Poirot die Blätter einer Rose, die an einem Spalier emporwuchs, sie war rosa und duftete süß.

»Kennen Sie den Namen dieser Rose? Sie heißt Zephyrine Droughin, mein Freund.«

»Na, und?« fragte Lord gereizt.

»Als ich bei Elinor Carlisle war, sprach sie von Rosen. Damals sah ich zum ersten Mal – nicht Tageslicht, aber den kleinen Lichtschein, den man vom Zug aus sieht, wenn man im Begriff ist, aus einem Tunnel herauszukommen.«

»Was sagte sie denn?«

»Sie erzählte mir von ihrer Kindheit, wie sie hier im Garten spielten und sie und Roderick Welman auf verschiedenen Seiten kämpften. Sie waren Feinde, denn er zog die weiße Rose von York – kalt und streng – vor, und sie liebte rote Rosen, die rote Rose von Lancaster. Rote Rosen, die Duft haben und Farbe und Leidenschaft und Wärme. Und das, mein Freund, ist der Unterschied zwischen Elinor Carlisle und Roderick Welman.«

»Erklärt das etwas?«

»Es erklärt Elinor Carlisle – die leidenschaftlich und stolz ist und einen Mann wahnsinnig liebte, der unfähig war, sie zu lieben . . .«

»Ich verstehe Sie nicht . . .«

»Aber ich verstehe sie . . . Ich verstehe sie beide. Nun, mein Freund, wollen wir noch einmal zu der kleinen Lichtung im Gebüsch gehen.«

Als sie an die Stelle kamen, stand Poirot eine Weile regungslos da, und Peter Lord beobachtete ihn.

Dann stieß der kleine Detektiv plötzlich einen ärgerlichen Seufzer aus.

»Es ist wirklich so einfach. Sehen Sie denn nicht, mein Freund, den verhängnisvollen Irrtum in Ihren Schlüssen? Nach Ihrer Theorie kam jemand, offenbar ein Mann, den Mary Gerrard in Deutschland gekannt hatte, mit der Absicht hierher, sie zu töten. Aber schauen Sie doch nur, mein Freund, schauen Sie! Gebrauchen Sie die zwei Augen Ihres Leibes, da Ihnen die Augen Ihres Geistes nicht zu dienen scheinen! Was sehen Sie von hier aus: ein Fenster, nicht wahr? Und an jenem Fenster – ein Mädchen. Ein Mädchen, das Brote schmiert. Elinor Carlisle. Und nun denken Sie doch nur eine Sekunde nach: Was um alles in der Welt sagte dem beobachtenden Mann, daß diese Brote Mary Gerrard angeboten werden? Niemand wußte das außer Elinor Carlisle selbst – niemand! Nicht einmal Mary Gerrard oder Schwester Hopkins.

Was also folgt daraus? Wenn ein Mann hier auf der Lauer lag und nachher durchs Fenster hineinkletterte und Brote vergiftete? Was dachte er? Er dachte, er muß gedacht haben, daß die Brote von Elinor Carlisle selbst gegessen würden . . .«

20

Poirot klopfte an die Tür von Schwester Hopkins' Häuschen. Sie öffnete, den Mund voll Kuchen.
Sie sagte scharf:
»Nun, Monsieur Poirot, was wünschen Sie denn jetzt?«
»Darf ich eintreten?«
Sichtlich widerstrebend trat Schwester Hopkins zurück, und Poirot durfte die Schwelle überschreiten. Dann besann sie sich auf ihre Gastgeberinnenpflichten, und ein paar Minuten später betrachtete Poirot mit Schrecken eine Tasse voll tintigen Gebräus in seinen Händen.
»Eben fertig – gut und stark!« erklärte Schwester Hopkins.
Poirot rührte seinen Tee vorsichtig um und nahm heroisch einen Schluck.
»Haben Sie eine Idee, weshalb ich hergekommen bin?«
»Ich habe nie behauptet, ich sei eine Gedankenleserin.«
»Ich bin gekommen, um Sie nach der Wahrheit zu fragen.«
Schwester Hopkins erhob sich voll Zorn.
»Und was, bitte, soll das bedeuten? Ich bin immer eine wahrheitsliebende Person gewesen. Es gibt nichts im Zusammenhang mit dem Tod von Mary Gerrard, worüber ich nicht offen und klar wie der Tag ausgesagt hätte, und wenn Sie da anders denken, wäre ich Ihnen sehr verbunden, wenn Sie mir eine Erklärung dafür gäben! Ich habe mit nichts hinterm Berg gehalten – mit gar nichts! Und ich bin bereit, das zu beschwören.«
Poirot versuchte nicht, sie zu unterbrechen. Er wußte, wie man mit einer zornigen Frau umgehen muß. Er ließ Schwester Hopkins aufbrausen und sich austoben. Dann sprach er – ruhig und mild.
»Ich meinte nicht, daß Sie etwas im Zusammenhang mit dem Verbrechen verschwiegen haben.«
»Was also meinten Sie dann?«
»Ich bat Sie, mir die Wahrheit zu sagen – nicht über den Tod, sondern über das Leben von Mary Gerrard.«

»Oh!« Schwester Hopkins schien einen Augenblick verblüfft.
»Also darauf wollen Sie hinaus! Aber es hat nichts mit dem Mord zu tun.«
»Das habe ich auch nicht behauptet. Ich sagte, Sie verschwiegen etwas, das sie betraf.«
»Und warum auch nicht – wenn es nichts mit dem Verbrechen zu tun hat?«
Poirot zuckte die Achseln.
»Warum sollten Sie es tun?«
Schwester Hopkins sagte, hochrot im Gesicht:
»Weil es einfach nur anständig ist! Sie sind heute alle tot – alle, die es betrifft. Und jemand anderen geht es nichts an!«
»Wenn es nur Vermutung ist – vielleicht nicht. Aber wenn Sie wirklich etwas *wissen*, sieht die Sache anders aus.«
»Ich verstehe nicht, was Sie meinen ...«
»Ich will Ihnen helfen. Ich werde Ihnen genau sagen, was ich erfahren habe. Also vor mehr als zwanzig Jahren gab es ein Liebesverhältnis zwischen zwei Leuten, und zwar zwischen Mrs. Welman, die seit einigen Jahren Witwe war, und Sir Lewis Rycroft, der unglücklicherweise eine Gattin hatte, die unheilbar geisteskrank war.
Zu dieser Zeit gewährte das Gesetz keine Aussicht auf Freiheit durch Scheidung, und Lady Rycroft, deren körperliches Befinden vorzüglich war, konnte neunzig Jahre alt werden. Über das Liebesverhältnis wurde wohl gemunkelt, aber sie waren beide vorsichtig und bemüht, den Schein zu wahren. Dann fiel Sir Lewis Rycroft im Krieg.«
»Und?« bemerkte Schwester Hopkins kurz.
»Ich glaube«, sagte Poirot, »daß nach seinem Tod ein Kind geboren wurde, und daß dieses Kind Mary Gerrard war.«
»Sie scheinen ja recht gut Bescheid zu wissen!«
»Ich vermute es. Aber es ist möglich, daß Sie einen bestimmten Beweis haben, daß es wirklich so ist.«
Schwester Hopkins saß schweigend mit gerunzelter Stirn ein paar Minuten lang da, dann stand sie plötzlich auf, ging

zur Kommode, öffnete eine Schublade und nahm einen Briefumschlag heraus, den sie Poirot gab.
»Ich will Ihnen sagen, wie das in meine Hände kam. Einen Verdacht hatte ich schon, wissen Sie. Erstens die Art, wie Mrs. Welman das Mädel immer anschaute, und dazu das Gerede, das ich hörte. Und der alte Gerrard sagte mir, als er krank war, daß Mary nicht seine Tochter sei.
Nun, nach Marys Tod räumte ich im Pförtnerhaus auf, und in einer Lade fand ich unter einigen Sachen des Alten diesen Brief.«
Poirot las die Aufschrift in verblaßter Tinte:
»Für Mary – ihr nach meinem Tod zu schicken.«
»Diese Schrift ist nicht frisch?«
»Es war nicht Gerrard, der das schrieb«, erklärte Schwester Hopkins. »Es war Marys Mutter, die vor vierzehn Jahren starb. Aber der Alte hob es unter seinen Sachen auf, und so sah sie es nie – und ich bin froh darüber! So konnte sie bis zuletzt den Kopf hoch tragen und hatte keinen Grund, sich zu schämen.«
Poirot zog den Bogen Papier, der mit einer kleinen eckigen Schrift bedeckt war, heraus und las:

Dies ist die Wahrheit, die ich hier niedergeschrieben habe für den Fall, daß sie je gebraucht werden sollte. Ich war Kammerzofe bei Mrs. Welman in Hunterbury, und sie war sehr gut zu mir. Mir ist ein Malheur passiert, und sie ist mir zur Seite gestanden und hat mich wieder in ihre Dienste genommen, als alles vorüber war; das Kind war gestorben. Meine Herrin und Sir Lewis Rycroft liebten einander, doch sie konnten nicht heiraten, denn er hatte schon eine Frau, die war im Irrenhaus, die Arme! Er war ein feiner Herr und Mrs. Welman ganz ergeben. Er fiel im Krieg, und bald nachher sagte sie mir, daß sie ein Kind bekomme. Dann fuhr sie nach Schottland und nahm mich mit. Das Kind wurde dort geboren – in Ardlochrie. Bob Gerrard, der, als ich im Unglück war, nichts mehr von mir wissen wollte, hatte wieder begonnen, mir zu schreiben. So wurde abgemacht, daß wir zwei heiraten sollten und im Pförtnerhaus wohnen, und er glauben sollte, daß das Kind das meine sei. Wenn wir dort lebten, würde es ganz natürlich aussehen, wenn Mrs. Welman sich für das Kind interessierte und sich um seine Erziehung kümmerte und später für sein Fortkommen sorgte. Sie meinte, es sei besser für Mary, wenn sie die Wahrheit nie erführe. Mrs. Welman gab uns beiden eine schöne Summe Geldes; doch ich hätte ihr auch ohne das geholfen. Ich war ganz glücklich mit Bob, aber Mary hat er nie recht gemocht. Ich habe den Mund gehalten und nie irgend jemand etwas erzählt. Aber ich denke, es ist für den Fall meines Todes richtig, daß ich dies schwarz auf weiß niederschreibe.

Elise Gerrard (geb. Elise Riley)

Hercule Poirot atmete tief durch und legte den Brief wieder zusammen.

Schwester Hopkins fragte besorgt:

»Was werden Sie nun machen? Sie sind doch jetzt alle tot! Es tut nicht gut, diese Dinge auszugraben. Jedermann hier hat Mrs. Welman so hochgeachtet, kein Wort ist je gegen sie gesagt worden. Dieser ganze alte Skandal – es wäre grausam! Und dasselbe gilt für Mary. Sie war ein liebes Mädel; warum sollte man erfahren, daß sie ein uneheliches Kind war? Lassen Sie die Toten in Frieden ruhen.«

»Man muß an die Lebenden denken.«

»Aber diese Sache hat doch nichts mit dem Mord zu tun.«

»Sie kann sogar sehr viel damit zu tun haben.«

Er verließ das Häuschen und Schwester Hopkins, die ihm mit offenem Mund nachstarrte.

Er war ein Stückchen gegangen, als er zögernde Schritte hinter sich bemerkte. Er blieb stehen und wandte sich um. Es war Horlick, der junge Gärtner von Hunterbury. Er

war sehr verlegen und drehte seine Mütze fortwährend in den Händen.
»Entschuldigen Sie, Sir, könnte ich ein Wort mit Ihnen sprechen?«
Er schluckte aufgeregt beim Sprechen.
»Gewiß. Was gibt's?«
Horlick drehte die Mütze noch rascher. Er sagte, indem er die Augen abwandte und noch unglücklicher und verlegener aussah:
»Es handelt sich um das Auto.«
»Das Auto, das an jenem Morgen vor dem hinteren Tor stand?«
»Ja, Sir. Dr. Lord sagte heute, daß es nicht sein Wagen war – aber er war es doch, Sir.«
»Sie wissen das bestimmt?«
»Ja, Sir. Wegen der Nummer, Sir. Es war MSS 2022. Ich habe genau darauf geachtet – MSS 2022. Wissen Sie, wir kennen es im Dorf und nennen es immer Miss Tu-Tu! Ich bin ganz sicher, Sir.«
Poirot sagte leise lächelnd:
»Aber Dr. Lord behauptet, er sei an jenem Vormittag in Withenbury gewesen.«
Horlick war ganz unglücklich.
»Ja, Sir, ich habe das gehört. Aber es war doch sein Wagen, Sir . . . Darauf kann ich einen Eid ablegen.«
»Danke, Horlick, das ist genau das, was Sie vielleicht werden tun müssen . . .«

21

War es sehr heiß im Gerichtshof? Oder sehr kalt? Elinor Carlisle war nicht ganz sicher. Manchmal fühlte sie sich glühend, wie im Fieber, und gleich danach erschauerte sie.

Dr. Lord legte Zeugnis ab. War das Peter Lord – jener sommersprossige, heitere junge Doktor, der in Hunterbury so nett und so freundlich gewesen war? Jetzt war er sehr steif, streng beruflich. Seine Antworten kamen monoton: Er war telefonisch nach Hunterbury gerufen worden; zu spät, als daß man noch etwas hätte tun können; Mary Gerrard war ein paar Minuten nach seinem Eintreffen gestorben; Tod, seiner Meinung nach, infolge Morphium-Vergiftung.
Sir Edwin Bulmer erhob sich zum Kreuzverhör.
»Sie waren der behandelnde Arzt der verstorbenen Mrs. Welman?«
»Ja.«
»Während Ihrer Besuche in Hunterbury im Juni hatten Sie Gelegenheit, die Angeklagte und Mary Gerrard zusammen zu sehen?«
»Mehrere Male.«
»Wie würden Sie das Benehmen der Angeklagten Mary Gerrard gegenüber bezeichnen?«
»Nett und natürlich.«
Sir Edwin Bulmer sagte mit einem etwas geringschätzigen Lächeln:
»Sie sahen nie irgendwelche Anzeichen dieses ›eifersüchtigen Hasses‹, von dem wir soviel zu hören bekamen?«
»Nein.«
Lords Stimme klang fest.
Elinor dachte: Aber er sah es – er sah es ... Er hat für mich gelogen ... Er wußte ...
Nach Peter Lord kam der Polizeiarzt. Seine Zeugenaussage war länger, mehr auf die Einzelheiten eingehend und alles in allem höchst ermüdend.
Nach der Mittagspause wurde der wichtigste Sachverständige, Dr. Alan Garcia, vernommen. Auch er wußte seine Aussage ausführlich zu gestalten. Die Morphiummenge, die von der Verstorbenen genommen worden

war, wurde auf ungefähr ein Gramm geschätzt. Schon ein Fünftelgramm konnte tödlich sein.
Sir Edwin erhob sich, noch immer verbindlich.
»Ich möchte das ganz klarstellen. Sie fanden im Magen nichts als Brot, Butter, Fischpaste, Tee und Morphium. Es waren keine anderen Nahrungsmittelrückstände vorhanden?«
»Keine.«
»Hat irgend etwas angezeigt, mit *welchem* Nahrungsmittel ihr das Morphium zugeführt worden war?«
»Ich verstehe nicht ganz.«
»Das Morphium konnte in der Fischpaste oder im Brot oder in der Butter oder im Tee, oder in der Milch, die dem Tee hinzugefügt wurde, gewesen sein?«
»Gewiß.«
»Es wies also nichts darauf hin, daß das Morphium eher in der Fischpaste war als in einem der anderen Nahrungsmittel?«
»Nein.«
»Und tatsächlich hätte das Morphium auch separat genommen worden sein können – das heißt, es hätte einfach in seiner Tablettenform geschluckt werden können?«
»Natürlich.«
Inspektor Brill hatte den Eid mit der gewohnten Routine abgelegt, und leierte nun seine Aussage herunter.
»Ins Haus gerufen ... Die Angeklagte sagte: ›Es muß schlechte Fischpaste gewesen sein‹ ... Durchsuchung an Ort und Stelle ... ein ausgewaschenes Glas von r Fischpaste stand auf dem Abtropfbrett in der Anrichte, ein zweites halb voll ... weitere Suche in der Anrichte ...«
»Was fanden Sie?«
»In einer Bodenritze hinter dem Tisch fand ich ein winziges Stück Papier.«
Das Beweisstück wurde den Geschworenen gereicht.

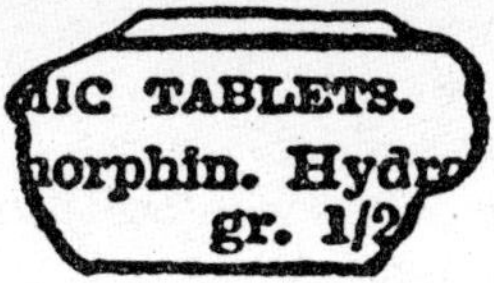

»Wofür hielten Sie es?«

»Für ein von einem Etikett abgerissenes Fetzchen.«

Der Verteidiger erhob sich ganz gemächlich.

»Sie fanden dieses Stückchen in einer Ritze auf dem Boden?«

»Ja.«

»Fanden Sie den Rest dieses Etiketts?«

»Nein.«

»Sie fanden auch nicht irgendein Glasröhrchen oder Fläschchen, an dem dieses Etikett hätte befestigt sein können?«

»Nein.«

»Wie war der Zustand jenes Stückchens Papier, als Sie es fanden? War es sauber oder schmutzig?«

»Es war ganz frisch.«

»Wie meinen Sie das, ›ganz frisch‹?«

»Es war ein wenig Staub vom Fußboden darauf, aber sonst war es ganz sauber.«

»Es konnte nicht längere Zeit dort gelegen haben?«

»Nein, es muß ganz kürzlich dort hingekommen sein.«

»Sie würden also sagen, daß es erst an dem Tag, da Sie es fanden, hingekommen ist – nicht früher?«

»Ja.«

Mit einem Brummen setzte Sir Edwin sich.

Schwester Hopkins trat als Zeugin vor, mit rotem Gesicht und selbstgerecht dreinschauend.

»Ihr Name ist Jessie Hopkins?«

»Ja.«

»Wo waren Sie am 28. Juni?«
»Ich war in Hunterbury Hall.«
»Sie waren geholt worden?«
»Ja. Mrs. Welman hatte einen Schlaganfall gehabt – den zweiten. Ich kam, um Schwester O'Brien zu helfen, bis eine zweite Pflegerin gefunden war.«
»Nahmen Sie ein kleines Köfferchen mit?«
»Ja.«
»Sagen Sie den Geschworenen, was darin war.«
»Verbandszeug, eine Spritze und verschiedene Arzneimittel, unter anderem ein Röhrchen mit *Morphium Hydrochlorid*.«
»Wofür war das gedacht?«
»Eine Patientin im Dorf bekam morgens und abends Morphium.«
»Wieviel war in dem Röhrchen?«
»Es waren zwanzig Tabletten, jede zu 0,02 Gramm Morphium.«
»Was taten Sie mit Ihrem Köfferchen?«
»Ich stellte es in der Halle ab.«
»Das war am Abend des 28. Juni. Wann schauten Sie wieder in den Koffer?«
»Am folgenden Morgen, etwa um neun Uhr, als ich mich fertig machte, das Haus zu verlassen.«
»Fehlte etwas?«
»Das Röhrchen mit Morphium fehlte.«
»Erwähnten Sie diesen Verlust irgend jemandem gegenüber?«
»Ich sagte es Schwester O'Brien, der Pflegerin der Patientin.«
»Der Koffer stand in der Halle, wo jeder Zugang zu ihm hatte?«
»Ja.«
Sir Samuel machte eine Pause. Dann sagte er:
»Sie kannten die verstorbene Mary Gerrard gut?«
»Ja.«

»Was für einen Eindruck hatten Sie von ihr?«
»Sie war ein sehr liebes Mädel – ein braves Mädel.«
»Gab es zur Zeit ihres Todes irgend etwas, das sie quälte oder ihr Sorgen machte?«
»Nichts.«
»Sie hätte also keinen Grund gehabt, sich das Leben zu nehmen?«
»Gar keinen Grund.«
So ging es weiter und weiter ... Wie Schwester Hopkins Mary zum Pförtnerhaus begleitet hatte, Elinors Erscheinen, ihre offensichtliche Erregung, die Einladung zu belegten Broten, der Teller, der zuerst Mary angeboten wurde. Elinors Vorschlag, alles abzuwaschen und ihr weiterer Vorschlag, zusammen mit Schwester Hopkins die Kleider für die Bedürftigen herauszusuchen.
Elinor dachte: Ja, es ist alles wahr – und sie ist sicher, daß ich es getan habe. Und jedes Wort, das sie sagt, ist die Wahrheit – das ist so schrecklich! Es ist alles wahr.
Wieder sah sie unter den Zuschauern das Gesicht von Hercule Poirot, der sie nachdenklich – beinahe gütig und wissend anschaute ...
Der Karton, auf den das Stückchen Etikett geklebt war, wurde der Zeugin gereicht.
»Wissen Sie, was das ist?«
»Es ist ein Stück von einem Etikett.«
»Können Sie den Geschworenen sagen, von welchem Etikett?«
»Ja – es ist ein Stück von einem Etikett von einem Röhrchen mit Tabletten. Morphium-Tabletten zu 0,02 Gramm. Ein solches Röhrchen ist mir abhanden gekommen.«
»Sie sind dessen sicher?«
»Natürlich bin ich mir sicher.«
»Hat es irgendein besonderes Kennzeichen, daß Sie es als Etikett des verlorenen Röhrchens identifizieren können?«

»Nein, Mylord, aber es muß dasselbe sein.«
»Tatsächlich können Sie nur sagen, daß es genauso aussieht?«
»Nun ja, das meine ich.«
Das Gericht vertagte sich.

22

Am nächsten Verhandlungstag nahm Sir Edwin Bulmer Schwester Hopkins ins Kreuzverhör. Jetzt war er durchaus nicht mehr verbindlich. Er sagte scharf:
»Dieses Köfferchen, von dem wir soviel gehört haben – blieb es am 28. Juni die ganze Nacht in der großen Halle von Hunterbury stehen?«
»Ja.«
»War wohl etwas nachlässig von Ihnen, nicht?«
Schwester Hopkins wurde rot.
»Nun ja, das stimmt.«
»Ist es Ihre Gewohnheit, gefährliche Drogen herumliegen zu lassen, wo jeder dran kann?«
»Nein, natürlich nicht!«
»Oh, wirklich nicht? Aber bei dieser Gelegenheit taten Sie es?«
»Ja.«
»Und es ist Tatsache, nicht, daß jeder im Haus das Morphium nehmen konnte, wenn er wollte?«
»Ich denke, ja.«
»Da gibt es kein ›denken‹! Es ist doch so, nicht?«
»Nun – ja.«
»Es war also nicht nur Miss Carlisle zugänglich, sondern jeder der Diener hätte es nehmen können. Oder Dr. Lord. Oder Mr. Roderick Welman. Oder Schwester O'Brien. Oder Mary Gerrard selbst.«
»Ich denke, ja.«

»Es ist so, nicht?«
»Ja.«
»Wußte jemand, daß Sie Morphium in dem Koffer hatten?«
»Ich weiß nicht.«
»Nun, sprachen Sie darüber zu irgend jemandem?«
»Nein.«
»Also konnte Miss Carlisle gar nicht gewußt haben, daß Morphium darin war?«
»Sie konnte nachgeschaut haben.«
»Das ist doch sehr unwahrscheinlich, nicht?«
»Ich weiß wahrhaftig nicht.«
Sir Edwin machte eine kleine Pause. Dann fuhr er fort:
»Sie erzählten Schwester O'Brien am Morgen, daß Sie das Morphium vermißten?«
»Ja.«
»Ich behaupte, was Sie wirklich sagten, war: ›Ich habe das Morphium zu Hause gelassen. Ich werde zurückgehen müssen, es holen.‹«
»Nein, das habe ich nicht gesagt.«
»Sie sprachen nicht die Vermutung aus, daß das Morphium auf dem Kaminsims in Ihrer Wohnung zurückgeblieben sei?«
»Nun, als ich es nicht finden konnte, dachte ich, daß ich es dort vergessen haben könnte.«
»Tatsächlich haben Sie nicht gewußt, was Sie damit getan hatten!«
»Doch, ich wußte, daß ich es in den Koffer getan hatte.«
»Warum sprachen Sie dann am Morgen des 29. Juni die Vermutung aus, Sie hätten es zu Hause gelassen?«
»Weil ich dachte, ich könnte das getan haben.«
»Ich sage Ihnen, Sie sind eine sehr nachlässige Person.«
»Das ist nicht wahr.«
»Sie geben manchmal recht ungenaue Darstellungen, nicht?«
»Durchaus nicht. Ich gebe sehr acht, was ich sage.«

»Machten Sie eine Bemerkung über einen Stich von einer Rose am 27. Juli – dem Tag von Mary Gerrards Tod?«
»Ich sehe nicht, was das damit zu tun hat!«
Der Richter fragte:
»Gehört das zur Sache, Sir Edwin?«
»Ja, Mylord, es ist ein wichtiger Bestandteil der Verteidigung, und ich beabsichtige, Zeugen beizubringen, die beweisen werden, daß diese Aussage eine Lüge war.«
Er wandte sich wieder der Pflegerin zu. »Behaupten Sie noch immer, daß Sie sich am 27. Juli Ihr Handgelenk am Dorn eines Rosenstrauchs stachen?«
»Ja.«
Schwester Hopkins schaute ihn jetzt herausfordernd an.
»Wann war das?«
»Am Morgen des 27. Juli, gerade als ich das Pförtnerhaus verließ und zur Villa hinaufgehen wollte.«
Sir Edwin sagte skeptisch:
»Und was für Rosen waren das?«
»Die Kletterrose beim Pförtnerhaus, mit rosa Blüten.«
»Sie sind dessen sicher?«
»Ich bin ganz sicher.«
Sir Edwin machte eine Pause, dann fragte er:
»Sie bleiben bei Ihrer Behauptung, daß das Morphium im Handkoffer war, als Sie am 28. Juni nach Hunterbury kamen?«
»Jawohl, ich hatte es bei mir.«
»Und wie, wenn nachher Schwester O'Brien unter Eid aussagt, daß Sie vermutet hätten, es zu Hause gelassen zu haben?«
»Es war in meinem Koffer; ich bin dessen sicher.«
Sir Edwin seufzte.
»Sie waren gar nicht beunruhigt über das Verschwinden des Morphiums?«
»Nein – nicht beunruhigt.«

»Ah, also waren Sie ganz ruhig, trotz der Tatsache, daß eine große Menge einer gefährlichen Droge verschwunden war?«

»Ich dachte zu jener Zeit nicht daran, daß jemand es genommen haben könnte.«

»Ich verstehe. Sie konnten sich gerade im Augenblick nicht erinnern, was Sie damit getan hatten?«

»Durchaus nicht. Es war im Koffer.«

»Und Sie sind überhaupt nicht unruhig – und melden den Verlust offiziell nicht?«

»Ich dachte, es sei alles in Ordnung.«

»Ich sage Ihnen, daß, wenn das Morphium wirklich so verschwunden wäre, Sie als gewissenhafte Person verpflichtet gewesen wären, den Verlust offiziell zu melden.«

Schwester Hopkins, sehr rot im Gesicht:

»Nun, ich tat es eben nicht.«

»Das war sicher ein schwerwiegendes Versäumnis Ihrerseits! Sie scheinen Ihre Verantwortung nicht sehr ernst zu nehmen. Haben Sie schon oft diese gefährlichen Drogen verlegt?«

»Es ist noch nie passiert.«

So ging das noch einige Minuten weiter. Schwester Hopkins, verwirrt, hochrot im Gesicht, sich selbst widersprechend . . . eine leichte Beute für Sir Edwins Geschicklichkeit.

»Ist es Tatsache, daß am Donnerstag, dem 6. Juli, die verstorbene Mary Gerrard ein Testament machte?«

»Ja.«

»Warum tat sie das?«

»Weil sie es für das Richtige hielt. Und das war es auch.«

»Ist dies das Testament? Unterzeichnet von Mary Gerrard, als Zeugen Emily Biggs und Roger Wade, Konditorei-Angestellte, alles, was sie bei ihrem Tode besaß, Mary Riley, Schwester von Elise Riley, hinterlassend?«

»Das ist richtig.«

Es wurde den Geschworenen gereicht.
»Hatte Mary Gerrard Ihres Wissens viel Besitz zu hinterlassen?«
»Damals nicht.«
»Aber sie sollte binnen kurzem etwas bekommen? Ist es nicht Tatsache, daß eine beträchtliche Summe – zweitausend Pfund – Mary von Miss Carlisle geschenkt wurde?«
»Ja.«
»Es bestand kein Zwang für Miss Carlisle, das zu tun? Es war reine Großmut ihrerseits?«
»Sie tat es aus freiem Willen, ja.«
»Aber sicherlich hätte sie, wenn sie Mary Gerrard, wie behauptet wird, gehaßt hätte, ihr doch nicht aus freien Stükken eine so große Summe Geldes gegeben.«
»Man kann nicht wissen, wie es sich damit verhält.«
»Was meinen Sie mit dieser Antwort?«
»Ich meine gar nichts.«
»Ganz richtig. Nun, hatten Sie im Ort reden gehört über Mary Gerrard und Mr. Roderick Welman?«
»Er war verliebt in sie.«
»Haben Sie irgendeinen Beweis dafür?«
»Ich hab es eben gewußt, das ist alles.«
»Ah – Sie ›haben‹ es eben gewußt. Das ist nicht sehr überzeugend für die Geschworenen, fürchte ich. Haben Sie eigentlich mal gesagt, daß Mary nichts mit ihm zu tun haben wollte, weil er mit Miss Elinor verlobt war, und daß sie ihm das in London gesagt habe?«
»Das hat sie mir erzählt.«
Sir Samuel Attenbury nahm das Verhör auf.
»Als Mary Gerrard mit Ihnen die Abfassung des Testamentes besprach, schaute da die Angeklagte zum Fenster herein?«
»Jawohl.«
»Was sagte sie?«
»Sie sagte, ›Sie machen also Ihr Testament, Mary. Das ist komisch‹. Und sie lachte. Lachte und lachte. Und meiner

Meinung nach«, fügte die Zeugin bösartig hinzu, »kam ihr in diesem Augenblick die Idee. Die Idee, das Mädel aus dem Weg zu räumen! In diesem Augenblick dachte sie an Mord.«
Der Richter sagte scharf:
»Beschränken Sie sich darauf, die Fragen zu beantworten, die an Sie gerichtet werden. Der letzte Teil der Antwort ist aus dem Protokoll zu streichen . . .«
Elinor dachte: Wie seltsam . . . Wenn jemand sagt, was wahr ist, streichen sie's aus . . . – Sie hätte beinahe hysterisch gelacht.

Schwester O'Brien machte ihre Aussage.
»Teilte Schwester Hopkins Ihnen am Morgen des 29. Juni etwas mit?«
»Ja. Sie sagte, aus ihrem Koffer fehle ein Röhrchen mit Morphium.«
»Was taten Sie?«
»Ich half ihr, danach zu suchen.«
»Aber Sie konnten es nicht finden?«
»Nein.«
»Ihres Wissens hatte der Koffer über Nacht in der Halle gestanden?«
»Ja.«
»Mr. Welman und die Angeklagte waren beide im Haus zur Zeit von Mrs. Welmans Tod – in der Nacht vom 28. zum 29. Juni?«
»Ja.«
»Wollen Sie uns von einem Zwischenfall erzählen, der am 29. Juni stattfand – dem Tag nach Mrs. Welmans Tod?«
»Ich sah Mr. Roderick Welman mit Mary Gerrard. Er sagte ihr, daß er sie liebe, und versuchte, sie zu küssen.«
»Er war zu der Zeit mit der Angeklagten verlobt?«
»Ja. Mary sagte ihm, er solle sich schämen, wo er doch mit Miss Elinor verlobt sei!«

»Wie waren Ihrer Meinung nach die Gefühle der Angeklagten Mary Gerrard gegenüber?«
»Sie haßte sie. Sie schaute ihr nach, als würde sie sie am liebsten umbringen.«
Sir Edwin sprang auf.
»Ist es nicht Tatsache, daß Schwester Hopkins sagte, sie glaube, das Morphium zu Hause gelassen zu haben?«
»Also sehen Sie, es war so; nachdem –«
»Beantworten Sie freundlichst meine Frage! Sagte sie nicht, sie habe das Morphium wahrscheinlich zu Hause gelassen?«
»Ja.«
»Sie war damals nicht wirklich beunruhigt darüber?«
»Nein, damals nicht.«
»Weil sie dachte, sie habe es zu Hause gelassen. Also war sie natürlich nicht unruhig.«
»Sie konnte sich nicht vorstellen, daß jemand es genommen habe.«
»Richtig. Es war erst nach Mary Gerrards Tod durch Morphium, daß ihre Einbildungskraft zu arbeiten begann.«
Der Richter unterbrach ihn.
»Ich denke, Sir Edwin, daß Sie diesen Punkt schon mit der früheren Zeugin geklärt haben.«
»Wie es Eurer Lordschaft beliebt.«
»Nun, was die Haltung der Angeklagten Mary Gerrard gegenüber betrifft: Es gab niemals irgendeinen Streit zwischen ihnen?«
»Keinen Streit, nein.«
»Miss Carlisle war immer ganz nett zu dem Mädchen?«
»Ja. Es war die Art, wie sie sie anschaute.«
»Ja – ja – ja. Aber an so etwas können wir uns nicht halten. Sie sind Irin, nicht wahr?«
»Das bin ich.«
»Und die Iren haben eine ziemlich lebhafte Einbildungskraft, nicht?«
Schwester O'Brien rief erregt:

»Jedes Wort, das ich Ihnen gesagt habe, ist die Wahrheit.«

Mr. Abbott, der Kaufmann, tritt in den Zeugenstand. Verwirrt – seiner selbst nicht sicher (doch angenehm erregt angesichts seiner eigenen Wichtigkeit). Seine Aussage ist kurz. Der Kauf von zwei Gläsern Fischpaste. Die Angeklagte habe von Fischvergiftungen nach dem Genuß dieser Pasten gesprochen. Sie schien erregt und seltsam.
Kein weiteres Verhör.

23

Elinor beantwortete Sir Edwins Fragen mit leiser Stimme. Der Richter beugte sich vor und sagte ihr, sie möge lauter sprechen ...
Sir Edwin sprach sanft und ermutigend – er stellte alle Fragen, zu denen sie die Antworten einstudiert hatte.
»Sie hatten Roderick Welman gern?«
»Sehr gern. Er war mir wie ein Bruder – oder ein Vetter. Ich dachte immer an ihn als einen Vetter.«
»Die Verlobung ... sozusagen hineingetrieben ... sehr nett, jemanden zu heiraten, den man sein Leben lang gekannt hatte ...
»Vielleicht nicht, was man eine leidenschaftliche Angelegenheit nennen könnte?«
(Leidenschaftlich? Oh, Roddy ...)
»Nun nein ... sehen Sie, wir kannten uns doch so gut ...«
»War nach dem Tod von Mrs. Welman eine leise Spannung zwischen Ihnen?«
»Ja, so war es.«
»Wie erklärten Sie sich das?«
»Ich denke, es war teilweise das Geld.«
»Das Geld?«

»Ja. Es war Roderick unangenehm. Er dachte, die Leute könnten glauben, er heirate mich deswegen . . .«
»Die Verlobung wurde nicht wegen Mary Gerrard gelöst?«
»Ich dachte wohl, daß Roderick etwas verliebt in sie war, aber ich hielt es nicht für etwas Ernstes.«
»Wären Sie bestürzt gewesen, wenn das der Fall gewesen wäre?«
»O nein. Ich hätte es nur für nicht recht passend gehalten, das ist alles.«
»Also, Miss Carlisle: Nahmen Sie am 28. Juni ein Röhrchen mit Morphium aus Schwester Hopkins' Handkoffer, oder taten Sie das nicht?«
»Ich tat es nicht.«
»Haben Sie je Morphium in Ihrem Besitz gehabt?«
»Nie.«
»Wußten Sie, daß Ihre Tante kein Testament gemacht hatte?«
»Nein. Es überraschte mich sehr.«
»Hatten Sie den Eindruck, daß sie sich bemühte, am Abend des 28. Juni Ihnen einen Wunsch mitzuteilen, ehe sie starb?«
»Ich begriff, daß sie für Mary Gerrard nicht vorgesorgt hatte und sehr wünschte, es zu tun.«
»Und um ihren Wunsch zu erfüllen, waren Sie bereit, dem Mädchen eine bestimmte Summe Geld zu überschreiben?«
»Ja. Ich wollte in Tante Lauras Sinn handeln, und ich war auch dankbar für die Freundlichkeit, die Mary meiner Tante erwiesen hatte.«
»Kamen Sie am 26. Juli von London nach Maidensford und stiegen im ›Löwen‹ ab?«
»Ja.«
»Was war der Zweck Ihres Aufenthalts?«
»Ich hatte ein Angebot für das Haus, und der Käufer wollte so rasch wie möglich einziehen. Ich mußte die per-

sönlichen Sachen meiner Tante durchsehen und überhaupt ganz allgemein Ordnung machen.«

»Kauften Sie am 27. Juli auf Ihrem Weg ins Haus Lebensmittel ein?«

»Ja. Ich dachte, es wäre einfacher, dort einen kalten Lunch zu nehmen, als extra zum Essen ins Dorf zurückzugehen.«

»Gingen Sie dann weiter ins Haus und sortierten die persönlichen Sachen Ihrer Tante?«

»Jawohl.«

»Und nachher?«

»Dann ging ich in den Anrichteraum und machte einige Brote zurecht, und darauf zum Pförtnerhaus. Ich lud die Gemeindeschwester und Mary Gerrard ein, zu mir heraufzukommen.«

»Warum taten Sie das?«

»Ich wollte ihnen den heißen Weg ins Dorf und wieder zurück zum Pförtnerhaus ersparen.«

»Es war tatsächlich eine natürliche und freundliche Haltung Ihrerseits. Nahmen sie die Einladung an?«

»Ja. Sie gingen mit mir zum Haus hinauf.«

»Wo waren die Brote, die Sie hergerichtet hatten?«

»Ich hatte sie in der Anrichte auf einem Teller stehengelassen.«

»War das Fenster offen?«

»Ja.«

»Jeder konnte in die Anrichte hinein, während Sie fort waren?«

»Gewiß.«

»Wenn jemand Sie von außen beobachtet hätte, während Sie die Brote schmierten, was hätte er gedacht?«

»Vermutlich, daß ich einen kalten Lunch herrichte.«

»Er konnte nicht wissen, daß jemand mit Ihnen essen würde?«

»Nein. Die Idee, die beiden einzuladen, kam mir erst, als ich sah, daß ich mehr Brote gemacht hatte, als ich selber essen konnte.«

»Wenn also jemand während Ihrer Abwesenheit ins Haus gekommen wäre und Morphium auf eines dieser Brote gegeben hätte, so wäre das ein Versuch gewesen, Sie zu vergiften?«
»Nun ja, freilich.«
»Was geschah, als Sie alle ins Haus zurückkamen?«
»Wir gingen ins Frühstückszimmer. Ich holte die Brote und reichte sie den beiden andern.«
»Tranken Sie etwas mit ihnen?«
»Ich trank Wasser. Es war Bier da, aber Schwester Hopkins und Mary zogen Tee vor. Schwester Hopkins ging in die Anrichte und kochte ihn. Sie brachte ihn auf einem Tablett herein, und Mary goß ihn ein.«
»Tranken Sie davon?«
»Nein.«
»Aber Mary Gerrard und Schwester Hopkins tranken beide Tee?«
»Ja.«
»Was geschah dann?«
»Schwester Hopkins ging hinaus, um das Gas abzudrehen.«
»Und ließ Sie mit Mary Gerrard allein?«
»Ja.«
»Was geschah dann?«
»Nach ein paar Minuten nahm ich das Tablett und den Sandwichteller und trug sie in die Anrichte. Schwester Hopkins war dort, und wir wuschen zusammen ab.«
»Hatte Schwester Hopkins damals ihre Manschetten abgelegt?«
»Ja, sie wusch das Geschirr, während ich abtrocknete.«
»Machten Sie eine Bemerkung zu ihr über einen Kratzer an ihrem Handgelenk?«
»Ich fragte sie, ob sie sich gestochen habe.«
»Was erwiderte sie?«
»Sie sagte: ›An der Kletterrose am Pförtnerhaus.‹«
»In welcher Verfassung war sie damals?«

»Ich glaube, sie litt sehr unter der Hitze. Sie schwitzte, und ihr Gesicht hatte eine grünliche Färbung.«
»Was geschah nachher?«
»Wir gingen hinauf, und sie half mir beim Aussortieren der Sachen meiner Tante.«
»Wie lange dauerte es, bis Sie wieder hinuntergingen?«
»Es muß eine Stunde später gewesen sein.«
»Wo war Mary Gerrard während dieser Zeit?«
»Sie saß im Frühstückszimmer. Sie atmete sehr merkwürdig und schien bewußtlos. Auf Schwester Hopkins' Weisung hin rief ich den Doktor an. Er kam kurz bevor Mary starb.«
Sir Edwin nahm eine feierliche Positur ein.
»Miss Carlisle, haben Sie Mary Gerrard getötet?«
(Das ist Ihr Stichwort! Kopf hoch, Augen geradeaus!)
»Nein!«

Sir Samuel Attenbury. Herzklopfen. Jetzt – jetzt war sie einem Feind ausgeliefert! Keine Milde mehr, keine Fragen, auf die sie die Antwort schon kannte!
Doch er begann ganz sanft.
»Wie Sie uns gesagt haben, waren Sie mit Mr. Roderick Welman verlobt?«
»Ja.«
»Sie hatten ihn gern?«
»Sehr gern.«
»Ich behaupte, daß Sie leidenschaftlich verliebt waren in Roderick Welman und rasend vor Eifersucht auf Mary Gerrard.«
»Nein.« (Klang das auch genügend?)
Sir Samuel sagte drohend:
»Ich behaupte, daß Sie planten, dieses Mädchen aus dem Weg zu räumen, in der Hoffnung, daß Roderick Welman dann zu Ihnen zurückkehren würde.«
»Gewiß nicht.« (Geringschätzig – ein wenig müde. Das war besser.)

Die Fragen gingen weiter. Es war wie in einem Traum ... einem schlechten Traum ...
Und dann war es endlich vorüber ... Der schreckliche Mann mit der krummen Nase setzte sich. Und die freundliche, milde Stimme von Sir Edwin Bulmer stellte noch ein paar Fragen. Leichte, gute Fragen, dazu bestimmt, einen etwaigen schlechten Eindruck, den sie im Kreuzverhör gemacht haben mochte, zu verwischen ...
Nun saß sie wieder auf der Anklagebank. Schaute die Geschworenen an, fragte sich ...

Roddy – Roddy stand da, blinzelte ein wenig, das alles war ihm so zuwider. Roddy sah – irgendwie – nicht wirklich aus.
Was fragte Sir Edwin da?
»Würden Sie uns bitte sagen, wie Miss Carlisles Gefühle für Sie waren?«
Roddy antwortete mit seiner angemessenen Stimme:
»Ich denke, sie empfand eine warme Zuneigung für mich, war aber keineswegs leidenschaftlich in mich verliebt.«
»Sie waren mit Ihrer Verlobung zufrieden?«
»Oh, vollkommen. Wir hatten sehr viel Gemeinsames.«
»Möchten Sie den Geschworenen sagen, Mr. Welman, warum eigentlich diese Verlobung gelöst wurde?«
»Nun, nachdem Mrs. Welman gestorben war, kamen wir sozusagen mit einem Ruck zur Besinnung. Mir sagte der Gedanke, eine reiche Frau zu heiraten, wo ich keinen Penny hatte, nicht recht zu. Tatsächlich lösten wir die Verlobung in gegenseitigem Einverständnis. Wir fühlten uns beide ziemlich erleichtert.«
»Nun, wollen Sie uns sagen, wie Ihre Beziehungen zu Mary Gerrard waren?«
(Ach, Roddy, armer Roddy, wie verhaßt muß dir all das sein!)
»Ich fand sie sehr schön.«
»Waren Sie in sie verliebt?«

»Ein klein wenig.«
»Wann sahen Sie sie zum letzten Mal?«
»Lassen Sie mich überlegen – es muß am 5. oder 6. Juli gewesen sein.«
Sir Edwins Stimme hatte plötzlich etwas Stählernes.
»Sie haben sie nachher noch gesehen, denke ich.«
»Nein, ich fuhr ins Ausland – nach Venedig und Dalmatien.«
»Und Sie kehrten nach England zurück – wann?«
»Als ich eine Depesche erhielt – einen Augenblick – am 1. August muß es gewesen sein.«
»Aber am 27. Juli waren Sie auch in England, denke ich.«
»Nein.«
»Mr. Welman, vergessen Sie nicht, daß Sie unter Eid aussagen! Ist es nicht Tatsache, daß Ihr Paß ausweist, daß Sie am 25. Juli nach England zurückkehrten und es am Abend des 27. wieder verließen?«
Sir Edwins Stimme hatte einen leicht drohenden Unterton. Elinor wurde in die Wirklichkeit zurückgerissen. Warum bedrohte der Verteidiger seinen eigenen Zeugen? Roderick war ziemlich blaß geworden. Er schwieg eine Weile, dann sagte er mit einiger Überwindung:
»Nun ja, so ist es.«
»Suchten Sie am 25. Juli Mary Gerrard in London in ihrer Wohnung auf?«
»Ja.«
»Machten Sie ihr einen Heiratsantrag?«
»Ach – hm – ja.«
»Wie war ihre Antwort?«
»Sie lehnte ab.«
»Sie sind kein reicher Mann, Mr. Welman?«
»Nein.«
»Sie haben sogar ziemlich viele Schulden?«
»Was geht das Sie an?«
»War Ihnen nicht bekannt, daß Miss Carlisle ein Testament zu Ihren Gunsten gemacht hat?«

»Das ist das erste Mal, daß ich das höre.«
»Waren Sie am Vormittag des 27. Juli in Maidensford?«
»Nein.«
Sir Edwin setzte sich.

Alfred James Wargrave.
»Sie sind Rosenzüchter und leben in Emsworth in Berkshire?«
»Ja.«
»Kamen Sie am 20. Oktober nach Maidensford und untersuchten die Rosen, die am Pförtnerhaus in Hunterbury Hall wachsen?«
»Jawohl.«
»Würden Sie diese Rose bitte näher beschreiben?«
»Es ist eine Kletterrose – Zephyrine Droughin. Sie hat eine süßduftende rosa Blüte und keine Dornen.«
»Es wäre alo unmöglich, sich an einer solchen Rose zu stechen?«
»Es wäre ganz unmöglich, sie hat ja keine Dornen.«
Kein Kreuzverhör.

»Sie sind James Arthur Littledale, geprüfter Apotheker und Angesteller der chemischen Firma Jenkins & Hale?«
»Jawohl.«
»Wollen Sie uns sagen, was es mit diesem Stückchen Papier auf sich hat?«
Das Beweisstück von vorhin wurde ihm ausgehändigt.
»Es ist ein Stückchen von einem unserer Etiketten.«
»Welcher Art Etikett?«
»Von einem Etikett, wie wir sie an den Röhrchen mit Morphium anbringen.«
»Ist das Stückchen groß genug, um mit Bestimmtheit zu sagen, welche Droge in dem Röhrchen war, an dem das Etikett befestigt war?«
»Ja. Ich kann bestimmt sagen, daß das fragliche Röhr-

chen Tabletten von *Apomorphin Hydrochlorid* zu 0,02 Gramm enthielt.«
»Nicht *Morphium Hydrochlorid*?«
»Nein, das ist ausgeschlossen.«
»Warum?«
»Auf so einem Röhrchen würde das Wort ›Morphium‹ mit einem großen ›M‹ geschrieben. Das Ende der Linie von dem ›m‹ hier – das zeigt sich unter dem Vergrößerungsglas deutlich – ist Teil von einem kleinen ›m‹, nicht von einem großen ›M‹.«
»Bitte, lassen Sie es die Geschworenen selbst sehen. Haben Sie Etiketten hier, um zu verdeutlichen, was Sie meinen?«
Die Etiketten wurden den Geschworenen übergeben.
Sir Edwin sprach weiter:
»Sie sagen, es ist von einem Röhrchen mit *Apomorphin Hydrochlorid*? Was ist das eigentlich?«
»Die chemische Formel ist C_{17} H_{17} O_2. Es wird durch einen chemischen Prozeß aus Morphium gewonnen.«
»Was sind die speziellen Eigenschaften von Apomorphin?«
»Apomorphin ist das schnellstwirkende und stärkste bekannte Brechmittel, es wirkt innerhalb weniger Minuten.«
»Wenn also jemand eine tödliche Dosis Morphium geschluckt hätte und sich einige Minuten danach eine Dosis Apomorphin injizieren würde, was würde geschehen?«
»Er würde beinahe sofort erbrechen.«
»Wenn also zwei Personen vom selben Brotteller essen oder aus derselben Kanne Tee trinken würden und eine davon sich eine Dosis Apomorphin injizieren würde, was wäre die Folge, angenommen, das Essen oder Getränk hätte Morphium enthalten?«
»Das Essen oder Getränk würde zusammen mit dem Morphium von der Person erbrochen werden, die sich das Apomorphin injiziert hätte.«

»Und diese Person würde keine üblen Folgen spüren?«
»Nein.«
Eine Welle der Erregung lief plötzlich durch den Zuschauerraum, so daß der Richter um Ruhe bitten mußte.

»Sie sind Amelia Sedley und leben in Boonamba in Auckland?«
»Ja.«
»Kennen Sie Mrs. Draper?«
»Ja. Ich kenne sie seit mehr als zwanzig Jahren.«
»Kennen Sie ihren Mädchennamen?«
»Ja. Ich war auf ihrer Hochzeit. Ihr Mädchenname war Mary Riley.«
»Ist sie in Neuseeland geboren?«
»Nein, sie kam aus England.«
»Sie haben von Anfang an die Verhandlung verfolgt?«
»Jawohl.«
»Haben Sie diese Mary Riley oder Draper vor Gericht gesehen?«
»Ja.«
»Wo haben Sie sie gesehen?«
»Sie hat als Zeugin hier ausgesagt.«
»Unter welchem Namen?«
»Jessie Hopkins.«
»Und sind Sie ganz sicher, daß diese Jessie Hopkins die Frau ist, die Sie als Mary Riley oder Draper kennen?«
»Daran besteht überhaupt kein Zweifel.«
Leichte Unruhe hinten im Zuschauerraum.
»Wann haben Sie Mary Draper zuletzt gesehen?«
»Vor fünf Jahren. Da fuhr sie nach England.«
Sir Edwin sagte mit einer Verbeugung:
»Ihre Zeugin.«
Der Staatsanwalt fragte bestürzt:
»Ich meine, Mrs. – Sedley, daß Sie sich vielleicht irren.«

»Ich irre mich nicht.«
»Sie können durch eine zufällige Ähnlichkeit irregeführt worden sein.«
»Ich kenne Mary Draper sehr gut.«
»Schwester Hopkins ist eine qualifizierte Gemeindeschwester.«
»Mary Draper war vor ihrer Heirat Krankenschwester.«
»Sie verstehen, nicht wahr, daß Sie eine Kronzeugin des Meineids beschuldigen?«
»Ich weiß, was ich sage.«

»Edward John Marshall, Sie haben einige Jahre in Auckland, Neuseeland, gelebt und leben jetzt in Deptford?«
»Das ist richtig.«
»Kennen Sie Mrs. Draper?«
»Ich kannte sie in Neuseeland.«
»Haben Sie sie heute hier im Gerichtshof gesehen?«
»Jawohl. Sie nannte sich Hopkins, aber es war schon Mrs. Draper.«
Der Richter hob den Kopf. Er sprach mit klarer Stimme:
»Es wäre wünschenswert, denke ich, nochmals die Zeugin Jessie Hopkins aufzurufen.«
Eine Pause, ein Gemurmel.
»Eure Lordschaft, Jessie Hopkins hat vor ein paar Minuten den Gerichtssaal verlassen.«

»Hercule Poirot.«
Hercule Poirot trat vor, legte den Eid ab, drehte seinen Schnurrbart und wartete, den Kopf ein wenig zur Seite geneigt. Er gab Namen, Adresse und Beruf an.
»Monsieur Poirot, erkennen Sie dieses Dokument?«
»Gewiß.«
»Wie kam es in Ihren Besitz?«
»Es wurde mir von der Gemeindeschwester Jessie Hopkins übergeben.«
Sir Edwin sagte:

»Mit Ihrer Erlaubnis, Mylord, werde ich das hier vorlesen, dann kann es den Geschworenen übergeben werden.«

24

Es war Sir Edwins großer Tag – und eins seiner besten Plädoyers. Er vergaß nichts: Mary Gerrard, uneheliche Tochter von Mrs. Welman, daher Haupterbin. Jessie Hopkins, eigentlich Mary Riley-Draper, Tante der Mary Gerrard, geldgierig und skrupellos. Der Mord an Mary Gerrard von ihr raffiniert geplant: Morphium-Apomorphin – angebliche Verletzung an (dornenloser) Rose. Das alles sagte er natürlich nicht so direkt, sondern baute viele juristisch notwendige Wenns und Abers ein, aber die Geschworenen begriffen auch so – und das war schließlich die Hauptsache.
»Es obliegt mir nicht, über die Beweise gegen eine andere Person zu urteilen, sondern nur aufzuzeigen, daß diese andere Person die gleiche Gelegenheit und einen viel stärkeren Motivgrund zum Mord hatte.
Von diesem Standpunkt aus gesehen, meine Herren Geschworenen, sage ich Ihnen, daß die Anklage gegen Elinor Carlisle in sich zusammenfällt.«

Elinor wurde in den Gerichtssaal zurückgeführt.
Die Geschworenen traten ein.
»Meine Herren Geschworenen, haben Sie Ihr Urteil gefällt?«
»Ja.«
»Schauen Sie die Angeklagte an und sagen Sie, ob sie schuldig ist oder nicht schuldig.«
»Nicht schuldig.«

25

Man hatte sie zu einem Seitentor hinausgebracht.

Sie hatte die Gesichter gesehen, die sie willkommen hießen . . . Roddy, den Detektiv mit dem großen Schnurrbart . . .

Aber Peter Lord war es, an den sie sich wandte.

»Ich will fort . . .«

Nun saß sie mit ihm im Auto und fuhr rasch aus London hinaus.

Er sagte nichts; sie saß da in wohltuendem Schweigen.

Jede Minute führte sie weiter und weiter fort.

Ein neues Leben . . .

Das war es, was sie jetzt brauchte . . . Ein neues Leben.

Sie sagte plötzlich:

»Ich – ich möchte an einen Ort, wo es ruhig ist . . . wo es keine Gesichter gibt . . .«

»Es ist alles vorbereitet. Sie gehen in ein Sanatorium. Ein ruhiger Ort. Wunderschöne Gärten. Niemand wird Sie belästigen.«

»Ja – das ist's, was ich brauche . . .«, murmelte sie.

Wohl weil er Arzt war, meinte sie, war er so verständnisvoll. So wunderbar friedlich war's hier, mit ihm zu sein, fortzukommen von all dem, von London . . . an einen Ort, wo man sicher war . . .

Sie wollte vergessen – alles vergessen . . . Nichts von allem war noch wirklich. Es war alles fort, verschwunden, erledigt – das alte Leben und die alten Gefühle. Sie war ein neues, fremdes, schutzloses Geschöpf, ganz wund und empfindlich, das wieder von vorne anfangen mußte. Sehr fremd und sehr furchtsam . . .

Aber es war tröstlich, bei Peter Lord zu sein . . .

Nun waren sie aus London heraus und fuhren durch Vororte. »Es waren nur Sie – nur Sie . . .«, sagte sie endlich.

»Nein, es war Hercule Poirot. Der Mensch ist eine Art Zauberer!«

Aber Elinor schüttelte den Kopf. Sie sagte hartnäckig: »Sie waren es. Sie holten ihn und zwangen ihn, es zu tun!«

Peter grinste.

»Na gut . . .«

»Wußten Sie, daß ich es nicht getan hatte, oder waren Sie nur nicht ganz sicher?«

»Ich war nie ganz sicher«, sagte er einfach.

»Es erscheint jetzt alles so seltsam . . . wie eine Art Besessenheit. An dem Tag, als ich die Paste kaufte und die Brote zubereitete, spielte ich mit dem Gedanken: Ich tue Gift hinein und wenn sie davon ißt, wird sie sterben – und dann wird Roddy zu mir zurückkehren.«

»Es hilft manchen Leuten, sich so etwas vorzumachen. Es ist eigentlich nichts Schlechtes. Man wird es in der Phantasie los. Wie wenn man eine Krankheit ausschwitzt.«

»Ja, das ist wahr. Weil es – plötzlich – verschwand! Das Finstere meine ich! Als jene Frau die Rosen vor dem Pförtnerhaus erwähnte – kam ein plötzlicher Umschwung – in das normale Empfinden zurück . . .« Sie hielt inne und fuhr dann erschauernd fort: »Als wir nachher ins Frühstückszimmer kamen und sie war tot – oder im Sterben – da fühlte ich: Ist eigentlich viel Unterschied zwischen einen Mord denken und ihn vollbringen?«

»Und was für ein Unterschied!«

»Ja, wirklich?«

»Aber natürlich! Einen Mord denken tut doch niemandem weh. Es heißt ja nicht, einen Mord planen! Das ist es nicht. Wenn man lange genug an einen Mord denkt, kommt man plötzlich ans Ende des finsteren Tunnels und fühlt, daß das alles recht dumm ist!«

»Ach, Sie sind wirklich ein tröstlicher Mensch . . .«, rief Elinor.

Und Peter Lord erwiderte etwas unzusammenhängend: »Aber gar nicht. Einfach gesunder Menschenverstand.«

Elinor hatte auf einmal Tränen in den Augen:

»Hie und da – im Gerichtssaal – schaute ich Sie an, das verlieh mir Mut. Sie sahen so – so alltäglich aus.«
Dann lachte sie.
»Das ist eigentlich unhöflich!«
»Ich verstehe. Wenn man mitten in einem Alptraum steckt, ist etwas Alltägliches die einzige Rettung. Überhaupt sind die alltäglichen Dinge das beste. Das habe ich immer gedacht.«
Zum ersten Mal, seit sie in das Auto gestiegen war, wandte sie den Kopf und schaute ihn an.
Der Anblick seines Gesichtes tat ihr nicht weh, wie der Anblick von Roddys Zügen ihr immer weh tat; es ließ sie nicht erbeben in Schmerz und Freude zugleich; statt dessen machte es sie warm und tröstete sie.
Sie dachte: Wie angenehm sein Gesicht ist . . . angenehm und komisch – und, ja, tröstlich . . .
Sie fuhren weiter.
Endlich kamen sie zu einem Gittertor und einer aufsteigenden Auffahrt, bis sie ein stilles weißes Haus am Abhang eines Hügels erreichten.
»Hier werden Sie ganz sicher sein«, sagte er.
Impulsiv legte sie ihre Hand auf seinen Arm.
»Sie – Sie werden mich besuchen?«
»Natürlich.«
»Oft?«
»So oft Sie mich haben wollen.«
»Bitte kommen Sie – sehr oft . . .«, bat sie leise.

26

Hercule Poirot lächelte: »Sie sehen als mein Freund, die Lügen, die die Leute einem sagen, sind geradeso nützlich wie die Wahrheit.«
»Haben alle Sie angelogen?« fragte Peter Lord.

Hercule Poirot nickte.
»O ja! Aus dem einen oder andern Grund, verstehen Sie. Die eine Person, für die die Wahrheit eine Verpflichtung war und die es peinlich genau damit nahm – die Person gab mir am meisten Rätsel auf!«
»Elinor selbst!« murmelte Lord.
»Ganz richtig. Die Beweisführung deutete auf sie als Schuldige hin. Und sie selbst, mit ihrem empfindlichen und heiklen Gewissen, tat nichts, um diese Annahme zu zerstören. Da sie sich selbst der Absicht, wenn auch nicht der Tat beschuldigte, war sie nahe daran, den ihr widerwärtigen Kampf aufzugeben und sich eines Verbrechens für schuldig zu erklären, das sie nicht begangen hatte.«
Peter Lord seufzte erbittert auf.
»Unglaublich!«
Poirot schüttelte den Kopf.
»Gar nicht. Sie verurteilte sich selbst – weil sie an sich selbst einen strengeren Maßstab legte als ein Durchschnittsmensch!«
»Ja, so ist sie«, nickte Lord nachdenklich.
»Von dem Augenblick an, da ich meine Untersuchung begann, bestand immer die Möglichkeit, daß Elinor Carlisle des Verbrechens, dessen sie angeklagt war, auch wirklich schuldig war. Aber ich erfüllte meine Pflicht – und dabei entdeckte ich, daß auch gegen eine andere Person Verdachtsmomente bestanden.«
»Schwester Hopkins?«
»Zunächst nicht. Roderick Welman war der erste, der meine Aufmerksamkeit auf sich zog. Auch in seinem Fall fängt es mit einer Lüge an. Er behauptete mir gegenüber, daß er England am 9. Juli verlassen habe und am 1. August zurückgekehrt sei. Aber Schwester Hopkins hatte beiläufig erwähnt, daß Mary Gerrard Roderick Welman sowohl in Maidensford abgewiesen hatte, wie auch nochmals, ›als sie ihn in London sah‹. Mary Gerrard fuhr, wie Sie mir mitteilten, am 10. Juli nach London – einen Tag

nachdem Roderick Welman England verlassen hatte. Wann also hatte Mary Gerrard eine Unterredung mit Roderick Welman in London? Ich schickte meinen Einbrecher-Freund an die Arbeit und entdeckte durch Prüfung von Welmans Paß, daß er vom 25. bis 27. Juli in England gewesen war. Er hatte diesbezüglich noch dazu glatt gelogen!

Ich hatte immer jene Zeit im Auge behalten, wo die Brote auf einem Teller in der Anrichte standen, während Elinor Carlisle unten im Pförtnerhaus war. Doch war mir von Anfang an klar, daß in diesem Fall Elinor das beabsichtigte Opfer gewesen wäre, nicht Mary. Hatte Roderick einen Grund, Elinor Carlisle zu töten? Ja, einen sehr gewichtigen noch dazu. Sie hatte ein Testament gemacht, in dem sie ihm ihr gesamtes Vermögen hinterließ; und durch geschicktes Fragen entdeckte ich, daß Welman das gewußt haben konnte.«

»Und warum entschieden Sie, daß er unschuldig sei?«

»Wegen einer anderen Lüge. Einer dummen, unbedeutenden kleinen Lüge noch dazu! Schwester Hopkins sagte, sie habe ihr Handgelenk an einer Rose verletzt, an einem Dorn. Und ich ging hin, sah mir die Rosen an und *sie hatten gar keine Dornen* ... Also war klar, daß Schwester Hopkins gelogen hatte – und die Lüge war so plump und scheinbar so sinnlos, daß sie meine Aufmerksamkeit auf sich zog.

Ich begann mir über Schwester Hopkins Gedanken zu machen. Bis dahin hatte ich sie für eine völlig glaubwürdige Zeugin gehalten, durchaus konsequent, mit starkem Vorurteil gegen die Angeklagte, das ganz natürlich aus ihrer Neigung für die Tote hervorgegangen war. Doch jetzt, nach jener dummen, sinnlosen kleinen Lüge, überdachte ich Schwester Hopkins' Aussagen noch einmal sehr genau, und da wurde mir plötzlich etwas klar: Schwester Hopkins wußte etwas über Mary Gerrard, von dem sie sehr wünschte, daß es herauskäme.«

Peter Lord sagte erstaunt:
»Ich dachte, es war umgekehrt?«
»Dem Anschein nach, ja. Sie gab eine sehr gute Darstellung von jemand, der etwas weiß und es nicht sagen will! Aber als ich das Ganze noch mal sorgfältig durchging, wurde mir klar, daß jedes Wort, das sie darüber geäußert hatte, mit dem gerade entgegengesetzten Ziel gesprochen worden war. Meine Unterredung mit Schwester O'Brien bestätigte diese Annahme. Hopkins hatte sie geschickt benützt, ohne daß Schwester O'Brien es merkte. Es war also klar, daß Schwester Hopkins eine Partie für sich spielte. Ich verglich die beiden Lügen miteinander, ihre und die von Roderick Welman. Gab es für eine von ihnen eine unschuldige Erklärung?
In Rodericks Fall antwortete ich sofort: Ja. Roderick Welman ist ein sehr sensibler Mensch. Zuzugeben, daß er nicht imstande war, seinen Plan, im Ausland zu bleiben, durchzuhalten, und sich genötigt fühlte zurückzuschleichen, um in der Nähe des Mädchens zu sein, das nichts von ihm wissen wollte, hätte seinen Stolz schwer verletzt. Da nicht die Rede davon war, daß er in der Nähe des Tatorts war, er auch nichts über die Sache wußte, ging er den Weg des geringsten Widerstandes und vermied Unannehmlichkeiten (ein höchst charakteristischer Zug!), indem er jenen eiligen Besuch in England ignorierte und einfach angab, am 1. August zurückgekehrt zu sein, als ihn die Nachricht von dem Mord erreichte.
Was nun Schwester Hopkins betrifft – gab es da auch eine unschuldige Erklärung ihrer Lüge? Je mehr ich darüber nachdachte, desto merkwürdiger erschien sie mir. *Warum* konnte Schwester Hopkins es für nötig finden zu lügen, weil sie eine Verletzung an ihrem Handgelenk hatte? Was bedeutete diese Handverletzung?
Ich begann mir ein paar Fragen zu stellen:
Wem gehörte das Morphium, das abhanden gekommen war? Schwester Hopkins.

Wer konnte jenes Morphium der alten Mrs. Welman eingeben? Schwester Hopkins.
Ja, aber warum die Aufmerksamkeit auf dessen Verschwinden lenken? Darauf gab es nur eine Antwort für den Fall, daß Schwester Hopkins schuldig war: Weil der zweite Mord, der Mord an Mary Gerrard, bereits geplant und ein Sündenbock gewählt war, aber es mußte gezeigt werden, daß der Sündenbock Gelegenheit hatte, an das Morphium zu gelangen.
Gewisse andere Dinge paßten dazu. Der anonyme Brief, den Elinor erhielt. Der sollte Unfrieden zwischen Elinor und Mary stiften. Es war zweifellos beabsichtigt, daß Elinor hinausfahren und sich Marys Einfluß auf Mrs. Welman entgegenstellen sollte. Die Tatsache, daß Roderick Welman sich heftig in Mary verliebte, war natürlich etwas ganz Unvorhergesehenes – aber etwas, das Schwester Hopkins sogleich zu würdigen wußte. Damit war das perfekte Motiv für den Sündenbock Elinor geliefert!
Wo aber war das Motiv für die beiden Verbrechen? Welchen Grund konnte Schwester Hopkins haben, Mary Gerrard aus dem Weg zu räumen?
Ich begann, Licht zu sehen – oh, vorläufig nur ein ganz schwaches. Schwester Hopkins hatte sehr viel Einfluß auf Mary und benützte ihn dazu, das Mädchen zu bewegen, ein Testament zu machen. Aber das Testament brachte Schwester Hopkins nichts. Die Erbin war eine Tante von Mary, die in Neuseeland lebte. Und da erinnerte ich mich an eine zufällige Bemerkung, die jemand im Dorf zu mir gemacht hatte: Jene Tante war Krankenschwester.
Das Licht war jetzt nicht mehr ganz so schwach. Das Skelett – der Entwurf des Verbrechens – begann zum Vorschein zu kommen. Der nächste Schritt war leicht. Ich besuchte Schwester Hopkins noch einmal. Wir spielten beide sehr hübsch Komödie. Am Ende ließ sie sich dazu überreden, mir das zu erzählen, worauf sie schon die ganze Zeit hingezielt hatte! Nur erzählte sie es vielleicht

ein wenig früher, als sie eigentlich beabsichtigt hatte! Aber die Gelegenheit ist so gut, daß sie nicht widerstehen kann. Und schließlich muß ja die Wahrheit einmal bekannt werden. Also zeigt sie mit gutgespieltem Widerstreben den Brief her. Und dann, mein Freund, ist es nicht länger Vermutung. Ich weiß! Der Brief verrät sie.«
Peter Lord runzelte die Stirn.
»Wieso?«
»Mein Lieber! Die Aufschrift auf jenem Brief lautete wie folgt: ›Für Mary, ihr nach meinem Tod zu schicken‹. Aber der Inhalt macht ganz klar, daß nicht Mary *Gerrard* die Wahrheit wissen sollte. Auch das Wort ›schicken‹ statt geben auf dem Umschlag war aufschlußreich. Es war nicht Mary *Gerrard*, an die der Brief gerichtet war, sondern an eine andere Mary. Ihre Schwester, Mary *Riley*, in Neuseeland, hatte Elise Riley die Wahrheit geschrieben. Schwester Hopkins fand jenen Brief nicht im Pförtnerhaus nach Mary Gerrards Tod. Er war seit vielen Jahren in ihrem Besitz. Sie erhielt ihn in Neuseeland, wohin er ihr nach dem Tod ihrer Schwester geschickt worden war.«
Er machte eine Pause. Dann fuhr er fort:
»Sobald ich einmal die Wahrheit erkannt hatte, war das Übrige leicht. Wir mußten nur noch eine Zeugin, die Mary Draper in Neuseeland gekannt hatte, rechtzeitig zur Verhandlung herschaffen.«
»Wie aber, wenn Sie unrecht gehabt hätten und Schwester Hopkins und Mary Draper wären zwei gänzlich verschiedene Personen gewesen?«
»Ich habe nie unrecht!« erklärte Poirot kühl.
Peter Lord lachte, und Hercule Poirot fuhr fort: »Mein Freund, wir wissen jetzt einiges über diese Mrs. Riley oder Draper. Die Polizei von Neuseeland konnte wohl nicht genügend Beweise für eine Anklage zusammenbringen, aber sie hatte sie schon einige Zeit im Visier, als sie plötzlich das Land verließ. Sie hatte eine Patientin gehabt, eine alte Dame, die ›ihrer geliebten Schwester Riley‹ ein

sehr nettes kleines Legat hinterließ. Der Tod dieser Dame kam dem behandelnden Arzt ziemlich rätselhaft vor. Mary Drapers Gatte versicherte sein Leben zu ihren Gunsten mit einer beträchtlichen Summe, und auch sein Tod war ein plötzlicher und unerklärlicher. Unglücklicherweise für sie hatte er wohl einen Scheck für die Versicherungsgesellschaft ausgestellt, jedoch vergessen, ihn abzuschicken. Sie mag auch noch andere Todesfälle auf dem Gewissen haben. Sicher ist jedenfalls, daß sie eine durch und durch skrupellose Person ist.
Man kann sich vorstellen, daß der Brief ihrer Schwester ihren findigen Kopf auf verschiedene Möglichkeiten brachte. Als ihr der Boden in Neuseeland zu heiß wurde und sie nach England kam und ihren erlernten Beruf unter dem Namen Hopkins (eine drüben verstorbene frühere Kollegin von ihr) wiederaufnahm, war Maidensford ihr Ziel. Vielleicht hatte sie irgendeine Form der Erpressung beabsichtigt. Doch die alte Mrs. Welman war nicht die Frau, die sich erpressen ließ, und Schwester Riley oder Hopkins versuchte so etwas auch gar nicht erst. Zweifellos horchte sie aber herum und erfuhr, daß Mrs. Welman eine sehr reiche Frau ist, und eine zufällige Bemerkung der Patientin mag die Tatsache enthüllt haben, daß die alte Dame kein Testament gemacht hatte.
Als also an jenem Juniabend Schwester O'Brien ihrer Kollegin erzählte, daß Mrs. Welman nach ihrem Rechtsanwalt verlangte, zögerte Hopkins nicht. Mrs. Welman mußte ohne Testament sterben, damit ihre uneheliche Tochter ihr Geld erbte.
Hopkins hatte sich bereits mit Mary angefreundet und ziemlichen Einfluß auf das Mädchen erlangt. Was sie jetzt zu tun hatte, war, das Mädchen zu überreden, ein Testament zu machen, in dem es sein Geld der Schwester ihrer Mutter hinterließ; und sie sorgte dafür, daß der Wortlaut des Testaments juristisch korrekt war. Eine Verwandtschaft wurde nicht erwähnt, es stand nur ›Mary Ri-

ley, Schwester der verstorbenen Elise Riley‹. Damit unterzeichnete Mary Gerrard ihr eigenes Todesurteil. Die Hopkins mußte nur eine passende Gelegenheit abwarten. Ich glaube, sie hatte bereits alles geplant, samt Benützung des Apomorphins, um sich gegen jeden Verdacht abzusichern. Sie mag beabsichtigt haben, Elinor und Mary zusammen in ihr Häuschen einzuladen, doch als Elinor zum Pförtnerhaus kam und beide aufforderte, mit ihr zu kommen und belegte Brote zu essen, war ihr sofort klar, daß sich damit eine wunderbare Gelegenheit bot. Die Umstände waren so, daß es so gut wie sicher war, daß Elinor verurteilt würde.«

Peter Lord sagte langsam:

»Wenn Sie nicht gewesen wären – wäre sie auch verurteilt worden.«

Hercule Poirot erwiderte schnell:

»Nein, Sie sind es, mein Freund, dem sie ihr Leben zu verdanken hat.«

»Ich? Ich tat doch nichts. Ich versuchte –«

Er brach ab. Hercule Poirot lächelte ein wenig.

»Nun ja, Sie bemühten sich sehr, nicht wahr? Sie waren ungeduldig, weil ich nicht weiterzukommen schien. Und Sie fürchteten auch, daß sie am Ende doch schuldig sein könnte. Also erzählten auch Sie mir mit großer Unverschämtheit Lügen! Aber, mein Lieber, Sie waren nicht sehr geschickt dabei. In Zukunft, rate ich Ihnen, sich an Masern und Keuchhusten zu halten und die Aufspürung von Verbrechen andern zu überlassen.«

Peter Lord wurde rot.

»Wußten Sie es – gleich?« fragte er schüchtern.

Poirot sagte streng:

»Sie führen mich bei der Hand zu einer Lichtung im Gebüsch und helfen mir, eine deutsche Zündholzschachtel zu finden, die Sie eben hingelegt haben! Das ist doch Kinderei!«

Peter Lord wand sich.

»Sie reden mit dem Gärtner und bringen ihn dazu, zu sagen, daß er Ihren Wagen auf der Straße sah; dann zucken Sie erschrocken zusammen und tun, als sei es nicht Ihr Wagen gewesen. Und Sie schauen mich forschend an, um sich zu vergewissern, ob ich auch begriffen habe, daß jemand, ein Fremder, an jenem Vormittag dort gewesen sein muß!«

»Ich war ein großer Esel«, gab Peter Lord zu.

»Was taten Sie an jenem Vormittag in Hunterbury?«

Peter Lord errötete.

»Es war verrückt ... Ich – ich hatte gehört, daß sie da war, und ging zum Haus ... hoffte, sie zu sehen. Ich wollte gar nicht mit ihr sprechen. Ich – ich wollte – sie nur sehen. Von der Lichtung im Gebüsch aus sah ich sie in der Anrichte Brot schneiden –«

»Lotte und Werther! ... Fahren Sie fort, mein Freund.«

»Ach, da ist nichts weiter zu erzählen, ich verbarg mich im Gebüsch und beobachtete sie da, bis sie fortging.«

Poirot sagte sanft:

»Verliebten Sie sich in Elinor Carlisle gleich beim ersten Mal, als Sie sie sahen?«

»Ich glaube schon.«

Ein langes Schweigen entstand.

Dann sagte Peter Lord:

»Ja nun, jetzt werden Roderick Welman und sie wohl ein glückliches Paar werden, denke ich.«

»Mein lieber Freund, Sie denken gar nichts dergleichen!«

»Warum nicht? Sie wird ihm die Mary-Gerrard-Episode verzeihen. Es war doch überhaupt nur eine blöde Vernarrtheit seinerseits.«

»Der Riß ist tiefer ...« sagte Poirot. »Zwischen der Vergangenheit und der Zukunft liegt manchmal ein tiefer Abgrund. Wenn man im Schatten des Todes gestanden hat und dann in den Sonnenschein eintritt – dann, *mon cher,* ist es ein neues Leben, das beginnt ... Die Vergangenheit taugt nicht mehr ...«

Er wartete einen Augenblick und fuhr dann fort:
»Ein neues Leben ... Das ist es, was Elinor Carlisle jetzt beginnt – und Sie sind es, der ihr dieses Leben geschenkt hat.«
»Nein.«
»Doch. Es war Ihre Entschlossenheit, Ihre überwältigende zähe Beharrlichkeit, die mich zwangen, zu tun, was Sie von mir verlangten. Geben Sie es zu, Ihnen gehört ihre Dankbarkeit, nicht?«
Peter Lord sagte langsam:
»Ja, sie ist sehr dankbar – jetzt ... Sie bat mich, sie zu besuchen – oft zu kommen.«
»Ja, sie braucht Sie.«
»Nicht wie sie – ihn braucht!« rief der junge Mann heftig.
Hercule Poirot schüttelte den Kopf.
»Gebraucht hat sie Roderick Welman nie. Geliebt hat sie ihn, unglücklich – sogar verzweifelt.«
Peter Lord sagte rauh – mit starrem, grimmigem Gesicht:
»So wird sie mich nie lieben.«
»Vielleicht nicht. Aber sie braucht Sie, mein Freund, weil sie nur mit Ihnen das Leben neu beginnen kann.«
Peter Lord schwieg.
Hercule Poirots Stimme war sehr sanft, als er sagte:
»Können Sie sich nicht mit Tatsachen zufriedengeben? Sie liebte Roderick Welman. Was ist dabei? Mit Ihnen kann sie glücklich werden ...«

Inhalt

Agatha Christie

Agatha Mary Clarissa Miller, geboren am 15. September 1890 in Torquay, Devonshire, sollte nach dem Wunsch der Mutter Sängerin werden. 1914 heiratete sie Colonel Archibald Christie und arbeitete während des Krieges als Schwester in einem Lazarett. Hier entstand ihr erster Kriminalroman *Das fehlende Glied in der Kette.* Eine beträchtliche Menge Arsen war aus dem Giftschrank verschwunden – und die junge Agatha spann den Fall aus. Sie fand das unverwechselbare Christie-Krimi-Ambiente.
Gleich in ihrem ersten Werk taucht auch der belgische Detektiv mit den berühmten »kleinen grauen Zellen« auf: Hercule Poirot, der ebenso unsterblich werden sollte wie sein weibliches Pendant, die reizend altjüngferliche, jedoch scharf kombinierende Miss Marple (*Mord im Pfarrhaus*).
Im Lauf ihres Lebens schrieb die »Queen of Crime« 67 Kriminalromane, unzählige Kurzgeschichten, 7 Theaterstücke (darunter *Die Mausefalle*) und ihre Autobiographie.
1956 wurde Agatha Christie mit dem »Order of the British Empire« ausgezeichnet und damit zur »Dame Agatha«. Sie starb am 12. Januar 1976 in Wallingford bei Oxford.

Von Agatha Christie sind erschienen:

Das Agatha Christie Lesebuch
Agatha Christie's Miss Marple
  Ihr Leben und ihre Abenteuer
Agatha Christie's Hercule Poirot
  Sein Leben und seine Abenteuer
Alibi
Alter schützt vor Scharfsinn nicht
Auch Pünktlichkeit kann töten
Auf doppelter Spur
Der ballspielende Hund
Bertrams Hotel
Die besten Crime-Stories
Der blaue Expreß
Blausäure
Das Böse unter der Sonne
  oder Rätsel um Arlena

Die Büchse der Pandora
Der Dienstagabend-Club
Ein diplomatischer Zwischenfall
Dreizehn bei Tisch
Elefanten vergessen nicht
Die ersten Arbeiten des Herkules
Das Eulenhaus
Das fahle Pferd
Fata Morgana
Das fehlende Glied in der Kette
Ein gefährlicher Gegner
Das Geheimnis der Goldmine
Das Geheimnis
der Schnallenschuhe
Das Geheimnis von Sittaford
Die großen Vier
Das Haus an der Düne
Hercule Poirots größte Trümpfe
Hercule Poirot schläft nie
Hercule Poirots Weihnachten
Karibische Affaire
Die Katze im Taubenschlag
Die Kleptomanin
Das krumme Haus
Kurz vor Mitternacht
Lauter reizende alte Damen
Der letzte Joker
Die letzten Arbeiten des
Herkules
Der Mann im braunen Anzug
Die Mausefalle und andere Fallen
Die Memoiren des Grafen
Mit offenen Karten
Mörderblumen
Mördergarn
Die mörderische Teerunde
Die Mörder-Maschen
Mord auf dem Golfplatz
Mord im Orientexpreß
Mord im Pfarrhaus
Mord im Spiegel oder
Dummheit ist gefährlich
Mord in Mesopotamien
Mord nach Maß
Ein Mord wird angekündigt
Die Morde des Herrn ABC
Morphium
Nikotin
Poirot rechnet ab
Rächende Geister
Rotkäppchen und der böse Wolf
Ruhe unsanft
Die Schattenhand
Das Schicksal in Person
Schneewittchen-Party
Ein Schritt ins Leere
16 Uhr 50 ab Paddington
Der seltsame Mr. Quin
Sie kamen nach Bagdad
Das Sterben in Wychwood
Der Tod auf dem Nil
Tod in den Wolken
Der Tod wartet
Der Todeswirbel
Tödlicher Irrtum oder
Feuerprobe der Unschuld
Die Tote in der Bibliothek
Der Unfall und andere Fälle
Der unheimliche Weg
Das unvollendete Bildnis
Die vergeßliche Mörderin
Vier Frauen und ein Mord
Vorhang
Der Wachsblumenstrauß
Wiedersehen mit Mrs. Oliver
Zehn kleine Negerlein
Zeugin der Anklage